T0267713

PJ Milans

VULNERABLE

wattpad
by montena

Papel certificado por el Forest Stewardship Council®

MIXTO
Papel | Apoyando la
silvicultura responsable
FSC® C117695

Penguin
Random House
Grupo Editorial

Primera edición: junio de 2024

© 2024, PJ Milans
© 2024, Penguin Random House Grupo Editorial, S. A. U.
Travessera de Gràcia, 47-49. 08021 Barcelona

Printed in Spain – Impreso en España

ISBN: 978-84-19421-36-4
Depósito legal: B-7.950-2024

Compuesto en Compaginem Llibres, S. L.
Impreso en Liberdúplex, S. L.
Sant Llorenç d'Hortons (Barcelona)

GT 2 1 3 6 4

Para los que se miran al espejo y no se gustan.
Os merecéis mucho más.
Nos merecemos mucho más.

Aquí tienes mi secreto. Es muy simple: solo vemos bien con el corazón. Lo esencial es invisible a los ojos.

ANTOINE DE SAINT-EXUPÉRY,
El principito

PRIMERA PARTE

VULNERABLE

UNO

~ Dani ~

A todos nos llega un momento en nuestra vida en el que tenemos que escapar. Mi madre supo que ese momento había llegado cuando mi padre me pegó por primera vez. No fue un simple golpe, no fue la típica advertencia que a veces tu progenitor te da para que te comportes. Me rompió el labio y varias costillas.

Cuando pasan este tipo de cosas, la gente suele comportarse de dos formas distintas: te tratan con pena —que al fin y al cabo no es algo negativo— o se muestran curiosos por la situación. Ahí es cuando aparecen los rumores.

—*Parecían una familia normal.*

—*Y su hijo, ¿qué habrá hecho para acabar así?*

—*Yo creo que ella le ponía los cuernos.*

Y descubres que unas simples palabras pueden hacerte más daño que los golpes. Yo lo aprendí de la peor forma posible: mi padre me dijo que se arrepentía de haberme traído al mundo, que no merecía lo que tengo, que ojalá estuviera muerto. Y, si mi madre no me lo hubiera negado tantas veces, al final me lo habría creído. Porque, si la persona que te ha dado la vida y te ha criado te dice tales monstruosidades, al final acabas preguntándote si tú eres el problema.

Un sábado por la mañana mi madre y yo hicimos las maletas y huimos de Madrid. Decidimos ir a Sevilla, donde viven mis abuelos, esperando que la distancia acabara con el infierno en el que vivíamos. Es verdad que antes de eso ya había tenido varios roces con mi padre, pero nunca se me pasó por la cabeza que algo así pudiera ocurrir. Eso fue lo más duro: el repentino derrumbe de nuestra familia.

Mis abuelos nos recibieron con los brazos abiertos, y a partir de ese momento comenzamos de cero. Tuve que acostumbrarme a otra casa, a otra ciudad y a otros amigos, aunque todo valió la pena porque la tranquilidad llegó a nuestras vidas.

Por eso, cuando conocí a Alejandro, lo primero que se me pasó por la cabeza fue pegarle un puñetazo. Se parece tanto a mi padre que no puedo soportar estar cerca de él. No aguanto esa actitud condescendiente y de superioridad, el rechazo que emanan sus ojos y ese odio hacia todo aquel que es diferente, propio de los imbéciles. Si la palabra «capullo» le viene bien a alguien es a Alejandro Vila.

Y, para mi mala suerte, resulta que tengo una especie de imán y atraigo todo lo malo. He sido el blanco de las bromas de Alejandro desde principios de curso. He intentado no prestarle atención, pero escuchar de su boca los mismos insultos homófobos que decía mi padre me hierve la sangre.

Hoy, un cotidiano viernes de octubre, he hecho algo que lo ha cambiado todo. Como siempre, Alejandro me ha dado los buenos días con su habitual «maricón», y esta vez he reaccionado. Creo que me he levantado con el pie izquierdo y no estoy de humor para aguantar a ningún gilipollas, porque me he acercado y le he propinado un puñetazo que lo ha hecho tambalearse.

¿Se lo merecía? Desde luego, pero quizá esta no sea la mejor forma de quitármelo de encima.

—¿Qué ha pasado entre vosotros dos? Y no quiero excusas.

La directora se cruza de brazos y puedo ver el enfado en su mirada, una mirada que nos asesina a ambos. Intento contestar sin éxito, ya que el imbécil se me adelanta.

—Estaba tan tranquilo detrás del gimnasio y esta persona vino hecha una furia. Ya puedes imaginar qué ha pasado. —Señala su ojo morado y antes de que yo pueda intervenir la directora niega con la cabeza.

—Primero, estabas fumando, lo cual está prohibido dentro del centro. Segundo, esta persona se llama Daniel. Tercero, él dice que eres tú el que no le deja en paz. Y no me das muchos motivos para creerte en este momento, Alejandro.

El chico resopla y se incorpora en la silla, dando paso a un silencio en la sala en el que no sé qué decir.

—Sin embargo, Daniel, tú has sido el que ha cometido una agresión física.

—Juro que no era mi intención —musito con la vista fija en mis zapatos.

—Pues yo creo que era del todo tu intención —contraataca él. Creo que podría percibir su rencor desde miles de kilómetros de distancia.

—Lo que está claro es que voy a llamar a vuestros padres ahora mismo. Esperad fuera.

Salimos de mala gana del despacho de dirección y nos vemos obligados a esperar en dos asientos en el pasillo, colocados a pocos centímetros uno del otro. Alejandro bufa y se cruza de brazos, dándome con el codo sin querer.

—Gracias —respondo, irónico, a lo que me dedica una mirada de odio.

—¿En serio te ha molestado esto cuando yo casi me quedo sin ojo por tu culpa?

—Te lo merecías, y lo sabes.

Me mira con el mayor resentimiento que un ser humano puede sentir, pero me da igual. Incluso se inclina hacia la izquierda para evitar el contacto físico. Qué infantil. Aprovecho que aparta sus ojos negros de mí para contemplarlo: pelo negro hasta la nuca, piel pálida y complexión delgada. Espero por su bien que no piense que vestirse siempre de negro y llevar ese aro en la oreja le da un aspecto de chico malo, porque (*spoiler*) no.

Al cabo de unos veinte minutos mi madre aparece por la puerta, preocupada y acompañada de una mujer de su edad. Al verme se acerca y me pregunta si estoy bien. La otra mujer se aproxima a Alejandro, también preocupada.

—No me puedo creer que de todos los chicos con los que te puedes pelear lo hayas hecho con el hijo de mi jefa —susurra en mi oído.

Medito la respuesta de mi madre y entonces proceso lo que esas palabras conllevan.

Mierda.

DOS

⚭ Dani ⚬

Tengo el presentimiento de que esto no va a acabar bien.

—Vanesa, lo siento mucho. No tenía ni idea de que…

La mujer, que es rubia y tan pálida como su hijo, niega con la cabeza al mismo tiempo que pone la mano en el hombro de Alejandro.

—No te preocupes, Ángela. Estoy segura de que esto se puede solucionar de alguna manera. —Sonríe y la expresión de mi madre se tranquiliza.

La directora sale y hace un ademán con la mano para que entren primero nuestras madres, y transcurridos unos minutos nosotros. Nos sentamos y mientras las adultas hablan entre ellas no puedo parar de darle vueltas a la situación. De todas las personas que hay en el instituto, escojo al hijo de la jefa de mi madre para darle un puñetazo. Bueno, en realidad es él el que siempre me está provocando, así que no tengo por qué sentirme culpable.

Miro a Alejandro y lo veo algo nervioso, lo que me sorprende. No deja de mover la pierna izquierda y está cruzado de brazos en un intento de mantener la calma. Antes de que llegara su madre no parecía ni siquiera importarle que lo hubieran llevado a dirección.

—¿Cuándo pensabas decirme que fumas? —cuestiona la mujer, bastante molesta. Alejandro agacha la cabeza y juega con sus dedos para evitar su mirada.

—No fumo, mamá. Solo un cigarro de vez en cuando.

El carácter fuerte del imbécil parece derrumbarse en estos momentos. Aparto la vista y me obligo a no sentir empatía por él. Que te traten mal en casa no justifica que imites ese comportamiento con los demás.

—Bueno, eso no es lo importante ahora mismo. —La directora saca varios documentos de uno de los cajones del escritorio y nos los entrega—. Os voy a expulsar tres días, no más. Espero que podáis solucionar esto entre vosotros o, de lo contrario, tomaré medidas al respecto.

Típica frase de docente que luego no hace nada, ya me lo conozco. Muchas veces, si el propio instituto fuera el que actúa y pone medidas para acabar con el acoso escolar, no habría tantos casos que terminan de forma desastrosa.

Cuando acaba la reunión nos dejan irnos a nosotros también, a pesar de que aún falta media hora para salir. Es viernes, lo que significa que no podré volver al instituto hasta el jueves de la semana que viene.

—Vanesa, de nuevo siento mucho esta situación. Daniel se arrepiente de lo que ha hecho. —Me rodea con sus brazos y asiento, a pesar de que sea mentira. No quiero ser el culpable de que mi madre pierda su trabajo.

—Ángela, está bien. De hecho, estaba pensando en invitaros a cenar mañana a mi casa. Mi marido estará encantado, y puedes tomarte el día libre. Así, a lo mejor nuestros hijos empiezan a llevarse mejor.

No, no, no. Esto debe ser una pesadilla de la que aún no he despertado. ¿Una cena en compañía de Alejandro? Preferiría nadar con tiburones antes que compartir postre con los Vila.

—Muchas gracias, allí estaremos.

Gracias por arruinar mi fin de semana de bienestar, mamá. Disimulo mi cara de fastidio y escudriño a Alejandro, cuya expresión es de molestia y nerviosismo a partes iguales. De un momento a otro se percata de que lo estoy mirando y hace el papel de su vida.

—Sí, seguro que podemos arreglarlo —agrega, sonriente.

Algo me dice que este chico me va a poner las cosas difíciles.

TRES

❦ Dani ❧

Lo primero que hace Elena cuando le cuento lo ocurrido es gritar. Veo a través de la pantalla que no da crédito a la situación tan surrealista de ayer.

—¿Le partiste la cara a Alejandro Vila? ¿Tú? —Su boca forma una perfecta «o». Me limito a reír.

—Por muy difícil de creer que sea, sí, lo hice. —Bebo de la taza que tengo a un lado y me encojo de hombros—. Nos han expulsado tres días, aunque no me preocupa. Pero tener que cenar con su familia y comportarme como si nada hubiera pasado… Eso ya no me hace tanta gracia.

—Bueno, como has dicho antes, tu madre podría haber perdido el trabajo. Eso hubiese sido mucho peor. —Asiento al recordar ese detalle y suspiro, viendo cómo mi amiga desaparece por un momento y vuelve con un paquete de Cheetos.

—Otra cosa que me jode es que parece que yo tengo la culpa, cuando es él quien lleva semanas insultándome. No soy alguien conflictivo, ya me conoces.

—Ni caso, Dani. Las personas así son las que más complejos tienen.

Ese comentario me recuerda al comportamiento que tuvo Alejandro delante de su madre, muy opuesto al que suele tener. Al contárselo a mi amiga alza las cejas y asiente.

—¿Ves? Problemas en casa. Apuesto a que es el típico chico que va de malote y luego tiene sentimientos y toda esa mierda.

—¿Cuántos libros de Wattpad has leído, Elena? —pregunto entre risas.

—Demasiados para saber hacia dónde va todo esto, y déjame decirte que no me gusta nada.

—Estás loca.

—Pero siempre tengo razón.

Me mantengo en silencio mientras me bebo la taza de café y veo la expresión de complicidad de mi amiga a través de la cámara del portátil.

—Dime que no te gusta, por favor.

—¿Quién?

—Alejandro.

—Elena, en serio, ¿qué te fumas?

—No puedo ser la única de esta relación —nos señala con los dedos de forma irónica— que se haya fijado en lo pilladas que están todas de él en el instituto.

—Ni se te ocurra. Primero, es un homófobo de manual, y segundo, ya tuve suficiente de eso con mi padre. ¿En qué cabeza cabe que me pueda gustar?

Elena es la única, aparte de mi familia, que conoce la historia de mi padre. Por eso mi confianza en ella es plena, porque sé que es capaz de guardar un secreto y no juzgarme por ello.

Sin embargo, es complicado hacerle cambiar de opinión cuando algo se le mete en la cabeza. Alzo la palma de la mano y la coloco en mi frente cual soldado, nuestro ritual —no muy serio— cuando queremos decir la verdad.

—No me gusta, sino todo lo contrario. Lo juro.

Se me queda mirando durante unos segundos hasta que pone los ojos en blanco y se lleva otro de los Cheetos a la boca.

—Bueno, te creo, pero espero que no termines cayendo. Es muy atractivo, las cosas como son. Ese pelo negro, el aro en la oreja… Y el hecho de que mida casi dos metros es un punto muy a favor.

Con la descripción de mi amiga puedo hacerme una imagen mental del chico, justo ayer me aseguré de examinarlo con detenimiento por algún motivo. Suele vestir de oscuro, varía entre el negro, el azul y el gris. El hecho de que no deje de insultarme día sí y día también me permite fijarme y conocer varias cosas sobre él.

—Ya ves tú de qué te sirve un físico así si eres una persona de mierda… —suelto, sonando más a la defensiva de lo que pretendía.

—Mi querido amigo, si pudiera darte uno de mis Cheetos a través de la pantalla ahora mismo, lo haría. Te lo has ganado. —Se come otro y empieza a frotarse las manos para limpiarse un poco—. Pero tienes que admitir que está bueno. No estás ciego, por Dios.

Pongo los ojos en blanco, ya un poco cansado de la conversación. ¿Que Alejandro es guapo? Muchísimo. ¿Que voy a admitirlo en voz alta? Ni en un millón de años.

—No haré más declaraciones —contesto serio, aunque por su expresión adivino que ya sabe cuál es mi respuesta.

CUATRO

∽ Dani ∽

Al terminar la videollamada con Elena bajo las escaleras y me dirijo a la cocina, donde veo a mi abuela metiendo un bizcocho en el horno. Me saluda con su encantadora sonrisa y me ofrezco a ayudarla a preparar el almuerzo.

—Si no te importa, ve cortando las verduras que he dejado ahí.

Cojo el cuchillo mientras ella se encarga del pescado. Cocinar es algo que disfruto mucho gracias a mi abuela. Me da muchísimos consejos sobre recetas y aprendo para el futuro y, además, así pasamos más tiempo juntos.

Antes de mudarnos a Sevilla el contacto con mis abuelos era mínimo, ya que no podíamos permitirnos viajar de una ciudad a otra cada mes. Los solía ver en Navidad y en algunas fiestas señaladas, nada más. Al principio fue raro, ya que sentía que eran prácticamente unos desconocidos, pero ahora no concibo la vida sin ellos.

Estoy a punto de terminar con las verduras cuando mi abuela tose de manera disimulada y aparta la vista de la sartén para mirarme con atención.

—Cariño, ¿qué pasó ayer? Sé que llamaron del instituto, pero tu madre no me ha contado nada.

—Nada, solo tuve un problema con un compañero de clase. Ya está todo solucionado.

Sigo cortando las verduras en silencio, esperando que no me pregunte más. Por desgracia lo hace.

—¿Un problema? ¿Algo grave?

—No, no te preocupes —aclaro, intentando zanjar la conversación.

—Bueno, sea lo que sea, espero que te hayas defendido.

—Ya lo creo. Le dio un puñetazo a su compañero y se quedó tan tranquilo —explica mi madre, entrando en la cocina con un par de bolsas.

Mi abuela aparta los ojos del pescado y me contempla, incrédula.

—¿Que has hecho qué?

Dejo el cuchillo sobre la encimera. Me están empezando a crispar los nervios y no quiero que haya heridos.

—¿Podéis parar? La tiene tomada conmigo desde principio de curso y ya estaba harto. Lo único que hice fue defenderme.

—Muy bien, cariño —expresa mi abuela, dándome una palmadita en la espalda y volviendo a volcar la atención en la comida.

—¡Mamá!

—Ángela, si ese chico es un matón, lo que no puede hacer es quedarse de brazos cruzados.

—La violencia no es la solución. —Capto al instante lo que mi madre quiere decir con eso, pero decido no argumentar nada al respecto.

—A veces hay que recurrir a ella, aunque no esté bien.

—Vale, pero que no lo haga con el hijo de Vanesa.

Mi abuela abre la boca a causa de la sorpresa y comienza a reír.

—Mamá, no es gracioso.

—Vaya cuadro.

—¿Cómo podía saberlo? Nunca me habías presentado a la familia de tu jefa —razono.

—Bueno, ya está. El lado positivo es que se ha solucionado y me han dado el día libre. He comprado algo para llevar a la cena de esta noche.

Saca de las bolsas dos botellas de vino de una marca cara. Pongo los ojos en blanco y mi madre se encoge de hombros.

—Esto no va a curar el ojo del pobre Alejandro, pero algo es algo.

El pobre Alejandro.

Esta situación parece una cámara oculta. Y la peor parte es que dentro de pocas horas voy a estar en su casa, comiendo con su familia y teniendo que mantener la compostura durante toda la cena. Estoy seguro de que Elena pagaría lo que fuera para verlo y echarse unas risas.

CINCO

∽ Dani ∽

Si hay una cosa que odio más que la actitud de Alejandro es tener que arreglarme. Soy de esas personas que prefiere estar cómodo antes que presentable, por lo que voy vestido en chándal a todos lados. Pero hoy, como mi madre ha insistido en que es una ocasión especial, me he visto obligado a desechar esa idea.

—Estás muy guapo —dice detrás de mí mientras me miro en el espejo del baño.

Llevo unos vaqueros largos y una camisa de manga larga de color salmón. Es lo más arreglado que puedo ir sin querer arrancarme la piel cada cinco minutos.

—Pero hazme el favor y péinate.

Miro mi pelo castaño. Lo tengo demasiado alborotado, con mechones apuntando a direcciones diferentes a la vez. Quizá si no fuera tan vago como para ir a la peluquería no tendría este problema ahora mismo.

Hago lo que puedo para arreglarlo y entro en el salón, donde mis abuelos me miran con satisfacción. No le doy importancia, y mientras espero a que mi madre termine reviso mi móvil. Elena me ha mandado un mensaje deseándome suerte, lo que agradezco teniendo en cuenta la magnitud de la situación. También han hablado por el grupo de mis amigos; quieren salir a cenar esta noche. Contesto que estoy ocupado, a pesar de que preferiría mil veces ir con ellos. Si supieran el lío en el que estoy metido...

Mi madre aparece ya preparada y me quedo sorprendido. Lleva un vestido con estampado floral y un recogido en un moño con dos mechones sueltos a cada lado. Está guapísima. Hace tiempo que no la veo arreglarse de esta forma y no puedo evitar emocionarme. La vida con mi padre la había cohibido de una forma inhumana.

—¿Pasa algo? ¿No te gusta el vestido? —Se mira nerviosa y niego casi al instante.

—Estás preciosa. —Me sonríe y pasa el brazo por mis hombros.

—¿Estamos lo suficiente presentables para impresionar a la familia Vila? —alardea ante mis abuelos.

—Por supuesto. Pero id saliendo ya, que si no vais a llegar tarde.

Cojo las dos botellas de vino y salimos de casa en dirección al coche que está aparcado en la calle de al lado. Recuerdo que lo primero que hizo mi madre cuando nos mudamos y encontró trabajo fue apuntarse a una academia para sacarse el permiso de conducir. Hasta ese momento habíamos tenido que depender de mi padre para ir a cualquier sitio, lo que sin darnos cuenta nos dejaba a su merced.

La familia de Alejandro vive en el centro y nosotros en un barrio un poco apartado, así que tardamos unos diez minutos en llegar. Mi madre aparca detrás de un parque. Al salir del automóvil, nos azota una brisa bastante fría que me lleva a abrocharme el botón del cuello. Octubre se hace notar cada vez más.

Resulta que Alejandro vive en una de las casas que rodean el parque, de tres plantas y antigua, pero está reformada. Se nota que tienen dinero, o al menos el suficiente como para poder permitirse esta vivienda cerca del casco antiguo de la ciudad.

Toco el timbre y una voz femenina al otro lado del telefonillo nos pregunta quiénes somos. La puerta se abre tras la respuesta de mi madre, y entramos en un patio interior con varias macetas, paredes recubiertas de azulejos azules y una mesa redonda con sillas alrededor, donde me imagino a Alejandro descansando por las tardes. Al llegar a la puerta principal nos recibe la misma mujer rubia, alta y de ojos verdes de ayer. Vanesa, la madre de Alejandro, está vestida muy elegante.

—Buenas noches. —Besa a mi madre con una sonrisa y se dirige hacia mí para hacer lo mismo. Puedo oler su colonia con tan solo acercarme.

—Buenas noches.

Con un ademán nos invita a pasar. Lo primero que veo es un gran comedor, con una mesa alargada donde la cubertería ya está colocada, y una escalera al fondo. Hay docenas de cuadros por todas partes, pero el que llama mi atención es el más grande de todos: una foto familiar en la que Alejandro sonríe en un extremo junto a sus padres y una chica mayor que él, supongo que su hermana. Sin duda ha heredado los genes de su padre: pelo negro y liso, piel blanca y ojos negros. En cambio, su hermana es idéntica a su madre, excepto por los ojos oscuros.

—La foto es preciosa —dice mi madre, y Vanesa se lo agradece.

Casa perfecta, familia perfecta, vida perfecta... Aquí tiene que haber gato encerrado.

SEIS

∽ Dani ∽

—Creo que es hora de que nos sentemos, ¿no? Si me disculpáis…

Vanesa se retira del comedor y sube las escaleras para buscar al resto. Escudriño a mi madre y pronuncio un «guau» casi susurrando.

—Lo que ves es lo que tengo que limpiar cada día. Y ni te imaginas las habitaciones… —dice mi madre.

—¿Cómo lo haces? —pregunto sin ser capaz de calcular cuánto tiempo se necesita para dejar esta casa tan limpia.

—El dinero es un gran estimulante.

Río y me imita. En pocos segundos baja Vanesa con el hombre de la foto: moreno, alto y de complexión delgada. En cierta forma, es la versión adulta de Alejandro, pero con gafas. Por lo que me ha contado mi madre, sé que es el jefe de un concesionario de coches y se llama Miguel.

—Ángela, encantado de ver que has venido. Y tú también… —menciona cuando se fija en mi presencia.

—Daniel.

—Eso, Daniel.

—Hemos traído esto para la cena —añade mi madre sacando una de las botellas de vino.

—No haberte molestado, mujer. Pero muchas gracias por el detalle.

—¡Alejandro! Te estamos esperando —grita el padre para que se entere desde la planta de arriba.

Al poco tiempo escucho unos pasos por la escalera y me giro para encontrarme a Alejandro a pocos metros de distancia. Lleva unos pantalones de color gris oscuro y un jersey negro. He de decir que por mucho que lo odie se ve bastante bien.

Siempre se ve bien.

—Buenas. —Le da dos besos a mi madre y me estrecha la mano de mala gana.

Puedo ver la molestia en su rostro, además de la marca de mi puño en su ojo derecho. Contengo una sonrisa, y por orden de Vanesa nos sentamos a la mesa para comenzar la cena. Mi madre se sienta a mi lado y los demás al otro; Alejandro queda justo frente a mí.

Vanesa se marcha por una de las puertas que da acceso a un pasillo y vuelve con dos platos humeantes que deja en la mesa. Su hijo se ofrece a ayudarla y trae los platos restantes.

—¿Vais a beber todos vino?

—Yo prefiero agua —respondo, a lo que la mujer me mira sonriendo.

—Igual que Alejandro. ¿Ves? Al final tenéis en común más de lo que creéis.

Claro, porque somos los únicos seres humanos que bebemos agua.

—Espero que os guste, he estado toda la tarde en la cocina. Es carne de cerdo en salsa con verduras y patatas al horno.

A estas alturas esperaba que unas empleadas trajeran la comida o que hubiera contratado un catering, pero se ve que no. Y para mi sorpresa la carne está riquísima, algo que no tarda en corroborar mi madre en voz alta.

—Está delicioso. No sabía que te gustaba la cocina.

—Muchas gracias, Ángela. A veces me pongo y hago algunas recetas que veo por internet.

El marido se une a la conversación y Alejandro y yo nos quedamos callados, comiendo de nuestros platos y limitándonos a oír a nuestros mayores. No hay otra cosa que podamos hacer en una situación como esta.

En un momento de la cena los ojos de Alejandro se cruzan con los míos, y capto de inmediato que tiene tan pocas ganas de estar compartiendo mesa conmigo como yo con él. Me gustaría saber cómo reaccionaría si tuviera que ir a la casa de su abusón y poner buena cara, porque esa es mi situación ahora mismo.

Cuando dejo de observarlo y quiero darme cuenta, la conversación ha tomado un rumbo muy distinto.

—Yo siempre se lo digo. Debe esforzarse, este curso es el más importante. Al siguiente entrarán en la universidad y deben estar preparados.

—O en un módulo, ¿no? —añade mi madre, bebiendo de su vaso.

—Bueno, eso el que quiera, pero Alejandro va a estudiar una carrera. Derecho si es posible. —La madre mira a su hijo, que tiene la cabeza agachada y juega con el tenedor en el plato—. ¿Verdad?

—Sí.

—¿Y tú, Daniel? —pregunta Miguel.

—Me gustaría estudiar algo relacionado con el inglés, aunque todavía no lo tengo claro. —Alejandro me contempla con una expresión difícil de descifrar.

—Oh, eso es genial, los idiomas te abren muchas puertas. ¿Se te dan bien?

—Bueno, domino tanto el inglés como el francés. Me propuse el año pasado aprender coreano, aunque no he hecho muchos progresos...

La verdad es que lo único que hago para aprender el idioma es usar una aplicación que más que nada te enseña vocabulario, pero no creo que quede muy decente en una cena como esta.

—A Alejandro le cuesta mucho el inglés. No entiendo por qué, si tanto su madre como yo lo dominamos.

—Eso no tiene nada que ver... —dice él casi en un susurro.

—Lo sé, cariño, tu padre se refiere a que se le hace raro.

Lo que le sigue al comentario es un silencio bastante incómodo. Alejandro se limita a fingir que come del plato, sus padres actúan como si nada y mi madre mantiene esa sonrisa de cortesía que ha esbozado desde que llegamos.

El problema de Alejandro es claro: tiene unos padres estrictos y una familia que de puertas para afuera es perfecta y exitosa, pero que seguramente tenga los mismos problemas que las demás. El sentimiento que se apodera de mí no es pena, sino más bien empatía. Sigo odiándolo, así que reprimo la sensación todo lo que puedo.

—He tenido una gran idea. —Pasamos a prestar atención a Miguel tras su intervención—. Daniel, tú podrías darle clases de inglés a nuestro hijo. Seguro que os lleváis mejor después de…

Dios mío, esto tiene que ser una broma. Ni siquiera me da tiempo a procesar lo que eso conlleva porque Alejandro se adelanta.

—Ni de coña —contesta de forma brusca.

—Cuida ese lenguaje —le advierte su madre.

—No creo que sea buena idea —intervengo en un tono calmado, tratando de ser lo más respetuoso posible—. Con lo complicado que es este curso no creo que tengamos mucho tiempo libre…

—Solo cuando puedas. Te pagaremos, por supuesto. No tienes que aceptar si no quieres, pero os vendría bien a los dos —explica Miguel.

No puedo creer que me lo esté replanteando. Mi primer pensamiento ha sido un no rotundo, pero el hecho de que me paguen y que sea bajo mis propias condiciones lo cambia todo. Claro que tener de alumno a mi mayor enemigo no lo hace nada atractivo.

—Esto es increíble. —Alejandro se levanta y se marcha, dejando el plato medio lleno. Escudriño a sus padres, quienes lo siguen con la mirada hasta que desaparece por la puerta principal.

—Perdonadle, no ha sido su mejor semana —se excusa Vanesa con una sonrisa fingida, para dirigirse de nuevo a mí—. Entonces ¿qué me dices?

SIETE

⁓ Dani ⁓

De postre Vanesa nos sirve tarta de queso, también deliciosa, pero Alejandro se la pierde por haberse ido unos minutos antes. No ha vuelto y no parece que vaya a hacerlo. Al menos se ha librado de este tostón, a mí todavía me queda un rato que aguantar.

—La comida estaba riquísima. Gracias de nuevo por invitarnos —dice mi madre, tan formal como siempre.

—El placer es nuestro.

—Es una pena desperdiciar este vino, ¿no? —menciona Miguel, sacando la otra botella que ni han abierto—. Vamos a la terraza para beber unas copas allí. Y de paso os enseño cómo ha quedado tras las obras.

Los tres se levantan con intención de seguir con la cena arriba y aprovecho para decir que voy a tomar un poco el aire. No entra en mis planes seguir aguantando una conversación por la que no tengo interés, y esta es la única manera que veo de poder librarme.

—De acuerdo. Siéntete como en casa.

Sonrío al matrimonio y salgo de la estancia, al fin libre. Me dirijo hacia la puerta principal y salgo de la casa, intentando reconfortarme con mis propios brazos debido al frío. Saco mi móvil y me encuentro con un mensaje de Elena.

Elena: Envía un emoticono si te ha pasado algo malo, iré en tu rescate.

Sonrío y le contesto que va mejor de lo que esperaba. Al menos no he tenido que aguantar tanto al imbécil como creía.

—Hablando con la novia, ¿eh?

Dirijo la mirada hacia el dueño de esa voz que conozco tan bien y veo a Alejandro sentado en una de las sillas del patio. Tiene un cigarro entre los dedos y una sonrisa de burla. Me muerdo la lengua y reprimo las ganas de insultarlo.

—¿Acaso te importa?

—La verdad es que no.

Clásico de este tío, preocupado solo por su vida y nada más. Parece que su único pasatiempo es joder a los demás. Guardo el móvil en el bolsillo y clavo mis ojos en él, observando cómo da una calada al cigarro.

—¿Cuál es tu problema?

Parece sorprendido por la pregunta. Expulsa el humo y sus ojos se achican.

—¿Mi problema?

—Sí, tu problema. Quiero decir, llevas semanas insultándome y despreciándome, y que yo recuerde no te he hecho nada.

—Hablas como si tú no me odiases.

—¡Porque eres tú el que no me deja en paz! Tuve que darte un puñetazo para que podamos mantener una conversación sin un insulto de los tuyos.

Me acerco a la mesa y me apoyo en ella. Estamos a pocos centímetros de distancia y, por primera vez, casi a la misma altura, ya que está sentado y yo de pie.

—No tengo por qué hablar nada contigo. —Aparta la mirada y distingo cómo su mandíbula se tensa.

Por lo general se habría reído de mi ocurrencia y habría soltado cualquier otro insulto antes de marcharse y mirarme por encima del hombro. Pero no ha hecho nada de eso. Esta vez es diferente a las otras y no sé por qué.

—Me confundes —confieso en un murmullo—. Desde lo de ayer pareces otra persona.

—Como si supieras algo sobre mi vida —escupe en un tono más alto, volviendo a prestar atención a mis ojos. Su mirada es desafiante, como si estuviera dispuesto a llegar a las manos.

Dios, dame paciencia para no volver a partirle la cara aquí mismo.

—Ah, lo había olvidado. Estamos con tus padres y no puedes llamarme maricón cada vez que quieras. Es eso, ¿no?

No puedo creer que me esté enfrentando a este tío, ni siquiera sé de dónde saco la valentía. Ayer pasó igual: estaba escuchándolo hablar y en cuestión de segundos me estaba acercando a su cara para pegarle. Son impulsos que no controlo.

—Que sepas que he aceptado darte clases. No porque quiera pasar tiempo contigo, sino porque me viene bien el dinero. Y no me voy a dejar amedrentar por ti ni una vez más, para que lo tengas en cuenta.

—No te atreverás —pronuncia despacio, volviendo a esbozar esa sonrisa de narcisista.

—Ya lo veremos.

No espero ninguna respuesta y me doy media vuelta, volviendo al interior de la casa y con el corazón palpitando a mil por hora. Saco otra vez el móvil y le escribo un nuevo mensaje a mi amiga.

Dani: Si mañana he desaparecido es porque Alejandro me ha asesinado.

OCHO

∾ Dani ∾

Si tuviera que hacer un recuento para saber qué día de la semana duermo más horas, sin duda obtendría como resultado el domingo. Es el día perfecto para no hacer nada, ya que entre semana voy al instituto y los sábados suelo salir o quedarme en casa haciendo deberes. Solo los domingos puedo liberar a mi verdadero vago interior.

Dicho y hecho, cuando me levanto y miro la hora en el móvil descubro que son las once y media de la mañana. Sin embargo, lo que me ha despertado ha sido el timbre y una voz chillona en la planta de abajo.

—¿Elena?

Me froto los ojos y me la encuentro sentada en el sofá, hablando de forma animada con mi abuela.

—Buenos días, bella durmiente. He traído churros con chocolate.

Me siento en una silla y cojo uno con hambre. Mi madre entra en el salón y me da los buenos días, obligándome a que le dé las gracias a mi amiga por traer el desayuno. Le pide a mi abuela que la ayude a limpiar la cocina y ambas se marchan, dejándonos solos.

—¿Qué quieres? —pregunto.

—¿Cómo?

—No te habrías molestado en traer esto si no quisieras algo.

—Increíble que pienses eso de mí. Mi mejor amigo, y cree que tengo motivos escondidos… —Se tapa la cara con la mano como una *drama queen*, pero no tarda en quitarla y coger un churro—. Vale, sí. Quiero enterarme de lo que pasó ayer y no podía esperar a verte el jueves en clase. Estos tres días sin ti van a ser una tortura.

—Si es que te conozco como si te hubiera parido.

Bebo del vaso creyendo que el chocolate está frío y me quemo la lengua. Joder, siempre me pasa lo mismo.

—El caso es que ayer estuviste cenando en casa de Alejandro. ¡Alejandro Vila, ni más ni menos! Solo de pensarlo se me sube el azúcar.

—Tía, relaja las bragas. Sigo sin saber qué le ves de atractivo —farfullo bebiendo un poco de agua.

¿A quién quieres engañar? Si a ti también te encanta.

Calla, conciencia. Esto no va contigo.

—A ver, tampoco es un adonis, pero tiene algo especial. No me preguntes el qué.

—Sí, homofobia interiorizada.

Río con amargura y Elena asiente, a la vez que muerde un trozo de masa.

—Ahí te doy la razón. Pero oye, que estoy aquí para que me cuentes la movida.

—¿Qué movida?

—Pues yo qué sé, alguna tiene que haber. Me dijiste que Alejandro quería matarte. ¿Qué hiciste?

—Puede que le dijera varias cosas a la cara. Y también puede que vaya a darle clases de inglés.

La cara de mi amiga pasa de la sorpresa a la confusión de manera casi cómica. Deja el churro medio empapado de chocolate sobre su servilleta y hace una mueca de desconcierto.

—Explícame cómo es posible que le hayas cantado las cuarenta y que ahora vayas a ser su profesor particular.

—Sus padres me lo pidieron, y además me pagan.

—Qué materialista de tu parte.

—Hombre, de lo contrario no pasaría tiempo con ese ser ni de coña.

—Claaaro… ¿Sabes qué? En las novelas que leo a los protas les parece sexy eso de que un chico como él los insulte.

—Elena, de verdad, ¿qué clase de historias lees en esa plataforma?

—Oye, solo te estoy informando para que no cometas el mismo error. Estamos a un par de capítulos de que empieces a perdonarle los insultos como si nada.

Opto por dejar de hablar y limitarme a comer en silencio.

—¿Qué días vas a darle clases?

—Los que me vengan bien. He decidido que de momento voy a evitarlo todo lo que pueda.

—Sabes que en algún momento vais a tener que pasar tiempo juntos, ¿verdad? Sobre todo cuando tengamos los exámenes finales de cada trimestre.

Solo el hecho de imaginarlo me produce escalofríos.

—Lo sé. Solamente espero que se le dé mejor el inglés de lo que sus padres creen.

NUEVE

∽ Dani ∽

Si hoy fuera un día normal tendría que haberme levantado mucho más temprano y haber asistido a clases, pero por la expulsión no puedo volver hasta el jueves. En su lugar me he quedado durmiendo las horas que el curso escolar no me permite dormir.

Desayuno y me hago cargo de la limpieza de la casa, ya que mi madre está trabajando y mis abuelos suelen salir por las mañanas a hacer la compra. Sin tener nada más que hacer, me siento y me distraigo con el móvil.

Decido mandarle un mensaje a Bea, mi compañera de clase del año pasado que decidió no seguir haciendo bachillerato. Si hay alguien con quien puedo hablar ahora mismo que no esté ocupada es ella.

Dani: ¡Bea! ¿Cómo te va? Hace tiempo que no hablamos.
Seguro que tienes mil cosas que contarme.

Recibo su respuesta bastante rápido.

Bea: ¿Qué haces usando el móvil en clase? ¿No está prohibido?

Dani: Me han expulsado. Vuelvo el jueves.

Bea: ¿A ti? ¿Expulsado? Nah, no te creo.

Dani: Si te cuento la historia, flipas...

Bea: Hecho. ¿Quedamos esta tarde? ¿Sobre las cinco?

Dani: En el parque de siempre. Y lleva pipas.

La mañana transcurre con normalidad y después de almorzar le mando un mensaje a Elena para que me pase los deberes. Por suerte no son muchos, y en poco tiempo ya estoy de camino al parque para encontrarme con Bea.

—¡Si es mi compañero de mesa favorito! —exclama al verme desde el banco en el que está sentada.

El año pasado solía estar casi todo el tiempo con ella. Elena se incorporó al grupo más tarde, gracias a un trabajo en el que nos pusieron juntos y a partir de entonces comenzamos a ser amigos. Antes de eso, éramos Bea y yo contra el mundo.

—¿No me jodas que al final te has teñido el pelo? ¡Y yo sin saberlo! —digo al verle las mechas rubias.

—He ido esta mañana, estaba en la peluquería mientras nos escribíamos —explica dándome un abrazo. Nos sentamos y saca de uno de los bolsillos gigantes de su chaquetón un paquete de pipas.

—Te queda genial.

Al ser negra de piel, Bea tiene un color de pelo muy oscuro y esos toques claros le favorecen mucho.

—Muchas gracias. Y, bueno, ¿qué es de ti? No nos vemos desde verano.

—Cierto… Ya sabes, este curso es bastante movido.

—Menos mal que salí de ese infierno… —menciona con una risa.

—¿Tienes pensado hacer un módulo o algo?

—Mi padre no deja de joder con eso. Y lo entiendo, pero es que no tengo ni idea. Por ahora he echado el currículum en varias tiendas… Estudiar no es lo mío.

Y tiene razón. Entiendo su frustración, porque los adultos nos dicen a menudo que los estudios son esenciales y que debemos tener un título si queremos un futuro. Pero ¿qué deben hacer los que no son capaces?

Para una persona como Bea el instituto era una pesadilla. Ella sufre ataques de ansiedad y periodos de estrés con facilidad, y pasaba un mal rato cada vez que teníamos un examen importante, lo cual era cada semana. Si Bea hubiera seguido estudiando, quizá algo peor le habría pasado.

—Ni te imaginas este curso. No sé cuántas veces he escuchado la palabra «selectividad» y todavía quedan varios meses. Entre los deberes diarios, los exámenes…, y encima voy a tener que dar clases entre medias.

—¿Dar clases? ¿De qué y por qué? —pregunta confusa.

—Oh, es verdad, no lo sabes. Es que pasó hace dos días.

Le cuento lo que ha ocurrido desde la semana pasada: mi encontronazo con Alejandro, el motivo de la expulsión, la cena en su casa y el acuerdo al que llegué con sus padres. No deja de sorprenderse y hacer pequeñas muecas a medida que avanza la historia.

—¿Alejandro? ¿Alejandro Vila, el de la clase de sociales?

El año pasado los de humanidades —Bea, Elena y yo— estábamos en una clase separada de los de sociales, por eso nunca entablé conversación con él. Este año, como somos pocos, nos han mezclado en una misma clase.

—El mismo. Y, bueno, desde fuera parece que soy masoquista al querer darle clases a mi mayor enemigo, pero el dinero me vendría muy bien para sacarme el B2 de inglés este verano. Mi madre ya trabaja demasiado como para pedirle que me lo pague, y he oído que, si lo tengo, me pueden convalidar asignaturas de la carrera.

—Mi querido Dani siempre un paso por delante. Pues yo te animo a hacerlo. Si vas a sacar beneficio, ¿qué puede salir mal?

Recuerdo la mirada que me dedicó Alejandro durante la cena y asiento.

—Se me ocurren varias cosas, la verdad.

DIEZ

∽ Dani ∽

Cuando me despido de Bea aprovecho que estoy fuera y voy al supermercado más cercano para comprar varias cosas. Le envío un mensaje a mi madre para decírselo.

Dani: No compres nada para cenar, ya me encargo yo.

Terminamos haciendo pizzas caseras, de forma que cada uno se prepara la suya y la personaliza a su gusto. La mía la lleno de salsa carbonara y champiñones, mientras que la de mi madre es de queso y mis abuelos optan por hacerse una compartida de barbacoa.

Cenamos en familia, viendo una película y riéndonos sin parar por los comentarios de mi abuelo ante la actitud estúpida del protagonista. Estos momentos son los que más disfruto a su lado.

Como también compré palomitas, ya que preveía que íbamos a tener sesión de cine, las hago en el microondas y terminamos de ver la película sentados los cuatro en el sofá. Cuando acaba ponemos una emisora al azar y saco uno de los juegos de mesa que me traje cuando nos mudamos. Es tarde, pero mañana no tengo instituto y mi madre no trabaja, así que nuestra energía sigue hasta arriba. Mi abuela y yo perdemos ante la gran habilidad de mi madre para dibujar y la de mi abuelo para acertar la respuesta de preguntas difíciles al azar.

Al terminar de jugar presto atención por un momento al programa de la televisión, en el que un chico de unos veinte años está contando cómo le dieron una paliza en plena calle. Cuando el presentador le pregunta si hizo algo para provocar a los agresores, contesta que iba de la mano con su novio. Al oír esto se me revuelve algo por dentro y miro al resto de los presentes, que están incluso más pendientes de la emisión que yo.

El chico en cuestión tiene varias cicatrices y un brazo escayolado, lo que me provoca un nudo en el estómago. Podría pasarle a cualquiera. Podría pasarme a mí, y sé que mi madre piensa lo mismo por la mirada que me dedica.

—Pobre chico, pero, claro, se lo va buscando —dice mi abuelo sin una pizca de vergüenza—. Menos mal que tú no eres uno de esos maricas, Dani.

Un calor me sube por todo el cuerpo y me quedo estático. Cada vez que hace un comentario parecido me dan ganas de contestarle, pero nunca reúno la fuerza suficiente para hacerlo. Al final es lo mismo que me pasaba con mi padre, solo que sé que con mi abuelo estoy a salvo mientras lo deje estar. Puede que algún día me atreva a plantarle cara como hice con mi padre, pero hoy no es ese día.

Como era de esperar, mi madre me escudriña y me pide perdón con la mirada. Soy consciente de que ella tampoco está de acuerdo con su comportamiento, y sospecho que al mudarnos esperaba que hubiese cambiado con el tiempo. Aunque, en cualquier caso, no hubiésemos tenido otro sitio al que ir, la verdad.

—Papá, no digas eso. Es irrespetuoso.

—¿Por qué? ¿Acaso he dicho alguna mentira?

—Si una mujer y un hombre salen a la calle de la mano y se dan un beso, ¿eso te molesta? ¿Te da derecho a acercarte y darles una paliza?

—Pero eso es una pareja normal, Ángela.

«Una pareja normal». No puedo más con esta situación, así que finjo que tengo sueño y salgo con rapidez del salón.

Tumbado en la cama me pongo los auriculares y comienzo a divagar mientras miro el techo. Ahí abajo he sentido algo similar a lo que se apoderaba de mí las veces en las que discutía con mi padre. Él nunca aceptó que yo tuviera «comportamientos de chica», como lo llamaba. Nunca me regaló la muñeca que quería por Navidad, en su lugar me dio una pista de carreras de coches en miniatura.

¿Qué pretendías con eso, papá? ¿Reprimir tanto a tu hijo hasta que se convirtiera en quien tú querías que fuera? Ahora sé que el problema era de él, al igual que pasa con mi abuelo, pero de pequeño no lograba entenderlo. ¿Qué había hecho para que mi propio padre me tratara así?

Tengo mucha suerte de que mi madre sea diferente. Ella me compró la muñeca sin que mi padre lo supiera y la escondía en uno de los cajones de mi armario para que no la encontrara. Era nuestro pequeño secreto. Con el tiempo fui creciendo y me empezó a gustar un chico de mi clase. Ahí fue cuando supe que los problemas con mi padre irían a más.

Al cumplir los dieciséis salí del armario con ellos. Pobre de aquel chico que creía que lo entenderían. Mi madre, por supuesto, me reconfortó e hizo lo posible por quitar hierro al asunto. Mi padre, bueno…, era de esperar que su reacción no fuera la mejor.

Estuvo días sin hablarme. Me llevaba a clase cada mañana y ni siquiera me miraba. Me hacía sentir como un cero a la izquierda. El curso acabó y una tarde de verano me dio una paliza: cuatro costillas rotas y casi me quedo sin labio. Al día siguiente ya estábamos de camino a la casa de mis abuelos.

La única palabra que me dirigió mi padre antes de no volver a verme fue la misma que esta noche mi abuelo ha pronunciado. Esa maldita palabra con la que todos intentan insultarme, incluido Alejandro.

«Maricón».

ONCE

～ Dani ～

Esta mañana todos se han quedado en casa. Como era de esperar, mi abuelo actúa como si nada, a pesar de que yo no puedo dejar de escuchar sus palabras en mi cabeza. Si la que ha sido mi casa durante un año a veces no se siente como un sitio seguro, ¿qué otro lugar puede serlo?

En silencio, ayudo a mi madre a hacer las camas. Cuando le doy la sábana cruzamos miradas y ni me esfuerzo en disimular mi estado de ánimo. Al verme tan decaído me acaricia la mejilla y me muestra un gesto de remordimiento.

—No es tu culpa —aclaro, intentando sonreír sin conseguirlo.

—Lo sé, pero no puedo evitar sentirme responsable. No hace falta que te asegure que lo de hace un año no se repetirá, ¿verdad?

—Lo sé.

Si por ella fuera, nada malo habría pasado, pero no podemos cambiar el pasado.

—Por cierto, me ha llamado Vanesa. Quiere hablar contigo, así que llámala cuando puedas. Este es su número.

Me da un trozo de papel y maldigo mi existencia. El plan inicial de ignorar todo lo posible a la familia Vila está empezando a derrumbarse, y estoy seguro de que quiere hablar para que empiece cuanto antes con las clases de inglés. Me entran escalofríos solo de pensarlo.

Cuando termino con la limpieza salgo al pequeño patio, mis abuelos tienen numerosas plantas que cuidan cada día, y marco el número. Presiono el botón de llamar y tras unos segundos alguien lo coge.

—¿Vanesa? Soy Daniel.

—Hola, Daniel. Supongo que tu madre te ha dado mi número, ¿no?

—Así es.

—Verás, ya sé que te dije que las clases serían cuando tú quisieras. Y así será, pero he pensado que podrías venir mañana por la mañana. No tenéis instituto y cuanto antes, mejor, no quiero que Alejandro suspenda el primer trimestre.

Esto es horrible. No tengo elección, si me niego, buscará rápidamente otro momento, y la realidad es que tarde o temprano voy a tener que hacerlo.

—De acuerdo. ¿A qué hora voy? —Escucho lo que parece ser un suspiro de alivio al otro lado de la línea.

—¿A las once? Para que estés hasta la una o así.

—Perfecto.

—Tanto Miguel como yo estaremos trabajando, así que avisaré a Alejandro para que esté despierto a esa hora.

Se me cae el alma a los pies. ¿Él y yo solos, en su casa? Me parece que mi desayuno de mañana va a ser un puñetazo en la cara.

—Cla-claro. Allí estaré.

—Perfecto. Hasta luego.

Cuelgo y medito durante unos instantes. En el mejor de los casos, Alejandro estará dormido y no me abrirá la puerta, aunque me da que eso no es lo que va a pasar.

Demasiado tranquilo te veo para lo que se te viene.

Ya tendré tiempo mañana para entrar en pánico. Ahora lo que me apetece es volver al sofá y ver capítulos de *Friends* hasta volverme loco.

DOCE

～ Dani ～

Esta noche apenas he dormido, deduzco que es por los nervios. Me siento idiota, pero la cosa es que no puedo evitarlo. ¿Qué es capaz de hacer Alejandro conmigo sin que nadie pueda pararlo?

Se me ha pasado por la cabeza no ir y decirle a Vanesa que prefiero rechazar su oferta. Lo haría si no fuera por dos inconvenientes: que mi madre trabaja para ellos y que el dinero me solucionaría un par de problemas en el futuro.

Me levanto de mala gana y mientras me preparo un café valoro la situación. Por lo que he visto estos últimos días hay mucho de Alejandro que no conozco. Estoy seguro de que se comporta así conmigo por algún motivo, aunque va a ser difícil sacárselo.

Una pregunta se forma en mi cabeza: ¿quién es Alejandro Vila? Creía que su personalidad se limitaba a reírse de mí en clase, pero parece que de puertas para dentro es distinto. Pase lo que pase, pienso seguir el consejo de Elena y no dejarme llevar por la empatía.

Me visto de forma rápida y meto en una mochila el libro de inglés, un cuaderno, mi estuche y un diccionario. Espero hasta las once menos veinte y entonces salgo y pillo el autobús hacia el centro.

El día es bastante soleado y en contraste hace algo de frío. Me encanta este tiempo. Además, escuchar a Lana Del Rey con los cascos le da un toque especial. Después de un rato pasando paradas por fin llego al parque que está al lado de la casa de los Vila y me bajo. Me quito los auriculares y, tras tomar una bocanada de aire, presiono el timbre.

Mentiría si dijera que no estoy nervioso. De hecho, los segundos en los que espero una respuesta del telefonillo se me hacen eternos. Al fin una voz grave contesta, preguntando quién soy.

—Dani.

Se queda callado durante un momento y la puerta se abre, dejándome pasar al patio. Camino hasta la puerta de la vivienda, que está encajada. Paso y la cierro, pero no hay nadie en el recibidor.

—¿Alejandro? —pregunto. No obtengo respuesta.

Me adentro hacia el comedor y me viene el recuerdo de la cena del sábado. Alejandro no estaba muy contento cuando su madre me ofreció darle clases, así que ahora tampoco espero una bienvenida agradable.

Cuando aparezca tápate la cara, por si acaso.

Decido buscarlo y lo primero que se me ocurre es subir las escaleras, suponiendo que su cuarto esté por ahí. La segunda planta resulta ser un gran pasillo con varias puertas, todas iguales. Escucho algo al fondo, por lo que me dirijo hacia allí y llego a una estancia un poco más pequeña que el comedor. Pronto me doy cuenta de que es un gimnasio: hay pesas, colchonetas y una bicicleta estática, en la que Alejandro está subido.

Pedalea a gran velocidad, con la mirada fija en la pared y restos de sudor en la frente. Viste una camiseta de tirantes blanca que deja ver sus brazos y unos pantalones cortos negros. ¿Pero este chico no piensa en que puede coger un resfriado o qué?

No lo mires más de la cuenta.

Debería hacerme el loco, pero sus brazos flexionados son lo único que capta mi atención ahora mismo. Nunca lo he visto así, y tengo que decir que la perspectiva es mejor de lo que esperaba. Bajo la mirada hasta sus piernas, examinando sus muslos sin reparo alguno.

No entres en pánico, pero es tu tipo.

Gracias, conciencia, no me había dado cuenta.

Aunque, para ser justos, cualquier chico en tirantes es tu tipo.

Vuelvo a la realidad después de un pequeño —más bien gran— desliz y me apoyo en el marco de la puerta, esperando a que se dé cuenta de mi presencia. Hay dos posibilidades: o me está ignorando, o no me ha visto.

—¿A qué hora te levantas para hacer ejercicio?

Sin dejar de pedalear abandona el punto fijo de la pared y me mira, más serio de lo que me gustaría. Ya estoy visualizando su puño en mi cara.

—¿Acaso es un dato que te vaya a cambiar la vida? —cuestiona con hostilidad.

—No, era por decir algo —confieso cruzándome de brazos.

—Pues entonces genial. —Hace una pausa para respirar y reanuda la conversación—. Tengo una idea: yo me quedo haciendo ejercicio y tú puedes hacer lo que quieras. Cuando llegue mi madre le dices que las clases van superbién y listo. Ni yo te molesto a ti ni tú me molestas a mí.

Vuelve a observar la pared y a hacer como si no estuviera, dejándome boquiabierto. La verdad es que no me esperaba para nada este comportamiento de su parte: calmado, serio y con un plan premeditado. Parece que cada vez que hablamos es una persona distinta.

—¿Y si suspendes inglés, cómo se lo explico a tus padres, genio?

—Yo qué sé, ese no es mi problema.

—Mira por dónde, resulta que sí es tu problema.

Suspira y se baja de la bicicleta, acercándose y colocándose a escasos centímetros de distancia de mí. Observo sus ojos negros, elevando mi mirada a causa de la altura, y me dedica una sonrisa a modo de burla. Mi corazón empieza a latir con fuerza. Nunca hemos estado tan cerca el uno del otro como ahora. Pone las manos en la cintura y trato de que los ojos no se me vayan a sus brazos.

—No sé si te has dado cuenta, pero no me caes bien. Prefiero suspender una asignatura antes de que seas mi profesor, así que vete a dar vueltas por la casa o lo que sea, pero déjame en paz.

Analizo la situación con rapidez. No puedo dejar que se salga con la suya, porque los Vila no son tontos y se darán cuenta de que su rendimiento en el instituto no ha cambiado. Necesito enseñarle inglés de manera que quiera aprender, debo encontrar una motivación para él. Y si de paso lo fastidio en el proceso, mucho mejor.

—Está bien. Te dejaré en paz cuando seas capaz de decirme todo eso en inglés.

Hago un esfuerzo por no reírme al ver la molestia en su cara. Suspira y se cruza de brazos.

—Vete.

—Si me voy, tus padres se enterarán, y me da que no quieres que pase eso. —Me aparto, soltando el aire que no sabía que estaba conteniendo y sentándome encima de la pila de colchonetas de la esquina—. Si quieres, sigue con tus ejercicios, pero no me voy a ir hasta que hablemos en inglés.

—Que te jodan.

Vuelve a la bicicleta y sonrío al saber que esto le está molestando. Se ve que esperaba que aceptase su trato.

—*In English, please.*

—*Fuck you.*

—Mira como eso sí sabes decirlo.

TRECE

Ꮺ Dani Ꮺ

—No voy a hablar contigo en inglés.

—Alejandro, tenemos que hacerlo. ¿Cuántas veces te lo he explicado?

La situación está empezando a ser tediosa. Este tío es más cabezota de lo que pensaba.

—Vamos a dejar nuestras diferencias a un lado, por muy difícil que sea. —Me mira para poder dedicarme una expresión de odio y se fija en el paquete que tengo en las manos.

—¿Te estás comiendo mis nueces?

No jodas que encima son sus nueces. Me llevo otra a la boca y me encojo de hombros.

—Me dijiste que podía hacer lo que quisiera.

Si estuviéramos en una serie de dibujos animados, saldrían llamas de sus ojos, cero dudas.

—¡No hablaba en serio! —Me quita el paquete de las manos, malhumorado, y se marcha a la cocina.

Después de terminar su rutina de ejercicios, Alejandro ha bajado y ha empezado a hacerse un batido de yo no sé qué, mientras que yo me he sentado a la mesa del comedor y he abierto el libro. Por supuesto, ha pasado de mí y no hemos empezado ni el primer tema.

—Al menos dime que te sabes el verbo *to be* —imploro.

Vuelve con un vaso de cristal lleno de un líquido verde y se sienta enfrente. Examino el contenido desde la distancia y hago una mueca de desagrado.

—No voy a preguntar qué lleva eso, porque vivo mejor en la ignorancia. Con solo verlo ya me dan arcadas.

—Claro, es que tú no sabes nada de dietas ni ejercicio... ¿Es demasiado masculino para ti? —Alza las cejas y toma un sorbo.

—No, solo que el tiempo que tú empleas en eso yo lo uso para estudiar y asegurarme un futuro —digo de la manera más digna posible. Él se limita a sonreír—. Y que sepas que reventarte a hacer abdominales no te hace más hombre que yo.

Mis palabras calan en él, ya que veo cómo se ensombrece su rostro.

—Sabes que podría devolverte el puñetazo ahora mismo, ¿no? Total, nadie lo escucharía.

Mierda.

No te pongas nervioso, ¡lo notará!

Escondo las manos bajo la mesa y empiezo a jugar con mis dedos en un intento por mantenerme calmado.

—Se lo contaría a tus padres —digo casi en un susurro.

—Ya. —Me da una palmadita en la mejilla—. Seguro.

¿Acaba de tocarte?

Vale, esto es raro. Lo escudriño con todo el desconcierto del mundo y se dedica a reír, alejándose para dejarse caer en una silla.

—Alejandro, hazme el favor y dime cuánto sabes de inglés. Al menos eso. No pido más.

Decir que esta situación es desesperante se queda corto. Se termina el batido y reflexiona durante unos instantes en silencio hasta que por fin se digna a contestarme.

—Mira, sé decir «culo», «mierda», y una vez leí que…

—¡¿Quieres dejar de comportarte como un puto niño de cinco años y no decir gilipolleces?!

Ahí está de nuevo, el impulso. No he podido controlarlo, lo único que me estaba pidiendo mi cerebro era gritarle en la cara, porque parece que es la única manera de la que se entera de las cosas. Un silencio incómodo se apodera de nosotros y la sorpresa en su rostro me recuerda a la expresión que puso cuando le pegué. Tengo la intención de disculparme, pero él habla primero.

—No lo sé. El nivel de inglés que tengo, quiero decir.

Vale, me ha hecho caso y eso es un avance, pero ahora me siento mal. Suspiro y escribo la dirección de una página web en un trozo de papel.

—Aquí puedes hacer una prueba para saberlo. Avísame con lo que sea.

Le dejo la nota sobre la mesa y me levanto mientras voy guardando mis cosas en la mochila. Es obvio que he tenido suficiente por hoy. Alejandro me observa callado y se levanta también.

—¿Cómo te aviso? No tengo tu número —farfulla.

Joder, es verdad. Saco mi móvil y se lo dicto, sin saber si le estoy ayudando o firmando mi sentencia de muerte. Después me cuelgo la mochila al hombro y me despido con un simple «adiós».

Ya en el exterior miro el reloj y me doy cuenta de que es la una del mediodía. He pasado dos horas con Alejandro Vila, y no sé si es mejor seguir con esta locura o darle un mochilazo en la cara.

CATORCE

～ Dani ～

—No vayas tan rápido —suplico varios metros detrás de Elena.

La rubia ni siquiera se da media vuelta y sigue caminando, obligándome a correr la distancia que nos separa.

—¿Me puedes decir otra vez a dónde vamos? —pregunto.

—Ya te lo he dicho, mi hermano me ha contado que por aquí hay un sitio con wifi gratis.

—Elena, estamos en mitad del campo. Y yo que tú no me fiaría mucho de tu hermano, a saber lo que hace por aquí con sus amigos.

—¡Tiene doce años! —exclama indignada.

—¿Y qué? Esa es la peor edad —aclaro, intentando no chocarme con la rama de un árbol.

Nunca he venido a este sitio y, sumado a que odio el campo, no estoy de muy buen humor. Lejos de mi casa, a las afueras, hay un camino que lleva a las fincas y campos de los pueblos cercanos. Llevamos recorriendo este camino más de una hora.

—Estoy segura de que puedes aguantar solo por hoy estar en el campo.

—No cuando estamos al aire libre y con a saber qué bichos rondando por ahí.

Si hay algo que no puedo soportar es cualquier tipo de insecto o animal pequeño. Y mucha gente dice: ¿por qué, si son diminutos? ¡Pues por eso! Los cabrones pueden subirse a tu cabeza o hacer cosas mucho peores.

—Deja de quejarte. Mira, creo que es aquí.

Llegamos a un sitio apartado del sendero. El borde de un tubo grande sobresale del suelo, supongo que para llevar agua a las plantas. Nos sentamos en él y sacamos nuestros móviles, expectantes.

—Como esto sea mentira vas a pagar haberme traído hasta aquí para nada —advierto.

No sé cómo, pero mi móvil se conecta a una red wifi cercana y Elena me da una colleja a modo de «te lo dije». Busco por los alrededores y veo una casa de campo a unos cuantos metros de nosotros, cerca de un río que separa la zona de un pueblo rural.

—Debe venir de allí.

—Pues oye, chapó.

Vuelvo a mi móvil y Elena al suyo. Al poco tiempo le llega una notificación. Advierto en su cara una expresión de confusión, por lo que me enseña su pantalla para que lo vea. Es una solicitud de seguimiento en Instagram. Al principio no reconozco de quién se trata, por lo que me encojo de hombros, pero mi amiga pulsa en la cuenta y resulta que es pública.

Es nada más y nada menos que la cuenta de Alejandro.

—¿Tú le has dicho algo de mí? —pregunta.

—¿Yo? ¿Qué le voy a decir?

—No sé, como estuvisteis ayer juntos… —Vuelve a su móvil y empieza a ver las fotos del chico.

—Ya, pero no dije nada. Lo único que hice fue darle mi número.

—A lo mejor no se atreve todavía a seguirte y ha empezado por mí —teoriza.

Niego y vuelvo a fijar la vista en mi móvil haciendo como que no le doy importancia, pero preguntándome el porqué de esa solicitud. ¿Es que acaso Alejandro va a dejar que le dé clases solo para tener alguna oportunidad con mi amiga? ¿Esas son sus verdaderas intenciones?

—Mira que hay personas fotogénicas, y luego está este chaval.

Miro por encima del hombro y contemplo una de las fotos en la que se ve a Alejandro de perfil, lleva una sudadera de color azul y está sonriendo. En vez de un aro, en esta foto tiene un pendiente con forma de pluma.

—Lo que le sobra de físico le falta de cerebro —suelto, recordando lo cabezota que fue ayer.

—No te piques, anda. —Elena acepta la solicitud y bloquea el teléfono—. ¿Sabes qué? Ahora tengo mono de helado.

—Es octubre.

—¿Y? Siempre es un buen momento para una tarrina de chocolate y menta.

—Qué asco.

—No empecemos esta discusión de nuevo. Venga, acepto comprar la tarrina que quieras si la pagamos a medias.

—No tienes remedio —digo poniendo los ojos en blanco.

QUINCE

∽ Dani ∽

Hoy, miércoles y último día de mi expulsión, decido tomármelo de descanso. El lunes tuve que ir a casa de Alejandro y ayer Elena me arrastró por el campo, así que es el día perfecto para no hacer absolutamente nada.

Como ya es costumbre, después de desayunar y limpiar un poco la casa ayudo a mi abuela con la comida. Esta vez tiene ganas de preparar un pastel de chocolate y recuerdo que la última vez que fui al supermercado compré uno de esos listos para hacer, así que lo saco. Le pido a mi abuela que me lea las instrucciones de la caja mientras yo lo voy preparando.

—Y luego echas la mantequilla derretida. Ahora eso hay que batirlo.

—Recibido.

Vacío el bol con la mezcla en el vaso de la batidora y me pongo a ello. Después, mi abuela se marcha a regar las plantas y me deja solo. No por mucho tiempo: mi abuelo no tarda en aparecer por la puerta. Me da un golpecito en el hombro y se me queda mirando. Intento comportarme como si nada, pero de vez en cuando me tenso ante la posibilidad de recibir otro comentario fuera de lugar.

—¿Qué cocinas? —pregunta.

Me dan ganas de contestarle «¿acaso no lo ves?», pero sería demasiado borde y no suelo ser así. Suspiro y mantengo los ojos fijos en el vaso.

—Es para una tarta.

—¿Qué celebramos?

—Nada.

Vuelco el contenido en el molde y enciendo el horno a 165 grados. Mi abuelo no me quita el ojo de encima.

—Oye, ¿y ese delantal?

Aparto la vista unos segundos del molde para escudriñarlo con perplejidad. Me contempla de arriba abajo y señala con el dedo lo que llevo puesto.

—Pues el que llevo siempre.

—Ah, sí. Es que verás… No he querido decirte nada, pero… —Meto el molde en el horno y aprovecha que he terminado para acercarse y colocar el brazo sobre mis hombros. Me tenso al instante—. Deberías quitártelo.

—¿Por qué? —cuestiono a la defensiva.

—Pues porque es de la abuela, ¿verdad? Es…, bueno, es de mujeres.

No me puedo creer que esté soltando otro de esos comentarios como si nada. Siento cómo el calor sube a mis mejillas y me aparto. Siempre lo mismo, la gente juzgándome por ser femenino. Donde quiera que esté, incluso en mi propia casa.

—Sí, pero eso no tiene nada que…

—Dani, solo lo digo por tu bien. Por si alguien más te ve o tenemos alguna visita. En tu tiempo libre ya harás lo que te apetezca.

Me da una palmadita y se va de la cocina, dejándome con un cabreo de cojones. ¿Por qué no puede preocuparse por el canal que va a ver en la televisión, ya que es lo único a lo que se dedica?

Suspiro y muy a mi pesar me quito el delantal. Al fin y al cabo, esta sigue siendo su casa y podría echarme cuando le venga en gana. Mi abuela vuelve y al verme tan frustrado me pregunta si ha pasado algo. O soy muy expresivo o me conoce demasiado bien.

—No, nada. Ya está la tarta en el horno, va a tardar unos treinta minutos. Cuando la saquemos solo quedará derretir el chocolate y echarlo por encima.

—Gracias, cariño. Eres el mejor —dice dándome un beso en la mejilla.

—No hay de qué. —Finjo una sonrisa.

Me lavo las manos y salgo de la cocina. Mi abuelo está sentado a la mesa del comedor, pero como no quiero pelearme con él me marcho a mi habitación. Lo mejor es tratar de evitarlo todo lo posible, así no podrá hacer comentarios que me crispen los nervios.

Aprovecho el resto de la mañana para estudiar historia, ya que tengo un examen la semana que viene. Cuando estoy terminando con el reinado de los Reyes Católicos escucho un grito de mi abuela. Bajo las escaleras lo más rápido que puedo y la encuentro en la cocina con el horno abierto y una humareda alrededor.

Mierda, se me ha olvidado sacar la tarta.

—¿No se supone que eran treinta minutos? —me reprende.

—Sí, pero me he puesto a estudiar y se me ha olvidado...

Cojo un guante de cocina y saco el molde. Sobra decir que la tarta está más que quemada. Para colmo el guante está rasgado por un lado, por lo que me quemo al tocar la superficie y se me cae al suelo.

—Genial —mascullo al ver las manchas de chocolate en mi ropa y por todo el suelo.

—Espera, voy a por la fregona.

Procedo a maldecir mi existencia, aunque el sonido del timbre detiene mis pensamientos. Salgo al salón para decirle a mi abuelo que abra, y no hacerlo yo con estas pintas, pero ha desaparecido. Sí, muy oportuno.

Me acerco a la puerta y sin pensarlo mucho abro, esperando que a mi madre se le hayan olvidado las llaves. Pero lo que me encuentro es muy distinto: Alejandro Vila está parado en el umbral de mi casa.

DIECISÉIS

∽ Dani ∽

Mi cara debe ser un poema, porque Alejandro al verme arruga la nariz, extrañado. Me analiza de arriba abajo y se contiene para no soltar una carcajada.

Joder, sigo manchado de chocolate.

—¿Has asaltado una pastelería?

Ahora más que nunca es cuando me planteo si mi vida es una simulación. Esto no puede ser real. Sobra decir que me pongo más rojo que un tomate, me estoy avergonzando a mí mismo.

Pero si no te importaba lo que él pensase, ¿no?

Cállate.

—Creo que tengo derecho a hacer yo las preguntas, comenzando con ¿qué coño haces aquí?

El chico no parece molestarse, sino al contrario, está disfrutando de esto. ¿Qué clase de psicópata es y por qué la vida lo ha puesto en mi camino?

—Un A1.

—¿Qué?

—Que acabo de hacer la prueba esa para saber qué nivel de inglés tengo. Un A1. ¿Eso es mucho o poco?

Dios mío, dame fuerzas para seguir.

—A ver, Alejandro. Podrías haberme mandado un mensaje, para eso te di mi número.

—Ah, bueno, es verdad. Es que pensé que te gustaría saberlo pronto… —farfulla rascándose la nuca, incómodo.

—Supongo que tendremos que empezar desde algo muy básico. Si me dejas darte clases algún día, claro está…

—Esta vez sí. Lo he pensado y quiero aprobar este curso. Y la verdad es que prefiero que me ayudes tú a algún pedante con un palo metido por el culo que puedan contratar mis padres. Me fío más de ti.

Me mira directo a los ojos mientras lo dice, serio. Y aquí descubro a otro Alejandro: sincero, comprometido y responsable. Y muy mal hablado, pero eso no me sorprende en absoluto. *Si está mintiendo debería ser actor, se le da bastante bien.*

—Te prometo que me voy a comportar. Voy a prestar atención y a hacer lo que me pidas. Lo único que quiero es que mis padres me vean esforzarme.

No sé cómo explicarlo, pero algo en su voz me dice que está siendo sincero. Nada me garantiza que vaya a cumplir con lo que ha dicho, pero al menos tiene la iniciativa.

—Y… siento haberte insultado —continúa con la mirada fija en el suelo, pronunciando cada palabra con dificultad—. A lo mejor me he pasado contigo estas semanas, pero tú ahora puedes torturarme con el inglés. Así quedamos en paz, ¿no?

Me cuesta apartar los ojos de los suyos, ya que por primera vez veo una mirada que pide ayuda. El hecho de que haya dejado sus prejuicios y su orgullo a un lado para pedirme esto me mueve algo por dentro. Y, muy a mi pesar, me ablando. Maldita sinceridad.

—Vale. Ya me conoces, yo en todo momento he tenido buenas intenciones. Creo que soy capaz de olvidar el pasado durante dos horas a la semana —explico apoyándome en el marco de la puerta. Su expresión se relaja y sonríe.

—Gracias.

Lo que sigue es un silencio bastante incómodo en el que ninguno de los dos sabemos qué decir. Su actitud me ha sorprendido y estoy satisfecho porque parece que esto puede funcionar, aunque el haberse presentado aquí de forma tan imprevista sigue siendo raro.

Miro el reloj, son las dos del mediodía. Justo cuando mi madre…

—¡Alejandro! Qué sorpresa verte por aquí.

Como siempre, tan oportuna. Alejandro da media vuelta y la saluda con la mano.

—Hola, Ángela.

—Cuando has salido de tu casa hace poco no sabía que venías hasta aquí. Podría haberte traído en mi coche.

—No te preocupes, necesitaba caminar un rato —contesta con una sonrisa.

¿Por qué es agradable con todos menos contigo?

Si se hubiera comportado así desde el principio, quizá hasta nos llevaríamos bien.

—Bueno, ¿cómo es que has venido?

Miro a mi madre con una expresión de reproche y ella se encoge de hombros. No puede evitarlo, es demasiado curiosa.

—Venía a comentarle algo de las clases a Dani.

—Oh, cierto, empezasteis el lunes. Me alegra mucho ver que ya sois amigos.

—Bueno, lo que es amigos tampoco —aclaro.

—No digas tonterías. Por cierto, es casi la hora del almuerzo. ¿Te quieres quedar a comer aquí?

Estoy a punto de decir que no puede, que ya se iba, pero se me adelanta.

—Claro, con gusto.

¿Es este el destino tratando de gastarme una broma? A estas alturas no sé si Alejandro quiere ser mi amigo, quedar bien delante de mi madre o reírse de mí. Lo que está claro es que este chico tiene más personalidades que el protagonista de *Múltiple*.

DIECISIETE

∽ Dani ∾

La situación podría ser mucho más incómoda, como lo sucedido el sábado pasado en casa de Alejandro, pero esta vez no es así. Por alguna razón que todavía desconozco, Alejandro parece caerle bien a todo el mundo. ¡Hasta a mis abuelos! Es como si fuese un capullo solo conmigo.

—La comida está muy buena —halaga cogiendo otro trozo con el tenedor. No me voy a molestar en descifrar si está mintiendo o no, ya es imposible saberlo.

Al menos ya se ha olvidado del incidente de la tarta.

—Gracias, querido. La hemos hecho mi nieto y yo —aclara mi abuela con una sonrisa.

Alejandro me mira con inusual curiosidad, dejando el cubierto en el plato y terminando de masticar la comida. Quizá no se esperaba que se me diera bien algo, o al menos eso es lo que me dijo hace un par de semanas.

Me encanta que no seas rencoroso con nadie, excepto con él.

¿Por qué?

Te atrae y necesitas un motivo para evitarlo, así que te recuerdas de vez en cuando todo lo malo que ha hecho.

No sé ni para qué presto atención a mi conciencia, solo dice tonterías.

—No sabía que te gustaba cocinar —reconoce él haciendo una mueca.

¿Acaso sabe algo de mí más allá de que soy gay? Creo que no.

—Ya, como muchas otras cosas —respondo en un tono irónico.

—¿No decías que erais amigos? —cuestiona mi abuelo.

—Sí, solo que antes no nos llevábamos muy bien que digamos…

Ni ahora tampoco.

Estamos trabajando en que deje de ser así.

Shhh.

Mientras Alejandro mantiene una conversación con mi familia aprovecho para echarle una ojeada sin que me descubra en el acto y se le suban los humos. Como es costumbre, va vestido de negro, con una sudadera que le queda algo grande y unos pantalones largos. Va despeinado pero le queda bien, cosa que envidio porque para nada es mi caso. Hoy en lugar del aro lleva el pendiente plateado en forma de pluma que vi en una de sus fotos de Instagram.

Quizá Elena tenía razón, y este chico es guapo. Muy guapo.

No te hagas el inocente, ya lo sabías.

Bueno, ¿qué más da? Sigue siendo gilipollas. Y no voy a olvidar lo que me ha hecho así como así.

—¿Y tú, Dani? —Escucho preguntar a alguien, lo que causa que salga de mi ensimismamiento.

—¿Qué?

—¿Qué era lo que querías estudiar? Que siempre se me olvida —afirma mi abuelo sin tapujos.

—Traducción.

—Eso.

¿Por qué tiene que salir siempre este tema en las comidas de cualquier tipo? Parece que es lo único que les interesa a los adultos.

—Alejandro, tus padres me dijeron que ibas a estudiar Derecho, ¿no?

El susodicho se queda callado por un momento. Cuando el silencio comienza a ser evidente decide responder.

—Sí, eso es lo que quieren. Aunque no es que me apetezca mucho, para ser sincero —confiesa con una sonrisa fingida.

Al menos acaba de confirmar lo que sospeché durante la cena del sábado: sus padres le obligan a estudiar algo que no le gusta. De hecho, él mismo me lo ha dicho hace como media hora: «Lo único que quiero es que mis padres me vean esforzarme».

Entonces me fijo en que mientras habla agrupa la comida en el plato. El arroz por un lado, los guisantes por otro y el pavo por otro. Coge un poco de cada grupo y se lo lleva a la boca.

—Tú escoge algo que se te dé bien y que te guste, si no es muy difícil tener que levantarte cada día para trabajar en algo que no te apasiona —explica mi madre.

—Lo complicado es cuando ni siquiera sabes lo que te gusta —intervengo, sabiendo que es lo que Alejandro necesita oír.

Se vuelve hacia mí al instante y, tras unos segundos en los que me mira con asombro, sonríe. Capto su agradecimiento con la mirada.

—Exacto.

Debería ahorrarme comentarios como este. A lo mejor se piensa que vamos a ser amigos o algo parecido. Muy lejos de la realidad.

Terminamos la comida y mi familia empieza a recordar anécdotas de mi infancia, por lo que es el momento perfecto para salir de aquí.

—Creo que nos vamos a ir a mi cuarto.

Me levanto de la silla y le obligo a hacer lo mismo.

—A estudiar.

—Creía que hoy no…

—Tenemos muuuchos exámenes —digo interrumpiéndolo.

Lo agarro del brazo y lo arrastro por las escaleras hasta llegar a mi habitación, donde cierro la puerta. Pasa a contemplarme con una expresión divertida.

—Créeme, lo que venía no iba a ser cómodo para ninguno de los dos.

Me siento en la silla giratoria del escritorio y Alejandro se queda de pie, observando a su alrededor con las manos en los bolsillos. Se acerca a mi maravilloso póster de Lana Del Rey colocado al lado de la estantería y se vuelve hacia mí con las cejas arqueadas.

—Si dices algo como «esto es muy gay», te prometo que te echo de mi casa, pero por ahí. —Señalo la ventana encima de la cama.

Se limita a reír. Vaya, esto es extraño.

—Lo único que iba a decir es que no esperaba que te gustase Lana Del Rey.

—Espera un momento… ¿Sabes quién es?

—¿Acaso hay alguien que no sepa quién es Lana Del Rey? —Se vuelve al póster y lo examina en detalle.

—Ya, será por eso y no porque viene escrito en una esquina.

Me acerco para colocarme a su lado, admirando también la fotografía. Muestra a Lana con un mar de fondo, vestida de azul turquesa y un barco en miniatura al lado. Es del set del vídeo «High by the Beach», de mi disco favorito: *Honeymoon*.

—Yo no sé tú, pero yo le daba.

Hago una mueca de disgusto.

—Ahórrate los comentarios de salido para otro momento, por favor.

Me vuelvo a sentar en la silla y saco el libro de inglés, a lo que el chico me mira confundido.

—¿Vamos a estudiar de verdad?

—Pues claro. ¿Qué otra cosa si no?

Se encoge de hombros y se sienta en el borde de la cama, colocada de forma horizontal frente al escritorio, y yo giro media vuelta con la silla para quedar enfrente de él.

—Venga, empecemos con los verbos irregulares.

Bufa y se pasa las manos por la cara de forma dramática.

—No me sé ninguno.

—¿El verbo *to be*, al menos?

—Hombre, ese sí… Tan estúpido no soy.

—Yo ya me espero cualquier cosa…

DIECIOCHO

∽ Dani ∾

Dar clases a alguien es demasiado complicado. Más si tu alumno es tu enemigo y tiene el mismo nivel de inglés que un niño de tres años.

—Me pregunto cómo has llegado a segundo de bachillerato con este nivel.

Alejandro arruga la nariz y adopta una expresión de ofensa.

—¡Oye! Estás siendo cruel —farfulla mirándome por el rabillo del ojo, para luego volver a los ejercicios del cuaderno y bufar como por quinta vez.

—¿Yo soy el cruel en esta relación? —pregunto sin pensar.

Pero la frase sonaba mejor en mi cabeza. Dicha en voz alta puede ser interpretada como si fuésemos amigos o algo más, cosa que no somos. Se da cuenta, pero se hace el loco y continúa contestando a las preguntas.

—¿Qué significa *body*?

—Cuerpo.

—¿Y cómo se supone que debo recordarlo?

Mueve la silla giratoria que le he cedido para que haga los ejercicios y se coloca frente a mí.

—No sé. Yo es que he aprendido mucho vocabulario con canciones. Al buscar la traducción en español y recordarla cada vez que la cantas se te va quedando.

—No me gusta la música.

Otra razón que me recuerda por qué odio a esta persona. Me hago el ofendido de forma exagerada y hago aspavientos con los brazos.

—¿Cómo puedes decir eso? La música está por todas partes. Encima tú que haces deporte deberías saber que ayuda mucho.

—Lo sé, pero rara es la vez que me apetece escuchar alguna canción.

—Qué extraño.

—¿Lo distinto a ti te resulta extraño o qué? —suelta a la defensiva.

—No, eso es lo que te pasa a ti —contraataco bajando la mirada. No quiero discutir otra vez con él, pero no me lo está poniendo fácil.

—Si tantos problemas tienes conmigo, no haber aceptado hacer esto.

—¡Has sido tú el que ha venido hoy a pedirme que lo hiciera! Aunque ya lo había decidido antes sin tu opinión porque, ¡sorpresa!, el mundo no gira a tu alrededor.

—Te comportas como un niño pequeño —replica, dándose la vuelta y cerrando el cuaderno.

—Le dijo la sartén al cazo.

—Creo que será mejor que me vaya. —Se levanta de la silla, coge su móvil y se lo guarda en uno de los bolsillos. Entonces me mira a los ojos y niega con la cabeza—. Ya sabía yo que este esfuerzo iba a ser para nada.

—No me jodas, Alejandro. Si alguien se ha esforzado hoy he sido yo, he intentado que prestaras atención e hicieses al menos un ejercicio. Pero ya veo que tus problemas conmigo te pueden más.

—¿Mis problemas contigo?

Se coloca a pocos centímetros de distancia y me veo obligado a elevar la vista para mirarlo a los ojos. Estamos tan cerca que su respiración me golpea en la frente y me hace cosquillas, así que opto por bajar la mirada para que deje de intimidarme con la suya. Desde esta posición alcanzo a ver cómo traga saliva por el movimiento de su nuez marcada.

¿Estás nervioso por su cara de mala hostia o porque no pensabas que lo ibas a tener tan cerca?

Siendo honesto, por las dos.

—Eres tú el que todavía me tiene rencor, y eso que te he prometido que voy a comportarme.

—¡Porque hasta hace menos de una semana me estabas insultando! —Le doy leves golpes con un dedo en el pecho para recalcar mis palabras, elevando la voz y dándome igual si alguien en casa me escucha—. ¡Tú no tienes ni puta idea de lo que siento cada vez que escucho la palabra «maricón»! La gente lo ha usado como insulto contra mí toda mi vida, hasta mi propio padre; pero no te mereces que te cuente ni una palabra de eso porque tú solo te preocupas por ti mismo.

Las palabras se escapan por mi boca sin poder contenerlas y Alejandro me observa estupefacto, de una forma que nunca lo había hecho. Ni siquiera me he dado cuenta de que estoy a punto de llorar, así que hago lo posible por contener las lágrimas y no dar más pena de la que ya doy.

—Si no te caigo bien y eres incapaz de ser mi alumno, no hay problema. Se lo diré a tus padres y ya no volveré a ir a tu casa ni insistiré, allá tú. Pero no vengas aquí actuando como si nada y pretendiendo que olvide el daño que me has hecho, porque no puedo.

Por lo que más quieras, aguanta el llanto.

El chico no sabe qué hacer. Sigue mirándome confuso. Hace un ademán de añadir algo, pero se muerde la lengua y agacha la cabeza.

—Vete, por favor.

No me hace falta acompañarlo a la puerta, porque me hace caso y se marcha de la habitación en cuestión de segundos. Desde aquí escucho sus pasos al bajar la escalera, las palabras amables que intercambia con mi familia y la puerta cerrándose.

Me encierro en mi cuarto y me siento en la cama, algo aturdido. Quizá es porque he soltado lo que llevaba pensando durante semanas y siento como si me hubiera quitado un gran peso de encima. A pesar de esto sigo alterado: mi corazón late con fuerza y mis ojos aún amenazan con mojarse de un momento a otro.

Ojalá no me hubiera metido en este lío. Y ojalá Alejandro no me hubiera prometido que iba a cambiar, porque una pequeña parte de mí había sido ingenuo y le había creído.

DIECINUEVE

～Dani～

Ahora que lo de la expulsión ha acabado por fin puedo volver al instituto. No es que haya echado de menos las clases como tal, pero sí pasar tiempo con mis amigos. Es increíble cómo tres días pueden parecer como si hubieran sido semanas. El camino lo hago en silencio, como siempre, con los auriculares puestos y una canción de fondo. Ya la temperatura es más baja por las mañanas, por lo que llevo un chaquetón fino que me protege del frío. Al llegar a la entrada veo a Elena sentada a un lado de las escaleras, donde siempre me espera para entrar juntos. Me guardo los auriculares y el móvil en el bolsillo.

—La ayuda ha llegado.

—Pues ha tardado tres días. —Me siento a su lado y le paso el brazo por los hombros—. Vaya infierno. He tenido que aguantar a Mario yo sola en las clases de latín. ¿Tú sabes lo difícil que es eso?

—Me lo puedo imaginar.

El recién nombrado aparece cual zombi andante frente a nosotros, frotándose los ojos y bostezando como un niño pequeño que se acaba de despertar. Siempre molesto a Elena con que Mario es su hermano mellizo perdido, pero es que hay una razón: son muy parecidos. Ambos son rubios, altos y de ojos verdes. Quizá la mayor diferencia es que mi amigo tiene el pelo rizado y unos cuantos lunares por la cara, por lo demás podrían ser de la misma familia.

—Buenos días. Veo que mi ausencia no te deja pegar ojo —bromeo al ver sus ojeras.

—Esto es culpa de mi hermana. La muy cabrona tiene insomnio y no me deja dormir tranquilo.

—Pobrecita. A mi padre le pasa lo mismo y es jodido —menciona Elena.

La campana suena y nos levantamos dispuestos a entrar en el edificio. Mario se nos queda mirando con un semblante ofendido.

—¿Pobrecita? ¡Pobre yo! Tengo exámenes importantes esta semana, ella seguro que se pasa la mañana coloreando.

—Hombre, es que tiene seis años —le recuerdo, ya en el pasillo de camino al aula de idiomas.

—No la defiendas.

Llegamos a la clase y nos sentamos en la segunda fila. Mario se coloca detrás y su compañera de mesa, respetando la costumbre, aparece unos segundos después.

—¡Buenos días! —exclama Maya, sentándose.

Siempre me ha sorprendido la cantidad de energía que Maya tiene por las mañanas. Por mi parte siempre tengo un mal despertar, así que no sé cómo hace para estar de tan buen humor a estas horas de la mañana. Elena y yo nos giramos para hablar mientras la profesora llega y enciende la pizarra digital.

—Me alegro mucho de que tu expulsión haya acabado, Dani. Algunas personas en matemáticas me preguntaron la razón, pero ya sabes, no pude contestarles. ¿Por qué? ¡Porque no me lo contaste!

Genial, ya ha hecho que me sienta mal. Acabo de darme cuenta de que solo se lo conté a mi mejor amiga.

—Tienes razón, lo siento. Estaba muy molesto y solo hablé con Elena.

—Pero yo me encargué de mantenerlos informados. Lo saben todo —anuncia ella.

—Y déjame decirte que no sé lo que se trae ese Alejandro entre manos, pero solo llevamos un minuto de clase y ya siento su mirada sobre nosotros —susurra Mario.

—A ver, que no cunda el pánico. Dani, ni se te ocurra mirar hacia su asiento. Deja que yo me encargue…

Elena simula que el bolígrafo se le cae para agacharse y comprobar si lo que Mario ha dicho es verdad. Yo mantengo mi mirada en Maya hasta que mi amiga se sienta de nuevo.

—Confirmado, se le van a salir los ojos como siga así.

Contengo una carcajada. La profesora empieza a hablar y nos damos media vuelta para prestar atención a la clase. Justo esto es lo que he echado de menos durante tres días.

VEINTE

∽ Dani ∽

Se me escapa un ruidito de gusto al probar el pan tostado.

—Tres días sin los bocadillos de la cafetería es lo más parecido a la tortura —bromeo al llegar junto a mis amigos, que me hacen sitio en el banco.

—¿Hay mucha gente en la cola? —pregunta Mario.

—Bastante. Es mejor que esperes un rato antes de ir.

El banco en el que siempre nos sentamos está un poco apartado de los demás, pero se sigue viendo el campo de fútbol desde aquí. También algunos alumnos lo usan a veces para jugar al baloncesto, justo lo que están haciendo hoy.

—No sé cómo pueden pasarse la media hora de descanso haciendo deporte —menciono contemplando el panorama. Entre los jugadores distingo al instante a Alejandro, concentrado en la trayectoria del balón.

—Es su afición, les gusta. Otros se pasan las horas escuchando música deprimente y así son felices. —Me hago el ofendido ante el comentario de Maya.

—Te estamparía el bocadillo en la cara si no fuera por lo bueno que está.

—No convirtamos esto en una guerra de comida, porque no pienso malgastar la mía —advierte Elena.

Alejandro hace canasta y sus compañeros de juego le chocan la mano. Desde aquí puedo comprobar de nuevo lo alto que es, si por algo se le puede reconocer desde lejos es por medir más que el resto. De repente mira hacia donde estamos, y mis amigos y yo nos hacemos los locos dirigiendo la vista a otro sitio.

—Esta situación es… violenta.

—¿Tanto te odia? —me pregunta Maya.

—Qué va, si seguro que está mirando a Elena —digo a la defensiva, recordando la solicitud que le mandó. Ella no me hace caso—. Me apuesto lo que sea a que ayer vino a mi casa solo para que le hablara de ella.

—¿Estuvo ayer en tu casa?

—¿Por qué nos acabamos de enterar de eso?

—Porque no tuvo importancia. Me prometió que se iba a comportar y a dejarme darle clases, que tenía que aprobar como sea y blablablá. Pues ni siquiera terminó una página de ejercicios, se enfadó conmigo antes de hacerlo.

Contándolo de esta forma me doy cuenta de que es una gilipollez. ¿Por qué iba a creer a Alejandro? Alejandro, el chico homófobo y ególatra de vida perfecta, el mismo que lleva burlándose de mí desde septiembre. Mi cerebro hace clic y lo veo claro. Lo mejor es no pensar en él siquiera, esta tarde llamaré a su madre y le diré que no puedo dar las clases. De alguna forma creo que, cuanto más lejos esté de él, menos idiota me sentiré por haberle creído.

—Es un capullo, de eso no hay duda.

—Tienes razón. —Elena hace una pausa para abrir un paquete de patatas y continúa—: Llámame loca, pero sigo pensando que hay algo más.

—¿A qué te refieres?

Fijo mi atención otra vez en él. Corre detrás de un integrante del equipo contrario, le hace una encerrona y se apodera del balón en cuestión de segundos. Suspiro e intento dejar de mirarlo, aunque es inútil. No puedo quitarle los ojos de encima.

—Según las cosas que me has contado, ¿no te parece raro la manera en la que se comporta?

—Hombre, con decirte que ya no sé a cuántos Alejandros distintos he conocido…

—Exageráis demasiado. Nadie actúa de la misma forma siempre. Somos humanos, lo que significa que somos complejos, y eso se aplica también a personas como él.

La explicación de Mario tiene sentido, pero me niego a creer que Alejandro pueda tener más capas. Es un imbécil y punto.

Además, algo me dice que, si sospecho que esconde cosas, tarde o temprano querré saberlas… Y eso no puede ser.

Decido asentir y seguir disfrutando de mi bocadillo de jamón y queso en silencio.

VEINTIUNO

∽ Dani ∽

Al salir del instituto hago el camino de vuelta de la misma forma que el de ida. Cuando llego mi madre me saluda desde la escalera, donde está limpiando.

—¡Hola, amor! ¿Qué tal el instituto?

—¿Acabas de llegar? —pregunto, extrañado, ya que siempre limpia antes de que yo llegue.

—Sí, hoy se me ha hecho tarde.

—A ver, déjame a mí.

Subo unos cuantos peldaños y extiendo la mano para que me dé la bayeta húmeda con la que está dándole a los cuadros.

—No hace falta.

—Trae.

Se la quito de las manos y me pongo a ello, porque mi madre es muy cabezota y, si no hago esto, no consigo que me deje ayudarla. Termino y espero a que la comida esté lista, que no tarda mucho, y almorzamos los cuatro viendo las noticias.

Paso la tarde haciendo deberes y estudiando para el próximo examen de historia.

Sobre las siete considero que he avanzado bastante y me doy una buena ducha de agua caliente a modo de recompensa. Ya con el pijama y unas galletas que hizo mi abuela hace unos días me siento a ver la televisión. Mi madre ha salido y mis abuelos están visitando a un amigo, lo que significa que puedo ver lo que me plazca en la tele.

Tras unos minutos viendo un documental sobre el antiguo Egipto recuerdo lo de las clases. Tenía pensado llamar a Vanesa para explicarle el problema, pero ahora que lo pienso es mejor poner una excusa cualquiera. Ni siquiera me atrevo a llamarla porque me va a preguntar con detalle, así que decido escribirle un mensaje por WhatsApp.

Dani: Hola, Vanesa. Iba a llamarte, pero ahora mismo estoy ocupado y no creo que deba esperar más. Verás, creía que podía llevar esto de las clases y el curso a la vez, pero me estoy dando cuenta de que no. Hoy estuve todo el día haciendo tareas y si todo sigue así va a haber pocos días en los que esté disponible. Lo siento, aunque no te preocupes, estoy seguro de que encontrarás a alguien mucho mejor que yo para ayudar a tu hijo. Buenas noches.

Dejo caer el móvil a mi lado en el sofá y suelto el aire que estaba conteniendo. Al fin he acabado con esta pesadilla. ¿Para qué sentirse responsable por alguien que no lo merece?

Aparto los pensamientos sobre él y me concentro en uno de los historiadores que está hablando sobre Nefertiti. Con suerte a partir de ahora mi único problema será no morir por culpa del estrés de los exámenes.

VEINTIDÓS

∽ Dani ∽

Ser idiota como yo tiene varias desventajas: una de ellas es escuchar el despertador, apagarlo y quedarme dormido otra vez. Esta es la razón por la que quedan cinco minutos para que cierren las puertas y estoy a punto de escupir un pulmón para llegar a tiempo.

Saludo al conserje con una sonrisa fingida, en la que se puede leer «llego tarde, no me cierres la puerta en la cara». Por suerte no lo hace y camino con rapidez por el pasillo ya vacío en dirección al aula de literatura. Para llegar a mi destino tengo que pasar por delante del aula de matemáticas y me doy cuenta de que es justo donde Alejandro tiene clase. La vida me da la espalda una vez más, pues está esperando a que llegue la profesora en esa misma puerta. Ni siquiera miro hacia la izquierda, donde sé que está él, pero llama mi atención antes de que pueda escaparme.

—Oye, Dani.

Estoy dispuesto a ignorarlo y a seguir mi camino, pero atrapa mi muñeca con la mano y me obliga a darme media vuelta. Me libro de su agarre con una mirada de pocos amigos.

—¿Qué quieres?

Se apoya en el marco de la puerta y me mira con atención. Va vestido con una sudadera gris y unos pantalones negros, y creo que es la primera vez que no lo veo todo de negro. Me jode porque cualquier cosa que vista le queda bien y siempre está guapo, a pesar de que me cueste admitirlo.

—¿Podemos hablar un momento?

—Siendo sincero, si estuviésemos en cualquier otro momento del día buscaría una excusa, pero esta vez necesito irme de verdad. Como te habrás dado cuenta voy tarde, así que…

No me quedo esperando una respuesta y hago ademán de marcharme, pero repite la acción de agarrarme y me aparto con brusquedad.

—Deja de hacer eso, no estamos en un drama de la época victoriana. —Para mi sorpresa se ríe de forma leve.

—Al menos deja que hablemos en el descanso. Hoy no tengo partido.

Si no fuera por la prisa que llevo encima, me detendría a pensar sobre qué quiere hablarme y a cuestionar si es buena idea hacerle caso, pero no es el momento para eso. Asiento a regañadientes como último recurso para poder escaparme.

—Vale, luego te buscaré.

Esta vez sí que consigo irme y llegar por fin a mi clase, donde el profesor acaba de llegar. Menos mal que le caigo bien y me deja entrar sin decir nada. Elena me mira extrañada al sentarme a su lado.

—No tengo excusa, me encanta dormir —les digo en un susurro, ya que la clase ha empezado.

Las tres primeras horas pasan rápido hasta que llega el descanso. He estado tan enfrascado en coger apuntes que la conversación con Alejandro se me había olvidado, y ahora voy a tener que hablar con él cuando no tengo nada de ganas de pelear otra vez.

—Oye, ¿qué os parece si vamos a la biblioteca? —pregunto al grupo, sabiendo que mi enemigo jamás la pisará y en caso de que me busque no me encontrará.

—La biblioteca no, por favor —ruega Mario haciendo un puchero.

—Por mí vale, no he hecho la traducción de griego, lo que significa que tengo que ponerme a ello antes de que toque —explica mi descuidada mejor amiga.

—Pues tirando —concluye Maya. Mario bufa, pero termina accediendo.

La biblioteca es, como siempre he pensado, ese sitio en el que la gente se esconde para hacer cualquier cosa menos leer. Nos sentamos a una mesa apartada y sacamos nuestras cosas. Le dejo mi traducción a Elena y me sonríe de oreja a oreja.

—Te amo.

El resto nos entretenemos comentando uno de los libros de lectura obligatoria que nos han mandado en una asignatura conjunta, en filosofía. Cuando la campana suena anunciando la vuelta a las clases me pilla por sorpresa, se me ha pasado en un santiamén. Recogemos todo y nos despedimos de Maya; ahora tenemos clases diferentes.

Entre traducción y traducción llega la última hora, informática. El aula está en la tercera planta, y subimos lo que parecen ser escaleras interminables hasta encontrarnos con nuestra amiga. Entramos los cuatro y nos colocamos en parejas, Mario y Maya por un lado y Elena y yo por otro. De todas formas, las mesas son alargadas y cabemos varios alumnos en una, así que estamos al lado.

Mi amiga enciende el ordenador y espero paciente mientras el resto de los alumnos llega a la clase. Veo a Alejandro entrar y nuestras miradas se cruzan. Mierda, tendría que haberme acordado de que esta asignatura es conjunta e iba a verlo. Así me habría asegurado de no prestarle atención, pero ahora es demasiado tarde.

Puedo interpretar en sus ojos un «no hemos hablado como prometiste». Parece resentido. Se dirige a una de las mesas del fondo y desaparece de mi campo de visión. Mejor, así evito que mi mente empiece a divagar sobre él.

Lo haremos de todas formas.

La profesora entra en clase y da unas palmadas para que prestemos atención.

—Chicos, ya he corregido el trabajo que teníais que entregar, os he colgado la nota en la clase virtual. Puesto que la gran mayoría no ha aprobado, he decidido daros una semana más para mejorarlo todo lo posible.

Entro con mi cuenta de correo en la plataforma y veo mi nota, un cinco. Elena hace una mueca e intenta no descojonarse.

—Y decías que era tu mejor trabajo, ¿no?

La golpeo con el codo y se ríe. Entra con su correo y revisa su nota, un cuatro. Estallo en carcajadas al ver su cara, realmente se creía que iba a sacar más.

—Podemos afirmar con seguridad que tampoco ha sido tu mejor proyecto —mascullo.

Nos concentramos en hacer la tarea de nuevo, pero tras la primera media hora no conseguimos resolver un problema, así que me veo obligado a pedirle ayuda a la profesora.

—Estoy con unos exámenes, pero quizá otra persona te pueda echar una mano.

Mi intención es decir «no, gracias» y buscar la respuesta en internet. La cosa es que una voz grave desde el fondo me impide hacerlo.

—Yo puedo.

Mierda, ahí está de nuevo.

—Gracias, Alejandro. Este es el compañerismo que necesito ver todos los días —añade la mujer con una sonrisa.

¿Compañerismo? Más bien lo contrario.

VEINTITRÉS

∽ Dani ∽

—Elena, cámbiate de asiento con Alejandro. Así ambos podréis resolver el problema de forma más cómoda.

Mi odio hacia esta mujer incrementa por momentos. A mi gran pesar Elena le hace caso y termina yéndose. Cuando veo a Alejandro acercarse concentro toda mi atención en la pantalla e ignoro el aumento de velocidad de mis latidos.

Me tengo que tranquilizar. Solo estoy nervioso porque va a preguntarme dónde estaba hace unas horas, nada más.

Ya, seguro.

Espero a que diga algo, pero no lo hace. Por el contrario, se remueve en la silla y visualiza la pantalla, dispuesto a descubrir qué falla en mi proyecto. Empieza a añadir códigos y al ver que lo está modificando le quito el ratón de las manos.

—No me cambies las cosas.

—Estoy poniendo lo que tengo en el mío. —Lo recupera y continúa con su tarea. Bufo, molesto.

—¿Y que tú lo hayas hecho quiere decir que esté bien?

Chasquea la lengua y me mira por unos segundos, serio.

—Hombre, no todo lo que hago es correcto, pero he sacado un sobresaliente en este proyecto. Algo habré hecho bien.

Otra vez esa condescendencia y superioridad frente a los demás. Cada vez que intercambiamos palabras es para ponerme de los nervios. No tenemos más que hablar, así que me cruzo de brazos y espero a que termine.

—No me buscaste en el descanso —dice casi en un susurro.

Ni me molesto en disimular mi cara de fastidio.

—El instituto es muy grande, no iba a dedicarme a rastrear cada rincón.

—Me quedé esperando en el banco donde siempre te sientas. Ya sabes, el que está más apartado del campo. Ni siquiera tus amigos estuvieron ahí.

¿Cómo sabe este el lugar en el que me siento? A ver, ayer nos vio justo ahí, pero creía que le importaba tan poco que ni se acordaría. Menos mal que se me ocurrió lo de la biblioteca, de lo contrario la escena habría sido muy incómoda.

—Suenas como un acosador.

—Si fuera un acosador, no te lo habría dicho, me delataría a mí mismo.

—No me jodas, eso es justo lo que diría un acosador.

Me analiza en silencio, quizá preguntándose si estoy bromeando o no, y tras esto su boca se ensancha en una sonrisa. No sé por qué, pero me la contagia.

—Ahora en serio. No quería molestarte ni nada parecido. Solo quería hablar contigo sobre el mensaje que le mandaste a mi madre ayer —explica más tranquilo.

Vaya, así que es eso lo que le preocupa. No sé por qué, pero no se me había pasado por la cabeza.

—Ajá.

—No sé, no creo que la situación tenga que llegar a un punto tan… extremo. —Para no enfrentarme se concentra en la pantalla y yo lo observo. Joder, hasta de perfil el gilipollas es guapo—. No sé, ¿tú que piensas?

—No es ningún extremo. Dijiste que seguir con las clases era estúpido y decidí cortar por lo sano.

—Nunca dije la palabra «estúpido» —interviene, pero continúo hablando como si no lo hubiera hecho.

—Así ni yo te molesto ni tú me molestas, justo como me dijiste. Podemos seguir con nuestras vidas como si nada hubiera pasado.

—Pero sí ha pasado. Me pegaste un puñetazo.

—¿Intentas hacer las paces o seguir discutiendo? Aclárate.

—Dani, escúchame. —Aparta el teclado a un lado y se gira para tenerme delante. Trago saliva y me encuentro con sus ojos negros, que ya dicen mucho de lo que va a pasar a continuación—.

Cuando fui a tu casa te prometí que me comportaría porque necesito aprobar. Así de simple, por puro interés. Pero entiendo que no puedo salirme con la mía si tú no estás a gusto y… En fin… Creo que te debo una disculpa. Otra vez.

Me quedo sin aire y no sé qué hacer. Busco en su expresión algún indicio de que esté mintiendo, de que lo está diciendo para burlarse de mí, aunque no lo encuentro. A pesar de esto no puedo bajar la guardia: la última vez hizo lo mismo y terminamos peleando, como siempre. Entre personas tan diferentes como nosotros es lo único que sabemos hacer bien.

—Alejandro, ya nos conocemos. La gente no cambia de un día para otro.

—Lo sé, pero la intención es lo que cuenta, ¿no? Quizá lo consiga con tu ayuda.

Esto está rozando la línea de lo absurdo, por lo que hago caso omiso y señalo con la barbilla la pantalla del ordenador.

—¿Has terminado?

Su mandíbula se tensa y es probable que se esté conteniendo para no gritarme a la cara cualquier insulto. A continuación, para mi sorpresa, su expresión se relaja y extiende la mano.

—Te hago el trabajo completo si me dejas acompañarte el camino de vuelta.

¡Sí!

Espera, ¿qué? ¿Se le ha ido la olla o qué? Ni siquiera vive cerca de mi barrio, lo que significa que tendría que acompañarme y luego volver por el mismo camino. Tardaría el doble en llegar a su casa.

—No entiendo qué sacas con eso.

—Convencerte.

Este chico no me da buena espina. Algo debe estar trayéndose entre manos y no me estoy dando cuenta.

No seas tonto.

Aunque te hagas el duro te gusta odiarle, deja de mentirte a ti mismo.

Puede que mi conciencia tenga razón por una vez.

—Trato hecho —digo, y le estrecho la mano.

VEINTICUATRO

∾ Dani ∾

Que Alejandro vaya a acompañarme a casa tiene algo bueno: la cara atónita de Elena cuando nos ve juntos en la salida. Me despido desde la distancia con la mano y emprendo el camino de vuelta, esta vez con un chico de casi dos metros siguiéndome.

—Pareces mi guardaespaldas —ironizo. Me echa un vistazo desde las alturas y ríe entre dientes.

—No es mi culpa que seas tan bajito.

—No soy bajito. Tú eres de la altura de una farola, que es diferente.

Carraspea y disminuye el ritmo de sus pasos, obligándome a no avanzar demasiado para tenerlo al lado en todo momento.

—Como sea. A las chicas les gustan los tíos altos.

Levanto las cejas y lo escudriño.

—Muy bien por ti. —Me acerco unos centímetros y le doy una palmadita en la espalda—. Pero a mí no me importa mucho lo que las chicas prefieran.

—Oh, es verdad… —Hace una pausa y esconde las manos en los bolsillos del pantalón—. ¿Cuándo te diste cuenta?

—¿De qué?

—De que eres… Ya sabes…

—¿Gay?

Asiente y no puedo hacer otra cosa que reír. Lo gracioso es que hace días estaba llamándome maricón y ahora le cuesta pronunciar la palabra gay. Qué ridículo es.

—Como si fuera a contártelo. ¿No venías conmigo porque ibas a disculparte o algo así?

Se rasca la nuca y asiente. Me he dado cuenta de que hace ese gesto cuando está incómodo o no sabe qué responder.

—Escucha. Puedes no creerme, pero siento mucho cómo me he portado contigo estas semanas. El que te insultaba para sentirse mejor no era yo, lo juro. —Hace una pausa para tomar aire y continúa con la mirada fija en sus zapatos—. A veces hago cosas de las que no me arrepiento hasta que me estallan en la cara. Esta vez fue tu puño el que lo hizo.

Intento no reír, cosa que es imposible. Mis labios forman una sonrisa y le hago un ademán con la mano para que siga. No voy a dejar que se escape de esta tan fácilmente.

—No sé qué pasó con tu padre y entiendo que soy la última persona a la que se lo contarías, pero de alguna forma es lo que me ha ayudado a derribar esa «barrera» —hace comillas con los dedos— de odio que había construido hacia ti. Mi madre tampoco es una santa. Seguro que lo tuyo ha sido peor, pero mi familia está empeñada en que sea algo que no quiero ser. Al final resulta que, al contrario de lo que pensaba, soy yo el cobarde por no atreverme a decirle la verdad.

Suspiro y ordeno mis ideas un instante. No me puedo creer que vaya a darle un consejo a Alejandro, ni mucho menos que me esté contando sus problemas como si nada, pero aquí estamos. Al fin y al cabo se ha disculpado, algo es algo.

—Cuando escondes algo así te aprisiona, lo digo por experiencia. No te deja ser tú. Vives siendo infeliz porque buscas complacer a otros antes que a ti mismo. —Dejo de caminar y me detengo para mirarlo a los ojos. Quizá estoy involucrándome más de lo que debería, pero las situaciones son similares—. Si quieres seguir así, adelante. Tampoco estoy diciendo que sea fácil, porque no lo es, pero a veces hay que ser un poco egoísta y pensar en uno mismo antes que en los demás.

Alejandro sonríe y me da un golpecito en el hombro.

—Gracias.

—Son diez euros.

Ambos estallamos en carcajadas y seguimos caminando despacio.

—Qué cabrón. Al final vas a tener sentido del humor y todo —añade, sacando un paquete de tabaco y encendiendo un cigarrillo. Se lo lleva a la boca y da una calada profunda para después volverse hacia mí—. ¿Quieres?

Me extiende el cigarro y con una mirada le basta para saber mi respuesta.

—No me digas que eres escrupuloso. Te puedo dar otro del paquete, ya sabes, que no tenga mis babas.

—No es por eso, gilipollas. No fumo.

—Yo tampoco.

—Esto se está pareciendo a una escena de *Bajo la misma estrella* y no pienso pasar por esa situación —advierto.

—¿Eh? ¿Qué es eso?

Esto sí que no.

—No puedo creer que nunca hayas visto esa película. Todo el mundo estuvo hablando de ella durante meses.

—Por lo general huyo de lo que está de moda.

—¿Eres de esos que se creen mejores por no seguir las tendencias o qué? —pregunto.

—Para nada. Y en cuanto a lo de antes… Al decir que no fumo me refiero a que solo lo hago cuando estoy nervioso. Me ayuda a calmarme.

—¿Te pongo nervioso?

No puedo creer que hayas dicho eso.

Ya, yo tampoco. Da otra calada y espero a que termine, sabiendo que se ha delatado sin darse cuenta. Muy astuto, usando el cigarro para conseguir segundos extra y meditar la respuesta.

—Pues claro. En cualquier momento me puedes dejar el ojo morado de nuevo.

—Es que eres gilipollas, en serio —digo medio bromeando.

Sigo flipando, porque quizá es la primera conversación con Alejandro que no me importaría que no acabase. Si hubiera sido así desde el primer día que lo vi en la clase de historia a lo mejor las cosas serían muy distintas.

—Te propongo otro trato —espeta, cogiendo el móvil y hablando con el cigarro entre los dientes—. Me veo esa película si accedes a continuar con las clases.

Coloca el móvil de forma que pueda ver la pantalla y añade *Bajo la misma estrella* al apartado «pendientes».

—Alejandro, te lo repito. Mis intenciones siempre han sido buenas. Si a partir de ahora tu actitud va a ser como esta, sin problemas. Pero haz un esfuerzo y no la cagues, ¿vale?

—Recibido. No la cagaré.

¿Que si me puedo fiar? Por supuesto que no. No obstante, lo diferente ahora es que he visto que este chico es capaz de ser amable y divertido, que tiene un lado tierno. Tal y como me dijo Mario: «Nadie actúa de la misma forma siempre. Somos humanos, lo que significa que somos complejos». Tal vez el problema de Alejandro es que es más complejo que el resto.

¿Que esto va a hacer que le perdone su actitud inicial? Claro que no, pero a lo mejor, si sigue por el buen camino, puede redimir su error.

—Y sé sincero a partir de ahora. Si con esto pretendes acercarte a Elena, lo mejor es que me lo digas y así…

—¿Qué? ¿Qué tiene que ver Elena en todo esto? —Suena bastante desconcertado.

—No sé. Ella me dijo…

—¿Lo dices porque nos seguimos en Instagram? —Sus labios se curvan en una sonrisa y me siento la persona más estúpida del mundo al escuchar lo absurdo que suena en voz alta—. Ella fue la que me mandó una solicitud. Pero oye, que si quieres te sigo ahora mismo.

—Espera, ¿qué?

—No sé qué te habrá dicho tu amiga, pero fue ella la que me siguió primero.

Recuerdo que no puedo creerme ni una palabra que sale de su boca, pero eso me deja pensando. Si es verdad lo que ha dicho, ¿por qué haría Elena algo así? ¿Fingir que de alguna forma está interesado en ella? No tiene sentido.

Me llega una notificación y veo que es una solicitud de seguimiento de Alejandro. Sonrío como por quinta vez durante esta caminata y bloqueo el teléfono.

—¿No me vas a aceptar?

—Me lo pensaré.

Dios, me encanta hacerme el duro con este chico. Es como si fuera más fácil hacer o decir lo que se me pasa por la cabeza sin pensarlo demasiado.

—Mientras cumplas con nuestro trato me conformo.

—Vale. Y si te sigues comportando así quizá incluso algún día nos fumamos uno de esos juntos —agrego señalando el cigarro. Alejandro sonríe.

—Sería divertido, eso seguro.

VEINTICINCO

⤷ Dani ⤶

Este fin de semana lo único que he hecho ha sido estudiar, estudiar y seguir estudiando. El examen de historia es muy importante y quiero asegurarme de que lo tengo preparado, a pesar de que lleve más de una semana y media repasando y haciendo resúmenes.

Es domingo por la tarde y estoy ayudando a mi abuela a ducharse. Desde hace unos días tiene algunos dolores de espalda que no la dejan hacer ciertas cosas, así que me toca encargarme de que lo lleve con la mayor normalidad posible.

—Gracias, cariño. ¿Seguro que no tienes que estudiar? —cuestiona saliendo del baño, ya con el pijama y una sonrisa un tanto forzada, supongo que por el dolor.

—Tranquila, ya tengo el temario más que repasado. ¿Te traigo algo de comer?

—No, estoy bien. Disfruta de tu tiempo libre, yo voy a ver la telenovela.

Asiento y me voy a mi habitación. Para concentrarme en otra cosa enciendo el portátil y empiezo a ver un capítulo de una de mis series favoritas. El episodio se detiene cuando me llega una llamada entrante de Skype.

—Buenas —me limito a decir viendo a Maya, Mario y Elena aparecer en la pantalla.

—¿Nervioso por el examen? Yo seguro que no duermo esta noche —dice Mario.

—No seas exagerado.

—Para ti es fácil hablar, Maya, tienes memoria fotográfica.

—Eso es verdad, no sé cómo memorizas tanto. Yo a veces ni me acuerdo de los verbos irregulares en inglés. —Río con el comentario de Elena.

—Estoy tranquilo. Pensad esto: si dejáis que los nervios os controlen, vais a cagarla y todo lo que habéis estudiado no va a servir para nada.

—Sabias palabras.

—No soy creyente, Dani, pero dejaré que tú seas mi dios. —Mario me guiña el ojo y suelto una carcajada.

—¿Podemos repasar? El punto seis apenas me lo sé.

Repasamos las preguntas más propensas a caer en el examen. En realidad empleamos poco más de diez minutos en hacerlo, porque el resto del tiempo nos dedicamos a charlar sobre otros temas más interesantes.

—Este finde teníamos que estudiar, pero el viernes que viene salimos sí o sí —dice Elena, decidida—. Daría lo que fuera por una hamburguesa del Jade's ahora mismo.

Jade's es nuestro placer culpable. Sus hamburguesas y pizzas son de esas que gotean grasilla de la mala y te pones perdido comiendo, pero son irresistibles. Además, no suele ir mucha gente, así que siempre tenemos los mejores asientos para nosotros.

—¡Sí, por favor! Necesito un respiro —pido juntando las manos.

—No sé si tendré que trabajar o no, ya os diré.

—Venga ya, Mario. Si no vienes, ¿de quién nos vamos a reír cuando intentes ligar sin conseguir resultado? —dice Maya con burla.

—Que te jodan.

Me llega un mensaje y reviso el móvil mientras mis amigos siguen hablando a través de la pantalla.

Alejandro: Oye, sigo esperando a que aceptes mi solicitud.

Sonrío por instinto y me animo a abrir Instagram. El pobre ha estado esperando bastante. Confirmo la solicitud y lo sigo de vuelta. Al contrario que yo, él tiene la cuenta pública.

—¿Quién es? —Escucho decir a Elena al otro lado.

—Eh…, mi madre, está comprando y se le ha olvidado algo de la lista.

Vuelvo la mirada al móvil y pienso en lo que acabo de hacer. ¿Por qué le he mentido a mi mejor amiga? Nunca había hecho eso antes.

Sabes muy bien por qué.

Odio que mi conciencia tenga razón. Y es que, desde que Alejandro de una manera u otra ha empezado a formar parte de mi vida, me sorprende darme cuenta de que me molesta que Elena hable de él. Sé que nunca ha hecho un comentario extraño, pero ya ha dicho un par de veces que es guapo y… no sé. Él me dijo que había sido ella la que le había mandado la solicitud primero. Por no hablar de que cuando vio que el viernes nos íbamos juntos su mirada era rara.

Pero ¿qué estoy pensando? Sé que es ilógico desconfiar de mi mejor amiga, y más por una tontería como esta, pero me sale solo. Puede que esto de pasar tiempo con Alejandro me esté afectando y me vaya a convertir en un imbécil como él. O puede que tenga razón y las intenciones de mi amiga sean otras.

Dani: ¡Hecho!

—Chicos, me voy a ir. Creo que voy a cenar pronto.

—Vale.

—¡Nos vemos mañana!

—Descansa, anda.

Me salgo de la llamada y me tumbo en la cama mirando al techo. Tras unos momentos intentando contenerme no lo consigo y agarro el móvil para revisar el perfil de Alejandro. Repaso muchas de sus fotos, afirmando lo que ya pensaba: sale bien en todas.

¿Cómo no va a salir bien? Es muy atractivo. Solo que odias admitirlo.

Bloqueo el móvil y vuelvo al punto fijo del techo. ¿Me va a llevar esta situación a buen puerto? Algo me dice que no. Soy como un niño pequeño que a pesar de que se quema una vez sigue acercando el dedo a la llama con la falsa esperanza de que será inofensiva. Pero algo me dice que Alejandro es de todo menos inofensivo y quizá al final acabe quemándome.

VEINTISÉIS

❧ Dani ❧

Por suerte el examen de historia es a primera hora, lo que evita que esté todo el día pendiente del reloj para saber cuánto tiempo queda para hacerlo. De las dos opciones escojo la A, que es el tema que mejor me sé, y consigo terminar antes de que la campana suene.

Lo que siempre pasa con los exámenes de esta asignatura es que me falta tiempo. Por lo general los temas son tan largos que con solo una hora no es suficiente. Pero, bueno, ya nos hemos acostumbrado todos a que el sistema educativo funcione así: memorizas cuarenta páginas del libro, vomitas la información en el examen y sacas un sobresaliente.

Cuando entrego el examen reparo en Alejandro, sentado en una de las mesas al final de la clase y escribiendo como loco en la hoja. La profesora mira su reloj y le apremia.

—Venga, Alejandro. En la prueba de acceso a la universidad no vais a tener tiempo extra, os quitarán el examen de las manos.

El chico escribe el punto final y se acerca para darle la hoja a la profesora, agradeciéndole la espera. La mujer guarda el taco de folios en una carpeta y se marcha.

—¿Qué toca ahora? —me pregunta.

—Lengua.

Por un momento me doy el gusto de mirarlo tan de cerca. Viste un chándal negro con una camiseta blanca y un gorro de punto también oscuro. No soy fan de esos gorros, pero, como de costumbre, a él le queda bien. Esta vez no lleva el pendiente en forma de pluma, sino un simple aro plateado. Se ha dejado la barba de unos días y no podría estar más guapo con ella.

Nota mental: pedirle que se la deje.

—¿Tengo algo en la cara? —pregunta al darse cuenta de que mis ojos están clavados en él.

Eres tonto, sé más discreto la próxima vez.

—No, lo siento, es que estoy cansado —miento—. ¿Qué tal te ha salido?

—Bien, creo. Historia se me da mucho mejor que inglés, lo juro.

Su actitud agradable me anima a ver que lo del viernes no fue una especie de actuación o algo así. Puede que este sea el verdadero Alejandro después de todo. No sé si me encanta o me aterroriza.

—Me alegro.

—Oye, sobre la película que me dijiste… —No puede acabar porque alguien lo interrumpe.

—Hola. —Escucho decir a una voz chillona demasiado familiar.

Elena aparece a mi lado y nos mira a ambos, quizá esperando poder unirse a la conversación. Alejandro se ajusta el gorro y sonríe de forma forzada.

—Da igual. Ya hablamos luego.

Se gira y se marcha a su asiento sin añadir nada más. Mi amiga arruga la frente en señal de desconcierto.

—¿Desde cuándo os lleváis tan bien?

—Tan bien no. Se disculpó y ya está. —Yo también me marcho a mi asiento y me sigue, sentándose al lado.

—¿Y le has creído? —Parece atónita.

—Sabes que no soy rencoroso.

—Pero con él sí lo eras.

Tiene razón, pero tampoco me apetece que me lo eche en cara.

—Mira, déjalo. ¿Qué más te da? Intento llevarme bien con él para que lo de las clases sea lo más cómodo posible.

—¿Al final vas a seguir adelante con eso?

—Sí —respondo cortante.

El profesor llega y todos se sientan, y comienza la clase. Nuestra conversación se queda ahí, pero en mi mente sigo dándole vueltas el resto de la hora. ¿Por qué le preocupa tanto lo que haga o deje de hacer con Alejandro? Si esto lo hace porque se lo quiere ligar me parece un tanto infantil. Que vaya a hablar con él ella misma y que me deje fuera de sus asuntos.

Pero no quieres que lo haga. ¿O sí?

Me da a mí que voy a ser yo el que termine volviéndose loco con esto, si no lo estoy ya.

VEINTISIETE

❧ Dani ❧

Es martes y ya tengo ganas de que la semana acabe. Este curso no es que sea complicado, pero quita mucho tiempo. A veces lo que más me apetece es llegar a casa y echarme una siesta, pero recuerdo que tengo deberes que hacer y temarios que estudiar y eso no me anima.

—Piensa en la pizza del Jade's que te vas a comer este viernes —susurra Elena al verme un poco decaído en la clase de latín.

Le sonrío sin ganas a modo de agradecimiento e intento prestar atención a la explicación del profesor. Ahora mismo ni siquiera me motiva pensar en salir, solo tengo ganas de descansar.

—¿Quieres salir esta tarde a dar una vuelta? —propone Mario cuando salimos del aula en dirección al recreo—. Así te despejas y nos tomamos algo.

—Un Monster fresquito seguro que te alegra el día —añade mi mejor amiga.

—Gracias, pero no tengo muchas ganas. Lo que necesito es dormir y una bebida de esas no me va a dejar hacerlo.

Nos sentamos en el banco de siempre y al rato llega Maya con una expresión de furia.

—¿Qué pasa?

—Que he sacado un siete en geografía, eso pasa.

—¿Un siete no es… buena nota? —me atrevo a preguntar.

—¡Para mí no! Me he matado a estudiar para ahora tener la misma calificación que los que copian. ¡No es justo! —Se recoge el pelo corto y castaño en una cola y suspira.

—Querida Maya, el día que el mundo sea justo los cerdos volarán. —Le doy la razón a Elena asintiendo.

Dejamos de hablar para tomar el desayuno y a decir verdad mi ánimo mejora un poco tras comerme el bocadillo de la cafetería. Si hay algo que pueda arreglar cualquier cosa es la comida.

—Dejadme la ficha de literatura, creo que la he cagado con una pregunta —pide Mario. La busco en mi archivador y se la entrego.

Coloco la mochila encima de mis muslos y uso el móvil desde dentro, técnica que sirve para que no nos pillen utilizando los teléfonos. Escuché una vez que la medida había sido impuesta porque hubo un caso de ciberacoso entre alumnos del instituto, pero nunca supe nada más.

Menos mal que siempre lo pongo en silencio, pues me acaba de llegar un mensaje. Lo abro y me sorprendo al ver de quién se trata.

Alejandro: ¿Vienes a mi casa esta tarde? Así empezamos las clases.

Alejandro: El viernes tenemos que entregar una redacción y estoy un poco cagado.

Lo distingo desde la distancia sentado en el banquillo mientras un compañero juega por él. Aparta los ojos de su móvil y también me mira, haciendo un gesto con el dedo como si estuviera llorando. Sonrío por inercia y escribo la respuesta.

Dani: No sé... Hoy estoy un poco decaído.

Alejandro: ¿Por qué? ¿Te ha pasado algo?

Dani: No, solo necesito descansar.

Alejandro: ¡Puedes hacerlo por la noche!

Alejandro: Ven, porfa.

Alejandro: Prometo que esta vez no te insultaré en inglés.

—Dani, cuidado, viene la de informática —me informa Mario.

Escondo el móvil en la mochila y actúo como si nada. Cuando la mujer sale de mi vista agarro el teléfono y retomo la conversación.

Dani: No sé...

Alejandro: Te lo ruego. Cocinaré si hace falta.

Dani: No sé si me atrevería a probar algo hecho por ti.

Podría tener veneno o algo así.

Alejandro: No se me había ocurrido, gracias por la idea. ;)

Dani: Estás fatal. x')

Alejandro: ¿Entonces? ¿Qué me dices?

Lo diviso de nuevo a lo lejos, apoyando los codos sobre las rodillas y pendiente del móvil. Mueve la pierna izquierda con impaciencia y no sé qué demonios hacer.

Alejandro: Por favor, te necesito.

Mi corazón da un vuelco y leo esas dos palabras varias veces. ¿Habla en serio?

No seas tonto, te necesita para aprobar inglés.

De verdad, a veces le debo la vida a mi conciencia por ponerme los pies en la tierra. Aunque muchas veces es la misma que hace que me ilusione por nada.

Créeme, no es «nada».

Dani: Vale, me pasaré sobre las seis.

Alejandro: GRACIAS.

Bloqueo el móvil e intento volver a incorporarme a la conversación del grupo, pero el tema ya ha cambiado. Mi vista me traiciona y vuelve al chico de ojos y pelo negro, que ha salido al campo y está corriendo detrás de un jugador para hacerse con el balón. Lo que es seguro es que, si diesen un premio al más ridículo, me llevaría el primer puesto.

VEINTIOCHO

∽ Dani ∽

Por primera vez en mucho tiempo estoy preocupado por mi aspecto. No es que tenga planeado arreglarme ni nada de eso, pero esta tarde voy a casa de Alejandro y algo me mueve a dejar la ropa de vago por una vez y ponerme otra cosa. Al final me decido por unos vaqueros negros y una sudadera de color burdeos que me encanta, pero que no me pongo muy a menudo. Río por la sorpresa de mi madre al verme con algo que no es un chándal y me dirijo al baño para terminar de prepararme.

Me lavo la cara e intento peinarme hacia un lado, pero parezco un muñeco con pelo de plástico, así que lo dejo un poco alborotado. Reparo en mis ojos marrones y suspiro. ¿Por qué la vida me dio unos ojos tan feos? No sé, Dios podría haberme dado un color algo más claro y así poder decir «son de color miel». Pero ni eso.

Los de Alejandro también son oscuros y siguen siendo bonitos.

Claro, es que son suyos.

Agarro la mochila con lo que necesito y le comunico a mi familia que volveré más tarde. Por suerte no le dije nada a mi madre sobre que en principio ya no iba a ser el profesor de Alejandro, porque, si lo hubiese hecho, ahora tendría que contarle cómo fue nuestra rara reconciliación.

Hago el camino en bus hasta la casa de los Vila y al llegar llamo al telefonillo. Nadie contesta y me abren sin comprobar quién soy. ¿Por qué esta familia nunca pregunta quién está delante de su puerta? No me sorprenderé si algún día les roban.

Entro en el comedor y al primero que me encuentro es a Miguel, sentado en una de las sillas y tecleando en un portátil. Al percatarse de mi presencia sonríe.

—Dani, ¿qué tal estás?

—Bien, gracias. —Espero a que me diga algo sobre su hijo, pero no lo hace, así que decido preguntar—: ¿Dónde está Alejandro?

—Oh, es verdad, tenéis clases.

¿A qué voy a venir si no?

—Creo que está en su habitación.

Y sin añadir nada más vuelve a su trabajo. ¿Se supone que debo saber dónde está? La última vez que estuve aquí solo visité el gimnasio y la cocina. Resignándome, agrego un «gracias» y me dirijo hacia las escaleras con la esperanza de encontrarlo sin cagarla en el proceso. Pero, claro, con todas las puertas iguales ya me dirás tú cómo lo hago.

A ver, tengo que pensar. Sé que la puerta del final del pasillo es el gimnasio y lo más lógico es que, si Alejandro pasa la mayor parte del tiempo ahí, su cuarto esté cerca. Avanzo hasta detenerme en la puerta de al lado y la golpeo, rezando porque sea la correcta.

—¿Qué haces llamando a la puerta de la habitación de mi hermana?

La voz del chico detrás de mí hace que dé un salto y me gire. Empieza a troncharse y no se me ocurre otra cosa que darle un golpe en el hombro.

—Qué puto susto, joder. ¿Cómo eres tan sigiloso?

—Es una de mis habilidades —dice sonriendo—. Entra, anda.

Abre la puerta del otro lado del pasillo, la que está justo detrás de la que había golpeado, y se aparta para dejarme entrar. La estancia es un gran espacio con lo esperado: una cama pegada a la pared de color blanco, una mesita de noche, un armario, un escritorio y una estantería. Además, tiene una televisión colgada en la pared que queda enfrente de la cama. Es como mi cuarto, pero más grande.

—Esta es mi guarida. —Cierra la puerta y se sienta sobre la cama.

—Ya veo. Me esperaba algo más… desordenado —confieso al ver la distribución tanto de los libros como de las cosas encima del escritorio.

—Me ofendes.

Me doy cuenta de que lleva la misma ropa que esta mañana, solo que se ha quitado el gorro y no tiene la chaqueta. Intento controlarme y no mirarlo más de la cuenta porque, si soy sincero, es algo que podría hacer todo el día si pudiera.

Por fin lo admites.

—He traído el portátil, vamos a hacer *listenings*.

La cara del chico cambia de forma drástica.

—Dime que es una broma.

—Quieres aprobar, ¿no? —Asiente y procedo a sacar las cosas de la mochila—. Entonces tenemos que practicar muchos audios. Es una parte muy importante de la asignatura y, cuanto antes empecemos, antes se acostumbrará tu oído al idioma.

Primero bufa y creo que va a adoptar la misma actitud infantil de la semana pasada, pero para mi sorpresa me hace caso y se sienta frente al escritorio con determinación.

—Supongo que es una prueba tipo test, ¿no? Al menos para empezar.

Acepto su propuesta y busco preguntas cortas y sencillas para iniciar. En un principio le cuesta bastante, pero conforme vamos avanzando se va adecuando y logra responder varias preguntas de manera correcta.

—¿Ves? No sirve de nada agobiarse —le digo ante las caras que puso durante el primer ejercicio.

—Hombre, para ti es fácil decirlo porque sabes inglés.

—Lo sé, pero siempre hay trucos para mejorar. Por ejemplo, a ti se te da muy bien historia —explico recordando lo mucho que escribió en el examen de ayer—. ¿Cómo la estudias?

Se queda pensativo durante un instante.

—No sé… Me gusta. Para mí cada punto es como el capítulo de un libro, lo que hace que me interese conocer el final.

—Vale. Inglés no es una asignatura muy teórica, sino más bien práctica. Tómalo de esta manera: las palabras son como piezas de un puzle. —Ignoro su expresión de desconcierto y sigo—:

Se trata de construir frases y que tengan un sentido todas juntas. Como un rompecabezas.

—¿Y cómo me puede ayudar eso?

—Pues para ordenar tus conocimientos. Por lo general, cuando alguien tiene que hablar en inglés dice palabras sueltas, no busca el sentido de la frase completa. Algo así como un pegamento que las una. ¿Me explico?

—Más o menos.

—La clave es practicar mucho. Escuchar audios en inglés, también música, ver películas… Y aprender estructuras que te puedan servir para casi todos los contextos.

—Pues me veo obligado a pedirte que… —se levanta suspirando y se acerca, mirándome a los ojos. Joder, que deje de hacer eso porque me quedo embobado— me recomiendes música.

—¿Va en serio? —pregunto emocionado, y asiente. Luego recuerdo que la mayoría de la música que yo escucho es probable que no le guste—. Necesito tiempo, no sé qué recomendarte… ¡Ya sé! Te haré una *playlist*.

—Solo una regla: nada de Lana Del Rey.

Me aparto ofendido y alzo el dedo.

—No eres digno de tanto arte.

Él ríe y yo lo acompaño. Quién sabe, puede que esto de las clases funcione después de todo.

VEINTINUEVE

∾ Dani ∾

Viernes, por fin viernes. Esta semana no ha sido de las mejores, pero al menos ya queda poco para que acabe.

Ayer estuve otra vez con Alejandro y repasamos sobre todo gramática y vocabulario. He hecho lo que he podido para que dé lo mejor de sí en la redacción que había que entregar hoy, y creo que al menos puede sacar un poco más de nota de la que tiene.

De momento nuestro horario, si no ocurre ningún imprevisto, es de seis a ocho de la tarde los martes y los jueves. Si nuestra relación no hubiese cambiado, sería un infierno para mí, pero resulta que disfruto pasando tiempo con él. Eso sí, no pienso reconocerlo en voz alta ni aunque me paguen.

—Tierra llamando a Dani.

Salgo de mi ensimismamiento y miro a mis amigos. Deben estar esperando una respuesta a una pregunta que ni siquiera he escuchado.

—Lo siento, hoy estoy distraído.

—¿Solo hoy? —añade Elena mientras se hace una trenza.

—Te he preguntado que si sigue en pie lo de esta noche —me explica Maya.

—Sí, claro. ¿Tú vienes, Mario?

—Sí. Los padres del niño que cuido no trabajan, así que no necesitan que le eche un vistazo.

—Genial. Va a ser nuestra gran quedada, porque la última fue hace... ¿dos meses?

—Todavía era verano —les recuerdo.

—Pues al final va a ser verdad eso que dicen de que bachillerato te consume... —espeta mi mejor amiga.

—¿Vamos a comprar alcohol? —pregunta Mario emocionado.

—Eres un borracho.

—Nada de bebidas hasta el sábado que viene. Tenemos que ahorrar.

—¿Qué pasa el sábado que viene? —cuestiono.

Elena me fulmina con la mirada y me da unos golpecitos en la frente.

—¡Es Halloween! ¿Desde cuándo se te olvida?

Lo he olvidado por completo. Es cierto que es una fiesta que disfrutamos mucho el año pasado. Nos disfrazamos de zombis e hicimos botellón en la calle, que terminó a las tres de la madrugada porque un vecino llamó a la policía y tuvimos que salir corriendo de allí. La recuerdo como una noche muy divertida.

—Necesitamos un buen disfraz. Algo original…

—¡Ya sé! —Todos miramos a Mario, expectantes ante su idea—. Si nos hacemos pasar por el de educación física, asustamos a media Sevilla.

Estallamos en carcajadas al instante. Ese hombre es lo último que te imaginarías cuando piensas en un profesor de gimnasia. Además de aburrido es gruñón, por lo que me alegro de que su asignatura no sea obligatoria este curso.

—Bueno, ya encontraremos algo. —La campana suena anunciando el regreso a las clases y Maya nos detiene antes de que nos vayamos—. Hoy a las nueve en mi puerta. No lleguéis tarde.

Como Mario y yo vivimos en una punta de la ciudad y Elena en la otra, la casa de Maya siempre es el lugar de encuentro porque queda justo a mitad de camino. Con la quedada ya planeada nos despedimos de ella y nos marchamos a la clase de latín.

Una hora después, la campana da por terminado el horario escolar y agarramos nuestras mochilas y pertenencias dispuestos a marcharnos. Estoy saliendo por la puerta principal cuando alguien me toca el hombro y se coloca a mi lado. Lo reconozco al momento.

—Anda, si es mi guardaespaldas.

La boca de Alejandro se curva en una sonrisa enseñando los dientes y ese simple gesto me provoca un cosquilleo en el estómago.

—Tengo una propuesta para ti. —Me detengo porque me rodea con el brazo y me obliga a dar media vuelta hacia el camino contrario—. Mis padres hoy trabajan hasta por la noche. Te vienes a mi casa y almorzamos. Te cocino algo sencillito, como un plato de macarrones o algo así. Tampoco es gran cosa, pero seguro que nos apañamos… Y también podemos ver una peli.

Por favor, di que sí.

La idea me tienta, pero una alarma suena en mi cabeza.

—Me gustaría mucho, pero tengo plan para esta noche.

Alejandro no se da por vencido y sigue intentándolo, arrastrándome consigo hacia su casa. Actúo como si nada ante el hecho de que casi me está abrazando.

—Tú lo has dicho, por la noche. Te aseguro que tendrás tiempo de sobra para volver a tu casa, cambiarte y salir.

Medito durante unos instantes y hago la primera pregunta que se me ha venido a la cabeza cuando ha hecho la propuesta.

—¿Por qué yo? ¿No tienes ninguna chica con la que ligar o algo así?

¿En serio?

Joder, sueno como si estuviera celoso. Su reacción se limita a negar con la cabeza.

—Venga ya. Las únicas veces que hemos pasado tiempo juntos ha sido para discutir, estudiar o hacer deberes. Si vamos a ser compañeros, también tenemos que ser amigos. —Sus palabras me impresionan.

—¿Eres tú el verdadero Alejandro Vila o un clon que lo ha reemplazado?

—No seas tonto, anda. —Se despega de mí para sacar el paquete de tabaco y encenderse un cigarrillo. A decir verdad me hubiera gustado que ese contacto físico hubiera durado más—. Llama a tu madre para decirle que no comes allí o lo hago yo.

En otra ocasión habría preferido hacerme el difícil, pero soy tan consciente de que quiero ir que mis manos se mueven solas. Pongo los ojos en blanco y saco el móvil, sucumbiendo a sus ideas.

Dani: Mamá, voy a almorzar fuera. Ya me pasaré para ducharme, he quedado para cenar con Elena y los demás. No me esperes despierta.

TREINTA

∽ Dani ∾

—¿Vas a quedarte ahí sentado y mirar cómo cocino? —pregunta Alejandro, sacando la pasta de la alacena.

—Sí.

Su cocina es lo bastante grande como para tener una barra americana con varias sillas en un extremo. Me he sentado en una y mis únicos planes consisten en observarlo todo lo que quiera ahora que las posibilidades de que me devuelva el puñetazo son menores.

—Sé cocinar y me gusta hacerlo para otros, pero tú no eres tan especial. —Alejandro aparta la vista de la vitrocerámica para mirarme alzando las cejas.

—Auch, eso duele. —Se pone una mano en el pecho—. Es cierto, cuando estuve en tu casa tu abuela dijo que la habías ayudado a hacer la comida.

Enciende el fuego, lo apaga y lo vuelve a encender. Me parece extraño, pero su comentario me ha resultado más confuso aún.

—¿Te acuerdas de eso? —pregunto extrañado. Es raro que recuerde un dato tan insignificante.

—Que tú tengas memoria selectiva no significa que los demás también.

Me cruzo de brazos y veo cómo se da la vuelta para abrir el frigorífico. De espaldas puedo comprobar lo apretados que le quedan esos pantalones y mi vista se desvía a lugares donde no debería.

Tener ese culo no puede ser legal.

—Sé que bebes agua, pero si te apetece un refresco o algo…

Vuelvo a la realidad y doy gracias por que no me esté mirando, ya que puedo notar cómo la vergüenza se me sube a las mejillas.

—Agua está bien —respondo, sonrojado.

Saca una jarra y me indica dónde están los vasos y los platos. Voy colocando los cubiertos y lo necesario en la mesa del comedor, donde caben varias personas. Nos sentamos a comer en una esquina el uno frente al otro cuando la pasta ya está lista.

Alejandro me obsequia el control de los altavoces, que no tardo en conectar a mi móvil y a través de los cuales empieza a sonar «Roman Holiday» de Halsey.

—¿Esta es la *playlist* que ibas a hacerme?

—No, estoy en ello. Aunque este es un buen comienzo.

La verdad es que hacer una *playlist* que pueda gustarle a Alejandro me está costando sudor y lágrimas. No quiero añadir mucha música alternativa porque siento que no es lo suyo, pero tampoco me veo poniendo demasiado pop. Ni siquiera él sabe qué género le gusta.

—Suena bien, aunque ni idea de lo que dice —confiesa llevándose un par de macarrones a la boca.

—Todo a su tiempo, pesadilla.

Terminamos de comer, recogemos los platos y los dejamos dentro del lavavajillas. Me apoyo en la barra y Alejandro me imita desde el otro lado. Transcurren varios segundos en los que nos miramos con atención hasta que me veo en la obligación de decir algo.

—¿Y ahora qué?

El brillo en sus ojos indica que ya tiene algo pensado. Abre uno de los cajones del mueble y saca un paquete de palomitas.

—Sesión de cine. Ya es hora de que vea *Bajo la misma estrella* y así saber qué tiene de especial para que Daniel Gómez la mencione en una de nuestras conversaciones.

Río con su comentario y a la vez me deleito con lo bien que suena mi nombre saliendo de su boca. Tiene una voz grave y, ahora que me paro a escucharla, es muy agradable.

Espera, ¿qué hago disfrutando de su voz? Tengo que dejar de hacer estas cosas.

—¿Tienes clínex?

—¿Para qué?

—Vas a llorar —le aseguro cogiendo el paquete de palomitas y metiéndolo en el microondas.

—No soy de esos —añade con cierta condescendencia.

—¿Acaso es malo? ¿No es muy masculino o qué? —digo a la defensiva.

—No me refería a eso… —Suspira y se encoge de hombros—. Pero si te ha molestado…, perdón.

¿Se ha disculpado?

Con este chico cada día me sorprendo más. Niego y pongo también de mi parte para que lo nuestro no vuelva a los inicios. A pesar de que sea más fácil para mí molestarme con él, tenemos que llegar a un punto medio si quiero que lo de las clases siga adelante.

—No, yo lo siento. Es que estoy acostumbrado a… Ya sabes, es un tema complicado —me limito a decir. Lo comprende al instante y asiente.

—No te preocupes.

En pocos segundos el olor de las palomitas haciéndose llega a mis fosas nasales. Acabamos de comer, pero ese aroma me ha traído de vuelta el hambre y al parecer a Alejandro también, que no me quita el ojo de encima ni un segundo.

¿Quién me lo iba a decir? En casa de Alejandro Vila, almorzando juntos e incluso riéndome… Esto tiene que ser un sueño. Incluso me veo tentado a pellizcarme para comprobar si es real, pero me doy cuenta de lo absurdo que sería y descarto la idea. Una vez que las palomitas están listas las echamos en un bol y rellenamos los vasos del almuerzo con agua.

—¿Dónde vamos a verla?

—Tú sígueme.

Subimos a la segunda planta y me conduce hasta la puerta que golpeé por accidente el martes. Me deja pasar y me encuentro con una habitación similar a su cuarto que solo tiene un sofá enorme, una televisión bastante grande y una consola.

—¿No me dijiste que esta era la habitación de tu hermana?

—Exacto, era. Mi hermana se independizó hace unos meses, así que la uso para jugar a videojuegos y ver películas en condiciones.

Cierra la puerta y se sienta en el sofá de color negro con forma de L, aprovechando su tamaño para estirar las piernas. Da unos golpecitos en el espacio que queda libre a su lado.

—Ven, no muerdo.

—Más quisieras —digo en un intento por quitarme de encima el nerviosismo que siento de repente.

Me aproximo y me siento a unos centímetros de él. Con el mando enciende la televisión y busca la película, que tal y como me dijo está marcada como «pendiente».

—Ya el póster no me da buena espina —declara.

—Alejandro, son dos personas enamoradas. Seguro que has visto algo parecido antes —espeto—. Ponla en inglés y con subtítulos, anda.

Rechista, pero me hace caso y se levanta para apagar las luces. Pongo el móvil en silencio y sin más dilación le da al *play*.

«Creo que en este mundo tenemos la opción de elegir cómo contar una historia triste. Por un lado...».

—¿Esto no se puede poner más lento? No me da tiempo a leer la frase entera.

Me queda una larga tarde por delante.

TREINTA Y UNO

∼ Dani ∼

Nunca ver una película me ha provocado tantos nervios como esta vez, y la razón es clara: Alejandro.

Los primeros treinta minutos transcurrieron con normalidad. Alejandro se adaptó a la velocidad de los subtítulos y se metió en la historia, pero conforme la película avanzaba más ganas tenía de acomodarme en el sofá. Llegó un punto en el que me tumbé para llegar al bol de palomitas y me quedé en esa posición.

Ahora estoy teniendo contacto físico con Alejandro y ni siquiera sé cómo hemos llegado a este punto, aunque no estoy dispuesto a hacer nada para cambiarlo. Mi cabeza descansa casi rozando su hombro, lo que es raro de cojones puesto que es la primera vez que estamos tan cerca sin gritarnos o discutir. Por si fuera poco, su mano derecha se ha acostumbrado desde hace rato a hacerme caricias y me recorre la piel del brazo con los dedos a un ritmo pausado. Desde tan cerca puedo oler su colonia, un olor fresco y varonil que, sin duda, va de acuerdo con su persona.

Trato de concentrarme, pero de esta forma es imposible. Mi corazón va a mil latidos por segundo y lo que ya me remata es el movimiento de hombro que hace para que apoye la cabeza en él. *Alerta roja. ALERTA ROJA.*

¿Es consciente de lo que está haciendo o está tan enfrascado en la película que lo hace por pura inercia? La lógica me lleva a pensar que se trata de la segunda opción. El Alejandro que conozco jamás haría esto y mucho menos conmigo.

Hago lo posible por calmarme y seguir el hilo de la película, a pesar de que no me hace falta porque la he visto como ochenta veces. La escena que siempre me hace llorar se acerca y voy a necesitar un clínex, pero estoy tan cómodo en esta posición que no quiero fastidiarlo.

—¿Me pasas los pañuelos? —susurro.

Él alarga el brazo para cogerlos y me los entrega sin apartar la mirada de la pantalla. No se mueve ni un centímetro, lo que me da a entender que no le importa que sigamos así. Saco un pañuelo del paquete y me acomodo sintiendo el calor de su cuerpo demasiado cerca de mí.

«Gus, amor mío, no puedo expresar lo mucho que te agradezco nuestro pequeño infinito. No lo cambiaría por el mundo entero. Me has dado una eternidad en esos días contados, y por eso te estaré siempre agradecida».

Las lágrimas se me escapan al igual que a Hazel y me limpio lo más rápido posible con el clínex para que Alejandro no me vea. Si me paro a pensarlo es un poco estúpido porque estamos a centímetros de distancia. Cuando alzo la mirada veo sus ojos negros llorosos.

—Quieres llorar.

—No. —Se muerde el labio y se mantiene firme—. Es solo que me pican un poco.

—Claro…

Los minutos restantes me dedico a seguir llorando sin poder evitarlo. Para cuando la película termina y me incorporo en el sofá, la cara de Alejandro está llena de lágrimas.

—Te odio —dice cogiendo un pañuelo y secándose—. Te odio por ponerme una película tan bonita y triste a la vez.

—Te lo advertí y no me hiciste caso.

—Bueno, ya está. Es solo una película —se recuerda en voz alta. Se levanta del sofá para encender la luz y veo que ya se ha recuperado.

—¿Cómo lo has hecho? —pregunto contemplando su rostro, libre de lágrimas.

—No me gusta llorar delante de otras personas. —Se agacha frente a mí y me mira con atención—. Me ha gustado la película, pero ¿va todo bien?

—Sí.

—Sé que no soy el más indicado para consolarte, pero... puedo hacer el intento.

No está en mis planes abrirme emocionalmente con el imbécil, aunque ya es demasiado tarde. Con miedo de que el llanto no se detenga, me seco los ojos. Mojo mis labios antes de hablar y detecto un gusto salado, resultado de la mezcla de lágrimas y saliva.

—Es solo que... me da rabia. Las historias de amor, me refiero. Se basan en una pura fantasía. El caso es que esta película no es tan así y por eso me gusta. Muestra lo cruel e injusta que puede llegar a ser la vida a veces.

Estoy casi seguro de que esto le suena a chino, pero al menos me estoy desahogando. Alejandro pone la mano encima de mi rodilla, como si quisiera hacerme saber que me está escuchando. Pese a ello, por su expresión noto que no sabe qué decir.

—Debería dejarme de tonterías. Total, no me entiendes.

—Para nada, al revés. Sí que te entiendo. A veces... me pasa lo mismo.

—¿A ti? Venga ya. —Retiro mis ojos de los suyos porque no soy capaz de decirle esto a la cara—. Ligas todo el tiempo. Otros problemas no sé, pero de amor estoy seguro de que no.

Su cara cambia por completo. Chasquea la lengua y niega con la cabeza.

—No tienes ni idea. Yo tampoco he vivido ese «amor perfecto» de las películas. —Hace comillas con los dedos—. Ni yo ni nadie, porque no existe. Además, ¿de qué me sirve ligar mucho si nadie está dispuesto a conocerme?

No se me ocurre qué decir. No estoy al tanto de su vida amorosa, solo sé lo que me cuenta Maya, que se entera de más cosas al coincidir en clases con él. Según ella nunca ha durado con una chica más de un mes: tontean, empiezan a salir y luego dejan de hablarse. Sus exnovias siempre dicen lo mismo: «Es un tío raro».

No niego que sea gilipollas ni homófobo ni insoportable. Pero a lo mejor hay veces que se sabe comportar, como hoy. Me aterra comprobar que, tal y como anticipé, me atrae esta parte más calmada de él, cosa que no debería sentir. Debería seguir odiándolo.

—Escúchame, Dani. Todos tenemos problemas y todos deseamos que alguien nos quiera. Hasta yo. —Mira hacia otro lado y se revuelve el pelo, incómodo al hablar así de claro, sin tapujos—. Pero eso llega si se busca, no se espera sentado. Mientras tanto, podemos desahogarnos entre nosotros. Como amigos. ¿Qué te parece?

Auch, eso ha dolido cuando no debería hacerlo.

Suspiro y busco la verdad en sus ojos oscuros. La encuentro de lleno. Sonrío y admiro sus facciones, cada vez que las miro son más perfectas. Es imposible mantener el odio cuando me lo pone así de difícil.

—Me tomaré eso como un sí.

Se levanta, apaga la televisión y coge dos mandos de la consola. Me extiende uno y mueve las cejas.

—Siguiente paso para ser mi amigo: ganarme una partida en el *FIFA*. Si eres capaz de hacer eso, te ganas mi confianza.

Agarro el mando, aceptando el desafío. A pesar de que no lo digo en voz alta, le agradezco que no haya insistido en el tema de las relaciones y lo haya dejado pasar como si nada. Quizá me he equivocado y lo he juzgado antes de tiempo...

Poco a poco te voy entendiendo más, Alejandro. Y cada vez que me acerco a ti veo más claro que no somos tan distintos como creía.

TREINTA Y DOS

∽ Dani ∾

Me ha costado varias partidas y una obsesión que nunca había tenido antes por un juego, pero al fin he conseguido ganar en el *FIFA* a Alejandro. Mira que no me gusta el fútbol, pero jugar con él una partida a la consola se me hace divertido.

—Menos mal, joder. —Tiro el mando al otro extremo del sofá y hago un baile de hombros a modo de victoria.

—Te he dejado ganar. Como tenías tanta ilusión y ya había ganado cuatro partidas...

—Eso dicen los perdedores. —Reímos juntos—. Oye, ¿dónde está el baño?

—En la planta de abajo. Te acompaño, tengo que llevar el bol y los vasos a la cocina.

Bajamos las escaleras y me muestra el otro lado del comedor donde hay un pasillo que conduce al baño. Cuando salgo y me dirijo a la cocina me fijo en una de las ventanas del salón... y en el cielo oscuro.

—¡¿Qué hora es?! —exclamo desde donde estoy.

Aumento la velocidad de mis pasos hasta llegar a la cocina y miro la pantalla de mi móvil: son las diez de la noche.

—¡Joder! Había quedado con mis amigos a las nueve. Por tener el puto móvil en silencio no he escuchado las notificaciones.

—Tranquilo, seguro que...

Dejo de escuchar a Alejandro porque mi mente se centra en otra cosa: al desbloquear el móvil observo que tengo más de cinco llamadas perdidas de Elena, tres de Maya y una de Mario. Por no mencionar la cantidad de mensajes que me han mandado, tanto por el grupo como por privado. Pero mi preocupación por la quedada pasa a segundo plano cuando veo que mi madre también me ha llamado, más de diez veces.

—¿Qué pasa? —pregunta Alejandro.

—No lo sé.

Me muerdo el labio y marco el número de mi madre. Nunca me llama a no ser que sea algo importante y el número de veces que lo ha hecho hace que tema lo peor. Para cuando salta el contestador estoy temblando y mi respiración se acelera. Pruebo a llamar de nuevo, pero no hay respuesta. Alejandro debe darse cuenta a la tercera llamada fallida porque me agarra por los brazos e intenta hablarme.

—Dani, escúchame. Respira despacio. Va a estar bien. —Me aferro a sus brazos porque siento como si fuera a perder el equilibrio—. Ven, siéntate.

El sentimiento de que todo anda mal se apodera de mí y cada vez me cuesta más respirar. Estoy hiperventilando. Alejandro me sienta en una de las sillas de la cocina y toma mi rostro con sus manos.

—Ahora quiero que respires más pausado.

—No puedo —consigo balbucear.

—Claro que puedes. Todo lo malo que está pasando ahora por tu cabeza son solo conjeturas. Limítate a pensar en algo agradable. Te gusta la música, ¿no?

—Sí. —Mi pecho empieza a doler.

—Bien. Concéntrate en la última canción que hayas escuchado. Repite la melodía en tu cabeza, reduce el ritmo si va muy rápido. ¿Puedes oírla?

Hago un intento por recordar la última canción que he escuchado, pero no puedo. ¿Cuánto tiempo va a durar esta pesadilla? ¿Acaso voy a morir? Me toco el pecho y siento aún más pánico cuando noto mi ritmo cardiaco.

—Dani, tienes que hacerlo. Por favor.

Me veo reflejado en sus ojos negros y cierro los párpados, esperando que esto acabe pronto. De repente escucho un ritmo de un piano que no soy capaz de reconocer. Con su avance descubro que es el estribillo de una de mis canciones favoritas de Lana. Recuerdo la letra de forma instantánea.

Poco a poco mis latidos se adaptan al ritmo lento de la melodía y soy capaz de inhalar y exhalar una gran cantidad de aire. El malestar ya no es tan grande, me permite respirar de forma más o menos normal.

—Así, lo estás haciendo muy bien. —Hace una pausa—. No te va a pasar nada malo, solo se trata de una experiencia desagradable.

Ya puedo respirar de forma normal y el malestar se ha ido poco a poco. Alzo la vista e intento hablar con él, pero me detiene.

—Espérate. —Coge un vaso del mueble y lo llena de agua—. Toma, bebe.

Hago lo que me dice y el líquido frío me reconforta y me quita la sequedad de la garganta. Dejo el vaso encima de la barra y lo miro a los ojos.

—¿Cómo... has hecho eso? —cuestiono, atónito.

—¿El qué? Lo has hecho tú.

—Me refiero a las frases que has dicho. Y lo de la canción... Has tenido que hacer esto antes, sabes de lo que hablas.

Se rasca la nuca y evita el contacto directo con mis ojos.

—Mi hermana también solía tener ataques de ansiedad. Terminé acostumbrándome —explica sin darle más importancia.

—Bueno, de todas formas..., gracias por ayudarme. —Lucho por pronunciar las palabras, no sé si por el ataque o porque me siga costando darle las gracias a alguien como él—. Incluso por un momento he temido por mi vida.

—Es algo común. ¿Nunca has tenido uno?

—Alguna vez sí, a raíz de lo de mi padre, pero me había olvidado del miedo que dan. Y al ver el registro de llamadas... —Vuelvo la vista al teléfono y el miedo a que lo de antes vuelva a ocurrir se apodera de mí.

—A ver, tranquilidad. Seguro que todo anda bien. Tu madre estará preocupada porque no has llegado aún a casa, ya está.

—Es que le dije que iba a pasar a ducharme, pero se me ha ido la cabeza. —Él niega.

—Ha sido mi culpa, lo siento. Yo te convencí para venir.

—Alejandro, no...

—Prueba a llamarla de nuevo. —Me interrumpe.

Sujeto el móvil con ambas manos y marco el número, poniéndolo en altavoz. La espera mientras los tonos suenan se hace eterna hasta que atienden la llamada al otro lado.

—¡Mamá! Perdóname, tenía el móvil en silencio y no me he dado cuenta de que...

—Daniel, estoy en el hospital. —La voz de mi madre suena débil y quebrada, como si hubiese estado llorando justo antes de contestar—. Ven, por favor.

—¿Qué ha pasado?

Deseo con todas mis fuerzas que no sea lo que se me pasa por la cabeza, pero tres simples palabras confirman mi horrible teoría.

—Es la abuela.

Algo dentro de mí se rompe. Es como si me arrancaran el corazón de cuajo y a partir de ahora tuviese que luchar por mantenerme con vida. Cuelgo la llamada y me levanto de golpe, recogiendo mis cosas.

—Dani...

—Te veo el lunes.

Abro la puerta del patio y dejo atrás la casa de los Vila a medida que avanzo a gran velocidad. Solo un pensamiento cruza mi mente: ¿cómo puede un momento tan agradable con el chico que me gusta transformarse en mi peor pesadilla en cuestión de segundos?

TREINTA Y TRES

∽ Dani ∾

A lo largo de mi vida he tenido una relación un tanto extraña con los hospitales. La mayoría de la gente los relaciona con algo malo, y es razonable, solo aquellos que padecen una enfermedad o algo grave están ahí. Pero, si decides verlo desde otra perspectiva, es donde muchas personas se curan y consiguen seguir adelante a pesar de todo.

Claro que la vida es tan caprichosa que no permite a todos recuperarse. Esta vez, sin embargo, mi abuela ha tenido la suerte de su lado. Tras su caída han tenido que escayolarle la pierna derecha entera, aunque podría haber sido mortal para alguien de su edad.

Anoche solo una persona podía quedarse a dormir con ella. Me ofrecí voluntario, pero mi madre fue la que al final lo hizo. De todas formas no he dormido nada: con tan solo imaginarme el dolor que ha tenido que soportar se me rompe el corazón.

Hoy domingo le dan el alta, ya me he vestido y estoy esperando a que mi madre me recoja para visitarla. Mi abuelo se ha levantado temprano y le está haciendo compañía mientras mi madre viene a por mí y me lleva al hospital. Hasta por la tarde que le den el alta voy a estar ahí, dispuesto a hacer cualquier cosa para ayudarla.

Cuando por fin llega me subo al coche y ella conduce hacia el hospital en silencio. Por lo general, ponemos la radio y disfrutamos del camino, pero esta vez la única persona que puede levantarnos el ánimo se encuentra tumbada en una camilla.

—No sabía que estabas en casa de Alejandro. Antes de que todo esto ocurriera, me refiero.

Me quedo mirándola durante unos segundos, sin saber a qué viene eso.

—Eh, sí. Me invitó a comer a su casa. ¿Cómo lo sabes?

—Cariño, trabajo allí. Llamé a Vanesa para que me diera unos días libres y me dijo que Alejandro estaba preocupado por ti. —Al escuchar eso algo se me revuelve en el estómago—. ¿No has respondido a sus mensajes?

—Ni a los suyos ni a los de nadie. No tengo ganas de ir contando por ahí lo que ha pasado.

Lo único que necesito es tener otra vez a mi abuela en casa, descansando como se merece. Cuando eso se cumpla ya hablaré con mis amigos. Y con los que no son tan amigos.

—Haz lo que quieras, pero ellos también estarán preocupados. Intenta hablar con ellos, al menos con Elena. Sabes que se presentará en el hospital si no lo haces.

Enseño una pequeña sonrisa al ver cómo de bien conoce mi madre a mi mejor amiga. En el fondo tiene razón, debería informarle al menos de que todo va bien y que no debe preocuparse.

Saco mi teléfono y miro por encima los mensajes que he ignorado por completo. Me detengo en la conversación con Alejandro.

Alejandro: ¿Has llegado ya al hospital?

Alejandro: Seguro que no es nada grave.

Alejandro: ¿Estás ya allí? Me tienes preocupado.

Alejandro: Voy a dejar de escribirte porque no quiero parecer pesado, pero voy a estar pendiente del móvil por si necesitas hablar con alguien.

No puedo evitar extrañarme ante su actitud. Ni siquiera llevamos siendo amigos cercanos tanto tiempo como para que se preocupe de esta manera. Bueno, ni siquiera considero que seamos amigos, a pesar de que él dijera lo contrario.

Si decirte eso te hace sentir bien…, allá tú.

De repente recuerdo la conversación que tuve con Elena en clase:

—*¿Desde cuándo os lleváis tan bien?*

—*Tan bien no. Se disculpó y ya está.*

—*¿Y le has creído?*

—*Sabes que no soy rencoroso.*

—*Pero con él sí lo eras.*

Analizando la situación desde un punto de vista diferente empiezo a ver lo que mi amiga quería decir. Alejandro siempre se burlaba de mí, ya fuera con un «maricón» o tan solo con una risa a mis espaldas, y estos días he olvidado esa pequeña parte de la historia.

¿Acaso soy como las chicas que salen con él, que juegan a ser ciegas y a ignorar su actitud de mierda para tenerlo cerca? Bueno, la única diferencia es que a mí no me tocaría ni con un palo. Hace unas semanas me habría alegrado saberlo, pero ahora una parte de mí no puede evitar entristecerse.

Si no me hubiera dejado convencer por Alejandro para ir a su casa no habría faltado a la quedada con mis amigos. Es probable que ahora estén enfadados conmigo, y todo por un tío que hace dos semanas se estaba riendo de mí.

Cierro el chat con decisión y le escribo un mensaje a Elena.

Dani: Hola, Elena. Sé que estás enfadada por lo del viernes y estás en todo tu derecho, pero ya hablaremos de eso el lunes. Voy de camino al hospital, mi abuela ha estado ingresada el fin de semana y por eso no he estado muy pendiente del móvil. Espero que lo entiendas.

En lugar de bloquear el móvil lo apago. Por un día quiero olvidarme de las redes sociales, de mis amigos pidiéndome explicaciones y de un chico que finge preocuparse por mí. Solo pretendo centrar mi atención en lo que de verdad importa: la recuperación de mi abuela.

TREINTA Y CUATRO

∽ Dani ∼

Al contrario de lo que pensaba, ni Elena ni los demás están esperando en la puerta principal. Me da a entender que están enfadados, pues nuestro lugar de encuentro de cada mañana es ese. Sin excepciones.

Subo las escaleras en silencio, esta vez llego temprano, y entro en la clase con un nudo en el estómago. Veo desde la puerta a las cuatro personas a las que les debo explicaciones: Elena, sentada en el sitio de siempre; Maya y Mario, detrás de ella; y Alejandro, en la última fila. Los cuatro me miran y no sé dónde meterme.

¿Es tarde para salir corriendo?

Alejandro mueve su silla para atrás, como si fuera a levantarse y caminar en mi dirección, y es la señal que necesito para dirigirme a mi asiento de siempre y darle la espalda. ¿Podría dejar de actuar como si se preocupase por mí? Está empezando a ser frustrante.

—Buenos días —me atrevo a decir.

Elena me escudriña con una expresión seria y se muerde la lengua antes de hablar.

—¿Cómo está tu abuela?

Mario y Maya se acercan unos centímetros para escuchar mi respuesta.

—Mejor. Le dieron el alta ayer y ahora le toca descansar. —Termino de colocar mis cosas en la mesa y me giro para que los tres puedan verme—. Lo siento. Estuve ocupado todo el día y tenía el móvil en silencio, cuando me di cuenta eran las diez. Luego pasó lo de mi abuela y…

Elena me reconforta llevando su mano a mi hombro y Maya me interrumpe.

118

—No te preocupes, lo entendemos. Al principio nos molestó, pero fue por una causa mayor.

Asiento y me quedo callado. No pienso decirles nada de dónde estaba ni de por qué puse el móvil en silencio. Si se enteran de que los dejé plantados por estar con Alejandro me ejecutan.

—Este finde te has librado, pero este sábado no tienes excusa. ¡Es Halloween! —exclama Mario con ilusión.

—No tenemos disfraz aún —nos recuerda Maya con una mueca.

—Eso no es un problema —agrego para hacerles saber que esta vez no los voy a abandonar—. Nos vestimos de negro, compramos unos colmillos falsos y nos echamos kétchup por encima. Listo, somos vampiros.

Se ríen ante mi ocurrencia y mi mejor amiga asiente.

—Cutre pero eficaz. Lo compro.

La profesora de historia entra y nos volvemos hacia el frente. Las tres primeras horas pasan y la campana suena, indicando que es la hora de ir al recreo.

—Dani, te acompaño a la cafetería. Vosotros aseguraos de ocupar el banco —le dice Elena a Maya y a Mario.

Me acompaña hasta el pequeño local dentro del edificio y nos colocamos al final de la cola.

—Es muy raro que compres algo en la cafetería. Según tú, los bocadillos de tu padre son mejores —argumento.

La rubia sonríe y comprueba que nadie de alrededor nos esté escuchando.

—Lo son, pero necesitaba hablar contigo a solas.

Cuando esto pasa mi amiga no suele traerse nada bueno entre manos, así que no sé qué esperar.

—Pues tú dirás.

—¿Dónde estabas el viernes? —cuestiona, tranquila. Trago saliva y avanzamos unos pasos en la cola.

—En mi casa. ¿No lo he dicho?

—No, por eso me ha extrañado. ¿Seguro que estuviste en tu casa? ¿La tarde entera?

Esto es un interrogatorio en toda regla. Tendría que haber pensado que Elena no lo iba a dejar pasar así como si nada.

—Te estoy diciendo que sí. ¿No me crees o qué? —digo a la defensiva.

—Dani, te vi con Alejandro en la salida. El camino que tomasteis no era el de tu casa.

Mierda, me ha pillado. Ahora no tengo excusa. Aunque el hecho de que mencione a Alejandro me crispa los nervios.

—¿Y por qué no me dijiste nada cuando me viste, si habíamos quedado ese día?

—Porque la última vez que te comenté algo sobre él te faltó apuntarme con una pistola.

Bueno, en eso no está del todo equivocada.

Por fin llegamos al mostrador y repitiendo las palabras de mi amiga en mi cabeza hago el pedido.

—Para mí lo mismo —dice sin quitarme el ojo de encima.

Tras un par de minutos esperando nos entregan la comida y pagamos. Salimos de la cafetería y nos dirigimos al recreo.

—Si no te lo dije es porque sabía que me mirarías así.

—Es que parece que no te das cuenta de lo que está pasando. No te lo digo a malas, sino porque me preocupo por ti y sé cómo va a acabar esto. Ese chico te trataba como un trozo de mierda hace dos días, ¿qué ha cambiado ahora?

—Ya lo sé, Elena. Este fin de semana he tenido tiempo para pensar, créeme. Lo pasé bien con él, pero temo que a este ritmo... —dejo la frase en el aire, pero su mirada me presiona para que termine— vaya a pillarme.

—Demasiado tarde, ya te has pillado. Solo hay que verte la cara.

Odio que me conozca tanto y que tenga razón. Se me calientan las mejillas y miro a otro lado. Me siento estúpido por confesar esto en voz alta.

—Mira, hacemos una cosa. Ahora vamos a verlo, ¿no? —Asiento—. Supongo que estará preocupado por ti. Si se acerca y te pregunta, yo no me meteré más en lo vuestro. Pero si no lo hace...

—¿Qué pasa? ¿En qué estás pensando?

—Va a estar jugando al baloncesto, Dani. Con sus amigos. Quiero ver si se atreve a hablarte con ellos delante.

Suspiro y le doy un mordisco al bocadillo.

—Eres cruel.

—Inteligente —corrige, acomodándose la coleta.

Llegamos al banco y nos sentamos con el resto.

—Yo voto por comprar whisky —espeta Mario.

—¿Eres un viejo o qué?

—Habla la que se limita a beber ron.

—¿Podéis parar? Aún quedan cinco días y ya me duele la cabeza —digo.

Sigo comiendo en silencio y clavo la vista en el partido de baloncesto. Para variar, Alejandro es uno de los jugadores que veo en el campo. Está esperando en una esquina para hacerse con el balón que tiene uno del equipo contrario. Lo miro de arriba abajo y suspiro. Elena tiene razón, estoy pilladísimo y me siento así desde ese día en su casa. Es probable que él no le diera importancia, pero yo no he estado tan nervioso por el contacto con otra persona como esa vez.

El árbitro pita y varios jugadores se cambian con otros, entre ellos Alejandro. Se sienta en el banquillo y, a pesar de los metros que nos separan, distingo su mirada sobre mí. Podría disimular y hacer como si lo estuviera ignorando, pero no tengo energía para eso. Hace un gesto con la mano señalando el interior del edificio y lo interpreto como una propuesta para hablar ahí dentro. Niego.

A todo esto, Elena también está pendiente para asegurarse de que su teoría se cumple. Entonces el chico coge su móvil y me escribe.

Alejandro: ¿Por qué no me has contestado a los mensajes?

Alejandro: Estaba preocupado. Bueno, lo sigo estando.

Alejandro: ¿No quieres entrar y hablar?

Debe pensarse que soy gilipollas o algo y que no me doy cuenta de que solo me habla por el móvil o en lugares donde sus amigos no nos pueden ver.

Dani: No, gracias.

Arruga la nariz y me escudriña, confuso. Su respuesta la teclea en cuestión de pocos segundos.

Alejandro: ¿Pasa algo? ¿Estás enfadado?

Alejandro: Por cierto, no he tenido ocasión de decírtelo, pero me lo pasé muy bien el viernes. Gracias por venir.

Aparta la mirada del teléfono y me sonríe, provocándome un cúmulo de sentimientos en mi interior que no puedo explicar. ¿Por qué no puedo hacer como si nada y pasar de sus mensajes y sus sonrisas? ¿Por qué me estoy pillando por un tío como él, que representa todo lo que odio?

Porque ser idiota es tu pasión.

—Vas directo a la boca del lobo. —Escucho decir a mi mejor amiga antes de darme la vuelta y detener el contacto visual con él.

—Gracias por el apoyo moral.

TREINTA Y CINCO

∽ Dani ∽

—No tengo ganas.

Alzo la cuchara con decisión y la miro.

—Abuela, tienes que comer. El médico dijo que debes hacer vida normal —le explico, a lo que hace un ademán quitándole importancia.

—Vida normal no puedo hacer, estoy sentada en una silla de ruedas.

—Mucha gente lo está, incluso personas de mi edad, y no les queda más remedio. Al menos tú tienes la suerte de que en unas semanas te podrás deshacer de ella. —Cojo un poco más del plato y se lo enseño—. Es puré de patatas, tu favorito.

Suspira sabiendo que tengo razón y se traga el contenido de la cuchara. El estado de ánimo de mi abuela varía según el día: a veces se encuentra más receptiva y otras ni siquiera abre la boca para hablar. A pesar de ello intento ser paciente y tratarla con todo el cariño y cuidado que puedo, ya que ella ha hecho lo mismo conmigo desde que llegué a su casa huyendo de mi padre.

—Esta noche te voy a poner un programa de esos que te gustan, de viajeros que visitan otros países. Como te perdiste el del sábado porque estabas en el hospital, lo grabé para que lo veas cuando quieras. ¿Te apetece?

—Gracias, cariño. Eres un ángel. —Pasa la mano por mi mejilla y sus labios se curvan en una sonrisa, muy similar a la de mi madre.

—No hay de qué. Espera aquí, que te traigo una servilleta.

Salgo del salón en dirección a la cocina y me encuentro con mi madre, apoyada en la encimera y sosteniendo una taza de café.

—No puedo creer que haya pedido la semana libre para cuidar de ella y que ahora quiera que tú lo hagas —dice tras tomar un sorbo.

—Ya me había ofrecido voluntario antes, pero no me dejaste. —Me encojo de hombros.

—Porque tú ya tienes bastante con el instituto y las clases de inglés.

Oh, Dios, lo ha mencionado. Cojo un puñado de servilletas y hago además de irme, esperando que no caiga en la cuenta de un pequeño detalle, pero la suerte no juega de mi lado.

—Oye, hoy es martes, ¿no? —Asiento—. ¿No tenías que ir esta tarde a casa de Alejandro?

Por un momento considero la opción de decirle que no, que se ha equivocado y que las clases son otro día. Pero ni mi madre es tan estúpida ni yo sé mentir tan bien.

—Sí, pero no he ido. Con esto de la abuela no quiero perderla de vista.

Vale, quizá la verdadera razón no es esa, pero no voy a decirle que no acudo a su casa porque estoy pillado de él y quiero mantener las distancias para recordar que es un imbécil y no debo ilusionarme. Mi madre deja la taza sobre la mesa y rodea mi rostro con sus manos.

—¿Va todo bien?

Me gustaría decirle que no. Que el viernes tuve un ataque de ansiedad después de varios meses sin tener uno, que tengo miedo de que a la abuela le pase algo peor y que me está empezando a gustar un chico que lo único que hace es confundirme. Pero de esos «problemas» solo uno es importante desde un punto de vista objetivo y lo último que quiero es preocupar más aún a mi madre.

—Sí, todo bien —respondo.

—Anda, ven aquí. —Me atrae hacia su cuerpo y le devuelvo el abrazo que sin saberlo tanto necesitaba—. La abuela se va a poner bien, no lo dudes. Va a tomar tiempo, pero entretanto nosotros vamos a estar aquí para que se le haga más ameno.

Asiento separándome de ella y agarro las servilletas que había dejado sobre la encimera.

—Sin tus abuelos no sé qué habríamos hecho el año pasado. Tenemos que mostrarles lo agradecidos que estamos, cada día.

—Lo haremos.

La rodeo con el brazo y salimos juntos de la cocina con una sonrisa que, a pesar de que no coincide con nuestro estado de ánimo, es lo que ellos necesitan para seguir adelante. Ellos, y nosotros también.

TREINTA Y SEIS

∾ Dani ∾

—¡Pst!

Giro para buscar al dueño de la voz y encuentro a Mario con una mirada suplicante.

—¿Cuál es la respuesta del tercer ejercicio?

Lo fulmino con la mirada y me aseguro de que el profesor de francés no está pendiente de nosotros para contestarle.

—La B. Pero deja de pedirme las respuestas porque en el examen no te voy a decir ni mu.

Vuelvo a mi postura habitual y Elena se acerca para susurrarme algo.

—Cambio de planes para el sábado. Me han dicho que se inaugura una discoteca en el centro y que no piden el DNI.

—Puedo sospechar las intenciones de mi amiga por su tono, así que comienzo a negar con la cabeza—. Escúchame, penco. Es un sitio cerrado y seguro. Lo veo mejor que irnos a cualquier sitio y que nos pase lo del año pasado. ¿O no?

—Yo el año pasado me lo pasé bien —opino, volviendo la vista al cuaderno, ya que el profesor no nos quita el ojo de encima.

—Y yo, pero cuando empezaste a vomitar encima de mí ya no tanto. —Evito soltar una carcajada al recordar mi primera y única borrachera—. Venga, di que sí. Va a haber mucha gente de nuestra edad, a lo mejor podemos buscarte un novio y todo.

Pongo los ojos en blanco, mi amiga no tiene remedio.

—O un rollo de una noche, creo que te pega más.

—Deja ya ese tema —le advierto, pero el profesor nos llama la atención.

Nos quedamos callados el resto de la clase hasta que la campana suena y podemos escaparnos.

—Si los demás están de acuerdo, yo también —aclaro, sabiendo que si no cedo va a ser peor.

Elena aplaude emocionada y me da un abrazo, yo la aparto a los pocos segundos.

—Quita, anda. Voy a la cafetería.

Me dirijo a la cola y me doy cuenta de que hoy hay bastante menos gente, creo que se debe a que los de primero se han ido de excursión. Como sea, mejor para mí, así me dan mi comida más rápido. Estoy concentrado pensando en qué bocadillo voy a comprarme cuando alguien se coloca detrás de mí. No le doy importancia al principio, pero por el rabillo del ojo veo que es un chico muy alto. Mis peores sospechas se confirman cuando me da unos golpecitos en el hombro.

—Alejandro. —Pronuncio su nombre en un tono neutro para ver si pilla la indirecta—. ¿Qué haces aquí?

Él arruga la nariz, que ya distingo como un acto reflejo que hace cuando está confuso, y señala el mostrador.

—¿Venir a comprar el desayuno, quizá?

Me doy cuenta al momento de la idiotez de mi pregunta y el calor se me sube a las mejillas. Asiento a modo de respuesta y me giro dándole la espalda, esperando que la conversación se quede ahí.

—El martes no tuvimos clases en mi casa. ¿Hoy tampoco vas a venir? —susurra en mi oído, provocando que se me erice la piel. Recuerdo el movimiento que hizo para que me apoyara en su hombro y hago lo que puedo para borrar ese momento de mi cabeza.

—Tengo que cuidar de mi abuela —contesto, volviendo a estar enfrente de él y mostrándome lo más desinteresado posible.

—Podrías habérmelo dicho.

Sí, podría.

Suena dolido, o al menos sabe mentir muy bien, a estas alturas ya no sé qué pensar.

—No he estado muy pendiente del móvil estos días.

—Dani… —Que deje de decir mi nombre, no puedo soportar oír lo bien que suena en su voz—. Conmigo no tienes que poner excusas.

—¿Acaso te escuchas a ti mismo? —suelto sin pensar. Su expresión cambia y me obligo a bajar el tono—. Lo que quiero decir es que somos amigos desde hace una semana. Tu actitud a veces no es… normal.

Chasquea la lengua y ríe de forma irónica.

—Vamos, que sigues pensando que quiero hacerte daño o algo así. —Al escucharlo en sus palabras intento arreglarlo, pero sigue hablando—. ¿Tan cabrón te crees que soy? Te ayudé a superar un ataque de ansiedad, no sé si te acuerdas.

—Tampoco es para que me lo vayas restregando como si fueras un héroe.

Es mi turno en la cola, por lo que le doy la espalda y digo mi pedido. Cuando pago hago ademán de irme, pero me detiene.

—¿No vas a venir? —pregunta como última opción.

Quiero decirle que sí con todas mis fuerzas. Sé que, si las circunstancias fuesen otras, haría lo que fuera para que el momento en el sofá se repitiese de nuevo, pero no creo que esto me haga bien a la larga.

—Ya te he dicho que no. Lo siento.

Y me voy, porque huir y evitar su respuesta es mejor que enfrentarme a sus verdaderos pensamientos.

TREINTA Y SIETE

∼ Dani ∽

—Baja eso, mi padre está durmiendo —ordena Maya.

Mario le hace caso y disminuye el volumen del altavoz. Elena continúa pintándome la cara de blanco y yo me limito a conversar con mi otra amiga sobre el próximo examen de filosofía.

—¿Queréis dejar de hablar del instituto? Por Dios, es Halloween. El próximo que mencione algo sobre bachillerato le clavo esto en el ojo —advierte Elena señalando el lápiz de ojos.

—En realidad habría sido más fácil salir sin disfraz —agrega Mario, batallando con el bote de sangre falsa para no derramarlo todo—. La que estamos liando para el postureo.

—No es solo postureo. Sabes que la primera copa te la dan gratis si vas disfrazado, ¿no?

—Ahora entiendo el empeño —musita Maya, despeinándose frente al espejo.

—Ya os estáis callando, que a ninguno os gustan mis ideas, pero luego os lo pasáis genial. —Elena termina de pintarme y me da un espejo de mano para verme—. Listo. Te falta la sangre y ya estamos todos.

Una vez que acabamos vamos al salón y la madre de Maya se ofrece voluntaria para hacernos varias fotos en grupo y en parejas. Las mando por el chat y subo una a mi historia de Instagram.

Al final, para que el disfraz no quedase muy soso, Mario y yo nos hemos puesto un traje de chaqueta y las chicas un conjunto de cuero y unas botas altas a juego.

—¿Nos vamos?

—Obvio.

—Tened mucho cuidado —nos dice la señora Fernández desde la puerta al salir—. ¡Y, Maya, ni se te ocurra beber más de la cuenta!

—¡Mamá, grita más, para que se entere todo el barrio! —responde ella.

Nos marchamos entre risas y primero vamos al Jade's a cenar. Cuando terminamos son más de las once, así que nos dirigimos a la discoteca, que no está a más de cinco minutos andando. Pagamos la entrada y tal y como nos dijo Elena no nos piden identificación. Entramos en el local y vemos una gran pista de baile, donde varias personas se mueven al ritmo de una música pegajosa. Al otro lado hay una zona de sillones y la barra, y hacia allí nos acercamos para pedir las copas. Todos nos pedimos un gin-tonic, menos Maya, que se toma un roncola.

Las siguientes dos horas las pasamos turnándonos entre los sillones y la pista, bailando a pesar de que ninguno nos sepamos ni una canción de las que suenan. Cuando ya me he terminado la tercera copa le pregunto a mis amigos si alguno me acompaña a tomar el aire.

—Tengo mucho calor —digo quitándome restos de sudor de la frente.

—Voy contigo y aprovecho para mear.

Acompaño a Elena al servicio y después salimos de la discoteca. La brisa me azota de frente y no puedo evitar sonreír, necesitaba aire fresco. Nos sentamos en unas escaleras de al lado y reviso mi móvil.

—¿Le has echado el ojo ya a alguien? —pregunta.

—No estoy de humor para eso —contesto guardando el teléfono en el bolsillo. Le arrebato el vaso de las manos a mi amiga y bebo un sorbo.

—¡Oye! Que lo he pagado yo. —Lo recupera y se bebe el resto del contenido de una sentada.

—Como te pases con la bebida, no te voy a llevar a tu casa, que lo sepas.

—Calla, fantasma, que esta es solo la tercera.

Tira el plástico a la papelera y se vuelve a sentar, cepillándose el pelo con los dedos. De repente mira hacia la calle que se encuentra a mis espaldas y se queda mirando con atención un punto.

—Dani… —Traga saliva y no aparta los ojos de lo que sea que está detrás de mí—. Si te dijera que tienes a Alejandro a pocos metros de distancia, ¿cómo reaccionarías?

—Elena, ni puta gracia.

—Lo digo en serio, gilipollas.

Escucho una voz grave saludándonos y se me forma un nudo en el estómago. Doy media vuelta y veo a Alejandro con un grupo de cinco chicos, todos compañeros suyos del baloncesto. Se detiene a nuestro lado e intercambio miradas con mi amiga.

—Hola —farfullo.

Uno de los presentes se adelanta y nos mira con curiosidad. Es moreno, de pelo rizado y ojos azules. Al igual que el resto va vestido con un mono negro con la forma pintada de un esqueleto y una calavera dibujada en el rostro.

—Creo que Alejandro no nos ha presentado como debería. Me llamo Diego.

Nos levantamos de la escalera y nos saludamos, Elena con dos besos y yo con un choque de puños. Cosas de hombres.

—¿El local está bien? —pregunta él. Parece que lleva la voz cantante del grupo.

—Sí, tú sabes. Podéis veniros, la primera copa es gratis.

Intento hacerle señas a mi amiga para que le diga que no, pero ya es demasiado tarde. El grupo nos sigue a la entrada hasta que el segurata nos detiene.

—El aforo está completo. No podéis entrar.

—Llevamos ahí dentro como dos horas —aclaro al hombre—. Solo hemos salido un minuto para tomar el aire.

—Has tenido que vernos salir, no me jodas —me apoya Elena.

—Mira, no estoy aquí para pelear con niñatos. El aforo está completo y no vais a entrar. Punto.

Bufamos a la vez y Elena saca su móvil.

—Voy a llamar a Maya y a Mario, ellos le dirán que estábamos aquí antes.

—No es por meterme, pero… —Diego se acerca a nosotros y baja el tono de voz— este tío no parece que os vaya a dejar pasar y nosotros íbamos a mi sótano. Si queréis, podéis veniros. *Peligro.*

A buscar una excusa lo bastante creíble para librarnos de esta… No entra en mis planes pasar el resto de la noche con Alejandro y sus amigos, aunque la cara de este me dice lo contrario. Sabe que no quiero ir con ellos y lo está disfrutando, lo puedo ver en su pequeña sonrisa.

—¡Claro! Muchas gracias.

La respuesta de mi amiga me hace querer gritarle «¿qué coño haces?» en la cara, pero ahora mismo no es el momento más apropiado. Elena llama a Mario y a Maya, quienes salen a los pocos minutos y saludan al grupo de chicos sin saber qué está pasando. Les explican la situación y para mi desgracia acceden.

—Bueno, ya que estamos todos…, en marcha.

Elena se acerca al grupo de Alejandro y empiezan a caminar con ellos en dirección a la casa de Diego. El resto los siguen y al final quedamos Alejandro y yo.

—Fíjate qué caprichoso el destino, que quiere que estemos juntos esta noche —pronuncia con una risilla. Avanza unos pasos y alza las cejas, señalando al resto—. ¿Vienes?

Qué guapo es el cabrón.

Suspiro y mis labios forman una sonrisa sin previo aviso. Ya puedo notar mi corazón latiendo más rápido de lo normal y todo por culpa de este chico. Hasta con la cara medio pintada puedo distinguir esa curva en sus labios que odio, pero que adoro a la vez.

—Eres gilipollas.

Sabe que tengo razón, por eso no responde. Me coloco a su lado y avanzamos hacia el final de la calle, a pocos centímetros uno del otro. No hablamos de gran cosa, pero solo mantener una conversación ya es suficiente. De hecho, empiezo a pensar que siendo él ya es suficiente, lo que no debería ser así. Vaya lío.

TREINTA Y OCHO

✎ Dani ✎

—Poneos cómodos. Vivo con mi hermano y no vuelve hasta el lunes, así que la casa es nuestra.

Diego sube las escaleras del sótano hacia la planta de arriba y los demás nos quedamos en la estancia. La verdad es que es bastante grande y está equipada con todo lo que un adolescente necesita para aislarse: una consola, una nevera, una televisión y varios sillones.

Uno de sus amigos se acerca a la nevera, empieza a sacar latas de cerveza y las va repartiendo. Yo declino la propuesta y me siento en uno de los sillones, ya que los pies me están empezando a doler. Alejandro viene con rapidez y se sienta a mi lado, lo cual no es bueno para mi cuerpo porque en un instante me pongo alerta.

—¿No te gusta? —pregunta, bebiendo un sorbo de la lata y dándole golpecitos con el dedo.

—Nunca la he probado —confieso, revisando mi móvil e intentando no prestarle mucha atención—. Además, ya he bebido en la discoteca y no quiero mancharle el suelo a tu amigo de vómito.

Ríe y me extiende la bebida.

—Yo no debería beberla, pero me gusta el riesgo. Pruébala.

—No.

—¿Por qué? —Su tono demuestra que se está divirtiendo con mi actitud.

—Ya te lo he explicado.

—Venga, no te arrepentirás.

Lo miro alzando las cejas. Ojeo a mis amigos y veo que ninguno parece venir en mi rescate: Elena se ha ido a buscar a

Diego, Maya está hablando con un chico pelirrojo y Mario se encuentra con el resto jugando al *GTA*. No tengo nada mejor que hacer.

—Dame eso.

Le quito la lata de las manos y me la llevo a los labios, probando el líquido. Mientras lo hago, Alejandro no me quita los ojos de encima. El sabor amargo que me deja en la boca provoca que haga una mueca de disgusto y él estalla en carcajadas.

—Qué asco. —Me limpio con la mano y le devuelvo la bebida—. Lección aprendida: no vuelvo a confiar en ti.

Diego llega con mi mejor amiga pisándole los talones y al observarnos se ríe.

—Anda que os ha faltado tiempo para encontrar la cerveza, cabrones.

Se sienta con sus amigos a jugar a la consola y Elena me mira desde donde está. Repara en la persona a mi lado, pone los ojos en blanco y se va al sillón en el que está Maya. Paso de ella.

Alejandro y yo nos quedamos en silencio durante unos minutos. Él bebe de la lata y observa la partida de sus amigos y yo busco cualquier cosa en mi móvil que me distraiga. Cuando uno pierde en el *GTA*, Diego apaga la consola e ignora las quejas de los demás.

—Vamos a hacer algo juntos —dice, girándose para poder vernos a los demás—. Colocad los sillones en círculo.

Hacemos lo que dice y de esa manera nos quedamos todos a la vista de todos. Tengo a Elena justo enfrente y a Maya y Mario a la derecha.

—Mis amigos y yo nos conocemos bastante bien, pero hoy tenemos cuatro invitados. ¿Qué os parece un juego para contar secretos? Así rompemos el hielo. —Diego coge dos cervezas más, una para mí y otra para uno de sus amigos que no tenía ninguna bebida—. Un «yo nunca».

—¿Tenemos doce años o qué?

—Puede ser divertido —añade Alejandro.

O un completo desastre.

—Ya sabéis las reglas: se dice una frase y el que lo haya hecho tiene que beber. Está prohibido mentir. Al que se le ocurra algo que lo diga en voz alta y ya, sin turnos.

Todos nos quedamos callados durante un largo rato hasta que Elena levanta su lata y es la primera en hablar.

—Yo nunca me he emborrachado.

Varios ríen y se miran entre ellos. Todos bebemos menos el chico pelirrojo y Maya.

—Vaya. ¿Almas gemelas, quizá? —Maya bufa al escuchar el comentario de uno del equipo de baloncesto, aunque sigue conversando con el chico en cuestión.

—Tengo una. Yo nunca he copiado en un examen.

Mantengo la lata en mi mano y observo quién bebe, que son la mayoría menos mis amigos y yo.

—Oh, venga. ¿Ni una vez? —cuestiona Diego, sorprendido.

—Soy una chica responsable —contesta Elena encogiéndose de hombros.

—Yo nunca he besado a alguien de mi mismo sexo.

La frase de Alejandro me pilla por sorpresa. Lo fulmino con la mirada sabiendo que lo ha hecho a propósito y bebo un trago. También bebe un chico rubio que está a mi izquierda, creo recordar que se llama Andrés. Todos pasan a prestarnos atención a los dos, así que me veo obligado a explicarme.

—Soy gay —contestamos a la vez. Nos miramos por un momento y reímos ante la coincidencia.

—¿Queréis un hotel? —bromea Diego.

—No seas capullo, que sean gais no significa que se gusten entre ellos —menciona Alejandro.

—Eso es verdad.

Miro a Alejandro y me doy cuenta de que su expresión ha cambiado. Está ¿molesto? No sé cómo describirlo, pero ya no parece divertirse y está más serio que otra cosa. A lo mejor no le ha hecho gracia que hable de mi homosexualidad delante de sus amigos.

Sin embargo, ninguno de los presentes ha hecho un comentario despectivo sobre nuestra sexualidad, lo que me tranquiliza bastante. Quizá el hecho de que uno de sus amigos sea gay los ha hecho más tolerantes al respecto.

—Venga, otra.

El juego continúa varias rondas y todos aportamos frases, conociéndonos un poco más y haciéndonos reír. Sin duda los prejuicios que tenía habían forjado una idea equivocada de este grupo: son supersimpáticos y tenemos varias cosas en común.

—Yo nunca he tenido sexo con un desconocido —dice mi mejor amiga.

Al instante me pongo alerta y miro a mi alrededor. Pocos beben y me planteo no hacerlo, pero los ojos de Elena se cruzan con los míos y alza la lata a mi dirección. Joder, a veces la odio con toda mi alma.

Me llevo el líquido asqueroso a los labios y bebo un poco, notando cómo me ruborizo. De repente siento la mirada de Alejandro sobre mí y no es capaz de esconder su sorpresa. Lo único que puedo hacer es esconderme con una mano para no resaltar sobre el resto cual tomate, incluso con la cara pintada.

Puede que en ese Halloween en el que nos emborrachamos conociese a un chico… Y puede que terminásemos haciéndolo en un banco del parque a las cuatro de la madrugada. No es algo de lo que me enorgullezca, pero estaba tan fuera de mí que apenas recuerdo los detalles. No me preocupa tanto que casi diez personas se hayan enterado como la reacción de Alejandro.

A la mierda, él habrá hecho cosas peores.

—Vale, siguiente fase del juego. —Prestamos atención a Diego y este sonríe—. Verdad o reto.

TREINTA Y NUEVE

∽ Dani ∾

No hay nada mejor que un buen kebab después de haberse hartado de alcohol a las tres de la madrugada. Maya y el chico pelirrojo, que descubro que se llama David, se ofrecen voluntarios para acercarse al local del centro y traer kebabs para todos. Comemos en las mismas posiciones y empezamos a jugar a «verdad o reto» por insistencia de Diego. Se trata de elegir entre las dos opciones: con verdad has de responder a cualquier pregunta, y con reto debes hacer aquello que te propongan. Si no lo haces, tienes que quitarte una prenda.

—¿Y qué hago si no quiero elegir nada? —pregunta un tal Gabriel.

—Pues tendrás que desnudarte delante de nosotros, amigo.

Con varias rondas y unas risas más el juego empieza a ponerse intenso. Vamos en orden y cada persona elige a quién preguntar, por lo que las malas intenciones entre amigos están aseguradas.

—Dani… —Río, sabía que Elena me iba a elegir—. ¿Verdad o reto?

En realidad no tengo elección, las dos personas anteriores a mí han elegido verdad y eso significa que el siguiente tiene que decir reto.

—Reto.

Mi amiga se queda pensativa durante unos segundos hasta que su cara se ilumina. La conozco, sé de lo que es capaz y tengo claro que voy a tener que hacer algo horrible contra mi voluntad.

—Te reto… a besar al chico que más te guste de los presentes.

Si Elena es buena en algo es en joderme cuando quiere. Veo la cara divertida del resto y suspiro, intentando sin éxito que mis mejillas no acaben rojas. Una opción es quitarme una prenda, pero solo llevo la camisa del traje encima y bajo ningún concepto me voy a quedar desnudo de cintura para arriba. Lo que significa que tengo que besar a un chico… El que me gusta, si somos específicos. Tanto Elena como yo sabemos que, siendo fiel a mí mismo, tendría que besar a Alejandro.

Ni en un millón de años haré eso.

Le quitas lo divertido a la vida.

Me levanto y pienso rápido. No me queda otra alternativa. Evito a toda costa los ojos del chico a mi lado, porque quizá si cruzamos miradas se dará cuenta de que es a él a quien me gustaría besar.

Avanzo unos pasos y me coloco delante de Andrés. El rubio se levanta para estar a mi altura y rodeo su cuello con mis manos, acercando mis labios a los suyos. El beso dura pocos segundos ya que noto la mirada de los demás sobre nosotros, pero lo cierto es que lo disfruto. La única pega es el sabor a cerveza que ambos aún conservamos en nuestras bocas, por lo demás resulta ser un momento agradable.

—Eso no era lo que esperaba, pero me conformaré —dice Elena mientras vuelvo a mi sitio.

Percibo a Alejandro a mi lado revolviéndose en el sofá. Lo escudriño y juraría que nunca lo he visto tan serio, quitando el día en el que mi puño acabó en su ojo.

—¿Estás bien? —Asiente y no establece contacto visual conmigo.

—Perfectamente.

¿Acaso he hecho algo malo?

El juego continúa y el grupo sigue divirtiéndose, todos menos Alejandro y yo. Él por una razón que desconozco y yo por su repentina actitud. Cuando veníamos para la casa de Diego y cuando me ofreció una cerveza estábamos bien, nuestras conversaciones fluían de forma natural, justo como aquel día en su casa. Sin duda esos son los momentos que disfruto a su lado. Ahora eso se ha acabado y vuelvo a lidiar con un antipático que me odia.

Cuando se marcha con la excusa de ir al baño, espero unos segundos y lo sigo, diciendo que tengo que hacer una llamada. Lo encuentro apoyado en la encimera de la cocina con un vaso de agua en las manos e intentando mantener el control. Me atrevería a decir que está enfadado.

—¿Qué haces aquí? —pregunta con hostilidad al verme.

Contengo las ganas de hablarle de malas formas y me limito a coger un vaso. Lo lleno de agua y empiezo a dar sorbos a su lado.

—Tus amigos me caen bien —manifiesto en un intento por establecer la paz.

—Me he dado cuenta. —Deja el vaso vacío en la mesa y su mandíbula se tensa—. Sobre todo Andrés.

Río entre dientes cuando escucho ese comentario tan ridículo, aunque me detengo al cabo de unos segundos. Creo que lo ha dicho de verdad.

—¿Vas en serio?

—Déjalo, anda. —Hace ademán de irse, pero lo detengo agarrándole la mano—. ¿Qué quieres?

—Que me expliques la razón por la que te comportas así.

—¿Qué más te da? —Suena dolido, pero no entiendo por qué.

—Dijiste que somos amigos, ¿no? —Esta vez es él el que ríe—. Puedes contarme lo que sea.

—Pues te has pasado toda la semana haciéndome creer lo contrario —escupe.

¿De eso se trata? ¿Acaso está resentido conmigo porque no le he ayudado ni he hecho lo que él quería? Bufo molesto y niego con la cabeza.

—¿Me puedes culpar acaso? Hace un mes me estabas insultando en clase.

—¡Lo sé, y lo siento! Pero a lo mejor va siendo hora de que me des una oportunidad para compensarlo.

—No me jodas, Alejandro. Tú solo actúas por beneficio propio, no me creo esa mierda de que te preocupas por mí. Seguro que lo de tu casa fue para ilusionarme y luego pasar de mí.

Dios, no debería haberme expuesto de esta manera.

—¡Eres tú el que ha pasado de mi puta cara toda la semana! —grita, acortando las distancias entre nosotros.

Lo que más quería era tenerlo cerca otra vez, aunque no así, con la ira que desprenden sus ojos y yo siendo el culpable de ello. Retrocedo unos pasos hasta que choco con la encimera y queda pegado a mí. Me toma de la barbilla y se acerca tanto que incluso huelo ese aroma tan característico suyo.

—¿Te has mirado al espejo? Vas de liberal y abierto y luego eres el que tiene más prejuicios contra los demás, empezando conmigo. —Habla tan rápido que me cuesta seguirle el ritmo. Miro sus labios finos al nivel de mi nariz y se los moja antes de seguir—. Que tengas tan poca autoestima como para creer que no puedo preocuparme por ti es tu problema.

Auch. Eso es un golpe bajo. No sé si duele tanto por sus intenciones de lastimarme o porque sus palabras contienen la verdad absoluta. Claro que no voy a confesarlo en voz alta.

—Me das asco —pronuncio en un arrebato de ira—. Tienes el ego por las nubes, cuando en realidad no eres nadie. Te merecías ese puñetazo y más. Tiene que joder que un maricón como yo te tumbara, ¿a que sí?

Da un golpe al mueble de al lado y cierro los ojos debido al estruendo. Incluso a través de sus ojos negros se puede distinguir la cólera que recorre su cuerpo. Sé que está a punto de estamparme el puño en la cara, por lo que sonrío de forma amarga y determino decir la verdad.

—¿Sabes por qué te he estado evitando? —Bajo la vista intentando buscar las palabras adecuadas y me enfrento de nuevo a sus ojos—. Porque no hay nada que odie más que sentirme atraído por ti. Ahí abajo Elena me ha puesto ese reto para que te besara, porque eres el único que me gusta. Pero luego abres la boca y siempre…, siempre te lo cargas todo.

Trago saliva con dificultad y pruebo a leer sus pensamientos con ayuda de sus gestos, pero no consigo que me digan nada. Preferiría quedarme con la incertidumbre de saber su respuesta que escuchar las malas palabras con las que se va a referir a mí ahora.

—Dani...

—Ahórratelo. Sí, me ilusiono con rapidez, es un defecto que tengo, y el rollo de que eres heterosexual ya me lo sé. Pero, vamos, que si no lo fueses, entiendo que yo sería la última persona con la que...

No puedo continuar la frase porque se acerca y me besa. Ni siquiera hace un esfuerzo por continuar, solo mantiene sus labios contra los míos. Son cálidos, más de lo que había imaginado. Quiero corresponderle, pero estoy tan sorprendido que me es imposible. Mi corazón late tan fuerte que debe estar escuchándolo. *¿Qué es esto? ¡Bésalo de vuelta, idiota! ¡Reacciona!*

Apenas puedo asimilar lo que está sucediendo cuando separa sus labios de los míos y me mira avergonzado. Esta vez es él el que se ruboriza.

—Yo... Lo siento, no sé... No sé por qué he hecho eso —tartamudea.

Se pasa la mano por la boca y clava la vista en el suelo. Me quedo inmóvil sin saber cómo reaccionar. ¿Por qué lo ha hecho? ¿Me lo acabo de imaginar? ¿O de verdad Alejandro Vila acaba de besarme?

Demasiados pensamientos cruzan mi mente, y uno bastante claro: tengo que salir de aquí. Me libero de su agarre y salgo de la cocina, sin esperar a que me siga o a que diga algo. Miro la hora, son las seis de la mañana. Opto por irme a casa, al menos el camino me ayudará a organizar las ideas que vagan por mi cabeza sin orden ni lógica alguna. Empezando por una pregunta: ¿qué cojones acaba de pasar?

CUARENTA

∾ Dani ∾

Después de una noche tan movida lo que me apetece es tirarme en la cama y no salir hasta que sea necesario. Tarea cumplida, hoy es domingo de cama. Mi madre llama a la puerta y me pregunta si voy a bajar a almorzar, le respondo que no y me acurruco aún más bajo las sábanas.

Ni siquiera bebí tanto, pero tengo el estómago revuelto. Aunque no sé si es por lo que tomé o por la situación más surrealista que he vivido hasta ahora: el beso. He tenido tiempo para recapacitar desde que me he despertado, pero estar solo con mis pensamientos es más abrumador de lo que pensaba.

¿La había cagado contándole la verdad a Alejandro? Quiero decir, no estaba en mis planes que se enterase de que me gusta, pese a que, si no lo hubiera hecho, me habría dado la paliza de mi vida. ¿Y por qué me besó? Es que no me entra en la cabeza. Debo achacarlo a un puro impulso, porque no se me ocurre otra cosa. Lo que está claro es que no lo hizo porque quería. ¿En qué universo paralelo Alejandro se sentiría atraído por mí?

En primer lugar, es heterosexual. En segundo lugar, es homófobo, o solía serlo. Y, en tercer lugar, yo sería la última persona por la que se sentiría atraído en el caso de que le gustasen los chicos.

¿Entonces por qué te invitó a su casa?

¿Por qué no te quita el ojo de encima en clase?

¿Por qué te ha besado?

Solo quiere mi ayuda para aprobar inglés. Sí, tiene que ser eso. Solo piensa en sí mismo y en nadie más. Esto es una estúpida broma para reírse en mi cara, por lo que no pienso dejar que se salga con la suya.

Cojo el móvil de la mesita de noche y escribo un mensaje para Elena. Me salto lo del beso porque no tengo fuerzas para hablar de ello todavía.

Dani: Perdón por irme ayer, pero discutí con Alejandro.
En resumidas cuentas, tenías razón sobre él.

Lo siguiente que hago es bloquearlo tanto en WhatsApp como en Instagram. Si no puede hablarme y lo evito todo lo posible, se cansará y dejará de jugar conmigo.

Me pongo los auriculares y selecciono una lista de reproducción de Lana Del Rey. «Terrence Loves You» comienza a sonar y un cosquilleo me recorre la espalda. Es la misma canción en la que pensé cuando estaba teniendo el ataque de ansiedad en casa de Alejandro.

La melodía me lleva de vuelta a ese horrible momento y me toco el pecho, incapaz de soportar esa ansiedad de nuevo. Creía que iba a morir de verdad. Si no hubiera sido por Alejandro, no sé qué habría pasado. Fue como si me guiara a través de la oscuridad, una oscuridad que él ya había vivido y yo no hasta entonces.

Daría lo que fuese por tenerlo aquí conmigo y pedirle que sea sincero. Estoy harto de tener que adivinar sus pensamientos y el porqué de sus actos. La duda me carcome por dentro. Pero ¿qué es peor, la duda o la sinceridad llena de veneno?

Una notificación me saca de mis pensamientos, es de Elena.

Elena: Me lo veía venir.
Elena: Mañana nos vemos. Podemos hablarlo si quieres.
Dani: Gracias, pero prefiero que no. Hasta mañana.

Devuelvo el teléfono a la mesita y me entierro bajo el edredón. ¿Qué voy a hacer cuando lo vea mañana? ¿Cómo voy a ser capaz de ignorarlo después de ese beso? Solo de pensar en la escena el calor se me extiende por el cuerpo. Duró pocos segundos y me tomó de imprevisto, pero si pudiera volver a ese momento sin duda le correspondería.

Alejandro, ¿por qué te niegas a salir de mi cabeza?

SEGUNDA PARTE

REAL

CUARENTA Y UNO

∾ Alejandro ∾

No sé cuántas veces me he mirado al espejo esta mañana. Suelo ser una persona que se preocupa por su aspecto, pero no de una forma obsesiva. Hoy es distinto.

Termino de ponerme el aro plateado en la oreja y considero que estoy listo para irme, aunque desde que lo pienso hasta que salgo de casa transcurren como mínimo diez minutos. Siempre tengo la sensación de que me dejo algo encendido o de que no he cerrado alguna puerta, lo que me obliga a comprobarlo y demorarme más de lo que me gustaría.

El camino al instituto me lleva menos de quince minutos andando y justo cuando llego suena la campana. Ya en clase me siento donde siempre, en las mesas de la última fila, y saludo a Gabriel con un movimiento de barbilla.

—Tío, ¿a dónde te fuiste el sábado? Se suponía que estabas meando y no volviste a aparecer.

Era obvio que después de lo que pasó en la cocina de Diego no iba a bajar al sótano y actuar como si todo estuviera bien, pero no puedo contarle nada de eso a mi amigo. Le quito importancia con un gesto e invento una excusa rápida.

—El amigo de Elena…, Dani, se puso enfermo y tuve que acompañarlo a su casa. Y como tenía sueño me fui a la mía del tirón. —Se conforma con la explicación y se acomoda en la silla.

—Joder, podrías haber avisado. Aguanté a Diego diciendo gilipolleces hasta las ocho de la mañana.

Gabriel sigue hablando, pero mi atención pasa al grupo que acaba de entrar por la puerta: Dani y sus amigos. Ni siquiera miran hacia nuestra dirección y se sientan en la segunda fila, hablando entre ellos. Un cosquilleo recorre mi estómago y siento cómo la voz vuelve de nuevo.

Seguro que están hablando de ti.

Les ha contado a sus amigos lo que hiciste.

Ahora todos van a pensar cosas que no son verdad sobre ti...

¿O sí lo son?

Me muerdo tan fuerte el labio inferior por dentro que enseguida noto el sabor metálico de la sangre. De todas formas ya estoy acostumbrado, cuando mi mente me juega malas pasadas lo único que me trae un poco de autocontrol es abrir la misma herida una y otra vez.

Gabriel me toca el hombro para llamar mi atención y vuelvo a la realidad.

—¿Pasa algo? Te noto... raro.

—Tranquilo, me levanté con el pie izquierdo.

Los pensamientos sobre lo que Dani puede estar diciendo sobre mí vuelven y creo que mi cabeza va a estallar.

La has cagado, pero bien.

Si no lo hubieses besado...

¿En qué estabas pensando?

Pero es lo que realmente quieres, ¿a que sí?

—No me gusta —digo en voz alta más para mí mismo que otra cosa.

—¿Qué dices? —Mi amigo no podría estar más confuso.

—Nada.

Me muerdo de nuevo el labio y cierro por un momento los ojos. Está bien. Dani no es un chivato, no va a ir por todo el instituto contando que nos hemos besado.

¿Cómo lo sabes?

No hay cosa que desee más en este mundo que acabar con esa voz. Necesito al menos un minuto aislado de mis pensamientos. La mayor parte del tiempo son los que me carcomen por dentro y los que me llevan a hacer cosas que normalmente no haría.

Aprovecho que la profesora aún no ha llegado para coger el móvil y entrar en el chat de Dani. Tengo que asegurarme de que no le ha dicho nada a nadie. Por razones obvias no me voy a acercar a preguntarle ni tampoco puedo esperar al recreo. Si vivo con la duda más tiempo, me volveré loco.

Escribo el mensaje, pero cuando lo intento enviar da error. Pruebo varias veces, el resultado sigue siendo el mismo. Entonces me doy cuenta de que su foto de perfil ya no aparece, lo que significa que me ha bloqueado. Reviso Instagram y lo confirmo, tampoco puedo entrar en su cuenta.

Guardo el móvil y clavo mis ojos en él, ya sin importarme si se da cuenta o no. Mi respiración se acelera y tanta es la fuerza con la que me muerdo el labio que un par de gotas caen por mi barbilla. Me limpio rápidamente con un pañuelo, aliviado de que Gabriel no se haya dado cuenta.

¿Qué hago ahora?

Joderte, como siempre.

Te lo mereces.

Si hay algo en lo que soy experto es en cagarla. Puede que sí me lo merezca después de todo.

CUARENTA Y DOS

∽ Dani ∽

—¿Cuál me toca ahora?

Miro el informe médico y agarro la caja amarilla de pastillas, enseñándosela a mi abuela. Cojo una, la disuelvo en un vaso con poca cantidad de agua y se lo doy para que se lo tome. Con su edad ya no es capaz de tragar pastillas, por lo que le tienen que recetar de las que se disuelven o sobres.

. Como sé que no le gusta nada el sabor de los medicamentos, me acerco al mueble de la cocina y saco una tableta de chocolate con leche. Se lo parto en trozos muy pequeños para que pueda comerlo y que el sabor de la pastilla se vaya. Me lo agradece con una radiante sonrisa.

—Cariño, te preocupas mucho por mi salud... Pero desde hace unos días el que está más decaído de los dos eres tú. —Contengo mi sorpresa y actúo como si nada—. ¿Qué ha pasado?

Si hay algo que no me esperaba era echar de menos a Alejandro. Tampoco es que hayamos pasado mucho tiempo juntos en el pasado, pero los pocos momentos que compartimos no dejan de repetirse en mi cabeza una y otra vez. Pensaba que ignorarlo iba a ser la mejor solución para sacarlo de mis pensamientos, aunque no contaba con que él hiciera lo mismo. No hemos cruzado miradas desde el beso, o al menos no esas miradas que uno siente de parte del otro. Es como si todo hubiera vuelto al primer día de clase, en el que éramos totalmente desconocidos.

Suspiro y bebo un sorbo de la taza de café. De pronto se me ocurre pedirle consejo a mi abuela. De forma discreta, claro está.

—Es por una amiga. —Me acomodo en la silla y no suelto la taza caliente de las manos—. Tiene problemas con un chico y no sabe cómo solucionarlo.

Mi abuela se cruza de brazos y con el ceño fruncido me pide que le cuente la historia.

—Bueno…, hay un chico que siempre la molestaba. Hasta que un día puso medidas al respecto, y el chico empezó a comportarse bien con ella, como si nada hubiera pasado.

Hablar de manera tan abstracta es la única forma de que no se dé cuenta de la verdadera situación. Recuerdo el momento del beso como si hubiera pasado hace minutos y el peso de todas las dudas me produce ansiedad.

—El otro día se besaron. Pero mi amiga está convencida de que él en realidad está jugando, porque es imposible que alguien como él se fije en ella.

—¿Por qué piensa eso? —cuestiona.

—Porque el chico es egoísta, solo busca su propio beneficio. —Al pronunciar estas palabras me remonto al ataque de ansiedad que tuve y cómo Alejandro me ayudó a superarlo—. O lo era. Es que cuando está con ella se comporta de una forma muy distinta.

Mi abuela medita durante unos instantes y yo me limito a beber de la taza, nervioso. ¿He sido demasiado obvio? Ella sabe que he tenido problemas con alguien del instituto. A pesar de eso no creo que lo recuerde ahora.

—¿Y por qué tu amiga no se lo pregunta?

—¿Cómo?

—Tu amiga está confusa, ¿no? Porque el chico actúa de forma distinta con ella desde hace poco tiempo. Pues que le pregunte por qué. —Se lleva otro trozo de chocolate a la boca y se encoge de hombros—. No entiendo la manía que tiene vuestra generación con no hablar, tantos móviles os están machacando el cerebro. Si tu amiga quiere saber cuáles son las intenciones del muchacho, que vaya y le pregunte cara a cara.

Trago saliva y doy vueltas al consejo. Si le pregunto a Alejandro por sus sentimientos hacia mí, lo más probable es que se ría, pero si sugiero que le gustan los chicos me dará una paliza. Entonces ¿qué hago?

—¿Y qué le puede preguntar?

—Es muy fácil: ¿te gusto o no? O, si tu amiga es más tímida, puede decirle algo como… ¿Por qué me besaste? —Se acerca unos centímetros y me da una palmadita en el hombro—. Porque, créeme, la mayoría no va besando por ahí a la gente sin motivo.

Mi abuela tiene razón, pero las cosas son más complicadas de lo que se imagina. Asiento y le doy las buenas noches. Como es normal, el tema sigue en mi cabeza hasta que vuelvo a mi cuarto y me tumbo en la cama.

Si me paro a pensarlo, cuando nos hemos peleado Alejandro siempre ha sido el que ha vuelto y ha cedido a mis términos. Cuando me marché de su casa, él vino a la mía para disculparse. Después, al enterarse de que había hablado con su madre, intentó conversar conmigo todo el día hasta que lo consiguió, y se disculpó de nuevo. Por último, actuó como si no le hubiera estado evitando toda la semana después de lo de mi abuela, y las primeras horas en casa de Diego las disfruté bastante a su lado.

Quizá lo que tengo que hacer es disculparme por negarme a hablar con él y bloquearlo. Es gracioso, ya que lo hice cuando más ganas tenía de seguir conociéndolo. Me va a costar, sobre todo teniendo en cuenta que hasta hace poco se burlaba de mí, pero ya me pidió perdón al respecto. La cosa es si termino de creérmelo o no.

Aclaro mi mente y me digo a mí mismo que la próxima vez que lo vea voy a ser yo el que va a empezar la conversación. Por intentar no pierdo nada, y quién sabe, tal vez y solo tal vez Alejandro sea honesto conmigo.

CUARENTA Y TRES

∼ Dani ∼

Parece ser que la suerte no está de mi parte. Cuando por fin me he decidido y armado de valor para hablar con Alejandro, resulta que falta a clase. Su silla está vacía y solo quedan pocos minutos para el descanso. Nadie sabe nada.

En literatura nos han dado la hora libre, por lo que aprovecho para revisar el móvil sin que el profesor de guardia se dé cuenta. En realidad Alejandro podría estar malo y nada más, pero por alguna razón me siento culpable. Creo que he sido un poco extremista con él estos últimos días. Lo desbloqueo tanto de WhatsApp como de Instagram y le mando un mensaje.

Dani: Hey, ¿te ha pasado algo? No estás en clase.

Lee el mensaje a los pocos segundos y aparece como que está escribiendo. De repente la velocidad de mis latidos se dispara. Tengo miedo de que no quiera seguir hablando conmigo o que directamente me mande a la mierda.

Alejandro: ¿Ahora te preocupas por mí?

Vale, está resentido, es entendible. Voy a tratar de ser directo para que vea que no tengo malas intenciones.

Dani: De hecho quería verte, para disculparme y hablar.

Dani: ¿No vienes hoy?

Lo lee y creo que me ha dejado en visto, porque no escribe nada. Al cabo de unos segundos llega la respuesta.

Alejandro: Sí, me quedé dormido.

Alejandro: Te veo en el aula de música.

Dani: Vale.

Esa aula es conocida por quedarse vacía la mayor parte del tiempo, pues pocas personas eligen la asignatura. Paso el resto de la clase nervioso, sin saber muy bien cuál va a ser la reacción de Alejandro al encontrarnos otra vez. Y encima solos.

La angustiosa espera acaba y el sonido de la campana hace que mi corazón dé un vuelco. Recojo mis cosas con la mayor rapidez posible y les digo a mis amigos que voy al baño. Avanzo por los pasillos y con cada paso que doy me es más difícil disimular mi intranquilidad. Al llegar a la clase vacía me siento en la mesa del profesor a esperar. De los nervios ni siquiera me he acordado de comprarme el bocadillo en la cafetería antes de venir, así que me conformo con mi botella de agua, que al menos me quita la sequedad de la garganta.

Se me ocurren varios diálogos que podríamos mantener desde el segundo en el que entre por esa puerta, pero cuando lo hace los olvido todos. Va vestido con una chaqueta de chándal negra y roja, pantalones negros y botines del mismo color. Solo con verlo siento cómo los nervios desaparecen y, para mi sorpresa, mi alma nota lo más cercano a la alegría.

—Hola.

—Hola —saluda en un tono serio.

La sonrisa que se había dibujado en mi rostro sin darme cuenta se desvanece cuando el chico se acerca a mí. Dejando aparte lo desordenado que tiene el pelo, dos grandes ojeras debajo de sus ojos negros le dan un aspecto cansado. Me fijo en sus labios finos, deteriorados y con heridas. Es la primera vez que lo veo… *así*.

—¿Tan mal estoy? —pregunta, avergonzado, y se queda a escasos centímetros de mí. Tenerlo tan cerca como aquella noche no me hace bien, es imposible apartar la mirada de esos ojos oscuros.

—¿Qué ha pasado? —susurro. Si tuviera el valor suficiente acercaría mi mano a su mejilla, pero no sé cómo reaccionaría.

—Tengo insomnio. Hoy he faltado porque es la primera vez que duermo en días. Además… —su voz se quiebra y se frota los ojos—, no puedo dejar de pensar en lo del sábado.

Me agarra por los brazos y examina mi expresión, ahora confusa. Desde su punto de vista debo parecer estúpido, ya que sus ojos me tienen hipnotizado.

—¿Se lo has contado a alguien? —farfulla. La realidad me golpea y lo aparto con un leve empujón.

—No, no se lo he contado a nadie. ¿Por eso estás así? ¿Es lo único que te preocupa?

—¿Ni a tus amigos? —Esta vez me coge de la muñeca, respirando cada vez más fuerte. Parece un paranoico. Me zafo de su agarre con brusquedad.

—No, ni a mis amigos. —Sus hombros se relajan y suelta un suspiro.

—Gracias.

Estaría muy enfadado si esto se tratara de una situación normal, pero me fuerzo a dejar la rabia a un lado para prestarle atención a él. Su salud me preocupa y claramente hay algo que no está bien.

—¿Me puedes decir qué pasa? Estoy seguro de que hay algo más que no te deja dormir. —Ahora soy yo el que se aproxima a él y lo guío para que se siente a mi lado en la mesa.

—No dejo de darle vueltas al… beso. Bueno, a todo, en realidad.

—No te preocupes, yo estoy igual —confieso. Él niega y juega con sus dedos.

—No, me refiero a más de lo normal. No me he estado sintiendo bien esta última semana. Me he dado cuenta de que no sé lo que quiero, ni lo que soy, ni si voy a ser normal algún día… —Tiene los ojos aguados y la mirada clavada en sus manos.

—¿Normal? ¿Qué quieres decir?

—Nada… No lo entenderías.

Recorro la poca distancia que nos separa con lentitud y alzo la mano, casi esperando a que me detenga. No lo hace, por lo que enrosco mi mano alrededor de la suya. Su piel está más fría de lo que pensaba.

—Puede que sí. —Es lo único que se me ocurre decir.

—No creo, pero gracias por el intento. —Observa nuestras manos unidas y busca mis ojos—. ¿Sabes una cosa? Lo único que sé es que cada vez que estoy contigo me olvido de mis problemas.

Incluso dejo de escuchar la voz de mi cabeza que siempre intenta joderme.

Frunzo el ceño y evito interrumpirlo a pesar de lo surrealista que suena eso.

—Me traes calma, Dani. Una tranquilidad que no consigo en ningún lugar ni con ninguna persona…, excepto contigo. —Me quedo sin aire ante sus palabras y sus labios se curvan en una sonrisa torcida—. Tú apareces y la voz se va, así de simple. Hasta cuando peleamos.

Río un poco y lo miro a los ojos. Sin duda, Alejandro es especial. Aun así me da la sensación de que tiene varios problemas que desconozco.

—Pero estoy cansado de discutir. ¿No podemos pasar tiempo juntos y ya? Es lo que me apetece. Me ayuda a olvidarme de lo demás. —Se moja los labios y los contemplo con total descaro—. Por favor, di que sí.

¿Cómo voy a decir que no? Estar juntos es lo que me anima y parece ser que a él le pasa lo mismo. Quizá no sea la mejor opción para dejar de ilusionarme, pero a estas alturas me da igual. Solo quiero pasar tiempo con él.

—Me parece bien. También quiero aprovechar para disculparme. Se nota que lo estás pasando mal y seguro que bloquearte no ayuda.

—Tranquilo. Yo soy el que tiene que pedir perdón por besarte así como así… Seguro que te incomodó. Había bebido y no estaba en mi mejor momento. Prometo no hacerlo más.

Auch. Todo el ánimo que había conservado desde que ha empezado a hablar se esfuma de golpe.

¿Por qué te decepcionas?

Ya habías contemplado la posibilidad de que no te hubiera besado porque quisiese.

Era tu primera opción, de hecho.

Sí, es verdad… Pero por un momento muy breve llegué a soñar con que le gustaba. Qué iluso. Fue culpa del alcohol. Debería haberme dado cuenta.

Pero… ¿acaso se bebió más de una lata de cerveza?

Creo que no. Bueno, ¿qué más da? Si Alejandro ha dicho que fue por el alcohol, ya está. No voy a darle más vueltas.

—No te preocupes —pronuncio con una sonrisa falsa—. Ya está olvidado.

No te lo crees ni tú.

—Genial.

Sonríe de oreja a oreja y aparta la mano para rodearme con el brazo. Mierda, si a partir de ahora va a hacer esto a menudo, no sé si seré capaz de sobrevivir. Huele tan bien y su piel es tan suave que me cuesta horrores concentrarme en otra cosa.

—Me alegro de tener un amigo como tú —confiesa en un susurro.

Amigo…

Vaya mierda.

¡No! Somos amigos, eso está bien. Tengo que mostrarme feliz. Trago saliva y asiento con menos convicción de la que me gustaría.

—Yo también.

CUARENTA Y CUATRO

⁓ Dani ⁓

—¿Que vas a dónde? —repite Bea desde el otro lado de la pantalla.

Pongo los ojos en blanco y me acerco al ordenador para explicárselo de nuevo.

—Ya te lo he dicho, vamos al Festival de las Naciones. Ya sabes, donde ponen puestos con comida de distintos países. Alejandro lleva toda la semana insistiendo en ir, así que no tengo más remedio.

—¿Y por qué susurras? —pregunta con el ceño fruncido.

—Porque no quiero que mi familia sepa que voy con él. —Me peino el pelo con ayuda de la cámara del ordenador y Bea alza las manos en señal de confusión.

—¿Por qué? Vas con tu amigo... O eso dices tú.

—Ni se te ocurra empezar otra vez —advierto amenazándola con el peine en la mano—. Nuestra relación es solo de amistad.

—Ya..., seguro.

Han pasado dos semanas desde que hice las paces con Alejandro y las cosas se han calmado bastante. Los martes y jueves nos vemos para estudiar inglés y hablamos en clase como si nada. Incluso un día vino a casa porque no podía dejar a mi abuela sola y me ayudó a cuidarla.

Mis amigos saben que le doy clases, pero es difícil que descifren el tipo de relación que tenemos cuando ni yo lo he hecho aún. Simplemente disfrutamos estando juntos y punto, hace ya tiempo que dejé de comerme la cabeza por eso.

—¿Y por qué no se lo has dicho a Elena y al resto?

—Porque querían que fuera con ellos y no sabía cómo decirles que ya tenía planes —explico, sentándome en la silla frente al escritorio—. Para ellos sería una traición.

—En serio, eres la persona más dramática que he conocido nunca.

Miro mi reloj de muñeca y me doy cuenta de que quedan pocos minutos para las doce, la hora a la que hemos quedado. Tampoco me preocupa demasiado, ya que Alejandro siempre llega tarde, pero el punto de encuentro es el Jade's y queda a unos minutos de mi casa, así que lo mejor es que vaya saliendo ya.

—Bueno, me voy. Nos vemos.

—¡Pásalo bien! Luego te hablo. —Me manda un beso y repito el gesto.

Cuelgo la llamada y apago el portátil, preparado para salir. Cojo las llaves, el móvil y la cartera, y me miro por última vez en el espejo cuando paso por el baño. Al bajar las escaleras y coger el abrigo me encuentro con mis abuelos y mi madre sentados en el sofá, viendo la televisión. Dejan de prestar atención al programa y me observan, atónitos.

—Estás muy guapo.

—Y muy arreglado —recalca mi abuela con una mirada de orgullo.

Lo único que he hecho ha sido ponerme un jersey de invierno verde y unos vaqueros, pero tan solo el hecho de no llevar chándal es algo que sorprende a mi familia.

—¿Con qué chica vas a ir? —interroga mi abuelo.

Toso algo incómodo y pienso es una respuesta satisfactoria para él, pero no se me ocurre nada.

—En realidad…

El timbre suena y mis sentidos se ponen alerta. Espero que no sea Alejandro, porque le he dejado muy claro que no quiero que venga a recogerme. Lo que falta es que mi abuelo nos vea juntos y crea que tenemos algo más.

—¿Esperáis a alguien? —Niegan y trago saliva, acercándome para abrir.

Alejandro se encuentra detrás de la puerta, viste una camisa de color blanco, unos vaqueros azules y una chaqueta negra. Se lleva el cigarro que tiene en la mano a los labios y me examina de arriba abajo, sonriendo. Le hago una seña para que se deshaga del cigarrillo antes de que alguien lo vea y lo tira al suelo con disimulo.

—Oh, vas con Alejandro —aclara mi madre.

Asiento y el chico entra y saluda a mi familia con la mano. Reparo en mi abuelo, quien ha dejado de prestar atención y sigue viendo el programa. Suspiro aliviado y les comunico que ya nos vamos, cerrando la puerta mientras escucho un sinfín de «tened cuidado» de parte de mi madre.

Avanzo alejándome de casa y Alejandro me sigue unos pasos por detrás.

—¿Ni «hola» me vas a decir?

Me giro y quedo enfrente de él, admirando sus ojos oscuros una vez más. Quiero sonar enfadado, pero lo único que me sale es un susurro.

—Te dije que no vinieras.

Chasquea la lengua y saca otro cigarro del paquete sin apartar la mirada de mí.

—Lo siento, no podía esperar. —Lo enciende y da una calada, acercándose y rodeándome con el brazo. Confirmo que este es mi gesto favorito, ya me he acostumbrado a él—. No me puedes reprochar nada, he madrugado para llegar temprano. Y tiene más mérito por ser sábado.

Río sabiendo que no tiene remedio y reduzco la velocidad de mis pasos de forma que podemos caminar sin separarnos.

—Tú eres el que ha estado toda la semana dando la lata con el festival ese. Espero que valga la pena…

—Te aseguro que sí. —Expulsa el humo en la dirección contraria, ya que sabe que no soporto el olor, mientras admiro su rostro de perfil—. ¿Nunca has ido?

—No. ¿Tú sí?

—Claro. Me llevaba mi hermana cada año. Si fuera por mis padres, ni habría salido de casa cuando era pequeño.

La verdad es que no sé mucho sobre su hermana, aparte de que se llama Valeria, que no vive con ellos y que es clavada a su madre. Ah, y que tenía ataques de ansiedad, que es la razón por la que Alejandro me ayudó aquella vez en su casa.

—Vamos, que esto es un intento por complacer al Alejandro de siete años.

—Exacto —contesta enseñando los dientes, los cuales ya me he fijado que están algo torcidos por la parte de abajo, pero a mí me siguen pareciendo bonitos—. Primero tenemos que ir al puesto de comida ecuatoriana. Todo lo que hacen es para chuparse los dedos.

—Hacemos lo que tú quieras. —Alza las cejas y me dedica una mirada divertida.

—¿Estás seguro de eso?

Río ante su comentario, más nervioso que otra cosa, y le doy un golpe leve en el brazo.

—Eres gilipollas.

—Pero te encanto —confirma con aires de superioridad.

Tiene razón, aunque no pienso reconocerlo en voz alta.

CUARENTA Y CINCO

～ Dani ～

—¿Qué pedimos?

Mis ojos reparan en los puestos; todos tienen muy buena pinta y huelen demasiado bien. Como Alejandro ya ha venido antes le dejo escoger a él y compra algo llamado tamal del puesto de comida ecuatoriana. Lo observo con atención: son hojas de plátano cocidas, envueltas entre sí y rellenas por dentro. Le doy un mordisco y quedo sorprendido por su sabor.

—Dentro lleva una masa de maíz compuesta de varios ingredientes —me explica mientras caminamos por los jardines del Prado de San Sebastián. Nos acabamos sentando en uno de los bancos próximos a los puestos—. A ver cuántos puedes adivinar.

Me lo meto en la boca e intento distinguir los sabores.

—Algo de carne seguro que lleva, creo que de pollo. Con cebolla. —El regusto que deja me ayuda a encontrar otro nuevo—. ¿Y pasas?

—Bingo. —Coge un trozo y se lo lleva a la boca. Hasta comiendo se ve demasiado atractivo y a la vez tierno. Mis ojos son como imanes cuando se trata de Alejandro, no puedo apartarlos—. ¿Sabes? Eres la primera persona que accede a acompañarme a esto.

Parpadeo y tras darle otro mordisco me atrevo a preguntar.

—¿Ya se lo habías preguntado a alguien?

Niega de inmediato.

—No, tonto, me refiero a años anteriores. Mi hermana empezó a trabajar y no tenía tiempo para estas cosas, ya sabes. —Fija la mirada al frente y achica los ojos—. Y las novias que he tenido…, bueno, no estaban muy interesadas que digamos.

El desánimo en su tono de voz hace que me preocupe. Creo que una de las peores cosas que te pueden pasar en una relación,

162

ya sea romántica o de amistad, es sentir como si no le importaras a la otra persona. Se supone que tienes que estar ahí para ella, ¿no? Pase lo que pase, sin excepciones.

—Se acabó eso. Yo soy el que vendrá contigo a partir de ahora. ¿Ha sonado como una promesa? Eso creo. No sé si dentro de un año cuando el festival vuelva a la ciudad tendremos aún este tipo de cercanía, ni siquiera sé si seguiremos hablando, pero a su lado todo se magnifica y no puedo evitar hacer lo que sea para que se sienta mejor. Eso implica prometer algo que no sé si podré cumplir.

—Gracias —dice antes de terminarse el tamal.

—Te he dicho mil veces que odio que uses esa palabra —le recuerdo de brazos cruzados—. Soy tu... amigo. No hay que agradecer ese tipo de cosas.

—Lo que tú digas.

Siempre evito usar la palabra «amigo» porque suena extraño. Para mí, por supuesto. Y la cosa es que nuestra relación no tiene nada que ver con, por ejemplo, la que tengo con Elena o los demás. Con Alejandro es algo distinto. Claro que para él soy solo eso, un amigo al que aprecia más que al resto. Todo sería más fácil si me pasara lo mismo. Pero no, él tiene que venir con su cara perfecta y sus comentarios graciosos a joderme la vida.

Su voz grave interrumpe mis pensamientos, pidiéndome que andemos un rato. Decidimos dar otra vuelta alrededor de los puestos y compramos bebidas, yo un café frío y él un chocolate caliente.

—¿Cómo te puede gustar el café? —Hace una mueca al fijarse en mi bebida.

—La pregunta correcta es ¿cómo no te puede gustar el café? —contraataco.

—Venga ya, está asqueroso.

—Para nada. Yo sin mi café por las mañanas no soy persona.

—Bebo del vaso y lo miro con curiosidad—. ¿Qué tomas entonces?

—Cola Cao, obviamente. —Suelto una carcajada y me gano un golpe—. No te rías, va en serio.

—No lo dudo, pero soy más de Nesquik. El Cola Cao tiene grumos.

—¡Justo por eso es mejor! —exclama y río.

Adoro este tipo de conversaciones. Son temas banales sin mucha importancia, pero consigo conocerlo cada vez más y adoro eso. Cuando Alejandro se termina su chocolate le doy un poco de mi café frío, y tras probar un sorbo expresa su disgusto con una mueca. No puedo hacer otra cosa que burlarme de él en voz alta.

—No estás preparado para degustar la bebida de los dioses —bromeo recuperando el vaso de plástico.

—Te equivocas, los dioses griegos bebían néctar.

—Lo sé, lo damos en clase. —Frunzo el ceño y caigo en la cuenta de algo—. ¿Cómo lo sabes?

Se encoge de hombros y esconde las manos en los bolsillos.

—Me gusta la mitología.

Vaya, otra cosa que descubro de él que no esperaba. Sonrío con ilusión y me acerco, chocando mi hombro con el suyo.

—Algo que tenemos en común, por fin. Prueba de fuego: ¿cuál es tu dios favorito?

—Hades.

—Buena opción. La mía es Atenea.

—Demasiado predecible.

—Cállate.

Pasamos por al lado de una librería y Alejandro se queda anonadado observando la vitrina. Me coge de la mano como un niño pequeño y me arrastra hacia el interior, lleno de estanterías y libros por doquier.

—¿Te gusta leer? —pregunto sin dar crédito.

—Por supuesto. —Echa un vistazo a un libro de tapa dura y lo vuelve a dejar en su sitio—. No lo hago todos los días, pero me gusta.

Otra sorpresa que me llevo en el día de hoy, supongo. Me dedico a buscar algún título que se me haga familiar cuando se me ocurre una idea.

—Hagamos esto: yo escojo un libro para que te leas y tú otro para mí. A ver quién tiene mejor gusto de los dos.

—Reto aceptado.

Desaparece por las estanterías y yo me quedo en la sección juvenil. No sé cuál es el género que prefiere, así que mi plan es encontrar uno que yo haya leído y que crea que le puede gustar. Avanzo por los pasillos y un libro de lomo oscuro capta mi atención en la sección de misterio. Lo saco de la estantería y leo el título en la cubierta: *Otra vuelta de tuerca* de Henry James. Una gran coincidencia, leí este libro el año pasado en la asignatura de literatura universal. Al instante se convirtió en una de mis lecturas favoritas, y algo me dice que a Alejandro también le va a gustar.

Me acerco a la caja y lo compro, y me llevo la sorpresa de que por cada libro que adquieres te dan un marcapáginas de regalo. A los pocos segundos llega él y paga el libro que ha escogido. Salimos a la calle y lo saca de la bolsa.

—¿Percy Jackson? —pregunto examinando la portada.

—Antes de que digas nada: no, no es solo para niños. —Lo hojea por encima y me lo ofrece cual vendedor—. Es una historia muy buena y con la que aprenderás mitología. Seguro que te gusta.

Asiento y saco mi elección de la bolsa.

—Aquí tienes el tuyo. No sé por qué, pero te pega. —Lo coge y lee la sinopsis de la contracubierta—. Como consejo personal, no lo leas por la noche.

—Lo tendré en cuenta —agrega, guardándolo.

Avanzamos por la calle y me da por mirar el reloj: me asombro al ver que son las cuatro de la tarde. Es increíble lo rápido que pasa el tiempo cuando estoy con él. Desde que he salido de casa no he mirado el móvil ni una sola vez.

Alejandro me dice que conoce un sitio bastante chulo donde venden pasteles y demás, así que lo dejo en sus manos. Cuando vamos a irnos diviso a lo lejos un grupo de adolescentes. Cruzo miradas con un aterrado Alejandro. Es lo que nos temíamos: sus amigos y los míos vienen andando en nuestra dirección.

CUARENTA Y SEIS

∽ Dani ∽

Los nervios se apoderan de mí y miro a Alejandro, que no sabe dónde meterse. Distingo el miedo en sus ojos y me agarra por el brazo, convirtiéndose en presa del pánico.

—Sígueme.

—¿Qué dices?

Me arrastra hasta un banco cercano desde el que es menos posible que nos vean y se sienta. Su pierna comienza a temblar de la inquietud y lo contemplo sin poder creerlo.

—Tío, ¿en serio? No tengo cinco años para estar jugando al puto escondite.

Alza la vista y me fulmina con la mirada, chasqueando la lengua.

—¿Se te ocurre algo mejor?

— No sé, déjame pensar… ¿Ser una persona madura y acercarnos a saludar? —sugiero con un tono sarcástico.

—Déjate de rollos, tú tampoco quieres que te vean conmigo. —Se muerde el labio y niega con la cabeza—. Si es que somos gafes.

—Tienes razón, no quiero, porque se supone que estoy cuidando de mi abuela. Y aquí estoy, contigo, la última persona por la que se esperan que los deje plantados…

—Pues ya me dirás tú. ¿Qué coño hacemos? —Se pasa las manos por el pelo y medita unos segundos—. Van a preguntar por qué hemos venido los dos solos. Se van a creer que… hay algo raro entre nosotros.

—¿Tan horrendo sería? —escupo con resentimiento.

Alejandro tiene un gran problema con lo que los demás piensen sobre él. Todas las veces que habló conmigo en el descanso

166

del instituto fue a través de mensajes, porque no se atrevía a venir y conversar cara a cara delante de sus amigos. Ahora le aterra que los demás nos encuentren juntos y más por el hecho de que hayamos venido solos.

—No es eso...

—¿Tanta vergüenza te doy para que tus amigos no puedan asociarme contigo? —pronuncio sin poder evitarlo.

Bufa y comprueba que nadie esté pendiente de la conversación.

—No digas tonterías.

—No son tonterías. ¿Cuál es el problema entonces? —insisto de brazos cruzados.

—¡Que no soy gay, joder!

Sus palabras son como agujas que van directas a mi pecho y juraría que las puedo sentir. El leve tono de desprecio en su voz me deja claro una vez más que la idea de llegar a algo más con Alejandro es inexistente. Aunque eso ya lo sabía. ¿Acaso creía que le iba a empezar a gustar? Qué iluso. Un malestar se instala en mi estómago, pero me mantengo firme y aparentemente calmado. Me acerco unos pasos para tenerlo de frente y mirarlo a los ojos.

—Pues, si tan seguro estás de que no eres gay, no entiendo el problema con pasarnos a saludar. ¿Acaso te puedo pegar mi homosexualidad y no lo sabía? —Río de forma irónica y hago ademán de dirigirme al grupo, que se ha acercado a uno de los puestos—. Somos amigos, ¿no? Entonces madura de una vez y olvídate de lo que otros piensen de ti.

Camino hasta el grupo y escucho al chico venir detrás de mí, mascullando algo por lo bajo. Cuando Elena se fija en mí abre los ojos como platos y avisa al resto, que están decidiendo qué comida pedir.

—Hola —saludo en voz baja.

Se giran para contemplarnos y se produce un silencio muy incómodo. Intercambio miradas con mis amigos y me dedican una expresión confusa y molesta a la vez.

—¿No estabas ocupado hoy? —pregunta Maya.

—Y tú también, ¿no? —le dice Diego a su amigo con cierto desdén.

Se rasca la nuca e intenta buscar una excusa lo bastante creíble, pero estoy seguro de que no la encuentra porque se queda callado. Algo en mi interior me empuja a tomar las riendas de la situación e intentar solucionarlo.

—Ha sido cosa mía. —Las palabras salen solas de mi boca—. Tenía que cuidar a mi abuela, pero a última hora mi madre se tomó el día libre y pudo encargarse ella. Y, como ya os había dicho que no…, me daba cosa volver a preguntar. Lo único que se me ocurrió fue arrastrar a Alejandro conmigo.

Esta vez el que no tiene palabras es Alejandro. Vislumbro sus ojos oscuros y de inmediato capto su agradecimiento. Los demás siguen sin decir nada hasta que Mario hace un ademán con la mano, restándole importancia.

—No os preocupéis… Pero la próxima vez avisad al menos —añade.

Nuestro plan de ir a otro sitio claramente ha cambiado, por lo que nos quedamos con el grupo y los acompañamos alrededor del parque. Sobra decir que a partir de este momento Alejandro se comporta más distante y, resignándome, yo hago lo mismo.

Ni siquiera sé por qué he mentido por segunda vez cuando nos han preguntado. Bueno, sí que lo sé: para que Alejandro no quede mal delante de sus amigos. Quiero decir, yo también me había buscado una excusa para poder venir con él, pero no entraba en mis planes cargar con toda la «culpa».

Pasa una hora y decido irme, aún tengo deberes por hacer y quiero pasar algo de tiempo con mi abuela. Alejandro se ofrece a acompañarme, ya que llevamos aquí bastante más tiempo que el resto y lo hemos visto todo. Nos despedimos de nuestros amigos y emprendemos el camino de vuelta. En cuanto cruzamos la calle y el parque queda fuera de nuestro campo de visión, aprovecha para decir en voz alta lo que ya he leído en sus ojos.

—Gracias por lo de antes. —Juguetea con sus manos y reduce el ritmo de sus pasos para mantenerse a mi lado—. Y perdón por hablarte así. Tengo el defecto de que me comporto como un gilipollas cuando las cosas se escapan de mi control... Cosa que pasa muy a menudo.

Me abrazo a mí mismo debido a que la temperatura disminuye y atisbo una pequeña sonrisa en sus labios. No digo nada y lo dejo terminar.

—Solo quiero que sepas que intento cambiar, ¿vale? El problema es que cuesta muchísimo. —Saca el paquete de tabaco del bolsillo y lo detengo.

—Sigue intentándolo, pero por ahora hazme un favor y deja de fumar. No te hace bien. —Noto que está a punto de replicar y ni siquiera se lo permito—. Y no voy a aceptar eso de «lo hago cuando estoy nervioso», porque no es verdad. Estás enganchado.

Agacha la cabeza y guarda el paquete, lo que hace que una pequeña parte de mí se sienta orgullosa. Significa que me toma en serio y toma en cuenta mi opinión.

—Tienes razón.

—Claro que la tengo. —Recuerdo en este momento una frase que dijo en el despacho de dirección el día del puñetazo y pongo la voz grave para imitarlo—. «No fumo, mamá. Solo un cigarro de vez en cuando».

Al darse cuenta de lo que estoy haciendo abre la boca con sorpresa y me empuja con poca fuerza.

—Eres un cabrón.

—Pero te encanto. —Esta imitación ya no le toma desprevenido y acabo debajo de su brazo una vez más.

—¿Sabes qué? Poco a poco lo vas consiguiendo.

CUARENTA Y SIETE

⤳ Dani ⤲

—Menos mal que te tengo, porque de lo contrario suspendería este trabajo.

—Exageras —digo aún sumergido en las páginas del libro.

Elena termina de añadir los toques finales al proyecto y se lo envía al profesor por correo electrónico. Resulta que su ordenador se ha estropeado y necesitaba uno para entregar el trabajo que, como ya es habitual en ella, había dejado para el último día. Se tira a la parte de la cama donde no estoy sentado de manera dramática y ojea mi lectura actual.

—¿Percy Jackson? Eso lo lee mi hermano. —Resoplo y aparto la mirada del libro para defenderme.

—Se puede disfrutar a cualquier edad —explico antes de volver al párrafo que he dejado marcado con el dedo.

—¿Lo has sacado de la biblioteca?

Opto por poner el marcapáginas y cerrar el libro, está claro que no me va a dejar avanzar.

—Es un regalo.

—Ah. —Baja la cabeza y cuando creo que lo va a dejar estar se le iluminan los ojos y me señala con el dedo—. Un regalo de Alejandro.

¿Cómo lo ha adivinado? Pongo mi mejor cara de indiferencia y niego, aunque ya he de saber que es imposible mentir a mi amiga.

—¡Es que lo sabía! —Sonríe orgullosa de sí misma y se incorpora sentándose a mi lado—. Cuéntamelo todo.

—¿Cómo lo has averiguado?

—Idiota, cuando nos vimos en el festival ambos llevabais bolsas de la librería. Sé sumar dos y dos. —Viéndolo desde ese punto de vista sí que es bastante evidente—. ¿A qué esperas?

—¿Qué quieres que te cuente? —cuestiono sin poder disimular el rojo de mis mejillas.

—Si estáis saliendo o yo qué sé.

Su suposición me duele más de lo que debería, porque sé que es algo que no va a pasar. Escondo mi decepción y niego con la cabeza.

—¿No ha pasado nada entre vosotros?

Dudo si debería contarle la historia, pero se trata de mi mejor amiga. Las mentiras que ya he soltado, o no han surtido efecto, o me hacen sentir mal. ¿Cuál es el punto entonces?

—De hecho, sí. —Dejo el libro en la estantería y Elena cruza las piernas sobre la cama, dispuesta a escucharme—. Ese día que estuve en su casa, cuando pasó lo de mi abuela..., vimos una película. No sé cómo, pero acabamos acurrucados juntos, y a partir de ahí las muestras de afecto físicas han sido constantes.

Mi mejor amiga se queda esperando a que siga con el resto de los detalles. Suspiro y lo suelto sin más.

—Y cuando fuimos a la casa de Diego el día de Halloween me besó.

Abre la boca con estupefacción y alza los brazos, sin saber muy bien qué decir. Me agarra de los hombros y me mira fijamente.

—¿Y me entero ahora? Debería darte vergüenza. —Se cruza de brazos, indignada.

—No ha pasado tanto tiempo... —Me fulmina con la mirada.

—¡Dos semanas! Podría haberme muerto en ese periodo, Dani. —Río por lo dramática que es y pasa a escudriñarme con complicidad—. Te conozco, sé que estás pilladísimo por él. No quiero imaginar cómo estás ahora que os habéis besado.

Elena teniendo razón, una vez más.

—Tengo un lío en la cabeza impresionante. Supuse desde el principio que en realidad no quería y unos días después me explicó que había bebido mucho y no era muy consciente de lo que hacía.

La rubia niega de forma exagerada.

—Ni él se lo cree. Dani, escúchame. —Adopta una expresión seria y clava sus ojos en los míos—. Si he estado tan pendiente de ti ha sido porque no me fiaba ni un pelo de Alejandro. No sé, llevas desde septiembre pasándolo mal por su culpa y… me due-le verte sufrir. Pero de repente hicisteis las paces y le perdonaste el *bullying* como si nunca hubiera ocurrido.

Me invade la vergüenza al escuchar sus palabras, sobre todo porque tiene razón. ¿Cómo he podido olvidar tan rápido mi pasado con Alejandro? ¿Es que el hecho de que sea guapo y me preste atención borra lo que hizo?

—Ya me pidió perdón —pronuncio en un susurro.

Lo sigo defendiendo, y lo peor es que me sale solo. Quiero darme cabezazos contra la pared hasta entrar en razón y dejar de sentir esto tan extraño por Alejandro, pero me temo que voy cuesta abajo y sin frenos.

—Mientras creas que fue sincero, está bien. Intentaré no meter-me. Además, ya cansa un poco mantenerte lejos de él. Es como pe-dirles a las escritoras de Wattpad que no escriban un *enemies to lovers*.

Ignoro la última parte porque no tengo ni idea de lo que está hablando.

—¿Por eso fingiste que él te había mandado la solicitud primero cuando fue al revés?

—Yo no fingí nada. Fue tu culpa por no preguntar.

Bufo y pongo los ojos en blanco. Alejandro ya me había dicho que fue ella la que lo había seguido antes, aunque dudaba de su palabra. Ahora sé con certeza que era verdad. Y también sé que he dudado de las intenciones de mi mejor amiga cuando todo estaba en mi cabeza.

—Y te pido perdón, en ningún momento quería liarme con él o algo así… La cosa es que no te quería ver pasarlo mal por alguien que no te merece.

—No, soy yo quien tiene que pedir perdón —admito con la cabeza gacha—. Me he comportado fatal contigo estas semanas, más que nada porque creía que ibas detrás de Alejandro. Soy tan infantil…

Elena me sonríe y se acerca para abrazarme. Dejo que el gesto me reconforte, a pesar de seguir sintiéndome mal conmigo mismo por dejar que la inseguridad me carcoma por dentro.

—¿Sabes qué? Me equivocaba. He visto cómo te mira Alejandro y déjame decirte que, si no tuviera interés en ti, ya se habría alejado. Y, si lo que dice es verdad, ¡más razón aún! Cuando estamos borrachos nos atrevemos a hacer cosas que deseamos mucho, aunque también nos den miedo.

Las palabras de Elena alimentan las mariposas de mi estómago. Sin embargo, a pesar de todo, tengo que ser realista y poner los pies en el suelo. Ilusionarme con algo así me puede hacer sufrir mucho.

—Te lo agradezco, de verdad. Pero me cuesta ver a alguien como Alejandro saliendo con otro chico, y menos conmigo.

—Vuelve a infravalorarte de esa manera y te hago picadillo. —Se levanta de la cama y agarra mi móvil—. Vales más de lo que crees, y no te lo diría si de verdad no creyera que Alejandro quiere algo más. El problema es que es nuevo para él y está confuso. Toma, háblale y queda con él. Estoy segura de que, cuanto más tiempo paséis juntos, más seguro estará de lo que siente.

Tomo el móvil más por la mirada amenazante de mi amiga que por otra cosa y entro al chat. Algo nervioso escribo el mensaje y lo envío por insistencia de Elena.

Dani: Oye, ¿haces algo hoy? Estoy libre.

Bloqueo el teléfono y hace un gesto para que me acerque. El calor del segundo abrazo en el que nos fundimos me reconforta y al separarnos le doy la mano.

—Gracias, no sé qué haría sin ti.

—Yo tampoco lo sé…

Lanzo una carcajada y una notificación hace que la pantalla del móvil se encienda sola sobre la mesa, dejando ver el mensaje.

Alejandro: ¡Claro! Tenía pensado correr durante un rato. Te recojo en una hora.

Mi emoción es notable y mi amiga me acompaña dando pequeños saltitos. Me pasa la mano por la cabeza y me peina el flequillo como si fuera mi madre.

—Adoro el amor… —dice, terminando de despeinarme.

CUARENTA Y OCHO

∽ Dani ∽

A petición de Alejandro me pongo ropa de deporte y espero en la puerta de mi casa, más impaciente de lo que debería. Compruebo en el móvil que quedan pocos minutos para que llegue y lo guardo en el bolsillo.

Si me atreviese a dar un paso más…, ¿cómo reaccionaría? Creo que lo que más me preocupa es el nivel al que podría afectarme un rechazo de su parte. Lo último que pretendo es perder la buena relación que hemos forjado durante estas semanas, pero con tantas idas y venidas necesito una aclaración que nos permita avanzar.

No pienses en el rechazo, Dani. Recuerda lo que te ha dicho Elena.

No es habitual que mi subconsciente me diga algo bueno, por lo que decido aferrarme a ello e intentar calmarme. En ese momento Alejandro aparece por la acera y todos mis pensamientos se esfuman, centrándome nada más que en él. Se detiene a unos pasos de distancia y aprovecho para revisarlo de arriba abajo. Lleva una sudadera de color verde oscuro, unos pantalones negros y unos botines del mismo color. Ya lo he visto antes con esos pantalones apretados y digamos que no dejan mucho que imaginar. Trago saliva y lo saludo con un movimiento de barbilla.

—¿Preparado? —Su sonrisa traviesa sugiere que no me va a gustar lo que tiene pensado.

—Te lo advierto, esto va a ser una humillación. No hago deporte casi nunca y las veces que salgo a andar es para comprar el pan, lo que significa que me quedaré detrás de ti todo el camino.

La risita que suelta es música para mis oídos. Se acerca unos pasos para animarme con un toquecito en el hombro.

—Prometo no ir muy rápido.

—Perdona si no me acabo de fiar.

Recorremos el mismo camino por el que paseé hace unas semanas con Elena y descubro que mucha gente lo aprovecha para hacer ejercicio sin tener que ir al gimnasio. Nos encontramos con varias personas de distintas edades andando, corriendo e incluso en bicicleta.

Alejandro acelera de vez en cuando el ritmo. Al principio me cuesta un poco seguirlo, pero en cuestión de minutos le cojo el tranquillo y soy capaz de mantenerme a su mismo nivel. Hasta yo estoy impresionado.

—Fíjate, al que no le gustaba hacer ejercicio… —masculla con una mirada de orgullo.

—Y no me gusta. Pero, no sé…, contigo es más fácil. —Sus ojos oscuros se clavan en los míos y siento como si mi corazón empezara a dar saltos—. Contigo todo es más fácil.

Sus labios forman una curva y suspira, dirigiendo la mirada al frente.

—Me pasa lo mismo. Bueno, ya te lo expliqué… Me tranquiliza estar contigo.

Se moja los labios y cada vez estoy más cerca de perder el control. Ahora lo único en lo que soy capaz de pensar es en aquel beso y en que daría cualquier cosa por repetir. Me muerdo el labio inferior y aparto la vista, saturado con todas las emociones distintas que este chico me provoca.

—¿Te atreves a correr? —Mi expresión cambia a una de terror y niego.

—Ni se te ocurra. Eso no es lo que acordamos.

—Venga, solo cinco minutos. Así vamos alternando y nos movemos más. —Hace un puchero y un gesto con las manos de petición—. Porfa.

—No sé…

Salgo de dudas cuando se detiene y empieza a correr, dejándome atrás. Me ahorro unos cuantos insultos y lo persigo, intentando alcanzarlo sin éxito. Para el momento en el que lo hago ya ha dejado de correr y ha comenzado otra vez a andar.

—No vuelvas a hacer eso —le advierto entre jadeos.

Disminuir la velocidad me ayuda a recuperar el aliento y al fin puedo volver a respirar con normalidad. Echo un vistazo a Alejandro y lo encuentro burlándose de mí.

—Una risa más y tu ojo estará otra vez morado. —Sonríe con ironía y se muerde el labio. Por favor, que deje de hacer eso, voy a volverme loco—. Dime que nos queda poco para llegar al final del camino.

Se aclara la garganta y duda antes de responder.

—Digamos que... no hay final.

—¿Eh?

Resulta que el camino conduce a un pueblo cercano, por lo que después de andar casi una hora nos vemos obligados a volver por donde habíamos venido. Cuando veo mi calle a lo lejos suelto una bocanada de aire, aliviado. Estar cerca de dos horas andando y corriendo me ha pasado factura: tengo un cosquilleo en los pies que me temo que me va a impedir dormir esta noche.

—Maldito, casi me matas. —Apoyo ambas manos en sus hombros y recupero el aire que mis pulmones necesitan. De paso aprovecho para establecer contacto físico—. Vamos a por algo de comer o me desmayo aquí mismo.

—Vale, dramático.

Obvio el hecho de que está perfectamente, como si no hubiera hecho ni el más mínimo esfuerzo, y lo arrastro conmigo al quiosco más cercano. Compro una bolsa de chuches y mientras las comemos merodeamos por los alrededores.

—¿Cuál te gusta más? —pregunto ofreciéndole la bolsa.

Rebusca entre todas y escoge la fresa, llevándosela a la boca. Observo el movimiento de su mandíbula al morder y cuando vuelca de nuevo su atención en mí me hago el loco.

—La fresa siempre ha sido mi favorita. Aunque la que tiene forma de melón también me gusta.

Al escuchar esto cojo la última que queda y me la llevo a la boca ante su semblante atónito. Disfruto del sabor ácido y me encojo de hombros.

—Yo he pagado, tengo privilegios.

—La quería.

—Ya no puedes, lo siento. Si te gusta tanto tendrás que comértela con mis babas. —Alza las cejas y me contempla, retándome con la mirada.

—¿Estás seguro?

No me da tiempo a pensar a qué se refiere, porque se acerca y empieza a hacerme cosquillas en el estómago. Me retuerzo al no ser capaz de resistirme e intento librarme de su agarre entre risas, tirando la bolsa de chuches al suelo. Cuando se detiene nos hemos quedado pegados el uno al otro. Sus manos están en la parte baja de mi espalda y las mías aprisionadas contra su pecho.

—Escúpela —murmura.

¿Qué cojones está pasando?

—No seas asqueroso, Alejandro. Estaba bromeando.

—Yo no. Además, ya sabes que no soy escrupuloso.

No me dejo intimidar por sus ojos negros y alzo la cabeza, tragando con fuerza la chuche para que note el movimiento en mi garganta. Toma mi barbilla con los dedos y me obliga a mirarlo a los ojos. Tengo tan cerca su rostro que puedo examinar con detalle cada centímetro, desde las pestañas que no sabía que tenía tan largas hasta las pecas casi invisibles de su nariz. Sus labios se curvan en una sonrisa y se los humedece de nuevo mientras observo cada gesto que hace.

¿Quiere que lo bese?

Creo que es un poco obvio.

Se cansa de esperar y pone los ojos en blanco, harto.

—No me voy a quedar sin probarla.

Con rapidez acorta las distancias y junta sus labios con los míos. Esos labios que ya he probado una vez, cálidos y finos, y que se encuentran en mi boca de nuevo. Lo que tengo claro es que esta vez no voy a desaprovechar la oportunidad.

Respondo dándole pequeños besos y llevando mis manos a su cuello, tocándole el pelo negro y alborotado que siempre me ha gustado. Al ver que le correspondo me besa de nuevo e intento adaptarme al ritmo, pero me es difícil, ya que lo hace cada vez más rápido. Recorre mi espalda con sus manos y el sabor ácido se mezcla entre nuestras bocas, sin saber dónde había estado primero.

Por culpa de la diferencia de altura tengo que ponerme de puntillas y él agacharse un poco, y me da la sensación de que puede levantarme con tan solo rodearme con los brazos. El beso sigue subiendo de tono hasta que introduce torpemente la lengua. ¿Es porque soy un chico y le parece distinto? Estoy seguro de que ya ha dado este tipo de besos antes, aunque lo noto nervioso.

¡Qué más da! ¡Alejandro Vila te está besando!

Aparto esa idea de mi mente y mi lengua se sincroniza con la suya, tocándose siempre que es posible. Su agarre cada vez es más fuerte y siento como si estuviera en el séptimo cielo. Lo que hicimos el día de Halloween no fue nada comparado con esto: nos estamos besando de forma tan apasionada que hasta yo mismo estoy sorprendido. Mi temperatura corporal sube sin control y el calor de su cuerpo tan cerca del mío me produce un dolor en la entrepierna. Mierda, esto está yendo demasiado lejos.

Detengo el beso y hace un amago por continuar, acercando su boca de nuevo a la mía. Tengo que poner las manos en su pecho y apartarlo un poco para que reaccione. Me quedo por tercera vez sin aliento y examino sus labios, ahora más rojos de lo normal. Alzo la vista y me encuentro con sus ojos fijos en mí y un rastro de confusión en ellos, a lo mejor preguntándose por qué he parado. El color pálido de su piel me permite distinguir el rubor de sus mejillas y sin esperarlo se aferra más a mí, como pidiendo más.

—¿Por qué paras?

Eso, ¿por qué paras?

Vale, esta no es la reacción que esperaba. En realidad no sé qué esperaba, pero desde luego no era esto.

—Hum… Creo que lo más justo sería que yo preguntase por qué lo has hecho en primer lugar.

Eso tampoco se lo veía venir. Entrecierra los ojos e inclina la cabeza a un lado.

—¿No te ha gustado?

Qué cabrón.

—No he dicho eso… —balbuceo, huyendo de su mirada.

Suelta una risita antes de atraerme por la nuca y apoyar frentes.

—¿Entonces?

Trago saliva, todavía aturdido. Si en el pasado Alejandro me alteraba con solo mirarme, después de hoy puedo darme por muerto.

Pero qué buena forma de morir, ¿eh?

—Dime solo una cosa —empiezo, adoptando un semblante serio—. ¿Es esto lo que quieres?

La pregunta sale de mi boca casi en un susurro y la vergüenza hace que mis mejillas se sonrojen. Alejandro se limita a suspirar, mira hacia el cielo y luego a mí con un brillo en los ojos.

—¿Te ha parecido un beso de alguien que no sabe lo que quiere?

Su pregunta de alguna forma responde la mía y hace que me desprenda de una gran carga de los hombros. A pesar de ello no bajo la guardia y cuando hace ademán de besarme otra vez me alejo.

—¿Qué pasa? —Hace un puchero y comienza a acariciar mi mejilla con el pulgar—. Bésame, anda.

—Solo si me prometes que mañana no dirás que estabas borracho y que seguimos siendo amigos.

El rubor que ya se estaba marchando de sus mejillas vuelve con tanta fuerza que parece que va a explotar. Se aclara la garganta, asiente con seguridad y esboza una sonrisa algo tímida.

—Lo prometo. De verdad.

Suena tan convencido que ahora soy yo el que se aproxima y da inicio a un nuevo beso. Como esta vez llevo el control me lo tomo con calma, moviendo los labios con delicadeza y más tarde la lengua con la intención de encontrar la suya una vez más. Me abraza tomándome por la cintura y me besa con tanto afán que me empuja hacia atrás y casi provoca que nos caigamos de espaldas.

—¿Tan ansioso estabas por esto? —pregunto, divertido.

—No te haces una idea.

CUARENTA Y NUEVE

∽ Dani ∽

Introduzco la llave en la cerradura y abro la puerta, entonces escucho el sonido de fondo de un programa aleatorio en la televisión. Entro en el salón y me encuentro a mis abuelos y a mi madre sentados con una expresión seria. Mi abuelo es el primero que se percata de mi presencia y me mira, expectante.

—¿Dónde estabas?

Besándome con Alejandro por ahí, ¿por?

Arrugo la frente y me encojo de hombros.

—Dando una vuelta.

El semblante tranquilo y comprensivo de mi madre es usual, aunque mi abuelo parece estar enfadado. Mi abuela en cambio se mantiene neutral.

—Se suponía que los domingos eras tú el que le dabas la medicina a tu abuela, ¿recuerdas?

Siento como si un gran bloque de hierro me cayera encima. Tiene razón. Se le suele olvidar cuándo se debe tomar las pastillas y decidimos asignar a alguien que se encargase de eso. Como en principio no iba a salir a ningún sitio me había comprometido a hacerlo, pero Elena vino sin avisar y luego me organizó la quedada con Alejandro… A lo mejor estoy siendo egoísta, pero lo repetiría mil veces con tal de revivir lo de hoy con él.

Me cruzo de brazos y bajo la mirada a mis zapatos.

—Se me ha olvidado. Lo siento.

—Bueno, no pasa nada —aclara mi madre—. El pobre también necesita tiempo libre.

—¿El pobre? Lo único que hace es encerrarse en su cuarto, y a saber lo que hace ahí…

No voy a decirlo en voz alta, pero mi abuelo se está comportando como un gilipollas. ¿Acaso no sabe que tengo que estar encerrado por los deberes y exámenes que me ponen?

—Como si a mí me gustara pasarme todo el día aquí —mascullo.

—¡Lo que me faltaba por oír! —Hace gestos con las manos y me escudriña con cólera, haciendo que mi enfado crezca por momentos—. Tenías que cuidar de tu abuela y no lo has hecho. Punto.

Opto por respirar despacio con el objetivo de calmarme, pero no lo consigo. En mi mente se cruzan multitud de palabras que podría soltarle y ninguna es agradable. Estallo cuando continúa quejándose por lo bajo y nadie hace nada al respecto.

—¡Tú también podrías hacer algo! No sé, como es tu esposa...

—Dani, no vayas por ahí —advierte mi madre.

—¿Ahora soy yo el que se pasa de la raya? —Paso mi mirada por cada uno de los presentes y me la devuelven sin poder creer que esté contestando de esta manera—. Para que lo sepas, cuando me meto en mi cuarto me dedico a estudiar para todos los exámenes semanales que tengo. De mis notas nadie se ha quejado, ¿a que no? Ahí tienes la razón. Y debería darte vergüenza que haya sido yo el que ha pasado más tiempo cuidando de tu mujer que tú. Abre los ojos y adáptate al siglo XXI, joder.

Subo las escaleras casi corriendo y hago lo posible por no escuchar ninguna respuesta. Después de esto se me han quitado incluso las ganas de cenar. Cierro la puerta de mi habitación y me tiro sobre la cama, harto de todo.

¿Por qué se tiene que meter en mi vida? Actúa como si me conociera, pero antes de lo de mi padre lo había visto cuatro veces contadas. Encima es un puto homófobo, para variar. Es como si el odio que me tenía mi padre me persiguiera a cualquier sitio al que voy, primero él y ahora mi abuelo.

Es irónico la forma en la que uno de los mejores días de mi vida se ha truncado tanto en cuestión de minutos. Antes de llegar estaba en las nubes, sin poder creer que Alejandro haya dado el paso y aclarado sus intenciones. Pero, como he escuchado muchas veces en mi vida, la alegría dura poco en la casa del pobre.

Cojo el móvil en un intento de distraerme con otra cosa, a pesar de que no funciona para disipar el malestar que se ha instalado en mi pecho. Lo tiro con fuerza al otro lado de la cama y me cubro la cara con las manos. La ira y la impotencia me hacen derramar varias lágrimas. Ni siquiera tengo fuerza suficiente para secarlas, así que dejo que hagan su recorrido hasta mi barbilla.

De pequeño solía imaginar un mundo en el que nada malo ocurriese. Un sitio donde podía escaparme y ser yo mismo sin que nadie me insultara por ser feliz. Después de varios años tengo claro que eso solo puede existir en mi cabeza: hay demasiado odio en este mundo como para que se convierta en el sitio con el que el pequeño Dani soñaba una y otra vez.

El móvil se enciende a lo lejos alejándome de mis pensamientos y estiro el brazo para alcanzarlo. Es un mensaje.

Alejandro: Me lo he pasado muy bien hoy. Ya quiero verte otra vez.

Alejandro: Me siento muy raro al decirlo. Bueno, al escribirlo, ya me entiendes.

Alejandro: Te dejo, me llaman para cenar. Solo quería decirte eso. Espero tu respuesta.

Si la pelea con mi abuelo me había crispado los nervios, esto me ha devuelto a las nubes. Sonrío cual tonto y releo los mensajes una y otra vez. ¿Seguro que no estoy soñando? No me sorprendería si fuera así.

La escena de esta tarde vuelve a mi cabeza y la reproduzco varias veces sin cansarme. Un suspiro se escapa de mis labios y empiezo a soñar despierto. Ha sido sin duda el mejor beso de mi vida. No sé qué es, pero Alejandro tiene algo que me vuelve loco. Y sé con certeza que no es solo por el físico.

Dani: A mí también me resulta raro. Pero, bueno, si estás seguro…

Dani: Que aproveche, yo no creo que cene esta noche. Y si vuelves, no prometo estar despierto, tengo bastante sueño. xD

Dani: Buenas noches, espero que descanses. Nos vemos mañana.

CINCUENTA

⚮ Dani ⚮

Hace dos meses, si Alejandro se hubiera dignado a mirarme en clase habría sido para reírse de mí. Hoy, lunes y un día después del beso, no me quita los ojos de encima. Y lo peor es que yo tampoco puedo contenerme. Busco cualquier excusa, como pedir la goma a mis amigos, para girarme y que entre en mi campo de visión. Incluso cuando miro al frente e intento prestar atención a la profesora sigo sintiendo su mirada sobre mí. Por el rabillo del ojo distingo su silueta, pero es casi imposible buscar la fila del fondo sin tener que girar el cuello, y como lo haga los demás van a terminar dándose cuenta.

Ni siquiera escucho la lección, estoy tan enfrascado en la escena de ayer que cuando la clase acaba Elena me tiene que avisar con un golpe en el brazo. Entonces es cuando distingo el sonido de la campana y el jaleo de la gente levantándose y recogiendo sus cosas. Mi actitud es tan rara que mis amigos me preguntan si me pasa algo. Por supuesto, les doy una respuesta negativa.

No me gusta mentir, pero siendo objetivo no es buena idea contarles lo de Alejandro. Elena ya lo sabe, aunque no lo del beso de ayer. Lo que pasa es que no quiero que esto termine siendo algo pasajero y que sientan pena por mí cuando acabe. Puedo estar muy ilusionado; sin embargo, esto aún parece una fantasía de las mías de la que en cualquier momento voy a despertar.

Comemos en silencio, ya que Maya está repasando para un examen de economía. Mientras tanto, me distraigo viendo el partido de baloncesto. El equipo de Alejandro termina ganando con ayuda de dos canastas que mete en los últimos minutos. Todos sus compañeros lo felicitan con palmadas en la espalda y choques de puños. En un momento dado se gira y me distingue entre el gentío, es cuando aprovecho para elevar el pulgar y sonreír como un bobo. Quiero que sepa que estoy orgulloso de lo bien que ha jugado.

Queda poco tiempo para que el descanso acabe, pero se acerca a su mochila y escribe algo en el móvil. A los segundos me llega un mensaje.

Alejandro: Hoy he tenido que jugar, pero quería estar contigo...

Alejandro: ¿Nos vemos a la salida?

Medito unos instantes. No puedo decirle que no.

Dani: Vale, aunque no me puedo quedar mucho tiempo. No quiero llegar tarde a casa.

Alejandro: ¿Todo bien?

Dani: Sí, no te preocupes.

Tampoco es que tengamos la suficiente confianza como para contarle los problemas que tengo con mi abuelo, así que de momento no lo mencionaré. De todas formas, lo más probable es que me ignore unos días y luego actúe como si nada. Por eso prefiero no hacer una montaña de un grano de arena.

El sonido de la campana nos indica que debemos volver a clase. Las tres últimas horas pasan muy lentamente y esto ocurre por mi impaciencia. Las ganas de tener cerca a Alejandro de nuevo me revuelven el estómago y hacen que la espera se haga eterna.

Cuando llega la hora de irnos guardo el archivador en la mochila y salgo del edificio, aunque no sé muy bien dónde me puede estar esperando. Lo encuentro sentado en las pequeñas escaleras de la entrada, moviendo la pierna izquierda y mirando a su alrededor. Me siento a su lado y, cuando me escudriña, sus facciones se relajan.

—No sabía si ibas a venir —confiesa, rodeándose las piernas con los brazos.

—¿Por qué?

—Nada... Cosas mías.

Cuando la multitud de adolescentes desaparece, Alejandro me toma de la mano y me lleva a la parte trasera del centro. Hay un descampado que siempre está desierto, de manera que casi nunca pasa nadie por aquí. Deja la mochila a un lado y lo imito, sin saber muy bien qué pretende. De repente me agarra de la cintura y me empuja contra la pared del edificio, acorralándome. Un escalofrío me recorre la espalda y me quedo inmóvil.

—He estado todo el día esperando para esto.

Se moja los labios y se pega a mi cuerpo, empezando a depositar pequeños besos en mi cuello. Mis mejillas empiezan a arder y llevo una de mis manos a su pelo, sin poder controlar las ansias que tengo de él. Con la otra mano lo acerco aún más a mí por la espalda y un suspiro de satisfacción se me escapa al sentir su lengua caliente en mi piel.

—Ni te imaginas las ganas que tenía de esto —confieso tras aferrarme a la tela de su chaqueta.

Sus labios abandonan mi cuello y encuentran los míos, consumando el beso que tanto estaba deseando repetir desde el momento en que llegué ayer a casa. Me toca una mejilla con la mano y ese contacto frío con mi piel a tanta temperatura hace que me estremezca. Estoy perdiendo el control y no veo forma de recuperarlo.

Empieza a comportarse de manera más salvaje y baja las manos hasta la parte baja de mi espalda, rodeando mi trasero al mismo tiempo que aumenta el ritmo del beso. Ahora no hay forma de disimular mi erección, de la que rápidamente se percata y que provoca que sonría a mitad del beso.

—Sí que te gusto, ¿eh? —susurra con cierta arrogancia.

Pero ahora mismo no me importa. Soy yo esta vez quien reanuda el beso y encajo su cabeza alrededor de mis brazos. Seguimos besándonos hasta que me quedo sin aire y debo parar. Inhalo con fuerza y me dedico a admirar su rostro a centímetros del mío, él hace lo mismo. Juntamos las frentes y permanecemos así. No creo que pueda cansarme de este chico nunca.

—Lo siento. —Lo miro, confuso, y noto cómo el ritmo de sus latidos se dispara—. Siento haber tardado tanto en decidirme. Y siento mi comportamiento hasta ahora… No tenía ni idea de lo que estaba haciendo. Sigo sin estar muy seguro, pero disfruto mucho de esto.

Esbozo una sonrisa sin poder evitarlo. Me mantengo enredado en sus brazos y acaricio su nariz con la mía, haciendo que una risita se escape de su boca.

—Yo también lo siento. Tenía muchos prejuicios contra ti... Si has tardado tanto es porque yo no te dejaba avanzar —explico entre risas.

Mueve la cabeza hacia los lados como si dudara y termina asintiendo. Me vuelvo a sumergir en sus ojos y nos besamos, pero esta vez es distinto. No es apresurado ni salvaje, sino que es una muestra de afecto dulce. Sus labios encuentran el lugar perfecto para encajar con los míos y se convierte en algo tan adictivo que me hace dudar de si las veces que lo había hecho antes eran verdaderos besos.

Joder, estoy pilladísimo.

—No te creas que he descartado la idea de que esto sea un sueño o algo así —aclaro sin soltarme. Alejandro achica los ojos y chasquea la lengua, ladeando la cabeza.

—Mira que eres cabezota. —Me coloca bien el cuello de la sudadera que se ha arrugado y se acerca a mi oído para susurrarme algo—: En ese caso déjame demostrarte que te equivocas.

Coloca la boca en mi cuello y cuando creo que va a volver a besarme comienza a succionar una parte de mi piel. Noto el filo de sus dientes y un leve ardor, pero me contengo hasta que termina. Al apartarse me dedica una expresión satisfactoria.

—Espero que no hayas hecho lo que creo que has hecho.

—Culpable.

Se separa y agarra la mochila para colgársela a los hombros. El vacío que siento es instantáneo, me he acostumbrado con rapidez a tener su cuerpo tan pegado al mío que ahora me toca pagar las consecuencias. Cojo mi mochila y a regañadientes me despido de él.

—No te veo con muchas ganas de irte —dice, divertido.

—¿Y quién las tendría después de... esto?

Enarca las cejas y avanza unos pasos hacia mí, abrazándome por la cintura y depositando en mis labios un pequeño beso de despedida. Entrelazamos los dedos de una mano y hago un puchero. Lo último que me apetece es irme.

—Eras tú el que tenía que irse, no yo.

—Lo sé —afirmo con desgana.

—Bueno, te escribo luego.

—Vale.

Nuestras manos se separan de una vez por todas y tras echarme un último vistazo se marcha. Miro a mi alrededor y con una sonrisa grabada en el rostro emprendo el camino de vuelta.

CINCUENTA Y UNO

∽ Dani ∾

Llego a casa y cruzo a través del salón para llegar a la cocina sin reparar en ninguno de los presentes. Para seguir discutiendo prefiero ignorarlos y esperar a que el ambiente se calme. Tomo el plato con mi comida y me dispongo a almorzar aquí mismo, usando la encimera a modo de mesa. Escucho unos pasos detrás de mí y al girarme veo que se trata de mi madre. Se cruza de brazos y me mira, perpleja.

—¿Qué haces?

—Comer —respondo antes de señalar la sopa.

—No seas así. Ven a comer al salón. Los abuelos te están esperando.

Pongo los ojos en blanco y niego.

—No lo creo.

Pone las manos en jarras y me dedica una expresión cansada. De repente advierte algo y frunce los labios.

—¿Qué tienes ahí? —Señala mi cuello.

Mierda, mierda, mierda.

—Nada.

Intento tapar la marca como puedo con la sudadera y le doy la espalda, tomando una cucharada de la sopa. Ni siquiera he revisado si se nota mucho. Voy a tener que hablar con Alejandro sobre lo que puede hacer y lo que no.

—De verdad, menos mal que el año que viene cumples la mayoría de edad y ya no serás un adolescente. Con suerte dejarás de comportarte de forma tan rara.

No sé qué contestar a eso, por lo que me quedo callado. Suspira y se marcha y me apresuro en terminar la sopa. Por fortuna hoy no me toca lavar los platos, así que dejo los cubiertos en el fregadero. Salgo de la cocina como si nada, subo las escaleras y entro al baño. Me detengo frente al espejo y examino la parte derecha de mi cuello donde Alejandro me ha dejado la marca. Y tremenda marca, normal que mi madre la haya visto. Es de un color morado oscuro y resalta aún más por el contraste con mi piel blanca. Intento tocarla, pero me duele y me doy por vencido. Murmuro un par de palabrotas y me voy a mi cuarto, enfadado más conmigo mismo por haberme dejado hacer esto que con el verdadero culpable. Agarro mi móvil y hago una foto de la zona para enviársela a Alejandro.

Dani: Mira lo que me has hecho, gilipollas.

Lo ve al segundo.

Alejandro: Ahora estás seguro de que no es un sueño, ¿verdad? ;)

Dani: ¿No se te ocurría otra forma de demostrarlo?

Alejandro: No.

Dani: ¿Esto cuánto dura? Pocos días, ¿no?

Alejandro: Bueno, yo creo que dos semanas o así...

Dani: ¿DOS SEMANAS?

Doy un brinco y reviso la foto, observando con atención otra vez la marca. ¿Dos semanas con esto en el cuello? No creo que pueda aguantar tanto.

Dani: No me jodas. Como mis abuelos lo vean les va a dar algo.

Alejandro: No te enfades... Di que es un golpe.

Dani: ¿Qué clase de golpe es ese, en el cuello?

Alejandro: Pues con una cadena o yo qué sé.

Dani: Ya, seguro que se lo creen.

Alejandro: Mejor eso a que piensen que haces sadomaso.

Suspiro frustrado y me levanto de la silla del escritorio para cerrar la puerta. Se supone que tengo que ponerme a hacer deberes, pero lo último que puedo hacer ahora es concentrarme. A pesar de ello hago un esfuerzo e intento empezar con las tareas.

¿Qué voy a decirles a mis amigos cuando me vean con esto? No tengo ni idea. Elena lo descubrirá al instante, pero a Maya y a Mario los tomará por sorpresa. La idea de que se enteren no me convence mucho y estoy seguro de que a Alejandro tampoco.

¿Qué hago entonces? Lo único que se me ocurre es taparme la marca como pueda y esperar que mis amigos no la vean. Al final del día solo es una marquita de nada, así que no creo que la noten… ¿Verdad?

CINCUENTA Y DOS

∽ Dani ∾

—Tío, ¿y ese chupetón?

—¿Qué chupetón?

—Mírale el cuello, donde se está tapando.

—¡No jodas! Dani, ¿qué has hecho?

—Todos sabemos lo que ha hecho...

—¿Y ahora os dais cuenta? Lo noté cuando llegó esta mañana.

—¡Basta ya! —Aparto las manos de mis amigos de mi cuello y los fulmino con la mirada—. ¿Acaso soy un juguete al que manosear?

Elena suelta una risita y me contempla con picardía.

—Tranquilo, está claro que ya te ha manoseado otro. —Ríen ante su comentario y me limito a cruzarme de brazos.

—Por favor, parad. —Mis mejillas arden y no sé cómo voy a aguantar como mínimo dos semanas con esto—. Ya es bastante humillante que cualquiera lo vea. El profesor de literatura me ha echado una mirada...

Mi mejor amiga bebe de su zumo con una sonrisa y Maya la observa, analizando su expresión. Al cabo de un rato la apunta con el dedo.

—Tú sabes algo.

Ella frunce los labios e intenta negar, pero se nota que está mintiendo. Mario abre la boca por la sorpresa y alza los brazos.

—¿Elena sabe quién te ha mordido la mitad del cuello y nosotros no? Eso no es justo.

—A ver, no es que Dani me lo haya contado, sino que con cosas que ya sabía he supuesto lo que ha pasado —explica antes de guiñarme el ojo.

—Pues ya sabes más que nosotros. —Maya me pone ojitos—. Venga ya. No se lo vamos a contar a nadie, puedes confiar en mí. De Mario no me hago responsable.

Él le da un codazo, pero hace como si nada. Suspiro e intento hacerles entrar en razón.

—Ese no es el problema, chicos. Ya sé que puedo fiarme de vosotros. —Hago una pausa para encontrar las palabras adecuadas sin tener que desvelar mucho—. Digamos que el chico en cuestión aún está en el armario. Bueno, ni siquiera sé si es gay…

Decirlo en voz alta es otro nivel muy distinto. Le he estado dando tantas vueltas en mi cabeza que parecía que era una fantasía más, y ahora al explicárselo a mis amigos es como si la situación cobrara vida. Deja de ser tan privada para volverse más real.

—Hombre, si te ha hecho eso, muy heterosexual no creo que sea —opina Elena y el resto le da la razón con un gesto.

—Lo sé, pero es complicado. Aún está confuso. Y entre nosotros…, creo que algo raro le pasa. —Me acerco para que las personas de alrededor no nos puedan oír—. No sé, cosas mías. De lo que estoy seguro es de que lo paso muy bien con él…

—Y de que estás pillado. Muy pillado —puntúa mi mejor amiga.

—Una pregunta. —Maya se aproxima para hacer la conversación aún más privada—. ¿Su nombre empieza por «A» y termina por «lejandro»?

Me quedo paralizado sin saber cómo reaccionar. Mierda. ¿Tan obvio es? Noto el rubor de mis mejillas volver. Sin otra alternativa asiento, rendido, y Maya aplaude emocionada.

—¿Cómo lo sabes?

—¿Crees que somos tontos? Llevas un par de meses dando la lata con él, os encontramos juntos en el festival y, además, los dos desaparecisteis a la vez de forma muy extraña en Halloween. —Me quedo flipando con la explicación tan lógica de mi amiga y termino dándole la razón—. Y, bueno, también porque estoy en su clase y lo he visto con muchas chicas… Y con ninguna se comportaba como lo hace contigo.

—¡Eso mismo le dije yo! —exclama Elena—. Es como magia. Hay veces que lo mira tanto que creo que se va a levantar y devorarlo delante de todos. Algo así como la mirada de Mario cuando le entregan su pedido en el Jade's.

Reímos ante la comparación y el chico lo confirma. Por encima de las cabezas de los presentes diviso a Alejandro jugando en el campo y un pequeño sentimiento de tranquilidad se instala en mi pecho. No tenía pensado contarlo, pero ahora siento que ya no es un secreto y lo que tenemos no es un cuento de hadas o algo parecido. Ponerlo en palabras le ha dado un trasfondo nuevo.

—¿Y qué hago ahora?

—Muy sencillo. —Mario toma la palabra—. Deja que fluya. Sin prisas, que él vaya dándose cuenta de lo que sois. Siempre que respete tu libertad y tú su situación, claro está.

—Y, cuando seáis una pareja oficial…, ¡yo organizaré la boda! —dice Maya alzando un puño.

—¿De qué color vas a vestir? —Río ante la actitud de todos y en especial la de Elena, que no ha tardado en montarse una fantasía en la cabeza—. Ya te estoy viendo con el traje blanco más bonito que haya, caminando al altar de la mano de tu madre y yo haciendo fotos como loca. ¡Tu canción de boda tiene que ser de Lana Del Rey!

Me permito soñar durante un momento y me planteo ese mismo dilema. En ese universo paralelo en el que me caso con Alejandro, lo más probable es que la canción que escogiera fuera «Terrence Loves You». Tiene mucho más significado del que mis amigos podrían imaginarse.

—Algún día… —susurro entrecerrando los ojos—. Algún día.

CINCUENTA Y TRES

∽ Dani ∽

—Alejandro, tenemos que estudiar…

Me hace callar colocando su dedo índice en mis labios y me quita el cuaderno de las manos. Me arrastra hasta la cama y se recuesta sobre la pared, dándose golpecitos en los muslos para que me siente encima. Dudo por un segundo, pero la excitación en sus ojos hace que mis piernas se muevan solas.

Quedo a unos centímetros por encima de él y me envuelve en sus brazos, aprovechando para levantar mi sudadera y recorrer con los dedos cada centímetro de mi espalda. Sus dedos helados me provocan un escalofrío. A pesar de ello le regalo una expresión de satisfacción y me aferro más a su cuerpo para recibir montones de besos suaves en el cuello. Mis manos se pierden en los mechones de su pelo.

—Tus padres podrían entrar… —le recuerdo en un intento para que entre en razón. Por si acaso tenemos «Video Games» de Lana reproduciéndose de fondo, pero aun así podrían escucharnos. Él ni se inmuta y con una sonrisa continúa acariciándome el cuello con la lengua.

Busco sus labios y los beso con intensidad, deseoso de probarlo de nuevo. Mi llama interior va encendiéndose y esta vez soy yo el que se deja perder en su cuello. Empiezo con pequeños besos y luego hago un camino desde el cuello hasta la clavícula, haciéndole estremecerse. Suelta varios suspiros de satisfacción y continúo con mi tarea. Al finalizar me incorporo y observo sus ojos, sus pestañas y cada detalle de su rostro. Me fijo en que tiene un pequeño lunar debajo del ojo derecho y sonrío de forma inconsciente, acariciando su mejilla con un dedo.

—Te juro que no lo entiendo. —Arruga la nariz y me mira, confuso—. Cómo alguien como tú se ha fijado en alguien como yo.

Su semblante se torna serio, niega y me rodea el rostro con ambas manos. No sé cómo, pero encajan perfectamente.

—Pues más te vale ir entendiéndolo. —Las aparta y empieza a jugar con un mechón de mi pelo castaño—. Si te digo la verdad, eres más guapo que todas las chicas con las que he salido. Y tienes mejor culo.

Su confesión hace que me sonroje y desear no haber dicho nada. Ensancho la sonrisa cual idiota y le acaricio la nuca con delicadeza. Intento encontrar una respuesta, pero fallo en el intento. Joder, Alejandro siempre me deja sin palabras.

—Y, bueno…, veo que yo también te gusto, me has dado varias razones obvias. —Lanza una risita y me muerdo el labio inferior, ignorando lo presumido que suena—. Así que no hay nada que entender. Nos gustamos y punto.

Leo sus gestos faciales como un libro abierto y asiento, intentando convencerme con esos argumentos. Sé que al final del día voy a seguir dándole vueltas y sintiéndome inseguro sobre sus sentimientos hacia mí, pero me puedo dar el gusto de olvidar todo eso durante unos minutos y disfrutar de él, aquí y ahora.

Me mojo los labios y le doy un beso, suscitando que me enseñe una bonita sonrisa sin enseñar los dientes. Me aprisiona con sus brazos y va dejando un cúmulo de besos por toda mi cara, haciéndome cosquillas mientras río ante la dulzura de sus gestos. Tras eso nos quedamos contemplándonos el uno al otro durante unos segundos, relajo mis extremidades y apoyo la cabeza en su pecho. Este sube y baja y se establece el silencio más placentero que he escuchado nunca. Retoma las caricias en mi piel bajo la sudadera y durante la calma una pregunta se forma en mi cabeza. Debato en mi interior si es conveniente decirla en voz alta, pero mi boca se adelanta y la escupe antes de que pueda detenerlo.

—¿Desde cuándo te gustan los chicos?

Se mueve incómodo en su posición y retiro la cabeza de su pecho para mirarlo a los ojos. Aún sigo encima de él, aunque no hace nada para que deje de ser así. Huye de mis ojos y fija la vista en otro lado. No parece saber qué responder.

—Porque si según tú te gusto… es porque te tienen que gustar los chicos. O al menos solo yo, pero eso suena como si fuera un ególatra. —Sus hombros se relajan y ríe un poco—. Tampoco quiero ponerte bajo presión, es solo curiosidad.

Gira la cabeza hacia mi dirección, lo que hace que el pendiente plateado en forma de pluma se mueva con él. Se encoge de hombros y me muestra una expresión difícil de descifrar.

—No lo sé. Creo que eres el primero… —Sus pómulos adquieren un tono rojizo y se muerde la lengua—. Es raro. Me gustan las chicas, siempre me han gustado, y cuando veo a un tío no siento nada… Pero tú me vuelves loco. Así que supongo que soy Danisexual.

Suelto tal carcajada que tiene que taparme la boca con la mano para recordarme que se supone que estamos estudiando. Alza la mirada y juntamos la punta de la nariz, a la vez que desordeno su pelo oscuro y le dedico una sonrisa genuina.

—Eso es muy dulce, aunque me lleva a otra pregunta… ¿Desde cuándo te gusto?

—¿Esto es un interrogatorio o qué? —cuestiona alzando las cejas.

—Responde.

—Vale, vale. —Retira las manos de mi cuerpo para alzarlas en señal de derrota, pero suelto un gruñido y las devuelve al sitio donde estaban—. Déjame pensar… Creo que desde la primera vez que estuve en tu casa.

Hago memoria y recuerdo ese día. Alejandro se había presentado en mi puerta sin avisar y mi madre lo invitó a comer con nosotros. Me pareció raro la forma en la que se interesó durante el almuerzo cuando mi abuela mencionó que la había ayudado a cocinar. Luego intentamos mantener la paz, pero acabamos discutiendo.

—Peleamos, como siempre, pero fue la primera vez que no te escondiste detrás de una fachada. —Hace un gesto como si se

196

quitase una máscara y río—. Mencionaste a tu padre y algo en mi cabeza hizo clic. Me di cuenta de que tenías los mismos problemas que yo, solo que tú eres más fuerte.

—¿Más fuerte? Calla, anda.

—Es verdad. La razón por la que no soporto a mis padres, y sobre todo a mi madre, es porque tengo que vivir a la altura de sus expectativas todo el rato. Quieren a un hijo que no existe, porque el verdadero Alejandro no quiere estudiar Derecho, no está seguro de nada ni aspira a ser mucho en la vida. Cuando ese día me dijiste que incluso tu propio padre te había insultado por ser gay, supe que si sigues aquí es porque le plantaste cara y no te diste por vencido.

Escucho su discurso improvisado con atención. Es raro porque somos muy diferentes, pero a la vez tenemos muchas cosas en común. El primer día que fui a su casa intuí que tenía problemas con su familia, pero no sabía con exactitud hasta qué punto le afectaban.

—Antes te odiaba. Te odiaba porque eres libre y creía que habías cruzado un camino de rosas para llegar a donde estás. —Traga saliva y evita establecer contacto visual conmigo.

—Para nadie es fácil ser uno mismo, Alejandro.

—Lo sé, lo sé… De eso me di cuenta luego, igual que entendí que habías sufrido más de lo que pensaba. Ahí fue cuando me fui interesando más en lo que tenía que ver contigo. Quería conocerte. Y, bueno, ya conoces el resto…

Los roles se invierten y esta vez soy yo el que tomo su rostro con las manos. Deposito un beso en sus labios y veo cómo su sonrisa pícara se ensancha.

—¿Y tú? ¿Cuándo te fijaste en mí? —Pongo los ojos en blanco y suelta una carcajada—. Se admite decir que desde el primer día que nos vimos…

—Sí, la primera vez que me llamaste maricón sentí el flechazo —ironizo. Niego lo evidente y me acomodo encima de sus piernas—. A ver, siempre me has parecido atractivo, lo que pasa es que me jodía admitirlo. Luego cuando empezaste a portarte bien conmigo me pillé mucho. Lo sigo estando, de hecho. Solo que…

Dejo la frase inconclusa y me muerdo el labio inferior. Alejandro me anima a que continúe con un gesto.

—A veces sigue siendo complicado hacer como si nada. Ya sabes, después de... los insultos y todo eso.

Él asiente y por la manera en la que evita el contacto visual intuyo que se siente avergonzado.

—Dani, lo siento mucho. Sé que ya me disculpé, pero entiendo que un puñado de palabras no pueden compensar lo mal que me comporté. Espero poder recompensarte algún día como te mereces.

Su mirada me intimida demasiado, así que opto por librarme de su agarre.

—No te rayes. Te lo haré pasar mal un par de veces para devolvértelo y ya está —soluciono bromeando, en parte para deshacernos del ambiente tenso.

Él me agradece con una sonrisa preciosa. Me tumbo a un lado en la cama y al instante lo encuentro encima de mí, aprisionándome de forma que no pueda mover ni un músculo.

—A este ritmo vas a suspender inglés —mascullo.

—Podemos seguir repasando así. —Escala hasta llegar al nivel de mis labios y el roce con su piel me nubla los sentidos—. Pregúntame palabras del vocabulario. Si las sé me gano un beso. Si no, yo te lo debo.

—Pero entonces el resultado va a ser siempre el mismo.

—Por eso es la mejor dinámica de todas —agrega orgulloso de su propuesta.

Me besa otra vez y me dejo llevar por sus labios, transportándome a este mundo en el que solo existimos nosotros. Me detengo para tomar aire y suelto una risita.

—Todavía no he preguntado nada.

—Lo siento, es que no me puedo resistir.

Opaca mi risa con un beso. Puede que sea el trigésimo del día de hoy, pero no puedo obtener suficiente. No de él. Quizá me esté precipitando un poco, sin embargo, ahora estoy seguro de que no hay nada mejor en este mundo que estar al lado de Alejandro.

CINCUENTA Y CUATRO

∾ Dani ∾

Diciembre ha llegado y ya se puede percibir el ambiente navideño. Los centros comerciales se llenan de gente y las luces que adornan las calles ayudan a crear esa atmósfera mágica que tanto me gusta. No es que sea gran fan de las festividades en general, pero la Navidad me pone de buen humor y no puedo remediarlo.

Pongo el último adorno en el árbol y me alejo unos pasos para admirarlo, orgulloso de lo bonito que ha quedado. Miro por el rabillo del ojo a los presentes: mi abuela lo contempla, feliz, y mi abuelo..., bueno, mi abuelo se limita a mirarlo.

—Ha quedado perfecto.

—Y todavía no he decorado la puerta, eh.

Mi madre entra en el salón con una taza en las manos y se sienta en el sillón, halagando el resultado final del árbol. Reviso el móvil y me doy cuenta de que son las seis de la tarde, por lo que me pongo el abrigo para irme. Me despido de mi familia antes de agarrar el regalo que dejé en la entrada y salir.

Me resguardo del frío con el chaquetón y camino lo más rápido posible en dirección a la parada de bus. Por lo general conecto los auriculares al móvil y escucho alguna canción para hacer el paseo más ameno, pero el frío es tal que prefiero no sacar las manos de los bolsillos. Después de unos minutos llego a mi destino y llamo al portero. Al escuchar el pitido empujo la puerta y esta cede, dejándome entrar. Llego al comedor y encuentro al chico más adorable del mundo apoyado en la mesa y de brazos cruzados. Lleva un jersey de color blanco, unos vaqueros oscuros y un gorro de lana que ya le he visto puesto varias veces.

—¿Están tus padres?

Alejandro niega con la cabeza y al instante me abalanzo sobre él para darle el beso que he estado esperando toda la semana. Entre los partidos de baloncesto y la insistencia de sus padres en que coja los días libres por Navidad no hemos tenido la oportunidad de establecer contacto físico hasta ahora. Curvo mis labios en una sonrisa boba y deja sus manos en mi cintura.

—Te he echado de menos —admite con la voz ronca. Huelo su aroma y mi semblante se torna serio—. ¿Qué pasa?

—Has fumado otra vez, ¿verdad?

Escapa de mi mirada recriminatoria y aparta las manos de mi cuerpo para volver a apoyarse sobre la mesa. Se encoge de hombros y se ajusta el gorro.

—Solo ha sido uno, nada más. —Veo en sus ojos la culpabilidad y chasqueo la lengua. No puedo creer que vayamos a tener esta conversación de nuevo.

—Me prometiste que ibas a dejarlo.

—Si fuese tan fácil hacerlo como decirlo, no tocaría otro paquete de tabaco en mi vida, y lo sabes. —Se pasa la mano por la nariz, roja debido al resfriado, y me dedica una sonrisa triste—. Es la voz… Me provoca ansiedad y tengo que relajarme de alguna manera.

—Ya lo hemos hablado. No es la mejor solución y la calma que te trae es temporal, hasta que tu cuerpo necesita otra vez nicotina y te vuelve adicto a ella. —Me acerco para reconfortarlo—. Mi madre también era adicta y desde que lo dejó su salud ha mejorado mucho. No quiero que tengas que depender de eso para vivir.

Asiente y da la conversación por zanjada con un dulce abrazo. Lo correspondo, resignándome. No será la última vez que tengamos esta conversación, de eso estoy seguro. Nos separamos y hago un pequeño baile con el regalo envuelto en las manos, provocando que ría.

—¿Dónde lo dejo?

—Puedes ponerlo debajo del árbol.

Hago lo que dice y miro su regalo ya colocado. Está envuelto en papel de color rojo y tiene una dedicatoria que no alcanzo a leer, ya que me da una palmada en el culo. Doy un salto y le asesto un golpe en el brazo.

—¿Qué haces?

—Asegurándome de que no veas para quién es mi regalo.

—Hago un puchero y vuelvo a sus brazos—. Además, la idea del amigo invisible se te ocurrió a ti.

—Lo sé, solo tenía curiosidad. —Le doy un beso en la mejilla y sus facciones se relajan—. Estás muy guapo.

—Tú también.

Voy a juntar mis labios con los suyos otra vez cuando el timbre suena. Al segundo ya estamos uno a metros de distancia del otro. Alejandro se dirige a la puerta para abrir y yo me siento en una de las sillas del comedor. Escucho a mis amigos hablar desde la entradita y al llegar al comedor se acercan a donde estoy.

—¿Cómo llevas el examen de lengua? —pregunta Maya a modo de saludo.

—Ni de coña. Ni una palabra sobre los exámenes finales del trimestre o me pondré a llorar aquí mismo —advierte Elena con el dedo índice levantado.

—Podéis dejar los regalos debajo del árbol —dice Alejandro al volver y mis amigos le hacen caso.

Mario se sienta a mi lado y se cruza de brazos, mirando a Alejandro con una cara que no me da buena espina.

—¿Y tus amigos? —cuestiona.

—Deben de estar llegando —aclara, sentándose enfrente.

—¿Estabais aquí los dos? ¿Solos?

Se queda pasmado durante unos segundos y sin saber dónde meterse. Sus mejillas se tornan rojas y asiente. Yo le doy una patada bajo la mesa a mi amigo y lo asesino con la mirada. Lo último que necesito es que Alejandro se entere de que les he contado lo nuestro.

A los pocos minutos llegan sus amigos, que dejan los regalos junto a los demás y se sientan con nosotros. Me alegro de que solo sean cuatro y entre ellos no esté Andrés, porque la situación sería demasiado incómoda con él aquí.

Una vez que estamos todos, Alejandro y yo nos dirigimos a la cocina y preparamos sándwiches, improvisando la merienda de un sábado por la tarde. Me dedico a rellenar algunos de pavo y él otros de mantequilla. Cuando nos queda poco para terminar aprovecho que el resto está en el comedor para acercarme con sigilo. Lo rodeo por la espalda, pero sus hombros se tensan al instante y hace un ademán de apartarse.

—Los demás están en el comedor, pueden vernos —aclara con una mirada seria. Se da media vuelta y sigue separando pan de molde como si nada.

Lo tengo tan cerca que no le doy importancia y con una sonrisa coloco mi mano en su cuello. Al estar de espaldas le toma por sorpresa y se queda quieto. Tan solo el hecho de que soy como su secreto me cabrea, pero ahora mismo hacer algo a escondidas del resto me excita.

—Desde el fondo de la cocina no nos ven —susurro en su oído.

Lo atraigo hacia mí y nos movemos hasta la barra americana, sobre la que me siento. Alejandro se pega a mi cuerpo y rodeo su cintura con las piernas, causando que me contemple con deseo. Me muerdo el labio inferior y lo atraigo hacia mí por la nuca hasta que estamos a centímetros de distancia.

—No sabía que eras tan valiente —pronuncio con una risita propia de alguien que está haciendo una jugarreta y no quiere que lo pillen—. No quieres que nos descubran, pero aun así te mueres por besarme ahora mismo.

No sé de dónde ha salido esta seguridad tan inusual en mí, y por su expresión él tampoco lo sabe. Aunque sin duda ha funcionado porque me agarra del cuello y lo desafío con la mirada, expectante. Cuando creo que va a pasar a la acción aparta la mano a la vez que empieza a negar. El incesante martilleo en mi pecho se detiene. Alejandro se aleja hasta la mesa y allí reanuda lo que estaba haciendo. Me bajo de la barra y camino hacia él sin poder asimilar lo que acaba de pasar.

—¿Me vas a dejar así? —Me ignora y continúa untando mantequilla en los sándwiches.

De todas las veces que nos hemos besado nunca había hecho esto. A lo mejor debería temerme lo peor. ¿Es que ya se ha cansado de fingir? ¿Se ha dado cuenta de que no quiere nada conmigo? Voy a rechistar, pero me interrumpe, dejando el cuchillo en la mesa y dando un golpe.

—Te he dicho que nos pueden ver. Espero que entiendas que no voy a hacer nada contigo con mis amigos sentados en la habitación contigua. Fin de la conversación.

Su semblante es frío e inexpresivo. El mensaje es claro. Un calor repentino se apodera de mí y me siento como una mierda. Parece que eso es lo que soy para él. Asiento a pesar de que no me presta atención.

—Entendido. Pero la próxima vez que me lleves al descampado de detrás del instituto a lo mejor soy yo el que no quiere hacer nada contigo. No voy a ser tu secreto ni nada de eso, que te quede claro.

—Lo dices como si fuésemos algo —escupe.

Ahí está. Lo que sospechaba acaba de cumplirse: lo nuestro ni siquiera es serio. Soy una simple marioneta para su antojo que tirará a la basura cuando se aburra, como hace con todas sus novias. No voy a mentir, duele. Y mucho. ¿Qué esperaba, que se enamorase de mí e hiciera pública nuestra relación? Vaya estupidez.

Me trago mis palabras porque soy incapaz de responder sin mostrarme vulnerable una vez más ante él. Le echo un último vistazo y me marcho de la cocina. Juraría que mis amigos saben que ha pasado algo cuando vuelvo al comedor y me escudriñan. A fin de cuentas, no soy muy bueno escondiendo mis sentimientos. Se podría notar mi abatimiento desde kilómetros de distancia.

¿Hasta dónde va a llegar esto, Alejandro? ¿Tan insignificante soy para ti?

CINCUENTA Y CINCO

∼ Dani ∼

Sin duda abrir un regalo es uno de los momentos que más nervioso me ponen. Quiero decir, valoro cualquier regalo, y más si es de mis amigos, pero es muy probable que le haya tocado a algún colega de Alejandro. En ese caso fingiré una sonrisa y daré las gracias, porque no creo que acierte.

Cuando hicimos el reparto de papelitos me tocó Maya y encontrar algo para ella no ha sido difícil. La conozco bien, y sé que una de sus pasiones es la saga de Harry Potter. Decidí comprarle dos figuras Funko Pop de su personaje favorito, Ron Weasley. Al abrirlo exclama palabras sin sentido y se levanta de la silla para abrazarme.

—¡Me encanta! ¡Es el mejor regalo que podrías haberme hecho! Muchas gracias.

A Elena le regalan un bolso, a Mario un videojuego para la consola y a Alejandro una chaqueta de cuero bastante chula. Me habría gustado comprarle algo, pero no tenía ni idea de quién era su amigo invisible e ir preguntando uno a uno iba a ser un poco extraño.

—Dani, queda el tuyo.

Elena toma el regalo restante debajo del árbol, me lo entrega y no doy crédito ante lo que veo. Está envuelto en papel rojo y tiene una dedicatoria. Es el de Alejandro.

—¡Lleva algo escrito! Léelo en voz alta. —Hago caso omiso al comentario de Mario y desenvuelvo el trozo de papel para leerlo solo yo.

Si había pocas posibilidades de que este regalo no fuera de Alejandro, la dedicatoria las elimina por completo. Reconozco su letra al instante, estoy acostumbrado a verla durante nuestras clases de inglés. Todo enfado que tenía se me pasa cuando leo la nota.

«Siento la cantidad, pero es que no sabía cuáles tienes y cuáles no. De todas formas, espero que los disfrutes y los reproduzcas cada noche al tumbarte en la cama y pensar en mí. Vale, no. Con que te guste me basta».

Sonrío de forma inconsciente porque lo he leído con su voz y evito mirarlo para que los demás no sospechen. Rompo el papel de regalo, veo el contenido y abro la boca por la sorpresa. Son todos los discos de Lana Del Rey en vinilo.

—¡No jodas! —Maya a mi lado toma uno y lo revisa, curiosa—. Quien te haya comprado esto te conoce bien.

—Bueno, tampoco hay que ser muy avispado. No sé cuántas veces la menciona al día —añade Mario antes de que le dé un codazo.

Continuamos comiendo y charlando el resto de la tarde, aunque soy incapaz de quitarme a Alejandro de la cabeza. En un momento dado alzo la vista y cruzamos miradas, la suya arrepentida. Hace un gesto con la mano para pedirme que hablemos más tarde y acepto con un movimiento de cabeza.

La tarde se pasa volando y alrededor de las ocho casi todos se marchan, ya que tenemos que seguir estudiando para los exámenes finales del trimestre. Sé que Alejandro quiere hablar conmigo, de modo que me hago el loco con el resto y consigo quedarme con él a solas. Despide a un último amigo, cierra la puerta y vuelve al comedor con un semblante serio. Presiono los vinilos contra mi pecho y le dedico una sonrisa torcida.

—Gracias por el regalo. No tendrías que haberte gastado tanto en… —Me interrumpe antes de acabar la frase.

—Quería hacerlo y ha valido la pena solo por verte la cara de ilusión. —Se rasca la nuca con incomodidad—. Lo de antes… Lo siento. Me he portado como un estúpido y…

—No pasa nada —digo para detener su disculpa. Me da la sensación de que siempre está pidiendo perdón y no es justo.

—Sí pasa. —Toma los vinilos, los deja sobre la mesa y me agarra de los hombros para mirarme con atención—. Me… gustas,

¿vale? A lo mejor sigues pensando que se trata de una especie de juego, pero no lo es. El problema es que es nuevo para mí y no sé qué hacer. Tengo tal lío en la cabeza que parece que me va a estallar cualquier día.

Le transmito tranquilidad tomando sus manos y apretándolas con fuerza.

—No te juzgo. También es nuevo para mí, ¿sabes? Es la primera vez que le gusto a un chico heterosexual. —Me escudriña y suelta una risa.

—Voy a tener que pensar en eso, no suena muy acertado…

Me uno a su risa y lo atraigo hacia mí para abrazarlo. Entre sus brazos me siento seguro y a la vez tengo la certeza de que a él le pasa lo mismo. Es como si nos complementáramos el uno al otro de una forma que soy incapaz de explicar.

—Puede que no esté muy seguro de muchas cosas, pero… No sé, lo único que quiero es que esto no se acabe —confiesa al separarnos, y me deja sin aliento—. Te pido tiempo, solo eso. Necesito poner en orden lo que hay aquí dentro.

Se señala la sien para después poner los brazos en jarras, lo que me resulta demasiado tierno. Iba a morderme la lengua, pero después de lo que ha dicho no pienso que sea oportuno callarme más cosas.

—Si esperar significa seguir pasando tiempo juntos, estoy dispuesto a hacerlo. Sin presiones.

La satisfacción en su rostro es evidente. Me toma de la barbilla y nos damos un beso suave, de esos tan dulces que te hacen sonreír en cuanto te separas de la otra persona.

—Gracias. Y le tengo que dar las gracias también a Diego, que me dijo que era tu amigo invisible. Se lo cambié con gusto y así poder regalarte esto.

Abro los ojos y la boca a causa del asombro: es justo lo que yo trataba de hacer. Que Alejandro haya pensado lo mismo y lo haya conseguido me revuelve las mariposas en el estómago.

Significa que le importas como mínimo un poquito.

Lo abrazo de nuevo, satisfecho.

—Gracias otra vez, Alejandro. Me ha gustado mucho.

—¿Qué es eso de Alejandro? —se queja tras chocar frentes.

—¿Tu nombre, quizá?

—Creo que tenemos suficiente confianza como para que me llames Ale.

Me separo un poco para mirarlo a los ojos con extrañeza.

—¿Qué tiene que ver la confianza? A mí me llamas Dani desde que nos conocemos.

—Sí, pero a ti todos te llaman Dani. Ale no lo usa casi nadie, solo… las personas que me conocen bien. Las que me importan.

Mi primer impulso es abrazarlo, el segundo besarlo, y mientras tanto un sentimiento de satisfacción se asienta en mi interior.

—Vale, pues me quedo con Ale.

Tiempo y paciencia: las dos cosas con las que vamos a intentar averiguar esto. Con suerte no será tan complicado como parece ahora… O al menos eso espero.

CINCUENTA Y SEIS

∽ Dani ∽

La sensación cuando acaba la última clase del trimestre siempre es satisfactoria. Dos semanas de vacaciones me esperan y tengo varias ideas para disfrutarlas al máximo. Por esto mismo al escuchar la campana me levanto con energía, me cuelgo la mochila y salgo del edificio con mis amigos.

—Un día tenemos que ir a ver el alumbrado del árbol gigante que ponen en la Puerta de Jerez —pide Maya—. Ahora que tenemos las notas ya puedo disfrutar del tiempo libre.

—¡Amén a eso! —exclama Mario chocándole la mano.

—A partir de mañana puedo quedar —añado.

—¿Y qué pasa con tu abuela?

—Me ocupo de ella por las mañanas y el resto de mi familia por las tardes. Además, este fin de semana tiene cita con el médico, es probable que le quiten la escayola —explico antes de detenerme al lado de una de las columnas. Mis amigos, al ver que no les sigo, me observan con una expresión confusa—. Voy a esperar a alguien.

Entienden al instante a lo que me refiero y me dedican miradas de picardía.

—Con que tienes una cita con Alejandro... —insinúa Mario, con una voz más aguda. Elena lo acompaña haciendo sonidos de besos.

—Hacedme el favor e idos antes de que alguien os escuche —ruego, aunque en realidad no estoy muy preocupado.

—¿Sigue queriendo esconderse o qué? Lo peor es que tú le sigues el rollo.

—Elena, no digas eso —le reprende Maya.

—¡Es verdad! Si quiere estar contigo, que le eche huevos al asunto y deje de jugar al escondite. —Frunzo el ceño y niego.

—Es complicado.

—Escúchame bien con esas orejas. —Se aparta un mechón rubio y se señala el oído—. Complicado era el texto del examen de griego, no esto. Si quiere ser tu novio, tarde o temprano va a tener que exponerse, porque las personas como vosotros debéis salir y demostrar que no tenéis miedo. Él ahora mismo lo tiene.

—¿Cómo sabes eso? —cuestiona Mario.

—Lo veo en sus ojos —susurra haciendo un gesto.

Río ante sus ocurrencias y pongo los ojos en blanco.

—Tienes razón.

—Lo sé.

—Pero no estás viviendo la situación. Desde fuera parece muy simple y la verdad es que no lo es. Así que, por favor, déjame a mí ocuparme de esto, sé lo que me hago.

Mi amiga me contempla durante unos segundos y asiente, no muy convencida. La quiero mucho y siempre me dejo llevar por sus consejos; sin embargo, esta vez quiero hacer las cosas a mi manera.

Al darme la vuelta veo que Alejandro sale por la puerta y se dirige a la columna donde estoy apoyado. Al reparar en mis amigos se queda parado por un momento. Cuando reacciona alza la mano a modo de saludo.

—Hola, chicos —pronuncia algo tímido.

Los presentes le devuelven el saludo y me limito a apreciar lo lindo que se ve cuando está nervioso.

—Bueno, nos vamos —dice Mario.

Le agradezco con un gesto por acabar con esta situación tan incómoda. Los tres se marchan por caminos distintos, no sin antes mirarnos por última vez. Ya apenas hay alumnos alrededor, por lo que nos quedamos solos. Alejandro frunce el ceño y me mira.

—Lo saben, ¿verdad?

Mierda, se ha dado cuenta. ¿Si le digo que no me creerá?

Deja de mentir, por Dios.

Hago caso a mi conciencia y con una mueca asiento. El chico se queda pensativo y me limito a observarlo. Su nariz y sus mejillas están rojas por culpa del frío y sus mechones de pelo se mueven debido al viento. Joder, qué guapo es. Cuando creo que va a enfadarse de nuevo y cancelar la tarde que hemos planeado juntos, se encoge de hombros y extiende la mano para que la agarre.

—¿Vamos? —Tomo su mano, no muy seguro.

—¿No te molesta? —pregunto, nervioso—. Esto no quiere decir que lo del sábado lo haya olvidado. Voy a darte todo el tiempo que necesitas para...

Me aprieta la mano con fuerza y me quedo mudo. Se acerca, sella mis labios con los suyos durante unos segundos y se separa con una tierna sonrisa.

—No me importa.

—¿En serio?

—Se iban a enterar de todas formas... Eso sí, con mis amigos me tienes que dar un poco más de margen —pide para después esconder la nariz bajo el abrigo, evitando el frío.

—Por supuesto. —Comenzamos a caminar sin dirección fija, y una pregunta cruza mi mente. Me armo de valor y la digo en voz alta—. ¿Eso quiere decir que te estás replanteando... que seamos algo serio?

Se ruboriza incluso más y asiente con la cabeza.

—Sí... Huir de ello no tiene sentido. Me gustas demasiado como para convencerme a mí mismo de lo contrario. Así que mejor que tratemos de resolver esto juntos, ¿no?

Una sonrisa inconsciente me delata. Alejandro me imita, entrecerrando los ojos y dándome un beso en la frente sin dejar de avanzar. Lo atraigo hacia mí por las costillas, abrazándolo con fuerza. Algo me dice que voy a tardar mucho en olvidar esa frase.

Me gustas demasiado como para convencerme a mí mismo de lo contrario.

CINCUENTA Y SIETE

∾ Dani ∾

—Venga, juega conmigo.

Alejandro me lanza el balón de baloncesto, pero me hago a un lado y se ve obligado a correr detrás de él para recuperarlo. Se encoge de hombros, corre hacia el objetivo y mete canasta con una facilidad impresionante. Así cualquiera gana, siendo casi de la altura del poste.

—Solo una partida —implora acercándose a la barra sobre la que me apoyo y colocándose a mi lado. ¿Cómo puede estar sin una chaqueta encima con el frío que hace?

—No tengo buenos recuerdos de este deporte. —Me mira con curiosidad y al recordarlo suelto una risa—. En mi colegio solían hacer campeonatos de baloncesto y eran obligatorios. Ya te puedes imaginar lo que suponía para mí...

—Seguro que el pequeño Dani lo odiaba.

—Y tanto que lo odiaba. Hasta que un día en un partido me dieron un balonazo en toda la cara. Siempre lo he dicho y siempre lo diré, soy un imán para los balones.

Alejandro contiene una carcajada y me escudriña con una expresión divertida. Al rememorarlo después de tantos años como una anécdota graciosa me cambia mucho la perspectiva del momento.

—Me llevaron al hospital y todo. El golpe me rompió la nariz. —Señalo la zona de la herida y el chico se da cuenta de que tengo el tabique nasal desviado hacia un lado—. Pero puedes reírte, hasta a mí me hace gracia.

—Así que tienes un trauma con los balones. —Me agarra de la muñeca y me arrastra hasta el campo del polideportivo vacío—. Prometo que no repetiré lo que aquel niño tan cruel hizo.

Sonrío y alcanzo a coger el balón cuando me lo pasa.

—De hecho, fue una niña. —Corro botando el balón mientras Alejandro me pisa los talones—. Y me gané una buena bronca por parte de mi padre cuando se enteró.

Me sorprende por la derecha y me quita el balón de las manos, llevándoselo consigo a la otra mitad del campo. Corro detrás de él mientras la conversación continúa.

—¿Te regañó porque fue una niña la que te rompió la nariz? —cuestiona tras meter otra canasta.

¿Cómo puede hablar, correr y saltar a la vez sin perder la respiración? Apenas he avanzado unos metros y ya estoy cansado.

—Se nota que no has conocido a mi padre... —musito poniendo los brazos en jarra—. Todo lo que te cuente es poco.

Me pasa el balón y corro de nuevo hacia la otra canasta, esta vez más rápido para asegurarme de que no pueda alcanzarme. Lanzo el balón antes de que llegue a mi lado, pero mi inexperiencia me juega una mala pasada y no entra en la canasta.

—No tienes que hablar de él si no quieres. —El balón rebota en el suelo y se lo paso, contemplando su expresión tranquilizadora. Hago un ademán con la mano para restarle importancia.

—Dicen que compartir malas experiencias con alguien que te importa ayuda a olvidarlas... No pierdo nada por intentarlo.

Me muestra sus dientes en una de las sonrisas más bonitas que he visto y me la contagia. De manera indirecta acabo de confesarle que me importa y su semblante de complacencia es una buena señal. Es extraño porque ni siquiera somos pareja o algo parecido, pero siento que cada vez vamos forjando lazos más profundos. Lazos que no comparto con casi nadie más.

—Adelante. —Se sienta justo en el centro del campo, primero cruzándose de piernas con el balón entre ellas y luego tumbándose por completo. Lo acompaño y me tumbo a su lado, notando el calor de las pequeñas piedras de las que está hecho el suelo—. Cuéntame otra anécdota. O cualquier cosa. Me da igual el tema, puedes hablar de lo que sea. Solo quiero conocerte más.

Suelto una risita y noto mis mejillas calentarse un poco. Creo que a estas alturas será mejor resignarme. Me da la sensación de que jamás podré evitarlo cuando esté con este chico.

—Mi vida no es interesante. Ya conoces a mi familia y a mis amigos. En cuanto a mí... No sé, no estoy acostumbrado a hablar de mí mismo.

—Cambiemos eso. —Se moja los labios y lo contemplo de lado mientras se limita a mirarme con sentimiento. Dios, su rostro es tan perfecto que podría admirarlo durante horas.

—Muy tierno por tu parte, pero hablo en serio. Soy demasiado aburrido para el gran Alejandro Vila —bromeo.

—No estoy de acuerdo, aunque me gusta cómo queda ese «gran» al lado de mi nombre.

—Idiota. —Le doy un golpe en el hombro.

—¡Deja de pegarme!

—No quiero.

—¿Estás seguro?

Se arrastra por el suelo y acaba encima de mí antes de que pueda hacer nada. Coloca las rodillas a ambos lados de mi cintura, me agarra de las muñecas y las une por encima de mi cabeza, dejándome inmovilizado. Se agacha para acercar su rostro al mío y puedo distinguir una sonrisa arrogante en su cara.

—Intenta pegarme ahora. —Trato sin éxito de librarme de su agarre, lo que hace que empiece a reír—. Ya no estás tan seguro, ¿eh?

—Que te den.

—Preferiría que lo hicieses tú.

Casi me atraganto con mi propia saliva. Alzo la vista y lo contemplo atónito. La mirada traviesa en sus ojos habla por sí sola. Mejor que vaya organizando el funeral para mis mejillas, no creo que aguanten tanto rubor mucho más tiempo.

¿He escuchado bien? ¿De verdad ha dicho eso?

Preferiría que lo hicieses tú.

No estaba preparado para un Alejandro excitado, y menos sincero. Tampoco me quejo, que conste. La cosa es que no ayuda

213

a que mi ritmo cardiaco se estabilice. Añadamos a eso que lo tengo encima.

Este chico va a acabar conmigo.

—Qué pervertido.

—Pero te gusta que sea así.

—No.

—¿Entonces por qué estás sonriendo?

Joder, ¿tan predecible soy?

Un poquito.

—Porque eres idiota.

—Gracias.

Solo le basta acercarse unos centímetros para darme un beso. Mientras me deja el sabor dulce de sus labios en mi boca relaja el agarre de mis muñecas y es cuando aprovecho para alzarlas con el objetivo de rodear su cintura. Se encoge un poco cuando lo hago, pero tras unos segundos sonríe y continúa besándome.

La nube a la que me transporta con sus caricias se esfuma de un momento a otro con el sonido de una llamada. Alejandro detiene el beso, se separa y suspira con resignación. Es su móvil el que está sonando desde el bolsillo. Se aparta a un lado, vuelve a sentarse sobre la pista y comprueba de quién se trata.

—Lo que faltaba.

Sin decir nada más cuelga y el tono de llamada se detiene. Se guarda el móvil en el bolsillo y hace un ademán de volver a mi lado.

—¿Por dónde íbamos?

Ahora opto por colocarme yo encima de él, solo que no lo tomo de las muñecas, sino que dejo que me abrace y me atraiga hacia él, recostándome sobre su cuerpo.

—¿Quién era? —pregunto en un hilo de voz.

No quiero ser entrometido, pero creo que tenemos la suficiente confianza como para que me cuente sus problemas. Respira profundo y su pecho sube y baja lentamente. Me limito a aferrarme aún más a su cuerpo cuando una brisa nos azota, consiguiendo que me abrace con más fuerza.

—Mi hermana —responde después de varios segundos en silencio.

Bien, eso es bueno. Antes me ha dicho que quiere conocer más cosas sobre mí, pero sin duda alguna respecto a eso estoy en desventaja: no sé mucho sobre su familia, sus amigos o incluso él mismo. Por esta razón, que esté dispuesto a hablar de su hermana me entusiasma. Significa que puedo descubrir más sobre él. De hecho, no me hace falta preguntar nada más para que continúe hablando.

—Me llama de vez en cuando para asegurarse de que sigo vivo. Luego vuelve a su vida perfecta y se olvida de mí. Por eso paso de responder la llamada, serán los cinco minutos más largos de mi vida.

Al instante me siento mal porque no sé qué decir. Disminuye la fuerza del agarre y como respuesta lo escudriño algo preocupado. Se rasca la poca barba que se ha dejado crecer y esboza una sonrisa fingida.

—Tranquilo, no tienes que decir nada —explica como si me hubiese leído el pensamiento—. Con que escuches es suficiente.

—Creía que tenías una buena relación con ella.

—Sí, eso era antes. Siempre hemos estado muy unidos, pero desde que se mudó no es así. Entiendo que ya es adulta, tiene que pasar página para formar una familia y blablabá. Lo que no me gusta es que lo haya hecho tan rápido.

Ya entiendo un poco más. Busco su mano para tomarla con cuidado y le beso los nudillos ante su mirada atónita.

—Es normal que te resulte raro al principio. Cuando perdemos a alguien que queremos mucho siempre duele… Incluso si esa persona sigue estando en nuestra vida. Hay veces que por una razón u otra nos separamos y sufrimos por ello. No puedo decirte cuál es la mejor solución porque no soy tú y no lo he vivido, pero… supongo que nunca está todo perdido. Ella va a ser siempre tu hermana, pase lo que pase. Cuando perdemos a las personas nos damos cuenta de lo mucho que las apreciábamos, por lo que evita llegar a ese extremo. Soluciónalo antes.

Su respuesta es otro suspiro que noto debajo de mí en la subida y bajada de su pecho. Me alejo lo suficiente para mirarlo a los ojos cuando hablo.

—Aunque tú tienes la última palabra, por supuesto. Espero no haberte molestado al opinar de este tema…

—Para nada. —Se incorpora, quedo sentado sobre sus muslos y cruzo las piernas detrás de su espalda—. Me ha gustado contártelo. Me siento bien desahogándome con alguien, y más si es contigo… Gracias.

Sus palabras me conmueven y me revuelven algo por dentro. Si lo de antes eran mariposas, no sé cómo llamar a este sentimiento. Lo que sé es que me encanta descubrir más de él. De su vida, su personalidad… Soy muy afortunado de que me deje hacerlo. Sin duda, cada vez me siento más atraído por él y no en lo referente al físico. Se lo hago saber con un beso que se prolonga más de lo que esperaba, pues ninguno tiene ganas de detenerlo.

Poco a poco se va haciendo de noche y no me doy cuenta hasta que los focos se encienden debido a la oscuridad. Me incorporo, recibiendo una queja por su parte al alejarme.

—Ya es tarde, Ale. La verdad es que no sé a qué hora cierran este polideportivo —digo al comprobar que son las nueve de la noche.

—¿Tu familia te espera para cenar? —interroga para luego alzar las cejas y sonreír con complicidad.

—Digamos que no tengo toque de queda.

—Así me gusta —agrega dándome la mano—. Acompáñame.

CINCUENTA Y OCHO

∽ Dani ∽

—Alejandro, con tanta oscuridad no se ve nada.

—¿Puedes esperar dos segundos? Eres lo más impaciente que he conocido nunca.

Me cruzo de brazos y pongo los ojos en blanco a pesar de que no puede verme. De repente varias luces colgadas en la pared se encienden para mostrar una mesa sobre la que hay varios refrescos y sillas alrededor. En esta terraza hay espacio suficiente como para que varias personas pasen un buen rato, justo lo que sugiere la barbacoa colocada a un lado de la puerta de entrada.

—No sabía que tenías un chiringuito aquí montado —bromeo.

—Algo así. —Cierra la puerta, deja las llaves en la mesa y le dedico una mirada curiosa—. ¿Qué? Es para que mis padres no entren de repente y me vean besándome con mi profesor de inglés.

Me ruborizo con facilidad, este chico no tiene remedio. Con una sonrisa dejo el móvil al lado de las llaves y me acerco a la barandilla, desde donde se puede ver la Giralda brillando en la oscuridad. Las luces de las calles y las familias paseando con sus hijos pequeños contribuyen a crear un ambiente navideño perfecto.

—Las vistas no están nada mal —comenta tras llegar a mi lado con dos latas de refresco en la mano. Tomo una, hacemos un brindis y bebo un sorbo.

—Son muy bonitas.

Mis ojos recorren los comercios, tiendas y puestos de comida. Sevilla es preciosa, pero desde las alturas es capaz de robarte el aliento. De repente una brisa nos sacude y me doy calor con mis propios brazos ya que la chaqueta que llevo encima no es suficiente. Escudriño a Alejandro, cuyos mechones se mueven debido al viento y su nariz tiene ese color rojizo que me parece tan adorable.

—Puedes venir siempre que quieras a disfrutar de las vistas.

Alzo las cejas y niego, dándole otro buche a la lata.

—Gracias, pero creo que a tus padres les ha resultado raro verme. Ha sido un momento muy incómodo. —Frunce los labios, mirándome con atención.

—Un poco. Pero, bueno, ya saben que vienes en calidad de invitado y no de profesor.

Suelto una risa, dando un último vistazo al paisaje y sentándome en una de las sillas. Alejandro se pone justo enfrente, se acomoda en el asiento y se termina la bebida en pocos segundos.

—¿Te parece si hacemos una ronda de preguntas cortas? Ya sabes, sobre cualquier cosa.

—¿Por qué? —pregunto.

—Porque quiero conocer más de ti… ¿Acaso no es obvio?

Muestro una sonrisa de oreja a oreja y asiento. Pensándolo bien es una buena forma de descubrir curiosidades sobre el otro y a la vez conversar.

—Son rondas rápidas, una tú y otra yo. No tienes que pensar mucho, dices lo primero que se te viene a la cabeza. —Asiento a modo de respuesta y se abraza a sí mismo, ahora es él quien tiene frío—. ¿Cumpleaños?

—28 de junio. Aunque ahora que lo pienso yo tampoco sé el tuyo.

—10 de marzo.

—Con que un Piscis… —El chico me mira con una mezcla de sorpresa e incredulidad. Me limito a reír.

—¿Crees en el horóscopo?

—No. Me gusta investigar sobre el tema, que es distinto. —Con mi respuesta se da por satisfecho—. ¿Comida favorita?

—La empanada. —Suelta un suspiro, cerrando los ojos—. De beicon y queso. No existe cosa más rica en el universo.

—Ahí discrepo, la hamburguesa está mejor.

—Meh.

—¿Color favorito?

—No sé… —Oh vamos, hasta yo sé la respuesta—. Negro, supongo. Ilumíname con uno mejor.

—El naranja.

—Demasiado llamativo.

—Justo por eso.

Suelta una carcajada para después abrir otra lata y extenderla para brindar de nuevo. Entonces recuerdo algo importante al ver un pequeño altavoz en la esquina de la terraza.

—¿Puedo? —pregunto señalando el objeto.

—Como si estuvieras en tu casa.

Tomo el dispositivo, lo pongo encima de la mesa y lo conecto a mi móvil. Con una sonrisa reproduzco la lista de reproducción con el nombre «Alejandro».

—Aquí tienes tu *playlist*, por fin.

«505» de Arctic Monkeys empieza a sonar a través del altavoz.

—No te das por vencido, eh.

—Alejandro Vila, haré lo que haga falta para que te guste la música —prometo a la vez que alzo el puño, ganándome una risa de su parte.

—Bien, seguimos. ¿Montaña o playa?

—Playa —decimos al unísono. Al fin una respuesta en común—. ¿Vida después de la muerte?

Su expresión cambia de forma drástica, se revuelve en su asiento y da otro sorbo de la lata con una cara pensativa.

—No me gusta ese tema.

—¿Cuál?

—La muerte. —Se moja los labios y sigo el recorrido de sus ojos hasta las vistas que nos ofrecen las alturas—. Has dado con mi mayor miedo.

La imagen de Alejandro de perfil y contemplando la ciudad mientras el viento mueve su pelo con la voz de Alex Turner de fondo es una de las escenas más bonitas que he presenciado. Cojo el móvil con rapidez y le hago una foto; él me mira, confuso.

—Lo siento, no me podía contener. —Le enseño el resultado antes de bloquear el teléfono y disponerme a terminar el contenido de la lata—. ¿La muerte es tu mayor miedo? ¿Por qué?

—Más que la muerte creo que la vejez. El paso de los años. No quiero hacerme mayor y sentir que he malgastado mi vida.

Ese temor me parece muy racional, sobre todo entre adolescentes de nuestra edad. Nos jugamos nuestro futuro en estos años y el miedo al fracaso está presente cada día. Además de que si perdemos nuestro tiempo estudiando luego sentimos como si no estuviésemos viviendo lo suficiente.

—Si te hace sentir mejor, tu miedo es más significativo que el mío. Tengo un vértigo de la hostia. Aquí no porque estamos a una altura considerablemente baja. Pero no me pidas que me suba a una montaña rusa, porque potaré en tu cara.

—Estoy deseando ver eso —exclama sonriente—. ¿Lugar favorito del mundo?

Medito la respuesta y decido irme a lo simple.

—Mi cama. —Arruga la frente, mordiéndose el labio inferior y negando con la cabeza.

—No esperaba eso, aunque tiene sentido. El mío es Atenas.

—¡¿Has ido a Grecia?! —Debo parecer un loco ahora mismo por el salto que he pegado, pero es que no he podido evitarlo.

—Dos veces, la última este verano. Déjame decirte que es todo lo que esperas y más. —Se levanta y se agacha a mi lado para llegar a mi altura—. Te veo muy emocionado al respecto.

—¿Bromeas? Es el sueño de mi vida.

—En ese caso…, algún día podríamos ir juntos.

Noto en mi pecho cómo mi corazón empieza a latir más rápido. Con este chico se ha vuelto una costumbre. Le quito importancia con un gesto y juego con el cuello de su camiseta.

—No digas tonterías.

—No son tonterías. —Clava los ojos en mí, serio. Nos damos la mano y el calor que la caricia me transmite me reconforta—. Imagina por un momento lo increíble que sería. Tú contándome mitos que ya conozco mientras vemos el Partenón, quedándonos maravillados en una visita al oráculo de Delfos o llamándome imbécil por tocar los restos de alguna escultura importante.

Sus palabras bombardean mi pecho como fuegos artificiales, que al principio te asustan, pero que luego se convierten en preciosos halos de luz de colores. ¿Está diciendo esto en serio? Su mirada me dice que sí. El sentimiento de felicidad que tengo dentro es tal que lo acerco a mí y le planto un beso, suave y tierno. Quiero a Alejandro más de lo que creía, y que él sienta aunque sea la más mínima parte de eso por mí me hace la persona más afortunada del mundo. Nos separamos, pero mantengo la mano en su nuca, haciéndole cosquillas.

—Sería el mejor viaje de mi vida.

«Animal» de Troye Sivan da comienzo a través del altavoz. Listo, este momento no podría ser más perfecto.

—El verano que viene podemos hacerlo, cuando hagamos selectividad. —Su rostro se ilumina a la vez que masajea mi mano con los dedos—. Será increíble. Aunque tendríamos que ir con mis padres…

—¿Y no crees que les parecería raro? —cuestiono, volviendo a la realidad.

—No, porque en ese momento ya sabrán que somos… Pues eso.

—¿Qué somos?

Mis palabras quedan flotando en el aire. Ninguno de los dos somos capaces de enfrentarnos a lo que conlleva la respuesta. Veo que su pecho empieza a subir y bajar más rápido de lo normal y me doy cuenta de que quizá lo estoy presionando. Niego con la cabeza y acaricio su mejilla para tranquilizarlo.

—Lo siento, me he precipitado. —Me levanto de la silla y se incorpora para abrazarme por la cintura—. Eso no importa ahora. Lo único que quiero es que siga siendo un «somos». Nada más.

Juntamos frente con frente y compartimos sonrisas. Alejandro me abraza y me mantiene así.

—Dalo por hecho.

CINCUENTA Y NUEVE

∽ Dani ∽

—No sé lo que habéis planeado, pero no me da buena espina —confieso siguiendo a mis amigos.

Bea se ríe por lo bajo y el resto la imita. Hace ya tres meses que no quedábamos todos juntos, con Bea. Desde que consiguió trabajo en una tienda de maquillaje hemos intentado coincidir algún fin de semana, pero ha sido imposible. Menos mal que las vacaciones de Navidad ya están aquí y estamos libres.

Llegamos al Muelle de las Delicias y quedo fascinado con las vistas. La pista de patinaje sobre hielo contrasta con el río a nuestra derecha y hay varios puestos de comida alrededor, además de una noria que corona la imagen navideña. Creo que nunca he visto a tanta gente en el centro como hoy. Mario avanza como un niño pequeño hacia la pista y por instinto retrocedo unos pasos.

—Si pensáis que voy a entrar ahí… —advierto con el dedo índice levantado.

—No nos abandones ahora —ruega Maya juntando las manos.

—Chicos, si entro ahí voy a limpiar el suelo con mi culo.

Elena pasa el brazo por mis hombros, dándome palmaditas en la mejilla.

—Confía en nosotros, Dani, no te dejaremos caer.

Avanzan casi arrastrándome mientras bufo y asumo mi muerte en la pista. De pequeño solía patinar, aunque de eso hace años y nunca lo he probado sobre hielo. Con lo torpe que soy ya me estoy viendo en el suelo.

—¿Por qué no podemos hacer como siempre? Me quedo fuera y cuido de vuestros bolsos y carteras.

—De eso nada —zanja Bea con convicción.

Esperamos a que el aforo disminuya un poco para entrar. Mis amigos no pueden controlar la emoción ni yo los nervios. Cuando nos dejan entrar nos piden nuestro número de calzado para darnos un par de patines a cada uno. Maya y Elena son las primeras en salir a la pista y comenzar a patinar, riendo entre ellas. Me quedo sentado en el banco y noto la mirada de Mario encima de mí.

—Venga, te ayudamos. Muy despacio.

Los tres nos levantamos, Bea a mi derecha, Mario a mi izquierda y yo agarrado con fuerza a ambos. Si caigo, caerán conmigo. Salimos a la pista y con rapidez me doy cuenta de que esto ha sido un error. En mi mente el hielo no resbalaba tanto, se ve que estaba equivocado. Intento avanzar con torpeza, pero no puedo mantener el equilibrio y me aferro a los brazos de mis amigos.

—Mira el lado positivo, si te caes, no vas a ser ni el primero ni el último en hacerlo —me dice Bea, y yo la fulmino con la mirada.

—Eso no me motiva —gruño.

Llegamos a la mitad de la pista, por supuesto resbalándome cada dos por tres, y nos apoyamos en la barra del borde. Suspiro con alivio, al menos aún no me he caído. Mis dos amigas vuelven a nuestro lado y me escudriñan con diversión.

—¿Cómo van las clases de patinaje? —cuestiona Elena.

—Esto no se hace, os habéis puesto de acuerdo para joderme. —Me cruzo de brazos e intento no perder la poca estabilidad que la barra me permite tener.

—Si te lo hubiéramos dicho, nunca habrías venido —argumenta Mario dando pequeñas vueltas a nuestro alrededor.

—Lo sé. —Dejo de cargar el peso en la barra y avanzo a trompicones hacia Elena.

—¡Ni se te ocurra!

Intenta huir de mí, pero antes de que pueda hacerlo ya estoy encima de ella. Pierdo el equilibrio, me aferro a su abrigo y caemos al suelo. Estallo en carcajadas y me gano un codazo de parte de mi amiga.

—Gracias, ya hemos hecho el ridículo.

—De nada, milady.

Justo como esperaba, la molestia de Elena provoca que salgamos de la pista pocos minutos después. Una vez fuera de ese infierno puedo disfrutar de la noche como es debido: vemos el alumbrado, visitamos varias exposiciones navideñas y cenamos en un restaurante de bufet libre. Por último acabamos en una heladería, sentados en uno de los sofás grandes y alejados del frío del exterior con los calentadores del establecimiento.

—Chicos, quedan pocos días para que acabe el año… ¿Sabéis lo que eso significa? —Pasamos a prestar atención a Maya—. ¡Que tenemos la prueba de acceso a la universidad!

—Gracias al cielo que salí de esa cárcel —masculla Bea antes de tomar una cucharada de su tarrina y llevársela a la boca.

—No nos agobies, aún nos quedan seis meses —le recuerda Mario.

—No lo digo para meteros presión. —Deja su helado a la mitad en la mesa y se gira para tenernos a todos enfrente—. Si os dais cuenta…, es probable que sea el último curso que pasamos juntos.

Frunzo el ceño y observo a mis amigos, todos con la misma expresión de confusión. No lo había pensado antes, pero tiene razón. Una vez que las personas acaban el instituto suelen perder el contacto, ya sea por estudios superiores o por trabajo.

—No digas eso, mujer —añade Elena intentando subirle el ánimo—. Nos queremos lo suficiente como para no dejar de hablarnos… Aunque sea un mensaje de vez en cuando.

—Tiene razón —afirmo sin soltar la cucharilla de plástico del helado—. Este curso Bea no ha estado con nosotros y aun así aquí la tenemos.

—Es complicado, aunque siempre se puede sacar algo de tiempo si tienes interés —concluye ella.

«Si tienes interés». Sin duda ha acertado con esa frase. Las relaciones que tenemos con otros se pueden estropear de muchas maneras y por factores externos… Sin embargo, a menudo somos nosotros mismos los que dejamos que se marchiten. ¿Por qué? La razón es simple: es más fácil dejar ir a una persona que luchar por ella.

—Espero que sigamos teniendo contacto, de verdad. Y, por si al final no lo tenemos…, podemos organizar algo para la graduación. Ya sabéis, como una especie de despedida.

—Mira que eres cursi, Maya. Pero por eso te queremos. —Elena la abraza de forma dramática—. Es una buena idea.

—Pues se hace. Tenemos tiempo de sobra para pensar en los detalles —concluyo.

Mario se levanta a por agua, decido acompañarlo y traer vasos para todos. Como si de alcohol se tratase, brindamos entre risas.

—Por el club de los pringados.

—Oye, tan pringados no somos —chisto a Elena.

—Lo sé, era por decir algo.

SESENTA

～Alejandro ～

Cada día que pasa la bola se hace más y más grande, hasta que va a llegar un momento en el que no sea capaz de controlarla y se me vaya de las manos. Aunque he de confesar que, de momento, adoro este pequeño caos.

Entro una vez más en Instagram y no me hace falta buscar el perfil de Dani, ya que de las veces que lo he revisado aparece como la primera sugerencia. No tiene muchas fotos publicadas, pero las pocas que hay son dignas de admirar. Mi favorita es la última que subió hace como dos semanas. Él es el único que sale, sentado en un banco y mirando a la cámara con los codos sobre las rodillas y la cara apoyada en las manos. Viste un chándal de color gris, habitual en él, y porta esa sonrisa sin enseñar los dientes que tanto me gusta.

Hoy en día sigo siendo incapaz de entender cómo este chico puede provocar tantos sentimientos en mí. Tal y como le expliqué una vez, nunca me he sentido atraído por los hombres. Ni siquiera me había planteado mi sexualidad antes de conocerlo, pues estaba claro que iba a acabar con una chica.

¿Qué ha ocurrido entonces? Es extraño. Todo empezó a cobrar sentido cuando me fui acercando a él. Lo pasábamos bien dando clases. De alguna manera disfrutaba cuando ponía los ojos en blanco ante alguna tontería de las mías, o las veces que se abría conmigo y me contaba cosas que quizá muchas personas no saben sobre él. El tiempo fue pasando y me di cuenta de que Dani me traía calma.

Soy una persona inquieta, que constantemente le da mil vueltas a lo más mínimo, que le gusta tener todo controlado. Pero con Dani me permito ser distinto, dejar que fluya y no pensar tanto en lo que va a pasar en los próximos cinco minutos. Con él todo es imprevisible y es lo que necesito para olvidarme de esa vocecita de mi cabeza.

Decido entrar en su chat con la intención de entablar conversación y leo los últimos mensajes que nos hemos mandado. Entre ellos está la foto que me hizo en mi terraza la noche de la semana pasada. Salgo bien, pero el hecho de que él la haya tomado hace que me guste más.

Decidido, la voy a publicar en Instagram. Elijo la fotografía, busco en internet la letra de la canción que estaba sonando en ese momento —es buen profesor de inglés, pero mi nivel todavía no da para tanto— y escribo una parte como pie de foto.

Estoy seguro de que entenderá la referencia. Es una forma de hacerle saber que forma parte de mi vida sin que los demás tengan que enterarse. Porque, si eso pasa, no estoy seguro de lo que ocurrirá.

Al principio fue raro para mí también, y en cierta forma lo sigue siendo, ya que nunca había estado con un chico. Sin embargo, lo que siento por Dani es más fuerte que el miedo, o de lo contrario no me habría lanzado aquel día en la cocina de Diego. El problema viene con el resto. Dani y yo nos entendemos, cuando estamos solos simplemente nos dejamos llevar. ¿Qué pasaría si mis amigos se enteraran de lo nuestro? ¿O mi familia? Siento que sería juzgado de una manera que me espanta.

Dani también fue juzgado, por su propio padre, pero a pesar de ello siguió adelante.

Dani tuvo a su madre. Ahora tiene a sus amigos, y seguro que a sus abuelos también. Creo que mi mayor miedo es darme cuenta de que yo no tengo a nadie que me apoye.

Entonces estás siendo un cobarde.

Entierro la cabeza debajo de la almohada, frustrado. Sé que mientras siga manteniendo lo mío con Dani en secreto es él quien saldrá perjudicado. Y más si me comporto como un gilipollas, cosa que pasa a diario. Cada día me arrepiento más de la conversación que tuvimos en mi casa el día del amigo invisible.

Te he dicho que nos pueden ver. Espero que entiendas que no voy a hacer nada contigo con mis amigos sentados en la habitación contigua. Fin de la conversación.

Entendido. Pero la próxima vez que me lleves al descampado de detrás del instituto a lo mejor soy yo el que no quiere hacer nada contigo. No voy a ser tu secreto ni nada de eso, que te quede claro.

Lo dices como si fuésemos algo.

¿Por qué soy tan gilipollas? Dani me está entregando una parte suya que no ha compartido con nadie y lo único que hago es tratarlo como un trozo de mierda. ¿Y si un día de estos se cansa de mí? No sabría cómo reaccionar. Quiero hacer lo correcto, pero a estas alturas ni siquiera sé qué es «lo correcto».

¿Tú? ¿Lo correcto? No me hagas reír.

Lo único que quiero que entienda es que no me avergüenzo de él. Joder, si tuviese el coraje suficiente dejaría que el mundo entero se enterara de que quiero que estemos juntos. Y ni siquiera se lo he pedido, cosa que a lo mejor debería hacer.

¿Y si dice que no?

El sonido del timbre me saca de mis pensamientos. Me levanto de la cama, bajo las escaleras hasta el piso de abajo y miro las imágenes de la cámara de seguridad. Al ver de quién se trata abro la puerta con rapidez y salgo a abrazarla, pillándola por sorpresa.

—¡Me vas a hacer daño, loco! —exclama mi hermana entre risas.

Sí, se suponía que estaba enfadado con ella, pero verla me ha levantado el ánimo y no he podido evitarlo. Eso sí, el rencor aún me acompaña.

—Por fin te dignas a aparecer por aquí —suelto mientras la estrujo entre mis brazos, quizá con más fuerza de la que debería.

—Ya sabes, el trabajo me quita mucho tiempo. —Nos separamos y es cuando me doy cuenta de la maleta de ruedas que tiene al lado. Alzo las cejas a modo de pregunta—. ¿Pensabas que no iba a venir unos días por Navidad? ¿Por quién me tomas?

Agarra la maleta y me hago a un lado para que entre, cerrando la puerta detrás de ella. No sé cómo sentirme ante la idea de que se vaya a quedar aquí, si soy sincero. Deja la maleta en una esquina del comedor, repara en el árbol de Navidad y se cruza de brazos.

—Joder, debería haber venido unos días antes. Lo habéis puesto sin mí.

—Ya conoces a mamá, se pone muy pesada con la decoración. ¿Qué tal está Alberto? ¿No ha venido contigo?

—No, está de viaje de negocios en Francia. Tendrías que haberlo visto estudiando mis apuntes de francés del instituto unas semanas antes de irse. —Río recordando la torpeza de mi cuñado en casi cualquier cosa—. Bueno, voy a dejar las cosas en mi cuarto.

—Sí, sobre eso... —Me rasco la nuca, incómodo. Valeria nunca llegó a saber sobre los cambios que hicimos en esa habitación—. Digamos que ya no es tu cuarto.

Mi hermana abre la boca con sorpresa y me acusa con la mirada, ofendida.

—Con que me mudo al pueblo de al lado y en tres meses mi cuarto ya ha desaparecido. Qué bien. No has perdido el tiempo.

—¿Mamá y papá saben que te quedas? —pregunto.

—No, aunque no importa, no creo que me quede mucho. —Pone los brazos en jarra y suspira—. Supongo que tendremos que sacar el sofá cama del trastero.

—¿Tenemos un sofá cama?

—Claro. ¿Dónde crees que dormía Alberto cuando venía a verme?

Hago una mueca de disgusto.

—No quiero imaginarme lo que ha tenido que presenciar ese pobre sofá...

—Cállate. —Me da un golpe, aunque también termina riendo conmigo.

SESENTA Y UNO

∽ Dani ∽

—Te ha gustado la foto que te hice, por lo que veo —comento cuando Alejandro contesta a la llamada. El hecho de que la haya subido y haya escrito una parte de la letra de «505» me ha puesto de buen humor.

—Mucho. ¿Cuándo quedamos y me haces más? —pregunta al otro lado de la línea. Sonrío y me tumbo en la cama dejando el móvil a un lado en altavoz.

—Cuando quieras. Ya sabes que estoy libre por las tardes.

—¿Qué tienes pensado hacer hoy?

—Mi abuela insiste en que cocinemos algo juntos. Ahora que le han quitado la escayola quiere sentirse útil. —Espero una respuesta por su parte, pero no llega—. ¿Sigues ahí?

—Sí, estaba pensando. Dentro de media hora voy para allá. —Me atraganto con mi propia saliva.

—¿Estás seguro?

No había tenido en cuenta la posibilidad de que Alejandro quisiera venir algún día a casa. Ya ha estado aquí y mi familia lo conoce, pero fue solo una vez y desde entonces las cosas entre nosotros han cambiado bastante. Escucho cómo se aclara la garganta y suspira.

—Sí, seguro. Me tendré que ganar de alguna forma a tu familia, ¿no? —Me sonrojo, suena como si fuéramos algo más serio de lo que somos.

—Primero me tienes que ganar a mí —puntualizo antes de soltar una risa.

—A ti ya te tengo ganado y lo sabes.

Tiene razón, me ganó desde que me besó la primera vez. Después puede que haya dudado varias veces de sus intenciones, pero siempre hemos vuelto el uno al otro.

—Como sea. Aquí te espero.

Una hora después, cuando empiezo a pensar que no va a venir, llaman al timbre y voy corriendo a abrir. Alejandro está al otro lado de la puerta enfundado en un abrigo negro, con su característico gorro de lana y una bolsa de plástico en la mano.

—Dentro de media hora voy para allá —lo imito con cara de pocos amigos, aunque no puedo estar enfadado del todo teniéndolo delante.

—Lo siento mucho. —Entra, se quita el abrigo y lo deja en el perchero de la entrada—. Me he liado y al darme cuenta he venido corriendo.

—Es broma, tonto. No te preocupes.

Compruebo que mi familia no está por los alrededores y le doy un beso. Provoco una sonrisa en ese rostro tan bonito y me devuelve el beso, haciéndolo durar más de lo normal. Se humedece los labios al separarnos y alza la bolsa que lleva en la mano.

—He traído refuerzos.

Lo llevo a la cocina y va dejando encima de la encimera lo que trae consigo: un paquete de obleas grandes, un bote de Nocilla y virutas de chocolate.

—Vamos a hacer una tarta de Huesitos —exclama con emoción.

—¿Cómo se hace eso?

—Observa.

Saca una oblea, unta con un cuchillo el chocolate por encima y pone otra oblea encima. Repite el proceso hasta conseguir un grosor considerable y recubre la tarta de chocolate. Por último, extiende las virutas por encima y lo mete en el frigorífico.

—*Voilà*. Con media hora será suficiente.

—¿No lleva nada más? —cuestiono ante la rapidez de la receta.

—La he hecho con todo mi amor, ¿no es suficiente?

Me hace mucha gracia que un chico como Alejandro, así de duro y hostil a primera vista, diga este tipo de cosas. Hago ademán de acercarme para darle un beso, pero alguien entra en la cocina y nos separamos al instante.

—¡Alejandro! ¿Qué tal? —Mi madre se acerca con una sonrisa—. Dani no me ha dicho que venías.

Aparto la vista del vaso de agua que he cogido para disimular y me encojo de hombros. Ale me contempla con una expresión divertida.

—Es que se me ha pasado —explico.

Mi madre asiente. Nadie dice nada, por lo que Alejandro se ve obligado a añadir algo más.

—Hemos hecho una tarta.

—Oh, ¿en serio? No tendrías que haberte molestado.

—Tranquila, no es nada.

—Bueno, tenemos que esperar una media hora… ¿Por qué no vamos al salón y vemos algo? —propongo. La idea es librarme de mi madre, ya que tanto ella como mis abuelos hacen la siesta a esta hora.

—Claro, yo me voy a acostar. Si necesitáis cualquier cosa, llamadme.

Sale de la cocina dejándonos solos y espero a escucharla subir las escaleras para ir al salón. Alejandro me sigue, mira cómo me siento en el sillón frente a la televisión y hago un gesto para que se coloque a mi lado.

—¿Qué quieres ver? —pregunto con el mando en la mano y encendiendo la tele.

—Lo que a ti te apetezca.

Me distraigo revisando el catálogo de series mientras Alejandro se limita a contemplarme y darme golpecitos en la rodilla. Me decido con un capítulo, pero el chico acorta las distancias y empieza a hacerme cosquillas en el cuello.

—Alejandro…

—¿Qué? —Giro la cabeza y cruzamos miradas.

—Mi familia está arriba.

Hace caso omiso a mi comentario y apoya su frente con la mía. Nos separan pocos centímetros. Viajo desde sus ojos oscuros hasta sus labios sabiendo que me es imposible decirle que no. Si Alejandro es experto en algo es en atraparme de forma que no quiera separarme de él.

—Ya sabes que cuando te tengo cerca no puedo evitarlo —susurra antes de acercarse y depositar un pequeño beso en mis labios. Dejo el mando de la televisión a un lado y lo atraigo hacia mí tirando de su sudadera. Me deleito buscando contacto con su boca y con rapidez introduzco la lengua, consiguiendo una sonrisa de su parte. Creía que el momento no podía ser más perfecto, pero me equivocaba.

Acaricio su pelo y sus manos acaban en mi cintura. El beso sigue subiendo de tono y me temo que mi amigo de abajo lo está celebrando. Noto una tensión en la entrepierna e intento ocultarla de alguna manera, pero es imposible. Alejandro me rodea con sus brazos y no deja de besarme, atrayéndome aún más a él por la parte baja de la espalda.

Decir que siento un cosquilleo es quedarse corto. Todo mi cuerpo está reaccionando ante el contacto físico y lo que desea es que no acabe nunca. Paramos un momento para recuperar el aliento y es cuando bajo la mirada y veo el bulto en sus pantalones. Simultáneamente él se fija en el mío y una ola de calor me azota, esto no podría ser más vergonzoso.

Bueno, al menos no eres el único.

En lugar de comentar algo al respecto retoma el beso y hace que recupere las ganas de continuar que había perdido por un instante. Soy yo el que esta vez agarra sus manos y las lleva a mi cintura, donde estaban antes. Sentir a Alejandro de esta forma es adictivo. Apenas soy capaz de pensar con claridad porque la intensidad de la escena me nubla la mente, jamás he experimentado algo así. Repetiría los pasos que he dado mil veces con tal de llegar a este momento en el que somos uno, que nos permite expresar con nuestros cuerpos lo que sentimos el uno por el otro.

Separo mis labios de los suyos y frunce el ceño. A lo mejor cree que no quiero continuar, cuando mis intenciones son contrarias a eso. Retiro mi mano de su pelo, busco la suya y las entrelazamos.

—¿Continuamos en mi cuarto? —pronuncio más bajo de lo que me gustaría.

Y no hace falta que responda para saber cuál es la respuesta.

SESENTA Y DOS

∽ Dani ∽

Subimos las escaleras en silencio, ya que lo último que quiero es despertar a alguien y perder la oportunidad de ir más lejos con Alejandro. Miro la hora en mi móvil: son las cinco de la tarde. Mi familia suele despertarse de la siesta a las seis.

—Tenemos una hora —aviso al cerrar la puerta de mi habitación. Echo el pestillo y Alejandro me escudriña con picardía.

—En una hora se pueden hacer muchas cosas.

Mis mejillas arden. Dios, no sé si soy capaz de hacer esto. Él se acerca a mí, me envuelve en sus brazos y empieza a depositar caricias en mi cuello con los labios. Exploro los mechones de su pelo oscuro con los dedos para después levantarle un poco la sudadera y tocarle la espalda. Se estremece cuando lo hago y me dedica una mirada de deseo que jamás he visto.

—Me vuelves loco —musita en un casi jadeo.

Creo que aún no he asimilado esto. Tener a Alejandro aquí, regalándome caricias y diciéndome cosas como estas aún es algo irreal para mí. Fijo la vista en sus ojos, buscando un indicio que me diga que me lo estoy imaginando, pues es casi imposible que alguien como él esté con alguien como yo.

No saques tus inseguridades ahora.

—¿Va todo bien? —pregunta, preocupado. Parpadeo y asiento. Tengo que sacarme estos pensamientos de la cabeza.

—Sí.

Me mantiene la mirada durante unos segundos y sin previo aviso se separa unos centímetros para quitarse la sudadera. La pasa por encima de su cabeza, la tira a un lado y cae en una esquina de la cama. Me quedo congelado en mi sitio. A pesar de que sabía que esto iba a pasar no había pensado en lo que de verdad conlleva.

Te tienes que desnudar delante de él.

Dejar que vea tu cuerpo.

A causa del frío lleva debajo una camiseta interior blanca de tirantes, la cual me deja contemplar más de su piel que no había visto antes. Me detengo en sus brazos, igual de blancos que el resto de su cuerpo y más delgados de lo que esperaba, y en la clavícula, notablemente marcada y decorada con unos cuantos lunares alrededor.

—¿Estás seguro de que no pasa nada? —cuestiona con una sonrisa torcida.

Trago saliva y analizo la situación. Hacer esto con Alejandro es lo que más deseo, el problema es lo que significa llevarlo a cabo. Es entregarse a la otra persona, darle una parte de ti. Aunque, si lo pienso en frío, él también tiene que hacer lo mismo.

Tengo que dejar las inseguridades a un lado, o de lo contrario voy a perder la oportunidad de compartir un momento íntimo con el chico que me gusta. Suspiro con resignación. No puedo dejar que eso pase, sé que me voy a arrepentir si me detengo ahora.

Agarro los bordes de mi sudadera y me la quito a modo de respuesta. Mi camiseta es idéntica a la suya, solo que algo más apretada y de manga corta. El chico eleva la mano y empieza a recorrer mi brazo para hacerme cosquillas.

—No tengas vergüenza. No conmigo —ruega con ojos suplicantes.

Mi corazón late tan rápido que parece que va a salírseme del pecho en cualquier momento. Sé que puedo confiar en él, me lo ha demostrado en innumerables ocasiones. Esta es mi oportunidad para hacerle ver que también tiene mi plena confianza. Hago además de quitarme la camiseta, pero algo me impide hacerlo. Mis manos se quedan petrificadas al tocar la tela con la punta de los dedos.

Puedes hacerlo.

Claro que puedes.

Solo manda tus inseguridades a la mierda y déjate llevar.

Ojalá fuera así de fácil.

—¿Te ayudo? —Me toma de las manos, me dedica una expresión confiada y asiento con timidez.

Agarra la tela, la levanta y muevo la cabeza para pasar la camiseta por encima. Me observa con detenimiento y el rubor de mis mejillas vuelve. Estar desnudo de cintura para arriba delante de alguien puede resultar una tontería para muchos, pero para mí es un gran reto.

Una de las razones es mi pecho. Es un poco más grande de lo normal, resultado de los cambios de peso a los que mi cuerpo se somete normalmente. Soy una persona que engorda y adelgaza con facilidad, por lo que otra de las consecuencias de eso son las distintas marcas que tengo en el estómago.

Verse en el espejo no es tan difícil, ya que a fin de cuentas eres tú mismo el único que puede juzgarte. Pero cuando dejas que otra persona lo haga te arriesgas a cualquier opinión, ya sea buena o mala.

Intento sin éxito taparme todo lo que puedo con mis propios brazos a modo de reflejo. Alejandro vuelve a enfocar sus ojos en mí, me agarra por las muñecas y aparta mis brazos con los que trato de ocultar las estrías.

—No sé por qué tienes la necesidad de esconderte de mí. No te voy a juzgar, así que deja de hacerlo. —Retoma la acción de antes y va dejando besos en mi hombro ahora descubierto—. Eres perfecto tal y como eres.

A continuación se quita la camiseta y la deja sobre la cama junto a la mía. Me fijo en cómo su pecho se mueve al ritmo de su respiración y mis ojos recorren su torso desnudo. Es más delgado de lo que parece, incluso parte de sus costillas se marcan en su piel pálida.

—Como ves, yo tampoco tengo un físico del que me enorgullezca. —Se da la vuelta y me muestra su espalda. Para mi sorpresa puedo distinguir que sus hombros están llenos de puntitos rojos—. Tengo piel atópica. Y bueno, no es algo que busque enseñar cuando voy a la playa…

Vuelve a colocarse frente a mí. Con una mano en la cintura me atrae hacia él y con la otra me acaricia la mejilla.

—Lo que quiero decir es que ninguno de los dos tenemos un cuerpo perfecto, y eso está bien. No creo que nadie lo tenga.

Alzo la mirada y sonrío, admirando su actitud. Nadie nunca me ha dicho algo así, ni mucho menos me ha intentado sacar de la burbuja con la que me protejo de las opiniones de los demás. Sus palabras me bajan los pies a la tierra: él es simplemente otra persona como yo, con sus defectos, y exactamente eso es lo que lo hace real. Ambos somos reales.

—Y por mí como si estás lleno de marcas o en un mes engordas diez kilos. No me importa porque seguirás siendo tú, y para mí eso es suficiente.

Las lágrimas se agolpan en mis ojos y una de ellas recorre mi mejilla. Alejandro la aparta con el pulgar sin darse cuenta de lo que sus palabras significan para mí. Mi corazón se encoge y mi primer instinto es regalarle un beso, uno con el que le transmito todo lo que siento por él.

Nunca voy a olvidar esta conversación, de igual forma que voy a hacer lo posible para no separarme de él ni un segundo. Me hace bien. Me aprecia. Y me hace sentir la persona más afortunada del mundo por haberlo encontrado.

—Perdón por ser así —susurro conteniendo las lágrimas restantes. Me toma por la barbilla y me besa de la manera más dulce en comparación con las veces anteriores en las que lo ha hecho.

—No pidas perdón por ser tú. No quiero que tengas miedo de llorar, decir lo que piensas o abrirte conmigo… Ser vulnerable es una muestra de valentía. Aprecio que intentes superar tus miedos por mí, pero vayamos poco a poco, ¿vale?

—Vale.

Visualizo su rostro una vez más y nos fundimos en un abrazo, de esos tan largos que reconfortan. Siento su piel en contacto con la mía y tengo la certeza de que nada se siente tan bien como esto.

—Ya se me ha pasado el calentón, así que… ¿vemos una película? —sugiere aún abrazados. Suelto una carcajada y me aparto, avergonzado.

—Lo siento…

—No pasa nada. —Coge el portátil del escritorio, se sienta en la cama y comienza a buscar algo para ver juntos—. ¿Comedia o misterio?

—Misterio, siempre.

Me siento a su lado, apoyo la espalda en la pared y la cabeza en su hombro desnudo. Seguimos sin camiseta, aunque ahora no me importa tanto. Sé que Alejandro no me va a juzgar, al igual que yo no lo voy a hacer con él. Pone la primera película que encuentra y mueve el brazo para que pueda acurrucarme con él. Aquí mismo, recostados en mi cama y siguiendo el ritmo de su respiración, estoy seguro al decir que es el mejor sentimiento que he experimentado jamás.

SESENTA Y TRES

∽ Alejandro ∽

Entro en casa, camino hacia la cocina y encuentro a mis padres y a mi hermana haciendo la cena. Al parecer deben de estar hablando sobre algo gracioso, pues los tres ríen. Valeria es la primera en darse cuenta de mi presencia, por lo que se limpia las manos con un trapo y viene a abrazarme.

—¿Dónde estabas, enano?

Mi madre aparta la mirada de la sartén y centra su atención en mí. Se ve que también está interesada en saber de dónde vengo. Carraspeo y hago un gesto para quitarle importancia.

—En casa de Dani.

Visualizo un plato en la encimera con queso recién cortado e intento coger un trozo, pero mi hermana me da una palmada en la mano antes de que pueda hacerlo.

—Nada hasta que pongamos la mesa. —Hago un puchero a pesar de saber que no funciona con ella—. ¿Quién es Dani, por cierto?

Mis sentidos se ponen alerta de inmediato. No sé qué responder. Me cruzo de brazos y medito la pregunta. Es imposible que sospeche algo. Tal vez mis padres podrían, ya que lo ven a menudo por aquí, aunque tampoco lo creo.

¿Y si os han visto hacer algo que no deberíais?

—Un amigo. ¿Por?

—Por nada. Solo que no me suena ningún Dani de tu grupo de amigos, es todo. —Prueba un poco de la salsa con la cuchara y hace una mueca de orgullo.

—El chico se ofreció a darle clases de inglés —explica mi madre.

—Oh, eso está bien. Los idiomas son importantes.

Doy la conversación por zanjada y me dispongo a subir a mi habitación. No obstante, mi hermana se queda pensativa por unos instantes y se dirige de nuevo a mí.

—¿Tienes al pobre chico trabajando como profesor hasta en Navidad? —cuestiona con una risa.

¿Por qué tanto interés? Lleva aquí pocos días y ya quiere enterarse de todo. Sin duda, es igual de cotilla que mi madre.

—No. También salimos… como amigos —aclaro en un intento por ser discreto. Me da que he fallado en el intento.

—Ya veo.

Abro el frigorífico, tomo una botella de agua y bebo un sorbo, aliviado de que este tema no haya conducido a otra cosa. Es la segunda vez que intento marcharme cuando mi madre toma la palabra.

—Oye, Alejandro…, quería preguntarte algo, pero lo mejor es ser discreta. Ya sabes, para no alarmar al muchacho. —Frunzo el ceño, no tengo ni idea de lo que está hablando—. ¿Dani es… gay?

De haber seguido bebiendo agua la habría escupido. Abro los ojos como platos y la miro, perplejo. ¿Cómo lo sabe? ¿Por qué me lo pregunta? Y más importante, ¿qué cojones se supone que debo responder?

—¡Mamá! No seas así —exclama Valeria.

—Cariño, podrías ser más delicada —interviene mi padre.

¿Es que nos ha visto juntos? Y, si es así, ¿me lo estará preguntando para insinuar que también lo soy? Porque ni siquiera yo lo sé. Me estoy agobiando. Noto cómo mi temperatura sube por momentos a causa de la vergüenza, pero no puedo hacer mucho para evitarlo. Lo mejor es hacerse el loco.

—No tengo ni idea. ¿Por qué?

—No sé. Su forma de hablar, varios gestos que he observado…

—Mamá, déjalo. No caigas en prejuicios. —Debo reconocer que sin mi hermana esta situación sería mucho más violenta.

Escudriño a mi padre. Tiene un semblante serio, casi de indiferencia, su única preocupación ahora mismo es terminar de cortar la verdura. Mi madre vuelve a la carga tras dar un sorbo de una copa de vino y dejarla sobre la encimera.

—¿Acaso he dicho algo malo? —Valeria bufa y procede a ignorarla. Lástima que no puedo hacer lo mismo—. Es curiosidad, nada más. Si el chaval lo es, me parece perfecto, allá él con sus decisiones.

Algo en mi interior me pide a gritos que le conteste que se equivoca, que su punto de vista es erróneo, pero no es propio de mí. En su lugar me muerdo la lengua. Creo que nunca he contradicho a mis padres, es más fácil darles la razón y hacer lo que me apetece a sus espaldas que confrontarlos e intentar que me escuchen.

Sin embargo, esta vez es distinto. Con el contexto de Dani puedo dar mi opinión de manera sutil. Es eso o terminar de convertirme en un borrego que asiente y hace todo lo que le piden.

—No es una decisión —aseguro con un hilo de voz suficiente para que mi madre alce las cejas y me contemple con una mirada confusa.

—¿Cómo dices?

Trago saliva. Comparto miradas con mi hermana, quien no está muy segura de qué va todo esto, pero de alguna forma me comprende. Doy un paso al frente para alejarme del marco de la puerta y juego con el cuello de la sudadera en un intento por permanecer tranquilo.

No seas demasiado obvio.

—Que no es una decisión. Ser homosexual, me refiero. ¿Tú elegiste sentirte atraída por los hombres?

Se muerde el labio inferior y se queda pensativa. Seguro que no esperaba una respuesta así viniendo de mí. Ni siquiera yo estaba de acuerdo con esta afirmación hace unos meses, me ha tenido que pasar en primera persona para darme cuenta de ello.

En ningún momento tenía pensado acercarme a Dani, pero pasó. Yo no tomé ninguna decisión al respecto. Simplemente sucedió, y, joder, me alegro tanto de que haya sido así que lo repetiría mil veces. Porque si hay alguien que me comprende como el que más es Dani.

En cuanto a los hombres en general… aún no estoy muy seguro. De momento solo me gusta Dani, y a lo mejor eso está bien. De lo contrario, ¿por qué algo que es malo según otras personas es tan maravilloso para mí?

¿Me estoy volviendo loco?

—No sé, Ale. No estoy en contra del chico, que haga lo que le plazca. Solo digo que al final de nuestra vida tenemos que rendir cuentas con alguien, y créeme, todo el mundo reza cuando el final está cerca. Incluso ese tipo de personas.

¿Qué tiene que ver Dios con esto? ¿Que Dani sea gay quiere decir que sea ateo? No sé mucho sobre el tema, pero no suena coherente. Aunque ¿cuándo ha sido mi madre coherente?

Que se haya referido a Dani como «ese tipo de personas» me molesta mucho. Es como si estuviese diciendo que él no es como los demás, que no es «normal».

Bueno, más bien que no somos.

Tú eres uno de ellos también.

Me masajeo la sien para hacer desaparecer el dolor de cabeza. Mi mente está empezando a divagar y no tengo fuerzas para iniciar una discusión con mi madre.

—Lo que digas, mamá. Voy a darme una ducha.

Y sin esperar una respuesta salgo de la estancia. Por fin puedo expulsar el aire que estaba conteniendo. Solo me ha quedado una cosa clara: si hago oficial lo mío con Dani y lo que me espera ahí fuera es como esto, no sé si seré capaz de soportarlo.

SESENTA Y CUATRO

∽ Dani ∾

—¡El jamón está listo!

Mi abuelo podrá ser homófobo e insoportable, pero si hay algo que se le da bien es cortar jamón. Quiero decir, sigo teniéndole rencor, pero estoy dispuesto a olvidarlo durante una noche con tal de probar semejante manjar.

Entro en la cocina, tomo varios platos y los llevo a la mesa del salón, donde mi madre y mi abuela ven un concurso de canto en la televisión. Ya casi es una costumbre de Nochevieja tener este programa puesto durante la cena, es una gran compañía para el último día del año. Por otro lado, me he dado cuenta de que esta es la segunda Nochevieja que paso aquí, viviendo con mis abuelos y alejado de todo el dolor que nos causaba mi padre. Se siente como si hubiera pasado mucho tiempo desde el día que hicimos las maletas y escapamos de ese infierno, y a la vez fue hace tan poco que me asusta. Con un suspiro me siento al lado de mi abuela y bebo un sorbo del vaso de agua.

—¿Quién creéis que va a ganar? —pregunto en voz alta.

—Katy no, desde luego.

—¿Qué tiene de malo Katy? —cuestiona mi madre.

—Pues que su voz no tiene el potencial necesario, cariño. Es obvio.

—No sabía que eras profesora de canto, abuela.

—Mucho cuidado conmigo, que yo era la estrella en el coro de la iglesia. Tu abuelo puede corroborarlo. —El recién nombrado llega con otro plato de jamón que deja en la mesa y asiente con la cabeza antes de sentarse en la silla libre.

Cenamos mientras escuchamos el programa, compartimos algunas risas y los minutos transcurren hasta llegar a las doce menos veinte. En cuanto mi madre ve la hora en el reloj de la pared va corriendo a la cocina y trae las uvas que ha comprado esta mañana en el supermercado.

—Ya sabéis, una por campanada. Vosotros mejor que os las comáis antes con tranquilidad —aconseja a sus padres.

—Me subestimas, pero vale —le responde mi abuela a regañadientes.

El concurso se detiene para dar paso a las campanadas en directo desde alguna parte del país. El reloj comienza su cuenta atrás hasta los doce segundos antes de medianoche, cuando las campanadas empiezan a sonar. Una a una mi madre y yo vamos tomándolas y casi me atraganto al verla con la boca llena. El reloj marca las doce de la noche y un nuevo año comienza. Entre aplausos y abrazos le damos la bienvenida, con el único deseo de seguir teniendo salud un año más.

Este momento en familia ha sido bonito, pero ya es 1 de enero y eso significa que tengo una cita a la que asistir. Subo las escaleras con prisa, me doy una ducha y me visto lo más rápido que puedo. Opto por unos vaqueros apretados —los cuales siempre he odiado, pero para presumir hay que sufrir— y una camisa blanca remangada. Sencillo pero presentable. Bajo y tomo todo lo que necesito: la cartera, las llaves, el móvil y el abrigo.

—Ten cuidado, cariño.

—Lo tendré, mamá.

La llamada entrante de Alejandro me hace saber que ya está listo y contesto mientras me despido de los presentes con la mano y salgo a la calle.

—Ya voy para allá.

—Date prisa, se me congela el culo.

Cuelgo y camino en dirección a la parada del autobús. Durante el camino el frío se cuela por la ropa y me eriza la piel. Quizá debería haberme abrigado más, pero ya es demasiado tarde para volver y cambiarme. Distingo la silueta de un chico a lo lejos junto a la parada y al instante ya sé de quién se trata. Al llegar Alejandro me sonríe como un niño el día de Navidad y me da un beso a modo de saludo, no sin antes comprobar que no hay nadie alrededor.

—Qué guapo estás —digo admirándolo de arriba abajo. Lleva una camisa roja a rayas, unos pantalones negros y el pendiente de pluma plateado que tanto me gusta.

—No tanto como tú —responde. Me agarra de la cintura y desliza las manos hasta debajo de mi espalda. Se las aparto con un manotazo en cuanto empieza a tocar donde no debe.

—Contrólate, aún es temprano —pronuncio con una risa, a lo que bufa.

El autobús llega, nos subimos y tras pagar elegimos uno de los asientos dobles del principio. Por suerte está casi vacío, no mucha gente suele usar el transporte nocturno.

—Recuérdame de nuevo por qué tenemos que ir a una discoteca que está en la otra punta de la ciudad. —El chico pone los ojos en blanco, me toma la mano y comienza a acariciarme los nudillos con los dedos.

—Si vamos a la de la última vez, nos encontraremos con gente del instituto… Sería incómodo, ¿no crees? Así nos curamos en salud.

Me enseña los dientes en una sonrisa y hago un esfuerzo por devolvérsela. La idea no me emociona del todo, ya que parece que tenemos que huir de los demás para ser nosotros mismos. Como si fuésemos nosotros los que tenemos el problema.

¿Esto es lo que quieres?

¿Tener que irte a otro lugar para poder besar a Alejandro?

¿Temer que alguien conocido te vea?

La verdad es que no tengo problema en que eso pase, es todo cosa de Alejandro. Lo entiendo, porque yo también he estado gran parte de mi vida encerrado en un armario y la opinión de los demás puede ser destructiva, pero tampoco creo que esta sea la mejor solución.

—Hazme caso. —Me aprieta la mano y deposita un beso en mi frente—. Lo vamos a pasar muy bien.

—Vale.

Apoyo la cabeza en su hombro y recorremos el trayecto. Tardamos unos veinte minutos en llegar. El vehículo se detiene y salimos a una de las calles más concurridas, con multitud de bares y docenas de gente paseando. Alejandro observa a nuestro alrededor, me mira con ilusión en los ojos y me toma de la mano. Me coloco enfrente de él y le dedico una expresión dudosa.

—¿Todo bien? —pregunto, aún sin saber si puede con esto.

—Todo perfecto —contesta con una sonrisa de oreja a oreja.

Caminamos por la calle sin miedo a ser vistos por primera vez y resulta tan agradable que estoy seguro de que es así como deberíamos sentirnos cada vez que salimos juntos. Alejandro no es capaz de ocultar su buen estado de ánimo y me lo acaba contagiando. Puede que escapar no sea la solución y en realidad lo único que estamos haciendo es huir del problema en vez de enfrentarnos a él. Sin embargo, me pidió tiempo para contarle lo nuestro a sus amigos y familia y debo respetar eso.

Llegamos a la discoteca y una vez dentro pedimos dos copas en la barra. Bebo de mi vaso sentado en una de las sillas giratorias y veo al idiota de Alejandro empezar a bailar con los pies. Sin soltar el cubata me agarra de la muñeca y me arrastra hasta la pista de baile, obligándome a bailar al ritmo de una canción de reguetón que el DJ reproduce.

—A ver, baila para mí —espeta cerca de mi oído. Le doy un golpe en el hombro entre risas.

Ni siquiera me gusta la música que está sonando, pero ver a Alejandro bailar y pasárselo bien es suficiente para seguirle el rollo. Varias personas se mueven alrededor y la gran mayoría solo se preocupan por dar lo mejor de sí en la pista, lo que es un alivio. Nadie parece extrañarse al ver a dos chicos como nosotros tan cerca el uno del otro.

Alejandro se termina el contenido del vaso de plástico en un sorbo, se moja los labios y clava sus ojos en mí. Sin dejar de bailar vamos acortando las distancias y todo pasa a segundo plano cuando me aprieta contra su cuerpo. Alzo las cejas y contemplo su boca con más ganas que nunca de besarlo. Tras unos segundos de espera lo hago, tomándolo del cuello y atrayéndolo hacia mí. El sabor fuerte del alcohol se mezcla en nuestras bocas y el beso se torna más acelerado por momentos. La repentina pasión no nos deja indiferente a ninguno de los dos y nos excita aún más. Sonrío en una de las pausas que tomamos para respirar y con sus manos me agarra del culo con descaro.

—No vayas por ahí... —le advierto en un hilo de voz, aunque la verdad es que es justo lo que quiero que haga.

Transcurren los minutos y seguimos bailando, cada vez con muestras de cariño más obvias y traviesas. Sus ojos demuestran verdadero deseo al igual que los míos. Saber que nadie se ha inmutado al ver que nos besamos me entusiasma. Por fin no siento que lo que hacemos está mal. Llega un momento en el que me mira, se muerde el labio y con siete simples palabras me descoloca todo.

—¿Quieres dormir esta noche en mi casa?

Mi estómago da un vuelco. No sé cómo, pero sigo moviéndome a pesar de que me he quedado en blanco. A ver, es obvio que la propuesta va con segundas intenciones.

Es lo que quieres, ¿qué te impide hacerlo?

Tener sexo es algo extremadamente íntimo, y desde mi última vez —y también la primera— tengo cierto miedo a hacerlo con alguien en quien no confío lo suficiente. Esa noche no estaba muy consciente y apenas tengo recuerdos del momento. Ni siquiera me acuerdo mucho de la apariencia del chico. No quiero que pase lo mismo con Alejandro.

¿Acaso hay alguien en quien confíes más para hacerlo que él?

El chico se queda mirándome, bailando y esperando mi respuesta. Ambos queremos. La última vez me dejó claro que no va a juzgarme por mi cuerpo, que es lo que más me preocupaba.

Entonces ¿qué más te lo impide?

Trago saliva, clavo mis ojos en él y bebo un gran sorbo del vaso. La expectación en su mirada es tal que acerca su oído a mis labios para escuchar mis palabras.

—No sabes cuántas ganas tenía de que me lo pidieras.

SESENTA Y CINCO

∽ Dani ∾

Me paso la mano por la frente para limpiarme el rastro de sudor y me siento al lado de la barra. Miro la hora: las cinco de la madrugada. Ni siquiera sé cómo he aguantado tanto sin bostezar ni una sola vez. Contemplo a Alejandro aún moviéndose al ritmo de la música y bufo. Con tan solo mirarle las mejillas rojas y la sonrisa tonta puedes darte cuenta de que se ha pasado con la bebida. Al notar que me he alejado de su lado sale de la pista y se dirige hacia mí.

—¿Te parece si me pido otra? —pregunta apoyando los brazos en la barra y acercándose para darme un beso, pero el fuerte aliento a alcohol me echa para atrás.

—Ni de coña. —Con cara de pocos amigos lo obligo a que me mire moviendo su rostro hacia mí. Sus ojos se desvían al camarero—. Vamos a pedir un taxi y nos vamos ya, has tenido suficiente.

—No, joooooo. —Hace una mueca de fastidio.

—Vamos, anda.

Lo agarro por la muñeca y me lo llevo hasta la salida del local donde el frío de la madrugada nos azota con fuerza. Alejandro ríe y me crispa los nervios por momentos. La idea de pasar la noche en su casa se va desvaneciendo poco a poco de mi mente, en este estado dudo que pueda siquiera subir las escaleras sin mi ayuda. Cruzo la carretera, obviamente sin soltarlo o, de lo contrario, terminará en el suelo. Veo a lo lejos un cartel con los horarios de los taxis y me acerco a leerlo para descubrir que ninguno está disponible hasta como mínimo las seis y media.

—¡Joder! —Me paso las manos por el pelo mojado a causa del sudor. Me estoy empezando a agobiar—. ¿Qué hacemos ahora?

Alejandro deja de sonreír para tragar saliva y parpadear varias veces, parece que está empezando a encontrarse mal. Se cruza de brazos y tras reflexionar unos segundos saca el móvil del bolsillo.

—Podemos pedir un Cabify.

Asiento, dándome cuenta de que incluso borracho tiene buenas ideas, y me extiende el teléfono para que me ocupe yo. Menos mal que no suelo excederme con la bebida y esta ocasión ha sido una de esas, porque, si llegamos a estar los dos borrachos, no habríamos dado ni una. Entro en la aplicación y busco conductores que estén disponibles a esta hora, pero creo que la vida quiere jodernos porque no hay ninguno en esta zona.

La opción de caminar no es muy buena, ya que tardaríamos más de una hora en llegar y Alejandro no está en condiciones de hacer esa caminata. ¿Quién nos manda venir tan lejos para estar en una simple discoteca? Quizá habría sido mejor limitarnos a salir a tomar algo por ahí y luego irnos a una de nuestras casas, como hace la gente normal.

Pero Alejandro se avergüenza de ti.

Le devuelvo el móvil y me siento en el borde de la acera con un malestar en el cuerpo. ¿Cómo no me he dado cuenta antes? El problema no es que esté confundido ni que su familia o amigos lo vayan a juzgar. Por favor, si incluso uno de sus amigos es abiertamente gay y el resto lo acepta como si nada.

El problema eres tú.

Me abrazo a mí mismo y Alejandro se sienta a mi lado sin decir nada. El calor interior ha vuelto, pero no es por haber bailado toda la noche: es por la vergüenza. Vergüenza de que haya jugado conmigo de esta manera, prometiendo que estaba confundido y luego ocultándose cada vez que iba a darme un beso. El día de hoy me ha enseñado que dos chicos pueden caminar de la mano sin que nadie se acerque y les dé una paliza. Que podemos ser libres sin sentir que estamos cometiendo un error. Que somos normales.

¿Tanto te cuesta verlo, Alejandro? Sí que lo ves, lo que no quieres es que sea justo conmigo con quien te relacionen.

De todas formas, ¿qué esperaba? ¿Que cambiase por mí? Alguien como él no puede estar con alguien como yo. Soy ridículo.

Las lágrimas se agolpan en mis ojos y las escondo con las manos. Necesito irme de aquí y estar solo. No puedo pasar la noche con Alejandro ni quedarme mucho tiempo a su lado porque entonces me derrumbaré delante de él.

—¿Qué pasa? —Apenas es capaz de pronunciar una frase sin titubear. Me seco las lágrimas y hago un ademán para que saque su móvil de nuevo.

—Nada. ¿Tu hermana puede recogernos? —Arruga la frente y está a punto de rechistar, pero lo interrumpo—. Es eso o quedarnos aquí esperando una hora y media. Tú decides.

Da una pataleta cual niño pequeño y tras unos segundos coge el teléfono sin decir nada. No puedo creer que le haya hecho caso, que haya venido hasta aquí porque a él le apetecía, y ahora soy yo el que tiene que hacerse cargo de sus irresponsabilidades.

—Dame el móvil. —Rechista otra vez y opto por quitárselo de las manos—. Si te pones al teléfono en este estado, se va a preocupar más de lo que debería.

Mi voz se quiebra a mitad de la frase. Joder, me siento la persona más estúpida del universo por estar aquí, haciéndole caso a un chico que no tiene el más mínimo interés en nadie, excepto en él mismo. Me llenó la cabeza de cosas bonitas: las palabras que me dedicaba cuando estábamos solos, los mensajes que me enviaba en el recreo, el plan de viajar juntos a Grecia…

¿Cómo coño me creí eso? ¿Cuál es el punto de esta relación, si se le puede llamar así, si tiene que ser un secreto? Tengo que abrir los ojos de una vez. Me levanto y me alejo unos metros para que no me vea llorar. Intento calmarme un poco antes de marcar el número y esperar una respuesta al otro lado de la línea.

—¿Sí? —dice una voz femenina.

—¿Valeria? Soy Dani, un… amigo de Alejandro. —Hago un esfuerzo por disimular el llanto y se queda callada durante un instante.

—Ah, sí, Dani. ¿Qué pasa?

—Perdona que te llame a estas horas, pero no tenemos forma de volver a casa.

—¿No estáis por aquí cerca? —pregunta en un tono confuso.

—Resulta que no... Pero da lo mismo, esperaremos al siguiente taxi. Perdona por molestarte. —Voy a colgar cuando habla de nuevo.

—Ya voy, solo dame unos minutos para ponerme algo por encima. Envíame la ubicación por WhatsApp y no os mováis de allí.

—Vale, muchas gracias.

Tal y como me promete en veinte minutos un coche pequeño y de color blanco llega a la puerta de la discoteca y aparca delante de nosotros. Todo este tiempo he tenido que asegurarme de que Alejandro no vomite en mitad de la acera, llevándolo al lado de una papelera. Una mujer rubia sale del automóvil y nos observa con preocupación. Enseguida me doy cuenta de que se trata de Valeria: es la viva imagen de su madre. Son idénticas, a excepción de los ojos oscuros que ha heredado de su padre.

—Hola, soy Valeria. —Me da dos besos y me esboza una sonrisa torcida.

Habría estado bien conocernos sin tener a su hermano borracho entre mis brazos. Tengo que apartarlo un poco para saludar a la chica porque no me suelta.

—Yo, Dani. Gracias por venir, de verdad. Creía que íbamos a quedarnos aquí hasta por la mañana.

—No si puedo evitarlo. —Coloca los brazos en jarra y mira a Alejandro, que adopta una expresión de culpabilidad en cuanto la ve—. Enano, no aprendes. ¿Cuántas veces van ya?

¿Esto ha pasado antes? Aunque no me extraña. Solo me ha enseñado su parte cariñosa, frágil y buena, y es por lo que me he dejado cegar. Antes conocía su lado odioso, no sé por qué lo olvidé en cuanto me besó por primera vez.

—Vamos a casa, anda.

Lo ayudamos a sentarse en la parte trasera y decido ir a su lado a pesar de que no es lo que quiero ahora mismo. Necesito pensar y necesito hacerlo solo, pero lo haré cuando me asegure de que llega a casa sano y salvo. El trayecto se me hace eterno: no me encuentro bien, la cabeza me da vueltas y los brazos de Alejandro se enredan con los míos, pero por primera vez no me reconfortan como deberían.

De vez en cuando Valeria desvía los ojos de la carretera para comprobar que todo va bien aquí detrás, y por su mirada intuyo que sospecha algo. Una de las razones es que la embriaguez hace a Alejandro actuar de forma más cariñosa, se ve que conmigo en especial. Al llegar al centro me pregunta dónde vivo para dejarme allí y, a pesar de que le aclaro que no hace falta, lo hace. Alejandro empieza a negar con la cabeza y me abraza aún más fuerte si cabe.

—Me has dicho que te ibas a quedar a dormir —balbucea después de que le diga mi dirección a Valeria.

—Tienes que descansar —explico intentando separarme y fallando en el intento. Él alza la vista y me contempla con ojos llorosos.

—Por favor. No creo que pueda descansar sin ti.

Silencio. Me muerdo la lengua, no puedo contestarle como quisiera por dos razones: la principal es que su hermana está escuchando la conversación, y la segunda es este inminente sentimiento de rechazo que me recorre el cuerpo.

—Sí que puedes, Alejandro. Lo has hecho hasta ahora, estarás bien —contesto con una mirada fría.

Doy gracias a que llegamos a mi calle, ya que de nuevo las ganas de llorar se han apoderado de mí. Me libero con dificultad de su agarre, pronuncio un «buenas noches» y sin esperar una respuesta salgo del vehículo. Distingo por última vez los ojos preocupados de Alejandro a través de la ventanilla cuando cierro la puerta y me doy la vuelta para caminar a casa. Un único pensamiento recorre mi mente ahora mismo.

Estúpido, estúpido, estúpido.

SESENTA Y SEIS

∽ Alejandro ∾

Abro poco a poco los ojos y la luz de la ventana, que me da justo
en la cara, me deslumbra. Rechisto sabiendo que nadie va a venir
a cerrarla y doy media vuelta en la cama, dispuesto a seguir durmiendo. De repente un fuerte dolor de cabeza me estremece y se
extiende por todo mi cuerpo. Cada vez me encuentro peor y no
soy capaz de dormir más. Con grandes esfuerzos me desperezo en
el borde de la cama y al notar la boca seca decido ir a beber agua.
Mientras salgo de la habitación intento hacer memoria para recordar exactamente qué pasó anoche.

Es mejor no preocuparse por eso ahora.

Algo me dice que haga caso a mi conciencia por una vez, así
que lo hago. Avanzo por el pasillo descalzo, con el pijama fino de
invierno puesto y con un dolor de cabeza que aumenta por momentos. ¿Por qué en esta casa tiene que entrar tanta luz por todos
lados? No creo que mis ojos sean capaces de soportarlo por mucho más tiempo.

Bajo las escaleras con energía mínima, recorro el comedor
donde mis padres están desayunando y entro en la cocina. Puede
que me hayan dicho algo, pero no tengo ni la fuerza ni las ganas
de contestar. Voy directo a buscar mi botella y bebo varios sorbos
ante la atenta mirada de Valeria, que está cocinando en la vitrocerámica. Una vez que ya no siento la garganta seca abro el cajón
de las medicinas y me tomo un paracetamol.

—¿Mala resaca? —pregunta mi hermana en un tono de burla.

—Todas son malas.

—Porque todas las veces te excedes.

Bufo, con este jodido dolor de cabeza lo último que necesito
es una riña.

—Vale, lo que tú digas. —Reparo en la comida que deposita en el plato y alzo las cejas—. ¿Revuelto de huevo frito y patatas? No sabía que te gustaban los desayunos ingleses...

—¿Desayunos? —Se lleva una patata a la boca e intenta morderla a pesar de que está ardiendo—. Son las tres del mediodía, este es mi almuerzo.

¿Las tres? ¿Cómo es posible? Compruebo el reloj de la pared y lo confirmo. Genial, ahora tendré que adaptar la rutina de ejercicios a la tarde. Mis padres entran en la cocina y dejan los platos en el lavavajillas. Me fijo en que están vestidos con la ropa del trabajo.

—Nos vamos, tenemos reunión de última hora. Alejandro, ¿vas a comer algo? —sugiere mi madre ignorando mi penoso aspecto.

—Supongo.

—Valeria, si no te importa haz otro de esos para tu hermano. —Ella rechista, pero no duda en sacar otro plato—. Y a ti te quiero ver limpiando, nada de gimnasio hasta que termines.

—¿No va a venir Ángela hoy? —cuestiono, lo que más odio de las tareas de la casa es limpiar.

—Hoy es domingo, así que no.

—Joder.

—Cuidado con esas palabras —advierte mi padre señalándome con el dedo—. Luego nos vemos, no la lieis mucho.

—No tenemos doce años.

—Con vosotros nunca se sabe.

Nuestros progenitores se marchan de la estancia y a los pocos segundos escucho la puerta cerrándose. Valeria sigue cocinando, así que opto por ir poniendo la mesa.

—¿Qué tal has dormido? —pregunta una de las veces que entro para tomar los cubiertos. Me detengo por un momento, no muy seguro de si de verdad le interesa o va con segundas intenciones.

—Bien, ¿por? —Huyo de la cocina y dejo la cubertería en la mesa.

—Porque ayer no estabas muy… estable —grita desde el otro lado.

Hago un esfuerzo por rememorar la vuelta a casa, pero mis recuerdos solo llegan hasta la discoteca. Estaba con Dani y la cosa se estaba poniendo intensa, así que lo invité a pasar la noche aquí. ¿Qué ocurrió después? No creo que Dani se haya quedado a dormir, o de lo contrario me habría despertado a su lado. Y, si algo más entre nosotros hubiera pasado, estoy seguro de que me acordaría de ello a la perfección.

—¿Me viste al llegar? Espero no haber hecho mucho ruido.

Mi hermana regresa con los dos platos, los coloca en la mesa y se sienta frente a mí. Antes de continuar la conversación bebe un sorbo de zumo de naranja y se acomoda el pelo en una coleta sin quitarme el ojo de encima.

—Fui yo la que te trajo.

Arrugo la nariz, no muy convencido. Dani me dijo que íbamos a coger un taxi, es lo que supuse que había pasado. Entonces caigo en algo importante: si ella fue la que me trajo aquí, significa que sabe a dónde fuimos. ¿Sospechará algo? ¿Trajo a Dani también?

—¿En serio? —No se me ocurre otra cosa que decir.

—Tu… amigo me llamó de madrugada porque no teníais forma alguna de volver. —Me llevo una patata a la boca y la muerdo en silencio. No sé si se preocupa por mí o pretende regañarme—. Mira, os entiendo. Yo he sido la primera que ha mentido a papá y a mamá para irme a otro sitio. Pero, por favor, la próxima vez mirad los horarios de los taxis antes de ir.

Suelto el aire que estaba conteniendo a causa del nerviosismo y asiento. Sé por otras ocasiones que cuando estoy borracho tiendo a ser muy sincero, lo que me tenía preocupado por si había dicho algo que no debía delante de mi hermana. Parece que no, así que me relajo y continúo comiendo del plato. Engullimos la comida en silencio, cuando advierto el movimiento de pierna de mi hermana debajo de la mesa, gesto que yo también hago y que denota nerviosismo. La miro a los ojos y me devuelve una expresión incómoda. ¿Qué le pasa?

—No quiero ser entrometida…, pero es que estoy preocupada —confiesa dejando el tenedor en el plato.

A ver, un poco entrometida sí que es.

—¿Desde hace cuánto tiempo conoces a ese Dani? —Sus ojos se achican y juega con sus dedos. Sin duda, la situación le incomoda, aunque no más que a mí.

—No es «ese Dani». —Hago comillas con los dedos—. Es Dani. Lo conozco desde que empezó el curso.

—Ya veo… —Mi cara debe ser un poema, porque Valeria traga saliva y empieza a negar con la cabeza—. No me mires así. Sé que he estado sin venir un tiempo y a lo mejor crees que no tengo derecho a preocuparme por ti, pero no es así.

—Es que no entiendo nada. ¿Preocuparte por mí conlleva hacerme el tercer grado sobre mis amigos? —pregunto haciendo gestos con las manos.

—Joder, perdona, no sabía que te habías vuelto tan sensible.

Esta es la gota que colma el vaso. No tengo que explicarle nada de mi vida y menos sobre Dani, cuando es ella la que lleva meses desaparecida. Me termino el contenido del vaso con rapidez y me levanto para llevar el plato a la cocina. Si no tengo tiempo a solas para pensar, probablemente explote.

Se huele algo, es obvio. De lo contrario no estaría haciendo tantas preguntas. Me apoyo en la barra y suspiro, pensando en lo que supondría que mi hermana averiguara el tipo de relación que tengo con Dani.

Ah, ¿lo vuestro es una relación?

Ni siquiera le has preguntado si quiere ser tu novio.

Pero esas cosas se dan por supuestas, ¿no? Quiero decir, no fantaseo con cualquiera sobre hacer un viaje a Grecia. Se habrá dado cuenta de que quiero tener algo serio con él…, ¿no?

¿Cómo va a saberlo?

Lo único que haces es esconderte cuando estás con él.

Me doy golpecitos en la cabeza al darme cuenta de lo estúpido que soy. ¿Y si Dani se piensa que lo estoy utilizando? Jamás haría eso. Al principio me acercaba a él, pero porque disfrutaba de estar juntos, en ningún momento tuve segundas intenciones. Joder, si yo era heterosexual hasta que lo besé.

¿Estás seguro de eso?

Se me revuelve el estómago y hago lo posible para dejar de darle vueltas a la situación, pero mi mente es tan retorcida que lo seguirá haciendo para joderme. Un escalofrío me recorre la espalda y mi respiración se agita.

Lo único que Dani ha hecho es ser paciente conmigo. Le pedí pasar más tiempo con él y lo hizo. Le dije que necesitaba tiempo para asimilar mi sexualidad y aún sigue esperando. Incluso me acompañó a la otra punta de Sevilla por el simple hecho de que me acojona que la gente sepa lo nuestro.

¿Por qué soy tan gilipollas?

Siempre lo arruinas todo, esta vez no iba a ser menos.

Se me aguan los ojos y me muerdo la lengua con tal de hacer el mínimo ruido posible. Me ha extrañado no tener ningún mensaje de Dani, por lo general me habría hablado para darme los buenos días, aparte de que siempre que salimos me cuenta lo bien que se lo ha pasado al día siguiente. ¿Habré dicho algo borracho que no recuerdo y la he cagado?

No me sorprendería.

El ritmo de mi respiración aumenta por momentos y no hay nada que pueda calmarme. La he cagado hasta el fondo. ¿Qué pasa si ahora Dani no quiere saber nada más de mí? ¿Qué voy a hacer sin poder verlo cada día? ¿Sin besarlo?

Eres un desastre.

Hasta me extraña que Dani se haya fijado en ti.

Me acerco con dificultad a la puerta de la cocina que he dejado cerrada y agarro el pomo. Me está costando mantener el equilibrio. ¿Qué va a pensar Valeria cuando me vea así? No puedo inventarme excusas, me cuesta pensar con claridad.

Haz un favor a todos y tírate de un puente.

Será la primera vez que haces algo bien en tu puta vida.

—¡Cállate ya, joder!

Sin poder evitarlo estampo el puño contra el cristal de la puerta. Me arrepiento al segundo. Los trozos del cristal roto caen al suelo y un fuerte dolor se instala en mi mano. No soy muy consciente de lo que he hecho hasta que veo una herida abierta en los nudillos y sangre resbalándose por mi brazo. Mi hermana llega corriendo con una expresión de terror, se detiene un instante a observar la escena y pasa a prestar atención a mi mano.

—¿Está muy mal? —se limita a preguntar.

Le muestro el puño, aún cerrado porque no me atrevo a moverlo, y hace una mueca de disgusto.

—Vamos, te llevo al médico.

La sigo por el pasillo mientras las lágrimas siguen derramándose por mis mejillas a causa de la impotencia. Una vez más la he fastidiado, y lo gracioso es que ni siquiera sé si Dani está enfadado conmigo o no. Pero ahora mismo tengo otro problema además de ese: Valeria quizá sabe lo nuestro, y si es así no sé cómo voy a explicárselo o cómo va a reaccionar al saber que su hermano es... ¿bisexual?

Menos mal, aunque te ha costado.

SESENTA Y SIETE

ᔕ Alejandro ᔓ

—¿Duele mucho?

—Un poco —contesto con la mirada fija en mis zapatos.

Alzo la mano y contemplo el vendaje que me han puesto para cubrir los puntos de sutura. Podría haberme ahorrado el mal rato si dejase de darle mil vueltas a las cosas, pero a estas alturas creo que es imposible.

—Vas a ver la gracia que les va a hacer a papá y a mamá lo de la puerta —mascullo mientras me abrocho el cinturón del asiento de copiloto.

—Lo importante es que no te ha pasado nada grave y punto —finaliza mi hermana.

El nudo que tengo en el estómago se retuerce y me molesta incluso más que la herida. Noto que estoy a punto de derramar más lágrimas y me tapo la cara con la mano izquierda que no tengo dañada en un intento fallido por disimular el llanto. No lloro por la herida, este es otro tipo de dolor peor que el físico.

Soy un completo gilipollas. He tratado a Dani como un juguete, escondiéndolo de cualquiera que sospechara lo más mínimo de mí, y… ¿para qué? Lo único que se consigue con eso es enterrar aquello que te hace ser tú, de manera que nadie pueda saber jamás cuáles son tus verdaderos sentimientos y así sea más difícil herirte.

Aunque parece que vas a salir herido hagas lo que hagas.

Es muy difícil ser diferente en una sociedad como esta. Una sociedad en la que tienes que encajar como sea, ajustarte a ciertos estándares si no quieres ser un marginado.

A pesar de que a los demás no les agrade, no puedo seguir negando la realidad: quiero a Dani y cada día mis sentimientos hacia él aumentan. Es inexplicable cómo del odio hemos podido pasar a esto, pero supongo que las aparentes diferencias que nos distanciaban se han convertido en irónicas similitudes.

De repente recuerdo la conversación que tuvimos en mi casa en una de las clases de inglés, cuando apenas nos habíamos besado un par de veces.

¿Desde cuándo te gustan los chicos? Porque si según tú te gusto... es porque te tienen que gustar los chicos. O al menos solo yo, pero eso suena como si fuera un ególatra. Tampoco quiero ponerte bajo presión, es solo curiosidad...

No lo sé. Creo que eres el primero... Es raro. Me gustan las chicas, siempre me han gustado, y cuando veo a un tío no siento nada... Pero tú me vuelves loco. Así que supongo que soy Danisexual.

Ahora estoy seguro de que lo que dije ese día es totalmente cierto. Siempre lo supe, pero era más fácil vivir en la constante negación de mí mismo que enfrentarme a lo que el mundo diría de mí. Lo malo es que a Dani no le importa eso. Sufrió el rechazo de su padre, se distanció de sus amigos de siempre y aguantó mis burlas durante semanas, y aun así no ha dejado de ser él mismo ni un día.

¿Por qué no has hecho lo mismo?

Era más fácil atacar a alguien que tenía lo que yo he ansiado toda mi vida, incluso de manera inconsciente.

—¿Alejandro? —Escucho el tono preocupado de mi hermana al lado, pero la situación es tan vergonzosa que no me atrevo a girarme—. Alejandro, mírame.

Sigo llorando desconsolado y Valeria decide quitarme el cinturón de seguridad y abrazarme sin decir nada. Me aferro a la tela de su chaqueta a la vez que la mancho de lágrimas, aunque no me preocupa en lo más mínimo. Lo único en lo que mi mente está estancada ahora mismo es el dolor que siento dentro.

Joder, sí que echaba de menos a mi hermana, y no me he dado cuenta hasta ahora. Apoyo la cabeza en su cuello y se limita a acariciarme el pelo con la misma delicadeza de siempre. A veces me permito ser egoísta y pensar que, si no se hubiera mudado, quizá no me habría vuelto más hostil de lo que ya era.

Mis padres nunca se han preocupado lo suficiente por mí y ese vacío siempre lo ha llenado Valeria. Solíamos ser un gran dúo, siempre juntos de un lado a otro y con una relación de confianza bastante bien construida. Claro que eso cambió cuando Alberto llegó a su vida.

Desde ese momento te has sentido solo, y no hay nada que te dé más miedo que eso.

Cuando estoy un poco más aliviado me separo y acepto el clínex que mi hermana saca de su bolso. Me seco las lágrimas en un intento por hacer como si nada hubiera pasado, pero no puedo. Alzo la vista y me encuentro con sus ojos oscuros, que me observan con tristeza y empatía a la vez.

—¿Estás mejor?

No contesto, pues tanto ella como yo sabemos que la respuesta es negativa. Me llevo la mano al pecho y noto mis latidos acelerados, lo que me asusta. Esto es demasiado para mí. Llevo una carga encima desde que he intentado mantenerlo en secreto y siento como si fuese a explotar en cualquier momento. Sumado a la nostalgia que me provoca volver a convivir con mi hermana y la incertidumbre de no saber si Dani quiere seguir conmigo, todo se mezcla en mi cabeza y me hace sentir esta desagradable sensación de derrota.

—Mira, yo…

—Me gusta Dani —suelto antes de que pueda reprimir mis pensamientos. Al instante mi cerebro me envía órdenes para que me detenga, pero las ganas de no seguir enfrentándome a esto solo son mayores que cualquier otra cosa—. Y es mutuo. El problema es que me cuesta aceptarlo.

Suelto una bocanada de aire y parece que el peso que llevo cargando estos meses se marcha con ella. Decirlo en voz alta es… distinto.

De alguna manera me vuelve a confirmar lo que ya sabía, solo necesitaba pronunciarlo en voz alta. El miedo a la reacción de mi hermana apenas aparece, ya que su mirada me adelanta que no es una reprimenda lo que voy a recibir.

—Gracias. —Me toma de la mano y me dedica una expresión de orgullo—. Gracias por confiar en mí para contármelo. Y, bueno…, no puedo decir que no me lo esperaba.

Arrugo la nariz y la observo con todo el desconcierto del mundo. ¿Cómo que se lo esperaba? Debo haber puesto una cara bastante dudosa porque Valeria estalla en carcajadas.

—No me jodas, ¡era obvio! Primero me pareció raro que tuvieras un nuevo mejor amigo con el que sales a todos lados y que encima te da clases. A ver, puede pasar, pero en ti es extraño.

—Asiento, suelo ser bastante cerrado con mi grupo de amigos—. Luego mamá dijo que era gay y tú lo defendiste a muerte, a pesar de lo evasivo que siempre has sido con ese tema. Y luego tuve que recogeros de la otra punta de la ciudad, y ya sabes lo sincero que eres cuando estás borracho…

La vergüenza se me sube a las mejillas y las noto arder. Sabía que la embriaguez iba a traerme problemas, pero tengo tanta curiosidad por saber qué dije que le hago un ademán para que lo explique.

—Obviando el hecho de que te pegaste a él como una lapa y no querías separarte, insististe en que se quedara a dormir en casa. Además, le dijiste que… no podías descansar sin él.

La vergüenza que he sentido en otros momentos de mi vida no es nada comparada con la que siento ahora. ¿Le dije eso a Dani? ¿En voz alta? No me quiero ni imaginar su reacción. Si tuviera que aguantarme a mí mismo borracho, tampoco contestaría a mis mensajes.

—Es la primera vez que te veo esa mirada. Cuando llegas de estar con él siempre traes una sonrisa, y el otro día te aferrabas a él como si… lo quisieses mucho. —Me seca una última lágrima con los dedos, sonriendo—. Estoy segura de que lo haces y si es mutuo no hay nada de malo en que estéis juntos.

Me esfuerzo por no derramar más lágrimas y asiento, intentando convencerme de la veracidad de sus palabras. A pesar de esto mi mente sigue haciendo de las suyas y me crea inseguridades sobre nuestra relación y la postura de Dani al respecto.

Tienes que hablar con él en cuanto puedas.

—¿Se lo has contado? —pregunta con cautela.

—¿El qué?

—Ya sabes a lo que me refiero.

Me muerdo la lengua y me quedo en silencio. En el caso de que lo nuestro vaya a seguir siendo serio no creo que contárselo ayude a mantenerlo cerca de mí. Pensaría que estoy loco.

—Claro que no.

—Vale, vale. Solo cuando te sientas cómodo y tengáis confianza. —Intenta mantener una expresión seria, pero falla en el intento y sonríe—. No lo puedo creer. Mi hermano pillado por un chico… ¿Quién se lo hubiera imaginado?

La verdad es que pensaba que me sentiría extraño al saber que mi hermana tiene esa imagen de mí. La cosa es que sus intenciones no son malas. Lo último que quiere es herirme y eso es lo que marca la diferencia.

No te da miedo que te guste un chico o sentirte atraído por Dani.
Te da miedo que los demás te juzguen.

—Ha sido muy complicado para mí —confieso casi en un susurro. Hablar de esto conlleva un esfuerzo y no puedo evitar emocionarme—. Pasé una semana sin dormir, preguntándome por qué yo. Todo sería más fácil si Dani fuera una chica, o si nunca hubiera aparecido…

Mis propias palabras me sorprenden y Valeria me toma de la mano para obligarme a mirarla a los ojos. Ahora sí que está seria.

—Ni se te ocurra decir eso. ¿Tú sabes la suerte que tienes al haber encontrado a una persona como Dani? No muchos tienen la oportunidad de conocer a alguien que los corresponde y menos a tu edad. —Me quedo callado, si mi hermana destaca por algo es por su sinceridad—. No eres un bicho raro ni nada parecido a lo que te empeñas en creer. Hay infinidad de personas homosexuales como tú en el mundo…

—Bisexuales…, creo —corrijo, a lo que me sonríe con orgullo.

—Eso, bisexuales. Creo que lo único por lo que te tienes que preocupar es por dar y recibir la misma cantidad de amor. Ya sea con un chico, una chica o contigo mismo, eso da igual. ¿O vas a rechazar al posible amor de tu vida por el hecho de que sea un chico? —Niego de inmediato—. Si lo haces, vas a pasar años arrepintiéndote, Ale.

Me pasa la mano por los hombros para reconfortarme y me contagia la sonrisa. No puedo creer que se lo haya dicho a alguien y menos que sea una persona tan importante como mi hermana. No sé qué habría hecho si su reacción hubiese sido mala.

—Gracias —pronuncio en voz baja. Pocas veces se lo he dicho; pero esta vez es necesario. Aun así bajo la mirada a las mangas de la sudadera donde oculto las manos y evito el contacto directo—. Me hacía falta. Aunque no sé si va a servir de mucho… Lo mío con Dani ahora mismo está en el aire.

—¿Por qué?

—Siempre me habla por las mañanas y hoy no lo ha hecho.

—¿Vas en serio? No seas así de controlador. A lo mejor no ha tenido tiempo.

—¿Un domingo? Además, no es por eso. He estado comportándome muy mal con él y siento que algo no va bien. No me pidas la razón, solo lo sé.

Reflexiona en silencio durante unos segundos y aprovecho para comprobar los mensajes que le he enviado antes de salir del hospital: los ha leído, pero ni siquiera me ha contestado. Guardo el móvil de mala gana y me contengo por no maldecir en voz alta.

—En una relación no todo es color de rosa, ¿sabes? Por muy parecidas que sean dos personas siempre van a discrepar en algo, y eso está bien, de lo contrario sería un poco aburrido. Así que lo que sea que hayas hecho estoy segura de que no fue con malas intenciones. Si se lo haces ver, lo entenderá.

Tiene razón. En ningún momento he intentado hacer daño a Dani, de hecho, me duele darme cuenta de mi comportamiento tan tarde. ¿Qué puedo hacer para arreglarlo?

Mientras pienso en ello Valeria se pone otra vez el cinturón y esta vez sí arranca el coche, rumbo a casa. El silencio que nos acompaña durante el trayecto no es nada parecido al del camino de ida: me siento satisfecho y en paz tanto con mi hermana como conmigo mismo. Al llegar aparca el coche en la entrada, salimos del automóvil y me señala con el dedo.

—Escúchame con atención. Arréglate y ponte guapo, lo demás déjamelo a mí. Vamos a conseguir que Dani te haga caso otra vez.

SESENTA Y OCHO

∾ Dani ∾

—¿Qué tal ayer en la discoteca? Espero que no te pasaras con la bebida —advierte mi madre.

Río un poco de forma amarga.

—Ya sabes que no hago eso. Pero sí, estuvo bien.

Se queda satisfecha con mi mentira y aprovecho el silencio para meditar sobre lo ocurrido anoche mientras doy sorbos a la taza llena de café. Si tuviese que describir con una palabra lo que siento ahora mismo sería decepción. No estoy enfadado con Alejandro, él siempre se ha sentido superior a los demás y debería haber sabido en lo que me metía cuando nos besamos por primera vez. El problema es que llegué a pensar que podríamos tener algo serio, como una pareja normal. Con quien estoy enfadado es conmigo mismo por ser tan ingenuo y creerme sus mentiras.

Si quiere ser tu novio, tarde o temprano va a tener que exponerse, porque las personas como vosotros debéis salir y demostrar que no tenéis miedo. Él ahora mismo lo tiene.

Las palabras de Elena calan en mi interior mucho más que la vez en la que las pronunció. Vaya ironía, ¿no? ¿Debo pensar que lo que ha hecho es por miedo y no por egoísmo?

Para mi desgracia existen muchas personas como Alejandro en el mundo. No se aceptan a sí mismos, así que se ven obligados a esconderse para no ser juzgados. Lo más gracioso es que en la mayoría de los casos son ellos los que juzgan a las personas de nuestro colectivo cuando somos iguales. Bueno, iguales no. Nosotros tenemos el valor de mostrarnos tal y como somos y estamos dispuestos a tomar cualquier riesgo con tal de no volver a sentirnos solos. Porque, a pesar de las ganas que tiene el mundo de vernos derrotados, nos volvemos a levantar y seguimos caminando. Por la simple razón de que no nos queda otra.

Y sí, por supuesto que entiendo el miedo de ser uno mismo, sobre todo cuando tu familia y amigos creen que eres de otra forma, pero yo tampoco puedo ser el secreto de nadie. No he huido de las garras de mi padre para volver a caer en otras, me niego.

De repente detengo mis pensamientos para mirar a mi alrededor. Mi madre es la única que me acompaña en el salón, ya que mis abuelos están durmiendo y nosotros estamos viendo una película bastante aburrida. Es el típico plan de domingo. El calor que desprende la taza ayuda a disminuir el frío que tengo en los dedos, lo que me reconforta bastante.

El sonido del timbre me desconcierta por un momento. Escudriño a mi madre, que me dedica una expresión confusa.

—¿Esperas a alguien?

—No —contesto al mismo tiempo que me levanto y camino hacia la puerta.

En el corto recorrido del salón a la entrada no se me pasa por la cabeza ni por un segundo lo que está a punto de suceder. Al abrir la puerta me encuentro a Alejandro al otro lado, arreglado y con una sonrisa un tanto forzada. Lleva un jersey de color rojo, un cinturón del mismo color y unos vaqueros.

—Hola.

Me quedo mirándolo con atención a la vez que valoro la situación. Mentiría si dijera que no está guapísimo, pero ya es costumbre con este chico. Como novedad lleva el pelo mojado y peinado, lo que me incita a reírme, puesto que no es para nada su estilo, aunque me contengo.

—¿Tampoco me vas a contestar en persona? —pregunta sin borrar la sonrisa.

Me cruzo de brazos y lo miro a los ojos. ¿Acaso se está burlando de mí? ¿Por eso ha venido hasta aquí? La tristeza que sentía anoche se está convirtiendo poco a poco en ira mientras no le quito el ojo de encima. Lo último que me apetece ahora es discutir de nuevo, así que lo mejor es cortar por lo sano.

—Dame una razón para no cerrarte la puerta en la cara —espeto sin una pizca de humor. Debe captarlo al instante porque la sonrisa desaparece de su rostro y la reemplaza por una expresión preocupada.

—Te he traído chocolate.

Abre la caja y veo una gran cantidad de chocolatinas dentro, justo las que suelo comer cuando voy a su casa. Si cree que con esto va a hacer que vuelva a esconderme para estar con él, se equivoca bastante.

—Vete a casa, anda. No me encuentro bien y si me obligas a mantener una conversación lo más probable es que acabe mandándote a la mierda. —Retrocedo unos pasos y hago ademán para cerrar la puerta, pero pone el pie en el hueco que queda libre.

—Correré ese riesgo.

Apoya la mano en el marco de la puerta y me doy cuenta de que la tiene vendada. Cuando nota que he reparado en la herida la quita de inmediato.

—¿Qué te ha pasado? —pregunto.

—Nada. —Baja la vista a sus zapatos y suspira. Parece nervioso.

—Bueno, si no quieres decirme la verdad es tu problema.

—Lo siento. —Sus ojos negros se clavan en mí y debería apartar los míos, pero me es imposible—. Me ha costado darme cuenta, pero por fin he analizado la situación con perspectiva y no creo que debamos seguir así.

¿Está intentando cortar conmigo? Técnicamente no puede ya que nunca hemos sido nada. Triste pero cierto. Entonces se ha arreglado y ha venido a la puerta de mi casa para… ¿esto?

—Alejandro, si estás intentando…

—No podemos seguir escondiéndonos. —Me detengo en seco, no era la frase que esperaba—. Rectifico: no puedo seguir escondiéndome. Mira que me lo has dicho veces, y yo siempre respondía con un «dame tiempo». He tenido suficiente tiempo para recapacitar, créeme, y desde el primer día he intentado gritar a los cuatro vientos que quiero estar contigo. El problema es que el miedo a lo que digan los demás me aterraba.

—¿Aterraba? ¿En pasado?

—Sí. —Avanza unos pasos y me doy cuenta de que sigo dentro de casa, por lo que salgo al umbral y cierro la puerta detrás de mí. Necesito escucharlo con detenimiento y sin que nos interrumpan—. He tenido una conversación con mi hermana este mediodía y he acabado con esta venda, es una larga historia. La cosa es que sospechaba algo sobre nosotros y cuando empezó a hacer preguntas y me puse a pensar en lo nuestro... tuve que cuestionarme si había un nosotros. Si he tenido que hacer eso es porque algo no va bien.

Trago saliva, aún de brazos cruzados y repitiendo sus palabras en mi cabeza una y otra vez. Su mirada demuestra sinceridad y sus facciones arrepentimiento. Puede que sea la primera vez que lo escucho hablar de algo con tanta seriedad y empeño.

—Y yo sé que tú no eres ni nunca has sido el problema, así que entendí que el único que quedaba era yo.

—No digas eso.

—Sí, porque es verdad. Y seguro que me estoy explicando como la mierda, pero lo que quiero decir es que me arrepiento de todo. De tratarte tan mal, de hacerte dudar, de no comportarme como debía... De todo menos de una cosa: de besarte la noche de Halloween en la cocina de Diego.

El recuerdo hace que una sonrisa se escape de mis labios y él me imita. Lo último que esperaba era que Alejandro se presentara en mi casa para disculparse, y de paso decir estas cosas que hacen que me ruborice.

—Mi hermana me ha abierto los ojos y me hacía falta. Le he contado que... soy bisexual.

Arqueo las cejas, esto es nuevo. Tampoco es algo que me sorprenda demasiado, sino el hecho de que sea capaz de reconocerlo en voz alta.

—Hombre, heterosexual seguro que no —añado provocando que ría. Dios, no hay nada que me guste más que su risa.

—Quiero que esto sea algo serio, Dani. A partir de ahora no me voy a esconder ni te voy a pedir que lo mantengas en secreto.

El que me quiera tendrá que aceptarlo... Y quien no lo haga se puede ir a la mierda.

Juego con un hilo de mi chaqueta mientras pienso en cómo decirle lo que pienso al respecto. Su actitud es admirable, pero esta historia me suena familiar.

—He pasado por eso, ¿recuerdas? Primero sientes rechazo, luego reflexionas y al final llegas a esta conclusión. El problema es que cuando te aceptas a ti mismo te sientes eufórico y preparado para enfrentarte a cualquiera. La realidad es que es un camino difícil: vas a tener que acostumbrarte a los cuchicheos, las risas, los rumores absurdos...

Acorta las distancias entre nosotros y me toma de las manos sin apartar los ojos de mí. Toco el tacto de la tela de la venda, suspiro y apoyo mi frente contra la suya. Tenerlo a pocos centímetros y saber que está aquí conmigo es uno de los sentimientos más satisfactorios que pueden existir.

—No me importa. Mientras estés conmigo estoy dispuesto a escuchar cualquier insulto. Merecen la pena con tal de no separarme más de ti.

Me quedo sin aliento a la vez que mi corazón empieza a latir con fuerza. Coloco las manos en su nuca y lo atraigo hacia mí para besarlo. Es un beso suave al principio, una muestra de nuestros sentimientos más profundos, y que se torna más desesperado debido al anhelo mutuo de estar juntos de nuevo.

Detiene el beso y acaricio su mejilla con los dedos a la vez que admiro su precioso rostro.

—¿Esto significa que somos...?

—Novios —aclara sin ningún tipo de duda—. Sí, lo somos. Si tú quieres, claro.

Suelto una carcajada y lo acerco más a mí, tanto que nuestras narices chocan.

—Por supuesto que quiero, idiota.

Permanecemos así por unos segundos más. Ninguno queremos separarnos. Decido caer en la tentación y agarro una chocolatina de la caja ante su atenta mirada.

—¿Qué? No voy a desaprovechar un buen regalo. —Abro el envoltorio, me llevo un trozo a la boca y saboreo el chocolate. Se lo extiendo, muerde otro trozo y le da el aprobado con un movimiento de cabeza—. ¿Quieres pasar? Está mi madre, pero podemos irnos a mi cuarto.

—De eso nada. Nos vamos a mi casa, tengo algo preparado —manifiesta con emoción.

—¿Eh?

—Como lo oyes.

—¿Tengo que arreglarme? —pregunto con desgana.

—Como quieras, vas a estar guapo de todas maneras. —Me guiña un ojo y río.

Es increíble cómo he podido echarlo tanto de menos en una sola noche.

SESENTA Y NUEVE

∼ Dani ∼

El camino a la casa de Alejandro lo hacemos andando. Es extraño porque ya ha empezado a cumplir con su promesa: vamos de la mano, hablando entre nosotros y paseando por el centro de Sevilla. Como una pareja normal. Debo decir que siento algo de nervios dentro de mí, más que nada porque es la primera que nos exponemos de esta manera en el lugar donde vivimos. Aún no nos hemos encontrado a nadie que conozcamos, pero podría pasar en cualquier momento y no sé si Alejandro está preparado para eso.

Suelto un suspiro y asiento a lo que me dice, a pesar de no estar escuchando ni una palabra. Mi cabeza presta atención a una única cosa y es la cantidad de situaciones complicadas por las que vamos a tener que pasar si nos presentamos al mundo como una pareja. Ahora que lo analizo con detenimiento reconozco la responsabilidad que tengo con respecto a las decisiones que Alejandro ha tomado hasta llegar aquí. ¿Qué pasa si él no quería salir del armario y por mi culpa se ha visto obligado a hacerlo? Si termino siendo el responsable de cualquier tipo de rechazo por parte de algún ser querido suyo hacia él, no podré perdonármelo jamás.

Tú no lo has hecho bisexual.

Por lo tanto, no es tu culpa.

Quizá estos pensamientos tan contradictorios son resultado del miedo. Es lo que siento cuando le doy la mano a Alejandro en un sitio público: miedo. Y también es lo que tuve casi toda mi vida cuando mi padre volvía a casa después de trabajar. Era como una bomba de relojería que podía estallar en cualquier momento, de manera que lo mejor era provocarlo lo mínimo.

Has pasado con tu padre demasiadas cosas como para tener miedo ahora.

Eso es verdad. ¿Qué va a pensar Alejandro de mí si me ve asustado cuando empiecen a hablar de nosotros? Tengo que hacer lo contrario, mostrarme fuerte y capaz de ignorar cualquier comentario. Es la única forma de que él haga lo mismo. Refuerzo nuestro agarre de manos, lo que hace que me escudriñe con una sonrisa. Me obligo a mí mismo a desechar cualquier pensamiento negativo de mi mente y centrarme en lo que realmente merece mi atención: él.

—¿Qué has preparado? —pregunto con curiosidad.

—Lo sabrás cuando lleguemos.

—Dame una pista o algo.

—Tu impaciencia me sorprende a veces.

—Es parte de mi encanto. —Suelta una risita y me atrae hacia él para pasar el brazo sobre mis hombros—. Se siente muy bien actuar... con normalidad.

—Ya te digo.

El resto del camino lo hacemos sin separarnos. Tardamos unos cuantos minutos más en llegar, pero disfrutamos de cada segundo. Cuando cierra la puerta de su casa sonríe de oreja a oreja y se aproxima para besarme con ganas y sostener mi rostro con sus manos. Le acaricio el pelo con los dedos mientras me contempla con nuestros labios a pocos centímetros de distancia.

—La cena va a ser arriba. Sígueme.

Hago lo que me dice y subimos hasta la planta más alta, Alejandro con una sonrisa permanente en la cara y yo algo impaciente. Cuando abre la puerta y veo la decoración de la terraza no puedo evitar abrir la boca de la sorpresa.

—¿Lo has preparado tú? —pregunto al observar las pequeñas luces colgadas en la pared de la izquierda, iluminando la estancia y dándole un toque casi mágico.

—Bueno, mi hermana se ha encargado de todo..., pero la idea fue mía —aclara a modo de excusa.

Han movido la mesa al centro y varios platos descansan encima de la misma, iluminados por las luces de la pared. El contraste con el cielo oscuro que nos rodea es fantástico, además de la brisa que nos acaricia desde esta altura.

—¿No te parece mucha comida? —Distingo un pollo asado, patatas fritas, pasta y empanada. El chico niega con la cabeza y hace un ademán con la mano para que me siente en una de las sillas.

—Hay que probarlo todo.

Se sienta justo enfrente de mí y las luces quedan a su espalda, haciéndolo ver casi como un dios. Coge una jarra con agua fría que ya estaba preparada, llena dos vasos y me extiende uno.

—Gracias. —Bebo un sorbo y distingo el olor delicioso del pollo cocinado, lo que me lleva a agarrar el tenedor y probarlo. Alejandro se ve satisfecho al observar mi expresión—. Voy a contratar a Valeria como mi cocinera personal.

Él ríe y lo acompaño. Se dedica a comer de su plato y transcurren varios minutos en silencio. Nos limitamos a degustar la comida y disfrutar de las vistas. De vez en cuando desvío la mirada y lo pillo observándome, lo que hace que riamos como bobos.

—Gracias por venir. Si hubiéramos hecho esto para nada…

—Gracias a ti por prepararlo. Bueno, a tu hermana. —Expresa su indignación con una mueca y sonrío.

—Casi se me olvidaba. —Se levanta para coger el pequeño altavoz, lo conecta a su móvil y «Cherry» de Lana Del Rey da comienzo.

—¡Has escuchado la *playlist* que te hice! —exclamo al recordar que esa fue una de las canciones que añadí.

—Claro.

Se me revuelve algo por dentro. Las famosas mariposas están aleteando de forma salvaje en mi estómago. No solo me siento atraído por Alejandro, sino que compartimos algo especial que va más allá de lo físico. Es como si fuera mi alma gemela, aunque hasta hace nada nos odiábamos.

—Flipo cuando recuerdo que hace unos meses no podíamos ni vernos... —digo, recogiendo los platos al terminar de cenar y ayudándolo a llevarlos a la cocina.

—Cierto. Ni siquiera sé cómo hemos llegado hasta aquí. ¿Cómo es que empezamos a llevarnos bien?

—No hace tanto tiempo como para que te hayas olvidado, eh. —Finjo un gesto de indignación—. Creo que nuestra primera conversación sin insultarnos el uno al otro fue durante el camino a mi casa después del instituto.

—Oh, es verdad. Acababa de disculparme contigo... —dice en un tono sutil.

—No es mi culpa que la cagues siempre. —Alza una ceja, se coloca a mi lado y apoya el brazo contra la pared de manera que me deja acorralado.

—Pero me has perdonado todas las veces. —Sonríe a pocos centímetros de mí.

—Todas. —Me acerco hasta que chocamos nuestras frentes y abre la boca en un intento por compartir saliva—. Y no me arrepiento de ninguna.

Pongo fin a la espera y estampo mis labios contra los suyos, tomándolo desprevenido y consiguiendo una risa suya entre beso y beso.

—Me vas cogiendo el ritmo, así me gusta.

Agarro a Alejandro del cuello del jersey, lo conduzco a la barra del fondo de la cocina y hago que se siente en una de las sillas. Levanto las piernas y me siento encima de él ante su mirada atónita. Coloca sus manos en mi cintura y desliza los dedos hasta la parte baja de mi espalda a la vez que se moja los labios con deseo. Al sentir sus manos en mi trasero lanzo un suspiro. Me estoy encendiendo y esta no es una de las veces en las que me puedo calmar con facilidad.

Sus facciones se relajan y vuelve a besarme, ahora más despacio. Disfruto del contacto de su lengua con la mía y me pego aún más a su cuerpo, notando su erección debajo del pantalón. Me muevo un poco procurando hacer roce con el bulto y de inmediato un gemido sale de su boca.

—Dani…

Puedo distinguir el deleite en su mirada y eso hace que me caliente aún más. Repito el movimiento y veo cómo cierra los ojos y traga saliva. No sé la razón, pero cuando se trata de Alejandro soy capaz de dejar la timidez a un lado y probar aquello con lo que he fantaseado tantas veces, como esto. Comienzo a darle besos en el cuello, consciente de que tiene tantas ganas como yo de llevarlo al siguiente nivel. Elijo un lugar cerca de su clavícula y succiono con fuerza, provocando que su cuerpo se tense bajo el mío. Espera a que termine y sonrío al separarme unos centímetros para contemplar su rostro.

—Me la has devuelto, ¿eh? —susurra con la voz ronca. Joder, no creo haber estado tan excitado en mi vida como lo estoy ahora.

—Todavía no has visto nada.

Vuelvo a su boca y me dejo llevar, maravillándome con cada contacto de nuestras pieles. El chico inseguro de la última vez ha desaparecido, ahora que sé que Alejandro no me va a juzgar y que me desea; estoy dispuesto a entregarme a él. Llevo mis dedos hasta los bordes de su jersey para levantarlo, pero me detiene casi sin aliento.

—Es mejor que continuemos en otro sitio.

Entonces caigo en la cuenta de que estamos en la cocina y casi estallo en carcajadas. Asiento y me levanto para permitirle hacer lo mismo. Escudriño sus pantalones y suelto una risa al ver que su erección podría notarse desde kilómetros de distancia. Lo sigo hacia el pasillo y se acerca para susurrarme al oído:

—Vamos a mi cuarto.

SETENTA

∽ Dani ∽

Subo las escaleras en silencio y mantengo mi mirada sobre Alejandro, que avanza por el pasillo hasta llegar a la puerta de su cuarto. La abre, se echa a un lado para dejarme pasar y entro a la estancia en la que tantas veces he estado. Es como si pudiera verme a mí mismo sentado en la cama de color blanco con el libro de inglés en la mano y obligándole a repetir de nuevo la lista de verbos irregulares.

—¿Todo bien?

Doy media vuelta y le veo cerrar la puerta con una expresión difícil de descifrar. Si no lo conociera, diría que está nervioso. Se acerca hasta rodearme con los brazos y analiza mi rostro con sus ojos negros durante unos segundos para después sonreír.

—Todo perfecto.

De nuevo soy yo el que da el primer paso y lo atraigo hacia mí para besar sus labios con las mismas ganas que el primer día. De inmediato me corresponde y empieza a recorrer mi nuca con los dedos haciéndome cosquillas. Suelto una risa entre beso y beso y me detengo a observar su preciosa sonrisa. Mi corazón empieza a latir con fuerza y este es el momento en el que algo en mi interior me dice que estoy haciendo lo correcto.

Quieres a Alejandro más de lo que creías.

Y lo mejor es que él siente lo mismo.

Entonces ¿qué te impide demostrárselo?

Me separo unos centímetros para quitarme la camiseta y dejarla sobre la silla del escritorio. Esta vez es diferente a ese día en mi casa: no siento vergüenza de que Alejandro me vea desnudo. También me desprendo de la camiseta interior y veo la emoción en su mirada, por lo que me acerco y le ayudo a quitarse la suya.

Ambos quedamos desnudos de cintura para arriba y no espero ni un segundo más. Lo beso con ganas a la vez que llevo mis manos a su espalda y dibujo figuras sin sentido en su piel con los dedos. Me pega aún más a él por la cintura y me deleito con el sabor de sus labios y el calor de su cuerpo contra el mío. Los lleva a mi cuello, lo que provoca que el dolor en mi entrepierna aumente. Por instinto lo agarro del pelo. Disfruto del contacto de su boca con mi piel y recibo escalofríos por todo el cuerpo. Cuando alza la cabeza lo miro con picardía y lo arrastro a la cama, casi arrojándolo. Cae tumbado encima de las sábanas y me acerco poco a poco con más ganas de probarlo que nunca. Traga saliva cuando me detengo frente a sus vaqueros y empiezo a desabrocharle el cinturón.

—No me he depilado —confiesa de repente.

Durante un momento me detengo en seco. Pensaba que iba a decir algo importante, por lo que río sin soltar los pantalones.

—Yo tampoco. —Sus facciones se relajan y también ríe. No tenemos remedio.

A la mierda, he esperado demasiado para esto. Con su ayuda le quito los pantalones, los tiro al suelo junto al cinturón y miro fijamente el bulto en sus bóxers negros. Sus mejillas se tiñen de rojo de inmediato, lo que me resulta demasiado tierno. Alargo mi mano hasta sus calzoncillos y toco la zona, él responde con un grito ahogado. Rodeo su miembro y le hago caricias lentamente.

Vuelvo a sus labios y me besa de forma apasionada, sin dejarme tiempo apenas para respirar. Aprovecho que he despertado su lado salvaje para acelerar el movimiento de mi mano en su entrepierna. Su expresión de satisfacción me hace ensanchar la sonrisa que ya tenía. Continúo con la labor que lo tiene casi gritando, aunque esta vez opto por abandonar sus labios y recorrer su torso desnudo con la boca. Su piel blanca se eriza ante el contacto con mi lengua y lo hace más aún cuando me detengo en uno de sus pezones y lo succiono con cuidado.

Levanto la mirada para observar la satisfacción en su rostro y eso me hace continuar con el recorrido hacia su estómago. Dejo múltiples besos en su vientre hasta que me mueve la cabeza y me hace bajar hasta sus bóxers. Sonrío para mí. Está anhelante por que lo haga, pero antes voy a provocarlo un poco más. Sin quitarle los calzoncillos poso los labios por encima y doy pequeños mordiscos sin usar los dientes mientras noto su miembro bajo la tela en mi boca. Los suspiros que suelta me ponen a cien y me cuesta controlarme. Suelta otro suspiro y dirige la mirada al techo. La nuez en su cuello sube y baja. Agarro el borde de los bóxers y los bajo poco a poco hasta sus muslos, a partir de ahí él se los quita con rapidez y los tira al suelo. Observo su miembro erecto ante mí como esperando a que me haga cargo del asunto. No lo hago esperar más y lo rodeo con la mano frotándolo de arriba abajo, despacio. Alejandro deja escapar varios gemidos y yo me limito a contemplar su pene con deseo, pensando en lo bien que se sentiría tenerlo dentro.

Estar tan excitado me nubla la consciencia, quiero tener sexo con Alejandro y aún no he asimilado del todo que esté a punto de hacerlo. Dejo a un lado mis pensamientos obligándome a centrarme en la masturbación y aumento el ritmo a la vez que toco la punta con los dedos. Me acerco aún más, colocándome de rodillas. Saco la lengua y lamo la cabeza de su miembro. Alejandro suspira, me agarra del pelo con la mano derecha y con la otra se aferra a la sábana. Abro la boca y me lo meto dentro. Intento introducirlo al completo, pero es imposible. Lo mantengo dentro durante unos segundos y lo saco para recuperar el aire.

Lo miro y el gozo en su cara me lo dice todo. Repito el proceso y lo alterno con movimientos manuales, llegando a un punto en el que hago las dos cosas a la vez. El cosquilleo que siento en mis partes íntimas es tan fuerte que con la mano libre que tengo comienzo a masturbarme aún con los pantalones puestos. La risilla de él al ver esto me enciende aún más.

Alejandro sigue disfrutando con el acto y ante mi atenta mirada se lame los dedos, alarga la mano a mi espalda y baja hasta mis pantalones aprovechando que estoy de rodillas sobre la cama.

Cuela sus dedos debajo de mis bóxers y empieza a acariciar *ese* sitio. Abro la boca con sorpresa. El contacto con sus dedos en la zona es increíble.

Nos damos placer el uno al otro hasta que su miembro expulsa un poco de líquido preseminal. Con un gesto me anima a quitarme el resto de la ropa y me quedo desnudo delante de él. Me tumbo a su lado y ahora es él quien se escabulle entre mis piernas a pesar de que distingo la inseguridad en sus ojos mientras lo hace. Estoy a punto de decirle que no hace falta; sin embargo, me toma por sorpresa cuando me agarra el pene y lo introduce en su boca sin escrúpulos.

Cierro los ojos y me dejo llevar. Su lengua me da caricias y sus dedos vuelven a mi zona más íntima. Es la primera vez que recibo sexo oral y sabía que era algo increíble, pero no tanto. Alejandro comienza con un poco de torpeza, aunque a los pocos minutos perfecciona la técnica y tengo que controlarme para no tener un orgasmo aquí mismo.

Al cabo de un rato su boca abandona mi miembro y se lame los dedos ante mi atónita mirada. Si antes estaba excitado, ahora creo que voy a explotar. Se levanta de la cama, abre uno de los cajones de la mesita de noche y saca un preservativo.

—¿Tienes lubricante? —pregunto.

—Creo que sí, ¿por?

—No pretenderás que tu amigo entre aquí solo con saliva, ¿no? Antes de que te corras me habré desmayado del dolor.

Se ruboriza ante la sinceridad de mis palabras y busca en el cajón como respuesta. Encuentra uno, a lo que respiro tranquilo y le dejo ponerse el condón. Toma buena parte del lubricante y con él me masajea la zona.

—Relájate.

Intento hacer lo que me dice, incluso cuando no es tarea fácil. Me acomodo tumbado en la cama, Alejandro se queda de rodillas y empieza a frotar su miembro contra mí. Lo atraigo más cerca por la nuca y lo beso con ganas a la vez que me aferro a su pelo. Sin separarnos ni siquiera un centímetro noto la punta entrando lentamente. Como es normal, la entrada se cierra y hago una mueca de dolor cuando intenta introducir más.

—Espera —advierto aguantando el repentino ardor. Alejandro espera paciente y entretanto va dejando besos en mi cuello y mis mejillas. Cuando el dolor se disipa un poco hablo de nuevo—. Continúa, más despacio.

Entra dentro de mí poco a poco y me deja tiempo para acostumbrarme. El ardor cada vez es más fuerte hasta que lo introduce del todo y se estabiliza. Alejandro se mantiene sin hacer nada unos segundos esperando mi respuesta. Tengo el cuerpo rígido. Mi mente solo está centrada en el dolor que este condenado acto produce. Me muerdo el labio inferior y controlo una lágrima a punto de caer.

—¿Te duele mucho? —cuestiona al ver que no digo nada. Tengo que respirar y concentrarme en sus ojos para responder.

—Ya no tanto. —Suspiro y miro hacia el techo. Ya lo que queda es una pequeña molestia que puedo aguantar—. Tienes vía libre.

Sonríe, apoya las manos al lado de mis hombros y se mueve lentamente dentro de mí. Ahogo un grito, no recordaba que doliera tanto desde la primera vez. Aun así, Alejandro es cuidadoso y no aumenta el ritmo hasta que suelto un gemido. El dolor se convierte poco a poco en un placer extraño.

Entra y sale cada vez más rápido. Su cara está a centímetros de la mía y sus labios dejan caricias en mi cuello. Gozo de su cuerpo encima del mío y el frenesí del acto a la vez que intento no gritar. Alejandro abre la boca con gusto cada vez que embiste y yo me muerdo el labio con satisfacción. Clavo las uñas en su espalda y pasa a morder el lóbulo de mi oreja. La penetración cada vez es más veloz y cuando me doy cuenta cualquier pizca de dolor se ha ido. Cruzo las piernas detrás de su espalda y quedamos unidos por la cintura. El chico acelera el movimiento aún más y deslizo una mano para masturbarme al mismo tiempo, consiguiendo el doble de placer. Todo el tiempo que estamos así lo paso deseando que no acabe. No creo haber sentido tanto placer jamás.

Cuando se retira actúa de forma rápida y casi me arrastra del brazo para ponerme en pie. Sin esperarlo me empuja contra el armario de espaldas y queda detrás de mí, besándome el cuello desde atrás.

—¿Te gusta más así? —dice mientras deja besos por mi espalda.

—Mucho más.

Me penetra de nuevo con cuidado, ahora ambos de pie, y aunque siento de nuevo ese dolor, no es tan intenso como antes. Arqueo la espalda y Alejandro se apoya en mis hombros para llevar el acto con más rudeza y rapidez. El placer se multiplica y me agarro al pomo del armario para mantener el equilibrio, ya que las embestidas son cada vez más violentas. Duramos lo que parece ser una eternidad llena de disfrute, disminuyendo y aumentando el ritmo cada cierto tiempo. Llega un momento en el que me agarra de la cintura y se queda moviéndose dentro cada vez más rápido.

—Creo que voy a…

No le da tiempo a terminar la frase. Da una última embestida y se queda rígido. Ha llegado al orgasmo. Termino de masturbarme y también llego, aún estimulado por sus incesantes caricias en mi cuello. Con un suspiro sale de mi interior, se quita el preservativo y le hace un nudo. Abandona la habitación para tirarlo y vuelve con un trozo de papel que me extiende para limpiarme.

Nos tiramos en la cama, exhaustos y llenos de sudor. Me acomodo el pelo alborotado y miro a Alejandro, que me devuelve la mirada.

—Ha sido intenso, ¿eh?

Asiento.

—Y que lo digas.

Estos segundos en silencio son reemplazados por nuestras risas. No somos capaces de contener la alegría tras lo que ha sucedido durante la última media hora. En realidad las palabras sobran entre nosotros, ahora más que nunca.

—¿Vienes a darte una ducha? —propone todavía respirando con dificultad a causa del esfuerzo. Frunzo el ceño con un leve rubor en las mejillas.

—¿Ya quieres una segunda ronda?

—No me refería a eso, aunque si insistes… —dice y alza las cejas.

Se gana un golpe en el brazo de mi parte, a pesar de que no contengo la risa.

—Seguro…

SETENTA Y UNO

∽ Dani ∽

Un movimiento a mi lado me hace despertar. Parpadeo para adaptarme a la cantidad de luz que llega desde la ventana y me estiro un poco. Al moverme me doy cuenta de que solo llevo los bóxers y una sábana blanca me cubre el resto del cuerpo. Cuando giro la cabeza me encuentro con dos ojos negros y pequeños que me observan fijamente. De repente recuerdo lo ocurrido anoche en esta misma cama y esbozo una sonrisa, la cual hace que las facciones del rostro de Alejandro se relajen. Giro mi cuerpo y apoyo la cabeza en la almohada para tenerlo enfrente.

—¿Cuánto tiempo llevas mirándome así? —cuestiono con la voz ronca.

—He perdido la noción del tiempo. —Enseña los dientes en una gran sonrisa y busca mi mano bajo la sábana.

—¿Cómo es posible que estés tan guapo incluso a estas horas de la mañana?

—Es un don. —Río y niego con la cabeza. Sustituyo la almohada por su pecho y me rodea con los brazos. Él también está casi desnudo—. ¿No me habías dicho que tenías mal despertar?

—Así es, pero es diferente si te tengo al lado.

Sus latidos se aceleran y puedo sentirlo con el oído pegado a su piel. Alzo la cabeza para encontrarme con sus labios y los acaricio con el pulgar con delicadeza. Alejandro deja un beso en mi frente, lo que me parece de lo más tierno, y fija la mirada en el techo.

—¿Te puedo confesar algo?

—Lo que sea.

—Estaba nervioso —admite en un tono de voz bajo. Analizo sus facciones a pesar de que no me mira a los ojos, suele hacerlo cuando se avergüenza de algo—. Ya sabes, por hacerlo con un chico.

—No te he visto dudar mucho.

—Calla. —Me da un golpe en el hombro a modo de broma—. De verdad, tenía miedo de hacerlo mal o arruinar lo nuestro de alguna forma…

—Te preocupas demasiado. —Alcanzo a girarle la cabeza para que sus ojos se centren en los míos—. Si te ayuda a sentirte más tranquilo, lo pasé muy bien, y nada va a cambiar lo que tenemos.

Cierra los ojos, invadido por la tranquilidad, y aprovecho para observar sus largas pestañas. Se acurruca abrazado a mí y permanezco sobre su pecho. Ni siquiera la cantidad de luz que entra por la ventana nos molesta lo suficiente como para separarnos.

—Me quedé con ganas de continuar lo de la ducha… —susurra en mi oído y un cosquilleo me recorre la espalda—. ¿Quieres hacerlo ahora?

Me atraganto con mi propia saliva, esto no lo veía venir. Arrugo la frente, la oferta es muy tentadora, pero hay un problemita.

—¿No está tu familia aquí?

Abre los ojos como platos al escuchar la palabra «familia» salir de mi boca. Se incorpora sentado en la cama y se frota los ojos, con una expresión preocupada de repente.

—Mierda, no me acordaba. —Da un salto, abre el armario y empieza a buscar dentro—. Mira que soy gafe, mis padres siempre están fuera menos hoy.

Me siento encima de la almohada apoyándome en el cabecero de la cama y no le quito el ojo de encima. Suspiro al ver su piel iluminada por la luz de la ventana y las venas de sus brazos marcadas al vestirse. Se pone un pantalón de pijama negro y una camiseta interior blanca de tirantes.

—Tus padres van a saber que hemos dormido juntos… —digo algo preocupado. Él le quita importancia con un ademán de mano y saca unos calcetines y unas zapatillas.

—A estas alturas me la suda. Eso sí, déjame bajar primero y avisarlos, mi hermana es la única que sabe que estás aquí.

De hecho, gracias a Valeria pudimos cenar anoche juntos ya que se llevó a sus padres para que pudiéramos tener la casa para nosotros. Sin ella, quién sabe si Alejandro hubiera dado el paso y se hubiera aceptado a sí mismo.

—En este cajón tengo más pijamas, ponte alguno. —Termina de vestirse y se dirige a la puerta. Gira la cabeza antes de abrirla—. No tardes mucho.

Asiento, se va y me dispongo a indagar entre varios pijamas. Escojo uno que consiste en unos pantalones blancos y una camiseta verde, aunque debido a la altura de Alejandro me sobran varios centímetros de tela por todos lados. Sonrío para mí al oler su aroma tan fresco. Por último le robo unos calcetines y reviso mi móvil que descansa en la mesita de noche. Tengo un par de mensajes en el grupo de mis amigos, nada importante. Veo de nuevo el mensaje que le mandé a mi madre avisándola de que dormía fuera y cuya respuesta ni siquiera alcancé a leer. Bloqueo el teléfono, lo mantengo en la mano y decido bajar.

Escucho la voz de Alejandro cuando estoy en el último escalón y la de su hermana lo acompaña. Están conversando animadamente sobre algo. Llego al comedor y me dirijo a la cocina de donde provienen las voces. La primera en verme es Vanesa, la madre de Alejandro, que está de pie junto a la puerta.

—¡Buenos días, Dani!

El resto de los presentes dejan de hablar y centran su mirada en mí. Miguel, el padre, está cerca de la encimera y con un café en la mano; Valeria, sentada frente a la barra y devorando una tostada con mantequilla, y Alejandro, a su lado y dando sorbos en una taza. Sonrío todo lo que puedo e intento ocultar la vergüenza que me causa esta situación.

—Buenos días.

Mis ojos se desvían a la puerta de la cocina en un intento por no mantener contacto directo con los presentes y me fijo en que el cristal no está. Supongo que esto fue con lo que Alejandro se hizo daño en la mano, pero decido obviarlo y no comentar nada.

—Siéntate con ellos, ya sabes, como si estuvieras en tu casa. —La amabilidad de Vanesa sigue intacta desde la primera vez que vine. Cada vez que he estado aquí durante nuestras clases de inglés me ha dicho lo mismo—. ¿Qué quieres desayunar?

—Oh, no te preocupes, con un café me basta —aclaro tras sentarme en la silla próxima a Alejandro.

—¡No digas tonterías!

—Le gusta el café con leche y los cereales —dice Alejandro, lo que me sorprende. ¿Es que no se da cuenta de lo sospechoso que es que sepa algo así? Pero su familia no se inmuta.

—Marchando.

Miguel me da un bol, un cartón de leche y un paquete de cereales, y Vanesa me prepara el café en un santiamén. Les doy las gracias varias veces hasta que me prohíben darlas más.

—¿Habéis dormido bien? —pregunta Valeria en el otro extremo con una sonrisa. Noto que Alejandro le da una patada por debajo de la barra a su hermana. Se ve que iba con segundas intenciones.

—Sí, muy bien —le contesta él.

—Ale, ¿te has tomado la pastilla? —pregunta por otro lado el hombre.

—Sí, papá.

Me limito a tomar mi desayuno en silencio y de vez en cuando intervengo en la conversación para no ser irrespetuoso. Tengo la oportunidad de ver con mis propios ojos la relación de Valeria con su hermano, que es muy buena y llena de complicidad. Miguel y Vanesa son muy buenas personas, pero se nota que son estrictos. Tiene sentido que sus hijos encuentren entre ellos un refugio donde descansar de esa presión que a veces llega a ser constante.

Terminamos de desayunar y todos se entretienen con otras cosas, Vanesa con el móvil y Miguel recogiendo y fregando los platos. Noto la mano de Alejandro sobre mi rodilla y me tenso.

Por suerte lo único que hace es entrelazar sus dedos con los míos debajo de la barra, de manera que la única que puede darse cuenta es Valeria. El chico me dedica una mirada dulce y una sutil sonrisa, lo mínimo que puedo hacer es corresponderle. Valeria nos escudriña con disimulo y sonríe también.

—Me alegro mucho por vosotros —susurra.

—Yo también —responde su hermano.

SETENTA Y DOS

∽ Dani ∾

—Yo solo tomaré un batido, gracias.

El camarero asiente, apunta el pedido en la libreta y se marcha.

—Maya, tienes que aprovechar, no suelo invitaros a merendar muy a menudo —admito mientras me acomodo en el sillón del Jade's.

—Lo siento, no me puedo pasar… —Se calla de inmediato al darse cuenta de que quizá no debería decir algo. Me parece extraño, pero no le doy mucha importancia.

—Bueno, ve soltando. —Escudriño a Elena, que me mira con una sonrisa de oreja a oreja, y me hago el confundido.

—¿Soltar el qué?

—Si estás de tan buen humor como para pagar la comida significa que algo bueno nos tienes que contar.

Nos traen el pedido a la mesa y lo repartimos. Consiste en batidos para todos, un pastel de *brownie* y una bandeja de dónuts de chocolate. Tomo un sorbo de mi bebida y me encojo de hombros intentando hacerme el interesante.

—Puede ser.

—Te doy permiso para explayarte, cuanto más tiempo pase fuera de mi casa mejor —dice Mario a la vez que juega con la pajita de su batido.

—¿Ha pasado algo?

—No, lo de siempre.

Todos sabemos a lo que se refiere y también que, si se puede evitar hablar del tema, mejor. Los padres de Mario están intentando divorciarse, pero no se ponen de acuerdo con los términos y mientras tanto tienen que vivir en la misma casa. El pobre

Mario y su hermana son los que al final están sufriendo las consecuencias.

Tomo un dónut de la bandeja, le doy un mordisco y saboreo el chocolate que lleva dentro. Elena me imita, espero a que trague el trozo de comida y toma la palabra.

—¿Cómo va todo con Alejandro?

—Oh, cierto. Lo último que nos contaste fue que os ibais a esa discoteca en Año Nuevo. ¿Qué tal os fue?

Suspiro al recordar la borrachera de Alejandro aquella noche y mi enfado después de eso. La ha cagado varias veces desde que lo conozco, aunque yo también lo he hecho y lo importante es que hemos conseguido superarlo y encontrar un punto en común. A fin de cuentas no todo van a ser palabras bonitas y buenos momentos.

—Tuvimos un pequeño percance, pero no importa. La cuestión es que estamos mejor que nunca. —Hago una pausa para beber y mis amigos no me quitan la vista de encima—. Tanto que... lo hemos hecho.

Las reacciones de los presentes son variadas: Elena abre la boca con sorpresa, Maya empieza a aplaudir con aprobación y Mario se queda petrificado, quizá procesando la información.

—¿Qué me estás contando? —Mi mejor amiga deja el dónut medio mordisqueado en la bandeja, se limpia las manos y me agarra de los hombros—. Quiero saberlo todo.

—A ver, todo tampoco... —dice Mario.

—Tranquilo, escuchar el relato de dos chicos teniendo sexo no va a afectar a tu frágil masculinidad.

Río a causa del comentario de Maya e intento no sonrojarme sin éxito. Es vergonzoso que sepan esto, pero son mis amigos más cercanos y ellos han hecho lo mismo con sus propias experiencias.

—¿Es bueno en la cama? ¿La tiene grande?

—¡Elena!

—Vale, no cuela, lo pillo.

—¿Cómo es que te has decidido después de todo? —pregunta Maya de brazos cruzados.

Ellos saben que después de mi primera vez no quise tener nada que ver con chicos. Supuse que no estaba preparado, que el problema era mío al no haber disfrutado como debía.

—Ni siquiera lo pensé, ¿sabes? Solo pasó. Doy gracias de que así fuera porque me he podido dar cuenta de que no hay nada raro conmigo. Al contrario que la primera vez, ha sido con alguien que conozco y en quien confío, y no podría haber sido mejor.

—Entonces no necesitamos saber nada más. —Miro a Mario, que se revuelve el pelo rubio y me sonríe—. Si ha sido beneficioso para ti y hubo consentimiento por ambas partes está bien.

—Qué responsable te vuelves con estas cosas, eh.

—Tú también deberías.

Elena le saca el dedo corazón.

—Chicos, una cosa... ¿No os parece que ha sido muy pronto? Quiero decir, lo hecho hecho está, pero le doy vueltas y... En realidad solo lo conozco desde hace cuatro meses.

—¿Y?

—No sé... No me arrepiento, pero...

—¿Cuál es el problema entonces? ¿Vas a esperar al matrimonio para follar con él?

—Elena, hay personas que hacen eso y es totalmente respetable.

—Lo sé, lo sé. A lo que voy es que no tienes que sentirte obligado a esperar si no quieres. Tú mismo lo has dicho: confías en Alejandro y has pasado un buen rato. Es tu novio, joder, no un extraño.

La palabra «novio» suena muy rara. Nunca nadie nos ha llamado así, aunque técnicamente seamos pareja. Supongo que tengo que acostumbrarme. Me cruzo de brazos, ni siquiera sé por qué dudo a veces, es como si me gustase contradecirme a mí mismo.

—Tenéis razón, lo siento. Pienso lo mismo, lo que pasa es que de vez en cuando se me va la olla y me preocupo de más.

Elena se acerca y me da un breve abrazo, por supuesto aprovechando para probar mi batido. Niego con la cabeza y la aparto con un manotazo.

—Entonces ¿ya sois una pareja oficial? —Mario toma el dónut que queda y se prepara para darle un bocado.

—Sí, pero nuestras familias aún no lo saben. Eso sí, me ha prometido que no vamos a escondernos más, por eso estoy más nervioso de lo normal. Volvemos al instituto la semana que viene y no sé cómo le va a afectar que todos sepan lo nuestro.

Maya le resta importancia con un gesto.

—Estamos en el siglo XXI, no creo que se forme un revuelo. A ver, quizá los primeros días sea tema de conversación, pero con el tiempo se olvidarán y pasarán a hablar de otra cosa. Así funciona el instituto.

Mi amiga tiene razón. Si algo me han enseñado estos años de escuela es que nada dura para siempre. El morbo sobre algo se mantiene unos cuantos días, como mucho unas semanas, y después otra cosa o persona pasa a ser el centro de atención.

—Además, no te debe importar la opinión de cuatro gilipollas que no saben nada sobre vosotros. Haz lo mismo que yo, mándalos a la mierda antes de que puedan arruinarte el día.

Río ante la actitud agresiva de Elena. Sin duda dice la verdad, he podido presenciar esa situación más de una vez.

—Volviendo a tu primera vez con Alejandro... ¿Te dolió mucho? —La curiosidad de Maya la traiciona a veces, sobre todo con estos temas.

—Al principio sí, luego ya no tanto. Por suerte él fue paciente y tuvo cuidado.

—Ya sabes, si no te casas con él, lo haré yo —bromea Elena con la boca llena.

—Estoy muy feliz, chicos. También quería pasar un rato con vosotros porque estos meses he estado más distraído y quizá no os he prestado demasiada atención... Quería disculparme por eso.

—No seas tonto. —Maya me reconforta acariciándome el brazo—. Cuando empieza a gustarte alguien actúas de forma distinta, a todos nos ha pasado.

—Seguimos siendo amigos, ¿no? —Asiento ante la pregunta de Mario—. Entonces todo está bien.

—Y si nos invitas a merendar más a menudo tampoco nos vamos a negar.

Esta vez reímos todos.

SETENTA Y TRES

∽ Dani ∽

Me ajusto el chaquetón para protegerme del frío y escudriño a Alejandro, sentado a mi lado sobre la manta vieja y también enfundado en su habitual abrigo negro. Sin dejar de mirarlo le doy un bocado al sándwich de atún que tengo en la mano y recorro con los ojos la orilla del río frente a nosotros.

—Que el parque del Alamillo esté cerrado nos ha jodido el plan.

—Podríamos haber vuelto a mi casa, pero ya la tienes muy vista, ¿no te parece?

—Cierto. —Le ofrezco mi zumo, pero lo rechaza negando con la cabeza—. En realidad, el sitio me da igual mientras estemos juntos. Lo decía porque parece que va a llover.

Eleva la mirada al cielo y divisa la misma nube oscura que yo ya había observado. Señala otra más clara a su lado y carraspea antes de hablar.

—Esa tiene forma de ballena.

—¿Ballena? —Contemplo la nube con la máxima concentración posible y dejo volar mi imaginación—. Es un monopatín.

Arruga la nariz y contiene una carcajada.

—Ve a revisarte la vista, estás ciego.

Le doy un golpecito en el brazo y río de forma ruidosa. Vuelvo a la carga con otra nube más alejada de mi campo de visión.

—Esa tiene forma de payaso.

—¿Cómo puede una nube tener tu misma silueta? —menciona recuperando su tono sarcástico.

—El único payaso aquí eres tú.

A pesar de mis palabras se acerca con una sonrisa, me agarra la barbilla y me besa. Cierro los ojos y disfruto del contacto de nuestros labios. Nunca me cansaré de él. Antes de separarnos, un resplandor atraviesa el cielo.

—Se ve que lo de la lluvia era verdad.

—Nunca dudes de lo que te digo.

Retomamos el beso, igual de suave y delicado que hace unos segundos. Le regalo unas caricias en el muslo y me gano una sonrisa pícara al mismo tiempo que la escena en su cuarto se repite en mi cabeza una y otra vez. Me tumbo en la manta que evita que nuestra ropa se manche y suspiro, intentando calmarme.

—¿Tienes tantas ganas como yo? —cuestiona tras tumbarse de lado y apoyar el codo en el césped. Es tan alto que su cuerpo se sale de la tela.

—Alejandro, estamos en un sitio público. Cualquiera podría pasar por aquí —le recuerdo notando cómo mis orejas arden.

—Eso es lo divertido.

Le doy un codazo.

—¿Vas a ser de esos que tienen ganas de follar todo el día?

—No tienes ni idea. —Alza las cejas y se ríe—. Pregúntale a alguna ex mía, te dará la respuesta que buscas.

El recuerdo de que ha estado con más personas antes y solo con chicas me golpea con fuerza. Había olvidado ese pequeño detalle.

—¿Pasa algo? —dice al verme pensativo.

—¿Es diferente estar con un chico? —Ladea la cabeza ante mi pregunta, dudoso—. Quiero decir... Yo nunca he estado con una chica. Bueno, en realidad eres la primera persona con la que salgo, pero me pregunto cómo es para ti.

Alejandro parpadea múltiples veces y adopta una expresión dubitativa. Me dedico a admirar sus facciones mientras tanto, desde sus largas pestañas a su barba de tres días que le sienta tan bien.

—No voy a negar que es raro al principio. Bueno, no raro..., sino distinto. —Con sus dedos recorre mi brazo derecho y me hace cosquillas al llegar al hombro—. Todas las novias que he tenido me han dejado porque no me entendían.

—Creía que era al revés.

—Qué va. Los primeros días era perfecto: nos enrollábamos, salíamos a comer por ahí, lo típico. Luego empezaban a conocerme y huían como moscas.

—¿Cómo es posible? —Me acerco y acaricio la punta de su nariz con la mía, lo que hace que ría—. No me creo que sean tan tontas como para dejar a alguien como tú.

—Sus razones tenían… —Chasquea la lengua y huye de mi mirada—. Ya sabes que a veces no puedo controlar mis impulsos y eso me lleva a hacer cosas de las que luego me arrepiento. Tampoco pretendía que lo entendieran, porque ni yo mismo me entiendo a veces…

—De momento no has hecho ninguna locura, que yo sepa. —Lo recrimino con los ojos a pesar de que sigue con la vista fija en el río—. Y, si lo haces, intentaré comprenderlo. Pero, si me tienes que decir algo, hazlo ya.

No tengo razones aparentes por las que debería dudar de Alejandro, lo sé. Pero aun así hay algo que no me cuadra sobre él. ¿Qué justifica su antiguo comportamiento? ¿El hecho de que estuviera reprimido es lo único que hay detrás? ¿O existe una parte de su vida que no me está mostrando?

Desde que somos cercanos he notado cómo ha ido cambiando poco a poco. El Alejandro que tengo ahora a mi lado jamás se burlaría de alguien por su orientación sexual, ya que sabe lo que se siente al ser diferente al resto.

Quizá es cierto eso de que a todos nos llega lo que nos merecemos. Alejandro merecía una segunda oportunidad, poder rebobinar y empezar de nuevo, descubrir el mundo con otros ojos. En cambio, no estoy muy seguro de que yo lo merezca a él, pero si está aquí conmigo significa que de alguna forma sí que lo merezco.

Vuelvo a la realidad tras escucharle carraspear. Traga saliva y su expresión no me dice mucho.

—No sé a qué te refieres. Estoy bien.

Esas dos palabras me tranquilizan sobremanera, incluso cuando su tono no es el más seguro que he escuchado. Me deja un pequeño beso en el hombro justo donde tenía hace unos segundos los dedos y se incorpora para ponerse de pie. Mientras contempla de espaldas el cielo, ahora más oscuro a causa de la tormenta, me levanto y le doy una palmada en el trasero. Se da la vuelta y abre la boca, estupefacto.

—Lo siento, esos vaqueros marcan demasiado.

—Ven aquí.

Se lanza encima de mí y comienza a hacerme cosquillas en las costillas sabiendo demasiado bien que no las soporto. Intento zafarme de su agarre y contraataco con cosquillas en el cuello. Se retuerce mientras ríe y se tambalea cerca de la orilla.

—Ni se te ocurra —advierto tras ver cómo mira el agua.

—¿Podemos meternos un poquito? Aunque sea hasta los tobillos —pide para proceder a quitarse el abrigo y dejarlo a un lado.

—¿Estás loco? ¡Estamos como a ocho grados! Además, esa agua está sucia. —Hace caso omiso a mis palabras e introduce los pies dentro—. Ahí te quedas, me voy.

Me giro para recoger la manta, pero ni siquiera puedo alcanzarla porque Alejandro me agarra por detrás y me levanta. Me arrastra hasta la orilla a pesar de mis gritos y patadas para conseguir que me deje, me suelta y caigo de rodillas sobre la corriente. El frío del agua cala en mis huesos y ahogo un grito.

—Está helada.

—Exagerado. —Lo fulmino con la mirada. Extiende la mano para ayudarme a levantarme, aunque en su lugar tiro de él y consigo que caiga en plancha, empapándose hasta el cuello—. Vale, sí que está fría de cojones.

Me resigno, quitándome el chaquetón y dejándolo junto al de Alejandro sobre la manta. Me sigue de cerca y nos sentamos en el escalón de piedra que separa el césped del río. Adentrarse en la corriente es peligroso y no estamos tan locos. Me quito los zapatos y los dejo secando a un lado.

—No sé qué le voy a decir a mi madre cuando llegue a casa empapado y tiritando.

El chico se acomoda el pelo mojado y señala hacia arriba.

—Ahí tienes tu excusa.

Miro al cielo y un par de gotas me caen en la mejilla. Ha empezado a llover. Continúan cayendo gotas y aunque no quiera termino mojándome entero. Alejandro me envuelve en sus brazos y la cercanía de su cuerpo con el mío me quita de inmediato el frío.

—Cambia esa mala cara, ya no hay nada que puedas hacer al respecto. —Suelto una gran cantidad de aire sin dejar de mirarlo—. Solo respira y disfruta.

Me contengo, no rechisto y opto por hacerle caso. Cerrando los ojos me centro en las gotas que caen sobre nosotros cada vez más rápido y el sonido de la corriente del río a nuestro alrededor. Mi temperatura corporal mejora, pero como no nos vayamos pronto voy a pillar un catarro de cojones.

Abro los ojos al notar los labios de Alejandro sobre los míos. Le correspondo casi de manera automática, lo atraigo a mí aún más y me aferro a los pliegues de su ropa empapada. El contacto hace que me olvide incluso del sitio donde nos encontramos, lo único importante para mí en este momento es él.

La situación es curiosa, de eso no hay duda. Dos chicos besándose a la orilla del río un día de enero mientras llueve. Solo a nosotros se nos ocurren estas cosas, aunque mentiría si dijera que no es divertido.

El miedo a enfermar nos puede más, así que recogemos nuestras cosas y nos marchamos cargados de ropa que no se ha secado.

—Me lo he pasado muy bien hoy —digo en el camino de vuelta.

—Yo también.

Saco el móvil de la mochila para revisar las notificaciones y caigo en algo.

—Oye, no tenemos ninguna foto juntos. —Alejandro frunce el ceño.

—¿En serio?

—Como lo oyes. —Abro la cámara, me coloco en una buena posición y lo animo a unirse con la mano—. Tenemos que solucionarlo.

Acepta a regañadientes, se coloca a mi lado y sonríe. Se queja porque según él no sale favorecido y nos hacemos otra en la que posa de perfil mientras me besa en la mejilla.

—Esa sonrisa de ahí es la de una persona enamorada —alardea haciendo zoom en mi cara.

Río entre dientes y niego con la cabeza a la vez que avanzo por el camino. Lo que no sabe es que ha acertado de lleno.

SETENTA Y CUATRO

∼ Dani ∽

Cierro la puerta, cuelgo el abrigo en el perchero y voy a la cocina a beber un poco de agua. Una nota en el frigorífico me hace saber que mi familia ha salido a comprar y que vuelven dentro de una hora. Suspiro tranquilo, ya que ha salido de nuevo el sol y la excusa de la lluvia no iba a colar. Me quito los zapatos y voy hacia mi cuarto con sumo cuidado para no mojar nada. Agarro el pijama, me dirijo al baño y abro la llave del agua para que se vaya calentando. Reviso el móvil y me encuentro con los ya habituales mensajes de Alejandro.

Alejandro: ¿Has llegado?

Alejandro: Sabes que no me quedaré tranquilo hasta que respondas.

Alejandro: ¿Todo bien?

Pongo los ojos en blanco mientras escribo la respuesta. A veces puede llegar a ser un poco pesado, pero supongo que es parte de su forma de ser.

Dani: Sí, me voy a duchar y a esperar al resto para cenar.

Dani: Nos vemos mañana en el instituto. ^^

Alejandro: Joder, se me había olvidado que hoy era el último día de vacaciones.

Dani: Para nuestra desgracia sí.

Alejandro: Bueno, dejo que te duches.

Alejandro: ¿Seguro que no quieres que vaya? Te puedo hacer compañía…

Dani: Buen intento, pero no.

Dani: Hasta mañana. <3

Alejandro: Hasta mañana, descansa.

Me doy la ducha de agua caliente que necesitaba, me enfundo en mi pijama más cómodo y preparo la mochila con los libros que debo llevar mañana. Es un poco triste tener que volver a clases cuando las vacaciones se me han ido volando, pero al menos eso significa que lo he pasado muy bien.

Aprovecho el tiempo que tengo a solas para leer el libro de Percy Jackson en el salón. Pretendía acabarlo antes, pero con los exámenes finales del trimestre me ha sido imposible. Me quedan solo unas veinte páginas por leer, pero mi familia llega a casa e interrumpe el ambiente perfecto para la lectura.

—Oh, ya estás aquí. —Mi madre me da un beso de bienvenida y deja varias bolsas sobre la encimera de la cocina.

—Te dije que no iba a llegar tarde —le recuerdo aún con el libro abierto en las manos.

—Muy bien, mañana tienes que madrugar. —Escucho decir a mi abuelo desde la puerta.

No necesito que me lo recuerde, no soy tonto. Cierro el libro con un suspiro, tendré que dejarlo para otro día. Subo a devolverlo a la estantería de mi cuarto y bajo para ayudar a mi madre a guardar la compra.

—No he encontrado los cereales que tanto te gustan, así que he traído estos.

Miro la caja y al instante los reconozco. Son los que probé hace unos días en casa de Alejandro, cuando dormí allí. Me es imposible no sonreír un poco al recordar esa noche.

—No te preocupes, estos están bien.

Mi madre me dedica una mirada extraña, aunque no dice nada. Mi abuela aparece y nos pregunta si necesitamos ayuda.

—Ya podemos nosotros, mamá.

—En ese caso nos vamos a la cama.

—¿No vais a cenar? —pregunto, confuso.

—Se han comido un paquete de galletas entero entre los dos durante el camino de vuelta, no me extraña que hayan perdido el apetito.

Mi madre abandona la estancia para asegurarse de que mis abuelos se acuestan y vuelve unos minutos después para seguir guardando cosas. Una vez que hemos terminado decidimos preparar una baguette de queso en el horno y dividirla por la mitad para cenar. Ponemos una serie en la televisión y comemos en silencio. Al terminar recogemos los platos y cubiertos usados y nos sentamos en el sofá, haciendo tiempo hasta la hora de acostarnos.

—¿Con quién has salido hoy? —pregunta de repente.

—Con Alejandro.

Se queda callada después de escuchar el nombre. A estas alturas veo una tontería mentirle y decir que he quedado con mis amigos, más que nada porque no estoy haciendo algo de lo que deba ocultarme.

—Es muy buen chico, me alegro de que hayáis hecho las paces.

—Mamá, eso fue hace mucho.

—Tampoco te creas, solo han pasado unos pocos meses.

Reflexiono y recuerdo ese pequeño detalle. Tengo la sensación de que Alejandro no me insulta desde hace años, cuando en realidad todo lo que hemos vivido empezó hace poco. Si me hubieran dicho en ese momento lo mucho que iba a cambiar en tan pocas semanas, me habría reído.

—Como sea, sois amigos y eso es lo que importa.

Sonrío de forma forzada mientras que mi cabeza da vueltas sin parar. Esta es la oportunidad perfecta para contarle que en realidad Alejandro es más que mi amigo. Por supuesto me ahorraría muchos detalles, pero tengo la necesidad de que lo sepa.

—No somos amigos.

Apenas reacciona, solo se me queda mirando y se encoge de hombros.

—A ver, entiendo que el rencor siga ahí, pero al menos os lleváis bien. Tampoco pretendo que seáis inseparables, solo que…

—Estamos saliendo.

Sí, lo he dicho. El nudo que se estaba formando en mi estómago desaparece de repente y me siento aliviado de que ya no tenga que ocultarle nada más a mi madre.

Cuando eres diferente a lo que los demás esperan te acostumbras a fingir. Al cumplir dieciséis años me di cuenta de que me había distanciado de mi familia, de mis amigos e incluso de mí mismo. Salir del armario fue el detonante de los problemas con mi padre, pero dejé de comportarme como alguien que no era. Fue una liberación.

En ese momento mi madre me dio la confianza suficiente para contarle cualquier cosa, así que no tiene sentido esconder lo que ha sido una parte muy importante de mi vida durante estos meses.

—¿Desde cuándo? —Su tono no es recriminatorio, sino curioso.

—Desde hace dos meses, más o menos, aunque hemos tenido varias idas y venidas. —Mi madre asiente y sonríe de manera sutil.

—Sospechaba algo, pero no sabía si Alejandro era... Ya sabes.

—Yo tampoco, eso complicó mucho las cosas —admito de brazos cruzados—. Ahora todo está bien, lo veo muy seguro de lo que quiere. Aunque no sé si su familia va a ser un apoyo o un estorbo.

—¿Nadie de su entorno lo sabe?

—Solo su hermana, que es maravillosa. El resto ya es otra cosa...

Mi madre me rodea con el brazo y me besa en la frente.

—Si lo quieren, tendrán que aceptarlo tarde o temprano. Además, tienen al mejor yerno del mundo. —Río con ganas.

—En realidad todo es gracias a vosotros, ¿lo sabes? Se os ocurrió la idea de las clases particulares.

—Conque estudiar no era lo que hacíais en su cuarto...

Me ruborizo hasta las orejas, que mi madre diga estas cosas es lo más incómodo del mundo. Niego con la cabeza e intento arreglar la situación.

—Te equivocas, soy un profesor responsable.

—No sé yo...

Entre risas decidimos apagar la televisión y acostarnos, los dos tenemos que madrugar mañana. Con un abrazo nos damos las buenas noches y cada uno entra en su habitación. Me meto debajo de las sábanas y cierro los ojos para intentar dormir. Sin poder evitarlo mi mente empieza a crear escenarios que preferiría dejar a un lado.

¿Cómo se comportará mañana Alejandro? Me dijo que ya le daba igual lo que pensaran los demás, aunque en persona las cosas cambian mucho. Pase lo que pase ya hemos recorrido un camino lleno de obstáculos como para poner otro, esta vez sin sentido alguno.

Se me ocurre otra posibilidad, aunque el sueño se apodera de mí y la olvido al momento.

SETENTA Y CINCO

❧ Dani ❧

Dani: ¿Vienes hoy?

Dani: Llevo como diez minutos esperando en la puerta, el conserje va a cerrar ya.

Dani: Voy a entrar, lo siento.

Guardo el móvil en el bolsillo, avanzo por el largo pasillo y entro en clase. La profesora de historia ya está aquí. Al verme suspira y con un ademán me indica que me siente.

—¿Y Alejandro? —susurra mi amiga al observar que he entrado solo—. Creía que os ibais a ver en la entrada.

—Ya, yo también lo creía.

Las tres primeras horas se hacen eternas, y cuando la campana anuncia la hora del descanso suspiro aliviado. Llevo dos semanas sin tocar un libro, y eso, sumado a mi mal humor por madrugar y al plantón de mi novio, me está amargando el día.

Ya sentados en el banco de siempre mis amigos conversan de temas a los que ni siquiera presto atención. Mi cabeza está en otra parte. De todos los escenarios que me había imaginado para el día de hoy este no entraba ni por asomo dentro de mis planes. ¿Estará Alejandro enfermo? Quizá se resfrió en el río, aunque si ese fuera el caso me habría avisado con un mensaje. Dejo a un lado el bocadillo medio mordisqueado para revisar las notificaciones de mi móvil. A mi pesar, no hay ningún mensaje suyo.

—No te preocupes, seguro que se ha quedado dormido.

—Cierto, no es la primera vez que le pasa —puntúa Mario en un intento por animarme.

Desvío la mirada al campo en el centro del patio y encuentro a sus compañeros calentando, todos con el equipamiento viejo del instituto puesto.

—No. Hoy tiene partido y no se lo perdería por nada del mundo. —Me muerdo el labio inferior. Esto no me da buena espina—. Voy a probar a llamarlo.

Después de tres intentos y que salte el contestador me doy por vencido. Voy a guardar el móvil cuando un profesor que jamás me ha dado clase se detiene frente a mí.

—Dame eso. —Extiende la mano. Se refiere al teléfono.

—Perdón, ya lo guardo. Estaba tratando de contactar con alguien, estoy preocupado y... —Me interrumpe antes de que pueda terminar la frase.

—No hay excusas que valgan, ese tipo de dispositivos están prohibidos aquí. —Se lo doy con desgana, pues sé que discutir va a ser inútil, y se lo guarda en el bolsillo—. Podrás recogerlo a la hora de la salida en secretaría.

Sin decir nada más se marcha por donde ha venido. Genial, ya puedo añadir otra causa justificable a mi mal humor de hoy. Lo peor de todo es que, si Alejandro intenta contactar conmigo, no podré saberlo hasta dentro de otras tres horas.

Al final la espera no se hace tan larga, quizá porque dos de las asignaturas que me tocan son de mis favoritas. La última clase, informática, transcurre con normalidad como cualquier otro día: Maya y Mario discuten por el resultado final del proyecto, Elena me da consejos que no sigo y la profesora termina aconsejándonos que empecemos de nuevo.

A la hora de salir camino algo más rápido de lo normal, me dirijo a secretaría y pregunto por mi teléfono. Antonia, una mujer mayor, con gafas de pasta y un moño perfectamente recogido, me dedica una mirada de desagrado y me devuelve el móvil al fin.

Lo enciendo algo nervioso. La idea de que Alejandro me haya hablado y no haber sido capaz de contestarle no me gusta nada. Resulta que tengo un mensaje sin leer de él, es un audio y lo ha enviado hace apenas unos minutos. Estoy a punto de darle al *play* cuando una voz a mis espaldas hace que me detenga.

—Dani. —Me doy media vuelta y me encuentro con un chico más alto que yo. Lo reconozco enseguida: es Diego, el amigo de Alejandro. Pertenecen al equipo de baloncesto—. Te llamas así, ¿no?

Desconcertado, reacciono tarde, guardando el móvil en el bolsillo y agarrando las asas de la mochila, nervioso.

—Eh, sí. —Su semblante es serio, lo que no me transmite mucha confianza—. ¿Te pasa algo?

Vacila e intenta buscar las palabras adecuadas. ¿Qué querrá decirme? La curiosidad y los nervios se mezclan creando un nudo en mi estómago.

—Verás, es que Alejandro no ha venido hoy… ¿Sabes algo?

El malestar se esfuma de inmediato y suspiro. Creía por un momento que tenía malas intenciones.

—Aún no. Me acaba de enviar un audio, supongo que explicándome por qué no ha venido. Si me dejas escuchar… —Intento sacar el móvil de nuevo.

—Mira, si te he preguntado a ti es porque ya llevo tiempo viendo cómo vas detrás de él. ¿Te crees que no es obvio?

Alzo las cejas y me quedo quieto. Su tono ha cambiado a uno más cortante. A lo mejor soy tonto, pero no termino de entender qué me quiere decir.

—¿Cómo?

—No te hagas el loco. Todo el mundo lo sabe… No hay que ser muy avispado. Alejandro ha faltado a todos los entrenamientos de las vacaciones, ¿lo sabías? No sé por qué, pero me da que tú tienes algo que ver.

Expreso mi confusión con una mueca. No puede estar hablando en serio. No tenía ni idea de que se los había saltado, ¿cómo iba a saberlo? A pesar de eso no veo la forma en la que puede estar conectado con nuestra relación.

—No sé de qué hablas. ¿Estás enfadado?

—Hombre, como comprenderás me jode que el mejor jugador del equipo vaya por ahí saltándose los entrenamientos sin decir nada. Sé que eres su «profesor» de inglés —hace comillas con los dedos—, y seguro que es tu forma de acercarte a él.

—Pero…

—Tío, tengo malas noticias. Alejandro no es ni por asomo de tu acera. Créeme, él se ha tirado a más tías que cualquiera de este instituto.

Si no tuviera miedo de lo que este chico podría hacerme, y más ahora que todos se han marchado y estamos solos, me reiría en su cara. Sin duda está intentando herirme con sus estúpidos prejuicios. Se ve que en su mente minúscula no cabe la idea de que un hombre pueda ser bisexual.

—No vayas por ahí, por favor. —Tengo que ser cuidadoso con mis palabras, se ve que Alejandro no les ha dicho nada sobre lo nuestro y no quiero ser yo el que lo desvele.

—Deja de intentarlo, tío. —Diego se acerca, coloca las manos en mis hombros y me mira con intención de intimidarme—. Deja a Alejandro en paz, hazme el favor. No es gay. No tienes ninguna oportunidad con él.

Si esto mismo lo hubiese escuchado hace unos meses es probable que me lo hubiera creído. Lo bueno es que ahora no dudo de los sentimientos que él tiene hacia mí. Puedo llamarlo «novio» sin fantasear al respecto como hacía antes. Más que intimidarme lo que está consiguiendo es preocuparme. Alejandro no merece este tipo de amistades en su vida. Ahora no me extraña que le aterrorizase hablar con su grupo de amigos.

—Como tú digas… —Trato de zafarme de su agarre sin éxito.

—No parece que lo estés entendiendo. No se va a fijar en ti, ni él ni nadie. Hay que aceptar las cosas tal y como son, será más fácil así.

—¿Y tú qué coño sabes? —Lo miro desafiante, no me pienso amedrentar ni un poco—. Ni siquiera me conoces, así que, si tanto te preocupa tu amigo, pregúntale a él en vez de molestarme a mí.

No habla, a lo mejor porque no esperaba una contestación así. Pero no me arrepiento de nada, ya he pasado por demasiado como para que ahora un idiota venga a joderme. Esta vez sí consigo liberarme y retrocedo unos pasos. Diego niega con la cabeza y se ríe.

—Ten cuidado.

—¿O qué? —Vuelvo a mi posición inicial, a unos centímetros de distancia de él—. ¿Vas a amenazarme? ¿A pegarme? Atrévete.

Diego se limita a reír. Doy la conversación por zanjada dando media vuelta y alejándome en dirección a casa. No me sigue ni intenta volver a hablarme. Aún molesto saco el móvil y lo llevo a mi oído para escuchar el audio de Alejandro.

Esto… He tenido un contratiempo, pero no te preocupes, ya está todo solucionado. ¿Te veo esta tarde?

Me dan ganas de preguntarle a qué clase de contratiempo se refiere, por qué se ha saltado los entrenamientos de baloncesto durante las vacaciones o cuándo piensa contarles la verdad a sus amigos. En su lugar, escribo un «vale» y bloqueo el teléfono.

SETENTA Y SEIS

～ Dani ～

Otra notificación de mensaje llega a mi teléfono. La pantalla se enciende y me permite comprobar que, de nuevo, se trata de Alejandro. Bloqueo el móvil sin meditarlo más de dos segundos, a lo que Bea me mira con desaprobación desde el otro lado de la pantalla.

—¿No piensas contestar? —Me quedo callado y bebo del vaso que tengo en la mesa—. Se supone que habéis quedado.

—Se supone —puntualizo sin ganas—. No sé, no tengo la energía necesaria para actuar como si nada hubiera pasado.

—¡No tienes que hacer eso! Solo queda con él, cuéntale que Diego te ha amenazado y él sabrá qué hacer.

—¿Y si no lo sabe? —Mi inseguridad vuelve a aparecer para hacerme dudar de cualquier cosa—. Puede que ni siquiera me crea. Incluso yo pensaba que sus amigos eran geniales hasta hoy. Se les da muy bien aparentar.

—¿Cómo es posible que no te crea? Eres su novio, la confianza es la base de cualquier relación.

Río de forma irónica con el comentario de Bea.

—No creo que se pueda llamar «relación» a algo de lo que él mismo se avergüenza. ¿O es una coincidencia que justo el día que iba a contárselo a sus amigos no haya aparecido por el instituto?

—Es que no es fácil, Dani, y tú deberías saberlo por lo que has vivido. La verdad es que...

—Estoy cansado de esperar. Quizá suena egoísta, pero es como me siento. Jamás he tenido novio, pero no soy tonto. Tu pareja no debería querer esconderse para estar contigo. —Guardo las manos bajo las mangas de la sudadera, me abrazo a mí mismo y contemplo un punto fijo de la habitación—. Quiero poder salir a la calle, ir de la mano y hacer lo que las parejas normales hacen. ¿No te parece penoso que solo tengamos una foto juntos? Pues es así. No sé, es como si lo nuestro no existiera. Y con lo que Diego me ha dicho hoy he caído en la cuenta de que, si tuviera que «demostrar» lo que tenemos, me sería imposible. Alejandro podría negar que estamos juntos y yo quedaría como el acosador que está obsesionado con él.

—Él nunca haría eso.

—Siendo sincero, no sé qué es capaz de hacer si entra en pánico.

—Escúchame. —Bea se acerca a la cámara con una expresión seria—. No tienes que demostrar nada a nadie. ¿Pides una prueba de que lo vuestro existe? La tienes aquí dentro.

Se señala la sien haciendo referencia a la mente. Frunzo el ceño, confuso.

—Todos los momentos que habéis pasado juntos están ahí. Las veces que te ha abrazado, besado, que te ha hecho sentir tan bien... Eso no se olvida tan fácil, Dani. Y no creo que Alejandro sea tan tonto como para echar todo eso por la borda. La última vez que hablamos me dijiste que ya no tenía miedo y que estaba dispuesto a hacer público lo vuestro. ¿Qué ha cambiado?

Me masajeo la frente, el dolor de cabeza aumenta por momentos. ¿Por qué tiene que ser tan difícil? Estoy cansado de pensar tanto y de meditar cada cosa que pasa en mi vida. Sería más sencillo si no buscase una solución a todo.

—No tengo ni idea. —Tomo aire con dificultad y alcanzo a coger un clínex para sonarme la nariz—. Me siento cansado de poner de mi parte para que funcione y no saber qué va a pasar al día siguiente. Me estoy enamorando de un chico que un día me besa y otro me evita. ¿Estoy a tiempo de salir de esto sin ser lastimado?

Mi amiga suspira. Ni siquiera ella sabe la respuesta. En parte me siento culpable porque la mayoría de nuestras conversaciones son sobre Alejandro. Es como si fuera lo único importante en mi vida. ¿Es de verdad así? No la culparía si se cansa de mí.

—¿En serio quieres darte por vencido ahora, después de todo lo que ha pasado?

La pregunta flota en el aire durante varios segundos. A pesar de que dudo por un instante, la respuesta en mi mente está clara.

—No.

—¡Entonces actúa! Queda con él, míralo a los ojos y dile cómo te sientes. Por Dios, es tu novio. —Hace una pausa para morder una galleta de chocolate y al tragar vuelve a la carga—. Nos conocemos desde hace… ¿más de un año? Y déjame decirte que en todo este tiempo nunca te he visto tan ilusionado como cuando me hablas de Alejandro. Sí, a lo mejor se ha equivocado y te ha hecho daño, pero de verdad creo que nunca ha sido su verdadera intención. Es obvio que os queréis mucho… Así que hazte un favor a ti mismo y contesta esos mensajes.

Suelto la gran cantidad de aire que estaba conteniendo y sonrío por instinto debido a la gran verdad que cargan las palabras de Bea. Incertidumbre es mi segundo nombre. Jamás he estado cien por ciento seguro de algo, pero por primera vez creo que puedo decir con seguridad que lo mío con Alejandro es real. Mi amiga tiene razón, ha cometido ciertos fallos, pero yo también. ¿No es al final de lo que trata una relación, de superarlo y tomarlo como un símbolo de unión?

Él es la primera persona en la que pienso cuando me despierto. Su mensaje de buenos días, a veces más tarde de lo usual, me ayuda a empezar con buen pie. Sus manos alrededor de mi cintura, mis dedos dibujando círculos en su espalda y ver sus labios curvándose en una sonrisa es la mejor sensación que he experimentado jamás. Teniéndolo cerca los problemas desaparecen, somos solo él y yo, nada más.

Tomo mi móvil y escribo una respuesta mientras le agradezco su consejo a Bea.

—De verdad, muchas gracias. Con lo extremista que soy me habría deprimido y lo habría echado a perder.

—Para eso estamos. —Termino de teclear el mensaje, presiono enviar y me encuentro con la mirada expectante de Bea—. ¿Y bien?

Dani: Lo siento, estaba ocupado. ¿Puedo verte después? Tenemos que hablar.

Tras leerlo en voz alta mi amiga se alarma y hace aspavientos con los brazos, alterada.

—Regla número uno de las relaciones, ¡nunca digas «tenemos que hablar»! Ahora el pobre va a pensar que quieres dejarlo.

Niego al instante, todavía sosteniendo el dispositivo entre mis manos y sintiendo de repente los nervios.

—¡No digas eso! Seguro que no... —Me quedo en silencio, sopesando las posibilidades de que llegue a conclusiones precipitadas—. Bueno, aún estoy a tiempo de borrarlo.

Pero ya es demasiado tarde. El doble *check* azul en la esquina inferior derecha del mensaje me comunica que ya lo ha leído.

—Mierda.

Aparece que está escribiendo, aunque luego se detiene. De nuevo escribiendo, ahora nada. Elevo la mirada hacia la pantalla y le dedico una mueca a Bea. Está a punto de regañarme cuando recibo al fin una respuesta.

Alejandro: Vale, estoy libre a partir de las ocho.

—Oye, al menos no parece creer que quiero terminar con él..., ¿no?

Bea se da con la palma de la mano abierta en la frente e ignora mi duda.

—A veces me asusta lo que pasaría si no tuvieses mis consejos, de verdad.

SETENTA Y SIETE

∾ Dani ∾

Reviso por tercera vez esta tarde el móvil, impaciente. Aún quedan diez minutos para las ocho, hora a la que he quedado con Alejandro, así que no me queda otra que esperar.

Mi novio está ocupado con el entrenamiento de baloncesto. Diego me dijo que había estado faltando durante las vacaciones, pero se ve que ha recapacitado y ha vuelto a ir. Así que me encuentro frente al centro deportivo donde su equipo entrena.

Mentiría si dijera que no estoy nervioso. La razón no es explicarle lo que ha pasado, sino cómo va a reaccionar. No sé mucho sobre la relación que tiene con sus amigos, pero yo dudaría si me dijeran algo malo sobre los míos.

Me muerdo el labio inferior e intento distraerme con el móvil. De repente me fijo en una pareja de adolescentes que cruzan la acera contigua caminando de la mano y conversando. Son un chico y una chica, para variar. La envidia me carcome por dentro, por lo que me obligo a mí mismo a girarme y mirar hacia otro lado.

¿Sería mucho pedir tener algo así? Cuando fuimos a aquella discoteca en año nuevo y actuamos como una pareja normal fue uno de los mejores momentos que he vivido con él. Nos sentíamos libres: nadie nos conocía, así que no nos podían juzgar.

Ojalá todo fuera más sencillo.

Me quedo rígido al escuchar una voz grave desde el interior. Unas risas la acompañan. Alejandro y sus amigos. Me aparto de la pared y me coloco en una esquina con la intención de pasar desapercibido para sus acompañantes, pero de manera que él sí pueda verme. Compruebo que estoy decente y guardo el móvil. Suspiro y libero la tensión con suaves movimientos de dedos.

Decido meter las manos dentro de los bolsillos de la chaqueta para que no noten mi nerviosismo.

Un grupo de unos diez chicos salen conversando entre ellos, recién duchados y cargando mochilas a sus espaldas. La mayoría son igual o más altos que Alejandro, tiene sentido que practiquen baloncesto. La mitad se despide y se marcha por el sentido contrario, lo que me alivia. El resto hace ademán de cruzar la carretera, pero es cuando él se fija en mi presencia.

—¡Dani! Has venido al final. —Alejandro me dedica una sonrisa y hace caso omiso a la conversación aún activa entre el grupo—. ¿Has estado esperando mucho tiempo?

Niego con las manos aún escondidas dentro de la chaqueta y conteniéndome por no darle un beso a modo de saludo.

—Bueno, déjame que... —Busca algo en su mochila, pero bufa al no encontrarlo—. Me he dejado el móvil dentro. Ahora vuelvo, no te muevas de aquí.

Tengo ganas de decirle que lo acompaño, que no es buena idea quedarme solo con sus compañeros o que al menos no tarde, pero me es imposible articular palabra alguna. Ale desaparece en el interior y me deja solo con su equipo de baloncesto. Trago saliva, esto es incómodo. Unos me miran con curiosidad y otros sin entender qué hago aquí. Fijo la vista en mis zapatos, ya que no creo que desafiarlos con la mirada sea la mejor opción.

—Conque ahora lo acosas hasta en los entrenamientos, ¿eh? —pronuncia Diego avanzando unos pasos hacia mí.

—No sabía que las víctimas se alegraban de ver a su acosador —digo de forma irónica.

—Muy gracioso.

Quizá lo más sensato sería hacerme el loco, ignorarlo y evitar a toda costa cualquier conflicto, pero me es imposible quedarme callado. Sostenemos miradas durante unos segundos hasta que Andrés, el chico rubio con el que me besé la noche de Halloween, toma la palabra.

—Oye, déjalo. —Con una mano agarra a su amigo por el hombro y lo hace retroceder—. No es para tanto.

—¿Que no es para tanto? Me apuesto lo que sea a que Alejandro se ha perdido los últimos entrenamientos por su culpa. ¿Y si perdemos el próximo partido?

—Íbamos a perder de todas formas —musita él, guiñándome el ojo y haciéndome reír.

—No es gracioso. Pero, claro, queréis que el pobre sea feliz creyendo que va a tirarse a Alejandro. De ilusiones se vive...

Me muerdo la lengua. Moriría por decir «ya lo he hecho, gilipollas», aunque no creo que me creyese de todas formas. Diego se ríe con ganas. Los demás no se ríen, pero tampoco intervienen para pararle. Puedo notar cómo mis mejillas arden de la vergüenza. Es justo la forma en la que me sentía cuando mi padre se dirigía a mí, la mayoría de las veces para insultarme o lanzarme una mirada recriminatoria. Sentir que no puedes decir o hacer nada para defenderte y no quedar como un completo idiota es lo peor.

—No te quiero volver a ver por aquí y menos con eso puesto. —Me revisa de arriba abajo y se detiene en mis vaqueros ajustados—. Las putas llevan esa ropa para provocar.

—Conque eres uno de esos. De los que culpan a la mujer cuando la violan, ¿no? ¿Por qué será que no me sorprende? —Me cruzo de brazos sin un aparente ápice de miedo. Dios, si las miradas mataran, Diego ya me habría asesinado—. Homófobo, machista, mal amigo... Lo tienes todo.

Alza la mano y me agarra de la muñeca derecha con fuerza. Intento zafarme de su agarre, lo que provoca que apriete más y el dolor me recorra todo el brazo.

—Odio a los maricones como tú. —La poca distancia que nos separa no ayuda, pues sus ojos se clavan en mí y su agresividad es tal que cuando habla rastros de saliva me caen en la cara—. Andrés es gay, sí, pero es un hombre. Tú no. Vas por ahí actuando como una tía y esperando a que cualquier desesperado te folle. ¿Cuántas veces voy a tener que repetirlo? ¡Alejandro pasa de ti!

—¿Cuál es tu problema? —Jadeo, una punzada de dolor más fuerte que la anterior apenas me permite hablar—. ¿Eres un gay reprimido? ¿Por eso me odias tanto? ¿O es que simplemente tu vida está tan vacía que te divierte joder a los demás?

La furia en su expresión alcanza el punto más alto, parece que he dado en el clavo. Me retuerce el brazo, lo único que puedo hacer es ahogar un grito y tratar de sacarlo.

A la mierda, situaciones desesperadas requieren medidas desesperadas. Con la otra mano alzo la suya y le muerdo los nudillos con fuerza. Lanza un grito y se aparta de inmediato. Las marcas de mis dientes ahora adornan su piel. Debería salir corriendo, pero me quedo estático en el sitio.

—Te voy a matar, hijo de puta.

Con una zancada ya se encuentra frente a mí y sin darme tiempo a reaccionar agarra el cuello de mi sudadera y me arrastra hasta el interior del polideportivo. Sonrío con amargura ante su mirada.

—Tienes muchos huevos para partirme la cara, pero no en medio de la calle. —Tengo asumido que voy a recibir una paliza, así que voy a decirle todas las verdades a la cara. Total, no tengo nada que perder—. ¿Hasta para esto te tienes que esconder? Das pena.

Sus compañeros, que nos han seguido hasta el interior sin dar crédito a la escena, nos contemplan en silencio. Ni siquiera Andrés se atreve a llevarle la contraria a su amigo, lo que es triste ya que estos insultos van dirigidos hacia él también.

—Calla, maricón.

Su puño se hunde en mi boca en un abrir y cerrar de ojos. El dolor es inmediato. Recorre mi mandíbula como una explosión. Mi cuello se dobla y bajo la cabeza. Mi respiración se descontrola de forma irremediable. Ni siquiera soy capaz de alzar la mirada.

—Ahora no eres tan valiente, ¿eh?

Mi corazón va a mil por hora y la cabeza comienza a darme vueltas. Noto un sabor metálico al tragar saliva y lo siguiente que sé es que estoy retorciéndome de dolor en el suelo, en un charco de sangre. A continuación Diego me asesta una patada en las costillas que me deja derrotado y en posición fetal.

No puedo evitar derramar lágrimas y estas se mezclan con la sangre, creando una escena terrorífica. Es como si hubiera vuelto al pasado, a aquella tarde de junio en la que mi padre desató su ira contra mí. Creía que esta vez sería diferente, que si replicaba y me defendía podría prevenir el desastre. Me equivocaba: es igual.

¿Acaso hay alguien más penoso que yo? Si a esto es a lo que estoy destinado toda mi vida, no creo que merezca la pena seguir intentándolo. ¿Por qué recibo este odio? ¿He hecho algo para merecerlo?

Me cubro con las manos el estómago al ver que quiere repetir el ataque. Apoyo la cabeza sobre el suelo y trato de recuperar el aire, a pesar de que las miradas del grupo no ayudan. Unas serias, otras preocupadas, pero nadie se acerca. No pueden creer lo que acaba de pasar.

Unos pasos provenientes del pasillo cortan el silencio como una cuchilla. Mi agresor palidece al ver a Alejandro volver con una expresión confusa, el móvil en la mano y la mochila colgada a la espalda. Se detiene a unos metros al ver la escena y le lleva unos segundos entender qué ha pasado. La cuestión es que al reconocerme acorta las distancias y se arrodilla a mi lado, al principio casi paralizado, pero después tomando mi rostro con las manos y observando mi mal estado.

—Dani, ¿me oyes? ¿Puedes respirar? —Distingo cómo sus ojos se humedecen e intenta tocarme el estómago para evaluar los daños. Lanzo un quejido en cuanto sus dedos hacen contacto con mi vientre debajo de la sudadera. El dolor es demasiado intenso—. Lo siento, es que no sé… Tranquilo, te vas a poner bien. ¿Crees que puedes moverte?

Niego, apenas me veo respirando de forma pausada, menos levantándome y caminando. Alejandro me toma la mano, besa mis nudillos y se levanta para encarar al resto de los presentes.

—Al próximo que le ponga una mano encima a mi novio le va a faltar ciudad para correr, porque le voy a partir la puta cara.

Su tono es directo. Desde abajo puedo ver sus puños apretados y las venas de sus brazos bastante marcadas, al igual que las de su cuello. Le pasa cuando se irrita demasiado. No le hace falta gritar, con la ira que desprende y esa mirada amenazadora es capaz de intimidar a cualquiera.

Pero no es eso en lo que mi mente se concentra. Ha usado la palabra «novio» delante de sus compañeros y ni siquiera ha dudado un segundo en hacerlo. Sonrío para mí, saber que sus sentimientos son tan reales como los míos hace disminuir el dolor un poquito.

—¿Novio? No digas tonterías, tío. —Diego hace un amago de ponerle la mano en el hombro, a lo que Alejandro se aparta súbitamente y lo agarra del cuello de la camiseta.

—Has sido tú, ¿no?

Al chico no le da tiempo a contestar. Un primer puñetazo cruza su cara. Un segundo su nariz. Luego otro, y otro, y otro... Observo por el rabillo del ojo cómo Diego cae al suelo. Hace una mueca de dolor e intenta defenderse. Cuando Alejandro le da una patada, sus compañeros a duras penas consiguen apartarlo, aunque intenta varias veces volver al ataque.

Con su pecho subiendo y bajando a un ritmo frenético parece olvidarse del responsable de mi estado y vuelve a mi lado. Los amigos de Diego le ayudan a levantarse y huyen sin decir nada más. Lo último que escucho son sus quejas, ya que apenas puede mantenerse en pie.

Consigo estabilizar mi respiración ante la atenta mirada de Alejandro. Me dedica una pequeña sonrisa tras comprobar que he dejado de sangrar y acerca sus dedos a mi boca para limpiar la sangre restante con el pulgar. Después cierra los ojos y me da un tímido beso.

—Gracias —logro articular cuando se separa de mí.

—Vamos, te ayudo.

Me toma por la espalda con ambas manos y me empuja hacia delante. Consigo incorporarme ahogando un grito de dolor. Con el mayor cuidado del mundo, como si fuera de porcelana y corriera el riesgo de romperme en pedazos en cualquier momento, Alejandro me agarra de la cintura y me desplaza unos centímetros hacia detrás para que pueda apoyar la espalda contra la pared. Suspiro aliviado aún con las manos en el estómago ya que la molestia sigue ahí. Ale se sienta a mi lado, alcanza la mochila que había tirado al verme y me ofrece un clínex. Mientras me limpio como puedo, coge su móvil y llama a alguien.

—¿Puedes venir a recogerme? Sí, lo sé, pero ha ocurrido algo...

Me mira con ojos comprensivos, alarga la mano y me peina con los dedos. Me limito a apoyarme en su hombro mientras el cansancio me golpea de repente y me deja indefenso. Si hay una cosa que me mantiene aún consciente es la actitud de Alejandro, la manera en la que me ha defendido y se ha preocupado por mí. Dirán lo que quieran, pero esto demuestra más que todas las palabras que se puedan decir.

Al final es cierto eso que dicen de que las personas cambian.

SETENTA Y OCHO

❦ Dani ❦

—No pienso ir al médico.

—¡Tienes que ir! ¿Qué pasa si te has roto algo?

—Tú mismo has dicho que, si ese fuera el caso, estaría peor —argumento de brazos cruzados.

Alejandro pone los ojos en blanco, pero cede y se sienta a mi lado.

—Entonces déjame curarte la herida, por favor.

Lo miro con desgana. Lo que más me apetece es ir a casa y enterrarme bajo las sábanas, pero sé que este chico es demasiado cabezota como para permitírmelo. Hace un puchero y no puedo decir que no.

—Vale.

Se marcha casi corriendo de la habitación antes de que me arrepienta. Vuelve a los pocos segundos con un pequeño botiquín y una sonrisa tranquilizadora.

—Ven, ponte aquí.

Obedezco y me quedo en el borde de la cama con las piernas cruzadas. Él se sienta en la silla del escritorio, la mueve hasta quedar frente a mí y empieza a sacar cosas del botiquín y descartar aquello que no necesita.

Valeria nos ha traído a su casa y fue quien insistió en llevarme al médico, aunque por suerte terminó por desistir después de que me negase mil veces. No quiero que mi familia se preocupe por esto, sé de antemano que no les va a hacer bien.

—Te va a molestar. Solo aguanta un poco, ¿sí?

Asiento y apoyo los brazos sobre las rodillas para dejar que Alejandro me acerque el trozo de algodón al labio. El escozor me hace apartarme al principio, pero se hace soportable al cabo de unos segundos.

—Así, muy bien. —Contempla mis labios todo el rato y debo hacer un esfuerzo por no atraerlo hacia mí y besarlo—. ¿Me puedes contar qué ha pasado? Cuando llegué ya estabas en el suelo...

Su tono vuelve a ser de preocupación, se ve que está teniendo una lucha interna por entender lo sucedido. Bajo la mirada, la enfoco en mis calcetines y rehúyo sus ojos. Contarle lo que su amigo dijo significa abrirme a él, ser vulnerable una vez más y afrontar mis inseguridades fuera de mi mente.

—Ya te dije una vez que no debes tener vergüenza conmigo. —Me toma de la barbilla con el pulgar e índice, obligándome a alzar la vista y mirarlo. Sus preciosos ojos negros son sinónimo de paz y sus labios se curvan en una perfecta sonrisa—. Yo... siento muchas cosas por ti, Dani. Lo nuestro no es solo físico, supongo que ya te habrás dado cuenta. Joder, nos hemos visto desnudos el uno al otro, ¿dónde ha quedado esa seguridad que mostraste esa noche en mi casa?

Ojalá yo mismo supiera la respuesta. Es inexplicable: cada vez que estamos juntos y lo llevamos al siguiente nivel me siento libre. Todas mis preocupaciones e inseguridades se van y solo queda el cariño y afecto que nos profesamos el uno al otro. Me encantaría que fuera así siempre, estar despojado de mis miedos para atreverme a dar el primer paso.

—Y no digas que esa era otra persona. Me encanta todo de ti y todos los tipos de Dani: el chico que me odiaba porque era demasiado injusto con él, el que fue honesto y me contó los problemas que tenía con su padre, el que se abalanzó sobre mí para tener sexo... —Mis mejillas arden debido a esa frase, a pesar de que él ni se inmuta al pronunciarla—. He conocido múltiples facetas tuyas y amo cada una de ellas... No me digas que ahora vas a dejarte herir por cualquiera y no me vas a contar lo sucedido.

Decir que mi corazón se encuentra dando saltos es quedarme corto. Alejandro evoca tantas emociones en mi interior que ni siquiera las mariposas le hacen justicia, lo que mi estómago está experimentando ahora mismo es una explosión de colores vivos y brillantes.

Sus bonitos ojos se achinan un poco al sonreír, lo que no ayuda a apagar los fuegos artificiales que explotan dentro de mí. Me fuerzo a mí mismo a ser valiente, a seguir su ejemplo y ser sincero.

—Diego… no ha sido muy amable conmigo que digamos. —La duda en sus ojos indica que debo explicarme mejor—. Esta mañana me buscó y me preguntó por ti, además de explicarme que habías faltado a los entrenamientos de vacaciones. Cree que ha sido por mi culpa. Y, bueno…, como no sabía lo nuestro, se puso a decir que dejara de intentarlo, que tú jamás estarías conmigo… Y, hum, esta tarde ha pasado lo mismo.

Alejandro me escucha con atención, a veces negando con la cabeza y tapándose la cara con las manos. Omito mi sospecha de que Diego es gay, ya que solo sería echar sal a la herida.

—Pero que conste que yo tampoco dije cosas muy agradables, eh. Quizá debería haberme quedado callado, así no tendrías que estar curándome ahora mismo…

—No. —Enmarca mi rostro con sus manos y mantiene una en mi oreja para acariciarla mientras busca las palabras adecuadas—. Has hecho bien en defenderte. Si no te plantas, tu mente empezará a creerse esas tonterías. Porque sabes que eso es lo que son, tonterías, ¿verdad?

Asiento no tan seguro como me gustaría. Alejandro se da cuenta de que ha terminado de curarme, así que guarda las cosas en el botiquín y se lanza en la cama. Con un ademán me anima a acurrucarme a su lado, él con la mirada fija en el techo y yo en mis dedos.

—¿No vas a dudar de lo que te estoy contando? Se supone que es tu amigo. —Su reacción es encogerse de hombros.

—Sí, lo era, pero lo conozco y sé de lo que es capaz. —Entierro la cabeza en su cuello y huelo su aroma fresco. Sus dedos acarician mi nuca y su respiración choca en mi oreja—. Creo que de ahora en adelante tendré que buscarme nuevos amigos.

Me abraza sin dejar espacio libre entre nuestros cuerpos, que se mantienen calientes. Su risa en mi oído cuando le empiezo a besar el cuello con ternura es la mejor banda sonora que podría encontrar.

—No me abandones nunca —digo con un atisbo de voz. La seriedad que cargan dichas palabras lo llevan a girar el cuello y mirarme a los ojos—. Me haces bien. No sé cómo, pero me acaban de dar una paliza y estoy más contento que el día de Navidad. Eso es gracias a ti.

Vuelve a reír, enseñando esos dientes inferiores algo irregulares pero perfectos para mí. Me aparta el flequillo a un lado y me besa la frente, haciendo que sus labios húmedos rocen mi piel tibia.

—Me quedaré solo si prometes que tú tampoco te irás a ningún lado. —Finge un puchero.

—No lo consideraría ni por un segundo.

Con su mano en mi nuca me atrae hacia él y me besa despacio. Disfruto de sus labios sin hacer nada, solo dejando que me toque. La sonrisa no abandona su rostro y al tomar un descanso apoya frente con frente y acaricia la punta de mi nariz con la suya.

De pronto una afirmación ocupa mi mente. Una frase que es tan verdadera y pura que me extraña el hecho de no haber pensado en ella hasta ahora. Vacilo antes de hablar, quizá me estoy precipitando, pero el tenerlo aquí y a mi lado es la única prueba que necesito para estar convencido de lo que voy a decir.

—Te quiero.

Abre los ojos y noto cómo su cuerpo se congela. Sus ojos examinan los míos buscando la veracidad de la frase. Me limito a escudriñarlo con una sonrisa tonta.

—¿Cómo dices? —pregunta, escéptico.

—Que te quiero. —Esta segunda vez lo digo con convicción, aún más seguro de mis sentimientos. Busco su mano y la agarro con firmeza para apretarla contra mi pecho—. ¿Puedes notar mis latidos? Tú eres quien provoca que vayan tan rápido. Es muy cursi, pero es la verdad.

Se queda callado, observando primero nuestras manos unidas y luego a mí. ¿La he cagado? Parece que no se lo esperaba. Su pecho sube y baja a un ritmo mucho más veloz que hace unos segundos. Voy a pedirle perdón cuando me interrumpe con un beso.

—Yo también —susurra tras separarse. Me besa de nuevo, ahora de manera más apasionada y jugando con la lengua. Sonríe satisfecho cuando termina—. Yo también te quiero.

Se tumba mirando hacia arriba y me subo encima, con las rodillas colocadas a los costados de su cintura y sus manos acariciando mis muslos. Me agacho para dejar un beso húmedo en sus labios y me quito la sudadera sin esperar un segundo más. Alejandro contempla mi torso desnudo y sus ojos se desvían al gran moratón morado que adorna mis costillas.

—Mira lo que te ha hecho ese animal. —Se incorpora y me abraza por la cintura para acariciar con cuidado la zona—. Demasiado odio por hoy. A partir de ahora lo único que vas a recibir es amor y nada más que amor.

Hundo mis dedos en su pelo a la vez que sonrío. Observo los músculos de sus brazos tensos alrededor de mi cuerpo y su boca recorriendo con lentitud mi vientre. Río por las cosquillas, bajo al nivel de sus ojos y suspiro.

—Gracias… —Sin esperarlo mis ojos se humedecen. Pero las lágrimas son de absoluta alegría.

—Ni se te ocurra agradecer nada. Es lo que los novios hacen, ¿no? —Continúa con los besos y sube por el pecho hasta que se detiene, pensativo—. Lo que me recuerda que tengo que hacer algo.

Se aparta un poco, lo suficiente para coger el móvil de la mesita de noche y desbloquearlo. Ante mi atenta mirada selecciona las dos fotos que nos hicimos al salir del río juntos, escribe algo que no alcanzo a leer y las publica en Instagram.

—¿Qué haces?

Le quito el teléfono de las manos y reviso las fotos. En una de ellas él me besa la mejilla y yo sonrío a la cámara, empapados a causa de la lluvia. El pie de foto dice *I'm sorry but I fell in love tonight.*

—Esa letra me suena…

—Puede que la haya robado de una canción de tu *playlist* —confiesa tras devolver el móvil a la mesita de noche y regresar a mis brazos.

—Sales besándome en una. —Alza las cejas como si no fuera capaz de encontrar el problema—. ¡Van a saber que estamos juntos!

—Esa es la idea. —Se arrodilla al igual que yo, coloca sus manos alrededor de mi cintura y su lengua recorre un camino irregular por mi cuello—. A estas alturas Diego y los demás se lo habrán contado a todo el instituto, o en su defecto lo harán mañana. Prefiero que se enteren por mí antes que por ellos.

—Entonces… ¿podremos actuar con normalidad delante de los demás? —Algo se me remueve por dentro, es un atisbo de esperanza.

—Exacto. Podré hacerte esto sin miedo. —Me besa con lengua, con tantas ganas que me cuesta seguirle el ritmo. Retiene mi labio inferior con los dientes y solo lo libera cuando suelto un quejido de molestia—. O esto. —Baja la mano por mi espalda, llega a mi trasero y lo aprieta con fuerza. Cierro los ojos notando su erección contra el muslo y sus dedos se deslizan debajo de mis pantalones.

—No creo que sea algo muy apropiado para hacer en clase…

Ríe ante mi ocurrencia y lo acompaño, desprendiéndome de los vaqueros de todas maneras.

SETENTA Y NUEVE

⁓ Dani ⁓

—¿Te has enterado de lo de esos dos?

—Pues claro, vi la foto que Alejandro publicó ayer.

—¡Aún no me lo creo!

—Es que nadie se lo esperaba.

—Una pena lo de Alejandro, con lo bueno que está...

—¿Qué habrá visto en ese Dani?

—Belleza no, desde luego...

—Calla, viene por ahí.

Los cuchicheos cesan en cuanto me acerco al grupo de chicas que sin una pizca de disimulo me asesinan con la mirada. Sonrío para mí, paso de largo y distingo la figura alta de Alejandro al final del pasillo.

Ser el centro de atención nunca me ha gustado, pero la verdad es que con esta situación me estoy divirtiendo. Quiero decir, ¿qué daño pueden hacernos unos compañeros de clase hablando sobre nosotros? Estos meses he temido que llegara el momento en el que todos supieran que estamos juntos. Sin embargo, he llegado a la conclusión de que tener miedo es inútil. Me han amenazado, me han pegado una paliza y aun así seguimos juntos. Nada ha impedido que volvamos el uno al otro como la última vez. Para nosotros una semana de cotilleos no es nada.

La sonrisa radiante de mi novio ilumina la sala y es lo único en lo que me concentro. Me recibe con los brazos abiertos, me aprieta fuerte contra él y me besa la frente. Me zafo de su agarre el suficiente tiempo para darle los buenos días y besarlo en los labios.

—¿Cómo has dormido? —cuestiona alzando las cejas.

—Muy bien. Con lo que hicimos ayer en tu cama caí rendido en cuanto llegué a casa.

Suelta una carcajada demasiado ruidosa, lo que hace que los presentes nos observen más de lo que ya lo hacen. Nos ganamos unas miradas de confusión y otras de desprecio, la gracia es que no me importa ni una de ellas.

—¿Cómo tienes eso? —Me señala el costado.

—Igual… Sigue doliendo, pero no es para tanto. Apuesto a que Diego tiene una marca más grande, le diste una buena.

—El cabrón se lo merecía —escupe.

—¿Quién se merecía qué? —dice una voz chillona detrás de nosotros.

Elena a duras penas consigue separarnos y se planta entre los dos. Coloca los brazos sobre nuestros hombros y sonríe más de lo normal.

—Diego. Una larga historia —aclaro al ver que se ha percatado de la herida que tengo en el labio.

—Al menos vosotros estáis mejor que nunca. ¡Ya puedo *fangirlear* sobre vuestra relación sin sentirme culpable!

Mi amiga parece estar más emocionada de lo que esperaba. Giro el cuello y veo a Maya y a Mario caminando hacia nosotros, ella con una sonrisa cómplice y él con una expresión de fastidio.

—¿Por qué te importa? Creía que a partir de ahora podíamos hacer lo que quisiéramos sin ser cuestionados por el otro —explica Maya deteniéndose frente a nosotros.

—Solo me preocupo por ti, nada más. —Mario se rasca la nuca algo incómodo—. Apenas lo conoces, ¿y si es un asesino en serie?

—En ese caso dejaré que me mate para no escuchar más tus quejas. —Da la discusión por zanjada y repara en nuestra presencia—. Oh, hola.

—¿De qué va eso? —pregunta Elena sin reparo alguno.

—El pelirrojo ese la ha invitado a salir —se apresura a decir Mario con una mueca.

—No es «el pelirrojo ese», se llama David.

—Como sea… —Su comportamiento me divierte, me atrevería a decir que está celoso.

—Es el que estaba con nosotros en la casa de Diego aquella noche, ¿verdad? —puntualiza Elena y de repente lo recuerdo con mayor claridad. Ignoro el escalofrío que me recorre la espalda al escuchar ese nombre.

—Sí. —Maya escudriña algo a nuestras espaldas, frunce el ceño y se acerca para susurrarnos algo—. Hablando del rey de Roma...

Por un momento creo que se refiere a David y que está nerviosa por encontrárselo cara a cara. Aunque para mi pesar la realidad es muy distinta. Nos giramos para comprobar que el que acaba de entrar por el pasillo es Diego acompañado por su grupo de amigos. Todos nos quedamos mudos al verlo. Cojea de un pie y apenas se mantiene estable, aunque eso es lo de menos. Tiene el ojo izquierdo y la nariz tan morados que es imposible no notarlo.

—Se ve que no me equivocaba al decir que estaba más marcado que yo —mascullo en el oído de Alejandro. Él no cambia la expresión seria.

—Dios santo, ¿eso se lo has hecho tú? —le pregunta Elena horrorizada a mi novio.

—Se lo merecía —repite él apretando los puños. Enrosco su muñeca con los dedos y acaricio sus nudillos heridos—. ¿Verdad?

La culpa carga sus palabras y lo último que puedo soportar es verlo afectado por una persona así. Asiento a la vez que recuerdo las frases dolientes que me dedicó y los golpes que me asestó sin ningún escrúpulo.

—Sí, se lo merecía.

Al llegar a pocos metros de distancia se detiene y nos contempla. El odio en su mirada no es nada comparado con la expresión de ira de Alejandro. La tensión en el ambiente es casi palpable.

—Te gusta verme así, ¿no? —murmura casi temblando—. Estás loco. ¿Sabes que por poco me rompes algo?

—Espero que te sirva para que la próxima vez te lo pienses mejor.

Alejandro avanza unos pasos, decidido, pero lo detengo tomándolo por el hombro y haciéndolo retroceder.

—Déjalo, no vale la pena —le recuerdo. Intento encontrar sus ojos, pero están fijos en el chico.

—¿Qué está pasando aquí? —La voz que reconozco como la del profesor de francés rompe con el reciente silencio que se había producido—. Todos a clase, venga.

Poco a poco los alumnos que contemplaban la escena se marchan, la mayoría cuchicheando entre ellos sin dejar de juzgarnos con la mirada. Alejandro a regañadientes deja que lo arrastre fuera de allí y el tema de conversación del grupo durante el resto del día pasa a ser la pelea con Diego.

Trascurridas las tres primeras horas, mi novio me pregunta si puede estar con nosotros durante el descanso. Lo último que le apetece es jugar al baloncesto y tener que lidiar con los idiotas de sus compañeros. Mi respuesta inmediata es un sí y optamos como siempre por el último banco como lugar de encuentro. No hay espacio suficiente para cinco personas, por lo que les cedo el sitio a mis amigos y me siento encima de Ale.

—No te muevas mucho, no quiero levantar la tienda de campaña con tantas personas alrededor —advierte en mi oído, a lo que contengo la risa e intento quedarme quieto sobre sus muslos.

Comemos nuestros bocadillos en silencio, de vez en cuando cruzando palabras sin importancia. Alejandro se distrae con el móvil y un repentino movimiento de pierna me advierte que está inquieto.

—¿Pasa algo? —Sus ojos se mantienen fijos en la pantalla y su mandíbula se tensa—. Déjame ver.

Cojo el móvil a la vez que cierra los ojos con fastidio. En cuanto leo los comentarios de nuestra foto entiendo su reacción.

@usuario827: Maricones de mierda.

@usuario319: Dais asco.

@usuario628: Haced vuestras cosas en privado, depravados.

@usuario406: ¿Quién creéis que pone el culo de los dos?

@usuario599: Sois un retraso para la humanidad.

Cada comentario es peor que el anterior. Se lo muestro a mis amigos haciendo un esfuerzo para que no me afecte más de lo que debería.

—Vaya panda de cagados. Todos son cuentas anónimas, no me extraña —señala Mario.

—Como me entere de quiénes son van a comer puño hasta que se ahoguen. —La amenaza de Elena no pasa desapercibida y hace que Alejandro se levante de un brinco y yo con él.

—Sé que los responsables de esto son Diego y sus amigos. Se van a enterar.

Antes de que pueda siquiera andar hacia el campo me detengo enfrente de él y le corto el paso. Pasa a desatar su furia conmigo tras comprobar que no voy a permitirle ir.

—Es broma, ¿no? ¿Ahora encima vas a defenderlos?

—No se trata de eso, sino de evitar problemas. Es la segunda vez que pretendes pegar a alguien hoy. —Me cruzo de brazos. Su frustración crece por momentos y mi testarudez hace acto de presencia—. ¿Así vas a pasarte el resto del curso?

—¡Son ellos los que han puesto esas mierdas en mi publicación! ¿Quiénes se creen que son? ¿O me vas a decir que no se lo merecen?

—Claro que sí, pero no te va a hacer sentir mejor. Déjalo, la semana que viene ya se habrán olvidado. —Trato de agarrarlo del brazo para tranquilizarlo, pero se zafa enseguida.

—No entiendo cómo te puede dar tan igual.

—¡No me da igual! Está mal, sí, pero he escuchado tanto esas palabras que ya no me afectan. —Le doy la mano, esta vez se deja tocar—. Y tú deberías hacer lo mismo.

Sus ojos negros me analizan con rapidez, quizá valorando si lo que digo tiene el peso suficiente como para tomarlo en cuenta. Chasquea la lengua, niega con la cabeza y se libra de mi agarre.

—Ahí está el problema: lo tienes tan interiorizado que es algo común para ti. Eso no quiere decir que sea justo.

—Alejandro, hazme caso por una vez. ¿Qué vas a ganar con esto? ¡Una expulsión! Y hemos tenido suerte de que Diego no ha sufrido daños más graves, porque si hubiera sido así podría haberte denunciado. Así que relájate y siéntate, joder.

La exasperación me hace hablar de forma más agresiva y hacer aspavientos con las manos. Pero Ale no me escucha, está cegado por la venganza y el odio.

—Por mí como si se muere. Le ha hecho daño a la persona que más quiero, ¿cómo voy a pasarlo por alto?

Me quedo callado. Mi mente trata de procesar el hecho de que se haya referido a mí como «la persona que más quiero». Si no fuera por el enfado que lleva encima me acercaría, lo reconfortaría con mis brazos y le diría que él significa lo mismo para mí. Abro la boca para responder, pero ningún sonido sale de ella.

—¿Sabes qué? Déjalo. Si te gusta ser humillado cada día, allá tú.

Da media vuelta y se marcha hacia el interior del edificio. Por un momento se me cruza por la cabeza seguirlo, pero sé que no voy a ser capaz de convencerlo. Me siento en el banco y retomo el bocadillo a medio comer con la mirada atenta de los demás en mí.

—Vuestra primera pelea como pareja, ¡qué emocionante!

Le hago una mueca a Maya mientras envuelvo el bocadillo en el papel de aluminio. He perdido el apetito.

—Emocionante no es la palabra que usaría…

OCHENTA

∾ Dani ∾

El día ha empeorado bastante desde que esos comentarios llegaron a la bandeja de notificaciones de Alejandro. Desapareció a mitad del descanso y no he vuelto a verlo, ya que las tres siguientes horas no las compartimos. Mi preocupación aumenta cuando Maya me dice que no ha asistido a sus siguientes clases.

—¿Qué? ¿Los profesores sabían algo? —cuestiono en la salida.

—Nada, igual que nosotros. Si hubiera pedido que un familiar lo recoja constaría en el historial y lo habrían comunicado, por eso me ha extrañado que nadie sepa nada.

—A ver, que no cunda el pánico. Prueba a mandarle un mensaje, es probable que sea un berrinche y esté en algún sitio esperando a que le hables.

Hago lo que Mario dice con la esperanza de que esta sea una de las tantas ocasiones en las que tiene razón. Escribo lo primero que se me viene a la cabeza.

Dani: Te has ido del instituto, ¿verdad?

Dani: ¿Dónde estás?

Dani: Si estás enfadado, lo siento, pero esta no es la forma de afrontar la situación.

Dani: Espero tu mensaje.

Me mantengo alerta del móvil durante el camino de vuelta a casa, hasta el punto de creer escuchar el sonido de una notificación cuando no es así. Suspiro apesadumbrado, entro en casa y dejo la mochila en el escritorio de mi cuarto. Algo me dice que va a ser un día largo.

Después de comer, ayudar con las tareas domésticas y terminar unos ejercicios de historia pendientes no tengo nada más que hacer. Tumbarme en la cama y escuchar música hasta quedarme dormido suena demasiado tentador, pero me reprendo y me fuerzo a salir a dar un paseo.

Solo, tomando ese camino solitario que tanto me gusta, con la única compañía de mis auriculares y la voz de Lana de fondo: el plan perfecto. Últimamente no he tenido mucho tiempo a solas para asimilar lo que ha sucedido los últimos días, así que esta es la ocasión perfecta para hacerlo. Elijo la chaqueta más cómoda que tengo y salgo de casa dejando que los pies me lleven a donde les plazca y sumido en mis propios pensamientos. Hace frío, aunque no el suficiente como para dar media vuelta y volver a mi habitación.

Reviso mis mensajes una vez más antes de guardar el móvil en el bolsillo y seguir con la caminata. ¿Le habrá pasado algo grave a Alejandro? Antes de que desapareciera tenía la intención de buscarse problemas con sus antiguos amigos... ¿Lo habrá hecho?

No me preocupa tanto que mi novio se enfrente a cinco de su tamaño, porque vi de lo que es capaz ayer, sino el hecho de que su primer impulso es la violencia física. No quiero que acabe en el hospital por una tontería.

Tomo de nuevo el teléfono, ahora para llamarlo. Después de marcar unos segundos la llamada se corta. Repito el proceso, lo mismo. Me doy por vencido en el cuarto intento. ¿Tan enfadado está conmigo que ni siquiera responde a mis llamadas? ¿O de verdad se ha metido en un lío con quien no debía? Me masajeo la sien, la incertidumbre me está matando.

En realidad sabía que esto terminaría pasando de una forma u otra. Alejandro no se ha replanteado su sexualidad hasta hace unas semanas y es común que le afecten de más los comentarios de otras personas. Para mí, por suerte o por desgracia, son tan comunes que me dan igual.

¿Y si Alejandro no es capaz de soportar la presión? ¿Qué estaría dispuesto a hacer para volver a ser «normal»? Odio hacerme esto, pero me es inevitable imaginar el hipotético caso en el que mi novio decida romper conmigo. Sería lo más fácil: ya nadie hablaría sobre él, encontraría una chica guapa con la que salir y su vida volvería a la normalidad en un abrir y cerrar de ojos. Sería tan simple como eso. Los problemas empezaron desde que entré en su vida. Si yo soy capaz de verlo, es cuestión de tiempo que él también lo haga.

¿Es esa la imagen que tienes de mí?

Sí, justo eso diría Alejandro si le contara mis pensamientos. Y quizá, solo quizá, tenga razón. ¿Por qué dudo de él cuando me ha demostrado que jamás me dejaría sin una buena razón? A estas alturas debería saber que no se fija en mis inseguridades, esas que de vez en cuando me torturan sin piedad.

Acelero el ritmo de mis pasos con las manos guardadas en los bolsillos de la chaqueta y la mirada perdida en el horizonte. Quiero convencerme de que Alejandro está bien, que no le ha pasado nada y que se ha encerrado en su cuarto. Por esto mismo decido ir a su casa, en caso de que no esté allí su familia me dirá dónde puedo encontrarlo.

Para alargar la caminata primero doy la vuelta y vuelvo sobre mis pasos, llego hasta mi casa y sigo para dirigirme al centro. Tras unos veinte minutos andando vislumbro la conocida casa de los Vila alrededor del parque, tranquila y silenciosa desde fuera. Antes de tocar el timbre pruebo a llamar a Ale, pero ni siquiera tiene cobertura. Suspiro, guardo el teléfono y pulso el timbre. Transcurren varios segundos hasta que alguien en el interior se digna a abrir, por supuesto siguiendo la tradición de esta familia de no preguntar quién está en la puerta. Lo primero que veo es una cabellera rubia y corta propia de Valeria, quien me saluda con una sonrisa.

—¡Dani! ¿Qué te trae por aquí?

—Estoy buscando a tu hermano —aclaro disimulando mi nerviosismo—. ¿Está en su cuarto?

Su cara de confusión no vaticina nada bueno.

—¿Mi hermano? —Asiento—. Creía que estaba contigo.

Trago saliva y un escalofrío me recorre la espalda mientras noto el sudor que me cubre las palmas de las manos.

—¿No ha venido en todo el día? ¿Ni siquiera a almorzar?

—No. ¿Ha pasado algo? —Me rasco la nuca, para responder a esa pregunta tendría que contarle lo que pasó con sus compañeros de baloncesto—. Dani, suelta por la boca lo que sea. Créeme, la última vez que Alejandro no volvió a casa a su hora no hubo final feliz.

Me contengo por preguntar a qué se refiere y se le explico todo: que Alejandro faltó a los entrenamientos durante las vacaciones, las amenazas que recibí debido a eso, el enfrentamiento que tuvimos ayer y los comentarios en la publicación de Instagram. Valeria sigue el hilo de la historia con una expresión seria y se sorprende en las partes más violentas.

—¿Y por qué me estoy enterando ahora? —se queja cuando finalizo—. ¡Normal que Alejandro no aparezca! Tenemos que encontrarlo, si le ha dado un ataque de ansiedad...

Frunzo el ceño al escuchar esas tres últimas palabras. ¿De qué está hablando?

—¿Ataque de ansiedad? —Valeria abre los ojos como platos. Parece darse cuenta de que ha hablado de más—. ¿Por qué tendría Alejandro un ataque de ansiedad?

Se muerde el labio y evita el contacto directo con mis ojos. Me cruzo de brazos, encarándola.

—He sido sincero contigo, Valeria. Ahora es tu turno.

Por su semblante asumo que está teniendo un debate interno. ¿Qué puede ser tan grave como para que opte por ocultármelo?

—No sé de qué va esto y no me da buena espina. Cuéntame la verdad, por favor. Soy el novio de Alejandro, creo que como mínimo merezco un voto de confianza.

—El problema no es la confianza, Dani, sino que es él quien debería contártelo, no yo. —Se muerde las uñas con nerviosismo, agarra el móvil y marca el teléfono de su hermano: nada.

—¿Contarme el qué? —pregunto, exasperado—. Odio los secretos.

Sale de la estancia sin siquiera responderme y vuelve con un abrigo y las llaves del coche en la mano.

—Vale, te lo explico por el camino. —Abre la puerta y me indica con un gesto que salga—. Pero tenemos que irnos ya, mejor darse prisa antes de que pase algo.

Obedezco a regañadientes. No sé de qué va esto, pero no tengo un buen presentimiento. Valeria pulsa un botón de las llaves y las luces de un coche blanco al otro lado de la calle se encienden. Nos dirigimos al vehículo sin decir nada. Una vez dentro, ella al volante y yo a su lado en el asiento de copiloto, mete la llave y arranca el coche.

—¿Dónde se supone que vamos a buscarlo? —pregunto tras revisar de nuevo el chat. Ni siquiera ha leído mis mensajes.

—Tiene que estar en la ciudad, ¿no? Lo más inteligente es ir a los sitios que frecuenta. —La miro con el ceño fruncido—. Tú eres su novio, al menos debes tener una idea.

—Hum… —Trato de pensar. En realidad no he ido a muchos sitios con Alejandro, la mayor parte del tiempo lo pasamos en su casa o en el instituto—. Pues no sé… ¿El polideportivo donde entrena, quizá?

—Vale, vamos para allá.

Salimos del barrio en dirección a las afueras, donde se ubica el centro deportivo. La esperanza de que Valeria retome la conversación sobre el problema de Alejandro se va disipando al comprobar que se mantiene en silencio. Se limita a conducir y tamborilear el volante con los dedos.

—¿Vas a empezar a hablar ya? El camino no es muy largo, mejor que te des prisa —apremio con toda la impaciencia del mundo.

—Me sorprende que mi hermano te soporte en situaciones como esta. —Me hago el sordo y achaco su actitud a la preocupación del momento—. La cuestión es que…

Una llamada entrante por el altavoz del coche la interrumpe. Acepta de inmediato, pero ambos nos llevamos una decepción al comprobar que no se trata de Alejandro, sino de su madre.

—Valeria, acabo de hablar con el tutor de tu hermano por teléfono. Me ha dicho que hoy se ha saltado las tres últimas clases. ¿Va todo bien?

La recién nombrada suspira, de pronto estresada.

—Creo que va a pasar otra vez, mamá. —Habla con un hilo de voz como si intentara que no la escuche—. Se ha ido y no sabemos dónde está.

—¿Qué dices? ¡Eso es imposible! Se estaba tomando la medicación… —Valeria aparta los ojos de la carretera por un segundo para mirarme. Se la ve nerviosa y a la vez culpable—. Dime por lo que más quieras que no has vuelto a hacer lo de la última vez.

—¡Que no, mamá! Te lo prometo.

¿Medicación? ¿Última vez? No recuerdo haber estado tan perdido en una conversación como ahora. ¿Se refieren a Alejandro? ¿Está enfermo y no sé nada? Tanto misterio me produce un nudo en el estómago.

—Voy a revisar su habitación, estoy segura de que están ahí. —Se escuchan unos pasos de fondo, el sonido de una puerta abriéndose y lo que parece alguien revolviendo un cajón—. Lo sabía. Las ha guardado aquí, Valeria.

—Debería haberlo sabido. —Se da golpecitos en la cabeza, aún más inquieta—. ¿Ahora qué hacemos?

—Intenta encontrarlo, por favor. Yo voy a avisar a tu padre.

—Vale, te hablo cuando sepa algo.

Cuelga la llamada con dificultad ya que su mano tiembla un poco. Alzo la mirada y a pesar de que no me la devuelve sabe que la estoy observando.

—Explícamelo, por favor. Las conclusiones que puedo sacar de esa conversación no son buenas.

Sé que la he convencido al ver que suspira, dispuesta a comenzar su explicación.

—Antes de que lo sepas, quiero que me prometas que nada va a cambiar entre vosotros. No soy quién para meterme en vuestra relación, pero hay gente que no sabe qué hacer en estas situaciones y termina hiriendo a la otra persona. Alejandro va a seguir siendo el mismo, ¿entiendes eso?

—Claro que lo entiendo, y sí, te lo prometo. —Sus ojos, idénticos a los de su hermano, me analizan de arriba abajo.

—De acuerdo. Supongo que sabrás lo que es el TOC, ¿no?

—Hum, sí. No lo sé con exactitud, pero algo he escuchado.

—Es un trastorno de ansiedad, llamado trastorno obsesivo-compulsivo y es mucho más común de lo que se piensa. Las personas que lo padecen se ven bombardeadas por pensamientos obsesivos, ideas que por más que quieran no pueden ignorar y de las que tienen la necesidad de desprenderse de una forma u otra. Eso provoca que tengan una serie de conductas compulsivas, rituales por así decirlo, que realizan para librarse de los pensamientos intrusivos. Su mente siempre está atosigándolos con cosas que por lo general no tienen mucha importancia, pero para ellos sí.

Hace una pausa respirando con lentitud y reduciendo la velocidad del vehículo. Hago una mueca. ¿A dónde quiere llegar?

—Alejandro es una de esas personas, Dani. Convive con TOC desde pequeño, cuando descubrimos que hacía cosas poco comunes para un niño de su edad. Y menos mal que nos dimos cuenta pronto, porque de lo contrario…

—Perdona que te interrumpa, pero creo que no te estoy siguiendo. ¿Alejandro tiene TOC? ¿Cómo es posible? Nunca lo he visto actuar de manera extraña.

En mi cabeza esa posibilidad ni siquiera existe. ¿Cómo va a tener mi novio un trastorno? Debe ser una broma muy pesada.

—Sí que lo has presenciado, solo que no le has prestado atención. Hay diferentes tipos de obsesiones, las de mi hermano tienen que ver con el orden. ¿Alguna vez has notado que tiende a tenerlo todo en perfecto estado?

Hago un esfuerzo por recordar.

La comida en mi casa, el primer día que dimos clase juntos. Me extrañó que agrupase la comida del plato, separada en pequeños montoncitos.

También me llevé una sorpresa al entrar en su cuarto, todo estaba tan ordenado que no lo esperaba viniendo de una persona como él.

—Además de eso tiene algunos rituales. La mayoría pasan desapercibidos. Por ejemplo, siempre que va a usar la vitrocerámica enciende el fuego, lo apaga y lo vuelve a encender. O cuando va a salir de casa cierra con llave, abre para comprobar que todo está en orden y cierra de nuevo. Tiene un miedo irracional a dejarse algo encendido o no acordarse de echar la llave, además de que siempre está preocupado por sus seres queridos. Vive con el constante sentimiento de que nos va a ocurrir algo malo en cualquier momento.

Entonces los mensajes que me manda cuando nos despedimos llegan a mi mente, al igual que su insistencia por decirle que he llegado a casa sano y salvo. Es como si todo hiciera clic. Cosas que antes no tenían sentido ahora las veo de forma clara.

—¿Eso es por culpa de su trastorno?

—Sí. Por eso quizá has llegado a pensar que tiene distintas personalidades o algo así. Ni él mismo entiende sus pensamientos, lo que le lleva a frustrarse y sufrir cambios de ánimo con normalidad. A veces se deja llevar por impulsos, aunque solo los más fuertes…

Como ese mismo día en el que comió en mi casa. Recorrió el camino de su vivienda a la mía y se presentó en mi puerta para darme el resultado que había obtenido en la prueba de nivel de inglés online.

A ver, Alejandro. Podrías haberme mandado un mensaje, para eso te di mi número.

Ah, bueno, es verdad. Es que pensé que te gustaría saberlo pronto…

En ese momento pensé que era raro, o que lo hizo para irritarme. Ahora sé que no era nada de eso.

—Te lo cuento para que entiendas a Alejandro. ¿Por qué crees que nunca ha tenido una pareja durante más de un mes? A veces es difícil tratar con personas como él. La gente común no entiende su actitud y ni se molesta en intentar comprenderlo.

Todo encaja con su explicación, tanto la cantidad de novias que ha tenido y que no han llegado a nada como sus cambios de humor y su preocupación excesiva por todo.

—Y tú eres diferente… No sé por qué, pero es así. Alejandro no quería decirte qué le pasaba, supongo que le empezabas a gustar y no quería que salieras corriendo. Pero nunca lo hiciste, aun sin saber que padece este trastorno abrazaste sus problemas y ayudaste a reducirlos cuando estabas con él... Nunca nadie había hecho eso por mi hermano. *Me traes calma, Dani. Una tranquilidad que no consigo en ningún lugar ni con ninguna persona..., excepto contigo. Tú apareces y la voz se va, así de simple. Hasta cuando peleamos.*

¿A eso se refería con «la voz»? ¿A los pensamientos que caracterizan su trastorno? Joder, me siento idiota por no haberme dado cuenta antes. Pero, si lo que dice Valeria es verdad, ¿quiere decir que lo he estado ayudando todo este tiempo sin saberlo?

—Es muy abrumador, lo sé. Yo misma le dije que no te lo contase hasta que tuvierais confianza y él estuviese listo. Aunque a estas alturas no sirve de nada ocultarlo más...

Vuelvo a la realidad tras unos minutos de confusión. Seguimos sin saber dónde está Alejandro y parece que no es la primera vez que pasa.

—¿A qué se refería antes tu madre? ¿Por qué es tan grave que Alejandro no vuelva a casa?

—Verás, mi hermano tiene que seguir un tratamiento que disminuye los síntomas que padece. Es un trastorno de ansiedad, por lo que los ataques de ansiedad también son frecuentes.

Por eso sabía cómo lidiar con los ataques aquel día que sufrí uno en su casa. Se excusó diciendo que era su hermana la que los tenía, ahora sé que no era nadie más que él mismo.

—Los antidepresivos ayudan a que no los sufra y a que sus obsesiones no tomen el control.

—Y no se los ha estado tomando —adivino. Debe ser eso lo que tenía escondido en su habitación y lo que Vanesa ha encontrado.

—Exacto. Hace unos meses antes de que lo conocieras hizo lo mismo. Solo era el inicio del tratamiento, por lo que la solución fue buscar algo más potente. Ahora es mucho más complicado, después de tanto tiempo mejorando dejar la medicación podría derivar en una recaída. Y créeme, lo que has visto no es ni la cuarta parte de lo que mi hermano es en su peor estado.

Un escalofrío me recorre la espalda. Mi novio podría estar en peligro en estos momentos. Trato de contactarlo por décima vez, ya ni siquiera marca.

—Ayer tuvo un ataque de ansiedad justo antes de ir al instituto, por eso faltó. Es cierto que hacía tiempo que no tenía uno, pero no se me pasó por la cabeza que estuviera escondiendo las pastillas...

El coche se detiene de repente, hemos llegado al polideportivo. Me quedo dentro para cuidar del vehículo por órdenes de Valeria y ella se adentra en el edificio. Sale unos minutos después aún más preocupada.

—No está ahí. —Se abrocha el cinturón y golpea el volante con violencia—. ¿A dónde cojones puede haber ido?

—Pensemos. Tiene que ser un sitio al que nadie se le ocurra ir, ¿verdad?

—Bueno, conociendo a mi hermano, más o menos. A lo mejor lo que quiere ahora es desaparecer, pero muy en el fondo busca ser encontrado. Y si alguien puede hacerlo ese eres tú, Dani.

Respiro con dificultad al ver que el peso parece recaer en mí. ¿Cómo voy a adivinar lo que se le pasa por la cabeza?

—Tiene que ser un lugar apartado donde hayáis estado juntos... Donde no haya mucha gente.

¿Qué sitio puede ser? ¡Joder, Dani, piensa!

—Ahora mismo no se me ocurre nada. Y encima está sin cobertura, lo que no ayuda a...

Me detengo en seco. Una bombilla se enciende en mi cabeza: no hay cobertura. Un sitio apartado, al que hemos ido juntos, donde no hay gente.

—¡El río! —grito eufórico—. ¡Tiene que ser ahí! ¡Ve por esa carretera, rápido!

Valeria obedece sin dudar y toma el camino que nos desvía hacia el campo. Tras unos minutos de incesante traqueteo detiene el automóvil en un descampado y me bajo del mismo.

—Voy a buscarlo, tú quédate cuidando del coche.

—¿Estás seguro? —Suena desconfiada.

—Sí.

Y sin esperar una respuesta corro en dirección al río. Debe ser tarde, pues ya está anocheciendo. Me abro paso entre los árboles y arbustos y diviso a lo lejos la orilla y la corriente de agua moviéndose. Justo ahí, en una esquina, hay una silueta.

Mi corazón da un vuelco, aunque mis piernas no se detienen hasta estar a pocos metros de distancia. Alejandro está de espaldas, sentado sobre la orilla y moviéndose de lado a lado, temblando. Me acerco con sigilo, lo rodeo y lo encuentro de frente. La alegría dura poco cuando nuestros ojos se encuentran: su expresión es de completo terror, su labio no deja de temblar y está empapado y lleno de barro, desde los zapatos hasta el pelo. Tiene las rodillas pegadas al pecho y se rodea las piernas con los brazos.

Se me cae una lágrima silenciosa mientras me arrodillo, derrotado al ver al amor de mi vida de esta forma. Alzo la mano, a lo que me contempla con tristeza y hace un amago por bajar la cabeza. A pesar de esto no se aparta cuando con los dedos acaricio su mejilla, fría como el hielo. Enmarco su rostro con ambas manos y siento los escalofríos que le recorren el cuerpo.

—Tranquilo —consigo articular. La garganta se me cierra al verlo así.

Sin dejar de temblar, se abalanza sobre mí. Su cuerpo frío se fusiona con el mío en un abrazo desesperado, casi inhumano. Sus dedos se aferran a mi sudadera y apoya la cabeza en mi hombro, donde comienza a llorar desconsolado.

—Soy un idiota. Por un momento he pensado que lo mejor sería meterme ahí y libraros de una carga. Pero yo no me quiero morir, Dani. —Su voz se quiebra ahogando el llanto—. No me quiero morir porque donde vaya no voy a tenerte a mi lado. ¿Me puedes perdonar? Lo siento, lo siento, lo siento…

Ahora las lágrimas salen sin control y mojan su ya húmeda sudadera. Me aparto unos centímetros, agarro sus hombros y lo miro fijamente.

—Tú nunca has sido ni vas a ser una carga, ¿entiendes? Eres Alejandro, la persona más sorprendente e increíble que conozco.

Mi novio, el único que me quiere tanto por mis virtudes como por mis defectos. ¿En qué momento eso es ser una carga?

Entrecierra los ojos sin saber muy bien qué decir. Lo atraigo hacia mí por la barbilla y acaricio mis labios con los suyos con suavidad. Al separarnos agarro con fuerza sus manos frías y le dedico la sonrisa más sincera que he esbozado en mi vida.

—Créeme, te va a hacer falta mucho más que esto para librarte de mí.

TERCERA PARTE

FUERTE

OCHENTA Y UNO

∽ Alejandro ∾

—¿Entonces qué pasó después? ¿Lo recuerdas?

Respiro con dificultad, escondo las manos magulladas debajo de las mangas de la sudadera y me encojo en el asiento. El ambiente se siente pesado, miro a mi alrededor y puedo averiguar por qué. Evito no fijarme en esos detalles y concentrarme en la voz de la mujer enfrente de mí, aunque sea casi imposible.

Hay un estante colgado en la pared de mi derecha. Está lleno de libros desordenados. Unos son más altos que otros, ni siquiera están agrupados por autor o colección. Me muerdo el labio inferior. No debo prestarle atención a eso. No pasa nada si hay un poco de desorden. No me va a afectar en nada.

¿Estás seguro?

—¿Es por los libros? —Alzo la cabeza para encontrarme con los curiosos ojos azules de Sasha—. Llevamos viéndonos varios años y los últimos meses parecía no importarte que hubiera un poco de desorden. ¿Qué ha cambiado?

Me encojo de hombros y bajo de nuevo la mirada. Esta vez analizo mis zapatos, perfectamente limpios y relucientes. Las formas irregulares de los libros no abandonan mi mente. Debo hacer un esfuerzo por pensar en otra cosa.

—Te diré lo que ha cambiado: no has estado tomando la medicación. —Para mi sorpresa su voz suena serena, empática, sin un ápice de reproche. Me atrevo a mirarla a los ojos sin expresión alguna—. No te voy a pedir la razón, tú verás si me lo dices o no, pero sí necesito saber desde cuándo.

Trago saliva. Hablar con Sasha siempre es fácil, parece entender lo que le digo a la primera sin que tenga que explicarme. Eso me gusta, la mayoría de gente no es así.

—No sé… ¿Tres semanas?

—¿Y qué te hizo pensar que sería una buena idea hacerlo?

—Estaba… Estoy bien. Ya no necesito pastillas, por eso dejé de tomarlas —explico. Ella no tarda en fruncir el ceño.

—En ese caso me lo podrías haber dicho, habríamos hecho pruebas y te habrían reducido la cantidad. No puedes cortar con la medicación de un día para otro, puede resultar fatal. —Se acerca unos centímetros, sentada en el borde de la silla y apoyada sobre sus rodillas—. Que hayas vuelto a tener ataques de ansiedad es una señal de falta de medicación. Tus padres me han dicho que has sufrido varios en los últimos días. ¿Me puedes explicar cuándo y cómo fueron?

Suspiro con pesadez. Relatar mi recaída no es nada agradable, menos aún cuando apenas hace una semana de lo sucedido. A pesar de ello hago un esfuerzo, entiendo que Sasha solo quiere ayudar.

—El primero fue la semana pasada, antes de ir al instituto. Estaba preocupado por algo, no quería ir a clase. Ni siquiera fui capaz de pisar el patio, aunque por suerte mi hermana estaba allí y me ayudó.

—Ahí hacía por lo menos dos semanas que habías dejado de tomar los antidepresivos, ¿verdad? —Asiento, y ella anota algo en el cuaderno pequeño que tiene entre las manos—. ¿Cuándo fue el siguiente?

Agradezco que no haya preguntado por qué estaba preocupado. Habría sido difícil de explicar y tendría que contarle sobre mi relación con Dani. En su lugar hago memoria y me traslado a aquel día en el que todo se torció.

—Justo al día siguiente, el martes. Estaba alterado por algo, peleé con alguien y…

—Alejandro. —Me detengo—. Para poder entender la situación me tienes que contar todo, sin usar palabras como «algo» o «alguien».

Me rasco la nuca y muevo de manera inconsciente la pierna. Temía que dijera algo similar a esto. Hablar sobre Dani con los demás siempre me pone nervioso.

—¿Tiene que ver con la pelea que tuviste? —Señala mis nudillos marcados por heridas ya cicatrizando. Menos mal que no me abrí la misma herida de cuando golpeé el cristal de la cocina, en ese caso habría sido más grave.

—Sí. El lunes tuve una pelea con un compañero, Diego. Al día siguiente seguía enfadado.

—¿Una pelea? La última vez que no seguiste la medicación también tuviste encontronazos en el instituto, ¿recuerdas? Te vuelves más violento.

—No es por las pastillas —aclaro en un tono serio—. Puede que estuviera nervioso por eso, pero no agredí a mi amigo porque se me cruzaran los cables. Pegaron a mi novio.

El silencio se instala en la sala siguiendo la pronunciación de la palabra «novio». Sasha alza las cejas, deja la libreta a un lado y arrima más la silla al centro de la estancia.

—¿Tu novio? —pregunta, interesada—. ¿Es ese tal Dani del que me hablabas antes de las vacaciones?

Asiento algo tímido. Estas dos últimas semanas no he estado acudiendo a terapia debido al descanso por vacaciones, razón por la que mis padres creen que he empeorado. Lo cierto es que en las vacaciones mi relación con Dani ha mejorado muchísimo y no tiene sentido ocultárselo a Sasha.

—Entonces por eso le has estado dando tantas vueltas a todo últimamente, ¿no? Siempre es duro averiguar quiénes somos y lo que queremos, sobre todo cuando llega alguien que nos cambia la perspectiva del mundo.

Asiento. Dani ha sido como un tornado que ha revuelto mi vida. Al principio apareció como el blanco perfecto de mis comentarios pesados, porque era más fácil pretender ser otra persona que aceptarme a mí mismo. Luego se convirtió en un estorbo y más tarde en mi profesor de inglés. Y ahora, como si la vida fuera una especie de broma, es mi novio.

Sin embargo, lo único que siento cuando pienso en el giro de los acontecimientos es agradecimiento. Antes era una persona arisca, fatigado con los problemas que tenía y que sin darme cuenta descargaba mi ira con los demás. Desde que Dani llegó para quedarse todo ha sido distinto. No recuerdo la última vez que me burlé de alguien sin motivo. No lo necesito. Mi novio me hace sentir tan querido que no noto frustración, odio o desesperación. Todo es mejor si él está a mi lado.

—¿Y por qué le pegaron?

—Mis antiguos amigos son homófobos, aunque digan lo contrario. —Me cruzo de brazos mientras el calor me invade al acordarme de sus heridas—. La cosa es que la cagué. Tenía miedo de salir del armario. A lo mejor si hubiera aclarado lo nuestro desde el principio no le habrían hecho nada.

—Ya sabes que conmigo está prohibido usar los «si hubiera pasado esto». No lo sabes, nadie lo sabe. —Intento creérmelo. Me acomodo el pelo y desvío la mirada de nuevo a la estantería—. Vale, te peleaste con tu amigo porque le hizo daño a tu novio. Al día siguiente fuiste al instituto y seguías resentido. ¿Qué pasó luego?

—Me dejaron unos comentarios horribles en una publicación de Instagram. Nos insultaron y nos hicieron sentir como una mierda. Intenté darles su merecido una vez más, pero Dani no me dejó. Discutimos y me escapé.

—¿A dónde fuiste?

—Al principio a ningún sitio. Me quedé alrededor del edificio, no sabía si volver o no. Terminé recorriendo toda la ciudad intentando calmarme porque ya empezaba a notar que me faltaba el aire. Sufrí dos ataques de ansiedad, el segundo cerca del río.

—¿Río?

Me golpeo mentalmente, no debería haber dicho eso.

—Sí… Dani y yo solemos ir por allí, me tranquiliza.

Parece satisfecha con la respuesta, así que opto por callarme. Si le confieso que mi intención era ahogarme, aparecerán las preguntas, más medicación y la supervisión familiar. Me estremezco con tan solo pensarlo.

—Vale, muy bien. —Termina de anotar, mira el reloj de su muñeca y suspira—. Nos hemos quedado sin tiempo. ¿Te gustaría añadir algo, cualquier cosa que te parezca importante?

Niego antes de enterrar la cabeza en la capucha de la sudadera. Sasha ríe un poco, se levanta de la silla y me anima a que la imite. —Siento que sea así, pero vas a tener que volver a tomar las pastillas, de forma diaria. No puedo hacer nada al respecto, órdenes del psiquiatra. Esta vez tus padres se asegurarán de que no te las guardes. —Antes de que pueda replicar coge un trozo de hoja con la receta y me lo extiende—. Y no quiero que te vengas abajo, ¿vale? Empezamos de nuevo y ya está. No te preocupes demasiado.

—Vale, gracias.

Me acompaña hasta la puerta donde encuentro a Valeria esperando con una expresión aburrida. Al verme da un respingo y se acerca, dedicándole una sonrisa a la psicóloga.

—Nos vemos el miércoles que viene a la misma hora. Pasa una buena semana, Alejandro.

—Igualmente.

Nos dirigimos a la salida de la consulta. Mientras Valeria saca las llaves del coche doblo el papel un par de veces y me lo guardo en el bolsillo. Una vez que nos montamos en el automóvil hago un puchero y ya sabe lo que pretendo con eso.

—Toma, anda. —Saca mi móvil del bolso y me lo da—. Sé que papá y mamá quieren que lo tengas el menor tiempo posible, pero, entre tú y yo, no creo que ayude realmente.

—Gracias.

Me pongo el cinturón mientras se enciende y mi hermana arranca el coche. Desde el incidente de la semana pasada mis padres se han vuelto más severos, como si antes no lo fuesen lo suficiente. No sé qué sentido tiene restringirme el uso del móvil, lo único que hace es ponerme de más mal humor al no poder hablar con Dani.

Lo primero que hago tras introducir la clave es dirigirme a la conversación con mi novio. Tengo tres mensajes sin leer.

Dani: ¿Cómo ha ido el primer día?

Dani: Quería ir a recogerte, pero me han hecho el lío y tengo que limpiar el trastero.

Dani: *Archivo multimedia*

Abro la fotografía, se trata de una foto suya con el mayor desorden que he visto nunca de fondo. Se pueden distinguir revistas, figuras en miniatura, cajas de todo tipo, bicicletas... La ansiedad que me produce disminuye un poco cuando me fijo en la cara de mi novio, que sonríe a la cámara y sostiene una escoba en la mano. Me contagia la sonrisa al instante y me apresuro en contestar, sintiendo las tan famosas mariposas revolotear en mi estómago. Si tuviera que escoger experimentar una única sensación para el resto de mi vida, sin duda escogería esta.

Alejandro: Muy bien, tengo que seguir con la medicación.

Alejandro: Lo malo son mis padres...

Dani: No te preocupes, con la excusa de las clases de inglés podremos vernos cuando queramos.

Dani: Ahora vuelvo, acabo de ver algo moverse y creo que me va a dar un ataque. Reza por mí.

Suelto una carcajada. Solo el hecho de imaginarme a Dani huyendo de una araña diminuta es demasiado gracioso. Me hago un selfi con los ojos cerrados y una mano levantada y se la envío.

Alejandro: *Archivo multimedia*

Alejandro: Rezando por ti.

Bloqueo el móvil, miro a mi hermana de soslayo y río sin poder evitarlo.

—Me encanta cuando te ríes. —Por unos segundos aparta los ojos de la carretera y me sonríe también—. Estás más guapo así.

OCHENTA Y DOS

༄ Alejandro ༄

Valeria aparca en la calle de atrás mientras me quito el cinturón. Le devuelvo el móvil y lo guarda en el bolso como si no me lo hubiese dado. Al llegar a casa nos encontramos con nuestros padres en el comedor. Antes de que pueda siquiera cerrar la puerta, mi madre empieza con el interrogatorio.

—¿Qué tal ha ido?

Intenta dirigirse a mí con amabilidad, pero falla en el intento y esboza la sonrisa más falsa que he visto en mi vida. Me encojo de hombros como respuesta. Al parecer este gesto se va a convertir en mi marca personal.

—Bien.

Entrecierra los ojos como esperando a que diga algo más. Lo que quiero ahora es irme a mi habitación y distraerme, no seguir hablando de la maldita recaída.

—Tengo que seguir tomando los medicamentos todos los días. —Saco el papel con la receta y lo dejo encima de la mesa—. Lo más seguro es que el psiquiatra os llame para explicároslo.

Ambos asienten. No estoy muy seguro de qué más quieren de mí, así que hago ademán de subir las escaleras. La voz de mi hermana hace que frene en seco.

—¿No vas a comer?

—No tengo ganas.

Sin esperar una respuesta desaparezco escaleras arriba, cruzo el pasillo y me adentro en mi cuarto. Cierro la puerta y bufo al ver el hueco donde antes estaba el pestillo. Ahora mi familia confunde mi deseo de tener privacidad con intentos de suicidio, lo cual no es ni por asomo coherente. Sí, quizá aquel día se me pasó por la cabeza, pero tengo demasiado que perder como para hacerlo.

Lo que me jode es que me traten como un loco que no puede contener su furia y que por eso va por ahí rompiendo cristales de la puerta de la cocina, escondiendo la medicación y escapándose de clase. El problema no lo tengo yo, sino los demás. Si me trataran como una persona normal y corriente, nada de esto habría pasado.

El problema es que no eres una persona normal y corriente.

Me doy golpecitos en la sien. Estoy cansado de la voz que me martiriza todos los días. ¿Por qué mis padres se empeñan en que no salga de casa? ¿Acaso no saben que estar encerrado sin ver a mi novio me produce más ansiedad? Nunca han sabido mucho de mi verdadero yo, así que no es extraño que sus soluciones para esta situación sean inútiles.

Me siento en la cama y aliso la doblez en la colcha que he visto al entrar. Me siento bien en mi habitación, es un lugar que me produce paz ya que está bajo mi control. Sé que no voy a encontrar libros desordenados, ropa desparramada por el suelo o pósters doblados en la pared. Todo está colocado de la forma en la que debe estar.

Me quito los zapatos, los dejo junto a la cama en la esquina especial para el calzado y me quedo en calcetines. Me deshago también de la sudadera, la cuelgo en la percha dedicada a la ropa azul y la guardo en el armario. Me pongo los botines y salgo del cuarto en dirección al gimnasio, que está justo enfrente.

El deporte es la mejor de las distracciones. Desde que voy al psicólogo me recomendaron que siguiera una rutina, tener un pasatiempo que mantuviese mi mente ocupada. Nos sobraba espacio cuando mi hermana se fue, de modo que mis padres me dejaron tener un espacio privado para llevar a cabo mis entrenamientos.

Al final no sé si me ayuda o me produce más ansiedad, pues saltarme la rutina diaria me estresa sobremanera. Eso ha ocurrido el último mes. Según Sasha la falta de medicación también provoca que pierda la concentración en la mayoría de las tareas.

Me subo a la bicicleta estática y comienzo a pedalear concentrado en un punto fijo de la pared. Sigo la rutina de cada día:

media hora de bicicleta, otra de pesas, abdominales, ejercicios de cardio y estiramientos. Cuando estoy haciendo minutos extra escucho a alguien fuera que se queda parada detrás del marco de la puerta.

—Pasa —consigo decir con la respiración agitada.

Ángela entra con una sonrisa mientras me llevo una toalla a la frente. La mujer sirve como una alarma, siempre viene a limpiar justo al final de mi rutina.

—¿Todo bien? —pregunta antes de sacar un paño húmedo y empezar a limpiar una de las ventanas.

La observo con detenimiento y una vez más veo de dónde saca Dani tanta belleza. Su pelo es del mismo tono castaño, sus ojos marrones son idénticos a los de su hijo y sus rasgos faciales son igual de delicados. Eso sí, ella es un poco más bajita, por lo que la diferencia de altura entre nosotros es aún mayor.

—Sí. ¿Cómo anda todo por allí?

—Muy bien, gracias por preguntar. —Estoy a punto de marcharme, pero se detiene en su tarea y me mira con una expresión amable—. Dani te echa mucho de menos.

Me sonrojo al instante y me rasco la nuca a causa de la incomodidad. Conque mi novio habla de mí con su madre, ¿eh? No sé por qué, pero nunca había contemplado esa posibilidad. Hago un ademán con la mano, intentando restarle importancia, a pesar de que yo también lo extraño mucho.

—Han sido solo unos días. Mañana ya vuelvo al instituto, por suerte.

—Mira, Alejandro…, quiero que sepas que conmigo estáis a salvo. Mi hijo me lo ha contado todo. Por supuesto no soy quién para meterme, solo quería que lo supieras. Y no te asustes, no tengo intención de hablar con tus padres ni nada parecido.

—Gra-gracias —balbuceo más ruborizado que antes.

¿Dani le ha contado que tenemos una relación? Una repentina alegría me invade por dentro. Eso significa que soy tan importante en su vida como él lo es en la mía. A pesar de esto me veo obligado a explicarle a Ángela por qué no se lo he dicho a mis padres, no quiero que parezca que me avergüenzo de su hijo o algo parecido.

—Ellos aún no saben nada porque todo ha sido un caos estos últimos días. Ya sabes, volver al psicólogo, la medicación, la pelea… Están saturados con tanta información. Prefiero decirlo cuando la situación se calme.

—Lo entiendo, no tienes que explicarme nada —añade con tono comprensivo—. Tú céntrate en recuperarte, estoy segura de que Dani estará a tu lado pase lo que pase.

—Gracias, Ángela.

Me dedica una sonrisa y me marcho directo a la ducha. Necesito despejarme y quitarme el estrés que he acumulado durante el día, por lo que opto por llenar la bañera y meterme dentro. Me sumerjo hasta los hombros, pego las rodillas al pecho y rodeo las piernas con los brazos. El agua caliente es el mejor remedio para desconectar por unos minutos, me hace sentir bien. Saco la mano derecha del agua y observo mis nudillos, donde las cicatrices están húmedas.

Estas marcas no me traen buenos recuerdos. Cada vez que las noto lo único que veo es a Dani tirado en el suelo, sangrando por la boca y protegiéndose el estómago con los brazos. Ni siquiera puedo describir lo que sentí al contemplar semejante escena. Jamás he estado tan cegado por la ira y la desesperación a la vez.

Eso es lo que debe estar sintiendo Dani ahora mismo, pensé al día siguiente cuando estaba en el río. Él no merece ningún tipo de sufrimiento, menos de mi parte. Esa fue la razón de más peso que me empujó a salir, escupir el agua que tenía en los pulmones y esperar a que alguien me encontrara.

He de reconocer que también pensé en tragarme las pastillas que tenía en el cajón de mi habitación. Así acabaría de forma más rápida. El problema era que mi hermana estaba en casa y no me habría dejado tranquilo. Después de todo estaba fuera durante el horario escolar. Si no hubiera venido a pasar un tiempo con nosotros…, quién sabe lo que hubiera pasado.

Sumerjo otra vez la mano y me abrazo con más fuerza a mí mismo, como si así pudiese de alguna forma protegerme de mis pensamientos. Las gotas caen de mi pelo mojado a la superficie del agua y son la única melodía que acompaña el ambiente. Necesito más de este silencio. Día a día escucho esa maldita voz, mi propia voz, que cuestiona todo lo que hago. Por si fuera poco, la ansiedad que el desorden me produce y las cosas que tengo que hacer para recuperar la tranquilidad mental me desgastan poco a poco.

 ¿Qué se sentirá viviendo sin estrés y sin estar pendiente de cada detalle que te rodea? ¿Qué se sentirá al ser normal? ¿Podré algún día llegar a serlo?

 Ya sabes la respuesta.

OCHENTA Y TRES

∽ Alejandro ∽

Las mañanas son el momento más estresante del día. La mayoría de mis rituales tienen lugar a esta hora, lo que hace que casi siempre llegue tarde a clase. Bufo antes de terminar de vestirme y bajar a la cocina para desayunar. Mientras como del bol de cereales me entretengo con la televisión. Por lo general me perdería en las aplicaciones del móvil, pero mis padres aún se resisten a permitirme su uso. He buscado por todos lados, y aun así no soy capaz de encontrar dónde está el dichoso teléfono.

Al terminar lavo el bol con dedicación. Cuatro veces por fuera, cuatro por dentro, retiro el detergente con agua y vuelta a empezar. Solo cuando he realizado esta acción cuatro veces me quedo satisfecho y puedo pasar a secarlo. Hago lo mismo con la cuchara. Quizá si fuera como los demás y me conformase con una pasada de agua no perdería tanto tiempo.

Hora de terminar de prepararse. Subo al baño, me coloco frente al espejo y me lavo los dientes. Cuatro pasadas por fuera, cuatro por dentro, arriba y abajo. Al acabar apenas queda pasta de dientes. Creo que se nota que tardo demasiado en esta actividad. Para terminar me peino y me cambio el aro de la oreja a uno igual, solo por manía. Agarro la mochila y bajo al comedor, donde compruebo en el reloj de pared que me quedan diez minutos para llegar a mi hora.

Allá vamos. Reviso cada una de las habitaciones de la casa, pasando por cada planta, comprobando que no haya ningún enchufe puesto, que la calefacción esté apagada, que ningún objeto esté en un lugar que no le corresponde… Al terminar agarro las llaves y me dispongo a salir, a pesar de que sé que voy a tener que volver en cuanto cierre la puerta principal.

¿Has cerrado la puerta de la terraza?
Y aquí está de nuevo. Vuelvo sobre mis pasos, tomo otra vez las llaves y entro en casa. Subo las escaleras de dos en dos maldiciendo a mi mente por ser tan estúpida. Compruebo que todo está cerrado y ordenado como lo he dejado hace unos segundos y al fin soy libre de marcharme.

Tener TOC no es para nada agradable. Además de que te desgasta tanto mental como físicamente, ayuda a que los demás no empaticen contigo ni un poquito y te tachen de bicho raro. No entienden que, si por mí fuera, no viviría con un miedo constante ni haría cosas tan raras para disminuirlo.

Hasta el desastre de hace unos días había hecho un esfuerzo para ocultarle a Dani esta parte de mí. No fue demasiado difícil ya que cuando estoy con él no hay rastro de ansiedad ni pensamientos intrusivos. Por eso me volví adicto a su compañía, a sus abrazos, a sus besos... Me hace sentir normal. No me tengo que esforzar por hacer desaparecer la ansiedad, pues esta apenas existe cuando estamos juntos. Todo lo que ocupa mi mente es su tímida sonrisa, sus preciosos ojos marrones, sus mejillas rosadas y su flequillo a veces alborotado. Joder, todo en él es pura perfección. Y que haya elegido estar conmigo es un privilegio del que no soy consciente.

Acelero el paso. Saber que voy a verlo después de casi una eterna semana hace que algo dentro de mí dé saltitos de alegría. Diviso el gran edificio de lejos y a los últimos alumnos apurados para entrar por la puerta. Me doy prisa por llegar y que el conserje me vea. Cuando me quedan pocos metros de distancia hasta la puerta, y justo después de esquivar una columna, lo veo. Está ahí, parado frente a la entrada. Agarra las asas de la mochila con nerviosismo y mira a su alrededor, esperando que aparezca en algún momento. Aprovecho que está de espaldas para abalanzarme sobre él, colocar mis brazos debajo de los suyos y abrazarlo por detrás. Da un respingo y gira la cabeza para descubrir de quién se trata, como si no lo supiese ya.

Me acaricia la barbilla con el pelo castaño al darse la vuelta y provoca que me ría. Sus ojos me miran con atención, como si no pudiera creerse que estoy delante de él. Antes de que pueda hablar me abraza con fuerza. Entierra la cabeza en mi cuello y se aferra a mi chaqueta por detrás. Acaricio sus mechones con los dedos y disfruto del suave olor frutal que siempre lleva consigo. Lo necesitaba tanto…

—Buenos días —alcanza a decir sin soltarme. No puedo hacer más que reír.

—Bastante buenos si empezamos así. —Me separo un poco para enmarcar su rostro con mis manos. Joder, debo verme como un bobo mirándolo tan embelesado—. Te he echado mucho de menos.

—Yo más.

Acerco mi boca a sus labios sin ser capaz de aguantar más y vuelvo a este espacio seguro que es su persona. Con la lengua acaricio la superficie para luego reunirme con la suya mientras cierro los ojos. Escuchamos un carraspeo a nuestro lado.

—Voy a cerrar —masculla el conserje con una expresión de desaprobación.

Nos separamos lo suficiente para mirarnos el uno al otro y comenzamos a reírnos ante la situación. Nos damos la mano, le hacemos caso al hombre y lo dejamos atrás en cuanto avanzamos unos pasos por el largo pasillo. Todos están en clase, por lo que somos los únicos aquí.

—Debería ser ilegal tener historia a primera hora los lunes —se queja mi novio por lo bajo, no vaya a ser que cualquier profesor desde su aula lo escuche.

—Si no nos damos prisa, me da que nos pondrán falta —advierto andando más rápido.

Al final llegamos al aula correspondiente y tocamos dos veces la puerta. La profesora nos deja entrar sin decir nada, pues solemos llegar tarde. Bueno, sobre todo yo.

Hago caso omiso de las miradas que se posan en mí y avanzo en dirección al final de la clase. Entonces recuerdo que mi compañero de mesa es Gabriel y una repentina sensación de odio me detiene por un momento en mitad de la clase.

—¿Estás bien, Alejandro? —pronuncia la mujer desde su asiento.

Antes siquiera de que pueda contestar noto unos dedos que se enroscan alrededor de mi muñeca y me hacen dar la vuelta. Dani me mira con ojos tranquilizadores y señala su asiento.

—Ven, ahora somos compañeros de mesa.

Lo sigo, incrédulo. Cuando nos sentamos compruebo el pequeño reajuste que sus amigos han hecho: Elena se ha ido a otro asiento con una chica que no conozco y el sitio se ha quedado libre. No lo pienso mucho y hago lo que me dice para acomodarme en la silla de la segunda fila. La clase da comienzo mientras yo saco mis cosas. La profesora retoma el reinado de Isabel II por donde lo dejó el último día, claro que yo me perdí esa clase. Dani parece leerme la mente y alcanza a susurrarme algo en el oído:

—No te preocupes, he tomado todos los apuntes para dártelos luego. No iba a dejar que bajases el nivel en la única materia que de verdad te gusta, ¿no crees?

Asiento con una sonrisa de oreja a oreja. Ahora puedo decirlo con certeza: Dani es lo mejor que me he pasado en la vida.

OCHENTA Y CUATRO

∽ Alejandro ∽

—¿Vas a dejarme comer? —pregunta con una sonrisa permanente en el rostro.

—No.

Refuerzo aún más el agarre, abrazándolo por el costado y acariciando su pelo con mi mejilla. Dani hace un esfuerzo por librarse de mí, pero soy más fuerte y no es capaz siquiera de apartarme unos centímetros. Tengo que reconocerlo, soy adicto a su cercanía, y ahora que lo tengo a mi lado no pienso soltarlo en todo el día.

—Pues nada, moriré de hambre. —Hace un gesto dramático y señala el bocadillo envuelto en papel de aluminio que descansa sobre la esquina del banco.

Cuelo la mano debajo de su abrigo, toco su espalda lentamente y lo atraigo a mí para besarlo. Recorro su boca con esmero, apenas dejándole tiempo para respirar y notando el delicado sabor a limón de su lengua.

—Te encantan esos caramelos —recuerdo en voz alta, ganándome una mirada embelesada del chico y varias de desaprobación del resto de los presentes.

—Por favor, ya es bastante duro veros de la mano y actuando como un par de tortolitos como para que ahora os comáis en público. —Dani asesina con la mirada a Elena, que ya se ha acabado su desayuno y está intentando terminar unos deberes atrasados—. A los demás nos recuerda lo solos que estamos.

—Habla por ti —dice Maya sin apartar la vista de los apuntes de economía.

—Oh, cierto, nuestra amiga tiene a ese bombón pelirrojo a su disposición —explica Elena con una risita, a lo que Maya niega y Mario mira con recelo a ambas.

—Hablas de él como si fuera un trozo de carne.

—¿Acaso ellos no hacen lo mismo con nosotras? ¡Pues yo igual! —Nos escudriña a Mario y a mí y me hago el ofendido.

—Me estás acusando de algo grave. —La apunto con el dedo y todos ríen—. Además, tu mejor amigo también es un chico.

—Pero él no cuenta. Dani es Dani.

Ahora es mi novio quien actúa ofendido. Lo abrazo por décima vez en el día y le dejo pequeños besos en la mejilla, lo que hace que se ruborice. Dios, si eso no es la cosa más bonita que existe, no sé lo que es.

—¿Entonces no estás interesada en él? —cuestiona Mario de la nada haciendo que se produzca un silencio incómodo.

Los pocos días en los que me he juntado con este grupo he advertido que es muy probable que a Mario le guste Maya. Se pone tenso cada vez que ella habla de alguien más, lo que es curioso pues la mayoría de las veces están discutiendo. No sé qué sentimientos tendrá ella, pero harían una buena pareja.

—¿Por qué te importa? —suelta con cara de pocos amigos.

—Soy tu amigo. Era curiosidad, nada más… —El rostro de Mario adquiere un tono rojizo similar al de Dani cuando está avergonzado.

—Hazme el favor y métete en tus asuntos por una vez.

Devuelve su atención a los apuntes, él se encoge de hombros y hace un gesto de «está loca». La conversación toma otro rumbo hasta que el descanso acaba.

—¿Qué toca ahora? —pregunto perdido. Apenas recuerdo el horario en su totalidad.

—Yo tengo latín.

Mierda. Tenemos materias separadas al ser de distintas modalidades: Dani, Elena y Mario tienen latín y Maya y yo matemáticas. Hago un puchero cuando mi novio se detiene frente a la puerta del aula de idiomas y le doy un beso de despedida.

—Nos vemos a última hora, esa sí es conjunta. —Me dedica una última sonrisa y entra con el resto a la clase.

Giro sobre mis talones y sigo a Maya hasta el aula correspondiente. Parece que el enfado se le ha pasado, ya no tiene esa mirada glacial con la que ha asesinado a Mario hace unos minutos. Entramos en el aula aún vacía y da unos golpecitos en la mesa contigua a la suya para que la siga.

—¿No va a sentarse otra persona?

—No, no te preocupes.

Asiento y me coloco a su lado. La clase comienza a llenarse en cuestión de segundos, la profesora llega en último lugar e inicia la lección.

Tengo que reconocer que nunca me ha gustado estar en primera fila. Tenía esa sensación de que los docentes me acribillarían a preguntas que no sabría responder. Pero, para mi sorpresa, presto mucha más atención así. Con mis amigos siempre me distraía, no me enteraba de qué ejercicios tenía que hacer y terminaba aprobando por los pelos cada examen. Quizá es demasiado pronto para hablar, pero tengo la sensación de que a partir de ahora será distinto.

Salgo con Maya bastante animado del aula cuando la clase termina, pero me toca subir a la segunda planta y dar economía solo. Esta materia me cuesta más, ya que me interesa menos que las demás —es decir, nada—, así que a ver cómo va.

Pruebo a ponerme en la segunda fila y me cruzo de brazos mientras los demás van entrando en clase. Andrés, el chico con el que Dani se besó en la fiesta y que no soporto desde entonces, se sienta a mi lado en silencio. ¿Pero qué...?

Lo examino con seriedad esperando a que se dé cuenta que no quiero que esté aquí. Como respuesta me mira a los ojos y suspira.

—¿Podemos hablar?

—¿Qué haces aquí? —escupo con cara de pocos amigos.

—Tengo clase, por si no te habías dado cuenta —dice con sarcasmo. No le sigo la gracia, por lo que vuelve a estar igual de inquieto que cuando ha entrado. Lo prefiero así, para que no se pase de la raya.

—¿Qué tal te va? —prueba, esta vez sin mirarme.

—No muy bien desde que Diego le dio una paliza a mi novio y tú te quedaste mirando sin hacer nada.

No he tardado ni un minuto en echárselo en cara, pero debería agradecer que estoy hablando con él. De normal le habría respondido con un puñetazo.

—Pero ¿no hizo lo mismo él contigo? Porque Dani fue quien te dejó el ojo morado, ¿no?

Me quedo mirándolo de brazos cruzados. Me obligo a respirar con calma y contar hasta diez para no perder los papeles.

—Tío, ¿qué coño te importa? Eso fue distinto. Antes era una mierda de persona y pedí perdón por ello. Ahora intento mejorar y, por suerte, Dani me ha perdonado.

—Entiendo. Mira, sé que Diego no lo ha hecho bien, pero…

—No es solo que no lo haya hecho bien, sino que le importa una mierda los demás. Las buenas personas también la cagan y se disculpan, pero él se ha hecho la víctima como si hubiera sido el único al que pegaron. Él lo empezó, así que recibió lo que se merecía. No hay más que hablar.

Andrés no contesta, pero en su cara veo que le gustaría rebatir. Quizá no encuentra las palabras adecuadas, o quizá se ha dado cuenta de que directamente no vale la pena defender a Diego.

—Aléjate de él, Andrés —pido un poco más calmado—. Te conozco y sé que no eres como Diego. No te merece, ni él ni los demás. Lo que teníamos es un grupo tóxico y lo seguirá siendo, conmigo o sin mí.

—Los otros piensan como yo —explica para mi sorpresa—. Incluso Gabriel, que ya sabes que es el lameculos de Diego. Hasta él le ha echado en cara que lo ha hecho mal.

—¿Va en serio? ¿Lo habéis hablado?

—Sí. Nos arrepentimos de lo que pasó y nos gustaría que vinieras algún día a entrenar para solucionarlo.

—Paso. No os quiero ver ni en pintura.

—Venga, no seas así. Llevamos siendo amigos desde la guardería. Sería una pena que las cosas terminaran de esta manera.

Lo medito, y durante bastante tiempo. Tanto que el profesor llega y empieza a dar clase mientras le sigo dando vueltas al asunto. De momento no creo que sea lo mejor volverles a ver, pues no confío en mí mismo y podría reaccionar de una forma de la que me arrepentiría después. No obstante, cuando suena la campana detengo a Andrés antes de que se marche.

—Me lo voy a pensar, ¿vale?

Asiente y me dedica una sonrisa breve que, aunque no sea ni la sombra de la que solía reconfortarme en el pasado, se parece lo suficiente.

—Y, oye, si sigues molesto por lo del beso con Dani…

Doy un brinco y tenso la mandíbula. Como tenga que recordar una vez más esa escena me voy a volver loco.

—Fue una tontería, en serio. Para mí no significó nada y seguro que para tu novio…

—Ya lo sé —digo serio. Que hable de él me sigue jodiendo, no puedo evitarlo.

—Vale. No quiero que haya resentimientos de más. Si nos vemos otro día, nos disculparemos como es debido, solo… tenlo en cuenta. Te echamos de menos en el equipo.

Sin añadir más se cuelga la mochila y se va. Me doy cuenta de que me he quedado solo en el aula, incluso el profesor se ha marchado. Continúo recogiendo mis cosas y me animo con la idea de que voy a ver a Dani en la próxima clase.

No quiero ilusionarme, pero quizá existe la posibilidad —por muy pequeña que sea— de recuperar a mis amigos. Porque los de Dani son increíbles, pero siempre serán suyos primero. En cuanto a los míos…, bueno, solo el tiempo dirá si merecen la pena.

OCHENTA Y CINCO

∽ Alejandro ∽

—Tengo algo para ti.

Alzo las cejas y miro la sonrisa tontorrona de mi novio. Se separa de mí para buscar en su mochila, a un lado de la pared de la parte de atrás del edificio. Ya no tenemos la necesidad de escondernos, pero volver a este descampado es como una tradición. Vuelve sin dejar de sonreír con algo envuelto en papel de regalo. Me lo extiende y lo tomo, es cuadrado y fino.

—¿Qué es?

—Ábrelo y ya verás.

—Aún falta más de un mes para mi cumpleaños —le recuerdo rompiendo el papel.

—Bueno, no es nada del otro mundo, solo un detalle…

Retiro el papel de color azul y me encuentro sosteniendo un CD, pero no cualquier CD, es de esos que venden para grabar las canciones que quieras. La portada es una foto mía impresa, la misma que me tomó desprevenido en mi terraza.

—Pensé que, como no te dejan usar mucho el móvil, seguramente tampoco puedes escuchar música. Me he tomado la libertad de grabar las canciones que estaban en la *playlist* que te hice aquí, para que puedas escucharla siempre que quieras.

Acaricio el preciado regalo con los dedos y sonrío de la manera más genuina que puedo. Lo rodeo con mis brazos y lo aprieto contra mí, como si de alguna forma pudiera retenerlo conmigo para siempre. Su risa suave acaricia mi oído, aún abrazados.

—Es un poco cutre, lo sé…

—Es perfecto —aclaro mirándolo con detenimiento y apartándole el flequillo a un lado. Un rojo discreto adorna sus mejillas y hace que mi corazón se derrita aún más—. Como tú.

—Calla, anda.

Me da un beso breve que correspondo con gusto. Los minutos con él pasan tan rápido que cuando me doy cuenta se ha hecho tarde. Hace diez minutos que debería haber llegado a casa y lo último que me conviene es preocupar a mi familia, así que muy a mi pesar me despido de mi novio.

—Te prometo que cuando acabe esto pasaremos todo el tiempo posible juntos.

—No te preocupes, lo entiendo. —Me despeina un poco con los dedos y deja un pequeño beso en mi mejilla—. Lo importante ahora es que te pongas bien.

Deberías ser más considerado con Dani.

Él siempre está a tu lado, te aguanta y no cuestiona nada, ¿así es como se lo pagas?

No estás siendo un buen novio.

—¿Todo bien? —Su voz me trae de vuelta a la realidad, ya que me he quedado mirando un punto fijo de su chaqueta. Me obligo a asentir con la cabeza—. Bien, nos vemos mañana. Cuídate y descansa, por favor.

Contengo una queja, asiento de nuevo y me despido. De camino a casa empiezo a darle vueltas a sus últimas palabras. ¿Por qué me trata como si fuera un niño? Sé que está preocupado, yo también lo estaría después de lo que pasó, pero, joder, ¿tan loco estoy como para que todos tengan que estar pendientes de mí?

Hace unos meses me escapé de casa porque no soportaba la atención que tenía encima. Mis padres controlaban a dónde iba, qué hacía o con quién quedaba. Incluso llegaron a instalar una aplicación en mi móvil para poder ver mi ubicación en tiempo real, sin yo saberlo, claro está. Es normal que explotara, no podía hacer nada sin ganarme un sermón de su parte. Tengo miedo de que esta vez vaya a ser igual. De momento tengo el apoyo de mi hermana y mi novio, pero ¿de qué me sirve? Podrían cansarse de mí en cualquier momento.

Me reprendo a mí mismo de camino a casa, con la cabeza baja, y me dirijo a mi cuarto. El día de hoy ha sido perfecto, ¿por qué ahora tengo estos pensamientos negativos? Estoy harto. Cansado de no dejarlo estar, de no conformarme con lo que tengo y hacer cualquier tontería de la que siempre acabo arrepintiéndome. ¿Por qué no puedo simplemente ser feliz?

No te lo mereces.

—Ale, ¿va todo bien? —La voz de mi madre me sorprende tirado en la cama, boca arriba y tapándome la cara con las manos—. Tienes que comer, cielo.

Tienes que hacer esto.

Tienes que venir a este sitio.

Tienes que comportarte de esta forma.

Tienes que estudiar esta carrera.

Tienes que ser alguien que no eres.

—Déjame en paz —mascullo más para mí que para ella.

—No puedes tomarte la pastilla con el estómago vacío —me recuerda abriendo un poco la puerta.

Maldigo el día en el que mi padre quitó ese puto pestillo, me ahorraría muchísimos enfrentamientos con mi familia. A estas alturas ni privacidad puedo tener.

—Me da igual la pastilla, quiero estar solo.

—Te entiendo, de verdad que lo hago. Pero ahora mismo…

—No, no me entiendes. —Me incorporo, sentándome en el borde de la cama y mirándola a los ojos—. Ya ni siquiera tengo una vida. Menos por el instituto estoy aquí encerrado, sin móvil, sin poder hablar con… mis amigos.

Iba a pronunciar el nombre de Dani, pero he sido capaz de rectificar. Mi madre suspira, se sienta a mi lado e intenta darme la mano, pero la aparto al instante.

—Es por tu bienestar, te lo he dicho miles de veces. La medicación te ha hecho bien desde que la empezaste a tomar en septiembre, hasta lo de la semana pasada parecías otra persona. Más atento, con los pies en la tierra, menos seco… Más feliz.

—Eso no era por la medicación…

Mi madre alza las cejas, confusa. Debería decirle que todo ha sido gracias a Dani. Que desde que lo conozco me he convertido en una persona mejor. Incluso ella lo ha notado, es la prueba que necesitaba para saber que no está en mi cabeza, que mi novio me hace bien de verdad.

No necesito medicación, lo necesito a él.

—¿A qué te refieres?

—Nada, déjalo. Estoy harto de dar explicaciones.

Me tumbo encima del colchón, me cubro el rostro con la almohada y espero a que se canse y se marche. La escucho chasquear la lengua y caminar hacia la puerta.

—Si no quieres bajar, te traeré el almuerzo, pero tienes que comer sí o sí. Es lo que hay.

Y sin decir nada más encaja la puerta, por supuesto sin cerrarla. Intento asestarme un golpe con la almohada en la cabeza, pero es demasiado blanda para el dolor que necesito ahora. Aprieto los puños para evitar hacer algo de lo que pueda arrepentirme. Abrazo con fuerza la almohada y giro la cabeza para observar el regalo de Dani sobre la mesita de noche. Tomo el CD, lo acaricio con los dedos y sonrío.

Desearía que estuvieras aquí para poder curarme del todo. Mereces un novio normal, no a mí. Pero trataré de ser normal. Por ti.

OCHENTA Y SEIS

～ Alejandro ～

—Veo que no eres mucho de café.

Niego a la vez que remuevo el contenido del vaso con una cuchara y me siento en la silla de siempre. Sasha se recoge los mechones rubios en una coleta y sonríe, como esperando a que añada algo. Me limito a probar un poco de la bebida con la cuchara. Está demasiado caliente. Miro por el rabillo del ojo la estantería de mi derecha: los libros han desaparecido. Suspiro tranquilo.

—Es raro, la mayoría de los adultos necesitamos un chute de cafeína diario para arrancar. ¿Qué haces tú cuando quieres estar activo?

—Siempre lo estoy —respondo encogiéndome de hombros—. Al menos mentalmente.

—Interesante.

Como ya es habitual, apunta algo en la libreta que no alcanzo a leer. Doy un sorbo al Cola Cao y el líquido caliente al bajar por mi garganta ayuda a disminuir el frío que tengo.

—Ha pasado una semana desde la última vez que nos vimos. ¿Qué has hecho estos siete días?

Hago memoria recordando las mañanas buenas con mi novio y las tardes aburridas encerrado en casa.

—Ir al instituto, hacer deporte… No hay mucho más que pueda hacer, la verdad.

—¿Y eso por qué?

—No puedo salir de casa cuando llego de clase y por si fuera poco me han quitado el móvil. ¿Cómo se supone que voy a hablar con mis amigos?

—Y con tu novio —añade con una pequeña sonrisa.

Me rasco la nuca, incómodo.

—También.

—Bueno, creo que podemos hacer algo al respecto. —Vuelve a anotar algo en la hoja—. ¿Cómo está Dani, por cierto?

—Bi-bien, supongo. —Hago un intento por no balbucear. Hablar de esto con un adulto sigue siendo extraño—. Me hizo un regalo muy dulce el otro día.

—Oh, ¿de verdad? ¿Cómo te sentiste?

—Muy agradecido. —Me quedo en silencio sopesando si debería contarlo. Veo que espera algo más, así que me resigno y sigo hablando—. Pero luego... me sentí mal. Él siempre está conmigo, se preocupa por cómo estoy y está dispuesto a hacer cualquier cosa que yo quiera. Yo, en cambio, lo único que sé es dar problemas.

—Eso no es cierto. ¿O es tu culpa tener lo que tienes? ¿Elegiste nacer con TOC? Porque si fuese posible elegir con qué nacer, créeme, yo habría elegido tener una cabellera pelirroja preciosa.

Río aún con la taza en las manos y me encojo de hombros.

—Ya sé que no lo escogí, pero aun así sigue siendo mi culpa. Dani merece alguien normal de quien no tenga que estar pendiente todo el rato.

—¿Normal? —Entrecierra los ojos sin dejar de observarme con atención—. Ya sabes lo que pienso de esa palabra.

—Lo que sea, tú me has entendido.

—¿No te has parado a pensar que, quizá, Dani hace esas cosas porque quiere?

—¿Por qué querría estar preocupado constantemente por alguien?

—Porque te quiere.

Pronuncia esas tres palabras de forma tajante y segura. Lo único que puedo hacer es encogerme en la silla y escudriñar los grumos de cacao que flotan en el vaso.

—¿Piensas que no te quiere? —Suena sorprendida.

—No es eso.

—¿Entonces?

—Sé que me quiere, lo que me da miedo es que se canse de mí. Algún día se dará cuenta que preocuparse por mí es inútil. Me conozco y sé que terminaré haciendo cualquier tontería sin querer. Nadie soporta eso.

—Sin embargo, un pajarito me ha dicho que él es diferente a tus anteriores parejas.

Maldita Valeria.

—Esas chicas no eran mis parejas.

—¿Por qué lo dices?

—Porque no me querían... Solo les gustaba por mi físico.

—¿Y a Dani no le gustas por tu físico?

La vergüenza se me sube a las mejillas y comienzan a arder sin control. Hago un esfuerzo por no sonreír de manera inconsciente.

—Esto... Sí, pero es diferente. Él... me escucha. Le gusta pasar tiempo conmigo porque nos sentimos genial. Se ríe de mis chistes, y muchos de ellos no hacen gracia... Además, me perdonó cuando no tenía por qué hacerlo.

—¿Te perdonó el qué? —pregunta con interés.

Bebo otro poco del vaso, nervioso. Tengo miedo de que Sasha me juzgue por lo mal que me comporté en el pasado con Dani. Como si me leyera la mente, la mujer hace un ademán con la mano para que hable.

—Sabes que no te voy a juzgar.

Sus ojos azules me observan expectantes. Suspiro como por quinta vez, me acomodo el pendiente de la oreja y devuelvo la mirada al vaso.

—A principios de curso yo... no estaba bien. Lo sabes, fue cuando tuve mi primera crisis. Estaba furioso y lo pagué con él. Sé que nada justifica que lo insultara. Cuando me empezó a gustar no esperaba que lo fuese a olvidar.

—Quiere decir que no es una persona rencorosa.

—Para nada. Le hice daño y fue capaz de perdonarme. Solo por eso debería estar más agradecido.

—Todos cometemos errores.

—Sí, pero parece que yo cometo más que los demás.

Cuando me doy cuenta me he bebido el contenido del vaso en un sorbo, sin importar que quemara. Lo dejo sobre la mesa y ahora juego con una manga de mi sudadera.

—Ya verás que no es así, pero tiempo al tiempo. —Deja la libreta al lado del vaso y se acomoda en la silla cruzándose de brazos—. ¿Te parece si hablamos sobre el incidente de septiembre?

No digo nada. No veo la razón por la que querría escuchar esa historia de nuevo, así que niego. Ante su expresión frustrada me atrevo a preguntar.

—¿Por qué?

—Tus padres insisten en que lo de septiembre se repitió la semana pasada. Creen que es la misma situación. Yo no estoy de acuerdo, pero para comprobarlo me gustaría que me lo contases una última vez. Ya no hablaremos más del tema, lo prometo.

Asiento despacio sin entender qué trata de hacer. Es profesional y ha estudiado para esto, por lo que debo confiar en ella.

—Bien. ¿Recuerdas con claridad el día que comenzó? Fue antes de empezar el instituto, si no me equivoco.

Escuchar ese detalle me transporta a aquella noche en mi habitación, tumbado en la cama y mirando al techo. Si pudiera decirle a ese Alejandro lo que pasaría, estoy seguro de que no habría salido de casa.

OCHENTA Y SIETE

⁓ Alejandro ⁓

12 de septiembre

Ignoro la llamada entrante de mi móvil, no sin antes comprobar que se trata de mi hermana. Perfecto, hace una semana que se ha mudado y ya me está dando la lata. Fijo la mirada en el techo, tumbado en la cama y suspirando con pesadez. Últimamente estoy más cansado de lo habitual. Apenas puedo dormir y sufro náuseas que no se van por más que lo intente. Todo por culpa de las putas pastillas. ¿No se supone que deberían calmarme? ¿O es así como funcionan? Me desgastan tanto que no tengo tiempo ni para pensar.

Antes estaba mejor. Sufría ataques de ansiedad, sí, pero aprendí a controlarlos. Sé que las primeras semanas de medicación son las peores, pero nada parece ir a mejor. La semana que viene empiezo segundo de bachillerato, mi último año en el instituto, y no sé qué hacer con mi vida. Mis padres quieren que estudie Derecho. Bueno, más bien me obligan a hacerlo. ¿Cómo les digo que no quiero? ¿Hay alguna forma delicada de decirles que estoy cansado de seguir sus normas? Ya soy infeliz de por sí y si empiezo esa carrera lo voy a ser aún más. Me tapo la cara con las manos, ahogando un grito y controlándome a mí mismo. No puedo hacer ruido, mis padres están durmiendo.

Espera… Están durmiendo.

No se enterarían si salieses de casa a dar una vuelta.

Ya has aprendido a desactivar el GPS que tienen en tu móvil… ¿Por qué no aprovecharse de eso?

Me vendría bien, necesito aire fresco para despejarme. Miro el reloj digital de la mesita de noche: son las doce, tampoco es muy tarde. En media hora estaré de vuelta y nadie habrá notado nada.

Hazlo.

Doy un brinco y salgo de la cama, me dirijo al armario y escojo un atuendo simple. Me visto con rapidez, tomo el móvil y las llaves y salgo de mi habitación con sigilo. El cuarto de mis padres está al otro lado del pasillo, así que tendría que hacer mucho ruido para despertarlos. Bajo las escaleras de dos en dos y decido ir al baño antes de salir.

Estoy a punto de abandonar la estancia cuando algo llama mi atención. Ahí, en el espacio libre del lavabo, está mi medicación. Tomo el bote y lo examino, chasqueando la lengua sin poder evitarlo. Increíble cómo esta mierda me está volviendo más loco de lo que ya estaba.

Tíralo.

No se darán cuenta.

Cada vez que te pregunten si te has tomado la medicación dirás que sí y ya está.

Dejarás de sentirte mal.

Todo será como antes.

La idea de volver a la situación anterior es tan tentadora que opaca cualquier otra cosa. Es un plan perfecto. De todas formas, nadie controla que de verdad me tome las pastillas. Sin esperar un segundo más abro la tapa del inodoro y vacío la mitad del bote. Estas desaparecen por el desagüe al tirar de la cadena. Lo que queda me lo llevo a la habitación y lo guardo en un cajón, por si acaso. Una repentina sensación de tranquilidad invade mi pecho. Por fin me he deshecho de lo que me tenía mal.

Nadie tiene ni idea de lo que me pasa. Ni mis padres ni mi hermana ni Sasha. Solo yo. Eso me da derecho a hacer lo que creo que es más conveniente para mí. Sin un ápice de arrepentimiento bajo y abro la puerta principal con cuidado de no hacer ruido. Antes de que pueda darme cuenta ya estoy fuera, alegrándome de haber cogido una chaqueta porque hace bastante frío.

No tengo ningún plan ni destino claro, por lo que me limito a dar vueltas por el centro escondido bajo la capucha y con las manos en los bolsillos. Numerosas personas caminan de aquí para allá, enfrascadas en sus conversaciones o en sus móviles. Nadie se percata de mi presencia. Ojalá fuera así siempre.

Me gustaría que mis padres pasasen de mí, que no estuvieran siempre pendientes y que me dejasen vivir mi vida. ¿Hasta cuándo voy a estar así? ¿Tendré que asistir a terapia toda mi vida?

También querría pasar desapercibido en el instituto. Así nadie se fijaría en mí, no tendría que hacerme el interesante ni intentar salir con esas chicas que ni siquiera me gustan. Ninguna ha fingido siquiera preocuparse por mí.

¿Quién va a preocuparse por alguien como tú?

No te entiendes a ti mismo, ¿cómo pretendes que otros lo hagan?

Solo eres un estorbo.

Con la cabeza perdida en mis pensamientos acabo en un bar en el que nunca he estado. Por suerte no piden el DNI y termino pidiendo una copa. Si me quedo tonto, que sea por el alcohol, no por las pastillas.

El líquido arde al pasar por mi garganta, provoca que un calor se extienda por mi cuerpo y me hace olvidar todo lo demás. Después viene otra copa, y otra, y otra... Menos mal que no salgo a ningún lado sin la cartera, o si no estaría jodido.

Mi cabeza empieza a dar vueltas. Quizá lo mejor sería irme, pero no tengo la fuerza de voluntad suficiente para hacerlo. Permanezco apoyado en la barra intentando por todos los medios mantenerme estable. Aprovecho que una silla se queda libre para sentarme frente al camarero. Mantengo el vaso de cristal en la mano y con un gesto pido que me sirvan otro trago.

La realidad comienza a distorsionarse a través de mis ojos cuando escucho que alguien tose a mi lado para llamar mi atención. Giro la cabeza para distinguir una melena rubia y rizada. Intento entrecerrar los ojos para enfocar su rostro y observar a la chica con detalle. Sus ojos son verdes y su piel morena. Juega con un mechón de pelo y su expresión indica que se ha tomado suficientes copas como para ir bastante contenta.

—¿Muy mareado? —Alcanzo a escuchar que dice. La música está demasiado alta para mantener una conversación normal.

—No. —Sonrío como un tonto, el exceso de alcohol me está nublando el sentido común.

Desvío la mirada a sus pechos y me encuentro con un gran escote que no deja nada para la imaginación. Le doy un repaso de arriba abajo sin importarme mucho si se da cuenta o no. Al volver a mirarla a los ojos ya la tengo a pocos centímetros de mí.

—Eres Alejandro, ¿no? —Mi cabeza duele de tan solo hacer un esfuerzo por escucharla.

—¿Nos conocemos? —Termino con la copa de un sorbo y hago ruido al colocarla encima de la barra.

—Soy…

Ni siquiera escucho su nombre. Paso a escudriñarla con un semblante serio, desorientado.

—Estoy en tu clase, tonto.

Hago un intento por recordar su cara. Sí, me es familiar, pero el dolor de cabeza y el sonido alto de la música no me permiten pensar con claridad. De todas formas asiento y le estrecho la mano. Justo el camarero vuelve y se dirige a nosotros con una expresión apremiante. Antes de que pueda contestar ella se me adelanta.

—Dos roncola, por favor.

Alzo las cejas y suelto una risotada, cortesía del alcohol en mis venas.

—Eso no me va a hacer nada.

—Creo que ya vas demasiado pedo.

—Lo dices como si tú no fueras igual. —Suelto las palabras sin siquiera pensar, es como si se escaparan por mi boca antes de poder procesarlas. La chica empieza a reír.

—Tienes razón.

Las bebidas llegan y con una mirada cómplice brindamos, tomando un trago probablemente más largo de lo que deberíamos. Cada vez estamos más cerca y leo el deseo en sus ojos.

Bueno, creo que por una noche no me vendría mal.

OCHENTA Y OCHO

⚮ Alejandro ⚮

—Después follamos en los servicios de caballeros. Me sorprende que pudiera aguantar más de diez minutos, no estaba en condiciones de nada.

Sasha traga saliva y adopta una expresión de resignación.

—Ya veo.

A Sasha no le importa que sea tan explícito. De hecho, cuantos más detalles, mejor. Es lo que siempre dice.

—Esto me ayuda a conocer más sobre tu relación con Dani, ¿sabes?

—¿Qué tiene que ver esto con Dani? —pregunto, desconcertado.

—Te sonrojas con tan solo escuchar su nombre. Me cuesta horrores sacarte algo sobre él, lo proteges de manera inconsciente. Sin embargo, aquí estás tan tranquilo contándome que tuviste sexo en un servicio público con una chica que acababas de conocer. Tu novio te importa tanto y es tan diferente a lo que has tenido antes que temes que otros se metan en vuestra relación. Quieres que se quede en una cosa de dos porque así funciona, es perfecto para ti. ¿Me equivoco?

Me tomo un tiempo para reflexionar en silencio porque sus palabras me han dejado anonadado. ¿Es así como funciona lo nuestro? ¿Tengo tanto miedo de que todo cambie que por eso me he aferrado a la intimidad durante tanto tiempo?

Es justo como ella dice. Estaba tan acostumbrado a relaciones esporádicas y sin importancia que cuando ha llegado una seria y sentimental necesito mantenerla como sea. Mi mayor miedo es fracasar una vez más, sobre todo en algo que por primera vez en mucho tiempo me importa.

Suspiro con pesadez. Sasha desvía la mirada a su café como si supiera que necesito un instante para meditar. Elevo la pierna derecha, la apoyo encima de la izquierda y muevo el pie en un intento por no quedarme quieto del todo.

—¿Por qué siempre tienes razón? Me fastidia a veces.

—No siempre. Solo intento analizar la situación y ayudarte a verla de manera más clara.

—Sea lo que sea, lo haces bien.

Me gano una sonrisa de su parte.

—Muchas gracias. Bien, volviendo a ese día… Fue la primera noche que saliste de casa a escondidas para ir al bar. ¿Con qué frecuencia empezaste a hacerlo?

—Todos los días. Empecé a tener insomnio y la única solución que se me ocurría era ir a beber algo o liarme con desconocidas. Llegué al punto de obsesionarme, esperaba con ansias todo el día a que llegase la noche y poder escapar.

—Sabes que el malestar y el insomnio fueron consecuencias de dejar la medicación, ¿verdad? —puntualiza.

—Sí, mis padres se aseguraron de recalcarlo cuando me descubrieron.

—¿Cómo pasó eso?

Hago memoria, parece que lo he enterrado en algún lugar oscuro de mi cabeza para no volver a experimentar ese dolor más.

—Fue un par de semanas después. El instituto ya había empezado y me estaba desgastando. No dormía, me metía en peleas todo el rato, tenía ataques de ansiedad… Un día me escapé de clase y compré una botella de whisky. Ni siquiera me gusta, pero quería olvidar…

—Te sentías atrapado. El alcohol al menos te quitaba esa angustia y te ayudaba a dejar de pensar.

—Exacto. La cuestión es que tuve la mala suerte de que mi hermana vino ese día a recoger unas cosas que aún le faltaban de la mudanza. Nos cruzamos por la calle y al verme en ese estado… no supo cómo reaccionar.

Me detengo al recordar la expresión de terror en su cara, las lágrimas recorriendo sus mejillas y sus brazos rodeándome para conseguir que no cayera de bruces contra el suelo. Si hay algo de lo que me arrepentiré toda la vida es de que mi hermana me haya visto así.

—Pero te ayudó.

—Sí. Me montó en su coche y me llevó a su casa. Allí dejó que me diera una ducha, me dio de comer y me pidió que le explicase la situación.

—Y tus padres no sabían dónde estabas, ¿no?

—No. Por eso se distanciaron tanto de mi hermana. Para ellos lo que hizo fue actuar por su cuenta y prolongar su sufrimiento.

—¿Tú lo crees?

—Para nada —afirmo con decisión. Si tengo que defender a alguien a muerte será a mi hermana—. Hizo justo lo que necesitaba. Me alejó de lo que me provocaba ansiedad por unas horas: mis padres, el instituto, mi propia casa... Se preocupó por mí y actuó según lo que yo necesitaba.

—Podría haber avisado a tus padres con un mensaje o una llamada.

—Ya, pero en ese mundo perfecto en el que todos hacemos lo correcto yo tampoco habría tomado tanto alcohol.

Sasha permanece en silencio, quizá sopesando si mis palabras son las adecuadas. Al final termina asintiendo y me deja seguir con un ademán.

—De todas formas, cuando le solté todo llamó a nuestros padres. Fueron a su casa y se pusieron como locos. Por suerte no dejó que yo les contase lo que había pasado, sino que lo hizo ella. Al día siguiente ya me estaban haciendo pruebas, recetando un medicamento más fuerte y programando las citas para terapia.

—Si comparas cómo te sentías entonces y cómo te sientes ahora, ¿ves alguna diferencia?

—En septiembre dejé de medicarme porque no me sentía bien. Creía que todos estaban en mi contra, me metía en problemas, no estaba seguro de nada... Esta vez he hecho lo mismo, pero porque me encuentro mejor que nunca. No quería que mi novio descubriese este lado de mí, el que no puedo controlar. Prefiero no depender de las pastillas.

—Pero no dependes de ellas, Alejandro. Quiero que entiendas que el progreso que has hecho estos tres meses ha sido gracias a que has seguido la medicación de forma rigurosa, no puedes dejarlo así como así. ¿Has vuelto a notar los mismos síntomas de la última vez? ¿Náuseas, mareos…?

—Sí. Falté a los entrenamientos de baloncesto por eso.

—Vale. De momento seguirás con la medicación de siempre, pero es importante que no tomes alcohol en exceso ni te sometas a un gran esfuerzo físico.

—Vale.

Me acompaña a la salida y tras despedirnos recorro el largo pasillo buscando a mi hermana. En su lugar encuentro la silueta de un chico que conozco demasiado bien junto a la máquina expendedora. Nota mi presencia y ríe al ver la sorpresa en mi cara.

—¿Prefieres un Kinder Bueno o un KitKat? —pregunta Dani con las cejas levantadas y una sonrisa de oreja a oreja.

OCHENTA Y NUEVE

∼ Alejandro ∼

—¿Qué haces aquí?

Dani ríe de nuevo, da media vuelta e introduce una moneda en la máquina.

—Valeria y yo hemos ideado un plan para que tus padres no descubran nada. —Pulsa un número y dos chocolatinas caen en la bandeja—. Intenté verte con la excusa de las clases, pero creo que tus padres se huelen algo, porque no aceptaron.

—¿Te han impedido verme? —pregunto, atónito. Él asiente, toma los dos Kinder Bueno y me ofrece uno.

—Sí, pero no pasa nada, nos la hemos ingeniado. ¿No me vas a dar un abrazo ni nada?

Estaba esperando a que lo dijera. Lo rodeo con los brazos y lo aprieto contra mí, acariciando su pelo con los dedos. Me rodea la cintura y se pone de puntillas para alcanzar a darme un beso en la mejilla.

—Te tienes que afeitar, pinchas con la barba.

—¡Apenas tengo! —digo tocándome la zona—. Me afeité la semana pasada.

—Lo siento, es la costumbre. —Se encoge de hombros y me besa en los labios—. Así mejor.

Sonrío con sinceridad, dándole otro beso y saliendo del edificio de la mano. Estamos cerca del parque del Alamillo y hoy sí que está abierto, así que entramos y nos sentamos en un banco. Por suerte, el cielo no está nublado, aunque sea febrero, y hace un día de sol perfecto. Abro la chocolatina, muerdo un trozo y degusto el sabor delicioso del chocolate en mi boca. Escudriño a mi novio, que se levanta con una expresión de asombro y se acerca al lago que tenemos delante.

—¡Hay peces!

Se agacha para observar más de cerca el agua y se mantiene de cuclillas fascinado con la vista. Me levanto y me coloco a su lado para contemplar varios peces de color rojo y amarillo nadar bajo la superficie del agua.

—Son muy bonitos —admito sin quitarles la mirada de encima—. No soy un gran amante de los animales en general, pero las criaturas marinas molan.

—¿Por qué no te gustan?

—No he dicho que no me gusten. Y la verdad es que no lo sé, nunca he tenido ninguna mascota, así que supongo que será por eso —explico terminando el Kinder Bueno de un bocado.

Dani mira los peces y luego a mí.

—¿Ni siquiera un perrito? —sugiere haciendo un puchero.

—No. Con mi problema estaría todo el día estresado por el desorden.

Dani asiente y se queda en silencio mientras termina también con su chocolatina. Nos alejamos del lago para buscar una papelera y tras tirar los envoltorios optamos por dar un paseo alrededor del parque.

—No me has contado mucho sobre la terapia —menciona con curiosidad. Guarda las manos en los bolsillos y se fija en sus zapatos—. ¿Cómo va eso?

Trago con dificultad y medito cómo contestar a esa pregunta. ¿Va bien? ¿Mejor que las otras veces? ¿Terriblemente mal? Cada día opino una cosa distinta. Decido ser positivo, al menos por él.

—Hago progresos. Eso sí, pequeños. Ya sabes, es un proceso largo y complicado.

—Sí, lo entiendo. —Me acerco unos centímetros y enlazo sus dedos con los míos dentro del bolsillo de su abrigo—. Solo quería decirte que... que estoy aquí. Para lo bueno y para lo malo.

—Ya me lo has dicho antes... —Me interrumpe con una mirada preocupada.

—Lo sé, pero creo que no entiendes lo que eso conlleva. No voy a salir corriendo si un día tienes un ataque de ansiedad estando conmigo, si te pones un poco violento o si de repente no quieres verme más.

El viento revuelve su pelo mientras habla y lo único que puedo hacer es observarlo hablar, embelesado. Coge aire y niega con la cabeza.

—No eres nada de eso. Ni una mala persona ni un idiota ni alguien débil. No eres tu trastorno. Todos necesitamos ayuda y, sobre todo, amor… Tampoco estoy diciendo que yo sea indispensable para esto, porque sé que eres capaz de superarlo tú solo. Pero, cuando quieras desahogarte, despejarte o necesites un abrazo…, yo voy a estar aquí.

Sus palabras hacen que mi corazón se encoja un poquito más de felicidad. Como respuesta me detengo, lo atraigo hacia mí y lo beso con tantas ganas que parece que no vamos a volver a vernos en mucho tiempo. Lo beso como si fuese la primera vez, como si no conociera el sabor de sus labios o el aroma que su cuerpo desprende y que tanto me gusta.

Puedo escuchar que hay gente alrededor y que lo más seguro es que nos estén mirando. Pero no me importa, no los veo porque he cerrado los ojos para disfrutar de la mejor experiencia del mundo: besar a mi novio. Me separo unos centímetros para besar su frente y acariciarle la mejilla con delicadeza.

—Te quiero muchísimo —susurro tras perderme en sus ojos marrones. La sonrisa que consigo me calienta el pecho de amor—. No estoy seguro de que sepas lo mucho que te quiero. Cualquier cosa que diga no se compara con esto.

Tomo su mano y la coloco en mi pecho de manera que pueda sentir mis latidos desbocados. La complicidad en sus ojos es inigualable.

—Vas a salir de esto —me asegura—. Vamos a salir de esto. Juntos.

Asiento, no sé si por inercia o porque de verdad lo creo. De lo que sí estoy seguro es de una cosa: soy la persona más afortunada del mundo al tenerlo conmigo, y ni siquiera mi voz interior va a ser capaz de hacerme creer lo contrario.

NOVENTA

∽ Alejandro ∽

—Gracias por acercarme a casa —agradece de nuevo Dani desde el asiento de atrás. Mi hermana le resta importancia con un ademán de mano.

—No hay de qué, tenía que pasar por aquí de todas formas.

Sé que es mentira, venir a la calle de Dani nos hace dar una vuelta que nos podríamos ahorrar. Se lo agradezco con la mirada. Desde el principio se ha preocupado por hacer lo que sea por verme feliz y facilitarnos las cosas. Dani se desabrocha el cinturón, sale del coche y se apoya en la ventanilla de mi lado. Coloca sus labios para que lo bese y lo hago, no sin antes soltar una carcajada.

—Buenas noches. —Me mira primero a mí y luego a mi hermana, sonriendo—. Tened cuidado en el camino de vuelta.

—Sí, tranquilo. Nos vemos mañana.

Se despide con la mano, rodea el vehículo y se adentra en su casa. Valeria espera a que la puerta se cierre para arrancar de nuevo el coche.

—Te lo has pasado bien, ¿no?

Asiento. La sonrisa sigue en mi rostro como si fuera permanente. El día de hoy ha sido, sin duda, el mejor de las últimas dos semanas. Después del tiempo que he pasado encerrado en casa, yendo a terapia y acudiendo a clases, necesitaba un respiro.

—Perfecto. Ahora escúchame: le dije a mamá y a papá que te iba a llevar a Isla Mágica para distraerte. Así que cuando lleguemos actúa como si fuese lo que hemos estado haciendo.

—¿Isla Mágica? —Alzo una ceja y la miro mientras río—. ¿No se te ocurría algo mejor?

—¡No soy creativa! —Aparta los ojos por un momento de la carretera para observarme y reír conmigo.

Nos quedamos unos minutos riendo con complicidad mientras pasamos de largo las luces de la ciudad. Compruebo por la ventanilla que no queda mucho para llegar a casa y este momento a solas es perfecto para preguntarle sobre lo que llevo pensando toda la semana. Me rasco la nuca y la escudriño una última vez antes de hablar.

—¿Cuándo te vas? —Mi tono suena mucho más serio de lo que esperaba.

—¿Ya me quieres lejos otra vez? —menciona con ironía.

—No, no es eso. —Me centro en las heridas ya curadas de mis nudillos y no alzo la vista—. Solo que es raro. Dijiste que venías a pasar unos días por Navidad. Y, bueno, ya es febrero y aún sigues aquí.

Su expresión se ensombrece y me parece que estoy teniendo poco tacto. Se queda en silencio por un instante y cuando creo que debo añadir algo más habla.

—Así que la cosa funciona así: decido mudarme y te enfadas. Ni siquiera me escribes, no contestas a mis llamadas… Como si no tuviera hermano. Luego vengo a pasar una temporada aquí, te abres a mí y me dices que me echabas mucho de menos. ¡Y ahora quieres que me vaya otra vez!

—¡No me refería a eso! —explico negando con la cabeza.

—¿Entonces cuál es el problema? He decidido quedarme un poco más porque disfruto de estar con mi familia. ¿Acaso es un delito? —Llegamos a nuestra calle, aparca enfrente de casa y me contempla con enfado—. Te juro que a veces no hay quien te entienda.

Lo sé desde que tengo uso de razón, escucharlo en voz alta no es nuevo.

—Te ibas a marchar la semana en la que me escapé del instituto, ¿verdad? —Mis sospechas se confirman al ver la expresión de cansancio en su rostro—. Pero decidiste quedarte para poder vigilarme. Crees que va a pasar lo mismo de la última vez.

—Solo estoy preocupada, eso es todo. —Con el coche ya parado saca las llaves y se da media vuelta para mirarme.

—No quiero que te veas obligada a quedarte por mí. Además, ¿qué piensa Alberto de esto?

—Nada, aún está en Francia. Al final se va a quedar más tiempo. Si volviera a mi casa, estaría sola de todas maneras, aquí estoy mejor.

Chasqueo la lengua, molesto.

—Pensaba que tú no serías una de esas personas que creen que me voy a volver un alcohólico. —Su indignación es evidente. Está a punto de rechistar, pero la interrumpo—. Puedo cuidarme yo solito. Sí, a lo mejor no lo pensé bien y debería haber seguido con la medicación, pero mi error no os da derecho a controlarme de esta forma.

—¿Controlarte?

—No puedo usar el móvil, ni recibir visitas en casa, ni dar clases de inglés. Tú misma me has tenido que ayudar para poder ver a mi novio fuera del instituto.

—¡Exacto! Te he ayudado, no entiendo por qué ahora me metes en el mismo saco que a mamá y a papá.

—Porque estoy cansado de que os preocupéis por mí. Yo solo quiero tener una vida normal y salir sin que os pongáis a pensar que estoy haciendo cualquier locura. —Hablo más rápido de lo que debería a causa de la rabia, soltando lo primero que se me viene a la cabeza—. No imaginas lo frustrante que es que todos piensen que estás enfadado cuando lo que te enfada es que crean eso.

—No sabes lo que dices —advierte con tristeza en su voz. Guarda las llaves en el bolso y abre la puerta para salir, no sin antes darse la vuelta y pronunciar una última frase—. Si nadie se preocupara por ti, serías mucho más infeliz, créeme.

Y sin más cierra la puerta, esperando a que yo también baje. Salgo del coche con rapidez y doy la conversación por zanjada al dirigirme a la entrada de casa con la cabeza baja. Ni siquiera sé para qué trato de hacer que me entiendan. Nunca lo hacen.

NOVENTA Y UNO

∾ Dani ∾

No ver a Alejandro tanto como antes es una tortura. Que no se me malinterprete, entiendo a sus padres y los intentos que hacen por mantenerle en el buen camino, pero me duele no poder hacer nada al respecto.

Verlo después de que saliera de terapia le ha ayudado, o eso creo. Fue una sorpresa bonita. Sin embargo, desde entonces no dejo de sentir una presión en el estómago que se incrementa con cada día que pasa.

Alejandro está haciendo todo el esfuerzo para ponerse bien. Quiere convertirse en una mejor persona, en parte por mí. Eso significa una cosa: debo hacer lo mismo. Y me parece que seguir ocultando lo nuestro a mis abuelos, por mucho miedo que me dé, no es la mejor opción.

Así que aquí estoy, buscando las palabras adecuadas y dándome cuenta de que no las hay. Estamos cenando y mi abuelo ha dejado de prestar atención para fijar la mirada en la tele. Mi abuela, por el contrario, espera paciente a que hable. Me parece que mi madre se huele lo que planeo decir, ya que me mira con una advertencia implícita en los ojos. Sé que no quiere verme sufrir más, pero es necesario.

—Alejandro está yendo al psicólogo. Fui a verlo el otro día —comento.

Mi familia recibe la noticia con confusión. Mi madre se hace la loca y no dice nada, pero mis abuelos se interesan lo suficiente para preguntar.

—¿Y eso?

—Tiene TOC. Es un trastorno de ansiedad. Lo está pasando mal y… quería estar con él.

Nunca he hablado de Ale con ellos, sobre todo porque me daba miedo que descubrieran que le tengo más cariño de lo normal. No obstante, ahora quiero lo contrario. Será más fácil que lo averigüen ellos que tener que decirlo en voz alta.

Desearía que las personas del colectivo no tuviéramos que salir del armario constantemente. Si no fuera por las suposiciones y prejuicios, podríamos vivir sin miedo a que un ser querido cambie su opinión sobre ti al enterarse de tus preferencias o de tu verdadera identidad.

—¿En serio? Pobrecito, no se le ve loco.

—No está loco, abuela —reprendo—. Tiene problemas, pero como todo el mundo.

Se quedan en silencio y eso solo incrementa mi nerviosismo. Me temo que como no sea directo no me van a entender.

—Así que voy a visitar a Alejandro más a menudo —anuncio con la esperanza de que, al menos, empiecen a sospechar algo.

—Ya os veíais demasiado, ¿y quieres seguir así? —dice mi abuelo—. Con la tontería no se os va a acercar ninguna muchacha.

Bien, esta es la mía. Respiro hondo y dejo el tenedor en el plato.

—Tampoco lo busco.

Tal y como esperaba, el silencio se hace presente. Mi madre está más agitada que yo, lo que me sorprende. Siento una tranquilidad que no había experimentado antes con respecto a este tema. Era más fácil ocultarlo y buscar el bien común. Pero ahora que he reconocido el esfuerzo de Ale y sus ganas de que estemos juntos… no podría importarme menos lo que los demás piensen. Creo que de ahí viene la calma.

Estoy orgulloso de ser su novio. Y el orgullo no se esconde. Se muestra.

—Es verdad que eres joven y todavía tienes tiempo, pero no te despistes mucho, o de lo contrario…

—Abuelo, no quiero tener novia —interrumpo cruzándome de brazos—. Nunca he querido tenerla.

—¿Por qué?

Esta vez es mi abuela la que pregunta. La miro a los ojos y lo veo: la expectativa. Quiere que se lo cuente. Como cualquier persona que ha vivido una situación parecida sabrá, hay señales que te ayudan a adelantarte a los acontecimientos. Creo que mi abuela las ha pillado en silencio, sin que yo me diera cuenta, y ahora está segura de lo que estoy a punto de decir.

—Porque siempre me han gustado los chicos —confieso. No en un susurro, sino bien claro, para que se me escuche.

Ocurren tres cosas a la vez: mi abuela se levanta para abrazarme, mi madre me dedica una sonrisa orgullosa y mi abuelo suspira desde su asiento.

—Daniel, ya sabes que estas cosas...

—Papá, no tengamos dramas innecesarios —lo interrumpe mamá con severidad.

—Gracias por contarlo —dice mi abuela al separarse y enmarcar mi cara con las manos—. Sospeché que esa amiga tuya que tenía problemas con un chico no existía.

Río un poco y me muerdo el labio. Yo no soy el más disimulado, las cosas como son. El nudo en el estómago se ha calmado, pero esto era lo fácil. Sigo alerta a las palabras que mi abuelo está a punto de soltar. Parece indeciso.

—¿Tú lo sabías? —le pregunta a su mujer.

—Cariño, sabía lo mismo que tú. Lo que pasa es que no querías aceptarlo. Para darse cuenta solo hacía falta verle la cara al pobrecito cada vez que soltabas una de tus burradas sobre los mariquitas.

—Vamos a tener que revisar el vocabulario para no ofender a nadie —señalo todavía sonriendo un poco—, pero gracias, abuela.

—Aprenderé —promete dándome un beso que, además de la piel, me acaricia el alma.

Mamá me acaricia también el brazo para darme ánimos, lo que suma a la sensación de aceptación. Me dirijo a mi abuelo y respiro hondo antes de hablar.

—Mira, voy a ser sincero. Llevo muchos meses odiándote por dentro por tus comentarios homófobos. Pero me he dado cuenta de que lo que más me jodía es que fueras tú el que los hacía, porque eres mi abuelo y te quiero, por mucho que me joda. Nos acogiste cuando huimos de Madrid y te has convertido en una parte esencial de mi vida.

Me detengo porque me estoy emocionando y no quiero llorar. Lucho para mantener las lágrimas en su sitio y continúo.

—Sé que has crecido en otra época y te han inculcado unos valores distintos a los de ahora, pero eso no te da derecho a odiar gratuitamente y negarte en banda a informarte. Por muy mayor que seas, has de seguir aprendiendo. Es tu turno de hacerlo.

Temo haberla cagado, así que miro a mi madre en busca de una señal de que lo estoy haciendo mal. Al contrario de lo que pensaba, ella asiente y me aprieta la mano para infundirme ánimos.

—Esa fue la verdadera razón por la que cortamos la relación con mi padre: me pegó una paliza cuando salí del armario. No quiero que te conviertas en él, abuelo. No podría soportar que otra persona de mi familia, a quien se supone que debo querer, me traicione. Y si me quieres echar…

—Aquí no se va a echar a nadie —zanja él, dejándonos mudos a los presentes—. Pero, coño, déjame asimilarlo primero.

No añado nada más por mi bien. Me quedo asimilando el comentario, que me lo esperaba de cualquiera menos de mi abuelo. Él, que lleva meses haciendo comentarios homófobos, viendo problemas donde no los hay y reprendiéndome por tonterías.

—¿No me vas a… echar? —me atrevo a preguntar en apenas un susurro.

—Claro que no.

—Además, no le habría dejado si hubiera querido —agrega mi abuela sonriente.

—Podrías haber dicho lo de tu marido antes, Ángela.

—Si no lo hice es porque temía que no nos aceptaras en casa, papá, pero tienes razón. Hay que ir con la verdad por delante.

Le sonrío y el malestar desaparece del todo. Me parece mentira. Aunque recuerdo por qué he contado esto en primer lugar y me fuerzo a mí mismo a terminar con la confesión inesperada.

—Por cierto, Alejandro es mi novio.

Mamá lanza una carcajada de puro júbilo. Mi abuela sonríe, confirmándome que también se lo esperaba como lo demás. El último en reaccionar es mi abuelo.

—¿En serio? ¿Y le hemos dejado venir, así como así?

—Oye, que Alejandro es maravilloso —alcanza a decir mamá sin ningún atisbo de duda.

Él suspira y me observa con ojos que, por primera vez, intentan no juzgarme de manera severa.

—¿Estás seguro de esto, Daniel? No es una cosa que tomarse a la ligera. Estás trayendo algo que nos es desconocido a casa, y puede que...

—Tiene solución —aseguro—. Debes abrir tu mente. Sé que va a costar, pero trata de hacerlo por mí. Yo a la vez intentaré ser paciente contigo.

Suena como un trato y, a pesar de que no se le ve muy seguro, acepta con un asentimiento de cabeza. Entiendo que desconfíe de lo que es extraño, algo que ha sido fácil despreciar durante años y de lo que no tenía que preocuparse, puesto que no le concernía. Ahora, gracias a mí, ha entrado en su propia casa.

Cuando tu odio afecta indirectamente a alguien que quieres, te replanteas qué vale más la pena: el amor o el rencor. Espero que mi abuelo escoja lo primero.

—Bueno, si esto ya está hablado, ¿me vais a dejar seguir viendo el programa? Me he perdido mi parte favorita.

—Vale, vale.

Tanto mamá como la abuela me sonríen con complicidad. Mi abuelo no es de muestras de cariño, pero hacer como si nada podría interpretarse como un intento para que no sufra más. Se lo agradezco con la mirada y me dispongo a levantarme para recoger la mesa.

Estoy deseando que Ale se entere de esto. Va a flipar.

NOVENTA Y DOS

∽ Alejandro ∼

Avanzo por el largo pasillo hasta detenerme frente a la última puerta. Todos los miércoles hago este mismo camino a las seis de la tarde, aunque hoy aún falta una hora para eso. Sé por adelantado que Sasha no me va a atender hasta que sea mi turno, pero no podía pasar ni un minuto más en casa. Mis padres controlan hasta cuántos vasos de agua tomo y mi hermana aún está enfadada conmigo, por lo que no es el lugar donde más me apetece estar. Con la excusa de que la cita se ha adelantado he conseguido que mi padre me traiga antes y así no soportar a mi familia por más tiempo.

Cuando la espera termina, un chico rubio sale de la puerta de la consulta y levanta la mirada para saludarme. Le devuelvo el gesto con una sonrisa y se pierde tras doblar la esquina. No le conozco mucho, solo de vista, pero parece majo. Sasha me dedica una sonrisa al fijarse en mí y me incorporo de un salto.

—Hola, Alejandro. Vamos adentro.

Entro en la consulta y me siento donde siempre. La mirada tranquilizadora de mi psicóloga me reconforta. Siempre la utiliza cuando sabe que algo me está afectando más de lo que debería.

—¿Cómo estás hoy? —cuestiona tras dejarse caer en un sillón colocado donde solía estar una silla de plástico—. Yo genial, porque tengo nueva adquisición.

Pulsa un botón incorporado en uno de los brazos del sofá y un reposapiés aparece. Me limito a reír al ver su sonrisa resplandeciente.

—Mola, aunque la silla tenía su rollo.

—Ni me lo recuerdes. Entonces ¿te sientes bien?

—No del todo.

—¿Por qué?

—Déjame pensar. —Me rasco la barbilla y me hago el pensativo—. Oh, ya sé. Mis padres no me dejan salir ni ver a mi novio ni usar el móvil. No me extrañaría si mi madre me dijera que se queda esperando en la puerta cuando entro al baño.

Sasha ríe un poco, niega con la cabeza y bebe un sorbo del que debe ser su cuarto café del día.

—No te rías, ¡lo pienso de verdad! Encima mi hermana se ha enfadado conmigo y ni me habla.

—¿Habéis discutido?

—Sí. Es que me frustra mucho que todos actúen como si estuviese enfermo. Me cuidan como si fuera un bebé, incluida ella. Se suponía que iba a estar en casa hasta que acabaran las vacaciones, pero se ha quedado porque «está preocupada, nada más».

Me cruzo de brazos y desvío la mirada a uno de los múltiples cuadros que están colgados en la consulta. Se trata de una representación de un barco que parece incluso pequeño comparado con la gran cantidad de agua que lo rodea. El paisaje de fondo es una tormenta eléctrica. Me siento exactamente como ese barco: sin rumbo, perdiendo el control de mí mismo y arrastrado por las olas.

—¿No crees que esté preocupada?

—No es eso. Sé que lo está, pero... —Me muerdo la lengua para no estallar.

—Dilo. Ya sabes que no te voy a juzgar.

Suspiro con pesadez. Quizá debería hacerlo, solo porque hay una mínima posibilidad de librarme del malestar que noto en el pecho. Me ajusto el cuello de la sudadera porque empieza a incomodarme y tras unos segundos de reflexión decido hablar.

—No tiene derecho. Ni a preocuparse ni a meterse en mis cosas ni a actuar como la hermana del año. Sí, ella me ha ayudado varias veces, pero ha habido muchas noches en las que necesitaba un abrazo suyo y no estaba allí. Se fue de casa y casi se olvidó de mí. Vale, puede que al principio ignorase sus llamadas, pero era porque estaba tan enfadado que no podía soportar escuchar su voz. ¿Por qué ella puede irse y hacer su vida y yo me tengo que quedar aquí? Me abandonó, eso es lo que hizo. Encima ella sabe cómo son nuestros padres y lo mal que lo iba a pasar en casa solo. Pese a todo eso se fue y ahora vuelve como si fuese una santa. Pues ya puede ir haciéndose a la idea de que no la voy a perdonar.

Cuando termino de hablar me veo obligado a respirar hondo. He soltado todo lo que pienso tan rápido y con tanto resentimiento que ahora me siento vacío. Mi corazón está acelerado y los dedos me tiemblan un poco. Los escondo bajo las mangas de la sudadera y me acomodo en el asiento ante la atenta mirada de Sasha.

—Valeria tiene derecho a seguir con su vida, como todos. Estoy segura de que no hubo día en el que no pensara en ti.

—No lo creo.

—¿Te gustaría que ella te juzgase si hubieras sido tú el que se fue de casa, por ejemplo? —Recapacito todavía con cierta tensión en el cuerpo.

—No, pero…

—Entonces tienes que evitar hacerlo, Alejandro. Te entiendo, ella no estuvo durante los momentos más duros y ahora sientes que no se merece volver. Pero es el rencor el que está hablando, no tú.

Mientras le doy vueltas a sus palabras tamborileo mi pierna con los dedos. No creo que el resentimiento se vaya tan fácilmente. Ella no sabe por lo que he pasado ni cómo me siento.

—Sé lo que me digo.

—¿Estás seguro? A ver, si no me equivoco, tu hermana fue la que te ayudó en cuanto se enteró de tu problema con el alcohol.

—Ya…

—También fue la que estaba buscándote ese día con Dani, durante la recaída.

—Sí, pero…

—Por no hablar de todo lo que ha hecho por vosotros dos. ¿Habrías visto a tu novio fuera de clases si ella no te hubiera ayudado?

Me mantengo en silencio. Por mucho que me joda y me cueste aceptarlo sé que solo está diciendo verdades. Ella fue la primera persona a la que le conté que soy bisexual y puede que de no ser así ni siquiera yo lo hubiera asumido.

Es increíble que me esté dando cuenta ahora: todo este tiempo ha estado intentando compensar sus errores del pasado. Sabe que aún le tengo rencor por lo que hizo, así que me ha ayudado a hacerme un poco más feliz. Me aceptó cuando nadie más lo hacía, me dio el móvil cuando no debía para hablar con mi novio e hizo posible que pudiera verlo.

¿Por qué me he fijado en lo malo con todas las cosas buenas que ha hecho por mí?

Porque eres un desagradecido.

Ojalá pudiera golpear a mi conciencia en situaciones como esta.

—¿Te das cuenta? Se trata de recapacitar, nada más. A veces podemos llegar a sentirnos abrumados por muchos sentimientos negativos, pero tenemos que hacer un esfuerzo, dar un paso atrás y mirar con perspectiva. Pon lo malo y lo bueno en una balanza, seguro que lo segundo ganará por goleada.

Sonrío de manera inconsciente. Quizá tenga razón. Me dejo llevar siempre por lo negativo, tanto que opaca el resto de las cosas buenas que me rodean. Y estoy exhausto. Exhausto de sentirme furioso, incomprendido, sin esperanza. A lo mejor no tengo que sentarme a esperar a que las cosas cambien y soy yo el que tiene que hacer algo.

—Hagamos una cosa: quiero que empieces a ser sincero. Tanto contigo mismo como con los que te rodean. Sincero no significa mezquino, que te conozco. Cada día piensa en una persona distinta que de alguna forma influya en tu vida. Pones la balanza y haces justo lo que hemos hecho hoy aquí. Después de eso, cuando estés seguro de lo que sientes, se lo dices.

Dudo por un momento y alzo las cejas.

—¿Y cómo sabré si estoy seguro?

—Porque te invadirá la paz que sientes ahora aquí —explica llevándose la mano al pecho.

—En serio, ¿cómo lo sabes? ¿Eres una bruja?

Esta vez ambos reímos. Sasha coge la libreta y el bolígrafo que descansan en la mesita y se prepara para escribir.

—Sabes la razón por la que quiero que hagas esto, ¿no?

—Niego—. Guardas muchas cosas dentro de ti, la mayoría negativas. No se puede vivir así, o lo sueltas o terminas explotando. Pero antes necesitas pasar esos pensamientos por un filtro para poder arreglar todo de la mejor manera posible.

Asiento, creo que lo voy entendiendo. Anota unos números en el papel y pasa a observarme con expectación.

—Dime cinco nombres. Las personas que apuntemos aquí van a ser a las que tendrás que pasarles ese filtro y con las que podrás sincerarte. Todo si quieres, claro está. Sin presiones.

Me muevo hasta el filo de la silla y me apoyo con los codos en las rodillas, pensativo.

—Tienen que ser importantes para mí, ¿no?

—Sí. Mira, voy a ser buena y vamos a contar a Valeria en la lista. Te he ayudado con ella, pero el resto debes hacerlo tú. —Apunta su nombre al lado del número uno—. ¿Quién sigue?

Trago saliva, de repente nervioso. Saber que voy a tener que sincerarme con los que estén ahí no me ayuda a estar muy calmado. Sin mucho esfuerzo los cinco nombres aparecen en mi cabeza.

—¿Mis padres cuentan como uno?

—Sí, serán los segundos.

—Vale, pues… Mis padres, Dani, Diego y mi grupo de amigos.

Se sorprende al escuchar los últimos, pero no comenta nada. Termina de escribir, arranca la hoja y me la extiende.

—Ya tienes deberes para esta semana.

Asiento y me guardo el papel en el bolsillo.

—Creo que me va a venir bien —confieso, pensativo—. Llevo unos días pensando en hablar seriamente con mis padres.

—¿En serio? ¿Hay alguna razón en concreto?

—Puede. He estado hablando con Dani y… les ha contado a sus abuelos que estamos juntos.

La sonrisa de Sasha es grande, igual que la que esbocé cuando me lo dijo la semana pasada en el instituto.

—Me alegro mucho. Es un gran paso, la verdad. ¿Cómo se lo tomaron?

—Su abuela bien, nunca tuvo problemas con ella. A su abuelo le está costando más.

—Es normal. Nuestros mayores son de otra generación y algunos se cierran en banda a estas cosas.

—Sí. El asunto es que me ha hecho pensar. Dani me aclaró que no lo ha hecho para que lo imite con mis padres, que no hay presión, pero... quiero hacerlo. Llevo cargando con este secreto demasiado tiempo. Ya cansa.

—Es un cúmulo emocional importante. Sea lo que sea que decidas hacer, asegúrate de ello primero. Se puede ser valiente de muchas maneras, no solo alzando la voz.

Asiento y sigo pensando en ello a pesar de que cambiamos de tema. No sé si me voy a atrever a salir del armario con mis padres, pero cada vez tengo más ganas. Espero no arrepentirme.

NOVENTA Y TRES

∾ Alejandro ∾

Siempre que termino un examen de historia siento lo mismo: alivio. Nunca me pongo nervioso, aunque mi mente me la juega a veces y crea diversas situaciones en las que entra alguna pregunta que no sé contestar, a pesar de que eso sea imposible, ya que me sé el temario palabra por palabra. Por eso, cuando pongo el punto final y me levanto para entregarle los folios a la profesora me invade una sensación de calma que para nada experimento en otras asignaturas.

Hoy no ha sido diferente. Salgo del aula más animado que nunca. Estoy mejorando en el resto de las materias, pero me cuesta mucho. Historia es como mi espacio seguro, sé que puedo sacar notas que en las demás sería incapaz de obtener, y cada día estoy más seguro de qué es lo que me llena.

¿Acaso tus padres querrían que les llevaras la contraria?

No, pero a estas alturas tengo que empezar a hacerle caso a Sasha: ser sincero con mis seres queridos y conmigo mismo, o de lo contrario me convertiré en la persona más infeliz sobre la faz de la Tierra.

Doblo la esquina del pasillo y me encuentro con el grupo en la salida: Maya ignorando a Mario como ya es costumbre, Elena distraída con el móvil y mi novio intentando captar su atención. En cuanto me ve se acerca y me saluda con un beso suave en los labios.

—¿Qué tal fue?

—¿Por qué le preguntas si ya todos sabemos que el cabrón lo ha hecho de diez? —interviene Elena con desagrado fingido.

—Yo también te quiero, eh —contesto de forma irónica.

Hace como si se sintiera muy halagada y solo puedo reír. Ha sido difícil acostumbrarme a su forma de ser. Incluso al principio me chocaba que fuera la mejor amiga de Dani. Con el tiempo me estoy dando cuenta de que se complementan el uno al otro y la verdad es que son como un dúo cómico.

—¿Vamos?

Dani está acostumbrado a que lo acompañe hasta su casa o al menos la mitad del camino, así podemos pasar tiempo extra juntos. Desde luego se va a extrañar con lo que estoy a punto de decirle.

—De eso te quería hablar… Voy a ir directo a casa hoy, ¿vale? —Mi novio me mira expectante por unos segundos y adopta una expresión de confusión—. Creo que lo voy a hacer.

Abre los ojos y da un salto, casi sin creerse que esté hablando en serio. Me abraza con fuerza y los demás se limitan a escudriñarnos sin saber qué está pasando. Se aferra a mí en un intento por darme ánimos, le rodeo la cintura como siempre hago y se separa tan solos unos centímetros para tomar mi rostro con las manos.

—¿Estás seguro? Si no estás preparado, no tienes por qué hacerlo.

Niego con una sonrisa.

—Tengo que hacerlo. Lo necesito.

—En ese caso te aseguro que irá bien. —Me muestra esos hoyuelos con los que soy capaz de derretirme y besa mis nudillos ya curados del todo—. Estoy muy orgulloso de ti.

Nos volvemos a abrazar, esta vez es para que yo pueda hacerle saber con un gesto lo mucho que agradezco que esté a mi lado. En realidad no necesitamos palabras, teniéndome enfrente y sin decir nada ya sabe lo que pienso. Cuando por fin nos separamos nuestros amigos nos observan con el mayor desconcierto que he visto nunca. Dani me pasa el brazo por la cintura y apoya la cabeza en mi hombro.

—Se lo va a decir a sus padres.

Las reacciones son instantáneas. Mario abre mucho la boca, Maya se la tapa con la mano y Elena se queda rígida.

—¿De verdad? ¿Se lo vas a decir… todo?

—Todo —confirmo disfrutando de sus expresiones—. Que soy bisexual, que tengo el mejor novio del mundo y que no pienso estudiar Derecho. No va a ser una tarde muy pacífica en mi casa, os lo puedo asegurar.

Ríen con mi ocurrencia y me sumo. Tener tanta seguridad me ha costado bastante tiempo, y todavía flaqueo. Todo ha sido gracias a la conversación que tuve con mi psicóloga, la lista de nombres y que Dani haya hecho lo mismo con sus abuelos. Aunque resulte aterrador, he de aceptar que necesito ser yo, dejar de fingir y empezar a vivir mi vida.

Tengo planeado disculparme primero con mi hermana, se lo merece. Además, me temo que sin su ayuda no podré sincerarme con mis padres. Si consigo hacerlo, podré quitarme el gran peso con el que llevo cargando durante meses.

Lo mejor es que ya estoy sintiendo los cambios de la medicación: el malestar ha disminuido notablemente, no he tenido más ataques de ansiedad y mi mente se ha acostumbrado de nuevo a la calma que necesito. Lo único que me hace falta es el empujón que sé que mi hermana puede darme para presentarle el verdadero Alejandro a mis padres.

—Mucha suerte, de verdad.

—¡Aunque no la necesitas! —Maya me da un repentino abrazo que me toma por sorpresa y el resto se acaba sumando a uno grupal—. Todos sabemos que puedes hacerlo.

Con esa última frase en mente me despido de los que se han convertido en mis amigos. Parece mentira, pero les estoy cogiendo cariño. Siempre he tenido la sensación de que se portan bien conmigo porque soy el novio de Dani, aunque por una vez quiero darme el placer de ser optimista y pensar que les caigo bien de verdad.

El camino a casa se hace mucho más corto de lo normal. Apenas me ha dado tiempo de ensayar mis palabras. Para ser sincero, esa parte no la he pensado con el detenimiento que me hubiese gustado.

Da igual, eso no es importante. Solo hay que ser sincero. Creo que puedo hacerlo.

Para nadie es fácil ser uno mismo, Alejandro.

Ya te digo, Dani del pasado. Ahora lo estoy viviendo en mis propias carnes y confirmo que esta es la decisión más complicada que he tomado en mi vida.

Vamos, tengo que hacerlo. Por mí. No por Valeria ni Dani ni Sasha. Lo tengo que hacer por mí.

¿Qué vas a hacer si reaccionan mal?

¿Por qué reaccionarían mal?

Oh, vamos. Los conoces tan bien como yo. No va a ser un camino de rosas.

Ya, eso está claro. Va a ser complicado, muy complicado. Pero algo me dice que esto es lo correcto, que esa balanza de la que Sasha me habló se va a terminar inclinando hacia el lado positivo. Y, si no es así, en algún momento lo hará.

Con el corazón a mil por hora saco las llaves, abro la puerta y entro por el recibidor hasta el comedor. Mi padre, concentrado en la pantalla del portátil y con varios documentos esparcidos por toda la mesa, alza la vista.

—Ya estás aquí, genial. Voy a ir preparando la comida. —Guarda los papeles en una carpeta, retira el ordenador y se pierde en la cocina.

—Cariño, ¿qué tal el examen? —pregunta mi madre desde las escaleras. Debe haber salido de la ducha hace poco porque aún tiene el pelo mojado.

—Muy bien, mamá —balbuceo.

Mierda, tengo que mostrarme seguro y estar casi temblando no ayuda. Mi madre enseguida se da cuenta de que me pasa algo y baja hasta tenerme enfrente para cruzarse de brazos.

—¿Todo bien?

—Sí, sí. —Huyo de su mirada y señalo la planta de arriba con nerviosismo—. Voy a cambiarme.

—Vale, voy a poner la mesa. Tu hermana está acabando con un cliente, avísala cuando termine.

Asiento y huyo escaleras arriba. Cruzo el pasillo hasta mi cuarto, paso por la habitación de mi hermana y escucho su voz de teleoperadora. Me quedo esperando frente a la puerta entornada hasta que se despide y cuelga el teléfono. Entro y después de varios segundos por fin se fija en mi presencia.

—Papá ya está preparando el almuerzo, estará listo enseguida.

Si hubiera sido otro día corriente, habría contestado con un «vale» y se habría limitado a bajar para ayudar a mis padres. Lo diferente esta vez es que puede notar que me pasa algo. Si mi madre tiene ese superpoder, mi hermana lo tiene multiplicado por mil. Me examina con el ceño fruncido, abandona su escritorio y se coloca delante de mí con los brazos en jarra.

—Voy a romper mi voto de silencio hacia ti porque parece que has visto un fantasma. Estás pálido. Bueno, más de lo normal.

La inquietud que llevo dentro me impide hacer un comentario sarcástico. En su lugar suelto una risa nerviosa y me rasco la nuca como un desquiciado.

—Vale, ahora sí estoy preocupada. —Coloca sus manos en mis hombros y me obliga a mirarla—. ¿Qué pasa?

La garganta se me seca y hasta tragar saliva me cuesta trabajo. Me veo tentado a apartar la vista y fijarla en el suelo, pero no puedo pasar por alto la preocupación en los ojos de mi hermana. Tomo una gran cantidad de aire y busco la mejor combinación de palabras para poder disculparme.

—Lo siento, me comporté como un gilipollas el otro día. Tenías razón, no valoro suficiente lo que tengo. Y sí, te tenía rencor desde que llegaste, pero debo aceptar que tienes derecho a hacer tu vida y al final siempre vas a ser mi hermana.

La confusión no abandona su rostro, lo único que cambia es que sus facciones se relajan levemente.

—Es lo que quería escuchar, pero me da que no estás así por la gran empatía que sientes por mí. —Niego mojándome los labios y con la mente en blanco de nuevo—. Ale, puedes confiar en mí y contarme lo que sea.

Cierra la puerta detrás de mí, se sienta en el filo del sofá cama y con la mano me invita a sentarme a su lado.

—¿Y bien?

—Mi psicóloga me ha hecho ver las cosas desde una nueva perspectiva. Hemos hecho una lista... Y, bueno, se supone que tengo que sincerarme con las personas que hayamos apuntado. Según ella me guardo mucho para mí.

—Estoy de acuerdo.

—He decidido que quiero decirle a papá y a mamá..., ya sabes, eso.

—¿Eso? —Arruga la nariz, desconcertada.

—Sí, eso. —Sigue sin entender, lo que me frustra demasiado—. Lo de Dani.

—Oh, *eso.* —Se queda perpleja durante un instante y desvía la vista al suelo—. Ahora entiendo que estés como un flan.

—No estoy tan nervioso...

¿A quién quiero engañar? Estoy aterrorizado. Cuando me doy cuenta mi pierna se mueve sola con rapidez y tengo que detenerme. Es una clara señal de que me va a dar un ataque en cualquier momento. Respiro hondo y me doy golpecitos en las rodillas a la vez que cierro los ojos. Según Sasha esta técnica puede ayudar a hacer desaparecer la ansiedad, aunque hasta ahora no noto mucha diferencia.

—Estoy cagado —confieso al notar el intenso bombardeo en el pecho—. Ellos se creen que soy una persona distinta. ¿Y si los decepciono? Siempre he creído que cumplir con sus expectativas no me importaba tanto, pero se ve que no es así.

Valeria pasa el brazo por mis hombros y me abraza con fuerza para tocarme los mechones del pelo con delicadeza. Me da unas palmadas en la espalda y se aparta para mirarme a los ojos.

—Si te digo la verdad, yo tuve que mudarme para no sentirme juzgada por nuestros padres. La presión a veces te obliga a hacer cosas que no deberías y creo que va siendo hora de que se den cuenta de eso. Yo no fui capaz de replicarles nada, pero tú todavía estás a tiempo.

Me infunde fuerzas acariciándome la palma de la mano.

—Vamos juntos, ¿vale? Como cuando tuviste el incidente. Si algo no va bien, déjame hablar a mí, no voy a dejar que nada malo pase.

Asiento. La seguridad que he perdido en el camino vuelve a mí casi por arte de magia. Aún mi corazón late con descontrol y parece que se me va a salir del pecho, pero soy consciente de que mi hermana está aquí y me va a ayudar, como siempre.

Nos ponemos de pie, salimos de la habitación y bajamos las escaleras. Con cada escalón que piso me acerco más al momento que llevo esperando y que, irónicamente, llevo evitando más tiempo del que me hubiese gustado. Mi cuerpo está a punto de ponerse a temblar, un sudor frío me recorre la frente y creo que podría vomitar.

Pero todo está bien.

Sí, está bien.

Tú puedes.

—Respira hondo —me aconseja Valeria en un susurro. Trato de hacerle caso mientras llegamos al comedor—. Todo va a ir bien.

Todo va a ir bien.

NOVENTA Y CUATRO

∼ Alejandro ∼

La comida casi está hecha. Mi padre se encuentra en la cocina batallando con la sartén y mi madre terminando de colocar la cubertería en la mesa.

—Ya podéis sentaros.

Le hacemos caso y esperamos unos minutos hasta que mi padre llega con los platos llenos de comida. Los reparte con una sonrisa y se sienta al lado de mi madre.

—A comer.

Lo intento, pero se me cierra el estómago y mi cuerpo me manda una advertencia de que como me lleve un bocado más a la boca lo vomitaré. Me aclaro la garganta. La cabeza me da vueltas y bebo un poco de agua.

Valeria me escudriña primero, preocupada, y luego a mis padres, que parecen no darse cuenta de mi estado. Estoy seguro de que parezco alguien enfermo, hasta juraría que mi temperatura corporal ha aumentado. No es normal que sienta este calor en pleno invierno.

A lo mejor no estoy preparado. Si mi cuerpo me está enviando tantas señales es por algo. A fin de cuentas no tengo por qué hacerlo hoy. Sí, mejor esperar. No quiero que reaccionen mal, que algo vaya mal, que…

—Tengo algo que deciros —escupo de repente.

Me asombro a mí mismo. Ha sido como un impulso, algo que tenía que soltar sí o sí.

No se puede vivir así, o lo sueltas o terminas explotando.

El sonido de los cubiertos contra los platos se detiene. Lo primero que percibo es la mirada de mi hermana, alentadora. Cuando me atrevo a contemplar a mis padres veo la duda en sus ojos.

—¿Sí, cariño?

El ambiente se vuelve incluso más pesado de lo que ya era. Respiro con dificultad y oculto mis manos temblorosas debajo de la mesa. Reviso a los tres presentes que están centrados en mí esperando a que diga lo que está luchando por salir de mi interior.

Mi novio tuvo que hacer lo mismo. Dani luchó para ser él mismo, incluso con un padre homófobo del que tuvo que huir porque no lo aceptaba tal y como era. Si fue tan valiente a pesar de todo, yo también debo serlo.

No eres nada de eso. Ni una mala persona ni un idiota ni alguien débil. No eres tu trastorno. Todos necesitamos ayuda y, sobre todo, amor.

Toda mi vida me he intentado convencer de lo contrario, de que soy un desastre y que no hay un futuro feliz para mí. Pero yo también merezco amor. Merezco ser feliz. Merezco ser yo mismo. Y hoy estoy a unas palabras de conseguirlo.

Ya no hay vuelta atrás.

Es ahora o nunca.

—Tengo novio. Es un chico y se llama Dani. Bueno, ya lo conocéis. Resulta que soy bisexual. Os lo juro, al primero que lo pilló desprevenido fue a mí. Pero ha pasado y me he cansado de huir de lo que me hace feliz.

Es como si todo se detuviese a mi alrededor. Lo único que escucho es un leve pitido en mis oídos y mi propia respiración acelerada. Me he visto obligado a parar porque de lo contrario habría perdido el aire, creo que no he hablado tan rápido en mi vida.

Me acomodo en la silla y puedo notar que mi espalda está cubierta de sudor. Nunca creí que los nervios pudieran afectarme tanto; sin embargo, aquí estoy, a punto de desmayarme.

La presión en el pecho ha disminuido un poco. Eso solo significa una cosa: debo seguir. Es la única manera de liberarme de esta carga. Contemplo a mis padres, ambos petrificados, y tomo aire antes de continuar.

—Por favor, no me digáis algo como «es una fase» o «estás confundido». Si de algo estoy seguro es de lo que siento por... mi novio. ¿Por qué creéis que he estado así estos días? Estoy encerrado, sin poder ver a Dani e incomunicado. Sí, quiero ponerme bien y tengo la intención de hacerlo, pero alejarme de él y de mis amigos no va a ayudarme.

El nudo en mi estómago desaparece de repente. Me libro de la tensión en el cuerpo, casi como si hubiera soltado una gran roca que llevaba cargando durante mucho tiempo. Parpadeo varias veces, y así consigo ver con normalidad y observar la incredulidad en las caras de mis padres.

—Ah, y no quiero estudiar Derecho. Me he dado cuenta de que, si hago una carrera, será Historia. No me quiero pasar cuatro años de mi vida amargado porque no me gusta lo que hago. Y puede que no tenga tantas salidas laborales como lo que queréis para mí, pero prefiero eso a ser infeliz.

Silencio. Nadie se atreve a hablar. Quizá he sido demasiado directo y es mucha información que procesar, aunque la calma que ahora siento lo justifica todo.

Su reacción puede ser mala, soy consciente de ello. Lo importante es que, al contrario de lo que creía, he sido capaz de decirlo en voz alta. Me he enfrentado a ellos y he alzado la voz a favor de mí mismo. Creo que es la primera vez que lo hago, o al menos nunca me había sentido tan orgulloso de decir lo que pienso hasta ahora.

Mi hermana me sonríe y me da la mano debajo de la mesa. Le agradezco con la mirada. Si he tenido la suficiente fuerza para esto ha sido porque sabía que estaba a mi lado.

Paso a observar una vez más a mis padres. Mi madre es la primera en reaccionar, toma aire y se toca la frente con la palma de la mano. Se queda así mientras mi padre agarra el tenedor y empieza a comer de nuevo.

—Vale —pronuncia entre bocado y bocado al ver que ahora el perplejo soy yo.

—¿Es una broma? —pregunto mirándolo de hito en hito.

—He dicho «vale», ¿no es eso lo que querías? —Bebe un sorbo del vaso y se limpia con la servilleta—. Estás seguro de lo que has dicho, ¿no?

Asiento como si la vida me fuera en ello.

—En ese caso está bien.

Y sigue comiendo como si nada. Cuando me doy cuenta tengo la boca abierta por la sorpresa, así que la cierro e intento procesar lo que está pasando. De todas las reacciones que podría haber imaginado esta ni siquiera se me pasó por la cabeza. Por un momento llego a creer que se va a quedar así, pero mi madre se destapa la cara y escudriña a mi padre como si estuviera loco.

—¿Que todo está bien? —dice mi madre.

Oh, no. Aquí viene.

Hace un amago de tomar el cubierto, pero le tiemblan tanto las manos que se ve obligada a dejarlo en la mesa. Se tapa la boca con el puño y ojea un punto fijo de la pared que se encuentra detrás de nosotros. Estoy a punto de replicar cuando niega, todavía con la mirada perdida.

—No me lo puedo creer. El hecho de que me hayas estado mintiendo a la cara durante tanto tiempo me lleva a replantearme si de verdad te conozco, Alejandro. —Ahora me mira a los ojos con una repentina rabia y tristeza al mismo tiempo—. Me lo habría esperado de cualquier otra persona menos de ti.

Sus palabras me hieren mucho más de lo que esperaba. Había contemplado esta posibilidad, aunque no sabía que dolería tanto escuchar eso salir de la boca de mi propia madre. Mi madre, la que se supone que me ama de manera incondicional.

—No seas dramática —replica Valeria con una mirada acusadora—. Él no te ha mentido en ningún momento. Que no haga lo que tú quieras como los demás no te da derecho a tratarlo así.

—Oh, no me vengas con esas, Valeria. Tú lo sabías, ¿verdad? ¿Por qué será que no me sorprende?

—Yo no tengo la culpa de que no le des la confianza suficiente para que te cuente las cosas, mamá.

Eso es la gota que colma el vaso. Mi madre se levanta, golpea su copa sin darse cuenta y esta se rompe. El vino cae en el mantel y tenemos que alejarnos de la mesa para evitar mancharnos. Me duele mirarla, parece estar desquiciada.

—Toda mi vida he trabajado para daros un techo, comida y estudios. Mira que es difícil decepcionarme y aun así lo hacéis. Mi hijo con novio, lo que faltaba… ¿Qué va a ser lo siguiente? ¿Te vas a vestir con faldas y decir que eres una mujer?

La furia que siento no se compara con nada que he experimentado jamás. Ya no estoy triste, ahora me gustaría gritarle a la cara que se calle de una vez. Por alguna razón ninguna palabra sale de mi boca. Me niego a creer que de verdad piense eso.

—Todo este tiempo, mientras yo te pagaba unas clases de inglés para que hicieras algo con tu vida, tú hacías todo tipo de obscenidades con ese chico en mi propia casa. Se te debería caer la cara de vergüenza.

Si lo de antes me había dolido, esto me ha hundido. Aprieto los puños, me muerdo el labio inferior y noto cómo las lágrimas amenazan con salir. Me gustaría defenderme y decirle que se equivoca, que no tiene ni puta idea de lo que está diciendo, pero sé que como hable voy a perder los estribos y terminaré soltando palabras que una madre jamás debería escuchar de parte de su hijo.

—No. —Mi hermana da la vuelta a la mesa y la encara—. Es a ti a la que debería darte vergüenza tratarlo así. ¿Ha hecho algo malo? ¿Ha cometido algún crimen? ¡No! Déjale vivir su vida sin hacerle sentir que lo está haciendo mal.

—No me hables así.

—Tú tampoco deberías gritarnos de esta manera.

—Vanesa, creo que estás exagerando…

Mi madre detiene el intento de mediar de mi padre con un dedo amenazante.

—Ni se te ocurra defenderlos.

—Es que llevan razón.

Silencio otra vez. No me había dado cuenta, pero las lágrimas ya han empezado a caer por mis mejillas. La impotencia y la rabia me nublan la conciencia. ¿Ha sido una buena idea? ¿Me debería haber quedado callado? Sin esperarlo he creado un conflicto familiar que veo muy complicado resolver.

Lo peor es que aún no ha acabado.

—Todo es culpa del chico ese, está claro. Es un desviado y te has dejado llevar por él. Ángela me contó que se mudaron a esta ciudad porque tenía problemas con su marido. Ya ves tú... A Dani le falta una figura paterna, es normal que tenga un trauma e intente encontrar lo que le falta en chicos de su edad.

Algo en mi interior se remueve, retorciéndose y luchando por salir. Y dejo que los sentimientos oscuros que estoy experimentando tomen forma, trepando por mi garganta y soltando un grito que casi me desgarra por dentro.

—¡Cállate! ¡Cállate la puta boca porque no tienes ni idea de lo que estás diciendo!

La señalo con el dedo de forma amenazante, pero es cuando me doy cuenta de que estoy temblando tanto que no puedo mantener la mano firme. La escudriño con los ojos empañados, su figura se borra frente a mí y mi odio me obliga a seguir chillando.

—¡Puede que seamos unos depravados para muchas personas, pero lo tuyo es peor porque estás siendo una mala madre!

Tengo que darle donde más duele. Ella me ha destrozado atacando a la persona que más quiero, así que se merece que le digan las verdades a la cara.

—¿Te gusta verme así? ¿A tu hijo? ¡¿A la persona que se supone que tienes que querer sin importar nada más?! Eres la puta peor persona que conozco.

Mi hermana me pide que pare con la mirada, llorando como yo. Mi padre sigue en silencio, con las manos apoyadas en la silla y negando con la cabeza. Puede que esté dolido como nunca, pero he conseguido mi objetivo: mi madre está destrozada. Intenta decir algo más, pero no es capaz.

Por mucho que discutamos sé que no va a dar su brazo a torcer. En eso se parece a mí. Sin decir nada más se marcha del comedor. Valeria se acerca y me intenta tranquilizar, sacando un pañuelo del bolsillo y secándome las lágrimas.

A pesar de que trate de animarme, esta herida va a tardar en curarse.

NOVENTA Y CINCO

∼ Alejandro ∼

El sol me obliga a cubrirme los ojos con la mano. Siempre me ha molestado, aunque por alguna razón hoy no tanto. Me acomodo sobre la cama, desenredo la sábana con los pies y me cubro hasta el pecho con ella. Miro a mi lado, donde Dani está haciendo a saber qué con el móvil. Me hace gracia porque está tapado hasta casi la nariz.

—¿Qué haces? —digo intentando llamar su atención.

—Ver memes.

Frunzo el ceño.

—¿Y eso es mejor que pasar tiempo con tu guapísimo e inigualable novio? —Pongo morritos esperando a que me bese y en su lugar sale del lío de sábanas para darme una palmadita en la mejilla.

—Los memes estuvieron para mí cuando tú ni siquiera me conocías, tienen preferencia. —Deja el móvil en la mesita de noche, se zafa de las sábanas y se acerca hasta sentarse sobre mi estómago. Solo lleva los pantalones puestos, así que alzo la mano y le empiezo a hacer cosquillas en la cintura—. Además, no te lo creas tanto, no eres tan guapo.

Río con ganas. Puede llegar a ser muy petardo cuando quiere. Soy muy afortunado porque conozco su mejor versión: el chico sarcástico y a veces tímido, pero comprensivo a más no poder y sensible como ningún otro.

—¿No soy guapo? —pregunto alzando las cejas, a lo que niega a la vez que ríe—. Bueno, algo especial tendré para haber conseguido seducirte, ¿no?

Ríe de nuevo, esta vez a carcajadas. Dios, podría escuchar esa risa durante el resto de mis días y jamás me cansaría.

—No me sedujiste. —Se agacha hasta tener sus labios al mismo nivel que los míos y me quedo observándolos cual bobo—. Creo que fue al revés.

Puede que no esté prestando mucha atención a sus palabras, no cuando lo tengo tan cerca de mí. Acaricio su labio inferior, rosado y algo mojado, y deposito un beso en la comisura. Sin poder contenerme lo beso, acariciando su espalda con los dedos e introduciendo la lengua con rapidez. Dani sonríe a mitad del beso y lo corresponde. Lleva una mano a mi nuca y me acerco a él. Lo rodeo con mis brazos, algo que me encanta, ya que puedo sentir su calor corporal contra mí. El encuentro de ambas lenguas es como un espectáculo del que nunca me canso. Nos detenemos por un momento para tomar aire y, como siempre hago, aprovecho esos segundos para visualizar su belleza como es debido.

Su piel es más morena que la mía, aunque sigue siendo blanca, eso es porque soy más pálido de lo que me gustaría. Los rayos de sol que se cuelan por la ventana se proyectan en su pelo, por lo general castaño, pero cuando esto ocurre parece pelirrojo. Sus ojos marrones y pequeños no se despegan de los míos y con sus brazos delgados me rodea por el cuello y reposa la cabeza en mi pecho. Parpadea varias veces y me hace cosquillas en la clavícula con las pestañas. Le diría algo, pero así se ve tan tierno que no lo haré.

—¿Cómo te sientes? —pregunta de repente.

Eso me toma desprevenido. Bajo la vista, intentando examinar su rostro y así saber a qué se refiere, aunque no doy con ello.

—Por lo de la semana pasada, me refiero.

—Oh, eso.

Me encojo de hombros mirando el paisaje invernal tras la ventana. Sin siquiera hablar, Dani sabe justo lo que se me pasa por la cabeza, así que se limita a aferrarse más a mi cuerpo y besarme la mejilla múltiples veces.

La verdad es que todo ha sido extraño desde que salí del armario con mis padres. Por un lado, han ocurrido cosas buenas: me han devuelto el móvil, ya puedo salir cuando me plazca y no están encima de mí para que me tome la medicación. No es necesario, lo hago yo mismo por mi propio bienestar.

Por otro lado, el vacío que me hace mi madre cada vez que nos encontramos nubla lo demás. Sí, a lo mejor soy libre, pero ella parece odiarme y nada en el mundo puede compensar eso.

—Terminará entendiéndolo —susurra con dulzura.

—¿De verdad lo crees?

—Desde luego. No lo diría si no estuviera seguro. Mi abuelo también lo está gestionando a su manera, pero lo aceptará tarde o temprano. Tú confía.

Suspiro con pesadez. Desearía ser así de optimista. Últimamente estaba intentando serlo hasta que la discusión con mi madre ocurrió. Ahora no estoy muy seguro de si algún día Dani vendrá a casa y ella lo recibirá con una sonrisa, mantendrán una conversación aburrida y todo será normal.

Hasta ahora la única vez que mi novio ha venido para recogerme e ir a algún sitio mi madre se ha mantenido neutral, como mucho diciendo un «hola» y marchándose a otra estancia de la casa. Mi padre, por el contrario, lo ha recibido y le ha dejado claro que puede venir cuando quiera.

Mi madre debería comprenderlo. ¿Cómo no va a hacerlo? Soy su hijo. Sé que tengo que esperar lo mejor y perdonarle todo por ser mi madre, pero... no estoy seguro de poder hacerlo si nunca se disculpa conmigo. Me ha hecho mucho daño como para olvidarlo así como así.

—No te quiero ver triste. Preocuparte por algo que no puedes controlar te va a volver loco. —Se incorpora a mi lado, se sienta cruzando las piernas y me da unas palmaditas para que haga lo mismo. Lo imito y quedo enfrente de él—. Piensa en lo que vamos a hacer por tu cumpleaños.

Bufo con desgana. Nunca he sido de esos que disfrutan en exceso su cumpleaños. De hecho, mis padres me obligaban de pequeño a dar una fiesta y yo accedía por los regalos, nada más.

—No creo que haga nada especial... —Antes de que termine niega con la cabeza, indignado.

—Sí, lo haremos. Me lo puedes dejar a mí. —De normal me habría negado desde el principio, pero no puedo pasar por alto su evidente emoción.

—No sé...

—Venga, déjame hacerlo. Prometo que no será nada excesivo.

—Lo contrario, por favor.

—¿Eso es un sí? —Abre los ojos con sorpresa.

Chasqueo la lengua, sintiéndome tonto por no ser capaz de decirle que no.

—Solo porque eres un pesado, nada más.

—¡Te quiero!

Se abalanza sobre mí besándome sin parar y gritando de emoción. La idea de una gran fiesta no me agrada, aunque sé que Dani no la preparará sabiendo que no la quiero. Pero ¿cómo no iba a ceder? Verle ese brillo en los ojos no tiene precio.

—Yo también te quiero, tonto.

Nos quedamos así por lo que parece una eternidad perfecta, tumbados sobre las sábanas enredadas y abrazándonos el uno al otro. Con lentitud recorro su pecho haciéndole cosquillas y su piel se eriza ante el paso de mis dedos. Se ríe, incapaz de quedarse quieto e intentando detener mi mano sin éxito.

—Eres un poco pesado, ¿lo sabías? —dice con una sonrisa de complicidad.

—En eso te voy a dar la razón.

En el momento que quiero darme cuenta le estoy ofreciendo quedarse a dormir, por dos simples motivos: es demasiado tarde para que se vaya solo a casa y ya hemos pasado demasiadas noches separados como para soportar una más.

Desde hace una semana mi madre no cena con nosotros. Se hace cualquier cosa para comer y se va a su habitación para evitar cualquier intento de conversación. Es triste, pero al menos evitamos otro conflicto como el de la última vez.

Después de mucho insistir dejo que mi novio nos cocine la cena. Tendría que ser al revés, pues yo soy el anfitrión, pero su pasión por la cocina es tal que no me deja ni siquiera rechistar.

Salimos al supermercado más cercano para comprar los ingredientes que nos faltan, volvemos a casa y se pone a ello mientras lo observo ensimismado desde la barra.

—Estoy teniendo un fuerte *déjà vu*, solo que eras tú el que cocinaba. Bueno, hacías el intento de cocinar...

Sé de lo que habla. Se refiere a la primera vez que lo invité a casa, aquel día que le hice el almuerzo y vimos una película juntos.

—¡Oye! Hice la mejor pasta que has probado, admítelo. —Lo señalo con un dedo amenazante—. Intentaba impresionarte, no me digas que no sirvió de nada.

—¿Impresionarme? Ya, seguro. —Niega con la cabeza, aleja la mirada de mí y la lleva al tomate que comienza a cortar.

—¿Sabes qué? Mejor me callo, tienes un cuchillo en la mano y no creo que sea el mejor momento para provocarte.

—Bien pensado.

Dani termina preparando unas fajitas de pollo con verduras. Al sentarnos a comerlas no puedo hacer otra cosa que exagerar un «mmm».

—Están buenísimas —confiesa mi hermana entre bocado y bocado.

—Más que buenas —puntualizo con la boca llena—. Están exquisitas.

—Tenéis razón. No sabía que cocinabas tan bien, Dani —halaga mi padre.

Mi novio se sonroja en cuestión de segundos. Pronuncia un «gracias» casi susurrando, le resta importancia con la mano y sigue comiendo de su plato.

Al terminar llevamos todo a la cocina y mi padre se ofrece a fregar, por lo que Dani y yo nos escabullimos a mi habitación de nuevo. Le doy el pijama de color verde que se puso la noche que pasó aquí. Lo dejo cambiarse en el baño porque, según él, «quiere seguir conservando su intimidad». Como si no lo hubiera visto desnudo antes.

Mientras espero a que termine abro la ventana del cuarto dejando que una brisa fría se cuele en la habitación. Me tumbo en la cama boca arriba y me entretengo con el móvil hasta que llega. Cierra la puerta detrás de él y deja su ropa a un lado de la mesita de noche, mirándome divertido. Me encanta cuando se pone ese pijama porque es algo grande para él y parece un enano. Alza los brazos para demostrar lo mucho que le sobra de las mangas de la camiseta, de la misma forma se pisa parte de los pantalones blancos.

—No te rías —dice, aunque él también lo hace sin poder evitarlo.

—Ven aquí, anda.

Recorre la mitad de la estancia con una fingida expresión de molestia hasta llegar al otro lado de la cama. Se tumba a mi lado y le doy la espalda para fastidiarlo un poco, a lo que me abraza por detrás provocando que nos coloquemos en forma de cucharita.

—Hueles muy bien —señala con la nariz enterrada en mi cuello.

—Qué buen cumplido, me siento halagado. —Me calla con un golpe.

La tranquilidad que me invade en este momento no se parece a nada que haya notado antes. Pensándolo en frío, estoy en un punto de mi vida al que me ha costado horrores llegar: fuera del armario, en paz con los que me rodean y conmigo mismo. Parece mentira.

Para que fuera perfecto mi madre tendría que aceptarme. Pero, como dice Dani, no puedo hacer nada al respecto. Si hay algo de lo que la vida me ha intentado convencer es que el tiempo cura. Espero que a ella también la cure.

—¿En qué piensas? —Escucho cerca de mi oído.

—En lo mucho que han cambiado las cosas. Me sorprende, ¿sabes? No parezco ni yo.

—A lo mejor el de ahora eres tú. Quiero decir, el verdadero tú. —Me doy la vuelta para contemplar sus ojos, apoyo el codo en la almohada y empiezo a acariciar su pelo—. No sé, yo lo veo así. Te has convertido en una mejor persona.

—¿Tú crees? —Asiente—. Todavía no soy todo lo mentalmente estable que me gustaría.

—Pero lo intentas, que es lo importante.

Sonrío sin enseñar los dientes, él me imita. Lo beso con ternura y lo acerco más a mí para abrazarlo.

—¿Sabes qué fue lo que me animó a contárselo a mis padres? —suelto sin pensar mucho—. Tuve una conversación bastante interesante con mi psicóloga. Me hizo ver la situación con otros ojos. Me ayudó a darme cuenta de que me guardo demasiado para mí y no me desahogo con nadie. Y eso me frustraba mucho, pensaba que era un incomprendido que estaba destinado a fracasar.

—Sí, muy acertado. —Amenazo con darle un codazo, pero se aparta entre risas—. Ahora en serio, ¿qué solución te dio?

—Hicimos una lista. Me dijo que tenía que pensar en cinco personas que me hayan cambiado de alguna forma u otra. El trato era que debía sincerarme con ellas. Así me desahogaría.

—Y supongo que tus padres estaban en esa lista, ¿no?

—Supones bien, aunque ellos cuentan como uno. De hecho, mi hermana también está. —Me mira con repentina curiosidad.

—¿Y quién más está en esa lista misteriosa?

—Tú.

Enarca las cejas y ríe de nuevo. Acaricio con mimo sus hoyuelos mientras hace una mueca divertida.

—A estas alturas no creo que haya mucho que no sepa de ti.

Me quedo callado. Mis dedos no se detienen, llegan a su nuca y acarician sus mechones castaños. Tras unos segundos en los que intenta analizar mi expresión se da por vencido y pregunta:

—¿Qué quieres contarme? —Suspiro sin apartar mis ojos de los suyos—. Me estás asustando.

—Oh, no, no es nada preocupante. Bueno, lo era… La cuestión es que, como sabes, hubo un periodo en el que no estuve nada bien. Fue en septiembre, un poco antes de empezar el instituto. Era un desastre andante. Hice cosas de las que me arrepiento ahora…

Sé que mi novio no me va a juzgar y menos por algo que hice en el pasado. Pero mis problemas con el alcohol y las salidas al bar fueron tan importantes en su momento que no puedo ocultárselo. Quiero que conozca tanto lo bueno como lo malo, pues todos se quedarían a nuestro lado si solo mostráramos lo mejor de nosotros mismos. Son aquellos que se quedan incluso en los malos momentos los que valen la pena.

—Nada de lo que hayas hecho en el pasado va a cambiar lo mucho que te quiero ahora —canturrea acariciando el aro de mi oreja—. Hombre, si has matado a alguien me impactaría, no te voy a mentir…, pero ya buscaríamos una solución.

Suelto una carcajada sin poder evitarlo. Me besa la frente como si fuera un niño pequeño y, acurrucados bajo la sábana y sin dejar un centímetro de espacio entre ambos, empiezo a contarle lo que fue la peor etapa de mi vida. Claro que, teniéndolo a mi lado, el miedo desaparece y solo queda amor. Amor del bueno.

NOVENTA Y SEIS

∾ Alejandro ∾

Siendo sincero, si añadí a Diego a la lista de personas con las que tenía que sincerarme fue porque creía que podría hablar con él sin perder el control. Bueno, misión imposible: se ha presentado en la puerta de mi casa y con solo verle la cara ya me estoy conteniendo para no partírsela.

Tiene el ojo izquierdo y la nariz curados, aunque si te fijas puedes distinguir ciertas zonas oscuras aún sanando. Me examina con una mirada asustada y juega con sus dedos en un intento por mantenerse calmado. De su habitual expresión divertida no hay rastro alguno.

—¿Vas a quedarte ahí hasta que vuelva a reventarte a puñetazos? —suelto a la defensiva.

Quizá no me veo tan intimidante en pijama, pero he estado durmiendo hasta que he escuchado el timbre y no me iba a molestar en cambiarme de ropa por él. Me cruzo de brazos y alzo las cejas, esperando una respuesta.

—Tío, no seas así. He venido porque... quiero disculparme.

Oh, esto tiene que ser una broma.

—No hablarás en serio, ¿no? No quiero tus disculpas. Creo que la última vez que nos vimos te dejé bastante claro que no quería nada tuyo.

Me acerco unos pasos y consigo que retroceda. No lo quiero aquí, tan solo con tenerlo delante recuerdo lo que le hizo a Dani.

—Alejandro...

—Que te vayas, joder. No quiero verte la cara nunca más, ¿te queda claro?

Mira que he intentado ser menos violento y dejar los rencores a un lado, pero con Diego es imposible. A la mierda lo que dijo Sasha, personas como él no se merecen ni una pizca de compasión.

Intenta decir algo, pero no es capaz de articular palabra. Termina dándose por vencido y girándose para marcharse. Cuando por fin creo que me lo he quitado de encima una voz a mis espaldas hace que se detenga en seco.

—¡Espera!

Es Dani. Vestido con la ropa que traía puesta ayer y el pelo revuelto, sale de mi casa con apremio y se planta a mi lado.

—¿Qué haces? Creía que estabas dormido cuando me he levantado —le susurro al oído.

—No me juzgues, a veces me gusta hacerme el dormido para poder despertarme del todo luego.

Diego se da la vuelta para contemplar a mi novio y este le devuelve la mirada. Para mi sorpresa no se le ve resentido. Aunque ya debería saber que si de algo peca Dani es de ser demasiado empático.

—Explícate —le pide. Tanto Diego como yo le dedicamos una expresión de asombro.

—Estás loco, ¿no? ¡Él fue el que te dio la paliza! —Lo tomo por el codo y me acerco a Dani para hacerle entrar en razón—. No se merece tu atención.

—Ya lo sé. Quiero comprobar si mi teoría es real, nada más —aclara en un tono todavía más bajo.

¿Su teoría? ¿A qué se refiere? Estoy a punto de preguntarle, pero Diego tose de manera intencionada y recuerdo que lo tenemos delante.

—¿Y bien? —inquiere.

Diego suspira, se rasca la cabeza con incomodidad y huye de ambas miradas cuando empieza a hablar.

—A ver, ¿cómo lo digo? Hum… Nunca he tenido nada en tu contra, Alejandro. Hemos sido amigos desde pequeños, lo sabes.

—No te hagas ahora el inocente, por Dios. —Mi novio me asesina con la mirada a pesar de estar de mi parte.

—Vale, vale… Bueno, a lo que iba. Siempre hemos sido tú y yo, para todo. Íbamos a fiestas juntos, nos pasábamos las tardes enteras jugando al *FIFA* en tu casa… No puedes haberlo olvidado tan rápido. Todo iba bien entre nosotros hasta que él apareció.

Aprieto los puños por instinto y avanzo unos pasos para encararlo. Dani me detiene al tomarme del brazo.

—Tranquilo.

—Empezaste a pasar menos tiempo conmigo, faltabas a los entrenamientos… Ya ni siquiera prestabas atención cuando los chicos y yo hablábamos de cualquier cosa. Estabas como perdido.

—Te voy a decir un secreto: los amigos se apoyan cuando algo malo pasa. Hubo días en los que falté a clase y otros en los que estaba mal físicamente, y ninguno de vosotros se preocupó por mí. Ese es el problema de vuestra «amistad», que solo os tenéis los unos a los otros en los momentos buenos.

Diego me mira apenado, apuesto a que no sabe qué replicar. Era hora de que le dijeran que sus amigos no valen nada, al igual que él.

—¿Él no lo sabe? —cuestiona de repente Dani, estupefacto.

Se refiere a mi TOC.

—¿Cómo pretendes que lo sepa? ¿Para que vaya contándoselo a los demás como hizo con nuestra relación? No, gracias.

—¿Saber el qué? —se atreve a decir.

—No es de tu incumbencia —responde mi novio de brazos cruzados.

—Ya, tienes razón. Alejandro, lo que quiero decir es que me sorprendió mucho cuando me enteré de lo vuestro. Si no me lo creía al principio era porque nunca me habías dicho nada…

Bufo, bastante harto.

—Te lo repito otra vez: no me diste la confianza suficiente. Y, la verdad, no sé ni para qué me estás contando esto. Si crees que el hecho de no conocerme lo suficiente justifica lo que hiciste…

—No, yo…

—Además, ¿para qué coño has venido? Deja de darle vueltas al asunto, porque es la sensación que me ha dado desde que has abierto la boca.

—Es obvio —interviene Dani. Lo miro por un instante y se muerde el labio inferior, como si se arrepintiera de haberse entrometido.

—¿Qué es obvio? —pregunto, dudoso.

Miro a Dani, que a la vez observa a Diego, este último pálido. Parece que, sea lo que sea lo que mi novio piensa, es algo que le aterra.

—¿Me podéis decir lo que está pasando de una vez? —me quejo.

—Ale, de verdad, no podrías estar más ciego. Es obvio que le gustas.

Eso sí que no me lo esperaba. Lo único que me sale es reír ante lo absurdo que sería.

—Es broma, ¿verdad?

Pero por su expresión deduzco que no, que está hablando muy en serio.

¿En qué cabeza cabe? ¿Diego pillado por mí?

No, ni de coña.

—Venga ya. —Miro a Diego esperando a que desmienta este disparate—. Tío, dile que no es verdad. Es imposible que...

Y el terror en sus ojos me lo dice todo. Si me recuerda a alguien es a mí mismo el día que salí del armario con mis padres: asustado, pálido y a punto de desmayarse en cualquier momento.

Es cierto.

Un cúmulo de pensamientos se cuelan en mi mente, el problema es que no puedo descifrar cuál tiene más importancia. ¿Debería estar más enfadado? ¿Sentirme ofendido? ¿Halagado? ¿Con aún más ganas de partirle la cara?

De momento solo hay una cosa que tengo muy clara: esos sentimientos hacia mí no cambian nada.

—Puede que ahora me odies mucho más de lo que ya lo hacías, pero Alejandro tenía que saberlo —aclara Dani con un tono de arrepentimiento—. Creo que es lo único que te excusa un poco de lo que hiciste.

Parpadeo, perplejo.

—¿Que lo excusa? ¿De qué forma?

—Los dos sabemos que no debería haberlo hecho y tampoco creo que vayáis a ser amigos de nuevo por arte de magia. Solo digo que puedo llegar a entenderlo. Estaba enamorado de ti, eras su mejor amigo y de repente un desconocido le quitó eso. Comprendo que toda esa ira desembocara en los puñetazos que me dio. —Hace una pausa para suspirar y mirarme por el rabillo del ojo—. Ahora déjame decirte una cosa.

Avanza los pasos que antes me había impedido dar y se coloca a poca distancia de él sin quitarle los ojos de encima. Diego traga saliva y lo observa con espanto.

—Hazme el favor y cambia. ¿Cómo de irónico es que los que nos discriminan sean como nosotros? La vida es muy triste si no eres fiel a ti mismo, tanto Alejandro como yo podemos dar fe de ello. Me temo que, si personas como tú siguen existiendo, nunca podremos tener la libertad que merecemos.

Dani acierta tanto con las palabras que creo que no hay mejor forma de decirlo. Una parte de mí entiende su situación; yo también usaba el odio como protección, era una forma de escapar de mis problemas fijándome en los de los demás. Y menos mal que he cambiado. Lo que consigues siendo así es hacerte aún más miserable y ser una mala persona.

—Pero yo no soy… —Lo interrumpo antes de que se le ocurra decir cualquier tontería.

—Me temo que eso tendrás que averiguarlo tú solo. —Suavizo un poco el tono y le dedico por un momento una de esas miradas de cuando seguíamos siendo amigos—. Solo quiero que te alejes de nosotros, ¿vale? Nos has hecho mucho daño y la verdad es que no sé si podré perdonarte.

—Yo tampoco —le medio susurra Dani con una mirada triste.

—A lo que iba. Reflexiona y pon todo en orden aquí dentro. —Me señalo con el dedo la sien—. Mientras no dañes a nadie más me daré por satisfecho.

Mi novio sonríe con una expresión de orgullo y asiente de acuerdo conmigo. Diego, en cambio, baja la vista y se encoge de hombros. Espero que no se haya hecho ilusiones creyendo que íbamos a volver a ser amigos, esto es lo más amable que puedo ser con él después de lo ocurrido.

—Creo que me voy a ir... Ya os he entretenido lo suficiente. —Dani apoya la cabeza en mi hombro, asiente y le dedica una expresión amigable. Él nos contempla con desánimo y algo de tristeza en sus ojos—. Gracias por escucharme... Y, de nuevo, lo siento.

Nos echa un último vistazo, se aclara la garganta y da media vuelta para marcharse por donde ha venido. Rodeo con el brazo a Dani y le doy un beso en la frente, lo que me permite comprobar que aún no le ha quitado la vista de encima a la silueta ya distante de Diego.

—¿Qué está pasando por esa cabecita? —inquiero tras acariciar su flequillo con la barbilla.

—Me siento fatal... Solo se trata de un chico como tú y yo, confundido y frustrado porque nada le sale como quiere. He sentido justo eso y no es agradable. —Se aleja con una mueca de culpabilidad y hace un ademán para volver al interior de la casa—. No sé, todos merecemos una segunda oportunidad.

—¿Los asesinos también? —Pone los ojos en blanco, me suelta la mano y se adelanta hasta la puerta.

—No seas extremista.

Cierro la puerta detrás de mí y lo sigo hasta la cocina. Como ya es costumbre se sienta encima de la barra, balanceando las piernas, ya que no llega al suelo. Lo arrincono con facilidad, acerco su cintura a la mía y lo beso en un intento por olvidar los últimos cinco minutos.

—¿Qué quieres desayunar?

Sus ojos se iluminan y se hace el pensativo durante unos segundos.

—¿Churros? —Hago un esfuerzo por no reír.

—Aquí tienes uno.

Agarro su mano y la coloco en mi entrepierna. Claramente no se lo esperaba, pues abre los ojos con sorpresa, la aparta de inmediato e intenta patearme con las zapatillas.

—Eres un asqueroso. —Se cruza de brazos, ofreciéndome un semblante serio, pero sin evitar que lo rodee con mis brazos—. Aunque debo admitir que, si me lo ofrecieras a otra hora del día, lo tomaría con gusto.

—¿Por qué no ahora? —Se contagia con mi risa.

—Es muy temprano. Diego me ha quitado la poca energía que tengo por las mañanas.

Acaricio con mis labios sus mejillas rosadas y me gano un beso suave. Lo miro levantando las cejas y niega con la cabeza.

—Mejor hazme una tostada. —Río de nuevo, le doy un último beso y me acerco a la encimera para sacar la tostadora—. ¿Sabes qué? Me ocupo yo. Tú te comes el pan casi quemado, no voy a dejar que hagas lo mismo con el mío.

—¡Me gusta que se tueste bien! —Se apodera del aparato y me veo obligado a hacerme a un lado.

—No hace falta que lo jures.

Si fuera sobre otra cosa continuaría discutiendo, pero el experto en la cocina es él. Me aparto con sigilo y le dejo que haga lo que le venga en gana. Así mejor: me libro de cocinar y puedo admirar su figura todo lo que quiera.

NOVENTA Y SIETE

∽ Alejandro ∽

Cuando esta mañana me he despertado solo podía pensar en una cosa: es miércoles. Eso significa que tengo sesión con Sasha. Además, quedan tres días para mi cumpleaños, pero mejor dejar eso a un lado porque no quiero tener más ansiedad de lo normal.

De camino a la consulta he tenido mucho tiempo para encontrar las palabras adecuadas. Esta última semana han pasado muchas cosas y mi psicóloga estará igual de sorprendida que yo al oír las novedades. A pesar de esto, una vez que estoy sentado frente a ella mi mente se queda en blanco.

¿Por dónde empiezo?

—Por tu mirada supongo que tienes algo que contarme —adivina con la taza en las manos.

Asiento mientras intento disimular la sonrisa que se me escapa. Hoy he optado por pedir un café, no sé muy bien por qué. Bebo un poco del vaso de plástico y el sabor amargo de la cafeína provoca que haga una mueca de disgusto.

—Jamás entenderé por qué os gusta tanto —musito al dejarlo en la mesa de al lado.

—Tranquilo, no tienes que sentirte forzado a tomarlo para ser más formal o algo así. —Coloca su taza al lado del vaso, se acomoda en el sillón y se aparta unos mechones de la cara—. Cada uno tenemos nuestros gustos, lo importante es respetar los del resto.

Es increíble la forma en la que esta mujer puede pasar de hablar sobre café a ética sin que me dé cuenta. Apoyo una pierna sobre la otra y me dejo caer un poco en el respaldo de la silla.

—Lo sé. Yo respeto las opiniones de los demás, siempre y cuando no me perjudiquen a mí —aclaro.

—Entiendo. —Agarra la pequeña libreta que siempre usa en nuestras sesiones y la deja abierta por una de las últimas páginas—. Bien, ¿cómo ha ido la semana?

Suspiro de manera exagerada. ¿Por dónde debería comenzar? Yo soy el primero que se siente abrumado por todas las cosas que han pasado. ¿Cómo puedo resumirlo en una sesión de una hora?

—¿Nada interesante? —sugiere con las cejas arqueadas.

—Todo lo contrario. El problema es que no sé por dónde empezar.

—Por el principio. —Pongo los ojos en blanco—. ¿Qué hiciste cuando terminó nuestra sesión de la semana pasada?

Intento hacer memoria y me remonto al miércoles.

—Estudiar. Tenía un examen de historia importante.

—¿Qué tal fue?

—Aún no tengo la nota, aunque creo que bien.

Sonríe con complicidad.

—Así me gusta, las responsabilidades van primero. En cuanto a los deberes que yo te puse, ¿qué tal? ¿Has cumplido algo de la lista?

Rebusco en el bolsillo trasero de mis vaqueros, saco el papel arrugado y se lo extiendo. Al desdoblarlo comprueba que hay cuatro de cinco personas tachadas. Me dedica una expresión de asombro.

—Vaya, sí que te has puesto las pilas. —Lee con detenimiento los nombres una vez más y pasa a centrar su atención en mí—. Cuéntame. ¿Quién fue la primera persona con la que hablaste?

—Mi hermana. —Me froto las manos para mantener el calor y recuerdo los nervios que tenía de camino a casa—. Con ella fue fácil. Merecía una disculpa y se la di. No fue solo para que me ayudara, fui totalmente sincero y me alegro de haberlo sido.

—Me encanta el rumbo que va tomando esto —admite Sasha sin borrar la sonrisa—. ¿Te ayudó con tus padres?

—Mucho. Bueno, con mi padre no fue necesario… Es mi madre la que lo lleva mal.

—¿Estás seguro?

—Créeme, me lo dejó bien claro. —Recordar sus palabras de aquella noche me provoca escalofríos, así que me abrazo a mí mismo y me encojo aún más en el asiento—. Me dijo cosas muy feas. Cosas que me dolieron, sobre todo porque no me insultó solo a mí.

—¿Podrías ponerme un ejemplo?

La contemplo con abatimiento. Sé que hablar del tema es mejor para poder sobrellevarlo, pero ojalá fuera tan fácil hacerlo con otra persona que como cuando lo analizo en mi cabeza.

—Dijo que mi novio tiene un trauma. Tuvo problemas con su padre cuando salió del armario y ella lo usó para justificar de alguna forma su orientación sexual. Para mi madre Dani es gay porque le falta una figura paterna y yo soy bisexual porque él me arrastró al «mundo del pecado».

Al principio no contesta. Se queda pensando tanto tiempo que por un momento temo que le dé la razón. Por el contrario, parpadea de manera exagerada y niega con la cabeza.

—Lo estás pasando mal, ¿verdad?

Me muerdo la lengua, quizá porque me he machacado tanto a mí mismo en el pasado que no querer ser la víctima y quedarme callado es automático. En su lugar me encojo de hombros.

—Oh, vamos.

—No sé. Sí, me duele que mi propia madre no me acepte, pero estoy cansado. Me ha costado muchísimo estar en paz conmigo mismo, lo sabes, y todavía dudo si lo he conseguido. He gastado tanta energía en el camino que ya me da igual todo.

—Pero tienes que recordar que el camino nunca acaba, Alejandro. Claro que podemos estar cansados, es normal. Lo que tenemos que evitar es darnos por vencidos. Mira atrás por un momento y contempla todo el recorrido que has emprendido, los cambios a los que has sobrevivido, la cantidad de progreso que has hecho… Porque el Alejandro que está sentado hoy aquí es muy distinto del de hace un año. Eres el mismo, solo que te has dado cuenta de muchas cosas y has logrado encontrar la respuesta a muchas preguntas que te hacías. Dime, ¿cambiarías algo de lo que te ha llevado a estar aquí?

Intento pensar en la respuesta. Lo gracioso es que ni siquiera tengo que meditarlo, solo lo sé.

—No.

—Ahí lo tienes. Sé que a veces puede llegar a ser abrumador…

—¿Solo abrumador? Es mucho peor que eso.

—Pero todo pasa. La vida sigue, ocurra lo que ocurra.

—¿Seguro? —cuestiono dudoso.

Ahora mismo por mucho que trate de ser positivo no veo a mi madre cambiar de parecer. ¿Seguirá así por siempre? ¿Volverá a dirigirme la palabra? Ningún escenario que se me viene a la cabeza tiene final feliz.

—Seguro. Cuando recaíste jamás pensaste que volverías a recuperarte y aquí estás. El tiempo lo solucionará todo y ella lo entenderá.

—Eso espero.

—También quería hablarte sobre algo… Y tiene que ver con esto de alguna forma. Pero antes necesito que me respondas a una cuestión. —Se coloca recta en el sillón, deja la libreta a un lado y lleva toda su atención a mí—. ¿Qué te hace feliz?

Parpadeo, perplejo.

—¿Qué me hace feliz? —repito, no muy seguro de qué respuesta pretende obtener. Asiente sin moverse del sitio—. Hum…, ¿a qué te refieres exactamente?

—La pregunta es simple. Quiero que me digas qué te motiva cada día, lo que más disfrutas hacer… Las cosas sin las que no podrías vivir.

Casi al instante pienso en Dani. Mandarle un mensaje de buenos días es lo primero que se me pasa por la cabeza al despertar. Verlo mejora muchísimo mi día, más que cualquier otra cosa o persona. Él es la razón principal de mi felicidad. Él me hace feliz.

Suspiro y contesto con decisión.

—Mi novio.

Sasha hace una mueca difícil de descifrar. Es una expresión de ¿resignación? En su rostro se puede leer un «lo sabía» con facilidad.

—A eso quería llegar.

No sé por qué, pero su tono no augura nada bueno. Antes de continuar se queda pensativa por un instante y me mira a los ojos, seria.

—Hay aspectos de tu relación con Dani que he reconocido con facilidad. Soy psicóloga, he tratado a muchas personas y no eres el primero al que le pasa, ni mucho menos. Es normal asociar la felicidad a alguien, más si esa persona ayuda a esfumar nuestros problemas anteriores...

—¿Qué quieres decir?

—No quiero que desarrolles una dependencia emocional, a eso me refiero. En una pareja es importante compartir y necesitar del otro, pero nunca sobremanera. Dani puede hacerte feliz, el problema es que creas que es el único que te trae esa felicidad.

—No soy dependiente —mascullo más para mí mismo que para ella.

—Alejandro, no te sientas culpable. Estabas perdido y él te ayudó a encontrarte, eso es perfecto. Ahora tienes que aprender a verlo como alguien que te complementa, no que te llena. Empieza a pasar tiempo a solas: cómprate un videojuego nuevo, retoma el baloncesto, sal a pasear... Asegúrate de que no necesitas de forma desesperada a otra persona para ser feliz. Ahí será cuando vuestra relación mejore.

Tiene sentido. Es cierto que alguna vez he pensado que Dani es todo lo que necesito, incluso por encima de las pastillas. Analizándolo con perspectiva puede que sí sea un poco dependiente.

—Pero tampoco quiero que te obsesiones con eso. Tú ve poco a poco. Puedes empezar intentando encontrar un rato que pasar a solas al día. ¿Lo intentarás?

—Sí.

Me muestra una sonrisa resplandeciente y la imito.

—Se me ha acabado el café, así que me voy a por otro o de lo contrario no terminaré todas las sesiones de hoy. ¿Quieres algo?

—Un Cola Cao, por favor.

Se levanta del asiento, recoge las dos bebidas —incluido mi café casi lleno, ya que apenas le he dado un sorbo— y se marcha dejándome solo. Aprovecho para revisar las notificaciones de mi móvil y enviarle algún *sticker* estúpido a Dani por WhatsApp. Tras guardar el dispositivo en el bolsillo alzo la vista y reviso la estancia una vez más.

El cuadro del barco sigue estando ahí, al igual que el título enmarcado de Sasha y numerosos dibujos colgados que sus pacientes más pequeños hacen para ella. Un par de plantas y las estanterías terminan de componer la habitación. Aunque, cuando me da por mirar una de ellas, la sorpresa que me llevo es grande. Escucho los pasos de Sasha al volver, pero no puedo quitar los ojos del estante a mi derecha.

—¿Todo bien? —Deja el vaso humeante sobre la mesa y vuelve a su asiento con una nueva taza en las manos. En cuanto entiende lo que está pasando desvía la mirada hacia el estante—. ¿Algún libro que te llame la atención?

—No lo puedo creer. Ese estante llevaba vacío un tiempo, ¿por qué no me he dado cuenta?

La mirada cómplice de la mujer lo dice todo.

—Error. He ido añadiendo un par cada semana. —Arquea las cejas, sonríe de forma triunfal y bebe un largo trago de café—. Para que luego digas que no has hecho ningún progreso.

Y así es. Justo después de la recaída no podía soportar el desorden de los libros, me provocaba tanta ansiedad que Sasha los tuvo que retirar. El hecho de no haber notado el cambio es alentador. Ahora los miro y aún no me siento cómodo del todo, pero puedo vivir con ello.

Son libros, ¿qué daño van a hacerte?

Ninguno.

—Eres increíble —suelto con una sonrisa torcida.

—Solo aceptaré ese cumplido cuando empieces a decírtelo a ti mismo también. Bien, ¿por dónde íbamos?

Toma la lista que había dejado apartada y lee los nombres de nuevo.

—¡Hablaste con Dani! ¿Sobre qué, si se puede saber?

—Le conté sobre mis recaídas. Me di cuenta de que no sabía mucho sobre mi yo de antes, por lo que decidí explicarle lo que me ha llevado hasta aquí. Fue el más fácil de todos los de la lista, la verdad.

—Me lo esperaba.

—Se lo tomó muy bien, incluso lo de mis salidas nocturnas.

—¿Por qué tendría que ser al contrario? Es parte del pasado, no influye en nada.

—Lo sé, aunque el miedo siempre está ahí. —Me hace saber que me entiende con un asentimiento de cabeza—. Hasta se interesó por nuestras sesiones y todo.

—Oh. En ese caso tendré que conocerlo. —Río a causa de su tono interesado—. ¿Y con Diego? ¿Cómo fue?

Me tenso un poco al escuchar su nombre y ella debe notarlo porque frunce el ceño.

—Dime que no le has dado una paliza o algo parecido.

—Por suerte no. No tenía pensado hablar con él, la cosa es que se presentó en mi casa para disculparse. No creo que pueda llegar a perdonarlo, aunque lo que sí sentí por un momento fue empatía.

—¿Por qué?

—De alguna forma, no sé cómo, Dani averiguó que Diego estaba pillado por mí. Resulta que se ha comportado así porque estaba celoso de nuestra relación. Suena como una historia de romance mala, pero por lo visto es así.

—¿Ha cambiado tu punto de vista al descubrirlo?

Recapacito durante los segundos que tardo en beberme gran parte del Cola Cao. Claro que ha cambiado, al menos su excusa no es tan ridícula como lo era antes.

—Sí. No voy a olvidar todo y a pedirle que seamos amigos, no sería justo. Sin embargo, puede que lo que dice Dani sea verdad: el amor a veces nos lleva a hacer estupideces.

—Estupidez de la que con suerte aprenderá —puntualiza—. Si te das cuenta, todos cometemos errores e intentamos rectificar.

Unos se quedan anclados en el pasado, lo que les dificulta seguir adelante, y otros olvidan demasiado rápido.

—Qué difícil es para el ser humano encontrar el término medio, ¿no? —remarco aprovechando el momento reflexivo.

—Es natural inclinarse a un lado u otro. Nos viene de fábrica. Lo difícil es mantenerse imparcial y dar con ese equilibrio. Aunque también te digo que no sé si lo preferiría.

Me encojo de hombros y me termino la bebida.

—¿Nos ponemos filosóficos de repente? La verdad es que no es de mis asignaturas favoritas —admito.

—Yo la suspendí con tu edad. —Abro los ojos de manera exagerada.

—No te tomaba por una de las que suspenden.

—Ay, Alejandro. —Se encoge de hombros—. A estas alturas deberías saber que nadie es lo que aparenta.

NOVENTA Y OCHO

∽ Alejandro ∾

Los intentos por no mojarme de camino al instituto han sido inútiles. La tormenta se ha empeñado en empaparme, pese a que siempre llevo un paraguas pequeño en la mochila en caso de emergencia. Pues bien, resulta que estos tipos de paraguas no sirven mucho cuando mides un metro noventa y hace un viento de la hostia.

Tras llegar como puedo al instituto sacudo el paraguas e intento hacer tiempo mientras me seco del todo. Distingo desde la distancia a mis amigos al final del pasillo, así que me acerco y los saludo.

—Buenos días.

—¿Buenos? Más bien horrendos —replica Elena mientras intenta secarse el pelo con los dedos.

—No se lo tomes en cuenta, su estado de ánimo varía según el tiempo —explica mi novio. Me acerco para darle un beso que corresponde y se entretiene en colocarme unos cuantos mechones mojados en su sitio—. Estás empapado. La próxima vez cómprate un paraguas más grande, por favor.

Asiento con una sonrisa boba. Maya, que es la única que falta, aparece por la puerta principal y nos divisa a lo lejos. Una vez que llega a nuestro lado compruebo que Elena no es la única que está de mal humor hoy.

—Si la lluvia fuera una persona, le patearía el culo. Se me han mojado los libros.

Abre la cremallera de la mochila y saca el libro de matemáticas, que, efectivamente, está empapado. Lo vuelve a guardar y se cuelga la mochila a la espalda otra vez.

—Buenos días a ti también —musita Mario, no tan bajo como le hubiera gustado. Maya no tarda en atacarle con el particular desagrado que solo guarda para él.

—Cállate, tú eres peor cuando tu hermana no te deja dormir.

—Eso es un motivo justificable para quejarse.

—Pues si lo mío no lo es, págame tú el dinero que me va a costar comprar otros, idiota.

Mario decide no seguir discutiendo y se adelanta caminando al aula antes de que suene la campana. Los demás esperamos a escuchar el horrible sonido para dirigirnos a las clases. Maya y yo tenemos matemáticas, por lo que me despido de los demás —sobre todo de mi novio— y la sigo hasta entrar al aula correspondiente.

Al menos este día de tormenta tiene algo bueno, y es que nos comunican que la profesora se ha quedado atrapada en un atasco y no hay esperanzas de que llegue a tiempo. Miro con complicidad a Maya y optamos por jugar al tres en raya durante la hora libre, juego que me recuerda bastante a mis antiguas clases en las que no prestaba atención y me distraía con cualquier cosa.

—¿Qué vas a hacer con los libros al final? —pregunto en un intento por mantener una conversación que no sea sobre números o deberes de economía.

—Supongo que usar un secador y rezar para que no queden tan mal. —Intenta sonar irónica aunque me da que está diciendo la verdad. Dibuja una X en la hoja y así me gana por quinta vez.

—Si necesitas ayuda… —No me deja terminar la frase.

—No, de verdad. Buscaré una solución, no tienes que preocuparte. Aunque lo agradezco.

—Vale, como digas.

Dibujo una vez más dos líneas horizontales y dos verticales y empezamos otra partida. Examino su rostro por unos segundos y aprovecho que estamos solos para preguntarle sobre lo que más curiosidad me da. Nunca he sentido que tengamos la confianza suficiente para hablar de otro tema que no sean las clases, pero entiendo que si quiero que nuestra amistad sea verdadera tengo que dar el paso.

—Oye, una cosa. Es que tengo una duda desde hace bastante tiempo y no estoy muy seguro. ¿Tú y Mario…?

Alza la vista y se tensa de repente. Frunce el ceño y aprieta los labios.

—¿Qué?

—Bueno, no sé si entre vosotros dos, ya sabes… Si hay algo.

Le toma varios segundos reaccionar, se queda con los ojos abiertos y sin pestañear. Sin esperarlo suelta una carcajada y disimula al taparse la boca con la mano.

—No puedo creer que me estés preguntando eso. —Me mira como esperando a que le confirme que es una broma, pero no lo hago. Vuelve a fruncir el ceño y hace una mueca de confusión—. Alejandro, el desprecio que existe entre Mario y yo es tan obvio que debes estar ciego si no lo has notado.

—A mí no me engañáis. Eso no es odio, son celos.

—¿Cómo dices? —Pongo los ojos en blanco, dejo por un momento el bolígrafo encima del cuaderno y pauso el juego.

—No te hagas la tonta, anda. Mario está que rabia desde que te ves con David, ¿o me equivoco?

Maya me pide que baje la voz con un gesto, aunque no niega nada de lo que digo, lo que me da luz verde para continuar.

—Si está celoso significa que quiere algo contigo, y tú también tienes que sentirlo cuando no has hecho nada con David.

—Me escudriña con frustración y eso me confirma todo lo que necesito saber.

—¿Quién te ha dicho que no he hecho nada con él?

—¿Lo has hecho?

—No —farfulla antes de desviar la mirada. Suspira de forma exagerada y cuando habla de nuevo tiene la intención de confesarse—. Es solo que estoy confusa. David es un buen chico, pero por alguna razón me siento mal cuando estoy con él. Me da la sensación de que estoy traicionando a Mario. Lo gracioso es que no somos pareja ni nada, ni siquiera creía que me gustaba.

Asiento, comprensivo. Sus hombros se relajan y apoya la barbilla sobre la palma de la mano.

—Pero al final me preocupo por nada, ¿sabes? No creo que pase nada con ninguno de los dos.

—¿Por qué?

Veo en sus ojos un atisbo de resignación, una leve tristeza.

—Por nada.

Me incita a coger el bolígrafo y escribe una O en la tabla, pero no soy capaz de volver al juego porque noto que algo no va bien.

—Maya, ¿pasa algo? ¿Por qué no pasaría nada con ninguno?

—Huye de mis ojos, se acomoda el pelo corto y mantiene un semblante serio—. Mira, es obvio que no tienes la misma confianza conmigo que con Dani, pero puedes contarme lo que sea. Intentaré entenderte y juro que no saldrá de aquí.

Averiguo que necesitaba oír eso al ver una manifestación de agradecimiento. Debe ser difícil para ella, ya que se nota cómo batalla consigo misma para expresarse. De repente se me ocurre una idea. En la hoja medio usada escribo una frase y dejo que la lea.

Puedes escribirlo si te resulta más cómodo. :D

Me sonríe y asiente. Da vueltas al bolígrafo mientras piensa en qué poner y termina escribiendo una frase que lo aclara todo.

El problema no es de ellos, sino mío.

Evito mirarla para no ponerla más nerviosa y escribo una respuesta.

¿Qué clase de problema?

Esta vez no tarda tanto en contestar, tan solo unos segundos.

Soy muy insegura.

Eso no me lo esperaba. Me permito observarla y distingo la vergüenza reflejada en sus mejillas sonrojadas y sus manos moviéndose de forma inquieta. ¿Maya es insegura? ¿Por qué? Si tiene algún complejo debe estar en su mente, porque a simple vista no sé reconocer qué es lo que le puede afectar tanto como para no querer nada con ningún chico.

Y sin esperarlo una conversación entre ella y Dani hace unos días me abre los ojos. Mi novio le reprochaba que nunca desayunaba nada y que cualquier día podría pasarle algo malo si seguía así.

Maya se excusó diciendo que ya se había comido un *snack* en el intercambio de clase, pero ¿había sido así? No recuerdo verla comer ningún *snack*. De hecho, no recuerdo verla comer nada. Nunca. Así que es por eso. La inspecciono de arriba abajo de forma disimulada. Su complexión grande quizá sea la razón por la que no come frente a los demás. Es como cuando descubres tu sexualidad por primera vez, no quieres que te etiqueten por un determinado comportamiento o gesto.

Vaya tontería. ¿Acaso todos los gais son afeminados? ¿Todas las personas con sobrepeso están así por la comida? Claro que no, pero es aún más preocupante que se tome como algo malo. Como si ser tú mismo o comer estuviese mal.

Salgo de mi ensimismamiento para colocar la mano sobre su hombro y reconfortarla un poco. Sin decir nada ambos sabemos cuál es el problema. Me acerco unos centímetros para poder susurrar y que me escuche.

—No tienes que sentirte mal por nada. Créeme, llevo toda mi vida luchando contra mí mismo y es una batalla que lo único que causa es daño. Seguro que mi psicóloga te daría mejores consejos, pero lo que sí puedo decirte es que eres válida tal y como eres. No busques la opinión de otros para sentirte bien porque la tuya es la única que importa.

—¿Vas al psicólogo? —cuestiona con sorpresa y asiento.

—Sí, desde hace bastante tiempo. Tengo TOC. Lo más seguro es que muchos piensen que estoy loco por la recaída que sufrí y mi cambio de comportamiento…, pero la verdad es que no me importa. No creo que esté loco. Solo soy una persona y la vida se me hace bola, como a todos. Nada más.

Maya se queda contemplándome con una mezcla de asombro y fascinación. Me limito a sonreír por última vez antes de dibujar cuatro líneas nuevas y arquear las cejas.

—¿Quieres la revancha? —Se contagia con mi sonrisa.

—Por supuesto.

NOVENTA Y NUEVE

∿ Alejandro ∿

Sé que ya ha pasado un día desde mi conversación con Maya, pero mi mente sigue dándole vueltas a las palabras que compartimos y no puedo hacer más que preocuparme.

Por un momento he pensado en contárselo a Dani, más que nada para ponerle al corriente de los problemas de su amiga. Pero si lo hiciera no estaría cumpliendo con mi palabra y no quiero perder la confianza que Maya me ha dado. Por tanto, me quedo callado y me prometo a mí mismo que no diré nada de momento.

Me encuentro solo y caminando en dirección al gimnasio del instituto. Creo que me voy a arrepentir de lo que estoy a punto de hacer, pero llevo mucho tiempo atrasándolo. El anuncio que enviaron por el grupo de la clase facilitó las cosas: el equipo de baloncesto organiza una reunión para buscar nuevos integrantes de cara a los entrenamientos de verano y los partidos del próximo curso.

No voy a mentir, echo de menos jugar a mi deporte favorito. Y puede que también extrañe a mi grupo de amigos, pero prefiero ocultarlo y no bajar la guardia. Lo que dijo Andrés de hacer las paces sigo pensando que puede ser un farol. No lo sabré hasta que lo averigüe yo mismo.

La puerta del gimnasio está abierta de par en par. Escucho las voces masculinas desde la distancia mezcladas con las pisadas y los golpes del balón contra el suelo. También hay risas, de esas en las que no participo desde hace semanas. Se me acelera el corazón y soy consciente más que nunca de mi nerviosismo.

Pongo un pie en el gimnasio con miedo. Espero que Diego no esté aquí, porque de ser así me iré por donde he venido. No obstante, no lo veo entre el grupo de chicos que ha dejado de jugar. Andrés está hablando con Gabriel, David y los demás cuando se fija en mí. Alza la mano para que me acerque e inevitablemente dirige la atención de todos hacia mí.

No hay vuelta atrás.

Me acerco despacio, como si temiera que cualquiera de ellos se abalance sobre mí. Por suerte, no pasa. De hecho, son ellos los que me miran con miedo, como si fuera yo el que va a atacarles. Para ser sincero, lo habría hecho hace un par de semanas.

—Hola —dice Andrés, precavido pero sonriente—. Has tardado, pero has venido.

Voy a ser sincero aunque me joda: entiendo que mi novio lo besara la noche de Halloween. Andrés es guapo. Además de no estar nada mal, tiene esa aura de buena persona que te atrae a él. Sumado a que lo conozco desde hace muchos años, hace que no me sienta tan a la defensiva como pensaba.

—Sí, bueno, cuando no juego al baloncesto me pongo de mala hostia —comento sarcástico, pero con un tono serio.

Los presentes no saben cómo reaccionar. En realidad, es gracioso verlos así, inseguros de hacer una broma o no. Me encojo de hombros y me acerco a la zona de las taquillas para dejar mi mochila. Andrés viene y se apoya de lado para mirarme de frente.

—¿Vienes de buen rollo?

—¿No se nota?

Él ríe un poco, pero sigue de brazos cruzados.

—Lo que te dije en clase hace unas semanas iba en serio. Queremos pedirte perdón.

—Vale. Podéis hacerlo luego si queréis, pero ahora me apetece ganar un partido.

Lo he decidido: llevo mucho tiempo sin practicar baloncesto y no pienso dejar que el resentimiento me detenga. Estos chicos todavía me deben una disculpa, pero estoy harto de conversaciones sentimentales. Necesito despejarme y hacer lo que Sasha me aconsejó: retomar viejos hábitos.

Andrés parece reticente, pero acaba aceptando. Vuelvo a la pista y hago un pacto silencioso con los demás en el que no hablaremos de mis problemas, al menos durante este partido. Gabriel toma la iniciativa y propone que nos dividamos en dos equipos. Somos ocho, así que vamos cuatro y cuatro.

Se me olvidan los roces que hemos tenido en cuanto el balón alcanza mis manos y el partido comienza. El baloncesto me trae de vuelta dos cosas que echaba de menos: mi espíritu competitivo y la compenetración que tengo con mis compañeros. Somos capaces de comunicarnos sin palabras, solo con asentimientos de cabeza, señales y pases.

No tardo en hacer canasta y el momento es glorioso. Vuelvo a hacer lo que me gusta y dejo atrás las ataduras que me lo impedían. Incluso me atrevo a aceptar un abrazo rápido de celebración que David se acerca para darme. Hasta aprovecha para preguntarme por Maya, pero me limito a decirle que mejor lo hable con ella. Me da que mi amiga está más preocupada por otras cosas en este momento, pero no seré yo quien le quite la ilusión al chaval.

El partido se alarga hasta que estamos cubiertos de sudor y sin respiración. Corono a mi equipo como vencedor con una última canasta y me dejan rojos los hombros de tantas palmadas de celebración que me dan. Aun así, las recibo con alegría. Es como si las últimas semanas se hubieran borrado del calendario y nuestra amistad siguiera intacta.

Gracias a ellos recupero al Alejandro de antes, pero el lado bueno. Ese sí que merezco recuperarlo. Lo demás se puede quedar enterrado en el pasado.

—Has ganado, ¿podemos hablar ya? —insiste Andrés, y me tengo que esforzar por no negarme.

—Vale.

Recogemos nuestras cosas y salimos del gimnasio en dirección a la salida. Este instituto no es como los de las películas: si te quieres duchar después de hacer deporte, tienes que hacerlo en tu casa. Me seco el sudor de la frente con la toalla y aprovecho para apartar la mirada del grupo, que se ha detenido y forma un círculo a mi alrededor.

—Como te dije, queríamos disculparnos —empieza Andrés llevando la voz cantante—. ¿Verdad, chicos?

La mayoría asienten, pero es David quien toma la palabra.

—Nos arrepentimos de no dar la cara por ti aquel día. Que Diego se pusiera tan violento nos pilló desprevenidos y...

—No es excusa —interrumpo serio. Que mencione lo de la pelea me ha traído recuerdos y ya no estoy tan tranquilo como en el partido—. Además, es a Dani a quien deberíais haber defendido, no a mí.

—Tienes razón —continúa—. Si nos dejas, nos disculparemos con él también, pero primero queríamos solucionar las cosas contigo. Somos amigos desde hace mucho y no queremos que te vayas así como así.

Me muerdo la lengua antes de contestar de malas formas y medito durante un momento.

—¿No vais a soltar perlitas como las de Diego? Porque os juro que como os escuche hablar mal del colectivo...

—Tranquilo, los estoy educando —asegura Andrés hinchando el pecho con orgullo.

—Yo nunca he tenido nada en contra, que conste —comenta Gabriel con las manos en los bolsillos—. Cada uno con su movida.

—¿Y qué pasa con Diego? ¿Vais a seguir quedando con él?

—Tío, no. ¿Acaso no has prestado atención a la conversación?

Río un poco y ellos me imitan.

—Con suerte recapacitará y dejará de comportarse como un gilipollas —comenta Andrés—. Aun así no creo que vuelva a molestarnos. Se fue del equipo de baloncesto la semana pasada.

—¿Se fue él o vosotros le obligasteis? —pregunto esbozando una sonrisa leve.

—Las dos cosas en realidad.

—Me parece genial.

Ya puedo estar tranquilo. No tendré que coincidir con él más que en los pasillos del instituto, y eso tiene fácil solución: mirar hacia otro lado.

—Entonces ¿aceptas nuestra disculpa?

En realidad suenan arrepentidos y, menos por aquella tarde en la que no actuaron como debían, no me han hecho nada malo. El problema siempre ha sido Diego, y con él fuera del grupo esto podría convertirse en algo bueno, algo que todos nos merecemos.

—Sí, la acepto. Eso sí, os voy a tener a prueba. Si no os comportáis bien…

—Tienes vía libre para reventarnos en la pista de baloncesto.

—Ya lo hago cada día —zanjo, provocando que rían.

Seguimos andando en silencio hasta que Gabriel opta por hablar.

—Cuéntanos, ¿cómo es que ahora tienes novio?

No sé muy bien cómo reaccionar. Me rasco la nuca mientras observo su sonrisa de entrometido y averiguo qué clase de respuesta espera.

—Hum, no sé. Surgió y ya. ¿Por qué?

—Es que nos causa curiosidad. Habéis sido un tema recurrente estos últimos meses, estabais en boca de todos.

Ya sabía ese dato, pero por alguna razón me provoca un pequeño escalofrío en la espalda.

—¿En serio? ¿Y qué decían?

Gabriel se moja los labios y desvía la vista a otro lado.

—¿Tan malos han sido? —cuestiono con un poco de miedo.

—No, tío. A ver… Es verdad que algunos hicieron comentarios que estaban fuera de lugar. Pero yo creo que es por rencor, nada más. A la mayoría les parece bien y os apoyan, solo que no van a decíroslo porque no os conocen.

—Pues hace unas semanas me habría venido de perlas justo eso —confieso, recordando los comentarios tan horribles que dejaron en nuestra foto. Diego debió hacerse múltiples cuentas, lo que demuestra una vez más lo ridículo que es—. Si te digo la verdad, ahora estoy consiguiendo que no me afecte tanto la opinión de los demás.

—¿Ves? Por eso muchos te admiran —dice Andrés—. Han hablado tanta mierda de ti y aun así te la ha sudado y has hecho lo que te ha dado la gana. Tuviste una pelea con Diego y al día siguiente te plantaste y le comiste la boca a tu novio en medio del pasillo. Si eso no es ser valiente, no sé qué puede serlo.

Sus palabras hacen que me desprenda de la reciente tensión que tenía en el cuerpo y pueda respirar tranquilo. Sonrío casi por inercia, sobre todo porque la vocecita en mi interior no es capaz de convencerme de lo contrario. Sé que Andrés tiene razón.

—Gracias. Lo necesitaba.

Le quita importancia con un ademán.

—Me alegro por vosotros dos. Se nota que estáis enamorados.

Enamorados.

No sé por qué, pero esa palabra me bombardea el pecho. Nunca le he dicho a Dani que lo amo. ¿Debería hacerlo?

Hombre, si lo vuestro no es amor, no sé qué es.

Me muerdo la lengua y retomamos la caminata, esta vez con un ambiente mucho menos tenso. Sin esperarlo esta conversación me ha ayudado a darme cuenta de dos cosas: una, solo me centro en lo negativo cuando hay miles de cosas positivas que se me pasan por alto. Y dos, estoy enamorado hasta las trancas de mi novio.

CIEN

～Alejandro ～

Antes de despertarme del todo doy vueltas en la cama y escucho varias voces desde la distancia. No sé distinguir si aún estoy soñando o alguien ha venido a casa, por lo que trato de incorporarme a pesar del leve dolor de cabeza que tengo.

¿Qué día es hoy? Me hago con el móvil, que está sobre la mesita de noche, con un manotazo y miro la pantalla: sábado, 10 de marzo. 11.05 am. ¿Por qué tengo la sensación de que algo se me escapa? *Hum, no sé... ¿A lo mejor porque es tu cumpleaños?*

Oh, Dios. No puede ser.

Desbloqueo el teléfono y los cientos de mensajes felicitándome confirman mis sospechas: de mis tíos, mis primos; familia que casi nunca veo, amigos; gente del instituto que ni siquiera conozco... Me veo obligado a no seguir deslizando la barra de notificaciones o de lo contrario tendré el primer ataque de ansiedad del día.

Dieciocho años. Guau. Se dice pronto, pero en tan solo uno puede pasar de todo. Imagina dieciocho.

Me levanto al fin de la cama, arrastro los pies por el pasillo y bajo al baño. Cuando salgo vuelvo a escuchar las voces, esta vez mucho más cerca. Quien sea que haya venido debe estar en la cocina con mi familia, así que me escabullo por las escaleras y regreso a mi habitación para cambiarme. Me pongo una sudadera de color naranja que jamás he usado y unos vaqueros. Me acerco a la cocina y me detengo detrás de la puerta. Ahora sí que puedo reconocer las voces.

—¿Siempre duerme tanto? —Escucho decir a Mario.

—Solo son las once de la mañana, dadle tiempo —interviene Dani con calma.

—Creo que deberíamos ir a comprobar si sigue vivo. —Sin duda esa es Elena.

—Dejad que descanse, le espera un día movido —dice Valeria. Es hora de dejar de fisgonear y averiguar qué está pasando. Abro la puerta despacio como si así no se fueran a dar cuenta de mi presencia y paso a observar la curiosa escena que se está dando en mi cocina. Me encuentro con ocho figuras que de repente fijan sus ojos en mí: primero veo a mi hermana y a Dani apoyados en la encimera, luego a Elena, Maya y una chica morena que no conozco sentadas junto a la mesa del fondo, y por último a Mario y mis padres detrás de la barra.

Quizá debería estar sorprendido por el hecho de que mi madre haya salido de su cuarto y esté con los demás, pero lo paso por alto al ver a tantas personas en la estancia. La tripa me empieza a doler todavía más.

—¡Felicidades! —gritan al unísono.

Mi novio se acerca con una sonrisa radiante y deposita un beso rápido en mis labios, lo que me desconcierta aún más. Todavía no me acostumbro a ser transparente del todo delante de mi familia.

—¡Buenos días! —expresa sin poder contener la emoción. Parpadeo varias veces, algo abrumado.

—Buenos días. —Reviso otra vez a los presentes e intento sonreír—. ¿Qué hacéis aquí tan temprano?

—Dani tenía una gran idea para tu cumpleaños que por desgracia no nos incluye —explica mi hermana mirándolo con resentimiento fingido—. Estarás ocupado todo el día, así que hemos decidido salir a desayunar fuera. Al menos así pasamos un poco de tiempo contigo en tu cumpleaños.

—Que conste que fueron ellos los que se empeñaron en no ir —aclara mi novio señalando a mis padres.

Por fuera pongo una mueca de resignación, aunque por dentro agradezco a los dioses que mi madre no nos acompañe a donde sea que vayamos a ir. Lo que menos necesito el día de mi cumpleaños son sus malas caras y miradas acusadoras.

—¿A dónde vamos? —pregunto con curiosidad.

—Es una sorpresa.

—Según Dani es uno de tus sitios favoritos en el mundo —desvela Maya con una risita.

—Y uno que a él le da terror. —Dani asesina a Elena con la mirada.

—¡No le des pistas!

—Vale, me callo… Aunque no te vendría mal calmarte un poco. Es el cumpleaños de Alejandro, no el tuyo.

Todos reímos, incluido Dani. Tras unos segundos de completo silencio, mi padre toma la iniciativa y nos anima a irnos ya, o de lo contrario no encontraremos ningún bar en el que desayunar. Dani y yo nos hacemos a un lado de la puerta y dejamos que los demás salgan de la cocina. Aprovecho para entrelazar los dedos y dedicarle una sonrisa torcida. A pesar de que no me encuentre muy bien tengo que tomar en cuenta su dedicación.

—Gracias por organizar… lo que sea que hayas hecho.

—Espera a llegar allí y ya me dirás qué te parece.

Asiento sin borrar la sonrisa y le doy un beso en los nudillos. Cuando me doy cuenta todos han salido de la cocina menos una persona: la chica de pelo rizado y piel morena que no conozco.

—Ah, se me olvidaba. Esta es Bea. Espero que no te importe que la haya invitado…

—Para nada —aclaro mientras le estrecho la mano.

—Encantada de conocerte —dice con una sonrisa.

—Igualmente.

La chica sale de la estancia y nos quedamos los dos solos por un momento.

—Creo que podríais tener más de una cosa en común —deja caer en un susurro.

—Ah, ¿sí?

—Sin duda.

Sin decir nada más me agarra del brazo y me arrastra hasta el exterior. Me aseguro de que llevo las llaves y el móvil conmigo y nos marchamos en busca de un lugar en el que comer. Por suerte mis padres conocen un bar bastante grande en el que podemos sentarnos los nueve.

Durante la hora que pasamos desayunando y manteniendo conversaciones banales, el malestar no se disipa como me hubiera gustado. Hace tiempo que no tengo esta sensación; es como si supiera que algo malo va a pasar y no soy capaz de evitarlo, porque ni siquiera sé de lo que se trata.

Me solía pasar algunas mañanas antes de ir a clase y terminaba no yendo por miedo a sufrir un ataque delante de todos. También sentía algo parecido cuando me despedía de Dani e insistía en volver solo a casa, no me quedaba tranquilo hasta que recibía un mensaje suyo. Y también experimenté esta inquietud todas las veces que sentía que estaba decepcionando a mis padres.

En resumen, he convivido con esta intranquilidad casi toda mi vida. ¿Por qué ha vuelto justo ahora? ¿Es que estoy condenado a caer en el mismo agujero una y otra vez?

Es tu cumpleaños.

No la cagues.

Me aclaro la garganta, dejo el último trozo de tostada sobre el plato y me masajeo la sien. El hambre se ha ido, al igual que las escasas ganas que tenía de que este día llegara. Los oídos me empiezan a zumbar y un cosquilleo me recorre la nuca, lo que solo puede significar una cosa.

Tienes que estar feliz.

—¿Estás bien? —Alcanzo a oír en boca de mi novio. Suena muy distante a pesar de que está sentado a mi lado.

—Sí.

Pero por el rabillo del ojo compruebo por su semblante que no está muy seguro de mi respuesta.

Todos los que se preocupan por ti te han preparado una sorpresa.

¿Acaso vas a ser un desagradecido y joderlo?

No puedo soportarlo. No otra vez. Me levanto de repente casi tirando la silla a mis espaldas y llamando la atención de los demás. Bajo la mirada hasta el suelo y lo que consigo articular es apenas un murmullo.

—Voy al baño.

Sin esperar respuesta doy la vuelta a la mesa y salgo de ahí para seguir el cartel que indica dónde se encuentran los servicios públicos. Al entrar al de caballeros doy gracias por encontrarlo vacío, me encierro en el último cubículo y echo el pestillo.

¿Otra vez los vas a decepcionar?

No te los mereces.

Ni a tu novio ni a tus amigos ni a tu familia.

—¡Cállate!

Golpeo la puerta de madera con todas mis fuerzas para después pegar la espalda contra los azulejos blancos y deslizarme hasta quedar en cuclillas. Rodeo mis rodillas con los brazos justo como suelo hacer cuando tengo un ataque de ansiedad e intento sin éxito no hiperventilar. El dolor que se ha asentado en mi estómago trepa hasta el pecho y se intensifica. Me obliga a cerrar los ojos y tocarme la zona con la palma de la mano. ¿Qué cojones hago ahora? Llevo semanas sin sufrir una crisis como esta. ¿Es que he hecho algo mal?

Todo lo haces mal.

¿Te sigues sorprendiendo?

No puedo hacerle caso a la voz. Sé que no tiene razón. Lo único que quiere es verme peor de lo que ya estoy. ¿Ha habido algún momento en el que escucharla me ha beneficiado? No, al contrario. Solo me ha traído problemas, frustraciones y un sinfín de obstáculos con los que me he saboteado a mí mismo sin darme cuenta.

Sabes que digo la verdad.

Me llevo la mano a la frente para comprobar que está cubierta por una capa de sudor frío. Me doy cuenta también de que estoy temblando cuando enfoco mis dedos.

Relájate. Recuerda lo que Sasha dijo, todo va a estar bien. Voy a estar bien. No va a pasar nada malo.

¿Por qué te mientes a ti mismo?

Trato de controlar mi respiración al tomar una gran bocanada de aire y exhalar lentamente. Alzo la vista al techo y me fuerzo en mantener los ojos abiertos, ya que alguien me dijo que es una manera más efectiva de superar un ataque como este. No sé si será verdad, pero estoy desesperado. Que no sea por no intentarlo.

Trataría la técnica de buscar una canción y guiarme por la melodía, pero estoy tan abrumado que no soy capaz de pensar en nada. Mi mente está en blanco. Cuando noto que una lágrima empieza a resbalar por mi mejilla, el sonido de unos pasos hace que dé un sobresalto. Enmudezco, me quedo en la misma posición y rezo para que no me escuchen. La persona en cuestión entra, recorre la fila de cubículos y se detiene frente al mío. A través del hueco inferior de la puerta veo unos pies pequeños que calzan unos botines blancos con suela. Los favoritos de Dani.

Debería haberlo sabido. Él nunca me dejaría solo, menos si sospecha que me pasa algo. Es de las pocas personas que pueden advertir si tengo un problema con tan solo mirarme a los ojos.

En lugar de hablar lo que hace es dar un par de golpecitos en la puerta. Me seco las mejillas lo más rápido que puedo y hago un esfuerzo por calmar mi respiración de una vez por todas. El silencio que sigue dura unos cuantos segundos hasta que Dani, al otro lado, se atreve a hablar.

—¿Me dejas entrar? —susurra con delicadeza.

—Estoy bien —farfullo, lo que hace que mi garganta duela y se note demasiado que estoy llorando.

—Eso no es lo que he preguntado.

No sé qué responder, así que callo. He podido estabilizar mi respiración, aunque mi corazón sigue latiendo mucho más rápido de lo que debería y un silbido tenue se mantiene en mis oídos. Escucho el suspiro de mi novio detrás de la puerta, lo que me hace pensar que es probable que se vaya. ¿Quién va a querer consolarme en este estado? A lo mejor debería dudar y replantearme si de verdad lo merezco después de todo.

Sin embargo, irse no es lo que tenía planeado. Veo cómo sus pies se mueven hacia delante, se arrodilla y sus pantalones aparecen por el espacio libre. Su mano entra por la abertura y tantea a ciegas buscando la mía. Todavía con el dolor en el pecho la

acerco y las enlazamos. Enseguida noto la diferencia de temperatura, su piel está tibia y mis dedos demasiado fríos.

—Sea cual sea el pensamiento negativo que tienes en mente,
descártalo. Estoy aquí. Todo está bien.

Refuerza más el agarre y enfatiza sus últimas palabras. Su voz
suena serena y habla sin titubear. Con el pulgar me acaricia los
nudillos y calienta mi mano poco a poco. Puede que espere una
respuesta de mi parte, pero no se me ocurre qué decir. La situación y mi estado hablan por sí solos.

—Si no quieres, no estás obligado a venir. Pensaba que un
día en Isla Mágica te haría ilusión, pero...

Espera, ¿qué? ¿Isla Mágica? ¿El parque de atracciones?

—¿Cómo? —cuestiono sin dar crédito a lo que acaba de
decir—. ¿Eso es lo que tienes preparado?

No sé por qué, pero en mi mente había creado el escenario de
una gran fiesta llena de gente. ¿Por qué lo he hecho? ¿Acaso Dani
no me conoce lo suficiente como para saber lo que me gusta y lo
que no? Soy estúpido.

—Hum, sí. Ya está pagado, aunque creo que si llamamos
antes de...

Le suelto la mano solo para incorporarme, quitar el pestillo y
abrir la puerta. Me lo encuentro aún arrodillado y con cara de
preocupación. Antes de que pueda levantarse me acerco y lo
abrazo, apretándolo contra mí todo lo que puedo.

—¿Te apetece? —pregunta en un tono de extrañeza.

—¡Sí! —Me separo para tomar su rostro con las manos y
dedicarle una sonrisa, esta vez sincera—. No se te podría haber
ocurrido nada mejor.

La intranquilidad se ha ido, de la misma forma que ya no
noto el zumbido en mis oídos ni tiemblo de manera incontrola-
ble. La súbita emoción que siento es mucho más fuerte que la
preocupación de hace unos minutos.

Nos levantamos sin soltar el agarre en el que mis dedos se
aferran a sus brazos y sus manos acarician mi espalda. A esta altura corroboro por mi reflejo en el espejo que mis pintas son

deprimentes, aunque lo importante es que el malestar se ha ido. Dani me muestra sus dientes blancos en una sonrisa más de alivio que de otra cosa.

—Menos mal, por un momento he pensado que no tenías ganas de venir.

Bajo la mirada y huyo de sus ojos.

—Lo cierto es que sí. A ver, quiero ir, pero llevo desde que me levanté esta mañana sintiéndome supermal... No sé, creía que no volvería a tener ataques de ansiedad.

Me contempla con comprensión, lleva los dedos a un mechón de mi pelo y lo peina con sutileza.

—Lo siento —pronuncio con remordimiento—. De nuevo he esperado lo peor y me he agobiado sin motivo. Soy gilipollas.

—No lo eres. —Me da un golpecito en el hombro antes de fingir un puchero—. Es común, ¿sabes? Eso de volver a los malos hábitos. Lo importante es darnos cuenta de lo que estamos haciendo y seguir trabajando para evitarlo.

Joder, todo en su boca suena mucho más sencillo, como si pudiera cumplirlo. Eso me gusta. Me da la confianza que a veces necesito.

—Mírame a mí: me prometí no volver a comer chocolate y aquí estoy, deseando llegar al parque solo para comprar uno de esos gofres tan buenos que venden allí.

Suelto una carcajada, lo tomo por la cintura y admiro su rostro.

—No necesitas privarte de nada. Eres perfecto así, sin cambiar nada.

Sus ojos brillan como la primera vez que nos besamos. Lleva las manos a mi nuca y la acaricia con las uñas, enviándome un escalofrío por la espina dorsal.

—Igual que tú. Por eso digo que no debes preocuparte más de la cuenta. Te tienes a ti mismo y a mí. Sin contar a tu familia, tus amigos... Todos estamos contigo. Y no te dejaremos caer.

Mi corazón late desbocado de nuevo, solo que esta vez no duele. Nada de lo que él diga podría herirme, jamás. Lo atraigo hacia mí y lo beso con una calma por el cuerpo que solo él sabe traerme.

—Te amo —confieso en su oído. Pasa a observarme con una expresión atónita, para luego suavizar sus facciones y acariciar mi mejilla con su mano.

—Yo también. —Juntamos frentes y permanecemos así por un instante, en silencio, mirándonos—. Y ahora lávate la cara y quítate las penas, porque nos espera un gran día.

CIENTO UNO

∞ Alejandro ∞

He estado un par de veces en Isla Mágica y son pocas considerando lo mucho que adoro los parques de atracciones. Pasar el día aquí es el mejor plan que se le podría haber ocurrido a Dani. Y así se lo hago saber con un gran abrazo cuando nos dejan entrar.

—Reserva esa energía para la montaña rusa —menciona con una gran sonrisa.

Avanzamos y nos detenemos a observar el mapa. Por el dibujo se puede deducir que el recinto es bastante grande; lleno de montañas rusas, espectáculos y todo tipo de atracciones.

—Deberíamos ir primero a los columpios colgantes —propone Elena al señalar dicha atracción en el mapa—. No está muy lejos y es calmado.

—Estoy de acuerdo, mejor dejar las montañas rusas para más tarde si no queremos vomitar el desayuno —argumenta Maya con una mueca.

Escudriño a mi novio, que a su vez mira a sus amigas con un semblante de terror.

—¿Calmado? Esos columpios se mueven al menos a mil kilómetros por hora —musita con espanto.

—Eres muy exagerado.

—¡No lo soy! —Me mira en busca de apoyo—. Dame la razón. Piensas lo mismo, ¿verdad?

—Dani, tienes que admitir que los columpios no van rápido… Más bien lo contrario.

Pone los ojos en blanco y se cruza de brazos, molesto. Me acerco para abrazarlo de manera exagerada. No paro hasta que escucho una queja de su parte.

—Venga, hazlo por mí. Es mi cumple. Prometo que te estaré dando la mano todo el tiempo para que no tengas tanto miedo.

Nuestros amigos ríen y Dani me aparta con las mejillas encendidas.

—Vale, como digas, pero deja de aplastarme.

Los columpios terminan siendo increíbles. Tengo que lidiar con un novio al que le aterran las alturas y que se aferra a las cadenas como un loco, pero hasta él confiesa, una vez que bajamos, que lo ha disfrutado.

La siguiente parada, sugerida por Mario, es el Capitán Balas, una atracción en la que viajamos por un túnel y tenemos que disparar a distintas dianas con pistolas láser. Para sorpresa de todos Bea acaba ganando y demostrando que tiene mucha mejor puntería que el resto. Aunque en el puesto de tiro a la canasta no me gana nadie y con mi gran puntuación consigo un oso gigante de peluche de regalo. Mi intención es dárselo a Dani, pero me advierte que su madre lo echará de casa si aparece con él y al final opto por quedármelo.

Desde ese momento los trabajadores del parque se muestran divertidos con nuestra situación, ya que tengo que dejarles cuidando del peluche cada vez que vamos a montarnos en alguna atracción. Si se pudiera, ya lo habría sentado a mi lado en la montaña rusa, eso está claro.

Cuando la hora de almorzar se acerca, recorremos el parque en busca del restaurante —que está adornado con una temática de piratas bastante peculiar— y comemos allí junto al resto de los visitantes. La mayoría son familias que llevan a sus hijos pequeños a disfrutar del parque, y es curioso porque me estoy divirtiendo hoy a mis dieciocho años más que cuando vine con siete.

Me doy cuenta de que es la primera vez que veo a Maya comer y no puedo evitar mirarla con resignación cuando deja casi todo el plato lleno. Me prometo a mí mismo que hablaré con ella otro día a solas. Me preocupa su salud, a pesar de que ella le quita importancia al asunto y actúa como si nada.

Al acabar con nuestros perritos calientes damos un paseo y entramos en una sesión de cine en 4D, más que nada para hacer la digestión y preparar a nuestros cuerpos para lo próximo. Maya se asusta tanto viendo la película de terror que se agarra con fuerza a la persona a su lado, que resulta ser Mario. Los observo desde la distancia con una sonrisa de satisfacción y aviso a mi novio para que admire la escena. Adoro los finales felices.

Y aquí es cuando la diversión comienza. Al ser el cumpleañero me dejan elegir qué probar primero y me acabo decidiendo por El Desafío o comúnmente conocido como Caída Libre. El nombre no deja nada a la imaginación: se trata de una atracción que sube hasta 68 metros de altura a gran velocidad y luego se deja caer varias veces.

—Ni de coña —dice Dani.

—Chicos, tenemos que probarlo. Puede ser un método muy efectivo para superar el miedo a las alturas —argumenta Elena.

—O para morir.

—Tranquila, Maya. Conociéndote, si no mueres ahora, lo harás de los nervios cuando tengamos que hacer los exámenes finales. Mejor en una montaña rusa, ¿no?

Si nuestros amigos no nos odiaban antes, después de montarnos empiezan a hacerlo.

—Recuérdame que jamás vuelva a confiar en ti —masculla mi novio al bajarnos, lo que me hace soltar una sonora carcajada.

—No digas eso. ¡Ha sido genial! Se veía toda Sevilla desde ahí arriba.

—Estaba demasiado ocupada intentando no vomitar —agrega Maya.

A continuación vamos a la Anaconda, donde al menos nadie pasa miedo. Se trata de un recorrido en vagones con forma de troncos gigantes bajo el agua. A causa de la velocidad que toma al final del recorrido nos mojamos, pero nos importa tan poco que nos montamos una segunda y tercera vez.

Uno de los momentos más memorables es mi caída en el barco. La atracción simula un navío pirata que se mece arriba y abajo hasta una altura algo peligrosa. Se me ocurre la genial idea de levantarme e intentar mantener el equilibrio. Cagada, porque acabo dándome de bruces contra el suelo. Mis amigos se ríen a carcajadas, aunque después de disfrutar de la escena se tiran al suelo conmigo para que hagamos el ridículo juntos. Un trabajador nos echa de la atracción porque se supone que no podemos salir de nuestros asientos, y Dani y Maya se quedan disculpándose con gran pesar mientras el resto escapamos de allí entre risas.

Sin duda la mejor atracción es El Jaguar. El ruido que hace la montaña rusa al ir a tanta velocidad es tal que se escucha por todo el parque, de ahí que lo comparen al rugido de un animal. Te montas en un tren suspendido del raíl y recorres unos 700 metros a 85 kilómetros por hora, cayendo desde varios metros de altura y atravesando cinco inversiones. Se considera la montaña rusa con la intensidad más alta del parque y por supuesto es la que más me llama la atención.

Ninguno de mis acompañantes se atreve a subir. Ya había descartado a la mayoría, pero tenía la esperanza de que Elena se animara.

—Me encantan las montañas rusas, pero valoro mi vida por encima de todo —afirma con los brazos en jarra y examinando la atracción, asustada.

—¡No podéis dejarme tirado! —exclamo.

—Disfrutas de nuestro sufrimiento, ¿verdad? —Río con la ocurrencia de Maya.

—Puedes montarte tú solo.

Lo primero que se me ocurre ante la idea de mi novio es negarme. Quiero decir, hemos venido para pasarlo bien y no creo que pueda disfrutar de la atracción como es debido si nadie está conmigo. Optaría por pasar e ir a buscar otra cosa que hacer, pero recuerdo las palabras de mi psicóloga que me dejaron pensando hace unos días.

Empieza a pasar tiempo a solas: cómprate un videojuego nuevo, retoma el baloncesto, sal a pasear… Asegúrate de que no necesitas de forma desesperada a otra persona para ser feliz.

«No necesitas otra persona para ser feliz». Quizá es una tontería, pero esa frase se puede aplicar a esta situación. ¿Por qué me estoy negando a algo que quiero hacer solo porque nadie más quiere? Puede que a esto se estuviera refiriendo Sasha y es cierto que tengo que empezar a cambiar mi mentalidad.

Tienes ganas, ¿no?

Muchas.

¡Pues hazlo!

—¿Vais a entrar? —pregunta el encargado de la cola.

A la mierda, voy a hacerlo.

—Sí, yo.

Dani me dedica una sonrisa y me anima junto con los demás. Dando una bocanada de aire me decido y me coloco en la fila, que no es muy grande, pues no muchos se atreven a montarse. A los diez minutos ya estoy entrando junto a diez personas más y al poco ya estamos sentados y nos están colocando los cinturones de seguridad.

Mentiría si dijera que no estoy asustado. A pocos segundos de que el trayecto empiece es cuando noto mi corazón bombear con fuerza. El primer minuto es la subida hasta el lugar desde donde nos dejan caer y no vamos muy rápido. Me obligo a respirar despacio, cerrar los ojos y tratar de calmarme.

Vamos, es solo una montaña rusa.

Deja las preocupaciones a un lado y disfruta.

Y eso es lo que hago. La atracción se balancea por unos cuantos segundos para luego dejarnos caer y aumentar la velocidad cada vez más. El tren empieza a dar vueltas y el viento me golpea de lleno en la cara. Alzo los brazos y las piernas para sentir como si estuviera volando. Los gritos de los demás hacen que ría con ganas y me una a ellos, pero con un alarido más de victoria que de pánico.

Mi estómago da un vuelco cuando llegamos a la primera inversión en la que quedamos suspendidos bocabajo por unos segundos. La adrenalina en mi cuerpo es tal que el resto del recorrido se me hace cortísimo, a pesar de que atravesamos cuatro inversiones más.

Con seguridad puedo decir que he hecho bien en subir solo. Me he sentido genial ahí arriba y para mi sorpresa no he necesitado a nadie más que a mí mismo. Sasha tenía razón, tengo que hacer estas cosas más a menudo.

Para merendar nos acercamos a uno de los muchos puestos que hay por el parque y nos hacemos con varios gofres y dónuts. En pocos minutos Dani y yo los devoramos sin dejar nada a los demás, por lo que nos obligan a volver al puesto y optamos por invitarlos a algodón de azúcar como disculpa. No hace falta mencionar que Maya apenas prueba bocado, aunque soy tan insistente que termina tomando un trozo del mío.

Lo último que hacemos es dar un paseo en barco por el río. Es bastante entretenido, pues hacemos un recorrido por las atracciones y se hace de noche mientras estamos en él. Para finalizar cenamos a la salida mientras charlamos del día. Es la mejor forma de terminar el que ha sido el cumpleaños más especial que he tenido.

—Gracias a todos —empiezo durante el camino de vuelta, ya fuera del parque— por haber estado conmigo hoy y haberme hecho reír tanto. Me lo he pasado genial.

—Todavía tengo otra pequeña sorpresa… —confiesa mi novio con una mirada de complicidad.

Arrugo la nariz, confuso. Sin decir más saca una cajita del bolsillo y me la extiende. Nos detenemos al lado de un banco donde siento al oso, tomo la caja sin saber muy bien qué esperar y mis amigos se arriman para descubrir conmigo el contenido. En el interior encuentro una cadena de plata con una medalla del tamaño de una moneda. Se me encoge el corazón cuando leo lo que tiene grabado.

Daniel & Alejandro

—Dale la vuelta —pide.

Ser vulnerable es una muestra de valentía

El hecho de que se siga acordando de esa frase que le dije es increíble. Acorto las distancias con un abrazo y aprovecho para besar su frente a la vez que los presentes exclaman un «oooh». Dani se separa con una sonrisa y saca una copia de la misma cadena que llevaba oculta debajo del cuello de la camiseta.

—Yo ya tengo la mía. Ven, te la pongo.

Le doy la cadena sin poder disimular una sonrisa y dejo que la ate por detrás alrededor de mi cuello. Leo una vez más la frase y le doy un beso a modo de agradecimiento.

—Es perfecta, gracias.

Viéndolo con perspectiva, este cumpleaños ha sido el más diferente de todos los que he tenido y eso mismo hace que sea el mejor. He visitado Isla Mágica —uno de mis lugares favoritos en el mundo— con mis amigos y mi novio, hemos reído a más no poder y lo hemos pasado en grande. ¿Qué más puedo pedir?

Me animo a acompañar a cada uno a su casa, empezando por Dani y terminando con Bea, que para mi sorpresa vive a pocas manzanas de mi casa. Para entablar conversación le pregunto cómo conoció a Dani y averiguo que estaban en la misma clase. Al preguntarle por qué no siguió estudiando descubro algo que no esperaba. Resulta que sufre ataques de ansiedad. Tuvo que abandonar los estudios porque no podía soportar el estrés de las clases. A pesar de eso, mi novio y ella no han perdido el contacto. Ya entiendo por qué Dani dijo que podíamos tener cosas en común.

Es la primera vez que conozco a una persona que pasa por lo mismo que yo. Puede que Bea no tenga TOC, pero conoce lo que es un ataque de ansiedad. Y para mi asombro me encuentro compartiéndole mis peores experiencias, porque es tan extraño para mí hablar con alguien que me entiende que tengo que aprovechar la oportunidad.

Después de una gran conversación en la que uno escucha, el otro cuenta y viceversa, nos damos el número para seguir hablando, aunque sea por teléfono. Llego a casa con una sensación de satisfacción enorme y sabiendo que ha sido uno de los mejores días de mi vida. Subo las escaleras sin ser capaz de borrar la sonrisa de mi cara y me doy una ducha rápida. Son las doce de la noche, así que no me cruzo con nadie por el pasillo. Con el pijama ya puesto me dirijo a la cocina para beber un vaso de agua y ya acostarme, pero algo me detiene.

La luz de la cocina está encendida. Capto un sonido extraño que llega desde dentro, me acerco hasta quedar detrás de la puerta entornada y me asomo para comprobar qué pasa. Veo lo último que esperaba encontrar: a mi madre llorando.

Me quedo rígido durante varios segundos, casi un minuto. No es mi intención fisgonear, pero la escena me impacta tanto que no sé qué hacer. Acostumbrado a sus malas caras y su actitud distante de los últimos días, verla así me sobrecoge a más no poder. En cuanto mis piernas me responden salgo de ahí y regreso a la planta de arriba, olvidándome por completo del vaso de agua.

Tumbado en la cama no puedo evitar darle vueltas a la situación. ¿Qué le habrá pasado? ¿Hay algo que le preocupa? Y me atrevo a pensar: ¿estará llorando por mí? Con esa pregunta flotando en mi mente me voy poco a poco quedando dormido.

¿Estará llorando por mí?

CIENTO DOS

∽ Alejandro ∽

Dos meses después

El único sitio al que he ido las últimas semanas es el instituto. Si los exámenes fueran de mitad de curso, no me lo tomaría de forma tan estricta, pero son los finales y me estoy jugando mucho. Lo mejor es hacer todo el esfuerzo ahora y disfrutar de la recompensa más tarde. Además, Dani ni siquiera me contesta a los mensajes por estar estudiando, así que tampoco tengo otra alternativa.

El examen final lo tengo mañana y es el de historia, de manera que me permito relajarme y tomar un descanso. Salgo de mi habitación en dirección a la cocina, me hago un batido de proteínas y me siento en una de las sillas junto a la barra a revisar el móvil.

Los primeros días opté por hacer ejercicio para quitarme el estrés, pero el no poder dedicarle las mismas horas de forma regular me daba aún más ansiedad y lo descarté. En su lugar me bebo un batido y molesto a mi novio hasta que se digna a leer mis mensajes.

Alejandro: Buenas tardesssssssss.
Alejandro: ¿Cómo va ese examen de historia?
Dani: Mal.

Río al imaginarlo a mi lado haciendo un puchero. Mientras escribo la respuesta acaricio con delicadeza el relieve de nuestros nombres grabados en la medalla. En los últimos días casi se ha convertido en un hábito.

Alejandro: ¿Por qué?
Dani: ¿Estás de broma? La Segunda República española es el peor tema.

465

Alejandro: No es para tanto, je, je.

Dani: Ayuda. :c

Alejandro: Si quieres, mañana ponte en el asiento de detrás y te chivo algunas respuestas.

Dani: No seas idiota, prefiero suspender.

Alejandro: Vamos, todos lo hemos hecho alguna vez.

Dani: Me niego.

Dani: Bueno, te dejo. Voy a intentar remontar esto.

Alejandro: Si apruebas, te doy una recompensa. 7w7

Dani: ¿Qué clase de recompensa?

Alejandro: Una que te va a gustar mucho.

Por un momento deja de escribir y me pregunto si de verdad ha pillado la indirecta.

Dani: ¿Estás hablando de una comida en el Jade's o de tu pene? Porque lo segundo lo tengo ya muy visto.

Noto cómo mis mejillas se calientan en cuanto leo su respuesta. Dios, menos mal que no lo tengo delante. Este chico se ha vuelto demasiado cómodo en lo que a nuestra relación respecta, lo cual es maravilloso e impactante a partes iguales. No consigo acostumbrarme a esa parte de él.

Alejandro: Juraría lo contrario, viendo las ganas con las que te lo comes cada vez que nos vemos...

Ahora debe ser él el que se ha ruborizado. Joder, hasta yo lo estoy todavía.

Dani: Eres un engreído.

Alejandro: ¡Soy tu novio!

Dani: Sí, mi novio engreído.

Alejandro: Me da igual mientras siga siendo tuyo. ;)

Dani: Mejor me voy a estudiar.

Alejandro: Suerteee.

Dani: Graciasss.

Con una sonrisa salgo del chat, bloqueo el móvil y termino con el batido. Lo siguiente que hago es irme al salón y encender la tele con la esperanza de encontrar algo que me distraiga. Al cabo de unos cinco minutos escucho unos pasos rápidos en la planta de arriba, como si alguien estuviera corriendo. En efecto, mi hermana pasa casi volando por el pasillo hacia el comedor. La persigo con curiosidad, encontrándomela parada frente a la puerta principal.

—¿Qué pasa? —me atrevo a preguntar tras verla nerviosa. Se da media vuelta y sonríe de forma exagerada.

—¡Hoy viene Alberto! ¿Acaso lo has olvidado?

Ah, eso.

—Hum..., no.

Sí, se me había olvidado. Siendo sincero, no me entusiasma la idea de que mi cuñado vuelva tan pronto, porque eso significa que Valeria volverá a su casa y dejará de vivir con nosotros. Sé que antes eso era lo que quería, pero con el tiempo me he dado cuenta de que, si se marcha, la voy a echar de menos de nuevo.

—¿Se va a quedar unos días aquí? —interrogo, esperanzado. Si es así podré disfrutar de su compañía un poco más.

—Ojalá, pero no hay más camas. Tendré que hacer la maleta esta noche antes de irme.

Asiento, decaído. Menos mal que mi padre es comprensivo y me apoya tanto como Valeria, porque de lo contrario no podría soportar compartir la casa solo con mi madre, quien, como era de esperar, sigue actuando distante. Ahora parece que está dispuesta a mantener una conversación que implica más que monosílabos conmigo, pero nada más que para lo necesario.

—No pongas esa cara —pide al verme la expresión. Se acerca con una sonrisa alentadora en el rostro y me da un abrazo—. Vendré con más regularidad, lo prometo. Además, tu graduación es la semana que viene y no me la voy a perder por nada del mundo.

Cierto, la graduación es el lunes siguiente. Ni siquiera me acordaba, con el estrés de los exámenes es lo último en lo que he pensado. Según mis amigos íbamos a hacer algo juntos después de la gala, aunque faltan pocos días y todavía no hemos hablado nada al respecto.

El sonido del claxon de un coche hace que mi hermana se separe de mí y salga corriendo al exterior cual atleta profesional.

Suspiro y la sigo hasta quedarme apoyado en el marco de la puerta. El hombre moreno y de risa exagerada que ya conozco de sobra sale del coche y recibe a Valeria con los brazos abiertos. La toma de la cintura y la eleva a la vez que da vueltas. Joder, esto es tan cliché que da asco.

Después de estar como media hora abrazados se separan y empiezan a comerse la boca en mitad de la calle. Es la señal que necesito para refugiarme de nuevo dentro de casa y hacerme el loco. Cuando ambos llegan al salón les aplaudo con exageración.

—¡Por fin! A este paso creía que ibais a montároslo en la calle.

—Qué cabrón.

Alberto se abalanza sobre mí y me da un abrazo de oso. Le doy unas palmadas en la espalda a modo de queja y recupero la respiración en cuanto se aparta.

—¿Has crecido o me lo parece a mí? —exclama sin borrar la sonrisa.

—Te lo parece a ti.

—Ni se te ocurra quejarte —amenaza mi hermana apuntándome con el dedo—. Tú eres peor cuando estás con…

Se detiene de inmediato al darse cuenta de lo que está a punto de decir. Al mismo tiempo advierto que mi cuñado no sabe nada de Dani.

—¿Con quién? —Alberto amplía la sonrisa que ya tenía y me observa con complicidad—. ¿Te has echado novia? ¿Cómo es?

Por un momento me quedo inmóvil, sin saber muy bien qué tipo de respuesta voy a recibir de su parte. Sin embargo, han pasado tantas cosas y he tenido tanto miedo en el pasado que ahora la reacción de una sola persona no me importa tanto. Ya tengo el rechazo de mi madre y nada será peor que eso, por lo que estaré bien.

—¿Que cómo es? De pelo castaño, más bajito que yo, divertido… Y tiene un corazón enorme. Creo que te caerá bien. —Intento no estallar en carcajadas al ver el asombro en su cara—. Se llama Daniel, por cierto.

Le toma unos cuantos segundos asimilar lo que estoy diciendo y mientras lo hace me observa de hito en hito, como intentando hallar algo en mi cara que le diga que estoy bromeando. Por supuesto, no lo encuentra y pasa a contemplar a mi hermana, quien se cruza de brazos y le advierte con la mirada que tenga cuidado.

—Qué... bien —murmura.

—Tranquilo, yo también estaría sorprendido —puntualizo con diversión—. Resulta que la vida da muchas vueltas.

—Y ese chico es... ¿tu novio?

—¿Qué clase de pregunta es esa? —inquiere Valeria, debatiendo entre si reírse o darle una bofetada.

—Déjalo, solo está confundido —aclaro como si no estuviera presente para luego dirigirme a él—. Sí, lo es. Mi novio, mi amante, mi futuro prometido, al que me tiro siempre que puedo... Llámalo como quieras.

—Qué asco —gruñe mi hermana.

—Me lo dice la que casi se tira a su novio delante de la fachada de la vecina.

Se sonroja con facilidad y Alberto ríe, no tan cohibido como hace unos segundos.

—Me da miedo dejaros solos, pero tengo que seguir estudiando. Avisadme cuando os vayáis a ir.

Valeria asiente, se sienta en el hueco del sofá que he dejado libre y abraza a mi cuñado. Yo me retiro del salón y vuelvo a mi escritorio, preparado para darle el último repaso al temario.

Mañana al salir del examen de historia habré acabado el curso y eso conlleva tantas cosas importantes que con solo pensarlo empiezo a sentirme abrumado. Cuando me hayan dado las notas me graduaré —si es que lo apruebo todo, claro está— y mi paso por el instituto habrá concluido.

Si no suspendo ninguna asignatura, tendré que enfrentarme a selectividad. ¿Lograré sacar la nota suficiente para entrar en la carrera de Historia? Siendo sincero, no tengo ni idea.

Llevo años haciéndome a la idea de que iba a estudiar algo que no quería. Ahora todo ha cambiado y saber que voy a poder al menos intentar hacer lo que me gusta me provoca un cosquilleo en el estómago. Tengo que hacerlo. Así lograré demostrar que puedo perseguir el futuro que más me conviene.

Envuelto en dudas regreso a mis apuntes. Ni siquiera necesito revisar el temario: me lo sé tan bien que estoy seguro de mí mismo. Con un sentimiento de enorme alivio cierro el libro y me dejo caer sobre el respaldo de la silla soltando una gran cantidad de aire. Ya está. La suerte está echada.

Rectifico: nada de suerte. ¡Lo voy a aprobar porque he estudiado lo suficiente! Y porque la asignatura se me da mejor que al resto de mis compañeros, pero eso no queda bien en voz alta. Mejor me lo guardo para mí.

Cuando me doy cuenta ya se ha hecho de noche y mis padres vuelven de una reunión de trabajo que, como suele ocurrir, los ha mantenido ocupados casi todo el día. Me doy una ducha caliente antes de bajar y encontrar la maleta de Valeria ya hecha y colocada al lado de la puerta. Mi hermana está junto a Alberto en el salón despidiéndose de mis padres con un abrazo.

—¿No os vais a quedar a cenar? —digo a modo de saludo.

Sé que la respuesta es evidente, pero todavía guardo la esperanza de que en el último momento se animen y tarden más en marcharse. Por desgracia no es así.

—Ambos trabajamos mañana y no queremos acostarnos muy tarde —explica ella.

Adquiere un semblante compasivo y se acerca para abrazarme. Nos fundimos en uno de los mejores abrazos que nos hemos dado nunca. Es casi como si pudiera sentir su fuerza, la misma que pretende darme y que necesito de ahora en adelante.

—Estoy muy orgullosa de ti —susurra en mi oído. Se separa un poco para repetir el gesto de despeinarme que desde pequeños tiene la costumbre de hacer—. Prometo que vamos a estar en contacto todos los días. Incluso si no me contestas las llamadas. Vendré y te tiraré de las orejas hasta que lo hagas, enano.

Le dedico la misma mirada de complicidad y asiento.

—Lo haré. De todas formas, vas a venir a mi graduación, ¿verdad?

—Por supuesto. El lunes a las seis estaré sentada en primera fila, preparada para gritar: «¡No le den el título a Alejandro Vila! ¡No ha hecho nada durante el curso!».

Suelto una carcajada, me imita y le doy un golpe en el hombro con desagrado fingido.

—Más te vale quedarte quieta —aporta mi padre con una sonrisa—, he estado esperando su graduación durante mucho tiempo.

—No os hagáis ilusiones, aún no me han dado las notas —les recuerdo.

—¿Qué más da? —interviene Alberto—. La graduación es algo simbólico, el final de una etapa. Aunque tengas que presentarte a alguna recuperación debes graduarte, es la única oportunidad de hacerlo con tus amigos y terminar el instituto como corresponde.

—Exacto. Además, ¿por qué esa visión tan negativa? Creo que es hora de que empieces a disfrutar, lo mereces.

Todos demuestran con un movimiento de cabeza que están de acuerdo con Valeria, incluso mi madre. Me fuerzo a asentir y aprovecho para abrazar a mi hermana una vez más. Le debo tanto que jamás podré compensarlo.

—Conducid con cuidado, por favor.

—Llamaremos en cuanto lleguemos a casa.

Con la maleta a rastras y un último «adiós» salen de casa. Cada uno entra en su propio coche y salen del barrio pitando en forma de despedida. Yo me siento en una de las sillas del patio y me quedo un rato aquí, pensando. Con suerte el sentimiento de vacío no me golpeará hasta dentro de unos días. De momento me quedo con los buenos momentos que he vivido estos últimos meses gracias a mi hermana. Porque sí, hay bastantes.

—¿Vas a entrar? Hace mucho frío aquí fuera.

Escudriño a mi madre, plantada en la puerta y con una expresión difícil de descifrar. Parece ser que su plan a partir de ahora es actuar como si nada hubiera pasado. Es probable que el antiguo yo se hubiese mosqueado, pero no tengo la energía ni las ganas para eso. Mientras todo vuelva a la normalidad y no se inmiscuya en mi relación con Dani puedo aceptar el resto.

—Sí, voy.

CIENTO TRES

～ Alejandro ～

Punto final. Examen terminado. Curso acabado. ¿Acaso esto es un sueño? Porque no parece real.

—Esto se merece unas bebidas en el Jade's —afirma Dani tras salir del aula—. ¿Quién se apunta?

—Yo de cabeza —respondo sin disimular la sonrisa y rodeándolo con el brazo por los hombros.

—¡Por favor! Necesito olvidar la chapuza de examen que acabo de hacer.

—Ya verás que no, Elena —intenta animarla Mario, lo que es bastante extraño. Ella lo contempla con un semblante confuso y lo señala con el dedo.

—¿Por qué estás siendo amable conmigo?

—Es que está feliz porque ha acabado el curso, en unos días se le pasará —aclara Maya.

—Yo también os quiero, amigos del alma.

Entre risas salimos del edificio, nos dirigimos a nuestro local favorito y ocupamos la mesa del fondo, que tiene los sillones tan cómodos y casi siempre está reservada. Pedimos una ronda de limonadas con hielo que empezamos a beber mientras planeamos lo que vamos a hacer tras la graduación.

—A ver, la opción más segura es irnos de fiesta con los demás de la clase.

—Paso —interviene Maya con una mueca de disgusto—. Prefiero que hagamos algo entre nosotros. A los de la clase apenas los conozco y no estaría muy cómoda con ellos, la verdad.

—Al final va a ser verdad lo de que somos el club de los pringados —mascula Elena.

—No seas así, anda. Podemos ir de fiesta si queréis, pero tenemos que hacer algo otro día los seis.

Apruebo la idea de mi novio con un movimiento de cabeza.

—¿Los seis?

—Bea también, es del grupo.

—Oh, cierto. —Mario da otro sorbo por la pajita del vaso y su semblante se ilumina—. Acabo de tener una idea. ¡Nos vamos a la playa!

—¿A la playa? —El tono de Elena nos revela que no parece muy entusiasmada por la idea.

—Nunca hemos ido juntos. Podríamos alquilar un piso cerca de la costa y pasar allí varios días.

—Eso me gusta más —confiesa dejando el vaso a un lado y dando palmaditas sobre la mesa—. Sin padres, hermanos plastas o deberes...

—Suena como el paraíso —señalo.

—¡Exacto! Nos lo merecemos después de este infierno de curso. —Todos murmuramos un «sí» y Dani saca el móvil, satisfecho—. Pues decidido, lo hacemos. Voy a buscar alquileres de pisos por Málaga o cerca.

—Lo suyo sería ir en junio.

—¡Todavía queda un mes para eso! —se queja Elena.

—Ya, pero será mejor planearlo bien y con antelación que hacerlo a lo loco —explica Maya.

—Cierto.

—Bueno, cambiando de tema... El viernes nos dan las notas. ¿Predicciones? —La pregunta de Maya no provoca muy buenas reacciones.

—¿Sabes hablar de otra cosa que no sea el instituto? —replica Mario.

—¿Y tú sabes callarte la boca y dejarme en paz? —espeta ella.

Ya estaban tardando en ponerse a discutir, no sé por qué me sorprendo.

—Me estáis hartando. No sé qué coño os pasa, pero tenéis que parar.

—Es él quien ha…

Elena no la deja ni replicar.

—¡Me da igual! Somos un grupo de amigos, se supone que tenemos que llevarnos bien. Eso os incluye a vosotros.

—No es mi culpa que siempre esté provocándome —dice Mario cruzado de brazos.

—¿Yo soy la que te provoco? Eres gilipollas, en serio.

—Y tú, una amargada.

—No sabía que para ser amigos había que faltarle el respeto al otro —suelto sin pensar.

Los presentes pasan a mirarme con una mueca de estupefacción, incluso mi novio. Me limito a fijarme en ambos más serio de lo que he estado nunca delante de ellos y los acuso con la vista.

—Elena tiene razón, ¿sabéis? Puede que yo no sea el más indicado para hablar dado que no llevo mucho tiempo juntándome con vosotros, pero si os lo estoy diciendo es porque os aprecio lo suficiente como para intentar abriros los ojos.

Me detengo durante un momento, trago saliva e intento no cagarla a la hora de escoger las palabras adecuadas. Maya y Mario siguen mirándome asombrados y Elena y Dani han pasado a prestar su atención a la limonada.

—Creo que necesitáis tener una conversación a solas en la que habléis con calma y averigüéis qué os molesta de cada uno. Somos vuestros amigos y nos preocupa que os tratéis tan mal. Creo que hablo en nombre de todos. —Tanto mi novio como su mejor amiga asienten—. Replanteaos vuestra relación y haced lo que sea necesario, pero parad de echaros mierda cada vez que mantenéis una conversación, por favor.

Mario se sonroja de inmediato y baja la mirada. Recupera su vaso y se bebe casi la mitad del contenido. Maya, por el contrario, deja el suyo sobre la mesa y se levanta con rapidez. Se cuelga la mochila a la espalda y ante nuestra mirada atónita pone una moneda de dos euros en la bandeja, justo lo que cuesta la bebida.

—Tienes razón: no eres el indicado para meterte en nuestros asuntos.

Y sin añadir nada más se marcha del local. El ambiente de alegría se convierte en uno de incomodidad. Puede que ahora me sienta mal y tenga una fuerte sensación de culpabilidad, pero alguien tenía que decírselo.

—No te preocupes —me dice Dani al ver mi inquietud—. Ya se le pasará.

—Maya siempre hace eso. Se enfada con el mundo y nos evita durante dos días como máximo. Luego hace como si no hubiera pasado nada y vuelve a hablarnos.

La normalidad con la que Elena habla me inquieta. Tengo la impresión de que el problema de Maya es más complicado de lo que creía. ¿Eso me da derecho a contarlo sin su permiso? Podría hacerlo, pero me sentiría culpable.

Debes ayudarla, de una manera u otra.

Ella confió en mí para contarme que era insegura. Puede que si consigo tener una conversación privada con ella de nuevo me dé más detalles sobre el tema. En ese caso evaluaré la gravedad de la situación y decidiré si comentarle algo a mis amigos o no. Lo que sí es seguro es que le hace falta una persona que la escuche, así que intentaré hacerlo.

—Perdón, no creía… que se pondría así —admite Mario casi en un susurro.

—Te tienes que disculpar con ella, no con nosotros —le recuerda Dani.

Asiente, avergonzado. Vuelvo a beber de mi pajita y me acerco un poco más a mi novio consiguiendo que apoye la cabeza en mi hombro. Es evidente que ninguno queremos retomar la conversación sobre lo ocurrido hace unos minutos, por lo que nos tomamos las bebidas en silencio y actuamos como si nada.

—¿Otra ronda? —sugiere Elena cuando hemos acabado con nuestras limonadas.

—Por favor —pide Mario, cabizbajo—. A ver si con todo este hielo se me congela el cerebro y dejo de pensar tanto.

—Brindemos por eso —espeto con un hilo de voz.

CIENTO CUATRO

⁓ Alejandro ⁓

Grupo: El club de los pringados

Dani: YA HAN PUBLICADO LAS NOTAS.

Elena: No jodas.

Bea: ¡Espero que todos hayáis aprobado!

Mario: ¿Dónde se mira eso?

Dani: En la plataforma virtual. ¿Prestáis atención en clase o soy el único? Lo han dicho miles de veces.

Mierda, mierda, mierda.

Por lo que más quieras, no entres en pánico.

¡Muy fácil decirlo! Saber que estoy a un solo clic de conocer mi futuro me está poniendo de los nervios. Si he aprobado todo, podré hacer selectividad y optar a entrar en la carrera de Historia. En cambio, si he suspendido alguna…, tendré que presentarme a la recuperación y hacer la prueba en septiembre. Ahí tendría muchas menos posibilidades de entrar en el grado, ya que las plazas las suelen ocupar los de la primera admisión.

Mientras la página web carga me obligo a sentarme y a respirar hondo. Sea el resultado que sea ya está decidido, ¿verdad? Tengo que evitar darle miles de vueltas e ir sin miedo. Si algo sale mal, ya intentaré solucionarlo, lo primordial ahora es quitarme la duda de la que se está alimentando la ansiedad.

Introduzco mi correo y la contraseña y accedo a la plataforma. Me dirijo al apartado de calificaciones, donde tengo una notificación nueva, y al fin consigo ver la lista de notas. Mis ojos se van hacia las calificaciones, haciendo caso omiso a qué asignatura corresponden, ya que lo único que necesito es saber que no he suspendido ninguna.

Y así es. Tengo que leer la tabla más de dos veces para asegurarme que no es un sueño: las he aprobado todas. La nota más baja es un 5 en inglés, lo que considero un logro para lo mucho que me había propuesto estudiar y lo poco que lo he hecho al final. No es mi culpa, que mi profesor particular sea también mi novio es una gran distracción. Respecto a las demás, van del 6 al 8. Menos historia. Bendita historia. Un 10. No lo puedo creer. Es la primera vez que saco tanto en una asignatura.

Ya era hora, eh.

No me arruines el momento de felicidad, conciencia.

¿Qué cojones? ¡Nada puede arruinarlo! La euforia que recorre mi cuerpo me hace saltar del sillón y reír cual maníaco. Estaba tan asustado que la serenidad que ahora siento me parece mentira.

Lo he logrado. No lo puedo creer. Yo. A lo mejor para mucha gente no tiene gran importancia, pero para mí es una jodida victoria. ¿Quién se va a atrever a decirme que no puedo hacer algo? A partir de ahora sé que soy capaz de realizar lo que me proponga.

Tienes que contárselo a Sasha, va a estar muy orgullosa.

Aún un poco atónito salgo de la plataforma y vuelvo al grupo de WhatsApp.

Dani: ¿Qué tal?

Mario: Mejor de lo que esperaba, la verdad.

Elena: No sé si debería alegrarme porque voy a hacer selectividad o preocuparme porque voy a hacer el ridículo allí también.

Bea: Que no, ya verás.

Dani: Ale, ¿y tú?

Alejandro: Prepara los apuntes, selectividad nos espera. ;)

Dani: Sabía que lo lograrías. Estoy muy orgulloso.

Alejandro: Te amo. <3

Dani: Yo más.

Elena: Vale, suficiente. Ahorrad la energía para la graduación.

Mario: Maya, tú has aprobado de sobra, ¿verdad?

Silencio. Sabemos que está leyendo nuestros mensajes, pero desde lo ocurrido en el Jade's no nos ha dirigido la palabra a ninguno. Sé que tengo que tomar cartas en el asunto, aunque me da miedo entrometerme demasiado y causar más problemas de los que ya existen. Aun así, hablaré con Dani al respecto.

Dani: Bueno... Nos vemos el lunes en la graduación, ¿no?

Alejandro: ¡Sí!

Bea: No me la pienso perder.

Elena: Dios, voy a beber como si no hubiese un mañana.

Mario: Tampoco te pases.

Río, bloqueo el móvil y me dejo caer sobre el sofá. Parece un sueño. A partir de este momento puedo permitirme no preocuparme por nada y dedicarme a esperar el día de la graduación.

Tengo que enseñarles las notas a mis padres. Me incorporo con rapidez, salgo del salón y me dirijo hacia la planta de arriba. Encuentro a mi madre en la habitación que usa como oficina revisando un documento en el ordenador y con el escritorio lleno de papeles.

—¿Dónde está papá?

—Creo que ha salido a dar un paseo —afirma desviando la atención del documento hacia mí—. ¿Pasa algo?

—Mira.

Me acerco con una sonrisa de oreja a oreja y le extiendo el móvil donde están las calificaciones. Se queda contemplando la pantalla durante unos segundos, seria. Al azar la cabeza tiene una expresión de asombro.

—¿Estas son tus notas?

—Sí.

—No has suspendido ninguna... ¿Cómo?

Pongo cara de pocos amigos.

—Gracias por la poca esperanza en tu hijo, mamá.

—Lo siento, es que... No sé, creía...

—¿Que por tener novio y hacer lo contrario a lo que querías iba a ir por el mal camino? —Me cruzo de brazos, alzo las cejas y la miro con seriedad—. Pues no, todo lo contrario.

Baja la vista, casi avergonzada. Me doy cuenta de que comienza a jugar con sus dedos, nerviosa. Me limito a seguir acusándola con la mirada, más furioso de lo que quizá debería estar. Si mi madre necesitaba una prueba de que se ha equivocado es esta.

—Ale, yo...

—Si no tienes nada bueno que decir, no lo digas, por favor —suplico.

—No, de hecho..., quería disculparme.

—¿Eh?

¿Disculparse? ¿Mi madre, la persona más testaruda que conozco? No puede ser.

Al final va a ser verdad eso de que estás soñando.

—No me he portado bien contigo, lo admito. Pero tienes que reconocer que ha sido muy fuerte para mí.

—¿Para ti? —Evito soltar una carcajada—. Imagínate cómo lo he pasado yo.

—Lo sé. Creo que el problema ha sido que fue muy imprevisible. Jamás pensé que podías ser... —La detengo antes de que pueda continuar.

—Eso da igual, mamá. Ni siquiera yo me lo esperaba, pero ha pasado. Lo último que necesito es que me lo eches en cara como si yo lo hubiera elegido...

Mi voz se quiebra antes de terminar la frase, por lo que me contengo. Mi madre hace ademán de acercarse para darme un abrazo y para mi sorpresa no se lo impido.

—Lo siento mucho —susurra en mi oído una vez que me envuelve con sus brazos y empieza a acariciarme la espalda—. El día de tu cumpleaños me hizo darme cuenta de que no quiero que nos convirtamos en ese tipo de madre e hijo. Necesito hablar contigo, saber de ti, pasar tiempo juntos... Siempre he sido muy estricta con tu hermana y contigo porque quiero lo mejor para vosotros. Quiero que tengáis éxito en todo lo que os propongáis y que seáis felices.

—Soy feliz así.

Se distancia unos centímetros para mirarme a los ojos. Su semblante denota duda por un segundo, aunque cambia cuando asiente y me da la mano.

—Vale. Si estás tan seguro, yo también tendré que estarlo.

Esta vez soy yo el que la abraza, y me doy cuenta al hacerlo de lo mucho que lo necesitaba. Cuando salí del armario sentí como si me hubiera desprendido de una gran carga, pero seguía teniendo una gran preocupación: el rechazo de mi madre. Ahora sí que puedo afirmar que soy libre por completo.

—En cuanto a lo que dije ese día...

—No hace falta. —Le resto importancia con un gesto.

—Sí, sí que hace. Yo... no pienso esas cosas malas de ti. De verdad, fue un arrebato del momento. Pensándolo bien, has mejorado mucho durante los últimos meses. Ya no tienes ataques de ansiedad, estás más centrado, has terminado bachillerato... Y se te ve alegre, que es lo que importa. ¿Qué sentido tiene oponerse a eso?

Esbozo una sonrisa sincera y la abrazo otra vez. Me aprieta contra su pecho como si siguiera siendo un niño cuando la gracia es que soy más alto que ella.

—Gracias, mamá. Significa mucho.

—Solo respóndeme a una cosa... ¿La recaída tuvo algo que ver con esto?

Me rasco la nuca y asiento. Por razones obvias rogué a mi hermana que no les contase nada a mis padres sobre Dani o la pelea con Diego. Optó por recurrir a lo que provocó mi primera recaída: el alcohol. Así no tuve que salir del armario cuando no estaba preparado y mis padres encontraron un motivo de peso para que hubiera dejado de tomar la medicación.

—Me sentía tan bien que quería alejarme de las pastillas, la terapia y eso. No sé, pensaba que iba a hacerme mal cuando en realidad era lo que me estaba ayudando a mejorar. Luego tuve una pelea con Diego, todo el instituto se enteró de lo mío con Dani y no recibí comentarios muy positivos. Fue un cúmulo de cosas lo que me hizo explotar, no una botella de whisky.

Abre los ojos de forma exagerada, pasmada.

—No puedo creer que estuvieses sufriendo y en ningún momento se te pasase por la cabeza contármelo.

—A ver, mamá… Lo último que necesitaba en ese momento era una reacción como la que tuviste.

Abre la boca para replicar, pero se arrepiente y termina por no decir nada. Suspiro y me encojo de hombros.

—Olvídalo, ¿vale? Lo importante es que a partir de ahora cuento con tu apoyo. Creo que podré dejar de lado lo demás, aunque cueste.

—Gracias.

Me da un beso en la mejilla. Entonces hace un ademán para que le entregue otra vez el móvil y revisa mis calificaciones de nuevo.

—Estoy muy orgullosa de ti. ¡Vas a poder hacer selectividad! —Su ilusión me recuerda a mi estado de ánimo de hace unos minutos.

—No prometo una buena nota, pero lo intentaré.

—¿Tu idea sigue siendo entrar en Historia? —Asiento—. En ese caso tienes muchas posibilidades. Lo he comprobado y necesitas un 7 sobre 14 para acceder.

—Eso es poco —digo, esperanzado—. Supuse que la nota de corte sería más alta.

—Se ve que no. Eso sí, tienes que intentarlo. Si es lo que quieres, lucha por ello y ya verás como tarde o temprano lo consigues.

—Eso haré, mamá. —Me dedica una última sonrisa antes de alejarse y volver al documento de la pantalla. Estoy a punto de irme cuando se me ocurre una idea—. Oye…, ¿puede venir Dani a cenar hoy?

—Claro.

—Perfecto.

Con la seguridad que necesitaba y el ánimo por las nubes salgo de la estancia para ir a mi cuarto y escribirle un mensaje a mi novio.

Alejandro: ¿Haces algo esta noche?

Dani: Nada, ¿por?

Alejandro: Vente a cenar, mi madre se nos va a unir.

CIENTO CINCO

∾ Alejandro ∾

—Posad, os voy a hacer una foto.

—Papá, vamos a llegar tarde —advierto con premura—. Mamá, dile algo.

—Deja de quejarte y sonríe.

—¡Estáis guapísimos! Tendremos que enmarcar esa foto —exclama la madre de mi novio con ilusión.

Dani ríe a mi lado, se acerca más a mí a petición de mi padre y enseña los dientes en una preciosa sonrisa. Le rodeo la cintura y hago lo que me piden. Estamos como un minuto entero posando cual matrimonio feliz hasta que por fin se dan por satisfechos y nos dejan escapar.

—Nunca creí que me pondría un traje —admite mi novio mientras se ajusta la corbata con exasperación.

—Yo tampoco —reconozco. Reviso una vez más la hora en mi reloj de pulsera y me acerco para encargarme de su pequeño desastre—. Déjame a mí.

Se rinde y me permite colocarle bien la corbata. De esta forma aprovecho y lo reviso de arriba abajo como por quinta vez. Ha escogido un traje azul marino y una corbata y cinturón de color salmón, lo que lo hace verse más atractivo —cosa que creía imposible—. Yo le he robado a mi padre uno de sus trajes grises y lo he combinado con una corbata y unos zapatos negros.

—Deja de mirarme así —insinúa cuando aún estoy liado con la corbata. Alzo la vista y sus ojos marrones me examinan con interés—. Si te hubieras vestido de esta manera desde el principio, me habrías tenido en el bote en cuestión de minutos.

Me muerdo los labios evitando reír. Aprovecho que nuestros padres se han marchado para terminar de pegarme a su cintura y restregarme un poco contra su entrepierna mientras aprieto la corbata. Se queda sin aire y traga saliva de forma ruidosa.

—Tomo nota para el futuro —digo entre dientes.

—Eres gilipollas. —Se aleja unos centímetros para revisar el bulto en sus pantalones—. Ahora tengo que esperar a que se baje, y tenerte delante no ayuda.

—¿Sabes qué? Si pudiera me abalanzaría sobre ti y te follaría aquí mismo.

Parpadea varias veces, atónito.

—¡Deja de decir esas cosas cuando tengo este problema, por Dios!

—¿Qué problema? —cuestiona una voz.

Mi hermana entra en el salón ya preparada. Lleva un vestido verde oscuro bastante elegante y un bolso pequeño a juego. Dani huye con rapidez detrás del sofá y se apoya en el respaldo, lo que le ayuda a taparse de cintura para abajo y ocultar su «problema».

—Ninguno… Estoy nervioso, nada más —improvisa.

—No te preocupes. Resumiendo, te entregarán un trozo de papel con tu nombre y darán un discurso superprofundo sobre el instituto y la importancia de la educación. Haremos como que nos lo creemos. ¿Quién lo va a dar este año, por cierto?

—Maya —responde Dani escudriñándome tras pronunciar su nombre—. Fue de las pocas que se presentó voluntaria y que puede hacerlo bien, así que…

—¿Has hablado con ella? —pregunto con una pizca de culpa.

—Qué va. Espero que no siga enfadada…

—Ya verás que no —afirmo, no tan convencido como me gustaría.

Nuestros padres al fin vuelven y nos comunican que están listos para irse, así que lo hacemos. Dani me da la mano y nos adelantamos para charlar de forma animada durante el camino. Los demás nos siguen unos pasos por detrás hasta llegar al edificio. Nos dirigimos al salón de actos que está casi al tope de su capacidad, lleno de alumnos y sus familias. Nos despedimos con la mano de las nuestras y marchamos hacia las primeras filas de asientos reservadas para los alumnos.

A mitad de camino nos encontramos con mis amigos de baloncesto. Abrazo a Andrés y charlo con los demás un rato mientras intentan incorporar a Dani. A pesar de que mi novio todavía se siente incómodo a su alrededor, agradezco el gesto. Se sientan en la segunda fila y nosotros nos colocamos en la primera.

—Oye, ¿y tus abuelos? Ahora que lo pienso no han venido con tu madre.

—Vienen luego, así que espero presentaros en condiciones.

—¿En condiciones?

—Ya sabes, como mi novio.

—Me encantaría.

Esboza una sonrisa y le doy un beso rápido.

—Entonces ¿tu abuelo lo lleva mejor?

—Sí, ya hasta me pregunta por ti sin poner caras raras. Me alegro de que lo esté entendiendo, igual que tu madre. En la cena del viernes en tu casa se comportó muy bien conmigo, casi parecía que no había tenido una mala reacción cuando saliste del armario.

—Lo sé, a mí también me ha impresionado. Al final nos ha salido bien.

Lo incito a que apoye la cabeza en mi hombro para depositar un delicado beso en su frente. Sonríe sin enseñar los dientes y me lo devuelve, esta vez en los labios. Estoy a punto de besarlo con lengua cuando una figura se planta delante de nosotros.

—¿Ya os estáis comiendo la boca? Dejad algo para más tarde, por favor.

—Hola a ti también, Elena.

Suelta una risita y se sienta al lado de mi novio. Lleva un mono de color negro, tacones del mismo color y el pelo recogido en una trenza. Esperaba que se pusiera algo así, ya que si hay algo que Elena odia y que bajo ningún concepto iba a llevar es un vestido.

—Estás muy guapa.

—Gracias, señor Vila, me halaga. —Se hace la fina y suelto una carcajada—. ¿Y vosotros qué? ¡La mejor pareja de esta sala, sin duda!

—Razón no le falta.

Giro la cabeza y encuentro a Mario, el dueño de la voz. Sonríe y se sienta a mi lado, sin apenas dejarme tiempo para admirar su traje marrón a cuadros. Se ha afeitado para la ocasión y se le ve bastante raro así.

—Mira que siempre te pones ropa muy cuestionable, pero esta vez has acertado —confiesa Elena antes de levantar el pulgar.

—¿He oído bien? ¿Me estás dedicando un cumplido? —Mario no da crédito a lo que escucha. No lo culpo, yo también estaría sorprendido.

—Sí, pero que no se te suba a la cabeza.

—Demasiado tarde.

Nuestros compañeros van llegando poco a poco y se sientan en las sillas asignadas. A pocos minutos de empezar un número aproximado de cien personas han ocupado el salón de actos. Una de ellas es Bea, quien hace un gesto desde el fondo y le devolvemos el saludo. El espacio de los alumnos está completo, excepto por un asiento, y tanto mis amigos como yo sabemos a quién corresponde.

—Va a venir, ¿no? —inquiere Dani.

—Claro que va a venir —contesta Elena, nerviosa—. Es Maya, no se lo perdería por nada del mundo.

Como si lo hubiese hecho a propósito, la gran puerta se abre y Maya entra casi corriendo. Recorre el pasillo con rapidez a la vez que la directora se sube al escenario y da la bienvenida. Ataviada con un vestido de estampado floral y un recogido en un moño, llega a nuestra fila y consigue sentarse en la silla libre pegada al lado de la de Elena.

—Hola —farfulla con una mirada nerviosa. Usa el móvil a modo de espejo y se acomoda varios mechones sueltos.

—¿Cómo que «hola»? ¿Por qué has tardado tanto? —susurra. La gala ya ha empezado y todos están en silencio escuchando hablar a la mujer sobre el escenario.

—No importa.

Me fijo en un detalle: Maya se lleva la mano a la garganta, traga con dificultad y hace una mueca. Al darse cuenta de que la estoy observando desvía la vista. Espero que no sea lo que estoy pensando... Porque, en ese caso, Maya necesitaría más ayuda de la que creía.

—Hoy es un día muy importante para nuestros alumnos de segundo de bachillerato. Después de un curso complicado y muchas horas sentados delante del escritorio estudiando, por fin ven la recompensa y se gradúan. Es el fin de una etapa para ellos y les deseo lo mejor en el futuro.

El público rompe en aplausos tras las palabras de la directora. Después de eso la gala da comienzo. Algunos alumnos realizan un baile que tenían preparado, otros hacen una intervención musical con instrumentos y varios profesores se animan a subir al escenario para dar pequeños discursos. La primera hora transcurre con normalidad y llega el momento que todos estamos esperando: la entrega de los diplomas. La directora nos anima a que nos levantemos y nos coloquemos en el extremo derecho, justo al lado de las escaleras para poder subir cuando pronuncien nuestro nombre.

—Bien, comencemos.

Le extiende el micrófono a la jefa de estudios, quien tiene la lista con nuestros nombres. Nuestro tutor también está ahí y sujeta la caja con los diplomas y las bandas de color azul con el logo del centro.

—Alonso Fernández, Maya.

El público vuelve a aplaudir y mi amiga, hecha un manojo de nervios, sube las escaleras —casi tropezándose en el intento— y se acerca para recoger su diploma. Por lo general le gusta ser la primera de la lista, pero parece que hoy el nerviosismo le está jugando una mala pasada.

Varios de mis compañeros y amigos van subiendo, obtienen su diploma y el tutor les coloca su correspondiente banda. No pasa mucho tiempo hasta que llaman a mi novio.

—Gómez Mora, Daniel.

El chico repite el mismo proceso que todos los que han ido antes y me dedico a contemplarlo desde abajo con una sonrisa propia de un novio orgulloso.

—Cuidado, que se te cae la baba —bromea Mario, a lo que le doy un codazo.

—Herrero Ortiz, Elena.

La susodicha nos saca la lengua antes de subir y que los aplausos vuelvan a darse. Joder, como sigan haciéndolo para cada alumno cuando lleguen a mí ya les dolerán las palmas de las manos. Desventajas de ser el último de la lista, supongo. Llaman a cuatro de mis compañeros antes del turno de Mario.

—Márquez Lora, Mario.

Ya todos mis amigos han salido, solo quedo yo. El resto de los que esperan conmigo son nombrados poco a poco hasta que quedamos dos. Mientras la última chica, Laura, sale y recibe su diploma noto cómo mi corazón empieza a latir con fuerza. Aprieto los puños, cierro los ojos y respiro despacio.

Todo está bien.

—Por último: Vila Montes, Alejandro.

Subo los peldaños de la escalera, exaltado, y al pisar el escenario un gran foco apunta en mi dirección. La lluvia de aplausos me aturde un poco en el camino al centro de la escena donde los tres adultos me esperan. Mi tutor me entrega el diploma y se acerca para colocarme la banda sobre los hombros.

—Felicidades, Alejandro.

—Muchas gracias —logro balbucear.

Las dos mujeres también me felicitan y me estrechan la mano, sonrientes. Los vítores cesan al fin, permitiéndome alejarme del foco y aproximarme al extremo izquierdo donde todos mis compañeros se han situado. Me acerco a mis amigos, todos alegres y con la banda colocada, y rodeo por los hombros a Dani.

—Graduados. ¡Graduados, joder!

Varios de nuestros compañeros le hacen una seña a Elena para que no grite y esta les levanta el dedo corazón. Al acabar por fin nos permiten bajar del escenario y volver a nuestros asientos. Me fijo en Maya y lo que veo no me gusta nada: está temblando y tiene una expresión de incomodidad.

—Maya, ¿estás bien? —le pregunto desde mi asiento. Al instante mis otros amigos se fijan en ella y comprueban a qué me refiero.

—¿Eh? Sí, yo... Sí. —Se pasa la mano por la frente y se trae consigo unas gotas de sudor. Esto no me da buena espina, parece ida.

—Tranquila, verás que el discurso sale bien —la alienta Elena. Hace un ademán de tocarle el hombro, pero lo retira en cuanto la toca—. Maya, estás helada.

La chica ni siquiera contesta, tiene la vista fija en el suelo. Dani se acerca para zarandearla con cuidado y hacerla volver en sí.

—¿Quieres que salgamos a que te dé el aire?

Ni siquiera le da tiempo a responder.

—Y ahora una de nuestras mejores alumnas, Maya Alonso, dará un discurso para cerrar la gala. ¡Un fuerte aplauso para ella!

El público vuelve a aplaudir con el mismo entusiasmo. Maya se pone más pálida —a pesar de que parecía imposible— y se queda unos segundos pasmada, sin moverse. No reacciona hasta que la llamamos varias veces. Se levanta con rapidez y marcha al escenario.

—Deberíamos decirle a la directora que no está en condiciones de hablar delante de tanta gente —propone Mario, preocupado.

—Ya es demasiado tarde.

—Pero ¿qué cojones le pasa? Nunca la he visto así —expone mi novio, dudoso. Solo le basta echarme una mirada para darse cuenta de que sé algo—. ¿Y esa cara? ¿Qué sabes que nosotros no sepamos?

—No es que esté al cien por cien seguro, solo tengo una idea. —Los tres me observan impacientes esperando a que siga hablando. Me aclaro la garganta e intento no sonar culpable—. Hace unos días me dijo…

—Buenas… tardes… a todos —comienza una voz temblorosa.

Dejamos de hablar para mirar a Maya en el escenario. Tiene una hoja de papel donde supongo que ha escrito el discurso, aunque no le sirve de mucho porque se ha aferrado tanto al micrófono que ahora está arrugada. Traga saliva con fuerza y revisa al público con el mismo rostro aterrado de antes.

—Siempre se ha dicho… que segundo es… el curso más…

No es capaz ni de pronunciar dos palabras seguidas sin tartamudear. La directora la mira con inquietud y luego a la multitud de personas. Para rematar, un murmullo y un par de risas entre el gentío empiezan a hacerse evidentes.

Sácala de ahí antes de que sea tarde.

Sin dudarlo dos veces me levanto del asiento, camino en dirección a las escaleras y subo al escenario. La directora no me lo impide, también es consciente del mal estado de mi amiga. Esta intenta continuar, pero ni siquiera le salen las palabras. Cuando estoy a su lado y la agarro del brazo con suavidad da un respingo.

—Ven conmigo, Maya.

No puede ni mirarme. Entrecierra los ojos, aturdida, y se desploma contra el suelo antes de que pueda reaccionar. Los presentes ahogan un grito mientras me agacho para socorrerla. Le toco las mejillas, que están congeladas, y le doy varios toques. No sirve de nada.

—¡Llamad a alguien!

Escucho los pasos de tacón apresurados de la directora por las escaleras y el sonido de un móvil marcando. Mi amigo Gabriel se acerca hasta donde estamos e intenta reanimarla sin éxito.

—Tenemos una chica que se ha desmayado. Sí, en el salón de actos del instituto. Dense prisa, por favor.

Mis amigos llegan a los pocos segundos, pero varios profesores ya están con ella y nos piden que nos alejemos hasta que venga una ambulancia. Lo único que puedo hacer es observar y esperar que Maya no haya hecho la locura que creo que ha hecho, porque entonces me sentiré aún más culpable.

CIENTO SEIS

∽ Dani ∾

—¿Otro Cola Cao?

—Esta vez tráeme un chocolate caliente, porfa.

Asiento, me levanto de la silla y dejo a Ale con Bea y Elena atrás. Cruzo el pasillo del hospital y llego a la máquina expendedora, la misma que Mario está reventando a golpes. Se detiene al verme, un tanto avergonzado.

—Odio estos cacharros. Siempre se queda atascado.

Por su voz es sencillo reconocer que está cansado. Cualquiera lo estaría si hubiese hecho lo que nosotros: quedarnos toda la noche aquí, esperando a que nos dejen entrar a ver a nuestra amiga, a pesar de saber que solo permiten hacerlo a la familia. De todas formas no nos íbamos a ir de fiesta mientras Maya está en el hospital, por lo que esperar parecía ser la mejor opción.

—Deja que te ayude.

Le doy un par de golpes fuertes sin éxito, pero Mario se une con los porrazos hasta que el sándwich envasado cae.

—Gracias.

—No hay de qué.

Introduzco dos monedas en la máquina de al lado, espero a que el chocolate se haga y pido un café para mí. Mientras tanto observo a Mario, que se ha sentado en una silla cercana y ya ha empezado a comerse el sándwich.

—¿Quieres un poco? —pregunta al darse cuenta de que lo estoy mirando.

—¿Está bueno?

—A esta hora cualquier cosa está buena.

Echo un vistazo al reloj de la pared: las seis de la mañana. Tiene razón. Tomo las bebidas y antes de sentarme a su lado compro un sándwich idéntico al suyo. Le doy el primer bocado justo cuando él ya se lo está terminando.

—No es así como creía que iba a celebrar mi graduación, ¿sabes? —empieza con un tono amargo tras tirar el envase en una papelera.

—Ni yo.

—Espero que, a pesar de todo, Maya esté bien. No sé qué haría si algo grave le termina pasando.

Introduce las manos dentro de los bolsillos de la chaqueta y se acomoda en la silla de plástico, nervioso. Es evidente que está enamorado de mi amiga, o como mínimo le gusta bastante. No te preocupas tanto por una persona siendo solo tu amigo y menos con la relación de perro y gato que tienen desde hace mucho.

—No seas pesimista. Seguro que está bien.

—Oye…, en la gala Alejandro dijo que creía saber qué le pasaba —dice en un tono más bajo—. ¿Te lo ha contado?

Asiento con incomodidad. De camino al hospital Alejandro expuso su teoría y, aunque me aterre la idea, tiene mucho sentido. ¿Es conveniente contárselo a Mario, a sabiendas de que puede ser que nos equivoquemos? No quiero preocuparlo sin motivo, pero a lo mejor le alivia entender la razón y saber que no es nada demasiado grave. Todo suponiendo que Ale esté en lo cierto, claro está.

—¿Y bien?

—A ver… Maya y él hablaron hace unos meses en clase. Le preguntó sobre vosotros.

—¿Sobre… nosotros? —Sus mejillas se enrojecen de inmediato.

—Sí. Ale, igual que todos nosotros, tenía la sensación de que os gustáis en secreto, pero, bueno, eso no es importante ahora. Maya le confesó que no creía que pudiese tener ninguna relación porque tenía inseguridades.

—¿Maya dijo eso? —cuestiona, boquiabierto—. ¿A Alejandro?

—Sí… Supongo que al no conocerlo tanto le resultó más fácil, no sé. El caso es que supuso la razón a partir de ahí. Tú y yo sabemos cuál. ¿Qué inseguridad podría tener Maya?

Mario cierra los ojos y asiente, dándose cuenta sin necesidad de especificar más.

—La comida —menciona en un susurro.

—Exacto. No la conozco de hace tantos años como tú, pero aun así me he dado cuenta. Tú debes haberlo notado.

—Claro que sí. Somos amigos desde críos, por eso de que nuestros padres juegan juntos al golf. Lleva teniendo una mala relación con la comida desde hace unos años, cuando comenzamos el instituto.

Hace una pausa para inhalar y exhalar una gran bocanada de aire. Entiendo que esté igual de consternado que yo. Maya no se merece que le pase nada malo.

—Ya sabes lo crueles que pueden ser las personas en el instituto. Un grupo de chicos empezaron a meterse con ella por su aspecto… La palabra estrella era «gorda».

—¿Hiciste algo? —Hace un gesto de sorpresa, casi ofendido.

—¡Claro! La defendí todas las veces que pude. Al final esos gilipollas se cansaron y ella no parecía darle mucha importancia. Todo habría seguido siendo normal de no ser porque dejó de comer.

—¿Así, sin más? ¿De forma drástica?

—No, no. Primero empezó llevándose un par de galletas en lugar de un bocadillo para desayunar. Luego, las veces que salíamos a cenar, se excusaba con que estaba estresada por los exámenes y apenas probaba bocado. Yo ya me olía algo, por lo que un día la confronté. Se lo dejé bien claro: «No tienes que preocuparte por tu aspecto porque así estás bien. Eres tú, la Maya de siempre. No quiero que mi amiga de toda la vida desaparezca por unos capullos que creen que estar gordo es malo».

Me quedo un instante pasmado mientras digiero la información. Nunca habría imaginado que Mario hubiera tomado cartas en el asunto. No porque sea un pasota, sé que tiene buen corazón, pero desde que lo conozco siempre se ha mostrado lo más distante posible con Maya.

—¿Cuál fue su respuesta?

Su rostro se torna serio y baja la cabeza.

—Se puso hecha una furia. Me dijo que no tenía ni idea del asunto, que ella hacía lo que quería con su cuerpo y que no me volviera a meter en su vida. Desde ese momento nuestra amistad se enfrió bastante. Yo intentaba pedirle perdón y a la vez asegurarme de que estuviese bien, pero mencionar el tema era sinónimo de discusión.

—Con que esa es la razón por la que os lleváis así de mal…

—Hum…, sí, se podría decir que sí —acepta todavía cabizbajo—. Luego conocimos a Elena y todo «mejoró» —hace comillas con los dedos—, al menos no discutíamos todos los días. Después ella nos presentó a Bea y a ti. Ya conoces el resto de la historia.

—Demasiado bien, sí. —Finjo una sonrisa.

—No me había olvidado de todo esto, pero con el tiempo creía que Maya se había quitado esas ideas de la cabeza.

—Se ve que no. Otra de las cosas que me ha contado Ale es que se estaba tocando mucho la garganta. Ya sabes, las personas con bulimia suelen vomitar después de darse atracones… Estaría evitando la comida los días antes para, yo qué sé…, verse «bien». Y, si no pudo evitar comer algo antes, se metió los dedos y lo vomitó.

—Joder…

Un escalofrío me recorre la espalda. Mario se tapa los ojos con la palma de la mano.

—Me siento un idiota por no haberme dado cuenta antes —confieso en un susurro—. He estado más atento a mis problemas que a los vuestros y…, bueno, lo peor que podría ocurrir ha ocurrido.

—No es culpa tuya. Apuesto que Elena y Bea no tenían ni idea tampoco. Pero sí, supongo que todos podríamos haber prestado más atención —asume retirando la mano y dejando a la vista sus ojos llorosos—. Lo importante ahora es estar a su lado.

—Eso sí que podemos hacerlo. Va a terminar harta de nosotros.

Ríe de forma breve y le imito.

—Oye, ¿cómo se dio cuenta tu novio de todo esto?

—No sé. Supongo que ir bastantes años a terapia le ha ayudado a estar más pendiente de lo que le rodea.

Mario asiente como si nada. Me reconforta el hecho de que ni se inmute al saber que Alejandro va al psicólogo. Ni siquiera actúa como mucha gente entrometida que hace miles de preguntas al respecto, solo lo acepta y ya.

—Bueno, voy a llevarle esto antes de que se enfríe —intervengo al no saber qué más decir—. ¿Vienes?

—Sí.

Volvemos al pasillo del que vinimos y los tres nos saludan con una sonrisa torcida. Me siento al lado de mi novio para darle la bebida y Mario al lado de Elena y Bea.

—Gracias.

Pasan unos minutos en los que hablamos sobre varios temas sin importancia. Y en cuanto la puerta de la habitación frente a nosotros se abre nos levantamos los cuatro a la vez. Los padres de Maya salen de la estancia con una expresión cansada y se dirigen hacia la salida, pero se detienen al vernos.

—¿Chicos? ¿Qué hacéis aquí tan temprano? —pregunta la señora Fernández con preocupación.

—Creo que se han quedado toda la noche —añade el señor Alonso, exasperado y exhausto a la vez—. Deberíais haberos ido a descansar.

—No podríamos haberlo hecho de todas formas —revela Elena con una mueca—. ¿Cómo está? ¿Le han dicho algo?

Ambos adultos se miran entre ellos antes de responder.

—Va a venir el doctor en unas horas para hacerle una prueba más.

—Creen que tiene anemia —explica la madre de nuestra amiga con melancolía—. Si su cuerpo de por sí no dispone del suficiente hierro, imaginaos qué puede pasar si hace ayuno durante varios días…

—¿Ayuno? ¿Por qué? —me atrevo a preguntar. Mario y yo compartimos miradas de preocupación.

—Maya tiene problemas con la comida, nos lo ha confesado todo. En cuanto le den el alta buscaremos ayuda profesional. Siento que tengáis que oírlo por mí, pero lo más probable es que mi hija necesite un tiempo para recuperarse.

—Claro... Pero ¿qué pasa con selectividad? Es en dos semanas —les recuerda Alejandro.

La mujer suspira y es su marido el que contesta.

—Su salud es lo primero. Si no puede hacer los exámenes en junio, tendrá que hacerlos en septiembre. No hay otra opción.

Asentimos. Los estudios son importantes y puede que si hace selectividad en septiembre no consiga una plaza en la carrera que quiere, pero el problema debe ser tratado cuanto antes.

—Ahora lo mejor es que os vayáis a casa y descanséis. Os avisaremos con cualquier cosa, ¿vale?

A duras penas accedemos. Nuestra idea era ver a Maya, pero el cansancio ya se hace pesado. Antes de irnos, Ale se queda hablando con el matrimonio y al terminar vuelve con nosotros. Bajamos y salimos del edificio en compañía.

—¿Qué les has dicho?

—Les he dado el contacto de Sasha, mi psicóloga —explica mi novio—. Si alguien puede ayudarla es ella.

—¿Vas al psicólogo? —pregunta Elena, pasmada.

—Sí —contestamos Bea, Mario y yo a la vez.

—Como siempre me entero de todo la última —gruñe cruzada de brazos. Ale solo puede reír.

CIENTO SIETE

∽ Alejandro ∽

Selectividad. Más bien, infierno. La pesadilla de cualquier alumno y con lo que los profesores te meten miedo desde el primer curso.

«Poneos las pilas, porque en selectividad no lo vais a tener tan fácil».

No sé cuántas veces he escuchado esa frase durante el curso. La cosa es que nunca me preocupé porque no estaba seguro de si me iba a graduar siquiera. Ahora estoy a las puertas de la universidad en la que voy a examinarme y me temblarían las piernas del miedo de no ser porque prefiero conservar mi dignidad.

Han sido dos semanas bastante duras. Es el periodo de tiempo que dejan a los alumnos para estudiarse todo el temario dado en bachillerato. Los primeros días fueron una pesadilla: no me podía concentrar y la ansiedad me impedía retener cualquier tipo de información. Luego, después de tener una larga conversación con Dani en la que se aseguró de tranquilizarme y darme ánimos, fui capaz de despegar y tomármelo en serio.

¿Me lo sé todo? Ni de coña. Pero al menos tengo la tranquilidad de que lo haré bien en historia y me defenderé en matemáticas y geografía. Filosofía la he elegido porque pondera más que las demás para la carrera, aunque no sé muy bien cómo voy a hacerlo. En cuanto al examen de inglés…, ya lo doy por perdido, si soy sincero.

No seas tan negativo.

Invéntate lo que no sepas y con suerte colará.

—Creo que me voy a hacer caca encima —revela Elena a mi lado. La escudriño y la encuentro mirando el edificio.

—Yo también. Podría vomitar ahora mismo —añade Mario.

—Chicos, por favor. Vamos a intentar ser positivos, ¿vale? Nos va a ir genial.

Me uno a mis amigos y contemplo a Dani con perplejidad.

—¿Te puedes arrepentir incluso habiendo pagado? —farfullo, apretando el asa de la mochila y casi hiperventilando.

—Ale, no seas miedica. —Mi novio se planta delante de mí y me da una torta suave en la mejilla para terminar de despertarme—. A Mario y a Elena se lo permito, pero a ti no.

—Gracias por dar por supuesto que tenemos pocas agallas —gruñe Mario.

—¿Para esto quiero un mejor amigo? Pues vaya fiasco.

Dani ríe. Al final termina amenazándonos a los tres con el dedo.

—Vais a entrar ahí y vais a petarlo. Y, si os sale mal, hasta luego, Lucas y a otra cosa. No es el fin del mundo. ¿Me habéis oído bien o tengo que dejarlo más claro?

Nos quedamos mirándolo en silencio. Elena es la única que se atreve a reaccionar y levanta el pulgar en señal de aprobación. Mi móvil suena y reviso los mensajes sin leer. Uno es de Bea deseándonos suerte y otro de Samuel.

Samuel: ¡Mucha suerte con el examen!

A Samuel lo conocí hace poco en los pasillos de la consulta de Sasha, el chico rubio con el que me saludaba a veces. Durante estas dos semanas he hablado de vez en cuando con él, aunque no esperaba nada. Creo que también tiene ansiedad, ya que le cuesta socializar con la gente. A pesar de ello le he caído bien, así que eso que me llevo.

Alejandro: ¡Muchas gracias!

—¿Qué hora es, por cierto? —pregunta Elena de repente.

Menos mal que dice eso. Al comprobar nuestros relojes nos miramos con más pánico que nunca y salimos corriendo hacia la entrada de la universidad.

—¡Cierran las puertas en cinco minutos!

—¡Corred! ¡Corred como si os fuera la vida en ello!

—¡La vida no sé, pero mi futuro sí! —jadea Mario, quedándose el último.

Cruzamos los pasillos ante la expectante mirada de varios profesores y nos dirigimos a la segunda planta. Por suerte, ayer nos dieron el número de aula y asiento, porque de lo contrario nos habríamos perdido antes de empezar a buscar.

—¡Allí! Aula número 214.

Frenamos al instante y recorremos lo que queda del pasillo andando. Una vez que estamos frente a la puerta, Dani se coloca el primero y nos echa un vistazo.

—Mucha suerte, chicos. Y recordad: tranquilidad ante todo.

No nos da tiempo a responder. Se gira y da un par de golpes en la puerta.

—Adelante. —Se escucha desde el interior.

Sin esperar más, mi novio obedece, abre la puerta y entramos al fin.

CIENTO OCHO

∾ Alejandro ∾

—Se acabó el tiempo. A partir de ahora al que escriba no se le recogerá el examen. Esperad sentados y una vez que se lleven vuestro examen podéis marcharos.

Suelto una gran bocanada de aire, dejo el bolígrafo en la mesa y miro a mi alrededor. Me siento aturdido pero aliviado. He terminado selectividad. Algunos ya están levantando las manos y riéndose. La verdad es que aún no me lo creo, por lo que no estoy reaccionando como de costumbre. Cuando la profesora recoge mi examen de filosofía agarro la mochila y salgo del aula a paso rápido. No me hace falta buscar a mis amigos: Dani aparece de la nada y salta sobre mí para aferrarse como un mono a un árbol. El resto aparece riendo detrás de nosotros.

—¡Hemos acabado! ¿Te lo puedes creer? —Se aparta para rodear mi rostro con las manos y darme un beso—. ¡Hemos acabado selectividad!

—Ahora mismo estoy en shock —digo. Se baja sin borrar la sonrisa y se pone de puntillas para pasarme el brazo por el hombro—. ¿Qué tal el examen?

—Bastante bien. Si no fuese por el de griego, estaría más tranquilo, la verdad.

—¡Bienvenido a mi mundo! No estoy segura de ninguna respuesta que he dado —confiesa Elena con una mueca.

—Yo he bordado el de lengua, pero el de historia… —Mario se rasca la barba, preocupado— mejor ni lo discutamos.

—A mí no me ha ido mal… Aunque prefiero no pensar en ninguno —explico.

Creía que iba a quedarme en blanco, por suerte no pasó. Puede que me inventase el examen de inglés y que el de matemáticas no esté para tirar cohetes, pero estoy satisfecho. Ya solo queda esperar dos semanas para los resultados y descubrir si he obtenido la nota suficiente para entrar en la carrera.

—¿Vamos fuera? Necesito luz solar.

Seguimos a Elena escaleras abajo hasta llegar al campus de la universidad. Cientos de estudiantes reunidos en grupos están como nosotros: sonrientes, hablando sin parar con sus amigos y algunos incluso lanzando los apuntes por los aires. Salimos a la calle donde un gran número de coches están aparcados. Varios padres han venido a recoger a sus hijos en el que es para la gran mayoría el último día de instituto de su vida.

Y también el tuyo.

Nos colocamos cerca de la sombra de un árbol debido al calor que hace. Es junio, por lo que los chaquetones y las bufandas han dejado paso a las mangas y los pantalones cortos. Después de unos minutos de espera diviso un coche negro que se abre paso por los otros hasta llegar a nosotros.

—¡El taxi ya ha llegado! —exclama Bea desde el asiento del piloto tras bajar la ventanilla—. Venga, subid.

Le hacemos caso y subimos al coche de siete plazas, que es más una camioneta que otra cosa. El hecho de que nuestra amiga tenga una familia numerosa y esté dispuesta a recogernos nos ha ahorrado tener que andar. Nos llevamos una sorpresa cuando encontramos a Maya en uno de los asientos del fondo.

—¡Al final has venido!

—No me lo podía perder —indica con una sonrisa de oreja a oreja.

Dejamos que Mario vaya al fondo con Maya, mientras que Dani y yo nos sentamos en el medio y Elena acompaña a Bea en el asiento del copiloto.

—¿Qué tal los exámenes?

—No hablemos de eso, por Dios —suplica Elena.

—Te hemos echado de menos —le dice Dani a Maya.

—Y yo. Es un poco triste que no hayamos podido vivir el momento juntos, pero al menos vosotros lo habéis conseguido.

—Tranquila, tendré que hacer la recuperación en septiembre de lo mal que me ha salido, así que vendremos juntas —dice Elena.

—No te preocupes por eso, lo importante es que te mejores —menciona Dani sin borrar la sonrisa—. ¿Cómo va el tratamiento?

—Creo que bien. Ya sabéis, me han tenido de dieta en dieta unos días, pero ya parece que han dado con la buena.

Resulta que yo tenía razón y Maya es bulímica. Al tratarse de un trastorno de la conducta alimentaria, mi amiga ha tenido que empezar a ir a terapia y seguir las instrucciones de un nutricionista, eso sin añadir su problema con la anemia. Al principio todos teníamos bastante miedo por ella, pero se está adaptando poco a poco.

En cambio, algo en lo que sí que he visto mucho progreso es en la relación entre ella y Mario. Él nos ha contado que desde lo sucedido en la graduación hablan cada día —sobre todo por mensajes— y el rencor ha desaparecido. Se los ve bastante ilusionados a ambos, así que por esa parte nos podemos alegrar.

—Vienes también al Jade's con nosotros, ¿verdad? —pregunta Mario, un tanto ruborizado—. Así lo celebramos todos juntos con una pizza. Puedes comer pizzas, ¿no?

—Cierra la boca ahora o juro que te la estamparé contra la acera —lo amenaza Elena.

—No, pero me conformo con lo que sea —responde Maya.

No hace falta que pongamos la dirección del Jade's, pues todos la conocemos, y en poco más de diez minutos ya estamos allí.

—Vamos dentro.

Ocupamos los asientos de siempre y conversamos mientras llega el camarero. La mayoría nos pedimos una hamburguesa, excepto Maya, quien no puede permitírselo por la dieta que tiene que seguir. Mario se ofrece a que compartan un sándwich y ella accede.

—Esto está buenísimo —consigue pronunciar Elena con la boca llena—. Primera hamburguesa para inaugurar el verano.

—¿Qué planes tenéis ahora que somos libres?

—Estoy intentando convencer a mis padres para comprar un piso en la playa. Pero entre que soy pobre y suelen pasar de mí no tengo muchas esperanzas —explica Elena.

—Ya sabéis que podéis venir a mi piscina siempre que queráis —menciona Mario antes de robar una patata de mi plato y empezar a mordisquearla—. Aunque si no tenéis ganas de aguantar a adultos discutiendo no os lo recomiendo. Mis padres son de lo peor.

—Por lo menos tienes piscina. Yo si quiero bañarme tengo que ir a la pública —afirma Bea con una expresión aburrida.

—Me pasa igual —añade mi novio—. ¿Y tú, Ale? ¿Te vas a Grecia como el año pasado?

—Nos vamos a Grecia —corrijo con complicidad— y no aceptaré un no como respuesta.

—No sé si podré pagarlo…

—Te lo pago yo. —Pone los ojos en blanco.

—Por encima de mi cadáver.

—Si vamos a organizar lo de alquilar un piso en la playa por una semana, tenemos que ponernos de acuerdo. Yo me voy de vacaciones con mi familia en agosto —informa Maya.

—Nosotros iremos a Grecia la segunda semana de julio —pronostico a pesar de que Dani sigue negando con la cabeza.

—Podemos hacerlo a finales de este mes —propone Elena, emocionada—. ¿Qué os parece?

—Genial.

—Va a ser una semana muy divertida. Estaremos solos y podremos ir a la playa, dormir juntos, cocinar…

—Espero que no dejéis a Mario a cargo de la comida si queréis sobrevivir. —Todos reímos a causa del comentario de Maya, incluido él.

—¡Operación playa iniciada! —grita Elena más alto de lo que debería.

Hasta el camarero se acerca para cerciorarse de que no ha pasado nada grave. Entre risas decidimos alzar los vasos y brindar de la forma más cutre jamás pensada.

—Por la operación playa.

—Y por varios dieces en selectividad.

—Y por un buen verano, que no se os olvide.

—¡Eso siempre!

CIENTO NUEVE

⁓ Alejandro ⁓

—¡Chicos, mirad! ¡Se ve la playa desde aquí!

Soy el único que le hace caso a mi novio y me incorporo para observar la costa por la ventana. El resto están dormidos o escuchando música con auriculares en sus respectivos asientos del autobús. Me gustaría ser uno de ellos; sin embargo, la incapacidad de Dani de dormir en cualquier sitio que no sea una cama hace que me hable todo el rato y no me deje descansar.

—Muy bonito —murmuro para después acercarme e intentar acurrucarme en su hombro sin éxito.

—¿Por qué todos os dormís? ¡Me aburro!

—Porque son las ocho de la mañana —farfulla Mario desde el asiento de atrás.

—No es mi culpa que este fuese el único autobús que salía hoy para Fuengirola.

—Shhh. —Ahí está Elena.

—De todas formas ya casi hemos llegado.

Y está en lo cierto. Tras unos diez minutos el bus se detiene y los pasajeros empiezan a levantarse para recoger sus maletas y salir del vehículo. Mis amigos a duras penas vuelven en sí y realizan la misma acción. Salvo Dani, el resto parecemos muertos vivientes en el camino al piso que hemos alquilado.

—¡Ahí hay una heladería! Tendremos que venir una noche.

Nunca había visto a mi novio tan emocionado como hoy. Gracias a él estamos aquí, ya que se ha encargado de encontrar el piso más barato y en la mejor zona. Se halla en primera línea de playa y al lado del paseo marítimo, además de tener varios supermercados y tiendas cerca.

Al llegar nos encontramos con el dueño del piso, un hombre de unos treinta años de aspecto jovial y fácil de tratar. Antes de darnos la llave e irse nos explica cómo funcionan los electrodomésticos y nos pide que no traigamos a mucha gente al piso o los vecinos se quejarán. Le prometemos que solo seremos nosotros seis y tras desearnos unas buenas vacaciones se marcha.

—¡Me pido la cama más grande que haya! —exclama Elena en cuanto la puerta se cierra y nos quedamos solos. El resto parece despertar de repente para quejarse.

—De eso nada.

—Te recuerdo que tendrás que compartirla con al menos una persona —advierte Maya con los brazos en jarra.

—Bueno, vamos a empezar a deshacer las maletas.

Antes de salir a comprar hacemos el reparto de camas: Maya y Mario en la litera, Elena y Bea en la cama de matrimonio y Dani y yo en el sofá cama.

La primera compra la hacemos en el supermercado más cercano. Nos hacemos con lo básico: pan, pasta, pizzas, patatas, bebidas, helados... Además de lo necesario para la dieta de Maya. Volvemos con un carro lleno y lo dejamos en el piso. Se nos hace tarde enseguida, por lo que decidimos almorzar en la mesa diminuta del salón y después salir a dar una vuelta y así conocer un poco la ciudad.

Llegamos al piso casi a las once de la noche. Hemos entrado a casi todas las tiendas posibles, hemos investigado las formas de bajar a la playa y nos hemos hecho varias fotos con las que llenaré el tablón de mi cuarto cuando llegue a casa. Nos duchamos por turnos y cenamos viendo una película que ni siquiera nos gusta, aunque no podemos cambiarla porque la televisión solo tiene un canal.

—No me miréis así, tenía que haber algún truco por el que el piso fuese tan barato —mascula Dani antes de bostezar y acurrucarse a mi lado.

La idea era trasnochar y hacer una pijamada, pero antes de la una de la madrugada ya todos estamos en nuestras correspondientes camas. Hemos tenido que madrugar para venir, razón por la que ni siquiera Elena tiene energía, y eso que pocas cosas pueden con su carácter.

Al día siguiente soy el primero en despertar. Me hago el desayuno en silencio y pasan varios minutos hasta que otra persona llega a la cocina bostezando.

—Buenos días —le digo a Bea alzando la tostada.

—Buenos días.

Calienta un vaso de leche en el microondas —el cual hace un sonido tan extraño que parece que va a explotar—, se sienta frente a mí y empieza a bebérselo mientras charlamos. Elena no tarda en aparecer también, pero mucho más animada que nosotros.

—Buenos días.

—Hay una razón de que sean tan buenos… —dice y suelta una risita—. ¿Queréis ver algo?

La seguimos hasta uno de los cuartos y comprobamos lo que le hace tanta gracia: Maya y Mario. Se ve que el chico se ha bajado en algún momento a la cama de ella y se han quedado dormidos juntos. Ella descansa de lado y él la abraza por detrás.

—No me lo puedo creer —espeta mi novio al entrar con sigilo en la habitación. La mayoría estamos a punto de estallar en carcajadas, de manera que decidimos salir de la estancia antes de que se despierten.

Mis amigos se hacen el desayuno entretanto que la pareja se levanta. Cuando llegan a la cocina dan los buenos días y actuamos como si nada. Ellos no lo saben, pero hemos sido testigos de que sus sentimientos sean correspondidos al fin.

—Espero que no den tantas vueltas como nosotros —me dice Dani al oído, haciéndome reír.

—Maya y Mario, desayunad rápido. ¡La playa nos espera!

Antes de salir nos ponemos protector solar —yo el que más— y preparamos las mochilas con toallas, bocadillos y bebidas. En cinco minutos ya estamos frente al mar colocando la sombrilla cerca de la orilla.

—¡Al agua!

Mis amigos se quedan en bañador y salen corriendo hacia la orilla para bañarse, menos Maya y yo.

—¿No vas? —cuestiono bajo la sombra que me proporciona la sombrilla.

—No tengo ganas. Además, si puedo evitar quedarme en bañador, mejor —menciona Maya con un suspiro—. Ya sabes, aunque vaya a terapia sigo estando un poco obsesionada con eso...

—Lo entiendo. Pero no te preocupes, con el tiempo estoy seguro de que harás progresos. Sasha es la mejor.

—Gracias, Ale.

Juego con mis manos y alzo la vista para ver a mi novio sumergiéndose en el agua junto a los demás.

—A mí... a veces me pasa algo parecido —confieso—. Estar en bañador delante de otros no me termina de gustar. Por eso prefiero quedarme fuera.

—Dios, te entiendo tanto... Así los demás no pueden juzgarte. Es triste que seamos nosotros los que tenemos que taparnos para evitar malos comentarios —lamenta ella.

—Ya. Luego veo a Dani, que también es inseguro con su cuerpo, pero no ha dudado en quitarse la camiseta para bañarse, y... me llena de orgullo. Me hace sentir que yo también puedo.

—Claro que puedes.

—Y tú también, eh.

Maya me observa dudosa.

—¿Sabes lo que me dijo Sasha una vez hablando sobre esto? Que, al igual que tú estás pendiente de tus propias inseguridades cuando vas a la playa, los demás lo están de las suyas. Así que no tienes de qué preocuparte, puesto que somos demasiado egocéntricos como para mirarnos el ombligo y no prestar atención a los demás. No sé si siempre es verdad, pero cuando vengo intento recordarlo. Ayuda un poco.

Maya asiente, parece comprenderlo.

—Mira, a la mierda. —Me levanto de mi toalla de golpe—. A la mierda los que juzgan sin saber, los insultos y el odio innecesario. Somos igual de válidos que el resto y nadie me puede convencer de lo contrario.

Me quito la camiseta con decisión y animo a Maya a que se quede también en bañador. Es difícil, pero me las arreglo para arrastrarla hasta la orilla y sentarla donde el agua pueda mojarle los pies. Los demás vienen con nosotros y empiezan a arrojarnos agua entre risas.

—¡Cabrones!

—Está... fría —señala ella con el agua por las rodillas—, pero no está mal.

Dani intenta ahogarme sin éxito y acabo levantándolo al vuelo y sumergiéndolo bajo agua. A partir de ahí el día se convierte en una especie de competición por ver quién traga más agua salada. La pobre Bea gana, ya que ha sido a la que más veces hemos intentado ahogar.

Ni siquiera salimos del mar para comer. Nos divertimos tanto que cuando nos damos cuenta ya está anocheciendo y tenemos que marcharnos. Aún riendo nos envolvemos en las toallas y volvemos a paso lento al piso. Esta vez seguimos teniendo energía, así que después de ducharnos y preparar unas pizzas para cenar nos quedamos charlando hasta las tantas de la madrugada.

Los demás días no se diferencian de este: bajamos a la playa, damos paseos por los alrededores, probamos la comida de distintos restaurantes y nos hacemos cientos y cientos de fotos. Uno de los días más memorables termina siendo el jueves, cuando vamos al parque de animales. El mejor recuerdo que me llevo es Mario huyendo de un tigre —a pesar de que había un cristal de por medio— y Dani comunicándose con los suricatas. Ni yo sé cómo lo hizo, pero le prestaban atención.

El sábado 28 de junio también es un día señalado. No solo es el cumpleaños de Dani, sino que es cuando publican las notas de selectividad. Sabemos que estarán disponibles a partir de las siete de la mañana, por lo que ayer nos acostamos temprano para poder madrugar. Tras cantarle «Cumpleaños feliz» a mi novio con un entusiasmo inhumano para ser tan temprano, hemos venido a la playa justo al amanecer y nos hemos sentado frente a la orilla.

—Así, si suspendo, al menos tengo buenas vistas —balbucea Elena.

Ni siquiera puedo reír. Estoy tan nervioso que lo único que hago es refrescar la web una y otra vez.

—Ya son las siete y las notas no están. Nos han timado —gruñe Mario.

—¡Aquí! ¡Ya salen! —Mi novio da un salto sobre la toalla—. ¡Cargad la página!

Lo hago y al fin salen los resultados en la pantalla. Reviso las calificaciones de cada examen sin poder creerlo.

—Decidme que la nota se calcula aparte, por favor, porque como sea lo que aparece aquí...

—Elena, ya te lo expliqué, tienes que hacer el cálculo.

Estoy tan impresionado que me obligo a recargar la página y revisar que estas son mis verdaderas notas. Bueno, he suspendido inglés y filosofía, pero en las demás he sacado más de lo que esperaba. En historia tengo un diez. ¿Significa eso que...?

Con manos temblorosas introduzco mis calificaciones en el simulador de notas de selectividad y presiono «calcular».

—Tengo un doce. ¿Qué cojones? —exclama Dani.

—¡Enhorabuena!

—Yo un siete. —Elena se levanta y empieza a hacer el baile de la victoria—. ¡No he suspendido! ¿Os lo podéis creer? ¡Yo!

—Tengo un ocho y medio, aunque no sé para qué usarlo. —Mario ríe entre dientes—. Supongo que escogeré una carrera al azar.

Pero yo sigo contemplando mi nota, impactado.

—Ale, ¿cuánto has sacado? —pregunta Dani.

—Un... diez.

—¿Entonces puedes entrar en historia?

—Solo necesitaba un siete —recuerdo en voz alta.

—¡Lo sabía! —Dani sale corriendo hacía mí y nos fundimos en un abrazo—. Sabía que lo conseguirías.

La alegría que sentí cuando nos graduamos no es nada comparada con este sentimiento. Es una mezcla de satisfacción, alivio y orgullo. Lo he hecho.

Lo has conseguido.

Y parece que fue ayer cuando estabas amargado porque te iban a obligar a estudiar Derecho.

—¿Qué os dije? No teníais por qué preocuparos. Os ha ido genial a todos —confirma Maya, sonriente.

—Si es que mis amigos son unos intelectuales —bromea Bea.

—¡Un baño para celebrarlo!

—Elena, ¿estás loca? ¡Son las siete de la mañana y el agua estará helada!

—Qué aburridos sois.

En su lugar optamos por acercarnos a una de las calles más concurridas y comprar churros para desayunar. Volvemos a la playa y disfrutamos de la comida mientras vemos la marea subir y bajar.

—Estoy un poco triste —confiesa Dani al rato de haber terminado de desayunar—. Hoy es el último día de estas vacaciones.

—¿Ya es el último día? —intervengo.

—Parece mentira.

—Creo que han sido los siete días en los que más me he reído de toda mi vida.

Todos coincidimos con Bea.

—Tenemos que repetir el año que viene. —La idea de Mario nos gusta a todos—. Con más razón todavía, porque ya en la universidad no nos veremos tan a menudo.

—Ni me lo recuerdes...

—Joder, aquí viene el drama otra vez —musita Elena rodando los ojos.

—¡No es ningún drama! —defiende Maya—. ¿No os da miedo que perdamos el contacto? Estaremos en carreras distintas, trabajos distintos...

—Pero así es como funciona —opina Dani—. No podemos hacer nada para evitarlo. Cada uno tenemos que vivir nuestra vida y eso está bien. Podemos volver los unos a los otros cuando lo necesitemos.

—Tiene razón —aseguro con una sonrisa melancólica—. Lo que hemos vivido juntos no se olvida así como así. Y os aseguro que no voy a enfadarme si nos pasamos semanas sin hablar, porque sé que en el momento que lo volvamos a hacer todo será como siempre.

—Al final me vais a hacer llorar con la tontería —insinúa Bea.

Reímos al unísono. Dani se acerca a mi toalla y aprovecho para acomodar la cabeza en su hombro. Alza la mano y empieza a acariciarme el flequillo.

—¿Te lo has pasado bien? —interroga casi en un murmuro.

—Han sido las mejores vacaciones de mi vida —reconozco—. Aunque quizá tiene que ver que tú estés aquí.

Alzo la vista para contemplar cómo sus labios se curvan en una sonrisa preciosa. Sin poder contenerme me acerco para besarlo con ganas.

—Me alegro, porque no pienso ir a ninguna parte.

—Así me gusta.

Suelta una risita, me rodea con los brazos y se aferra a mí con delicadeza.

—Por cierto, no te he dado mi regalo.

—¡No hacía falta que me compraras nada!

—Calla y ábrelo, anda.

Saco de mi mochila la cajita negra y se la entrego con una sonrisa de oreja a oreja. Al abrirla y contemplar los anillos de oro su boca forma una perfecta «o».

—No entres en pánico, no te estoy pidiendo matrimonio.

—Pasa de estar sorprendido a reír—. No sabía qué regalarte y como ya tenemos la medalla pensé que lo único que nos faltaba era esto.

—Es precioso. Muchas gracias.

Saca el suyo del estuche para observarlo mejor. Es un diseño simple, pero es el que más me convenció. Imita la forma de dos ramas de laurel que se entrelazan formando la circunferencia. En el interior hay grabada una fecha.

02/10

—No puedo creer que hayas elegido el día en el que te pegué el puñetazo.

—¡Fue cuando empezó nuestra historia! —Estalla en carcajadas.

—Vale, lo compro.

Aún riendo se lo pone y hago lo mismo con el mío. Estoy tan feliz que lo atrapo entre mis brazos y le dejo besos por la cara. Nos quedamos abrazados y me dedico a contemplar el mar frente a nosotros. Aquí, junto a mis amigos y en los brazos del chico del que estoy enamorado, es donde me quiero quedar para siempre.

—Es gracioso, ¿sabes? No me preguntes por qué, pero siento como si esto fuese el final de algo.

—Para nada —discrepo, dejando un pequeño beso en su brazo y contemplando las olas que están a punto de acariciarnos los pies—. Esto es solo el principio.

Epílogo

ᏗᏗ Dani ᏗᏗ

Ocho años después

Tardo bastante en escuchar el despertador, tanto que el chico a mi lado es el que se encarga de desactivarlo. Me muevo con pereza debajo de las sábanas y me froto los ojos. ¿Qué hora es? El reloj sobre la mesita marca las nueve. No sé por qué, pero tengo la sensación de que hay algo que tenía que hacer... Espera. ¿Qué día es hoy? Sábado, 11 de septiembre. ¿Qué pasa hoy? ¿Qué es tan importante como para que haya puesto la alarma un sábado por la mañana? Escudriño a mi novio a mi lado, abrazando la almohada y ajeno al mundo real. Y es cuando lo recuerdo.

—¡Mierda!

Pego un salto fuera de la cama y salgo corriendo hacia la cocina. Justo como sospechaba, el día de hoy está marcado con un círculo rojo en el calendario. Al lado se puede leer la palabra «boda» en mayúsculas. Vuelvo a la habitación y empiezo a rebuscar los trajes en el armario. Los saco del mueble y los cuelgo a un lado en el salón. Entro de nuevo en el cuarto y comienzo a tirar de las sábanas para despertar a la marmota que es mi querido novio. Formo tal desastre que casi tiro el tablón lleno de fotos que tenemos juntos.

—¡Alejandro! ¡Alejandro, por Dios!

—¿Qué pasa? —consigue balbucear con voz ronca.

—¿Que qué pasa? Hum, no sé, déjame pensar..., ¡que tu hermana se casa en una hora y no estamos ni vestidos!

Le cuesta unos segundos comprender la situación. En cuanto lo hace abre los ojos de forma exagerada y empieza a pelearse con las sábanas para salir de la cama.

—¿Cómo que en una hora? ¿No ibas a poner el despertador antes?

—¡He debido haberme confundido con la hora!

—Genial...

—No te pongas así, es culpa tuya —le reprocho mientras hago la cama a la velocidad de la luz.

—¿Cómo va a ser mi culpa que te hayas equivocado?

—¡Pues porque tenías tantas ganas de hacer cosas sucias que apenas me dejaste tiempo para preparar todo y se me fue la olla! Ni siquiera he planchado los trajes...

—Valió la pena —musita con una sonrisa pícara—. ¿O me vas a decir que no te gustó?

A la mierda, no tengo tiempo para esto. Tomo mi ropa interior y me dirijo al baño. Me doy una ducha rápida y mientras Alejandro se asea voy planchando la ropa. Cuando estoy a punto de terminar mi móvil empieza a sonar desde la habitación. Al ver el nombre que aparece en la pantalla trago saliva y pienso en una excusa lo bastante creíble.

—¡Valeria! Buenos días.

—Dani, no quiero ser maleducada..., pero ¿dónde coño estáis? Me recogen en veinte minutos para ir a la iglesia y ya he recibido tres llamadas de mi madre y una de la tuya. Todos están allí menos vosotros.

—Hum..., nos hemos retrasado un poco, ya vamos de camino.

Alejandro, que acaba de salir de la ducha envuelto en una toalla y ha escuchado lo que acabo de decir, suelta una carcajada. Le pido que se calle con un gesto.

—Vale. Daos prisa, por favor. Ya estoy lo bastante estresada como para que algo vaya mal justo hoy.

—¡No te preocupes! Tú relájate y disfruta. Nos vemos en un rato.

Lanzo el móvil al sofá y le estampo la chaqueta recién planchada a mi novio en la cara.

—Vístete, por lo que más quieras. Tenemos cinco minutos para salir o no llegaremos a tiempo.

—Recibido, general.

En un tiempo récord nos preparamos y salimos pitando para la iglesia. La idea era acudir andando, aunque con la prisa que tenemos optamos por ir en mi coche. Por fortuna llegamos unos minutos antes que la novia y con apremio entramos al edificio para sentarnos en la primera fila.

—¡Por fin os dignáis a aparecer!

Y ahí está mi suegra, vistiendo tan elegante como siempre y más nerviosa que el propio novio, que espera junto al cura en el altar. Alberto nos guiña un ojo al vernos y le devolvemos el guiño con complicidad.

—Mamá, no seas dramática, no hemos tardado tanto.

Giro la cabeza para buscar a mi madre y la encuentro a unas bancas de distancia sentada al lado de José, su pareja desde hace dos años. Los saludo con la mano y me dedican una sonrisa.

—¡Tito Ale! —El niño rubio que descansa en los brazos de Vanesa pega un salto y se lanza encima de Alejandro.

—¡Tito Dani! —Su gemelo lo imita y se cuelga de mi cuello con una sonrisa.

Creo que no es muy difícil darse cuenta de que mis sobrinos tienen preferencias. El pequeño Pablo me da uno de esos abrazos que me alegran el día y se sienta encima de mis piernas, animado. Sus padres los han vestido a los dos igual: pantalones azules, camisa celeste y tirantes diminutos. Están más elegantes que yo y eso que tienen tres años.

—¡Mira, Yoel! ¡Ahí está mami! —le dice Alejandro al pequeño que ha empezado a despeinarlo.

Todos nos levantamos ante la entrada de Valeria. Mi novio y yo mantenemos a los gemelos en los brazos, ya que de lo contrario no podrán ver nada. La novia recorre el pasillo con Miguel a su lado y la marcha nupcial comienza a sonar. Está guapísima con ese vestido de encaje blanco, el mismo por el que las madres de los novios estuvieron discutiendo bastante tiempo. Al final, como debe ser, Valeria tuvo la última palabra.

—Mamá está muy guapa, ¿a que sí, Pablo?

—¡Sí! —exclama el niño, embobado—. ¡Guapa!

Su grito se escucha demasiado alto y al instante los invitados empiezan a reír. El niño en mis brazos suelta una risita. Le gusta tanto llamar la atención que es imposible no derretirse cada vez que habla. En cambio, su hermano Yoel es más tímido y calmado. Es curioso que él sea más apegado a Alejandro y Pablo a mí, lo lógico habría sido al revés.

La ceremonia transcurre con normalidad y para cuando el reloj de la plaza marca las doce Valeria y Alberto ya son de forma oficial un matrimonio. Al salir les espera la típica lluvia de arroz —en la que los gemelos se vuelven locos e intentan comérselo del suelo— y un fotógrafo profesional les hace una sesión rápida antes de marcharnos.

El lugar que han alquilado para el convite es un salón de celebraciones que está a las afueras de la ciudad. Lo bueno es que solo queda a minutos de nuestro apartamento, de manera que podremos beber el alcohol que queramos sin preocuparnos por conducir de vuelta. Al llegar nos reunimos con los invitados, entre los que se encuentra el resto de la familia Vila y de la familia de Alberto.

—¡Valeria! Que guapa estás, enhorabuena. Oh, y mi querido Alejandro… —La tía abuela de mi novio le pellizca las mejillas como si aún tuviera cinco años—. ¿Vas combinado con Dani? ¡Qué guapos! La próxima boda tiene que ser la vuestra.

Ale bufa algo molesto y yo me dedico a reír. Se avergüenza con facilidad cuando sus familiares están cerca, pero en el fondo los aprecia mucho. Yo no podría tener una mejor relación con ellos. Salvo un tío suyo que vive fuera y al que no ve mucho, todos reaccionaron bien cuando se enteraron de lo nuestro.

Que sean tan comprensivos y nos apoyen tanto es algo que no muchos tienen y solo por eso trato de valorarlo y hacerle ver a mi novio que somos muy afortunados, aunque a veces su familia intente dejarlo en ridículo delante de mí. La mía es muy pequeña y lo fue aún más después de la muerte de mis abuelos, quizá esa sea una de las razones que me hacen valorar más la familia de mi novio. A estas alturas la considero como la mía.

Sin embargo, si hay algo que me consuela es que mis abuelos entendieron mi relación con Alejandro. Sobre todo mi abuelo, que se volvió más tolerante con el tiempo y aprendió a ver las cosas de otro modo. Una lástima que la vida no me dejase disfrutar de ellos un poco más. Él murió el mismo mes en el que acabé el primer año de universidad y mi abuela no duró mucho más. De eso hace ya casi siete años. Fue difícil al principio, pero mi madre y yo conseguimos superarlo. A partir de ahí las cosas mejoraron: me concedieron una beca al mejor expediente, pude sacarme el carnet de conducir y remodelamos la casa de mis abuelos. El resto es historia.

—¡Venga, todos a sentarse y a comer! La distribución de las mesas está apuntada en un cartel en la entrada.

Nos toca en una de las mesas cercanas a la central junto a dos primos de Alejandro y sus parejas. Los gemelos van en una mesa especial para niños, lo que agradezco porque, aunque los adoro, son demasiado revoltosos y se nos pegan a nosotros como lapas.

—¡Ale! Qué alegría verte —exclama Javier, uno de los primos de mi novio—. A ti también, Dani. ¿Cómo estáis?

—Muy bien. ¿Y vosotros?

—Bien, muy contentos de estar aquí.

—Hablarás por ti… —masculla Isabel, esposa de Javi, acariciándose la enorme barriga de embarazada.

—¿De cuántos meses estás, Isabel? —le pregunto.

—De ocho. Así que preparaos, puede que me ponga de parto aquí mismo.

—Tengamos la fiesta en paz, por favor —bromea él ganándose una mirada asesina de la castaña—. ¿Vosotros para cuándo?

Ale y yo nos miramos confundidos mientras el camarero va trayendo los entrantes.

—¿El qué?

—Valeria fue la primera en traer niños a la familia y luego nosotros, ya va siendo vuestro turno. ¿No tenéis pensado adoptar?

—Hum… Sí, es solo que…

—No estamos preparados —aclaro en un tono neutral—. Somos jóvenes y con nuestros sobrinos tenemos suficiente... En el futuro ya se verá.

Alejandro y yo hemos discutido sobre este tema más de lo que me gusta confesar. Él quiere ser padre y últimamente se ha obsesionado un poco con la idea. Pero apenas hace un año que nos independizamos y aún hay pendiente una obra en el apartamento. Además, solo tenemos veintiséis años. Aún es pronto.

—Lo convenceré tarde o temprano, Javi —anticipa mi novio por lo bajo y le doy un golpe en el hombro.

Otra prima suya llamada Adriana llega y completa la mesa. Nos sirven el primer plato y comenzamos a hablar sobre diversos temas: la boda, lo buena que está la comida, las vidas de cada uno, etc.

—Primo, te has sacado las oposiciones, ¿verdad? —señala Adriana.

—Sí, el año pasado —afirma mi novio con orgullo—. Ahora soy profesor de historia. Es gracioso, me he convertido en lo que juré destruir.

Nos hace reír a toda la mesa.

—¿Y tú, Dani? ¿A qué te dedicas?

—Trabajo en una empresa de cosméticos. Necesitaban un intérprete para los tratos internacionales con distintas marcas, así que me contrataron.

—Qué interesante. ¿Viajas mucho con eso?

—A veces. Así vuestro primo aprovecha y se viene conmigo.

—No puede vivir sin mí.

Es él quien siempre insiste en que no quiere quedarse solo, pero le dejaré vivir en el engaño esta vez.

—Aunque el mejor viaje que hemos hecho juntos siempre será el de Grecia. ¿Te acuerdas?

—Claro que me acuerdo. Fue el verano de nuestro último año de instituto.

Recordar ese verano siempre me pone nostálgico, pero por alguna razón hoy más aún. Muchas cosas han cambiado desde entonces, aunque tengo la suerte de decir que lo más importante no. Mi novio, mis amigos y parte de mi familia siguen conmigo y no se me ocurre otra cosa por la que estar más agradecido.

—Atención, por favor. —Valeria y Alberto se levantan de la mesa central con una copa en la mano para que podamos verlos todos—. Queríamos hacer un brindis.

El resto de los presentes los imitamos y alzamos nuestra copa hacia ellos.

—Yo quiero brindar por muchos años al lado de la madre de mis hijos y ahora mi mujer. Soy muy afortunado de despertarme cada día a tu lado. Te quiero.

—Yo te quiero más. —Se dan un beso y vuelven a alzar las copas—. Un brindis por nuestra familia y por un futuro lleno de salud y cosas buenas que pueda disfrutar contigo.

Brindamos con entusiasmo y el convite sigue su curso. Si de algo se han asegurado ha sido de poner el mejor menú posible, ya que la comida está deliciosa. El local tampoco está nada mal: tiene un espacio con una pista de baile y una barra libre, por no mencionar el gran jardín del exterior donde los niños pueden salir a jugar.

—¡Todos a bailar!

Vanesa y Miguel, que ya se han pasado de copas, se unen a mi madre y a los tíos de mi novio para bailar. Prefiero observarlos desde la distancia, aunque Valeria no tarda en venir a por nosotros y arrastrarnos con ella a la pista. Nunca creí que vería a mi madre bailar de forma tan animada, pero supongo que la vida es una caja de sorpresas. Incluso los gemelos se nos unen e imitan nuestros movimientos de la manera más adorable que he visto nunca.

No sé cuánto tiempo bailamos; sin embargo, lo disfruto tanto que ni siquiera me importa. Cuando ya me empiezan a doler los pies me alejo de la pista, pido un vaso de agua en la barra y salgo al jardín. Ya está anocheciendo y el cielo presume de una mezcla de tonos naranjas y rojos digna de admirar. Me siento cruzando las piernas sobre el césped para contemplar el paisaje.

No pasa mucho tiempo hasta que mi novio llega con otro vaso de agua y se sienta a mi lado.

—¿Qué haces?

—Descansar los pies.

—Vaya locura la de ahí dentro, eh. —Asiento y suelto una risa—. Mira que no me gustan las bodas, pero esta está siendo genial.

—Si no te gustan las bodas, ¿por qué me das tanto la lata para que organicemos una?

Se rasca la nuca, divertido.

—Porque quiero que todo el mundo se entere que estoy con el mejor chico del planeta. ¿Me vas a culpar por querer demostrar nuestro amor?

Me mira con la más radiante de las sonrisas y se la devuelvo. Así, como si tuviéramos diecisiete otra vez.

El amor, que nos vuelve idiotas.

—Con que me lo demuestres a mí me basta —proclamo en un tono de voz más bajo. Me acerco y lo beso en los labios.

—¡Los titos se están besando!

Oh, no.

—¡Se quieren mucho!

Los gemelos aparecen de la nada y saltan sobre nosotros. Los castigamos con cosquillas y se retuercen sobre el césped sin dejar de reír. Mira que son pesados, pero los quiero con locura.

—Venga, mocosos, volved con vuestros padres —pide Ale sin dejar de sonreír.

—Nos han mandado aquí —se queja Pablo haciendo un puchero.

—Mami no quiere que estemos dentro.

—Me pregunto por qué —intervengo—. ¿Qué habéis hecho?

—A Yoel se le ha caído el zumo y ha manchado el traje de papá.

—¡Mentira! ¡Ha sido Pablo!

No tienen remedio. Los dejamos quedarse un rato más hasta que anochece y sus padres los obligan a volver al interior del recinto. Mi novio y yo permanecemos aquí, tumbados en el césped y jugueteando con las manos alzadas.

—¿Soy buen tío? —pregunta de repente.

—¿Qué?

—Que si soy buen tío. —Se incorpora y fija la mirada en el cielo, ahora oscuro y estrellado—. No sé, a veces siento que los consiento demasiado. Hasta Valeria me lo ha llegado a decir alguna vez...

Me incorporo también a la vez que niego con la cabeza. Agarro su mano para acariciarla con cuidado. Toco el anillo dorado colocado en su dedo anular y sonrío.

—Para nada. No los consientes, sino que los quieres mucho. Nuestros sobrinos te aprecian muchísimo y eso es lo importante. Así que sí, eres buen tío. El mejor que conozco, de hecho. Y estoy seguro de que cuando llegue el momento también serás el mejor padre.

Eso le toma desprevenido. Alza las cejas y me escudriña primero con extrañeza y luego entusiasmo.

—Gracias. Tú también eres el mejor tío que conozco. Y el mejor novio.

No puedo evitarlo y lo beso de nuevo. Se me escapa una risa aún con sus labios a pocos centímetros de los míos y estos se curvan en una sonrisa.

—Te quiero mucho. Y estoy muy orgulloso de ti. Nunca me cansaré de decirlo.

Es totalmente cierto. Admiro muchísimo a mi novio porque ha luchado contra sí mismo casi toda su vida y ha hecho frente a miles de problemas para estar aquí, conmigo. No podría estar más agradecido de que me haya elegido a mí.

Alejandro no es perfecto, ni mucho menos, pero es real. Tiene miedos, inseguridades y problemas, y los comparte conmigo. Lo hace porque sabe que voy a escucharle, al igual que él escucha los míos. Hace ya un año que dejó de ir a terapia, pero a veces sigue teniendo rachas difíciles y momentos en los que necesita un abrazo. Y ahí estoy siempre para dárselo. Pase lo que pase, sin excepciones.

Y, joder, no hay nada que valore más que un alma tan cariño-sa, atenta y buena esté junto a mí cada día. Nos encontramos, nos enamoramos y decidimos quedarnos al lado del otro, porque con él todo es mejor. Me ha enseñado tantas cosas que ya no puedo imaginar una vida sin él. Y, si tuviese que vivirla, no sería ni la mitad de buena que esta.

Hace mucho tiempo solía creer que todos necesitamos esca-par en algún momento de nuestra vida. Pero he descubierto que no necesitas escapar, sino todo lo contrario: enfrentar tus proble-mas. No dejar que te asusten. Aceptar quién eres. Y lo más im-portante: encontrar la dirección correcta del camino.

Y tú, Alejandro Vila, eres mi única dirección.

Agradecimientos

Escribir un libro es muy difícil, pero conseguir que lo publiquen es casi imposible. Al menos eso es lo que pensaba hasta que me pasó a mí. No hay palabras suficientes en el diccionario español para describir lo agradecido que estoy por esta oportunidad, pero voy a hacer el intento. Tened paciencia conmigo.

Para que un libro llegue a las librerías hace falta que mucha gente se vuelque en él, y este no ha sido la excepción. Me gustaría dar las gracias:

A mi madre, mi padre y mi hermana. Por todo. Por hacer de mí la persona que soy ahora, por mostrarme el camino cada día y por animarme a perseguir mis sueños. Si me siento seguro embarcándome en esta aventura es porque sé que venís conmigo. Los primeros libros que firme serán los vuestros.

Al resto de mi familia, que, aunque esto los pille por sorpresa, sé que me apoyarán sin dudarlo.

A Anna, Carlota, Lorena, Nayara y Nixon. Por las risas, los días juntos, los viajes de verano y la constante inspiración que me dais para escribir sobre un grupo de amigos realista. Aunque casi nunca lo diga, os quiero mucho.

A esa persona especial, por quererme y entenderme cuando no tenías por qué. Los sueños son más bonitos si los cumplo a tu lado.

A los de siempre: Adrián, Andrea y Eva. Por alegraros por la noticia como si el libro fuera vuestro, por considerarme un escritor cuando yo me negaba a hacerlo y por los años de amistad. Nombraros aquí no hace justicia, pero espero que al menos os haga ilusión.

A Jash, Mila, Santana y Samu. Por vuestro apoyo constante, por las horas haciendo *sprints* de escritura y por las conversaciones compartiendo ideas. ¿Recordáis aquel día en el que soñamos con tener nuestros libros juntos en una estantería? Ya van dos. Estamos cada vez más cerca de conseguirlo.

Al equipo de Wattpad, por descubrirme y por confiar en este libro y en mí. Todavía recuerdo ese correo electrónico que llegó un 29 de septiembre y que me cambió la vida. Esperar casi tres años ha valido la pena.

A mi editora, Cristina, por ayudarme a convertir *Vulnerable* en una novela de la que me siento infinitamente orgulloso. También al resto del equipo de Penguin Random House, en concreto aquellos detrás del sello Montena, que han trabajado para que este libro esté en vuestras manos. No podría sentirme más respaldado como autor que con vosotros.

Y, por último, a mis lectores y lectoras de todas partes del mundo. Hace cuatro años, cuando tenía miedo de que se me conociera por escribir libros y usaba un pseudónimo para publicar en internet, me resultaba imposible imaginar que tendría a tanta gente comentando, compartiendo y haciendo reseñas de mis historias en las redes sociales. *Vulnerable* ha cobrado vida gracias a vosotros, y eso es algo por lo que siempre estaré agradecido.

Ahora podemos sostenerlo en las manos. Está aquí y es real. Gracias.